昭和19年９月７日、上陸作戦の準備段階としてペリリュー島砲撃後、消火用ホースで砲身を冷却する米軽巡洋艦マイアミ——中川州男大佐率いる日本軍守備隊の士気は高く、占領には長くとも３日、という米第一海兵師団長ルパータス少将の目論見は外れ、73日間にわたる死闘がくり広げられた。

(上)ロケット弾を発射し、岸に向かう米上陸用舟艇。昭和19年９月15日、米軍のペリリュー島上陸作戦は開始された。(下)９月23日、米軍の増援部隊が到着、激闘の様子がうかがえる中央飛行場南西部。

NF文庫
ノンフィクション

新装版

ペリリュー島戦記

珊瑚礁の小島で海兵隊員が見た真実の恐怖

ジェームス・H・ハラス
猿渡青児訳

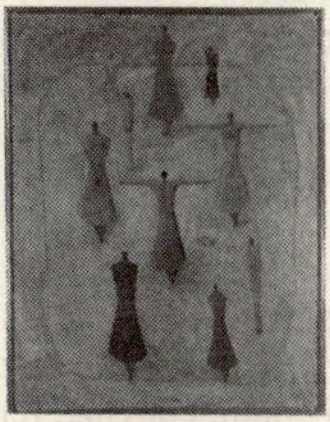

潮書房光人新社

Translated from the English Language edition of
The Devil's Anvil/The Assault on Peleliu,
by James H. Hallas, originally published by Praeger Publishers,
an imprint of ABC-CLIO, LLC, Santa Barbara, CA, USA.
http://www.greenwood.com/praeger.aspx

はじめに

一九四四年（昭和十九年）九月十五日の朝、フィリピンの東、約八〇〇キロの洋上に位置するパラオ諸島の小さな島の沖合で一万六〇〇〇名以上の米第一海兵師団の将兵たちが待機していた。

この島は、ペリリュー島と呼ばれていた。

一方で、ペリリュー島の地表から奥深い洞窟や、珊瑚隆起の尾根では、歴戦の日本陸軍の歩兵第一四師団の約一万名の将兵や、海軍の水兵、飛行場建設の軍属らも、息を殺して待っていた。日本兵らは、来るべきこの日のために、数ヵ月もの間、陣地構築に勤しんでいたのである。

彼らは士気旺盛であった。侵攻してくる米軍の火力や戦力は彼らの想像を上回るものであったが、指揮官の中川州男《くにお》大佐は、上陸してくる若き米海兵隊員と一人でも多く刺し違える決意に満ちていた。

対照的に第一海兵師団長のルパータス少将は、安易な楽観主義で満たされていた。彼は側近の参謀や従軍記者らに「ペリリューは二日で占領できる。長くても三日だ」と自信満々で語った。

実際には、戦闘は七三日間も続いた。彼は間違っていたのである。

ペリリュー島では、米軍は海兵隊・陸軍合わせて約一五〇〇名が戦死、数千名が重傷を負った。日本兵は、わずかな捕虜を除いて、武士道の精神に従い、玉砕の道を選んだ。

このわずか一五平方キロメートルの珊瑚隆起の島に、それほどの価値があったのかは疑わしい。太平洋戦線での日本軍の衰退は予想を超える早さで進み、島の占領が終わった頃にはすでに、遠く最前線から取り残された存在となっていたのである。そのため、マッカーサーの指揮するフィリピン侵攻作戦の側面を支援する本来の目的に貢献することは、ほとんど無かった。

こうした、苦戦の歴史に加えて、ペリリュー侵攻作戦はアメリカで一般に広く知られることはなく、戦後も多くの歴史研究家から無視される存在であった。同時期のヨーロッパ戦線やフィリピンでの戦闘に埋没し、ガダルカナル、タラワ、硫黄島などと同じような、有名な戦いとなる機会を失ったため、ある歴史研究家はペリリューを評して「忘れられた戦い」と呼んだ。

皮肉にも、パラオ諸島の戦略的重要性は、現在のほうが四五年前（訳注〇／一）を大きく上回っている。フィリピンのスービック海軍基地の閉鎖に伴い、パラオが新たな海軍基地の候補地として浮上してきたのである。こうした国際政治の気まぐれな変化は、島民らにとって当時と同じような感覚を思い起こさせている。

本書の執筆は、多くの方に支えられて来た。合衆国海兵隊歴史センターのスタッフの方々には、本作戦に関連する資料の発掘に多大なご協力を頂いた。同様に、ペンシルバニア州カーライルの陸軍歴史協会や、海軍歴史センターの方々にも謝辞を述べたい。

名誉勲章協会のニコラス・オレスコ氏は、ペリリュー島での二名の受賞者を探し出し、さらに他の受賞歴に関する情報を提供してくれた。また私の友人である元第五海兵連隊所属のトム・ラリー氏は、十数名のペリリュー島の戦闘経験者を探し出すために尽力してくれた。

もちろん、最も感謝の意を述べたいのは、こうした戦闘経験者の方々である。調査の過程で、上陸第一波に参加して、数分で負傷した方や、全く負傷することなく、最初から最後まで戦闘に参加した方まで、陸軍、海兵隊、あるいは二等兵、将官を問わず、多くの人々から聞き取り調査をした。中には、終戦後パラオ諸島を経由して本土に帰還する日本兵を援助した者もいた。私のような見ず知らずの者に対して、こうした退役軍人の方々の多くが、四〇年間にも渡って忘れようと努めていた、心の中の思い出を吐き出してくれたのだ。前途ある友人たちの死を思い浮かべ、時には、あまりにも辛い思い出のために話し続けることすらできなくなることもあった。彼らは、勇気は戦場にのみ存在するものではないことを証明してくれた。彼ら抜きには本書は成立しなかったのである。

本書では、ペリリュー島の出来事を、歩兵、あるいは司令部要員などの視点で、彼らが戦闘を通じて感じた過酷な暑さ、真の恐怖、疲労からくる精神的ダメージなどを、実際の戦闘の経過に従って描くように努めてきた。

しかし、歩兵の戦闘は、文明的なチェスのゲームとは異なる。激しく混乱し、興奮した個人の経験を、戦闘記録に整合させていく試みは、困難を極めた。公式記録でさえも、曖昧で混乱していたのである。一例を挙げると、Dデイ当日のペリリュー飛行場を横断してきた日本軍戦車隊による攻撃である。攻撃に参加した日本軍戦車の車輌数が証言と一致しないのである。そのため、本書では、一部の描写を控えめにせざるを得なかった。

こうした証言における、時間や場所の矛盾点は私が納得いく形で整合性を取って来たが、その結果生じた間違いに関しては全て私の責任である。

現在のペリリュー島は、海兵隊員や陸軍兵士らが戦った当時とは全く状況を異にしている。漁業で細々と生計を立てているわずかばかりの島民の中に、四五年前に、この地で起きた出来事を知るものは少ない。戦闘で禿山と化した丘は、すでに深いジャングルに覆い尽くされている。攻撃目標であった、飛行場の第二滑走路や誘導路は、すでに経年劣化で見る影もない。オレンジビーチの背後に造られた墓地は、戦後、遺体を米国に搬送した後に遺棄された。残された墓石はわびしく雑草の中に横たえられていた。日本軍の最後の抵抗が潰えた三〇〇高地の頂上には、米第八一歩兵師団の記念碑が朽ち果てていた。

戦後四〇年を経過した一九八四年まで、第一海兵師団の一万六〇〇〇名の将兵の戦闘を称える記念碑は存在しなかった。今日、一部のペリリュー戦の退役軍人らにより、ブラディノーズ・リッジに、この地で潰えた兵士らを祈念するモニュメントを建立したが、ほとんどのアメリカ人がその存在を知る事はないだろう。

私としては、本書が、ペリリューで戦い亡くなった兵士らを、思い起こして頂くための一助になればと願っている。

Semper Fidelis（訳注〇／二）

（訳注〇／一）年数及び状況は、米国に於いて出版された一九九〇年代前半のことを示している。
（訳注〇／二）Semper Fidelis：合衆国海兵隊のモットー。ラテン語で「常に忠実であれ」の意味。

ペリリュー島戦記——目次

米軍占領後のペリリュー島。フィリピンの東方約800キロに位置する。1944年9月15日、1万6000名を擁する米第1海兵師団による上陸作戦が開始され、最終的には4万4000余りの兵力が投じられた。中川州男大佐率いる1万余の日本軍守備隊との戦いは73日間にも及び、陸海軍合わせて約1500名が戦死、5000名以上の負傷者を出した

空爆を受けるペリリュー島の飛行場

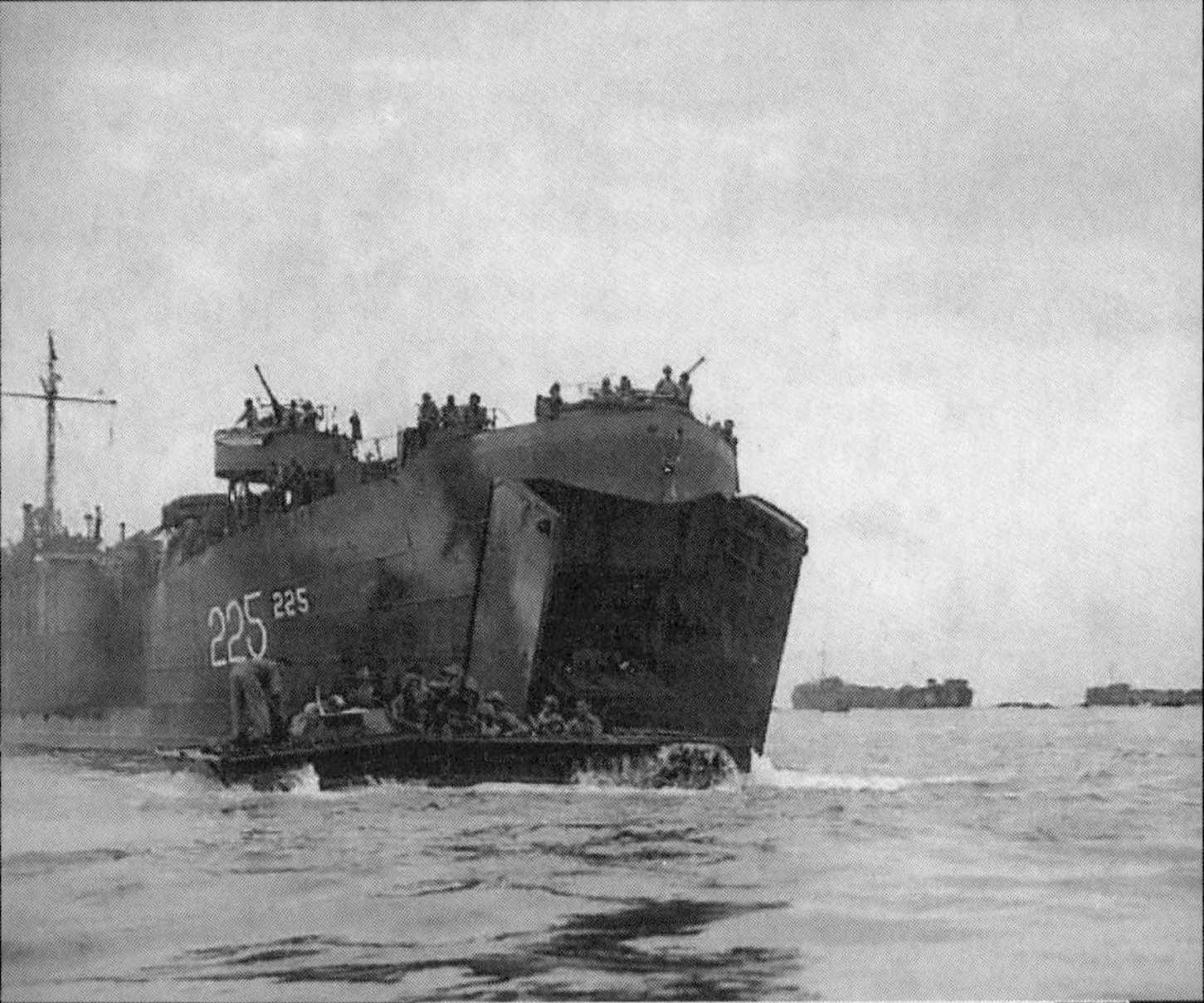

▶アムトラックに搭乗し海岸に向かう海兵隊員

▲ＬＳＴから海上に降りたアムトラック

ホワイトビーチに殺到する上陸用舟艇群

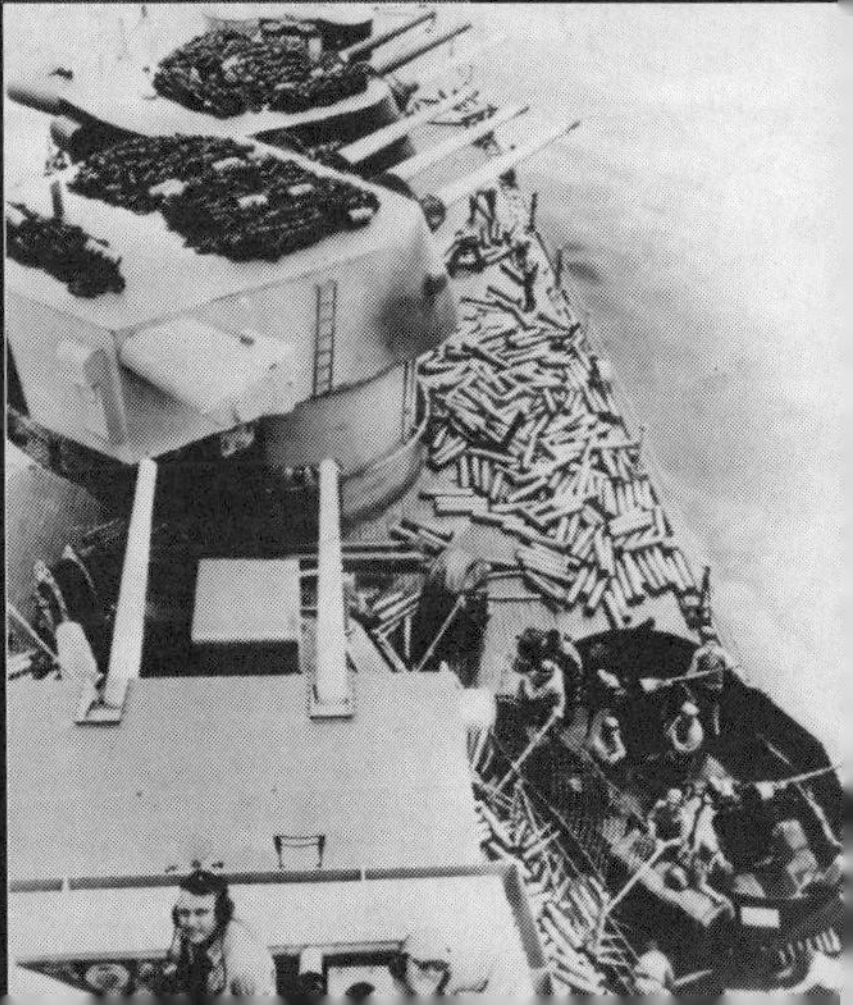

艦砲射撃が一段落し、空薬莢が散乱する支援の巡洋艦

右ページ顔写真は第1海兵師団長とパータス少将（左上）、副師団長スミス准将（右）、第3水陸両用軍団長ガイガー少将（左下）、第1海兵連隊長プラー大佐。下写真は左より、作戦計画を練るガイガー少将、第5海兵連隊長ハリス大佐、ルパータス少将。見開き写真は、艦砲射撃のため爆煙がのぼる海岸へ向けて進む米軍の上陸用舟艇群

▲砂浜で釘付けになる上陸部隊
▼砲弾穴に身を隠す海兵隊員

▲アムタンクの影に身を隠す海兵隊員
▼担架チームにより海岸に運ばれる負傷兵

▲DUKWの影に身を隠す兵士たち。後方は撃破されたアムトラック

▲飛行場で撃破された日本軍戦車隊
▼砲塔を吹き飛ばされた九五式軽戦車

▲遮蔽物のない飛行場を前進する第5海兵連隊
▼日本軍航空機の残骸が散乱する飛行場を前進するシャーマン戦車

▲飛行場施設群で展開する戦闘は、市街戦の様相を呈した
▼日本軍が随所に構築した巨大トーチカ

山岳部頂上に向けて引き上げられる155ミリ榴弾砲

ブラディノーズ・リッジにコルセア機からナパーム弾が投下される

山岳部での負傷兵の後送は困難を極めた

ホースシューに向かう、沼地を抜ける一本道で擱座したシャーマン戦車

ジャングルが焼き払われ禿山と化したホースシュー。手前に唯一の水源である池が見える

固い珊瑚岩の山地で体を押し付けるように身を隠しながら攻撃を加える兵士たち

▶捕獲された巨大な日本軍の141ミリ迫撃砲

▼飛行場から航空機で後送される負傷兵

◀第14師団歩兵第2連隊長中川州男大佐
▶第14師団参謀長多田督知大佐

1945年9月2日、停戦降伏文書に調印を行なうパラオ地区の最高指揮官井上貞衛中将。ペリリュー島陥落から10ヵ月後のことであった

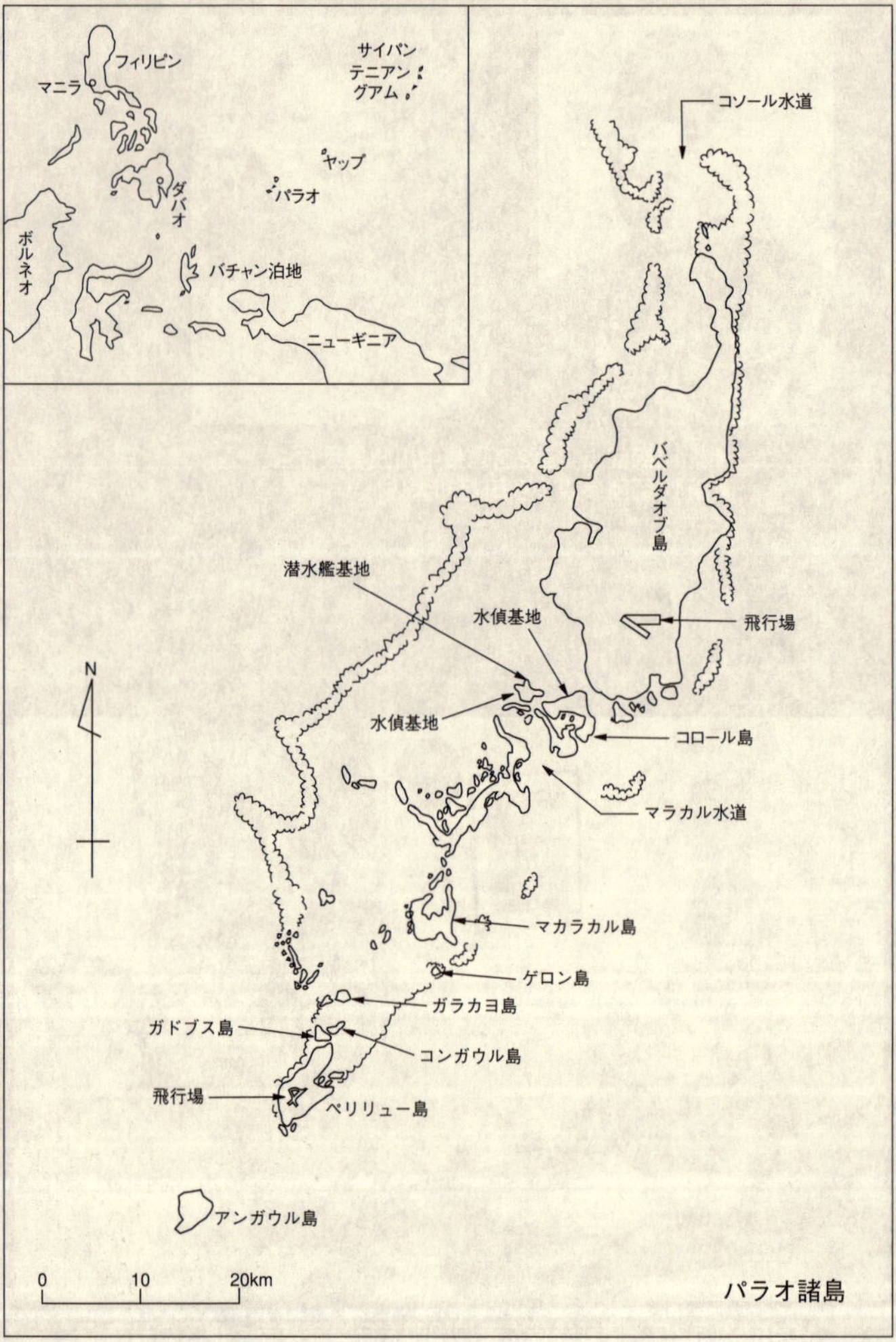
フィリピン
マニラ
サイパン
テニアン
グアム
ヤップ
パラオ
ダバオ
ボルネオ
バチャン泊地
ニューギニア
コソール水道
バベルダオブ島
潜水艦基地
水偵基地
飛行場
水偵基地
コロール島
マラカル水道
N
マカラカル島
ゲロン島
ガラカヨ島
ガドブス島
コンガウル島
飛行場
ペリリュー島
アンガウル島
0
10
20km
パラオ諸島

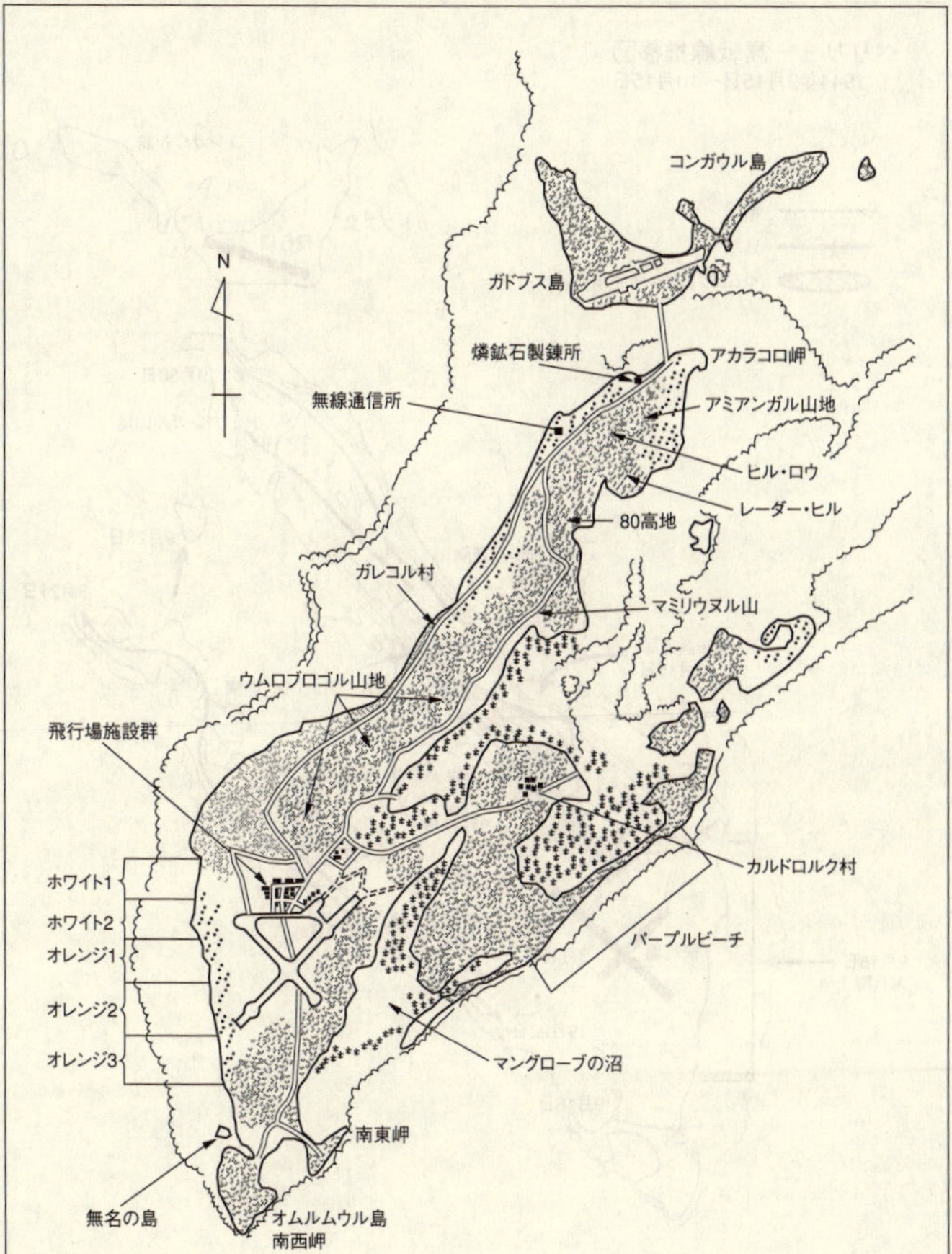
コンガウル島
ガドブス島
燐鉱石製錬所
アカラコロ岬
無線通信所
アミアンガル山地
ヒル・ロウ
レーダー・ヒル
80高地
ガレコル村
マミリウヌル山
ウムロブロゴル山地
飛行場施設群
カルドロルク村
ホワイト1
ホワイト2
オレンジ1
オレンジ2
オレンジ3
パープルビーチ
マングローブの沼
南東岬
無名の島
オムルムウル島
南西岬
N
0
1
2km

ペリリュー島要図

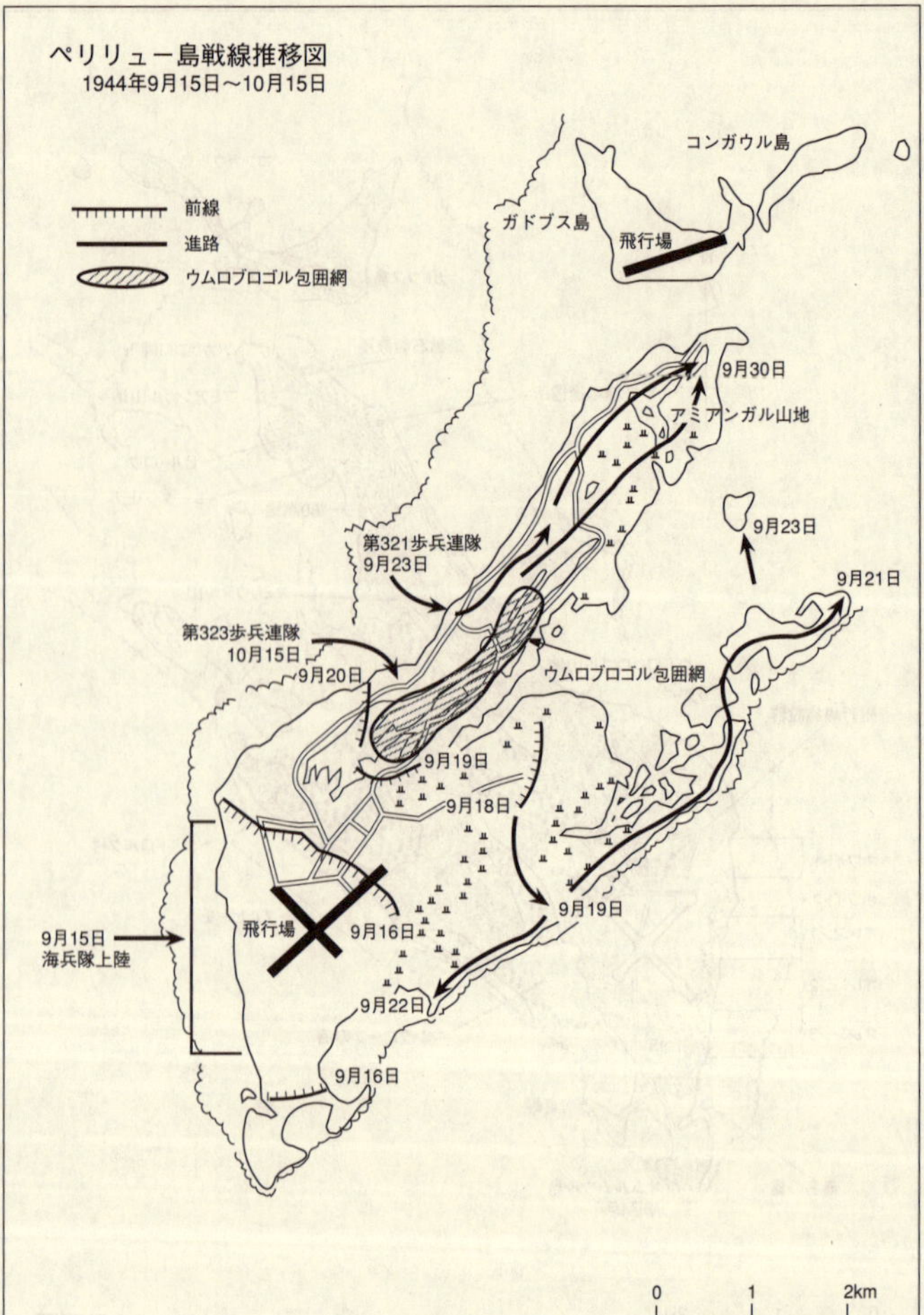

ペリリュー島戦線推移図
1944年9月15日～10月15日
前線
進路
ウムロブロゴル包囲網
コンガウル島
ガドブス島
飛行場
9月30日
アミアンガル山地
9月23日
第321歩兵連隊
9月23日
9月21日
第323歩兵連隊
10月15日
9月20日
ウムロブロゴル包囲網
9月19日
9月18日
9月19日
飛行場
9月16日
9月15日
海兵隊上陸
9月22日
9月16日
0
1
2km

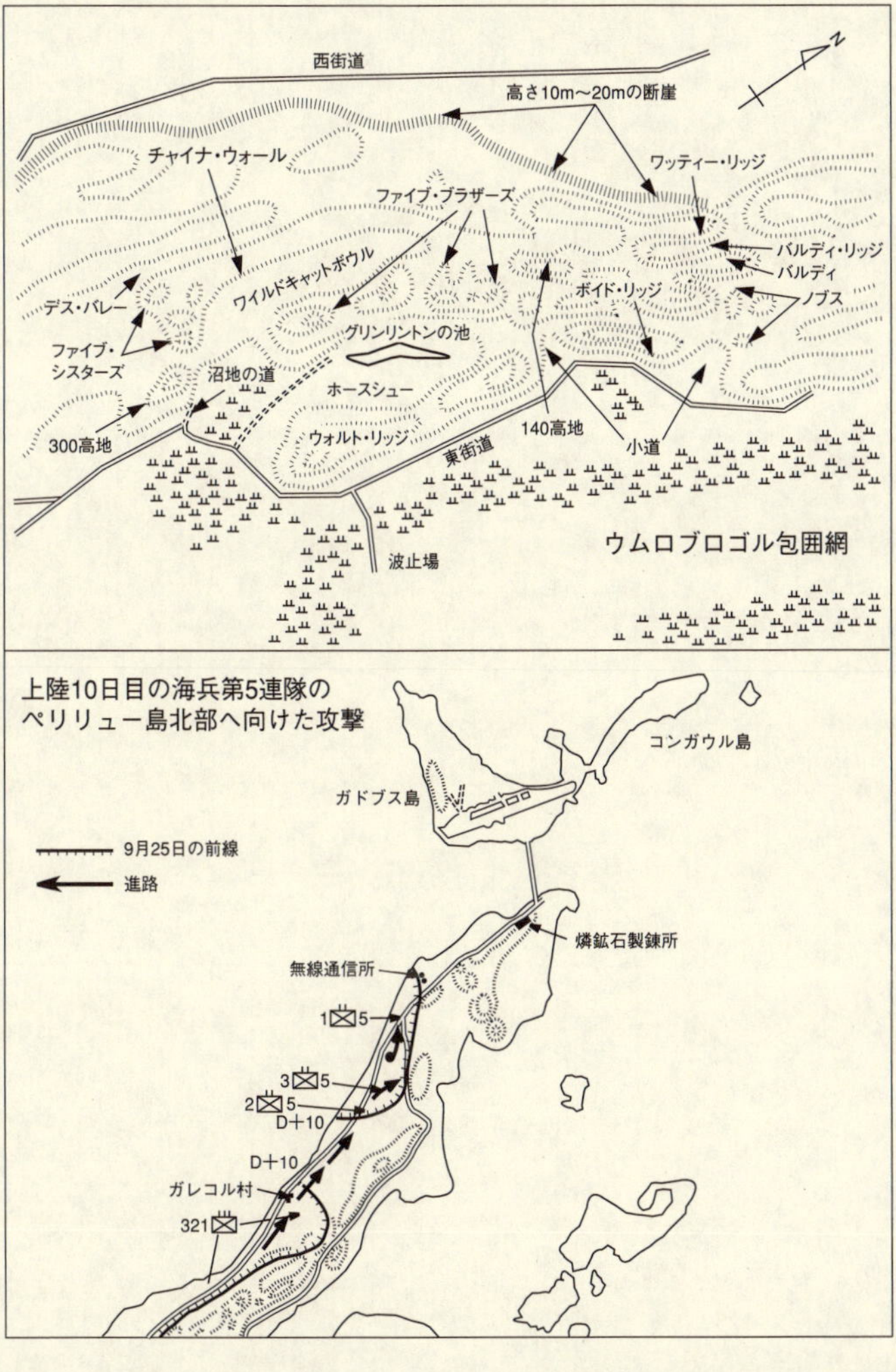
西街道
高さ10m～20mの断崖
チャイナ・ウォール
ワッティー・リッジ
ファイブ・ブラザーズ
バルディ・リッジ
バルディ
ワイルドキャットボウル
デス・バレー
ボイド・リッジ
ノブス
ファイブ・シスターズ
グリンリントンの池
沼地の道
ホースシュー
300高地
ウォルト・リッジ
東街道
140高地
小道
波止場
ウムロブロゴル包囲網
上陸10日目の海兵第5連隊のペリリュー島北部へ向けた攻撃
コンガウル島
ガドブス島
9月25日の前線
進路
燐鉱石製錬所
無線通信所
1 5
3 5
2 5
D＋10
D＋10
ガレコル村
321

ペリリュー島戦記

――珊瑚礁の小島で海兵隊員が見た真実の恐怖

第一章　ステイルメイト作戦

「激しいが、短い」

一九四四年八月、ラッセル諸島のパヴヴ島で訓練を積んでいた第一海兵師団の中で囁かれていた噂である。すなわち、彼らの次の作戦は、激しい戦闘になるだろうが、短期間で終わるであろうと思われていたのだ。

古参の海兵隊員らは、この噂を好意的に受け止めていた。〈第一海兵師団〉、一九四一年初頭に、バージニア州の基地で第一旅団を中核に設立されたこの部隊は、過去三年の間、多くの戦闘経験を積んでいた。海兵隊として輝かしき最初の師団であり、兵士らも海兵隊員であるのと同時に、師団の一員であるのを誇りに思っていた。

一九四二年の八月から十二月のガダルカナル戦終結までの四ヵ月が師団にとってのデビュー戦であった。その後、オーストラリアでの思い出深い休暇を経て、一九四四年初頭のグロスター岬攻略戦に投入された師団は、そこで、四ヵ月もの間、ジャングルの中で、地獄のような、泥や雨、それに日本兵と対峙し、戦闘服はあっという間にボロボロになった。こうした記憶がまだ生々しく残っていたため、「短期間の作戦」は、第一海兵師団の兵士らにとって魅力的に感じたのであった。

一九四四年四月、グロスター岬からオーストラリアに戻れると期待していた海兵隊員の意に反して、パヴヴ島に到着した。パヴヴ島はラッセル諸島最大の島で、彼らが以前戦ったガダルカナル島の北西、約一〇〇キロに位置していた。この新たな拠点について「なぜ、みんな発音しにくい名前ばかりなんだ?」と師団史には書き記されている。

この場所は、第三水陸両用軍団の参謀が、調査のため上空を飛行して、美しい海岸線ときれいなヤシの木々を見て、戦闘で疲弊した師団の静養地として最適と判断したからだった。失望した第一海兵師団の兵士らがパヴヴ島に到着したのは一九四四年四月のことであった。

残念ながら、パヴヴ島は上空から眺めると美しい島だったが、実際に降り立った海兵隊の一等兵は「雨ばかりで、そこらじゅうにネズミがいて、何の取り柄もない場所だった。形もちょうど浣腸みたいだったよ」と皮肉をこめて表現した。実際、師団が現地に到着した際、島は人が住める状態ではなかった。

道路は僅かで、巨大な元ココナッツ農園の施設があったが、他に建物はほとんどなかった。地面は、シダと腐ったココナッツの実や、鬱蒼とした木々に覆われていた。雨は間断なく降り続き、ある将校が「臭い底なし沼」と評した一帯に、兵士も車輌も瞬く間に浸かってしまった。歩哨の兵士は、地面に装備品を置いたままにしておくと沈んでしまうため、島にあった材木の上に装備を乗せておく羽目になってしまった。

士気は常に最低であった。ある日、若い十代の歩哨が数時間の間、M1ライフルを抱え、くるぶしまで泥に浸かりながら、忍耐強く行ったり来たりしていた。ちょうど任務が交代に近づいた際、その若者は一番端のテントに行き、静かにライフルの銃口を口にくわえると自ら頭を吹き飛ばした。

多くの兵士が精神的な限界点に近づいていた。夕暮れ時、ある兵士がテントから駆け出ると、ココナッツの木を拳で叩きながら、「くそー、俺はお前が嫌だ、嫌だ」と叫んだ。すると近くのテントから同情的な声で「俺の分も一発頼むよ」と声がした。

こうした状況に加えて、パヴヴ島では、島があまりに小さかったため、演習が小規模に成らざるを得ず、満足な訓練も実施できない状況にあった。時には中隊規模の演習でさえ、別の部隊の訓練を横切ったり、自分たちのテントのロープにつまずいたりと、小さな衝突が絶えなかった。「中隊が戦闘隊形をとって、木立を抜けると、いつの間にか、別の部隊が整列して、そこの将校が大声で叫びながら武器検閲をしている場所と、ごちゃ混ぜになったりして、コメディ映画のような光景だったね」とある海兵隊員は回想した。

砲兵隊の射撃場所もなかったため、射手は海に向けて砲撃訓練を実施せざるを得なかった。その間、観測兵はＤＵＫＷ（水陸両用車輌）や、ボートに乗る羽目になった。

劣悪な演習環境にもかかわらず、第一戦車大隊は、各歩兵大隊とそれぞれ丸一日を費やして、なんとか協同訓練を実施していた。訓練は、ライフル歩兵分隊と戦車の連係活動が軸となっており、手信号や、車内連絡用の電話を使っての砲撃支援訓練など、小部隊単位での演習にも重点が置かれていた。

幸いなことに、駐屯地が形を成し始め、訓練が進むにつれて兵士らの個人的な不満は解消していった。彼らの興味の対象が再び武器や装備品に向き出したのである。「まるで、兵士の本能が自然とそうさせたように、皆が次の戦闘に向けて準備を始め出した」と、ある士官は語った。この「兵士の本能」は、この頃突然始まった〝チキン調教〟と呼ばれる、武器や装備の検閲が繰り返し行なわれた成果だったのかもしれない。

それからほどなくして、師団の次の攻撃目標が明らかになった。パラオ諸島のペリリュー島である。ある海兵隊員は、聞き取った名前を〝ペレロー〟と書きとめ、その楽しげな音から心地良さそうな場所を思い浮かべた。しかし彼は、やがてペリリューには何一つ良いものなどないことを知ることになる。

赤道直下の北側、フィリピン南部から八〇〇キロ東の洋上に位置するパラオ諸島は、北東から南西に向かって約一六〇キロメートルの長さで、一七五平方マイル（四五三平方キロメートル）のエリアをカバーしている。北から南に向かって主要な島として、バベルダオブ島、コロール島、ウルクターブル島、ペリリュー島、アンガウル島（訳注一／一）である。これらの島々の周囲には無数の小さな島があったが、その多くは無人島であり、パラオ諸島全体として見ても、他の陸地からは遠く離れた洋上にあった。

多くの島には険しい山々があったが、北部の平坦な珊瑚島から、中央部の火山島、南部の珊瑚石灰岩の島まで、地形はバラエティに富んでおり、多彩な植物に覆われていた。

海兵隊が上陸する予定の、ペリリュー島の年間平均降水量は約三五〇〇ミリで、大半は夏から秋にかけての雨期に降った。平均気温は二六度から二八度で、六月から八月までが気温が高い時期である。湿度は高く、年間を通じて平均八二パーセントだった。島には淡水が湧き出る泉がなかったため、日本軍は雨水を蓄える貯水槽を構築していた。

最大の島であるバベルダオブ島は、約三三キロ×八キロの大きさがあり、他の全ての島を合わせた面積よりも大きく、かつマリアナのサイパン島よりも大きかった。また、バベルダオブ島の北側には艦隊の停泊地として利用できる巨大なコソール水道があった。

一九四四年には、パラオ攻略の目的は明らかになっていた。ダグラス・マッカーサー将軍の部隊が、フィリピンに接近するにつれ、パラオ諸島が、その進撃路にとって脅威となってきたのである。このため、米軍によるパラオ攻略はチェスター・ニミッツ提督に任せられた。三〇年もの間、日本に統治されてきたこの島を「まず、第一段階として、マッカーサーのフィリピン南部攻略作戦の脅威を排除する。次に第二段階として、マッカーサーの攻撃を支援するための攻略基地を確立する」段取りとなっていた。

そもそも、最初にパラオの基地攻略が議題に上ったのは、一九四三年の第一次ケベック会談の席上においてである。この会議には連合国側の高官が出席し、当面の作戦開始日時として一九四四年十二月三十一日と設定された。作戦は、マーシャル諸島とトラック諸島攻略の次の作戦と位置づけられ、マリアナ攻略よりも前に実施されることになっていた。

この決定の数ヵ月後、太平洋戦線における米軍は、重要な意思決定を迫られることになった。まず太平洋南西部では、マッカーサー率いる部隊は、ニューギニア東部、ニューブリテン島西部、アドミラルティ諸島から日本軍を駆逐していた。米海軍と海兵隊は、ソロモン諸島を制圧し、ラバウルの日本軍基地を無力化するのに成功した。この間、ニミッツ提督率いる軍は、太平洋中部を横切りながら、タラワ、クェゼリン環礁、マキンや、その他の島々を占領しながら、一九四三年の終わりから一九四四年の初め頃には、マーシャル諸島やギルバート諸島を圧迫しつつあった。このため米軍側の戦略的な視点では、強力な日本軍の拠点となっているトラック諸島を素通りして、進撃できる選択肢を得たのであった。

こうした戦況の好転は、米軍側に作戦計画の前倒しを行なえる余地を与えた。このため、一九四四年三月十二日、統合参謀本部により作戦計画の見直しが行なわれた。この見直しで、ニミッツとマッカーサーは、一九四二年のコレヒドール陥落で日本軍に奪われたフィリピンの奪還を最重点目標として協調作戦を取ることになった。

マッカーサーは長年温めてきたフィリピン侵攻計画として、ニューギニアから北西に進撃し、モロタイ島とミンダナオ島を制圧する作戦を立てた。一方、ニミッツは西に進み、サイパンとグアムを攻略するとともに、続いてカロリン諸島と、パラオ諸島に圧力をかける計画であった。

（注一／二）この計画では、マッカーサーの軍がフィリピン南部のミンダナオ島へ侵攻する日時として十一月十五日、フィリピン中部のレイテ島への侵攻日時として十二月二十日を予定していた。このため、パラオ諸島への攻撃日時は、一九四四年の九月と前倒しされることになった。パラオ諸島への作戦立案は第三水陸両用軍団から分離した、X臨時編成水陸両用軍団の作戦参謀らによってなされた。第三水陸両用軍団自体は、サイパンやグアムでの戦闘が予想以上に長引き作戦立案に取りかかることが出来なかったのである。こうして皆がマリアナ方面での戦闘に注目している間、パラオ方面の作戦に関しては、おびただしい数の選択肢が検討された。まるで将来を予期するかのように「ステイルメイト作戦」（訳注：チェス用語で、手詰まりの意味）と名付けられた初期の計画では、バベルダオブ島から南へ下り、パラオ諸島全体を占領する計画であった。しかし、ミクロネシアで二番目に広い面積を持つバベルダオブ島は高度に要塞化されており、地形的にも攻撃が困難で、米軍側の相当の損害は避けられないと情報部が判断したため、すぐにこの計画は撤回された。島は険しい地形で、飛行場の建設には適しておらず、日本軍も単一滑走路の飛行場を建設したものの、彼らにとっても、決して、理想的な飛行場とは言えなかった。

六月中旬になって、統合参謀本部の幕僚らが、太平洋軍の司令官らに対して西カロリン諸島を完全に素通りする計画の実現可能性について打診してきた。この推奨コースを採用した場合、小笠原諸島や、日本本土までも予定より早く到達できるように見えた。しかし、太平洋軍の司令官らの間では、カロリン諸島を完全に素通りすることは出来ず、たとえ、バベルダオブ島の件を考慮したとしても、当初の予定より縮小した形でのパラオ攻略が不可避であると考えられた。

その結果、ニミッツはバベルダオブ島の日本軍を直接攻撃せずに孤立させて無力化を計る計画を決定した。この計画では、パラオ諸島の南部の三つの島、ペリリュー、ガドブス、アンガウルを制圧することになった。ペリリュー島と小さなガドブス島には日本軍の作った飛行場があり、アンガウル島は米軍爆撃機の基地として最適であったためである。これらの島を掌握すれば、その間の、コソール水道も米艦隊の緊急停泊地として利用できるはずであった。

また、パラオの東、約三八〇キロに位置する、日本軍が占領する西カロリン諸島のヤップ島も日本軍の航空基地があり、バベルダオブ島よりも攻略が容易であるとの判断から攻撃対象となった。また、ヤップ島のすぐ東側に位置するウルシー環礁も深く、広大な艦隊の停泊地として利用できるため、例外的に、攻撃対象となった。

この新たな作戦計画はコードネーム「ステイルメイト2」として一九四四年七月七日に発効された。この計画では、第一海兵師団と陸軍第八一歩兵師団がパラオ諸島南部の担当となっており、海兵隊のペリリュー島への上陸作戦日は九月十五日とされた。一方、ヤップ島とウルシー環礁は、十月上旬に陸軍第二四軍団配下の第七、第九六歩兵師団により攻略されることになった。

タラワ島で第二海兵師団を率いた経験を持つ、温和でメガネを掛けたジュリアン・スミス少将が、この遠征軍の総指揮官に任命された。また八月には、ロイ・ガイガー少将が、アンガウルとペリリュー攻略の軍団の指揮官として派遣されてきた。

このステイルメイト作戦の計画立案中、この計画自体を疑問視する声が浮上してきた。五月のはじめ、ステイルメイト1の計画が持ち上がった際、海軍の西太平洋艦隊の指揮官であり、猛牛の異名を取る、ウィリアム・ハルゼー提督が、計画の必要性について疑問の声を上げてきたのだ。一ヵ月後には、公式の場で反対意見を表明した。彼は、元々、六月に統合参謀本部のカロリン諸島への迂回戦術を支持した唯一の太平洋軍の司令官であり、その極めて攻撃的で有名な性格を考慮すると厄介な反対意見でもあった。太平洋戦争中を通じて、自らのスローガンである「ジャップを殺せ！　ジャップを殺せ！　もっとジャップを殺せ！」を建物や、看板などを使って広めており、今回も、無愛想に、「俺の真の目的は、あの黄色い屑野郎どもを地獄へ突き落とすことだ」と言明していた。

この猛将ハルゼーによるパラオ攻略作戦に対する異議によると、作戦計画のうち、天然の深い停泊地を得られるウルシー環礁だけが攻略する価値があると主張していた。ヤップ島に関しては、航空機の中継程度の利用価値しかなく、彼にとっては、あまり魅力的な攻略対象とは言えなかった。パラオに関しても、その飛行場は予想される損害に見合った価値はないと考えていた。

しかし、ハルゼーの懸念事項は、記録には残されたが結果的に全て却下された。こうして作戦は実現に向けて動き出したのである。

第一海兵師団の攻撃目標は、赤道のすぐ北に位置する珊瑚隆起と石灰岩の長さ約一〇キロの大きさのペリリュー島となった。この小島は、最も幅広い場所でも三キロ余りで、ちょうどロブスターのハサミのような形をしており、そのハサミの長い上部と、短い下部が、島の中央部から突き出ており、二つのツメの間は沼地が広がっていた。この中央部は下側のハサミを含む形で約三キロの幅に膨らんでおり、その場所に日本軍としては、異例ともいえる設備の整った飛行場を建設していた。爆撃機、戦闘機ともに離着陸可能な、珊瑚岩で固められた長さ一〇〇〇メートル級の滑走路を備え、さらにこの主滑走路に直角に交差する形で、短い戦闘機用の第二滑走路も備えていた。これ以外に、戦闘機用の補助滑走路がペリリュー島のすぐ北側で木製の橋でつながっている小さなガドブス島にも建設途中であった。

ペリリュー島の南部は平地であったが、北部と中央部は切り立った崖や、急斜面の岩場が絡み合った複雑な地形であった。この複雑な特徴を持つ地形は特に中央部の高さ約一七〇メートルのウムロブロゴル山の周辺で顕著になっている。

不幸にも、海兵隊の作戦立案者からは、こうした攻撃上最悪の地形は、厚い熱帯雨林の下に覆われて、実際に評価することができなかった。島全体は、幅約一キロの珊瑚礁に囲まれていた。

記録に残るパラオへの最初の西欧人の訪問は、一七一二年のマリアナ諸島からきたスペイン人の宣教師らによるものである。その後スペインの植民地となったが、一八九八年から一〇年間続いたアメリカとスペインの間の戦争、いわゆる米西戦争後、領有権がドイツに売却され、ドイツの植民地となった。

第一次世界大戦後、一九二〇年に、国際連盟は島を日本の委任統治領とすることを正式に認めた。その後、日本はパラオ諸島を含めた太平洋の委任統治領の島々への外国人の立ち入りを制限したため、島の実態は秘密のベールに覆われた。そのため、これらの島々は、国際連盟との条約に違反して要塞化が計られているのではないかと疑われ始めてきた。一九二三年に島の疑惑を調査しようとした海兵隊の中佐が、コロール島で不審死を遂げた事件（注一／二）があったものの、こうした疑惑の多くは明らかに誇張して伝えられたものだった。実際、日本の活動の大半は鉱物資源と農業の開発に費やされていた。

こうした開発のうち、リン鉱山の開発など、いくつかの試みは実を結んでいた。港は浚渫《しゅんせつ》され、道路が拡張し、飛行場が建設された。こうしたインフラ建設は戦時の際は軍用に転用できる目的も兼ね合わせていた。しかしながら、飛行艇の接岸施設と飛行場建設を除いては、島を要塞化する試みは何も成されておらず、パラオ方面への部隊の派遣も行なわれていなかった。この流れに大きな変化が起きたのは一九三九年である。日本は太平洋の統治領を来るべき戦争に対して準備を進める決定を下した。マーシャル諸島、カロリン諸島、マリアナ諸島の軍事化は急ピッチで進み出した。

この時点で、ペリリュー島では一九三八年に建設が始まった飛行場が完成し、港の改良工事と燃料貯蔵施設が完成したに留まっていた。それにしても、この小さな島にとっては、十二分すぎる程の開発工事だった。飛行場からの幹線道路が東海岸と西海岸をつなぎ、さらに北に向かうとカルコール村で合流していた。この村にはリン鉱石の破砕プラントがあり、鉱石運搬のトロッコ鉄道が敷設されていた。

東側の半島であるカルドロルクには、後に日本軍により電波探知機と発電施設、それに様々な軍事施設が建設された。戦争が現実味を帯びるに従って、パラオは偵察部隊の拠点と、水陸両用部隊の中継基地として使用されるようになってきた。

戦争が始まると、パラオ駐留の海軍部隊がフィリピン南部の攻撃作戦に参加し、同様にパラオから出撃した陸軍部隊が、フィリピンの中央部と南部に上陸した。

その後、パラオは南方や東南アジアに向かう日本軍の訓練と中継基地として機能するようになり、この地を経由した部隊の多くは、一九四三年に、ニューギニアやソロモンで第一海兵師団と対峙することになった。しかしながら、一九四三年の終わり頃になると戦争の主導権は移り、米軍が攻勢に転じていた。日本軍の指定した絶対国防圏は、ソロモン、東部ニューギニアとアリューシャン列島での敗北で、崩壊し始めていた。激しい攻勢により、日本軍は、フィリピンに新たな海軍の施設が完成するまで、艦隊をパラオに停泊させる決定を下した。しかし、この計画は、三月三十日と三十一日の米機動艦隊によるパラオ空襲で頓挫した。推定で約一六〇機の日本軍の航空機が、地上や空中で破壊され、コソール水道には機雷がバラまかれたのだ。

ある日本海軍の兵曹長は、バベルダオブ島を経由した際、その光景に衝撃を受け、「港にて多くの艦船が沈没している光景を見るにつけ、連合艦隊の未来に疑問を抱かざるを得ない」と日記に書き記している。彼の疑念は充分な根拠に基づいていた。空襲後、連合艦隊はフィリピンへの撤退スケジュールを早めていった。日本海軍はパラオを放棄したのである。

八月十一日の夜、ペリリュー島の沖合の海面に、潜水艦のシルエットが浮かび上がって来た。米国海軍の潜水艦バーフィッシュは、特殊偵察隊を乗船させており、沖合に向けて進路を変えた。

この艦にとっては、三度目の作戦航海で、艦長のW・B・パーキンス少佐の下、七月三十日以降、パラオ海域に潜入していたが、日本軍の活発な電波探知機による索敵と、明るい月光が作戦の阻害要因となっていた。八月四日の夜には、脅威が現実のものとなっていた。月光を背に飛来した日本軍の航空機から三発の爆弾が投下され、潜水艦の至近で炸裂したのである。

こうした日本軍の活動にも関わらず、バーフィッシュは沖合の潮流に関するデータを収集し、砂浜の写真撮影を行ない、日本軍の防御拠点の位置を記録した。「島もしくは浜辺での日本軍の活動は確認できなかった」、また写真の分析から「全ての海岸には、様々な防御陣地があり、有刺鉄線や防御網と思われる黒い影が海岸をカバーしている。海岸には土嚢が積まれたトーチカや、それ以外にも、偽装されて実態の確認できない数多くの陣地がペリリュー島南東部一帯に存在する」と報告している。

実際に海岸に上陸しての偵察活動に適した条件は、この八月十一日まで整わなかった。水中破壊工作班のM・R・マッセー少尉と、ハワード・ローダー班長は、ちょうど野球のチームを選抜するように、五名一組の上陸要員を選んだ。カリフォルニア出身で勇敢なローダーは、海岸上陸の最初の強行偵察の権利を引き当てると、他の三名のメンバーと島の南東部の海岸に向かって泳ぎ出した。この間、残った一名は洋上のゴムボートの上で待機した。

この偵察チームは海岸の防御陣地やその他の情報を収集し、無事に帰還した。「この砂浜は、LVT（水陸両用兵員輸送車）、DUKW（水陸両用車輛）に加えて、恐らくLCT（戦車揚陸艇）の接岸が可能である。しかし、それよりも小さな舟艇に関しては波の影響で接岸が難しいと思われる」と報告した。偵察員らは、さらに写真に撮影されていた黒い影は、木製の支柱で支えられた金属製のフェンスであることを確認した。

この偵察は、ペリリュー島に上陸した最初で最後の偵察活動となった。これ以降の海岸への上陸偵察は、パーキンスと、特殊偵察部隊のC・E・カークパトリック中尉が、危険すぎると進言したため、中止された。両名は、日本軍による電波探知機の活動が活発であり、さらなる上陸偵察活動を実施した場合、無事に帰還できる可能性は五〇パーセント以下であると考えていた。バーフィッシュは進路をヤップ島に向けたため、ペリリュー島での上陸活動は、これ以上行なわれなかった。（注一／三）

米国によるパラオ諸島に対する初期の情報収集活動の精度は低いものだった。この島の調査経験、あるいは滞在経験がある西欧人は皆無だった。古い航路図、ドイツ植民地時代のわずかなレポート、数枚の風景写真、大戦初期に作成された、整理されていない航空偵察記録といった情報が、大半を占めていた。

陸軍と海軍の合同諜報本部は、一九四四年の四月の終わりになってようやく「ペリリュー島の地図が不正確である」ことを認めた。

情報部門では、三月三十日と三十一日の、空母からのパラオ諸島への航空攻撃の際から、組織的にペリリュー島の情報収集に乗り出した。ただし、この時点では、撮影された写真は、作戦立案目的とした場合には不十分なものであったため、引き続き、七月二日から八月の下旬までの間、偵察航空機によって追加の情報収集が行なわれた。低高度、高高度から撮影された写真は、真下を撮影したものや、斜め下を撮影したものなど多種含まれていた。

こうして収集された情報に、六月下旬に潜水艦シーウルフから撮影した写真を加え、第六四工兵地図大隊が二万分の一の地図を完成させた。攻撃対象となる場所については、グリッド・スーパーインポーズ法を用いた。この地図は、その後ペリリュー作戦での標準地図として利用され、特定の場所に関しては、さらに一万分の一や五〇〇〇分の一に拡大され、上陸作戦時の野戦指揮官用に用いられた。しかし、後にこの拡大地図は、不正確で混乱の原因となった上、地図の専門家が関与せずに作成されたとして、厳しい批判にさらされた。

第一海兵師団の偵察写真分析官は、写真からはあまり多くの地上設備を把握できなかった。日本軍の飛行場の北側は、鬱蒼としたジャングルに覆われており、日本軍がどれほど念入りに陣地を構築しているか窺い知ることが出来なかったのだ。後に、これらの場所は海兵隊員たちを悩ませることになる。

副師団長によると、写真分析官の報告には洞穴については何一つ言及していなかった。しかし実際ペリリューには数百もの洞穴が存在していたのだ。

地図によると、ペリリュー島でロブスターのハサミの下の部分に当たる、南側一帯は概ね平地であった。飛行場は戦争が始まる三年前に完成したばかりだったが、珊瑚岩を固めた、戦闘機及び爆撃機の離発着可能な滑走路と、広い転回場に駐機場が整備されていた。飛行場の北側には、施設群が広がっており、格納庫や兵舎、整備場、無線基地、それに大きな二階建ての司令部が建っていた。

この地域から北側に向かって、地面は険しくなり山岳部となっていたが、鬱蒼としたジャングルに覆われて、正確な地形を掴むのが困難だった。飛行場の東側は、深いマングローブの森を境界線に沼地が広がっており、また、西と南も同様のジャングルが広がっていた。ロブスターの上側のハサミに当たる、島の北西に延びた半島の先端は、やはり平地になっていた。その場所には、カルドロルク村と呼ばれる村があり、電波探知機と発電施設、それにいくつかの諸施設が存在していた。村は開けた場所にあり、風光明媚な場所であった。

「飛行場の北にある高地が、この島の鍵ともいえる特徴的な地形であったが、当時、第一海兵師団の作戦参謀らは、特に気にかけていなかった」と副師団長のO・P・スミスは述べた。

経験上、これらの場所には何らかの陣地が隠されていると思われていたが、これまでの偵察活動からは、それらしき痕跡を全く発見できなかった。潜水艦から撮影された島の輪郭写真も、高地の存在は確認できたものの、信頼できる正確な標高や、実際の険しさを推察することができなかった。（注一／四）

最終的に、島のハサミの上部の約三分の二に渡って、おおまかに峰の稜線が地図に描かれた。島の北端にはやはり別の日本軍の無線基地があり、最近、遺棄された燐鉱石の精製所と、レーダー基地の設置に適した、複数の小高い丘があった。

ペリリュー島の北西、四五〇メートルから六五〇メートル離れて、ガドブス島とコンガウル島と呼ばれる小さな島があり、本島とは木製の橋でつながれていた。写真偵察の結果、ガドブス島には戦闘機用の滑走路が建設途中であるのが判明した。

ペリリュー島には、粗い珊瑚砂と、珊瑚岩からなる上陸に適した海岸が、数多くあった。島は約四〇〇メートルから、二キロ弱の幅の珊瑚礁に囲まれており、西側が広く、東側が狭かった。波高は秋の間は、比較的落ち着いており、平均的な高さは一メートル強であった。

これまでの戦争を通じて、日本軍に関しては膨大な情報が蓄積されており、米軍の情報部門は、パラオにおける日本軍の戦闘方法について完全に把握していた。この年の七月、日本陸軍の第三一軍の司令部があるサイパン島を、海兵隊の二個師団と、陸軍の一個師団が占領した。その際に捕獲された資料の中に、日本軍の情報参謀が解説を加えた組織編成表があった。この情報に関して、ガイガー将軍の情報参謀は「今後の作戦計画に対して、おそらく前代未聞の発見資料である」と小躍りして喜んだ。

これらの入手情報は、米軍の情報部門が、パラオ諸島における日本軍の配備部隊と、その配置状況を推定するのに充分なものだった。これらの情報は、一九四四年七月二十八日、第一四師団が発信した『部隊配備について』とのタイトルの電文を暗号解読装置で傍受した際に裏付けられた。さらに電文からは、コロール島に大隊規模の予備部隊が待機しており、有事の際はペリリュー島の陣地に、いつでも増派できる体制となっている事実が明らかになった。

このようにして得られた情報は、ペリリュー島に関する限りにおいては、恐ろしいほど正確だった。米国の情報部門が犯した唯一の間違いは、臨時編成の迫撃砲中隊と、機関砲中隊、それに若干名の噴進砲部隊の、三つの小部隊に関する配備状況を把握できなかった点である。これらの部隊は恐らく現場部隊の判断で、歩兵部隊から分離編成されたものと推定された。

パラオ諸島防衛の任の主力は日本陸軍の第一四師団であった。この師団は、満州に駐留する部隊であったが、この年の初めに、南方のニューギニアに派遣される途中で、パラオへ転換されたものであった。師団の大半がコロール島に到着したのは、一九四四年四月二十四日のことで、配下の戦車中隊と、重迫撃砲部隊は、そのままマリアナ諸島に転換となり、その年の夏に上陸してきた米軍と交戦し、全滅していた。

第一四師団は、二戦級の部隊ではなかった。日本陸軍で伝統ある精鋭部隊の一つで、日清戦争や、日露戦争での旅順包囲戦など、最も有名な戦いに参加した連隊を配下におき名を馳せていた。パラオ派遣直前までは、満州の精鋭、関東軍の配下にあった。

師団は、三つの歩兵連隊、第二、第五、第五九連隊からなり、兵士は実戦経験が豊富で、士気も極めて高かった。この部隊は、主に東京の北部に位置する、茨城県と群馬県の出身者で占められていた。

第一四師団を率いるのは、井上貞衛《さだえ》中将で、彼は師団長であると同時に、パラオ諸島とヤップ島を管轄する、パラオ地区集団の司令官でもあった。

一九〇八年に任官した井上は、一九三六年に中佐に昇進し、連隊長となった。日中戦争勃発後は、北支戦線や、台湾などで指揮官や、参謀などを歴任した。第一四師団を率いる、ちょうど一年前の一九四二年に中将になっていた。井上は、有能で毅然とした性格で、いかなる状況下でも自らの職務を遂行すると思われた。

彼に与えられた任務は明白であった。彼が中部太平洋地区に赴任する直前、東京で、有能な参謀長である多田督知大佐を伴って、東条英機首相兼軍需相を訪問した際にパラオ諸島の防衛について話し合った。その方法は単純明快で、「最後の一兵まで戦う」というものであった。

井上は、パラオの行政府があったコロール島に司令部を置いた。この島は、バベルダオブ島のすぐ南に位置し、ペリリューからは、約四〇キロ北にあった。彼の直下には、三万五〇〇〇名の将兵がパラオ最大の部隊として配置されており、これ以外に、八〇〇〇名がヤップ島に展開していた。

米国の情報部は、井上の配下の兵員数を二万五〇〇〇名と見込んでいた。また、後に日本軍の将官は、パラオでの大きな会戦を予想していたことを認めた。南側のペリリュー島には、約一万五〇〇名の兵員が配置されており、このうち約六五〇〇名が、第一線の陸上戦闘要員であった。

ペリリュー島に配置されていた日本軍守備隊は、歩兵第二連隊を主力に、第一四師団付の通信隊や、軽戦車一七輌から成る師団戦車隊、歩兵第一五連隊の一個大隊、独立混成第五三旅団から一個歩兵大隊、それ以外にもさまざまな部隊から成っていた。また、島には陸軍とは別に四一〇〇名の海軍将兵がいたが、第一線の戦闘部隊員は、第四五警備隊、第一四四機関砲隊と、第一二六機関砲隊の七〇〇名のみで、それに加えて約一四〇〇名の整備兵などの飛行場支援要員、のこりの二〇〇〇名は、日本人の飛行場設営大隊と、朝鮮人労働者からなっていた。

日本軍は少なくとも、一個大隊規模の七五ミリ砲（訳注一／二）と、一個中隊規模の八一ミリ迫撃砲が配備されているようであった。また、海軍の派遣部隊が大口径の海岸砲を設置していた。さらに、島の守備隊に配備されていた大口径の一五五ミリ迫撃砲により、後に海兵隊員らは、相当数の死傷者を出し苦しめられた。

日本軍の守備隊を指揮するのは、歩兵第二連隊長の、中川州男大佐であった。彼は機知に富んだ、手強い敵であった。

ペリリュー島攻略作戦の詳細な計画策定が始まったのは、CiCPOA（太平洋管区作戦指揮司令）から命令が伝えられた六月二日である。この戦術計画策定に当たっては、師団司令部に対して、通常より多くの役割分担が求められていた。これは、マリアナでの戦闘が長引いている点と、ジュリアン・スミス中将のX臨時編成水陸両用軍団のいるハワイと師団司令部の間の距離がありすぎた点が理由であると思われた。この時、師団長のウィリアム・H・ルパータス少将がワシントンに呼び戻されていたため（注一／五）、副師団長のオリバー・P・スミス准将がすぐに、作戦立案に取りかかり、六月二十一日にルパータスが戻って来た頃には、実施計画が出来上がっていた。

これまでに収集された情報から、計画担当官は上陸作戦候補地を四ヵ所に絞り込んでいた。（一）パープルビーチは、島の南東部に位置する海岸で、上陸部隊にとって、最も地の利を生かせる地形となっていた。珊瑚礁の幅が二〇〇メートル弱しかなく、一部の地点では、LST（戦車揚陸艇）のような大型の艦船の接岸も可能と思われた。当然、日本軍も、この地形の有意性には気がついており、三ヵ所の海岸砲座や、無数の機関銃陣地など、島で最も強力な防御陣地が築かれていた。それに加えて、砂浜の後方には、広いマングローブの沼地があり、島の中心部に向かう進撃路が限定されていた。その沼地に向かう道にも、別の三七ミリ砲の砲座が構築されていた。

(二)スカーレットビーチは、島の最南端で、反対側に位置するオレンジビーチとの協同作戦が真剣に検討された海岸である。しかし、岬は高度に要塞化されており、環礁の間には、多くのコンクリート製の対舟艇障害物や機雷が敷設されているのが明らかになったため、この案は棄却された。特殊工作班の少尉は、開けた入り江にある機銃陣地の目前で、珊瑚礁の爆破作業や、上陸準備活動を行なうのは自殺行為であるとして、スカーレットビーチでの活動を自制するように求めていた。

(三)アンバービーチは、島の北西の半島部に位置していたが、珊瑚礁の幅は広く、側面に位置するガドブス島から攻撃される恐れもあった。また、約一〇〇メートルから三〇〇メートル内陸部にある高台の視界に入っており、主攻撃目標である飛行場からも遠かった。

(四)最後の選択肢は、ペリリュー島の南西部にある幅が二キロ以上もある、ホワイトビーチとオレンジビーチであった。珊瑚礁の幅は約七〇〇メートルあったが、海兵隊は内陸部に向かって一直線に進撃でき、飛行場への距離も短く、日本軍の防衛戦を分断することもできた。海岸の幅の広さは、戦車の利用にも適しているように見えたため、最終的にこの海岸への上陸作戦が採用された。南端の海岸を制圧さえすれば、砲兵隊を展開させるのに充分なスペースと、補給物資の揚陸にも適していると思われた。

南西部の海岸一帯に配置された、トーチカ内の速射砲や、機関銃座、対戦車壕、地雷に鉄条網の合間を縫っての上陸作戦は、容易成らざるものであった。当初、ルパータス少将は、彼の配下の三個連隊のうち、二個連隊を上陸部隊にあて、一個連隊を海上での予備軍とするつもりであった。しかし、上陸部隊を指揮するジュリアン・スミス少将は、三個連隊を同時に上陸させ、一気に正面突破を計り、陸軍の第八一歩兵師団の一個連隊を海上での予備とするように主張した。

最終的に、計画策定官が決定した案は、第一海兵師団の三個連隊が同時かつ、並列に上陸するものであった。第一海兵連隊（コードネーム〝スピットファイア〟）は、一個大隊をホワイト1へ、別の一個大隊をホワイト2へ上陸させ、残った一個大隊を連隊予備部隊とした。上陸後は内陸に進み、飛行場の北部への進出を支援するとともに、その場所を基点として、飛行場北部にある高地地帯を攻撃する計画であった。

第五海兵連隊（〝ローンウルフ〟）は、海岸の中央部に位置するオレンジ1とオレンジ2へ上陸し、左翼側に上陸する大隊は、第一海兵連隊と連携して進撃すると共に、もう一個大隊は真っすぐ進撃して島を横切り、東側の海岸を目指すことになっていた。別の支援の一個大隊は、上陸作戦開始一時間後に、他の二つの大隊の中間地点に上陸し、飛行場の南側を掃討した後に北に向きを変えて、進撃する計画であった。一旦、飛行場を確保した後に、第五海兵連隊は島の北東部の平地と、周辺の小さな島々を掃討することになっていた。

海岸の南端に上陸するのは、第七海兵連隊（〝マスタング〟）の役目であった。第三大隊が先陣となって、オレンジ3へ上陸し、その後、第二波で、第一大隊が続き、第二大隊は船上に残して予備大隊とする予定であった。この部隊は、第五海兵連隊の側面を進みながらペリリュー島の東海岸を目指し、その後、向きを南に変えて、南側に取り残された日本軍を掃討する計画であった。

まだ計画段階であったにも関わらず、上陸後にホワイト1とホワイト2の背後にある高地の奪取を命じられた第一海兵連隊の役割が最も厳しい任務であるのは明白であった。日本軍が高台に居座っている限り、平野部にいる海兵隊は、常に、大口径の野砲での砲撃に晒される危険があった。しかし、上陸初日に第七海兵連隊がペリリュー島南部の掃討を終え次第、第一海兵連隊の応援に駆けつけるはずであった。また計画では、海兵隊の砲兵部隊も上陸後に速やかに展開し、飛行場北側の高地に向けて、集中砲撃を加えることになっていた。

この間、海兵師団の予備として海上で待機するのは陸軍の第八一歩兵師団である。この師団のニックネームは「ワイルドキャット」で、第一次世界大戦のフランスでの戦闘に参加した歴史を持つが、第二次世界大戦での実戦経験はまだなかった。しかし、装備も訓練も充分であり、今回の戦闘にも充分対応できると思われた。師団長のポール・ミュラー少将は、五一歳で、一九一五年にウェストポイント陸軍士官学校を卒業、第一次世界大戦のフランスで歩兵大隊を率いて戦い、銀星章を二回授与されていた。

ミュラーは、師団の戦闘能力を最良の状態にするために、あらゆる努力を惜しまず、後にダグラス・マッカーサーは彼を「素晴らしい人材」と評した。

第八一師団の任務はペリリュー島から約一〇キロ南にあるアンガウル島の制圧であったが、この作戦はペリリュー島が完全に制圧されてから実行されることになっていた。当初、海軍はアンガウル島の攻略を最初に行なうように主張したが、アンガウル島を攻撃している間に日本軍が北部の島々からペリリュー島に援軍を送る恐れがあったため、計画は撤回された。アンガウル島はペリリュー島の約半分の大きさで、日本軍の約二個大隊二五〇〇人により防衛されていた。全てが計画どおりに進んだ場合、第一海兵師団がペリリュー島を攻撃直後に、第八一師団は配下の二個連隊を投入してアンガウル島を攻略することになっていた。しかし、これは、ペリリュー島が苦戦に陥った場合は、ワイルドキャットも海兵隊を支援することを意味していた。

しかし、少なくとも一人の海兵隊員が、そのような非常事態に陥るはずはないと確信していた。頭は禿げていたが、常に俊敏に動き回っていた第一海兵師団の師団長、ウィリアム・ルパータス、五五歳である。彼は、迅速な勝利を確信していた。中国駐留から始まった、三〇年を超える海兵隊のキャリアを持つ彼は、副師団長としてガダルカナル戦を経験し、一九四三年のニューブリテン島攻略作戦では、第一海兵師団を勝利に導いていた。ルパータスは、前第一海兵師団長で、現在の海兵隊総司令官ヴァンデグリフト大将の個人的な友人であり、その精力的で、高い能力を買われて、師団が太平洋に向かう船上で副師団長に抜擢されたものであった。ヴァンデグリフトは、弟分の彼を、いつの日か海兵隊の司令官に抜擢するつもりであろうと噂されていた。

しかし、ルパータスの部下の多くは、この、こぎれいな口ひげをはやした師団長は、気分屋で、部下に対しての態度をころころと変えることから、その能力に対して懐疑的であった。この気分屋気質は、中国駐留時代に、猩紅熱で妻と娘を亡くしたトラウマに起因しているのではないかと考えている者もいた。いずれにせよ、部下からの信任は決して厚くはなかった。一部の者は陰で彼のことを"Rupe the Stupe"（馬鹿なルパータス）とか、"Rupe the Dupe"（間抜けなルパータス）と呼び捨てていた。また別の者は、彼がソロモン諸島攻略で受賞した海軍十字勲章や、グロスター岬上陸作戦で受賞した殊勲十字勲章が、それに値する活躍をしたとは思えないと考えていた。

ペリリュー島攻略の模擬演習の際、ルパータスはアムトラック（訳注一／三）から飛び降りた際に足首を骨折してしまったが、彼の楽観主義は揺るがなかった。ペリリューでの戦闘は、二～三日程度の短期間で終わる規模の作戦であると考えており、作戦地図にも、三日分の戦線を示す、三本の線を引いたに過ぎなかった。

ある晩、攻撃第一波で最も困難な任務を与えられた第一海兵連隊の連隊長で、四六歳のルイス・〝チェスティ〟・プラー大佐のテントを、ルパータス少将が訪れた。「ルイス」とプラーはゆっくりと声をかけると、「今度のペリリューは、君のためにお膳立てしたようなものだよ。うまくやれば将軍だ。もう一個、海軍十字勲章を貰って、それに准将の階級章も一緒にな」

プラーが、海兵隊に入隊したのは、彼の連隊の、ほとんどの部下の兵士らが生まれる前の一九一八年で、三度の海軍十字勲章の受賞歴があった。積極的で、活力があり、歯に衣を着せずにものを言う性格で、かつ、疑問の余地がないほど勇敢であり、彼の脚には、ガダルカナル戦で負傷した際の、日本軍の砲弾の破片が刺さったままだった。彼は如何なる事態が起きようとも、絶対に後に引かない男であると皆が信じていた。しかし、そのプラーにしても、ルパータスのあふれんばかりの楽観主義には不安を感じていた。

彼の不安は数値で裏付けされていた。通常、安全に上陸作戦を敢行するためには、防御側が一に対して攻撃側が三の兵力が必要であると言われていた。第一海兵師団の作戦兵力は一万七四九〇名で、それに加えて増援要員として一万九九四名がいたので、総員は二万八四八四名であった。

単純にこの数値を基に計算すると日本軍との比率は三対一で、理想的な戦力比と思われた。ただし、表面的な数値の比較では表わされていないのは、この二万八四八四名の兵士のうち、実際の戦闘歩兵は九〇〇〇名しかいなかったということである。残りの兵士は、近代的な上陸作戦を遂行するのに必要な専門性を持った支援要員であったのだ。

ルパータス少将は、彼が喜ぶように数値を拡大解釈していたが、プラーは、このオッズを信じる気になれなかった。

ルパータスの過剰とも言える楽観主義に疑問を感じていた海兵隊の将校は、プラーだけではなかった。第一海兵師団の副師団長のオリバー・P・スミス准将も、計画を疑問視していた。カリフォルニア出身の、もの静かで紳士的な、五〇歳のスミスは、師団の知恵袋的な存在であった。彼はクアンティコにあった海兵隊学校の教官をしながら、パリにあったフランス陸軍大学で学び、海兵隊の高級作戦参謀となった。その後、太平洋戦線では、第五海兵連隊を率いてグロスター岬上陸作戦に参加した。一九四四年四月、彼は副師団長に任命されていたが、その能力を今回の作戦立案には全く使っていなかった。スミスとルパータスは、それほど親しい間柄ではなく、スミスは「これまで一度も、戦術面での助言をしたことはないし、そんなことは全く聞かれもしなかった。私はただウロウロしながら、訓練を視察して、それを少将に報告したりしていただけだ。それに親密な関係ではなかったけど、逆に特別に仲が悪いわけではなかった」と語った。

とはいえ、彼もルパータスの見通しには疑念を感じており、「あまりに、あまりに、楽観しすぎ」と評してはいたものの、その楽観主義に対して意見する立場にいなかった。

第三水陸両用軍団の軍団長、ロイ・ガイガー少将も疑念を感じていた一人だった。ペリリュー攻略作戦の頃は、年齢が六〇歳に近く、かつ専門は航空作戦であったが、大規模な陸上戦闘における指揮についても、一定の経験を持っていた。その鋭い眼光と、常に手放さない葉巻から、「屈強な体格と、決して笑顔を見せない顔に、鋭い眼光で、まさに海兵隊員の中の海兵隊員」として畏敬の念を集めていた。

グアム攻略作戦がピークを迎えていた八月十五日まで、ガイガーは自分が第三水陸両用軍団の指揮を執るとは思っていなかった。それまで、彼は今回の作戦について、グアム島やサイパン島での戦闘での経験とは全く異なるものであると判断しており、ルパータスの楽観主義は場違いではないかと考えていた。

特に彼が憂慮していたのは、ペリリュー島の攻撃に当たって、ライフル歩兵一個大隊のみという予備部隊の少なさであった。皮肉なことにX臨時編成水陸両用軍団が立てた元の計画では、海兵隊の三個連隊全てを上陸作戦に投入し、陸軍の第八一歩兵師団の一個連隊を予備に置く計画であった。この計画は、派遣軍司令官のジュリアン・スミス少将の意向でもあった。ところが、ルパータス少将は、際立って難色を示した。陸軍の兵士たちに依存したくなかったのだ。そのため、上陸予備部隊は、一個大隊に圧縮し、第七海兵連隊から抽出する羽目になった。ただし、この決定は、第八一師団が上陸予備部隊として洋上待機するのではなく、単なる海兵隊の予備部隊として後方待機するという事実をすり替える形で実現されることになった。そのため、ペリリュー島が確実に掌握されるまで、八一師団はアンガウル島を攻撃しない点についても合意された。ガイガーはルパータスの支持者ではなかったが、差し当たって計画に口を挟むのは控えることにした。

こうして、計画は第三水陸両用軍団が了承し、海兵隊司令部の正式作戦となった。

実際のところ、計画自体は、決して悪い計画ではなかった。まず島を横断して平野部を最初に掌握すれば、戦車の展開が容易になると同時に、南部の掃討も素早く実施できる。それにより、師団としての作戦行動に移れる充分な広さを確保し、砲兵隊の配備も可能となる。さらに東西、両方向の海岸線の占拠により、複数の海岸線からの揚陸が可能となり、攻撃のスピードを上げることができるはずだった。

もし、全てが予定どおりに進み、侵攻初日に島の飛行場さえ掌握できれば、ソロモン諸島北部のエステサント島の第二海兵航空団所属の航空機が、進駐してくるはずであった。先遣隊として飛来してくるのは、第一一四海兵戦闘飛行隊（VMF－114）、VMF－121、VMF－122、第五四一海兵夜間戦闘機隊（VMFN－541）、第一一海兵航空群（MAG－11）であった。

この計画の唯一の弱点は、海兵隊が平野部を横切る際に、日本軍が陣取る高地から砲撃を受ける点にあったが、海兵隊の作戦計画担当官は、この危険性は計画に織り込み済みと考えていた。第七海兵連隊が素早く、島の南部を掃討できれば、すぐに高地への攻撃が開始できるはずであり、その南部攻略は攻撃初日に完了する予定だった。


（注一／一）これらの計画は、フィリピンを素通りして、小笠原諸島攻略を優先させたい海軍と、フィリピン再上陸を主張するマッカーサーとの間で、激論の末に決まったものである。最終的には、大統領がマッカーサー案を承認した。

（注一／二）死亡した海兵隊の士官は、有能であったが変わり者でもあった。このアール・エリス中佐は、日本軍が米国を攻撃することを、真珠湾攻撃より二〇年も前に正確に予言していた。一九二三年、ビジネスマンを装ってコロール島に滞在中に死亡したが、今もって、日本軍に殺されたのか、自殺なのか、アルコール中毒で死亡したのか、真相は判っていない。

（注一／三）八月十一日、ヤップ諸島の、ガギルートミル島の偵察活動で、ローダー班長を含む三名の水中爆破班の兵士が帰還できなかった。後に彼らは日本軍の捕虜となり、ペリリュー島に送られた事実が判明した。島には九月二日まで勾留され、その後、駆逐艦に乗せられてフィリピンに送られたが、それ以降の消息は今日に至るまで、不明である。

（注一／四）さまざまな詳細情報が師団に伝達される際に、抜け落ちていたことが判明している。これは、X臨時編成軍団のいたハワイと、第一海兵師団のいたパヴヴとの地理的な距離に起因していたと考えられている。計画を迅速に策定するために、ほとんどの計画を海兵隊本部ではなく、師団レベルで検討していた。

（注一／五）極めて重要な時期に司令官が不在になったことから、その理由について様々な憶測を呼んだ。しかし、明らかに、ヴァンデグリフト司令官が、親しかったルパータスのために、些細な出張を作り、再婚した妻と、幼い息子に会わせる機会を作ったものと思われた。

（訳注一／一）島の名前、地名に関しては現在の地図表記であり、当時の呼び名とは一部異なる。

（訳注一／二）大砲の記述は米軍側の呼称である。日本軍側では、七五ミリ砲は、九〇式野砲、八一ミリ迫撃砲は、九七式曲射歩兵砲、一五五ミリ迫撃砲は、九六式中迫撃砲と呼んでいた。一般的に欧米では一五五ミリ迫撃砲は、重迫撃砲に分類されるが、日本陸軍では口径三〇センチの迫撃砲を有していたために、この呼び名となった。

（訳注一／三）アムトラック：米軍が開発した水陸両用型の強襲装甲車。主に上陸作戦等で利用された。

第二章　攻撃準備

ガダルカナル島から三〇〇〇キロ離れたパラオ諸島では、井上貞衛中将が、来るべき米軍の侵攻に備え、一人でも多くの敵と刺し違える覚悟で、準備を進めていた。彼が大本営から受けた命令は、「第十四師団長（井上貞衛中将）は、これよりパラオ地区集団となり、左記のとおり、パラオ諸島、すなわち、アンガウル島よりヤップ島までの要域確保に任ずべし。特にペリリュー、アンガウル、パラオ本島及びヤップ島の各航空基地を絶対に確保すべし」と単純かつ無慈悲なものであった。

しかし、その後、米軍がマリアナ諸島と、ニューギニア北部沿岸を攻略したことにより、大本営は、米軍がパラオ諸島を素通りして、直接フィリピンを攻撃してくる可能性を認識していた。このため、井上中将の部隊をパラオから撤退させる案も真剣に検討されたが、充分な輸送船が確保できなかったため、この案は遺棄された。いずれにせよ、米国の潜水艦が跋扈する中での撤退作業は危険な選択肢でもあった。こうして、歩兵第十四師団は、その場所に留まり、仮に米軍が侵攻してきた場合は、死ぬまで戦う運命となった。

夏に入ると、上陸の可能性は現実のものとなりつつあるようであった。七月の半ばには空母艦載機による空襲が始まり、さらに八月に入ると地上基地を発進してきた航空機による空襲も加わった。米第五航空軍は、パラオ諸島の日本軍陣地を粉砕するために、B－24爆撃機を使った集中爆撃を開始した。八月八日から九月十四日にかけて実施された夜間爆撃では、この諸島に、九一二トンもの通常爆弾と焼夷弾が投下された。八月二十五日からは、ニューギニアとアドミラリティ諸島にある基地を発進した爆撃機により、日本軍の迎撃戦闘機や対空砲火を圧倒した昼間爆撃も開始された。

井上中将は、第一四師団が到着して、二度目の視察でペリリューを訪れた際、この爆撃の洗礼を受けた。井上が将官用の内火艇に乗って、ペリリュー島を巡回し終えたときに、米軍の爆撃機が来襲したのだ。「島の北端から、飛行場のほうで煙が立ち上るのが見えた。そこで、すぐに陸地に上がり、被害を確認するために飛行場に駆けつけたところ、海軍の司令部が直撃弾を受け、多くの海軍士官と兵士が負傷していた。燃料貯蔵庫も直撃弾を受けて、激しく燃え上がり、もうもうと黒い煙が立ち上っていた」と井上は語った。彼はこの空襲では負傷しなかったため、翌朝、ペリリュー島を去った。

三九四回の空襲で、爆撃機が投下した爆弾は八〇〇トンにも及んだ。ある准尉は「我々は、まるで野ネズミのように、防空壕に潜り込んでいた」と空襲が終わった際の状況を述べている。

コロールの街では、井上中将の司令部も含めて五〇〇棟以上の建物が完全に破壊された。九月五日に実施された米軍の偵察では、十数機の戦闘機と、一二機の水上機、それに三機の偵察機がパラオ諸島に残されている航空機の全てであった。飛行場も、甚大な被害を受けており、仮に稼働可能な航空機があったとしても、多数の爆弾穴で大規模な修復をしなければ利用できない状況であった。

さらに、米艦隊や航空部隊は、艦艇や、ボート、木造の漁船に至るまで、ペリリュー島やアンガウル島への増援活動に使われる可能性のある、日本の水上兵力を徹底して破壊した。

日本軍のある高射砲兵が、その時の、バベルダオブ島の様子を「多くの船が港で沈没し、埠頭に目をやると並んでいた倉庫は完全に破壊され廃棄場のようになっていた。日本本土が間近のパラオがこの惨状で、この先多いに不安を感じている」と日記に書き記している。

九月三日、井上中将の上部組織にあたるマニラの南方軍司令部は、パラオ地区集団に対して、米軍が、すぐにでも上陸してくる公算が高いと警告を出している。井上中将は部隊に警戒命令を出したが、その五日後、これらの空母からの攻撃は、他の目標に対する陽動作戦ではないかと考えはじめた。

もし米軍が攻めて来るならば、パラオ諸島での主戦場は、バベルダオブ島になり、それ以外のいくつかの主要な島々も同時に攻撃されるだろうと予想していた。その際、米兵らは、日本軍がこれまでの南方諸島での戦術とは全く変わった戦法に直面するはずであった。これまでの日本軍は『水際撃滅戦』と呼ばれる戦術で、米軍の上陸時に全兵力をもって攻撃する方法を取っていた。しかし、ほとんどの場合、米軍が上陸前に実施する、猛烈な艦砲射撃と空爆で、大損害を受け反撃は成功していなかった。この直前、日本軍の作戦担当官は、ビアク島と、サイパンでの戦いで新たな戦略により、一定の効果を上げた事実に気がついていた。この二ヵ所では、日本軍は兵力を内陸部の地下に温存したため、戦闘は長引き、米軍側の戦死傷者はうなぎ上りに上がっていたのだ。

これらの戦闘経験から、大本営は新たな島嶼守備要領を発布した。それによると、水際での抵抗は、遅滞戦闘を主とし、部隊の大半を米軍の砲爆撃の範囲外である内陸部に温存するものであった。また反撃に際しても、米海兵隊の火力の前に圧倒されてしまう、盲目的なバンザイ突撃を自重し、縦深陣地による徹底抗戦を計るものであった。

七月十一日、井上中将は、『パラオ地区集団決勝訓練の指示』とのタイトルの指導書を配布した。戦後の調査によると、この指示書を執筆したのは、師団参謀長の多田督知大佐で、日本陸軍で最も有能な参謀の一人だった。この中では、大言壮語を排し、主としてサイパン戦での教訓を基に、実用的で、強固な防御をするための方法について解説されていた。この指示書では、これまで日本軍の兵士の間で教育されてきた、天皇陛下のために自らの命を捧げて、自己犠牲の精神で戦うことを強く戒め、兵士の命と装備を温存させる重要性について説いていた。「熾烈なる敵の艦砲、空爆下において、敵の上陸前、過早にわが戦力を損耗させせないこと、及び敵の上陸当夜その配備薄弱に乗じ、一挙に海岸堡を殲滅し、翌払暁までに上陸した敵をことごとく鏖殺《おうさつ》し尽くさんがため、あらゆる戦技の完全精到を期する」と記載されていた。

米軍の艦砲射撃と空爆は極めて激しいものであったが、運用範囲には限界があった。地の利を活かして、敵の砲爆撃を避けることができれば、損害は最小限に押さえられるはずであった。「最も攻撃に適しているのは、敵の舟艇の上陸時である。そのためには、海岸線に強固な陣地を構築する必要があるが、現実的には困難であると考える」と率直に記載されていた。敵に蹂躙された場所から反撃を加える必要があったため、「仮に陣地の一部を占領された状況下でも、敵に集中砲撃を加えるとすぐに姿を隠しながら、敵を混乱させ、撃退する」

米軍の物量攻勢は圧倒的であった。しかし、精神力を持ってすれば、それを相殺できると考えられていた。「唯一恐れるべき点は、圧倒的な物量攻撃から波及してくる、心理的な影響であり、これは経験不足と無知に起因する」と井上中将は述べている。

ペリリュー戦が始まって、何週間も経ったころ、ある海兵隊員が、日本軍の壕の中でスローガンを見つけた。そこには、「我、玉砕せんとす」、「我が身を持って、太平洋の防波堤とならん」と書かれていた。

一九四四年八月二十五日

第一海兵師団は移動を始めた。パヴヴ島のココナッツの木立の中を、重い装備品に背を屈めながら、二列縦隊で進んで行った。「ほとんどの者は無口だったが、何人かは小声で話をしていた」と、ジョージ・ハント大尉は回想している。海岸では、トラック、戦車、装甲車のエンジン音がうなり声をあげていた。あまりの騒音で、兵士らは大声で怒鳴るか、身振り手振りで、意思疎通を図らなければならなかったが、こうした混乱はやがて収束し、兵士らは乗船を始めた。

口数は少なかったものの、海兵隊員たちの意識は高揚していた。兵士たちの間にも、次の戦闘は短期間で終わるはずだとの、将軍の楽観主義が蔓延していた。海兵隊員たちは若かった。少なくとも彼らの八割は一八歳から二五歳の間で、恐らく、戦闘部隊のライフル兵の平均年齢は二〇歳前後と思われた。中には、ひげ剃りさえ必要ない兵士も少なからずいたのだ。

一方で、その対極にはエルモ・〝ポップ〟・ハネー先任軍曹のような、第一次世界大戦にも従軍経験がある古参兵もいた。ハネーは、絵に描いたような〝古参海兵〟であり、彼がシャワーを浴びる際に、床や装備品を磨く剛毛のブラシで、睾丸をこする様を、新兵たちは畏敬の念を持って眺めていた。「彼は、母親から生まれて来た人間ではなく、神が海兵隊員としてこの世に創ったように感じたよ」と、ある二等兵は回想した。

ハネーのような豊富な経験を持った者はごく少数であったが、師団の三割の兵士らが、すでに二年以上もの間、海外におり、二回の侵攻作戦に従軍していた。また、別の三割の兵士も一年以上の従軍と、一回の侵攻作戦に参加しており、残りの兵士が、様々な訓練段階の補充兵であった。

こうした兵士らを率いるのは、海兵隊の中でも最も有名な二人の連隊長と、将来有望な三人目の連隊長であった。第一海兵連隊を率いるのは、バージニア出身のチェスティ・プラーで、ぶっきらぼうな話し方と、正面突破の戦闘スタイルで、すでに海軍十字勲章を三回も授与され、怖いもの知らずと評判が高かった。ある士官は、そのコミカルな外見から、当時人気のあったマンガのキャラクターである、『スナッフィ・スミス』と呼んでいた。彼はカリスマ性があり、多くの部下が彼を強く慕っていた。

第七海兵連隊を率いていたのは、大きなアゴで、経験豊富な将校、H・H・ハンネケン中佐、五一歳である。その名前HHから、"Hard-Heart"（無慈悲な）、"Hot-Headed"（すぐ熱くなる）と呼ばれることもあった。彼もまた古参海兵隊員で、一九一九年、軍曹だったハンネケンは、ハイチにおいて、単身で敵の支配地域を突破して武装ゲリラのリーダであるシャルルマーニュ・ベラルトを倒した戦功を称えられて、名誉勲章を授与されていた。同じクラスの士官よりも年配であり、プラーほど激昂型ではなかったが、沈着冷静な上、怖いもの知らずで、優れた指揮官である点は共通していた。

第五海兵連隊を指揮する、ハロルド・D・"バッキー"・ハリス大佐は、三つの歩兵連隊の連隊長の中では最も若く、唯一のアナポリス海軍兵学校の卒業生でもあった。パリのフランス陸軍大学に留学した後、ニューブリテン島の作戦で、第一海兵師団の情報分析担当の高級参謀であったが、その後、第五海兵連隊を指揮してペリリュー島の作戦に従事するよう命令を受けた。彼は、部下を勲章の数だけではなく冷静に評価し、可能な限り兵士の損失を避ける指揮官であった。

三個歩兵連隊の質的な差は、ほとんど無いと言ってもよかったが、副師団長の意見では、プラーの第一海兵連隊が最も攻撃的であると考えており、それに第五と第七海兵連隊が続く形であった。

八月二十六日までに、古参兵も新兵も全て乗船が完了した。最後の予行演習が八月二十七日と二十九日にガダルカナル島のエスペランス岬で実施された。当初、副師団長のスミスは、マライタ島の海岸を最適な演習場所として選んでいたが、オーストラリア政府が、地元民の移動が必要になるとして反対したため、このエスペランス岬での演習となった。

ルパータス少将は足首を骨折してボートに乗り移れなかったため艦に残り、スミス准将が部隊を海岸に移動させ、指揮所を設置した。そこに第三水陸両用軍団の、ガイガー司令官が姿を表わし「ルパータスはどこだ？」と訊ねた。スミスは、彼が足首を骨折したので動けないと伝えると、ガイガーは不愉快そうに「俺が事前に知っていれば、奴を介抱してやったのに」と話した。スミスは事前に、担当医官に診断を聞いており、それによると、少将の足首は、杖を使って歩けるまでに、少なくとも、あと二週間はかかるとのことだった。

八月二十七日に実施された最初の予行演習は、通信回線の問題で大失敗となったが、二回目の二十九日の演習は全てが順調にいった。スミスによると、あまりに順調に実施できたため、翌日の検討会議では、「全員が自分以外の全員に満足していた」状況で、前向きな雰囲気となった。

リハーサルの後に、船団はガダルカナル島のテテラ海岸を離れた。この間、第八一師団は、八月十二日に師団編成の地であるハワイを離れて、アンガウル島攻撃の予行演習を、ガダルカナル島のタサファロンガ海岸で八月二十六日まで実施していた。

九月四日には、LSTが約三四〇〇キロ離れたペリリュー島に向けて出航した。この船団に続いて、速度の早い船が後を追う予定であった。

これらの準備は、全く問題がないわけではなかった。装備の船積み作業は、設備不足や、兵站作業の混乱、それに作業を担当した一部の海軍士官の経験不足などが相まって、順調には進まなかった。一例をあげると、海兵隊の兵站将校は、戦車揚陸艦の艦長に、装備品を甲板にロープで固定する代わりに、船倉部の車輛甲板に積む許可を得るのに、大変な苦労した。これは、中部太平洋の作戦活動では、ごく普通に行なわれていた方法にもかかわらず、この艦長は全く知らなかったのだ。最終的に、艦長は不承不承ながらも戦闘糧食や、有刺鉄線、柵、弾薬などを下部デッキに収納することを認めた。

しかし、それよりももっと深刻だったのは、第一海兵師団の戦車を輸送する能力の不足だった。特に、一四〇メートル長のドック型揚陸艦（LSD）は、二隻しか割り当てられなかったため、輸送可能な戦車は三〇輛が限界で、一六輛を置いて行かなければならなくなった。この戦車不足は、次の上陸作戦にとって、暗雲を投げかけていた。

装備品の不足も頭痛の種だった。水陸両用型装甲車、背負い式の火炎放射器、爆薬、それにBAR（訳注二／二）、機関銃の予備銃身、工兵用の各種装備と予備部品に、防水素材が、最後まで足りなかった。また船舶の積載能力が不足していたため、工兵と海軍の設営部隊は、道路工事と建設資材の多くを積み込むことができなかった。

それ以外の例としては、貯蔵されていた装備品や弾薬が、不良品であった事である。ある突撃部隊では、機関銃の弾帯が腐食していたり、迫撃砲弾の増加発射薬が劣化していたり、あるいはショットガンの弾丸は、湿気で肥大していた。こうした出発直前に見つかった不良品の弾薬は、即座に積み直された。作戦行動に必要不可欠なTBX型無線機の乾電池も、全て放電してしまっているのが判明し、幸いなことに同日のうちに積み直された。

さらにもう一つの問題点として、第一海兵師団は、珊瑚礁で囲まれた、要塞化された島の上陸作戦の経験が乏しかったことである。直前のガダルカナル島や、グロスター岬での戦闘は、ほとんどがジャングル戦であり、そのため、将校の中には、中部太平洋戦で新たに開発されていた、LVT－A（水陸両用戦車）アムタンクを見て少なからず驚く者もいた。七月には、これまでの水陸両用装甲大隊に加えて、新たに急遽、一個大隊が編成されたが、寄せ集めの部隊であったため、装備と、経験者の確保が間に合わなかった。そのため、訓練はLVTではなく、陸軍のDUKW（水陸両用車輌）を利用する羽目になった。

アムトラックは、上陸作戦には必要不可欠な車輌である。ペリリュー島攻略の作戦計画の段階で、一年前の第二海兵師団のタラワ島での経験を知った海兵隊の士官らは恐怖におののいていた。タラワはペリリューと同じように、珊瑚礁に囲まれた小さな島で、高度に要塞化されていた。この攻撃で海兵隊側は三〇〇〇名を超える戦死傷者を出したが、これはアムトラックが不足したため、日本軍の銃火の下で珊瑚礁を歩いて上陸しなければならなかったためである。第一海兵師団では、この戦闘を研究し、教訓としていた。そのため、ペリリューでは、突撃歩兵は全てアムトラックで珊瑚礁を超えることになっていたが、予想される戦死傷者の数はただならぬものであった。ラッセル・クレイ伍長は「俺たちが、今度の作戦について皆で話し合っていたところ、中隊長が来て〝次の作戦の戦死傷率は五〇パーセントだ〟といったんだ。そこで、隣の奴の顔を見て、隣の奴も俺の顔を見て、こう考えた。〝どっちの番かな〟ってね」と回想した。

ペリリュー島の作戦目標では、四五〇〇名の歩兵を一九分で上陸させることになっていた。その方法は、これまで中部太平洋戦域の作戦で、開発されてきた標準的な攻撃計画と兵站計画から注意深く策定されていた。兵員を海岸まで運ぶアムトラックは、LST（戦車揚陸艇）に格納された。同様に、LVTの装甲を強化し、七五ミリ砲を搭載して海岸で火力支援を行なうアムタンクが一緒に積載されていた。新型のアムトラックであるLVT4型（この年の六月のサイパン戦で初めて使用された）は、兵員の乗降口が後部に移り、海岸での下車の際により防護性を高めていた。また、この車輌は七五ミリ榴弾砲を組み立てた状態で輸送し、下車後、すぐに展開することができた。

さらに、一〇五ミリ榴弾砲を運搬できる陸軍のDUKWも、上陸部隊に配属された。積み荷は規格化され、多目的に利用できるシステムが採用されていた。たとえば、浮き橋に利用するボートにはクレーンも装備され、積み荷の上げ下ろしにも使用できた。また、六隻のLSTには、船舷に五〇メートルほどの仮設道路が取り付けられており、一旦、海岸線が確保されれば、珊瑚礁の上に浮桟橋を設置して、LSTから陸地まで直接トラックが走行できた。

サイパン島の戦いでは、戦車が遅れたため、上陸時の歩兵の支援に支障が生じた点を教訓とし、ペリリュー島では、スピードアップ策が計られた。LCT（戦車揚陸艇）は、珊瑚礁の端まで水陸両用戦車を運び、そこからは戦車が自力で海岸まで走行して、上陸歩兵に迅速な火力支援を行なうことになった。

保護対象としない二隻の病院船を武装させて沖合に展開して重傷者の治療に当たるとともに、別の四隻の正規の病院船も準備が整い次第、到着する計画であった。

輸送統制ラインに展開する三隻の小型艇は、上陸海岸を往復するアムトラックに対して、ガソリンと潤滑油を補給した。それ以外の九隻の小型艇は、浮かぶ軍事集積所として機能し、水や食料、弾薬や火炎放射器用の燃料を供給した。

こうした革新的な技術の中で、師団が最初に運用するのは、水陸両用のトレーラーである。このトレーラーは、車輪がついて、防水加工の金属製のカバーで上部を覆われ、水に浮いた状態で船から物資を移されると、戦車や、LVT、DUKW、ブルドーザーなどに牽引された。ペリリュー島では六〇台が投入され、機関銃の銃弾や、火炎放射器の燃料、医薬品、信号弾などの、消耗度の高い補給物資を運ぶのに使われた。しかし、このトレーラーは浮力を得るために側面が高かったため、物資の積み降ろしが容易ではなく、当初の想定した程の活躍はできなかった。

上陸作戦は、五本の線で分割されていた。最も外側の線は海岸線から一万八〇〇〇ヤード（約一六キロメートル）に引かれ、上陸作戦当日に、船団が停泊する、〝輸送船団ライン〟であった。その次に、LSTから上陸統制官のためのボートなどを降ろす、〝第一次LST停泊ライン〟、この先に、海岸から六〇〇〇ヤード（約五・五キロメートル）にLSTが集結する、〝LST発進ライン〟が引かれた。この線でLSTは前部の扉を開けて、兵士を乗せたアムトラックを海面に向けて発進させる。発進したアムトラックは、海岸から四〇〇〇ヤード（三・六キロメートル）のラインで、集結し上陸波を構成する。ここから海岸までは三〇分の距離である。五番目の線は、海岸から二千ヤード（一・八キロメートル）で、輸送統制ラインである。この場所は、海岸で兵員を降ろしたアムトラックが戻ってくる場所とされ、ここで、新たな兵員や、補給物資を小型のボートから積み替えることになっていた。

このペリリュー戦では、第一海兵師団に、新たに開発された兵器も二種類投入された。一つは海軍のMark－I型火炎放射器で、約一四〇メートルの距離に、八〇秒間もの間、ナパーム燃料による火炎放射を行なえた。三輌のアムトラックに、この火炎放射器が搭載され、四輌目のアムトラックがナパーム燃料運搬車として割当てられていた。特に上陸直後の日本軍のトーチカ制圧に、有効であると考えられていたが、実際、この兵器は上陸直後だけではなく、内陸部の戦闘においても多大な威力を発揮することが後に証明された。

もう一つの兵器は、肩撃ち式の六〇ミリ迫撃砲（訳注二／二）で、軽機関銃の台座から発射できるものであったが、あまり役には立たなかった。トーチカや、洞穴の開口部に向けた水平砲撃が行なえるように設計されていたものの、あまりに重く、発射時の反動が大きい上に、操作が簡単だったバズーカ砲と効果が変わらなかったのだ。発射時の反動の大きさのため、射手は二発から四発発射すると交代を余儀なくされ、兵士たちからは嫌われた。この兵器は、試験導入として二七門が師団に配備された。

それ以外に、歩兵部隊のカービン銃を、ライフル銃と機関銃に交換する手続きも取られた。一般的に歩兵大隊においては、カービン銃は拳銃の代用品として認識されており、銃剣付きのM1ガーランド銃とは比較にならない存在であった。しかし、残念ながらライフル銃と機関銃の在庫も足らず、この計画は完遂できなかった。

この間、次の作戦に多少の疑念を持つ者もいたが、ペリリュー島へ出発する直前のガダルカナル島での、慰問映画の映写会の場で、ルパータス将軍の楽観的な演説に納得させられていた。将軍は、「次の作戦では、若干の死傷者は出るだろう」と率直に認めた上で、「しかし、次の作戦は短期間で終わるのは間違いない、すぐに終わる。大変な戦いだが、素早く終わる。作戦完了までの期間はたったの三日だ。もしかしたら二日かもしれない」ルパータスは、部下の兵士らに、ぜひ、ペリリュー島の日本軍司令官のサムライ軍刀を、自分のところに持って来てくれと、話を締めくくった。

参謀の一人は「あれは、本当に根拠があって話したわけじゃない、檄を飛ばしたにすぎないよ」と当時を回想した。しかし、ルパータスの楽観的な見通しは、瞬く間に師団に広まった。「三日間、たぶん二日間、大変だがすぐに終わる」

師団が乗船するパヴヴ島の海岸の近くでは、唯一、不吉で、もの悲しい光景が広がっていた。この場所には、師団工兵隊の作業場があり、彼らが作った簡単な白い十字架が大量に並べられ、船積みされるのを待っていた。これらは、ペリリューへ向かう輸送船のどこかに載せられることになっていたが、単なる船のバラストではなく、実際に現地での埋葬用に使われる予定だったのだ。

パラオに向かう上陸部隊の輸送と護衛は、ブル・ハルゼー提督の第三艦隊の役目であった。これは決して簡単な仕事ではなかった。艦隊は、輸送と護衛に加えて、上陸部隊が海岸を確保するまでの、艦砲射撃に空爆、さらに、それらに関連する全ての補給任務も含まれていたのだ。ステイルメイト2作戦が完了するまでに、太平洋にいる全ての主要な指揮系統が作戦に携わることになっていた。この作戦は最終的に八〇〇隻の艦船と、一六〇〇機の航空機、それに推定二五万名の、陸軍、海軍、海兵隊の将兵が参加することになっていた。この時点では、太平洋戦域での最大規模の上陸作戦であり、攻撃部隊だけでも、一四隻の戦艦、一六隻の空母、二〇隻の護衛空母、二三隻の巡洋艦、一三六隻の駆逐艦、三一隻の護衛駆逐艦に加え、相当数の、上陸用艦艇や支援艦から成っていた。この艦船数には、第三一師団のモロタイ島上陸作戦に対する支援艦艇を含んでいない。こうした膨大な人員と艦船に対する補給は、連合国側全体の支援により、支えられていた。

ハルゼーは、与えられた様々な任務をこなすために、第三艦隊を二つの指揮系統に分割した。自らが援護軍・特別部隊（TF－30）を指揮し、セオドア・S・ウィルキンソン中将が、第三上陸軍を指揮することになった。ウィルキンソンの部隊は、さらに、ヤップ・ウルシー攻撃を直接支援する東部攻撃軍（TF－33）と、ペリリュー・アンガウル攻撃を担当する西部攻撃軍（TF－32）の二つに分割された。このTF－32の指揮は、ジョージ・H・フォート中将が代行した。

これまでの二年間、海軍は、上陸作戦の際の砲撃支援について経験を積んで来た。ペリリュー作戦においても、オルデンドルフ提督率いる支援群は、自らの戦力に絶大な自信を持っていた。艦隊は、戦艦メリーランド、アイダホ、ミシシッピにペンシルバニア、重巡洋艦ルイスビル、ポートランド、インディアナポリス、軽巡洋艦ホノルルに加え、九隻の駆逐艦から成っていた。航空支援は、主にラルフ・オフスティ少将の護衛空母艦隊の任務であり、日によって七隻から一一隻の小さな航空母艦が動員された。

特定の目標に対する砲爆撃が開始されたのは九月十二日である。艦砲射撃は、航空機、飛行場、銃座、兵員の陣地に対して集中して実施された。上陸作戦当日は、海兵隊の上陸部隊が海岸線に到達するまで、浅瀬から内陸部の三六〇メートルまでの範囲にある海岸の防御陣地に対して、集中砲撃が行なわれた。九月十三日と十四日には、掃海艇がコソール水道から、ペリリュー島とアンガウル島の北側までの間を掃海し、同じ日には、UDT（水中破壊工作班）が、海岸への進入路を、やはり掃海した。こうして海兵隊への道が開かれたのである。

井上中将は、全てを事細かに指示した訳ではなかったが、ペリリュー島の一万余名の将兵らは四月にこの島に到着以来、まるでモグラのように、毎日をトンネル掘り作業に費やしていった。ある准尉は「朝から晩まで、ひたすら掘った」と書き記している。ペリリュー島とアンガウル島の地元民はすでに避難させられていた。

中川大佐は、ペリリュー島にやってくる米軍の規模を予想して楽しんでいる向きもあった。後に井上中将は「当時、少なくとも米軍の三個師団が、南側か東側の海岸に上陸することになるであろうと予想していた」と証言した。どちらの海岸に米軍が上陸したにせよ、激しい抵抗に遭うはずであった。中川は島を四つのエリアに分割しており、それぞれの区域に対して、別の場所から増援として予備大隊を投入できるように人員が配置されていた。訓練は実際の空襲下で行なわれていたため、激しい艦砲射撃の状況下のような、あらゆる脅威の下でも確実に部隊を展開できる自信がついていた。

特別部隊を動員した、詳細な反撃計画の予行演習も行なわれていた。日本軍は、数個中隊を特別部隊として再編成しており、その内の一つは、水中を泳いで、機雷や手榴弾で上陸用舟艇を破壊する訓練をしていた。また歩兵小隊は、島に配置されていた一七輛の戦車に随伴して戦闘に参加する訓練を受けており、それ以外にも、二名から三名での敵地に潜入して接近戦を行ない、戦車やアムトラック、迫撃砲などを破壊する任務を持った特別斬込隊も編成されていた。

上陸が想定される全ての海岸線には、厳重に地雷が埋設され、地雷原は約一〇〇メートル内陸部まで延びていた。一三〇〇個を超える角付き型の対戦車地雷（訳注二／三）に加え、航空機用の爆弾に、圧力で作動する信管を取り付けた即製の地雷も埋められた。対舟艇や、対戦車障害物も建設され、対戦車壕や、砲撃統制の目標点も、砂浜や珊瑚礁に設けられた。

海兵隊が上陸する予定海岸である、南西部の海岸は、日本軍が典型的な縦深防御を計画している場所でもあった。

浅瀬には、歩兵、水陸両用車輛、戦車の侵入を妨害するために、コンクリートの立方体が、鉄条網と一緒に沈められていた。また三〇〇個を超える、触覚信管型の地雷も設置されていた。海岸と、そこからの進入路には絡み合った鉄条網と、大量の地雷が待ち構えていた。さらに海岸と並行して対戦車壕も掘られており、鉄筋コンクリート製のトーチカに収められた三七ミリもしくは四七ミリの対戦車／対舟艇砲の砲座による射界にカバーされていた。

歩兵の蛸壺や、トーチカは、二名から三名の兵員サイズで構築されており、内陸部には、それ以外の大型トーチカや、防御陣地も造られた。中には鉄筋コンクリート製の小要塞もあり、一六ヵ所の自動火器で相互的な防御網が敷かれていた。高台には、観測兵がおり、迫撃砲や野砲への砲撃要請を行なえた。これらの砲の中には、四一式七五ミリ山砲があり、島の南部一帯への砲撃が行なえた。

ホワイト2とオレンジ1の間にある高台には、二ヵ所の砲台と、無数のトーチカがあり、両方の海岸を射界に収めていた。二ヵ所の砲台は、それぞれ三〇メートルほど離れた位置に構築され、オレンジビーチの南側とホワイトビーチの北側に対して砲撃を加えられたが、こうした陣地の大半は海上からは直接見えない位置に造られていた。生き残った日本軍の軍曹は「長期間、朝から晩まで、陣地構築に勤しんだが、機材と人員不足で、当初の予定どおりのコンクリート厚を得られなかった」と、当時を回想している。

飛行場の外縁に沿って構築されている塹壕やトーチカは奇妙な陣地だった。偽物だったのである。これは明らかに米軍の誤射の誘引を目的としたもので、塹壕の淵にはココナッツの葉と実で造った、兵隊に見立てた案山子が並べられていた。

最後には、珊瑚隆起の高台と、無数の自然洞窟を利用した日本軍陣地が待ち構えていた。後に、この地形を退役海兵隊員は「まるで、巨大なスイスチーズのようで、洞穴や岩の裂け目だらけの一帯は、想像を絶するものだった」と語り、防御には絶好の場所であった。周辺一帯には文字どおり数百個の洞窟があり、戦闘後に米海兵隊が調査した結果、五〇〇以上もの洞穴が見つかった。

こうした天然の洞窟は、手作業や発破により陣地として利用できるように改造されており、狙撃兵が一人だけ入る小さなものから、一個大隊を丸ごと収用できる巨大なものまで様々な鍾乳洞や石灰岩の洞窟があった。渓谷の内側にあったW字型やJ字型の洞窟は、主に予備部隊を待機させる場所として使われた。I字型、L字型、T字型、U字型の洞窟は小型で、戦闘時は相互支援が行なえるように設計されていた。場所によっては、洞窟は複数階を構成するように構築されており、多数の出入り口は、巧妙に偽装され、さらに直接砲撃や、砲撃時の衝撃波を避けるために、鋭角で折れ曲がっていた。洞窟内は、食料や弾薬で満たされており、天井から落ちてくる水を、飲料水として用いるための容器も設置されていた。南部、西部、東部の高台では、迫撃砲や、物資貯蔵の洞窟陣地は、反斜面に配置され、正斜面にある野砲陣地には、出入り口に鋼鉄製の扉が取り付けられた。こうした陣地のうち、特に険しい絶壁に面していたものは、歩兵が直接攻撃することができず、かつ砲爆撃が直撃しても充分持ちこたえられるものであった。

一方で、日本海軍の構築した陣地は、陸軍のような注意深く設計された相互防御の視点は欠けていたものの、その大きさ、複雑さの点において陸軍のものを圧倒していた。海軍第二一四設営大隊は、民間の鉱山技師や、トンネル技師を動員しており、彼らが構築した陣地は、縦横に交差した巨大な坑道と、対壕方式（訳注二／四）を用いた出入り口で、人員が保護されていた。珊瑚石灰岩をくり抜いて造られた壕は、通常、横三メートル、高さ一・八メートルのサイズだった。物資貯蔵庫や、居住区などの個別の部屋が用意され、電気や、空調機が設置され、木製の床板も張られていた。こうした壕は全部で八種類あり、H型とE型は、大きめの洞穴を利用していた。

陸軍の壕の傍に、連絡用として造られた海軍壕を除くと、ほとんどの海軍壕は島の北部に構築されていた。その中で、島の最北端の高台に掘られた壕は、最も緻密で、高度なものだった。H

型の壕を複数繋いだ陣地は、一五〇メートルを超える大きさで、五ヵ所の側面に、複数の出入り口があった。戦闘後の日本軍の捕虜の証言から、九月三日に第一海兵師団がペリリューに向けて航海している頃には、一一〇〇名を超える人員が、この壕で生活していたことが判明している。

このような、陣地構築の一面からも、太平洋戦争全期間を通じて、日本軍を蝕んでいた、陸軍と海軍の深刻な反目を垣間みることができる。こうした現象は、元々、海軍の航空基地だったパラオ諸島ではより顕著に現われた。突如として大量に乗り込んで来た陸軍が、島の指揮権を掌握したため、海軍の将兵の間には敵愾心が生じていたのである。

陸軍と海軍の間の協調性の欠如は、防御網構築においても影響が及んでいた。海軍は自らが管轄下においていた民間の設営労働者を、陸軍の陣地構築に提供するのを拒否していた。さらに海軍は、各種の建設機材を、陸軍の井上中将に提供しない方針であったため、陸軍の兵士らは、来るべき侵攻に備える陣地構築を、専ら人手に頼る羽目になっていた。この反目は、ペリリュー島の陸軍司令官である中川大佐よりも、海軍のパラオ地区航空隊の司令官であった伊藤賢三中将の階級が上であったことからもより顕著であった。

米軍は、中川大佐については、ほとんど情報らしい情報を持っていなかった。唯一現存している写真は、三〇代の参謀だった頃のもので、がっしりとした体格であることは判るが、他の数千名の日本軍将校と目立った区別はつかなかった。写真からは判明しなかったが、中川は第一四師団では最も有能な連隊長であり、おそらく日本陸軍全体でも卓越した才能をもっていたと、後年、井上中将は語っている。

井上中将は、中川の能力の高さに惚れ込んでおり、それが彼を要衝であるペリリュー島の飛行場の防衛を任せた理由でもあったが、中川は、あらゆる場面で階級を笠に着て、非協力を貫く海軍の伊藤中将には悩まされていた。

ペリリュー島の日本軍の数少ない士官の生存者である、山口永少尉は、海軍相手に資材の提供を要請していた当時の模様を、「海軍の管轄区では、資材が豊富にあった。陸軍はそれを提供してもらうために、何度も、何度も頭を下げ、ようやく使わせてもらった」と冷笑的に語っている。

七月に入って、井上中将は戦術顧問として師団参謀の村井権治郎少将をパラオに送りこんだ。五三歳の村井少将は、要塞構築の専門家であったが、派遣の主目的は、非協力を貫く伊藤中将に対して中川を支援することであった。村井の階級は高かったが、中川はペリリュー島の防衛の指揮官としての立場を維持していた。村井は顧問に徹し、指揮権を取るのは、中川が戦死もしくは重傷で指揮が執れなくなった場合のみとなっていた。

この頃、日本軍の補給は滞り始めていた。マリアナ諸島での米軍の勝利を受けて、日本軍は戦略の転換を迫られていたため、重要な戦略拠点はフィリピンとなり、パラオは捨て石となった。ペリリュー島の中川大佐の司令部にいた士官の一人は、弾薬や資材の補給なしに島の防衛をしなければならない状況に「頼りになるのは、もはや精神力だけだ」と不満を述べていたのを、生き残った下士官が証言している。

特にパラオで深刻だったのは、航空機の不足であり、事実上、全く残っていなかった。米軍の推定では三月三十日と三十一日の空爆で、パラオにあった一六八機の航空機を破壊しており、予備の機体は存在しないと思われた。大本営では、来るべきフィリピンでの戦闘に備えて利用可能な全ての航空機を温存しており、九月の時点で、井上中将が、パラオで作戦利用可能な航空機は、海軍の水偵が五機のみだった。

島には、航空機搭載用の爆弾が貯蔵されており、新たな航空機の配備も望み薄であることから、井上中将は、全ての爆弾を、対戦車地雷として改造し、海岸線に敷設するよう命じた。こうして、また一つ上陸する海兵隊にとっての脅威が増加した。

水平線の彼方では、鉛色の空の下、七・七ノット（約時速一四キロ）のスピードで攻撃部隊を乗せた三〇隻のLSTが、淡々とペリリュー島に向けて進んでいた。船団は、通常の隊列で進んでおり、その模様を「まるでダンボール箱の上に載せられた駒のように、まっすぐ隊列を組んで進んでいた」と海兵隊員は回想している。それ以外にも一七隻の輸送船と、二隻のLSDが、師団に割当てられていたが、船速の早い（平均速度一二・七ノット：時速二四キロ）輸送船は遅れて九月八日に出航していた。船団は北西に進路を取り、ソロモンと、ダンピール海峡を抜け、ニューギニアの北で赤道を超えると、太平洋の海原を、一路、パラオに向かって行った。波は静かで、風も穏やかだった。

速度の遅いLSTに乗っている海兵隊員たちからは、日本軍の潜水艦攻撃を防ぐために、護衛の駆逐艦が船団の合間を縫うように、行ったり来たりする颯爽とした姿が見えていた。LST船団には、一万五六一六名の兵士と、八四三名の将校、大量のジープに、膨大な弾薬、二五〇輌の水陸両用車輌、飲料水、ガソリン、それに現代の上陸作戦に必要な様々な物資が積載され、熱気で満たされていた。

LST227号に乗っていた、ジョージ・ハント大尉率いる、第一海兵連隊、K中隊の寝台区画には、総員二三五名中、七七名しかいなかった。残りの兵士らは、主甲板に上がり、ジープ、トラック、トレーラーやドラム缶など、様々な積み荷の間に、寝場所を見つけていた。防水シートを張って、赤道直下の照りつける太陽の日差しを避けていたが、ゆっくりと進む船上では、熱気はこもったままだった。

ある船の船内スピーカーから、ミュージカル『オクラホマ!』の音楽が鳴り出すと、海兵隊員たちは音楽に合わせて歌い出した。「♪あぁ、なんて、惨めな朝なんだ。あぁ、なんて、嫌な朝なんだ……」。

一方で、島の巨大な石膏模型が、兵卒向けに公開され、兵士らが攻撃目標を頭に入れるのに利用されていた。

第一海兵師団が乗船した際、定員よりも五パーセント多い状態であった。これには、ガダルカナルの集結地点から、第五海兵連隊のLSTに乗り込み、航海中に発見された八名の密航者は含まれていない。

攻撃部隊向けには、三二日分の戦闘糧食と三〇日分の医薬品を運んでいた。飲料水も五日分を超える量(一人当たり、約九リットルで計算されていた)を、五ガロン(約二〇リットル)に小分けされ、予備の飲料水は、一五五ガロン(約二二〇リットル)サイズのドラム缶に貯蔵されていた。

攻撃段階では、全ての兵器が五射撃単位の弾薬を用意していた。一射撃単位とは、激しい戦闘一日分の弾薬量を予め計算して割り振ったものであり、たとえば、M1ライフルの一射撃単位とは、一〇〇発であった。また今回の攻撃に当たって、師団はペリリュー島に数多く存在すると予想される日本軍陣地の攻略用に、追加の火炎放射器用の充填剤と、爆薬を積み込んでいた。

攻撃部隊の兵士らは、読書や、ギャンブルや、無駄話をしながら時間を潰していた。LST607号に乗船していた、ジョー・ロマース伍長と彼の相棒は、若い補充兵の話を聞いていた。彼は「攻撃初日に死ぬ予感に支配されてしまい、甲板の上で、聖書に救いを求めようとしていた」。ロマースや、他の古参兵らは、こうした悲観論者のための精神的な対応メモを共有して、対処しようとしていた。

さらに迷信じみてはいるが、海兵隊員たちの前に、様々な不吉な予兆が起きていた。まずガダルカナルでの予行演習の前に、本番で支援砲撃に加わるはずであった、二隻の戦艦、テネシーとカリフォルニアが衝突してしまった。被害は軽微だったものの、カリフォルニアは支援砲撃に加わることができなくなった。攻撃部隊がペリリュー島に向かう際にも、二隻の燃料輸送船が衝突し、両方の船に軽微なダメージがあった。そして九月十二日の夜明けには、駆逐艦フルハムが、輸送船ノアの船尾に激しく激突し、ノアは沈没し、フルハムも大きなダメージを受けた。この事故で死者は出なかったものの、三つの水中爆破班の一つで、上陸作戦時に沿岸部の掃海を命じられていた、Aチームの全ての爆薬と装備が水中に沈んでしまった。これで事実上、ペリリュー戦が始まる前に、撃退されたも同然になってしまった。

同じ頃、海兵隊の何名かの高級将校らは、ガダルカナルを出発する直前の会議におけるルパータス少将の言動の対処について頭を悩ませていた。その会議にルパータスは、各連隊長と、砲兵隊長、師団参謀に、副師団長のオリバー・P・スミスを招集していた。その場でルパータスは、

「諸君らへの命令は、すでに伝えたとおり決定済みである。私は、上陸作戦当日は、海上にいる。二日目も上陸しない。後は状況次第ではあるが、一つ、諸君らに理解しておいて欲しいのは、与えられた命令は、如何なる状況でも変更してはならぬ。仮に、スミス准将が、異なる命令を伝えたとしても、連隊長は、その命令を拒否せねばならない」

このような、公然とした部下に対する不信感の表明で、プラー大佐の疑念は増して行った。戦闘前夜に、これほど悲観的な気分になったことは過去になかった。ペリリューに向かう船上においても、命令どおり、自分の受け持ち戦区の地図を暗記しようと努めている中でも、序々に不吉な予感が増して行った。

作戦計画立案の初期段階から異議を唱えていた、猛将ハルゼーも引き続き、ペリリュー作戦に対して懐疑的であった。八月二十八日に、ハルゼーは、ヤップ、パラオ、ミンダナオへの攻撃に参加するため、TF38艦隊を率いてエニウェックを出航した。彼は、さらに小笠原諸島への陽動攻撃も実施する予定だった。この活動で、上陸予定であるペリリュー島とモロタイ島の日本軍を壊滅させるとともに、本当の攻撃目標を誤認させる目的でもあった。艦隊がパラオ諸島を攻撃するのは九月六日から八日にかけてであり、ミンダナオが九月九日から十日であったが、敵対行動がほとんどなかったため、ミンダナオの攻撃を途中でキャンセルし、フィリピンのビサヤ諸島に

移動した。この攻撃によって、推定二〇〇機の日本軍機が破壊された。

ハルゼーは、一連の攻撃に対する、日本軍の反撃力の弱さを詳細に検討した結果、日本の航空戦力は事実上、機能不全に陥っており、フィリピン中部の防御力は、〝がら空き〟状況であるとの結論に達していた。この結論は、レイテ上空で撃墜され、ゲリラに救助されて艦隊に戻って来た米軍パイロットが、ゲリラらの証言として、レイテで日本軍の航空機をほとんど見ていないと伝えられたことからも裏付けられていた。

これらの状況からハルゼーは、フィリピン攻略を早めるべきではないかとの考えを持ち始め、参謀らと相談したところ、作戦の大胆な転換を計るべきとの結論に達した。彼は即座に行動し、九月十三日の正午には、ニミッツに対して、自らの考えを伝えた。その際に、ここまでの掃討作戦における日本軍の反撃力の弱さから、フィリピン攻略作戦を前倒しして実行するとともに、ペリリュー、ヤップ、モロタイとミンダナオへの攻略であるステイルメイト作戦は、即座に中止すべきであると主張した。この作戦に割当てられていた人員は、マッカーサーに提供して、元々十二月二十日に予定していたフィリピン中部のレイテへの攻撃を速やかに実行すべきであるとした。

ニミッツは、ステイルメイト作戦の第一段階である、ペリリュー、アンガウル、モロタイ島への攻撃作戦の中止を決定するには、すでに遅すぎると考えていたが、ヤップ島と、ミンダナオ島への攻撃作戦（十一月十五日に実施予定）については、再検討することに決めた。

この時、マッカーサー将軍は、重巡洋艦ナッシュビルに乗ってモロタイ島に向かっていたが、無線では特に反応はなかった。しかし、その後、彼の参謀長である、R・K・サザーランド少将が、ニューギニアのホーランジアから、ハルゼーの提案を歓迎すると返信があり、マッカーサーも合意したのは間違いなかった。日本軍の弱った航空戦力に対して、海軍が制空権を確保してくれるならば、レイテ上陸に際して必要なのは、フィリピン南部の小さな飛行場を制圧するだけのはずだった。

サザーランドは、マッカーサーの名前で、レイテ攻略のスケジュールを十月二十日に繰り上げるのに意欲的であるとの声明を出し、そのためには、第二四軍の速やかな支援と、ヤップ島攻略の後回しが必要であるとした。ちょうどその頃、カナダにおいて、第二次ケベック会談が、ルーズベルト大統領と、イギリスのチャーチル首相との間で行なわれていた。その際、ヤップ島とミンダナオ島の攻略を中止すべきとの、ハルゼーの提案が、ニミッツの推薦付きで到着した。その場で、フィリピンで八番目に大きな島であるレイテ島を十月二十日に攻略することが決まり、元々、西カロリン諸島攻略に割当てられていた陸軍部隊が、マッカーサーの下でレイテ攻略に参加することになった。

こうした太平洋の高官らの意思決定の過程で、印象的だったのは、統合参謀本部の幕僚らが、ほとんど議論する時間が無かった点にある。提案が到着してから、たったの九〇分で承認されてしまったのだ。ヤップ島とミンダナオ島の攻略は中止され、レイテ島への上陸は十月二十日に繰り上げられた。

計画がキャンセルされる瀬戸際だった事を知る由もなく、海兵隊を乗せた船団は一路、若干の期待を持ちながらペリリュー島に向かっていた。ルパータス将軍の「激しいが短い」予想よりも、長引くのではないかとのプラー大佐の不安は依然としてあったものの、多くの古参兵らは、日本軍のことを良く知っており、ペリリューが簡単に落ちるとは思っていなかった。「俺たちは、あの島にいる小さな黄色い奴らを、全部殺すだけだ」と海兵隊の軍曹は簡単に話した。四日なのか、四〇日か、彼らにとっては、厳しい現実であった。

九月十四日：Dマイナス1（攻撃前日）

ペリリューの夜明けは驚くほど澄み切っていた。そよ風が立てた波にはキラキラと無数の太陽光が反射して輝いていた。船団の攻撃要員の全員が、戦闘態勢を整え終わっており、防水布は正方形に折りたたまれ、ハンモックは降ろされた。個人の私物や、装備の剰余品は、馬蹄型に巻かれ部屋の片隅で、持ち主の帰還を待つことになった。兵士たちは銃を分解すると、使い古しの歯ブラシを使って念入りに磨き上げて行った。

火炎放射器やバズーカ砲は新たに、迷彩色に塗られ、船舷では、あちこちで海に向かって自動火器の試し撃ちが行なわれており、大きな音を立てていた。航海の間、着用していたカーキ色の軍服は姿を消し、胸のポケットに地球と鷲をかたどった海兵隊のエンブレムが刷られた、灰緑色の戦闘服に着替えられると、手元のヘルメットにも迷彩カバーが被せられた。

LST227号の船上では、痩身の元新聞記者で、ガダルカナル戦を経験した古参兵のジョージ・ハント大尉が休憩を取っていた。彼が物思いに耽っているのには理由があった。ハントはすでに二度の戦闘に従事しており、本来ならばパヴヴ島から、休暇で故郷に戻れる順番であったが、取り消されてしまったのだ。彼の部下によると、休暇取り消しのニュースを聞いた直後、この有能な中隊長は、二日間もの間、自分のテントに引きこもり、ウィスキーのボトルを片手に悲観に暮れていた。

そして今、ハントは来るべき戦闘に意識を集中しようとしていた。彼の中隊は、上陸作戦の初期段階で最も困難で、恐らく最も重要な任務を引き当ててしまったのだ。ハントの部隊は、第一海兵連隊の最も左翼側に上陸し、海に二五メートルほど突き出た側面に位置する岩場の制圧を命じられていた。地図上では単純に〝ポイント〟（訳注二／五）と名付けられた、この岩場には少なくとも二ヵ所のトーチカが確認されていた。航空偵察写真からは、珊瑚礁に対舟艇障害物と、海岸線に沿った塹壕が確認されていた。この場所を制圧しない限り、トーチカと、写真では判明していない陣地からは、上陸海岸全体を射界に収められるはずであった。

ハントの計画では、まず、第三小隊を率いて「ポイント」を攻撃し、第一小隊が支援をする間、第二小隊は右翼側に展開させるつもりであった。この作戦行動については、予行演習も実施し、その後、何度も図上演習で頭に叩き込んで来た。兵士らは、上陸して五〇メートルほど内陸に進むと、その場所で方向を急転換させて、左翼側にある「ポイント」の奪取に向かう。ハントと同様に、部隊の全員が自分のとるべき行動について頭の中で反復していた。うまくいけば、海軍の艦砲射撃の威力で、日本兵は気絶するか、反撃が鈍るのではないかと、ほのかな希望を持っていた。しかし最悪の場合、陣地内の日本兵により、側面から至近射撃を受けて中隊が一掃されてしまう恐れもあった。

この「ポイント」について、最も憂慮していたのは、大隊の情報部からK中隊に派遣されていた、ウィルフォード・〝スウェード〟・ハンソン軍曹である。彼は、「ポイント」が、一つの岩山をくり抜いた小要塞のようになっているのではないかと恐れており、何人かの将校に自らの懸念を伝えようとしたものの、毎回、一笑に付されていた。彼が告げられたのは、単に海軍により艦砲射撃が実施されるとのことと、装甲型LVT部隊の指揮官から、仮に砲撃を生き残った日本兵が「ポイント」にいたとしても、装備された短砲身の七五ミリ砲で、「ジャップを粉砕してやる」との発言だった。しかし、依然としてハンソンは不安をぬぐい去れずにいた。

LST661号では、中央部に上陸する予定の、第五海兵連隊のユージン・スレッジ二等兵は、上官らから何度となく同じアドバイスを聞いていた。彼らの小隊長は「教えられてきたことを忘れるな。アムトラックの中では頭を低くしておけ、砂浜に降りたら素早く走れ！　ジャップは、動くものは全部撃ってくる。もし動けなくなったら、砲撃や、迫撃砲でやられてしまうから、気をつけろ」と話していた。

話の後、下士官らが、弾薬、K型戦闘糧食、塩の錠剤を配布しだした。気温が、四〇度まで上昇するため、塩の補給は必要不可欠であった。すでに、赤道直下のうだるような暑さの中で、多くの兵士らは肌着やシャツを脱いでいた。湿気も船内に立ちこめており、普段は騒々しい食堂の待ち行列も「まるで運動して額に汗している状態」だったため、静かなものだった。

ハント大尉の中隊に所属する、ウェイランド・ウッドヤードは、配属されたばかりの新任の少尉で、くそ真面目な男だった。彼は他の士官らとカードに興じたりすることはせず、常に自分がいかに行動するかを考えていた。その彼が困惑した顔で、同僚の士官に話しかけていた。「教えてくれないか、これまで、上陸したらどうすべきかは、教本で読んできた。でも、実際はどんな事が起きるんだ？　とにかく俺は、最善を尽くしたいんだ」。これに、もう一人の士官は「わかった、まず何も心配するな。お前は、もう全て習って来たはずだ。でも、上陸した瞬間に、ほとんど忘れちまうよ。まず、隠れる場所を探して、自分の身の安全を確保しろ、それから部下がなるべく死なないように気をつけろ。お前ならわけないさ。そのあとは、よく見て、じっくり考えろ。とにかく周りは混乱しているから、本のとおりに動けば良いんだ」。

ＬＳＴ227号では、食事の後に、神父を目指していたが、戦争のため二年間で神学校を中退させられた水兵によって、礼拝が執り行なわれた。海兵隊員で参加したのは四〇名程に過ぎなかったが、塹壕内の無神論者に関する古い格言について戒めた。船内の別の場所では、海兵隊の指揮官や、民間の従軍記者らが集まって、ルパータス将軍からの手紙を開封しようとしていた。この手紙は、ガダルカナルを出航する直前に、上陸作戦前日に開けて、内容を周知徹底するように指示されていたものだった。手紙は、ルパータスが自らの予言を知らしめるためのものだった。ペリリューでの戦闘は、タラワと比べて激しいが短く、どんなに長引いても四日以上かからないと書かれており、読んだ者を驚かせた。

この時の、この予言書によって彼は後に後悔することになる。

日が落ちると、翌日の戦闘に参加する者たちは、平静を装っているようであったが、あちこちで取り交わされていた無駄話は次第に静かになり、やがて皆は床に就いた。しかし、ＬＳＴ661号でスレッジは、翌日に自分を待ち構えている出来事について考えていると、冷や汗がにじんで来た。アラバマ出身の二〇歳の彼は、マリオン軍事大学を中退して海兵隊に入隊していた。彼は自らの臆病ぶりを嘆いていたが、主への祈りを繰り返しているうちに眠りに落ちた。彼にとってペリリューは最初の戦闘であった。

夜の闇が落ちると、二五歳のビル・メイヤー伍長は、戦車小隊の指揮官であるリチャード・ケリー少尉と一緒に甲板に佇んでいた。二人とも、第一海兵師団の古参兵であり、あと数時間のうちに、彼らの中隊全一五輌の戦車はチェスティ・プラーの第一海兵連隊を支援するために上陸するはずであった。

ケリーは、最近、名門ノートルダム大学を卒業したばかりで、いわゆる典型的な海兵隊員とは全く異なるタイプだった。彼の部下は、ケリーを「温和な感じで、家族思いの男だった」と評している。少尉の気さくな人柄は、部下からも人気があったが、この夜は、何か物思いにふけり、じっと海面を見つめていた。彼は、メイヤーの方を向くと、「ビル、俺は、今度は生き残れない」とつぶやいた。メイヤーは「皆、同じこと言っているよ」と返したが、ケリーは彼の方を見ると「お前は判っていないんだよ。俺は今度は生き残れない」と繰り返し静かにつぶやいた。

日本軍にとって、ペリリュー戦はすでに始まっていた。九月十日には、第三艦隊を飛び立った艦載機が、海岸線の陣地と対空砲陣地を一掃するための総仕上げの空爆を実施していた。その二日後、これに、戦艦、巡洋艦、駆逐艦からなるジェシー・オルデンドルフ少将率いる火力支援群が加わり、大口径の艦砲による砲弾がペリリュー島に降り注いだ。掃海艇や水中爆破班も動きだし、障害物の除去に取りかかった。

コロール島では、井上中将が、ついに決戦の時が到来したことを知った。九月三日には、南方軍より米軍の上陸が切迫しているとの情報が伝えられ、その後、情報部門からも、攻撃兵力が師団単位であり、ジュリアン・C・スミス少将の部隊が関連しているとの伝達があった。そして、今まさに、米軍の戦艦からの艦砲射撃がペリリュー島に撃ち込まれ、これが陽動作戦ではないかとの疑念も消えて行った。

井上中将は、「ペリリュー守備部隊は満を持して敵鏖殺《おうさつ》の好機を迎え　将兵一同は皇恩に報ゆるの機到れるを喜ひ必勝の気満々たり　今や集団全将兵は一億の痛憤を心魂に刻み　三軍の期待を双肩に負ひ、相携えて神武必勝に邁進せられよ」とメッセージを送った。

この三日間の米軍による徹底した艦砲射撃と空爆で、ペリリュー島は粉微塵となっていた。沖合に停泊した戦艦から発射された三二〇〇トンにも及ぶ砲弾は、あらゆるターゲットに向けられた。艦船は七二五〇ヤード（約六・六キロ）より接近せず、大半は一三キロほど離れた沖合から発射されていた。

火力支援群に所属する、五隻の戦艦、四隻の重巡洋艦、四隻の軽巡洋艦、一四隻の駆逐艦が、五一九発の一六インチ（約四〇センチ）砲弾と、一八四五発の一四インチ（約三五センチ）砲弾、一四二七発の八インチ（約二〇センチ）砲弾、一〇二〇発の六インチ（一五センチ）砲弾、それに一万二九三七発の五インチ（一二センチ）砲弾を、島の日本軍陣地に向けて発射した。これは、日本軍守備隊一万名に対して一人当たり二発ずつ撃ち込んだ計算になる。日本軍陣地の並外れた堅牢さを知らなかった米兵らにとっては、こうした統計的な数値は、魅力的に見えた。この破壊的な艦砲射撃に加えて、艦載機からも機銃掃射と爆撃が行なわれた。これらの、猛砲撃の最も顕著な成果は、ペリリュー島の鬱蒼とした熱帯雨林が消え去ってしまったことであり、ここに来て、ようやく飛行場北側に広がる険しい高地地帯の本当の姿が現われたのである。ペリリュー島の、倒れた低木の間から、古く干からびた骨のように突き出た珊瑚隆起の峰々は、これまで平らであるとされてきた地形が事実誤認であることが明らかになっていた。それは今回の作戦で最も深刻な誤認であった。

米軍の砲爆撃は、洞穴陣地の奥深くにいた日本兵にとって、精神的にも肉体的にも、事実上無意味だった。ある日本軍兵士は「すでに我らパラオ集団の将兵の運命は決したも同然である、しかし、パラオは守ってみせる。恐らく生きてこの島を出る事はないであろうが、飛行場は決して敵の手には渡さない。我ら士気旺盛なり」と日記に書いている。

中川大佐は、島を四つの防衛区域に分割していた。西地区は、富田保二少佐率いる歩兵二連隊第二大隊の総員約六〇〇名余り、南地区は、千明武久大尉率いる歩兵一五連隊第三大隊、総員七五〇名、引野通廣少佐率いる、独立歩兵第三四六大隊、五五〇名が北地区に配置され、それ以外にも大尉の指揮する別の六〇〇名が東地区にいた。中川大佐自身は、予備大隊と共に高台に残った。

米軍による準備砲爆撃が続く中、中川大佐は、千明大尉の歩兵一五連隊第三大隊を飛行場南側の即応部隊として残して、残りの将兵を、安全なウムロブロゴル山の壕内に避難するように命令を出した。

日本軍の弱体化を計る、米軍による支援砲爆撃は当初、二日間だけの予定であった。しかし、ペリリュー戦の近接砲撃支援担当で、学者肌で几帳面なソロモン戦のベテラン、ウィルカーソン中将を、ガイガー中将が強硬な抗議の末に説得し、追加で一日、支援砲撃が実施されることになった。

この決定で、砲撃目標の選定に対して検討の余地が生じたものの、結果的に、日本軍に対する影響はほとんどなかった。

激しい砲爆撃の中で、日本軍の砲兵隊は、米海軍の偵察員から位置を秘匿するために沈黙を守っていた。この中で例外として、そして恐らく、最初の生きている日本軍の徴候として、重巡洋艦ポートランドの先任士官が双眼鏡を通して、珊瑚隆起の洞窟から、野砲の砲身の先端が覗いているのを発見した。この野砲は発射するとすぐに日本軍の砲兵が中に引き込み姿を消した。ポートランドは直ちに反応し、この場所に、八インチ砲による一斉射撃を五連続で加えたが、日本軍の野砲は何事もなかったように、再び姿を現わすと、米軍の艦隊に向けて砲撃してきた。

「ピッツバーグの鉄工所にある鉄を、全部、あの場所に撃ち込んでも、びくともしなかった」と、この先任士官は地団駄を踏んで悔しがった。

ペリリュー島では、日本軍の兵士が、米軍の砲爆撃で島は荒野と化したと日記に記しているが、この膨大な砲弾の直撃にも関わらず、彼の中隊の被害は、軽微な負傷者が一名だけだった。

島の上空を偵察飛行して帰還したパイロットは「まるで、巨大な荒れ果てた墓場のようで、多くの機銃陣地や、防御拠点が見えたがそれだけだった」と報告した。動く生き物は全く見えなかった。

島は、砲撃の煙と、着弾で巻き上がった土砂で視界が効かなくなっており、オルデンドルフ少将は、ほとんどの砲弾が無人の珊瑚岩を砕いていただけだったと知る由もなかった。九月十四日の夜、彼は「もはや、狙うべき目標は存在しない」と得意気に報告した。

この間、猛砲撃の効果がほとんど及ばない、陣地や洞穴の奥深くで、一万名もの日本兵がじっと待っていた。やがて数時間の後、今は沖合の波間に揺れる船の中にいる数千名の海兵隊員は、将軍や提督の予想がいかに間違っていたかを身をもって知ることになる。

ペリリュー島の南西の海岸では、水中爆破工作班の第六班と、第七班が活動を開始していた。上陸海岸の北側三分の一の水中障害物の除去任務を第七班が、残り三分の二は、第六班が受け持つが、本来、このうち三分の一は、九月十二日の夜明け前に沈没し、装備を失ったA班の担当分であり、急遽、引き継がされたものだった。

水中爆破工作班が最初に潜水したのは、九月十二日の朝である。オルデンドルフの艦隊の駆逐艦が、一二・七センチ砲と、四〇ミリ機関砲で、日本軍に対して制圧射撃を実施している間に、上陸用舟艇に乗った潜水夫たちを次々に海に降ろしていった。序々に傾斜している珊瑚礁での水深は浅く、水際から一〇〇メートル付近では辛うじて水に浸かっている程度だった。潜水夫めがけて、偽装されたトーチカから機関銃の発射音がすると、狙撃兵も時折、発砲し始めたが、上陸用舟艇の機関銃が応戦し、その間に、支援艦に砲撃要請がなされた。

水深が余りに浅いため、潜水夫たちは、水際まで接近できなかった。彼らは身を隠すために少なくとも六〇センチ程度の水深が必要であるが、全く足りなかったのだ。そのうち、一人の潜水夫が、珊瑚礁の上で、ヤシの木に隠れた狙撃兵から狙われ始めた。素早く逃げることも、水に潜ることもできず、窮地に陥ったが、すぐに四〇ミリ砲弾が着弾し、周囲を制圧した。「気分爽快な光景だったよ」と彼は報告している。

チェスティ・プラーの部隊が上陸する予定の北側の海岸では、リチャード・バークの率いる第七班が、両側面に分厚い錆びた正四面体の障害物が設置されているのを発見した。岸から七〇メートル離れた辺りには、木製の杭が二列に水から突き出ていた。海岸にも、岩をつめた木枠の障害物や、コンクリート製の対戦車障害、戦闘壕に、対戦車壕などがあり、上陸日当日に、海兵隊の爆破班が、爆破処理をするはずであった。一方で、バークの元には、幸先の良いニュースも報告されていた。初期の偵察カラー写真やステレオ写真で撮影されていた、アムトラックの航行に深刻な影響を与えうる、珊瑚礁上の障害物と思われる大きな影は、単なる苔や海藻であったのだ。珊瑚礁は平らであり、アムトラックなどの航行に何の障害も無かった。

南側では、デアール・M・ログスドン少尉率いる第六班が、上陸部隊の問題となりそうな、天然の障害ならびに、日本軍の設置した厄介な障害物に直面していた。この付近では珊瑚礁が小山状となっている上に、大きな岩がゴロゴロしており、アムトラックやDUKWが座礁する恐れがあった。最南部の浅瀬は、元々LSTが接岸する際の進入路であったが、多くの天然障害物があり、こうした障害に加え、日本軍が人工的に手を加えていた。海岸線に沿って、第七班が発見したものと同じような障害物も設置されていた。浜辺には、鋼鉄製の立方体による障害物と、ノコギリ状にココナッツの木を並べた杭に、鉄条網が張ってあった。さらに「スパイダー」と呼ばれる、三本の杭を一つに束ねた障害物は、上陸用舟艇の進入路を、日本軍の射界に誘導するように設置されていた。

二つの班は、船に戻ると作業予定を組み上げた。第七班は担当海岸を掃海するのに丸一日が必要であった。第六班は、作業量が多いため、二日間を必要とした。

九月十三日の〇七三〇時までに、ログスドンの班は爆薬を持ち再び水中に戻って行った。最南部では潜水夫たちは、上陸作戦当日にDUKWの二ヵ所の進入路を確保するために巨岩に爆薬を設置し、爆破処理した。第六班は、それ以外にも、戦車揚陸艦と、そこから設置する浮橋のために、水面から出ている広い乾珊瑚礁に、水際から連続して爆薬を設置して、進入路を確保した。

任務終了時間は一五三〇時であった。彼らは暖かい食事と、休息のために船に泳いで戻ると、次の任務時間である午前一時まで待機した。次の任務で彼らは四時間の作業だったが、この際、日本軍の歩哨から影を発見される恐れはあったものの、援護の火力支援なしで作業した。幸いなことに、日本兵から銃撃されることもなく、潜水夫たちは爆薬を設置すると、引き上げて来た。爆薬は点火すると、凄まじい爆風で、海岸線の杭や、さまざまな対舟艇障害物を一掃し、進入路を確保した。翌日も、突き出た環礁や巨岩を爆破し、深い穴を埋めるのに費やされた。

Dデイ前日は、第七班が北側の海岸線での作業に時間を割いていた。一チーム、一〇名編成の二つのチームが、潜水し、腹這いになりながら、杭や鉄条網に爆薬を設置して回っていた。これらのチームは海岸側面に、砲撃指示用の標識も同時に設置していった。彼らはプリマコードと呼ばれている国際標準の爆破導線を利用していたため、日本軍から妨害されることを恐れていたが、幸いなことに、それらの妨害はなかった。しかし、潜水夫たちの神経は張りつめていた「あの夜、爆破処理された対舟艇杭の数を知ったら驚くと思うよ」と、その晩の目撃者は語っている。こうした障害となっていた杭は、トラブルもなく爆破処理され、爆破処理班の任務は終了した。

ペリリュー島では、爆破処理作業中に、何度となく日本軍から銃撃を受けたりしたものの、作業班からは一人も戦死傷者が出なかった。唯一の負傷者は、珊瑚礁に生息するウニの棘によるものであった。

かくして、海兵隊の上陸への道は開かれた。

（訳注二／一）BAR：ブローニング・オートマチック・ライフル、ブローニング社製の分隊支援火器、主に一個分隊に一梃が配備され、突撃時に制圧射撃を実施する役割を担っていた。ライフルよりも大口径弾を発射でき、連射が行なえるが、機関銃ほど嵩張らないなどの利点があった。

（訳注二／二）肩撃ち式迫撃砲：米軍のM19型六〇ミリ迫撃砲の事と思われる。この迫撃砲には、水平射撃用の発射レバーと、三脚に固定するためのマウントが付いていた。

（訳注二／三）角付き対戦車地雷：九三式対戦車地雷のこと。ガラス製の信管が鬼の角のように二本飛び出している独特の形状の地雷であった。

（訳注二／四）対壕方式：壕の出入り口を鋭角で折り返し、外部からの直接的な攻撃を防ぐ工法。

（訳注二／五）ポイント：日本側の陣地名は、イシマツ陣地。

第三章　Dデイ

九月十五日、Dデイ（ドッグデイ）タイム誌専属の従軍画家、トム・レイが目覚めたとき、腕時計は〇三四〇時を指していた。裸足で、下着のまま、甲板の手すりまで上がっていくと、低い雲がたれこめている暗い水平線上のかなたに、閃光が走っており、黄色い火の玉が、まるで稲妻のように、間断なく輝いていた。当直任務の水兵の黒い影が、彼のほうに振り向き「ジャップの奴らには、素敵な朝食だな」と言って、つばを吐いた。辺りはまだ暗く、寝床で、びっしょりと汗をかいた海兵隊員らが寝静まっている中、下士官たちがやってきて、兵士らを起こし始めた。「よし、総員、甲板へ集合！」。

エンジンが停止し、船舷のクレーンが、カタカタと音をたて、兵士らが走り回り、号令をかける声が暗闇に響き渡った。甲板では、若い海兵隊員が手すりに体を押し付けるように、ペリリューの姿をみようと目をこらしていたが、水兵が、「島は、そっちじゃないよ、反対側だ」と声をかけ逆を指差した。これを聞いた海兵隊員は反対側に歩み寄って、再び目を凝らしたが、暗くて島の影を見つけられなかった。「準備できたか？」と彼の相棒が尋ねたので、「まあな」と、この若い海兵隊員は答えた。

ほとんどの艦では、朝食のメニューが、ステーキと卵だったが、ラッセル・デービス二等兵のLSTでは、トーストと、ブラックコーヒー、それに、オレンジかリンゴが一個だけだった。デービスは新前だったため、ベテランの軍曹に、なぜ自分の船では典型的な戦闘前食のメニューじゃないのか尋ねたところ、軍曹は険しい顔で、「腹に弾くらったら、ぶちまけるだけだから、満腹じゃないほうがいい」と答えた。別のLSTでは、ユージン・スレッジ二等兵が、「ガチガチに緊張しており」、ステーキと卵がのどを通らなかった。

鮮やかな夜明けは〇五五二時だった。上陸海岸に面した沖合では見渡す限り艦船で埋め尽くされており、太陽光が射し始めると、艦砲射撃が激しさを増していった。ペリリュー島に向かって、何度となく一斉砲撃が繰り返され、砲弾は、まるで鳥の鳴き声のような甲高い音をたてて、海の上を飛んでいった。甲板は激しく振動し、絶え間ない艦砲の発射音で、普通の会話がまったくできなくなった。輸送船団から一〇キロかなたの、日本軍占領下の島には、吹き上げる炎と黒い煙が渦を巻き、いく筋も上空に昇っていった。

島は炎と煙と舞い上がった土砂で、姿を消し、これを甲板で眺めていた海兵隊員らは興奮し、「焼け！　焼き尽くせ！」と叫んでいた。海兵隊の将校が、大喜びしながら、「ありゃ地獄だね、奴ら（日本兵）の立場なら、たまらんなぁ」と叫ぶと、別の大尉が「まったくだぜ」と答えた。

この猛砲撃で、生き残るのは不可能に思えた。ある海兵隊の二等兵は「生き残って反撃してくる日本兵は、何人いるだろう？」と思ったと、海軍の艦砲射撃の凄まじさについて語っている。第五海兵連隊第一大隊の通称フィリップこと、ウォルター・アフリート軍曹は、「この様子だと、明日には、休暇がとれそうだ」と楽観的に予想していた。

砲撃の様子に飽きてきた海兵隊員らは、船舷から離れていったが、航空機による甲高い攻撃の音が聞こえ始めると、再び集まり始めた。航空機は、急降下すると機銃掃射を加えたり、ロケット弾を発射したりして、凄まじい音をたてていた。デービスや、数名の新米の兵士らはすでに背嚢を背負い、ライフルを肩に掛けていたが、ベテランの兵士は、船内スピーカーからの指示を悠然と待っていた。部隊によっては、あちこちで、顔にカモフラージュのフェースペイントを施している兵士がおり、緑色の顔に、朝の光が不気味に反射していた。

上陸第一波の兵士らは、誰から命じられるわけでもなく、それぞれの相棒と二人ずつのペアに分かれていた。「三人が一緒にいるのは、稀にあったが、五人、六人と集団になることは、まずなかった」と、このときの兵士は語った。彼らの緊張した顔は、これからの不安を表わしていた。「朝食が胃にもたれていて、膝がガクガクしていた」と、サウスカロライナ出身の伍長は回想し、「ところが、見物している海軍の水兵らは、我々よりも興奮しているようだった」と語った。

こうした海軍の水兵らの、はしゃぎぶりに不快感を募らせていた第七海兵連隊の兵士らは、あるLSTを下船する際に、士官室の掲示板にメッセージを残していった。メッセージには、彼らの強い願いがこめられていた。「不運な本艦は、海兵隊員がみんな上陸したあとに、ジャップの魚雷攻撃にて撃沈されました」。

LSTの車輌デッキで、上陸用のアムトラック群が一斉にエンジンをかけ、甲板が振動しだすと、古参の軍曹らが、すべて見極めたようにゆっくりと装備品を装着し始めた。すぐにブザーが鳴り、船内スピーカーから「総員、装備装着」と指示が出た。兵士たちはそれぞれ相棒の、背嚢のショルダーストラップを整え、弾帯のバックルをチェックした。次のブザーが鳴ると、彼らは車輌デッキに降りて、それぞれのアムトラックに乗車する手順となっていた。

デービス二等兵のLSTでは、伝令係の二等兵が、あまりの恐怖に寝台から起き上がれなくなってしまった。軍曹がやってきて怒声を浴びせながら、彼をベッドから引っぱり出そうとしたが、それでも動かず、最後は二名の海兵隊員が両脇を摑みながら引き摺るように、船底の車輌デッキの行列に並ばせた。この伝令兵は決して特別な存在ではなかった。彼は単に他の海兵隊員らよりも顕著に恐怖の感情が表われただけであり、デービスの周囲の兵士らも明らかに恐怖を押さえ込んでいるようだった。恐怖心は新兵もベテランも関係なく持っていたが、ベテランの兵士のほうが、単にそれを隠すのがうまいだけだった。デービスは、その後、戦闘を経験するに従って、こうした恐怖心への対応方法を学んでいったが、この時は、まだ戦闘未経験で初心な新兵であり「恐怖心を見せるのは、大いに恥ずべきことであると思っていた」。

上陸第三波で攻撃に参加する予定のプラー大佐は、ここまで彼らを苦労して運んでくれた海軍の艦艇乗組員に謝意を表わすため艦橋に向かった。海軍の将官は、極めて楽観的に「プラー、もう君らを止める奴らは誰も残っちゃいないよ。俺たちが目一杯、叩いておいたからな。あの砲撃を生き残れるはずがない」と興奮気味に話しかけてきた。これに対してプラーは「はい、確かに、今は土ぼこりしか見えません」と話し、やや悲観的になりながら「ただ、日本兵が一掃されたかどうかはまだわかりません。飛行場には地下に燃料貯蔵庫があるはずですが、それが炎上している痕跡がありません。この一週間、島の地図を頭に叩き込んできましたが、日本軍の構築している火力拠点は、これまで見たことがない緻密なものです。彼らは一年かけて島全体を要塞化しているのです」。

数分後、プラーが艦橋を去ろうとした際、海軍の将校たちは、まだ楽天的な雰囲気のまま、「プラー、頑張れよ。今日の晩は、一緒にディナーだ」と声をかけた。これに対してプラーは、「どうですかね？　私たちの仕事が終わる前に、皆さんはハワイに戻っているんじゃないですか？」と予言めいた言葉を残した。

アムトラックに乗車するために、車輌デッキに続く梯子を降りていたユージン・スレッジ二等兵は、自分の部隊に割当てられたアムトラックが旧型であるのを知って恐怖から膝がガクガクしてきた。新型のアムトラックとは異なり後部に乗降扉がなかった。そのため、上陸したら敵に身をさらしながら側面を乗り越えて飛び降りなければならなかったのだ。車輌デッキでは密閉された空間で耳をつんざくようなエンジン音が鳴り響いていた。天井には換気扇があるものの、充満した排気ガスの中に海兵隊員らはおかれていた。多くの海兵隊員たちは早くも船酔いになっており、そのうち何人かは、単にアムトラックの姿を見ただけで酔ってしまっていた。各車輌には、それぞれ、上陸の何波目かと、車輌番号を示すボードが張られていた。

第一海兵連隊の兵士らは、アムトラックへ乗車し始めていた。そのうち何人かは、「水兵の皆さん、元気でな」と叫んだり、水兵をからかったりしていた。彼らは、アムトラックからロープや装備品の一部を投げ下ろしたりしていたが、やがて、船倉内に排気ガスが充満し始め、皆、気分が悪くなって、吐き始める者もいた。

デービス二等兵がアムトラックの中にしゃがみこむと、LSTの船首にある車輌搬出ゲートを開ける音が聞こえた。鎖の金属音と共に、車輌ドアが海面に下ろされたが、アムトラックは発進する気配がなかった。デービスは、大隊の伝令兵だったため、チラリと地図を開いて上陸地点の様子を頭に入れた。そこには機銃座やトーチカの位置が黒いマークで記されており、海岸全体に渡って配置されているようだった。あまり歓迎すべき情報が見当たらず、デービスはすぐに地図を閉じた。すでに頭上は青白い排気煙が層をなしており、我慢できなくなった海兵隊員が「はやく出発しないと、一酸化炭素中毒になっちまうよ！」と叫んでいた。これに別の海兵隊員が厳しい口調で、「もうすぐだから、待て」と応えた。

狭い空間に無理やり詰め込まれているため、デービスは体の向きを変えられなかった。そのため、正面に座っている男に目をやるしかなかったが、その男は、惨めな状況だった。猫背で背を丸め、一酸化炭素の影響で目は泳ぎ、恐怖か、船酔いのためか判らないが、歯をガチガチと鳴らしていた。

ようやくブザーが鳴ると、このサウスカロライナ出身の二等兵が乗ったアムトラックは、ガクンと動いて前に進みだした。そして前部の車輌ゲートから最初の一輌目が海へ滑り込んでいった。

アムトラックが、前方に大きく傾き水面に着水すると、兵士たちは投げ出されそうに揺さぶられた。この二等兵の搭乗したアムトラックは上陸第三波だった。「ゲートから海に飛び出ると、皆は、お互いにつかまりながら、再び、冗談を言い合って明るくふるまった」と彼は回想した。「着水してすぐに上を見上げると、LSTのゲートに海軍の水兵らが野次馬見物で立っていた。このとき、自分も海兵隊ではなく、海軍に入っていればと心の底から後悔した」

煙と灰が上空に巻き上げられていく中から、炎に包まれたペリリュー島が見えていた。空気は、高性能火薬と、ディーゼル燃料の臭気が立ち込めていた。大口径の砲弾がまるで「唸りを上げる蒸気機関車」のような音をたてて上空を通過していったと海兵隊員は回想した。何名かの兵士は、船酔いで嘔吐していた。

ジャック・マンディ大尉は、彼の部隊の水陸両用戦車隊が出発するのを待つ間「みんな、平静を装っており、何も怖がっていないように見えたが、実際はかなり緊張していた。それにきたるべき戦闘に興味津々であった」とノートに書き記した。

艦砲射撃による金属的な衝撃波が、アムトラックを揺さぶっていた。アムトラックは巨大な軍艦の周りをとり囲む数百人の小人のように、ぐるぐると回っていた。「あの、いかす一六インチ（四〇センチ）砲弾の値段は、一発がもの凄く高いんだぜ」とスレッジ二等兵のアムトラックに乗っていた海兵隊員が話した。「現金を撃ち込んでいるようなものだな」と別の兵士が答えた。スレッジは、胃が締め付けられるような気分で、側面の装甲板にもたれかかったが、上陸波の指揮官が、海岸に向かって、旗を振り攻撃開始の合図をすると、気分が高揚し、いくぶん楽になった。多くの海兵隊員が波間に揺れるアムトラックの中で船酔いに苦しんでいたが、天候は上陸作戦には理想的な状況であった。事実上の無風状態で、雲は高く、視界は良好、波はおだやかだった。

〇七五〇時になると、艦砲射撃が内陸部に照準を移し、五〇機の空母艦載機が海岸の日本軍の火力拠点に向かって総仕上げの爆撃を開始した。上陸第一波の攻撃開始は〇八〇〇時であった。作戦計画は、上陸海岸を左翼から右翼側に向かって、ホワイト1を第一連隊第三大隊、ホワイト2を第一連隊第二大隊（第一連隊第一大隊は連隊予備部隊）、オレンジ1を第五連隊第一大隊、オレンジ2を第五連隊第三大隊（第五連隊第二大隊は予備部隊）、オレンジ3を第七連隊第一大隊が担当し、これに第七連隊第三大隊が続き、第七連隊第二大隊は師団の予備部隊となった。

海軍の艦砲射撃は引き続き島の内陸部を叩いていた。突撃部隊の海兵隊員を運ぶアムトラックなどの水陸両用車輌は、海岸から、およそ四〇〇〇ヤード（三・六キロ）沖合から発進するため、あちこちで、駆逐艦や哨戒艇などが動き回りながら、隊列を整えさせていた。上陸作戦に使用する水陸両用トラクターの水上での速度は、時速七・二キロで、沖合を出発してから、上陸するまでの時間は約三〇分が予定されていた。

上陸第一波を先導するのは、アムトラックに戦車の砲塔を乗せて、装甲を強化したアムタンクで、海上から日本軍の抵抗拠点にたいして七五ミリ砲や、三七ミリ砲で制圧射撃を加えたのち、〇八三〇時に海岸に到達する計画であった。その一分後に突撃部隊の兵士を乗せた車輌も上陸し、それに続く上陸は、約五分間隔で実施され、機関銃や迫撃砲、前線司令部などの要員の上陸は、第五波で予定されていた。大隊長や、幕僚などは海岸線の安全が確保されたと判断した時点で、海岸に向かう手順となっていた。

五個大隊からなる上陸部隊の総員四五〇〇名がペリリュー島の海岸線に到達する時間は、全体で二〇分以内であり、その後、戦車隊が岩礁を越えて上陸を開始し、さらに連隊の重火器部隊がそれに続くことになる。上陸開始から八五分後には、さらに三個大隊の将兵が加わり、最終的には八〇〇〇名の海兵隊の戦闘部隊が島に上陸する計画であった。

LST227号の周りをアムトラックで回りながら、ウィルフレッド・〝スエード〟・ハンソン軍曹の部隊は、艦のマストに掲げられている旗に注目していた。この旗が降ろされる時、海岸に向かって隊列を組んでの攻撃開始の合図となっていた。そのとき、突然、LSTの船外スピーカーを通じて、マッカーサー将軍の録音された声が鳴り響いた。「海兵隊員諸君がこれより攻撃する島は、フィリピン攻略作戦に必要な最後の抵抗拠点である。諸君らの勝利は、フィリピン上陸作戦の成功をより確固たるものにするはずであり、私は、海軍ならびに海兵隊員諸君らの作戦に全幅の信頼をおくものである」、この演説が終了すると、今度はホールズ・オブ・モンテズマ（海兵隊賛歌）が海面に響き渡り、その直後、遂にLSTの旗が降ろされた。まずアムタンクが出発のための波を立てながら隊列を組み、煙が立ち込めているペリリュー島の海岸に向かって進撃を始めた。時刻は〇八〇〇時、金曜日の朝だった。

第三波の上陸部隊として進んでいたラッセル・デービスの前を進んでいたアムトラックの隊列

が、ピケット艇(外周哨戒艇)を追い越す際に大きく列が乱れた。海岸に向かうアムトラックは、急激に迂回行動をとると大きな航跡を描きながら白い波をたてていた。日本軍から上陸部隊を視認できないように黄燐煙幕弾が撃ちこまれていたため、島がよく見えなかった。ある海兵隊員はこのときの様子を、島が白い渦に巻き込まれているようだったと述べている。

その数分後、デービスらのアムトラックが外周哨戒線を通過して海岸に向かって進撃を開始する頃には、恐怖心はなくなっていた。アムトラックは一列に横並びになり海岸に向かい始めると、海兵隊員らは「進め! 進め! 進め!」と歓声を上げていた。しかし二人の古参軍曹だけは、車内でじっと押し黙ったままであった。

日本軍の一式機動四七ミリ速射砲は、重量三・五ポンド(一・六キログラム)の徹甲弾を、秒速約八二〇メートルの初速で発射する。この砲は、約五〇〇メートルの距離から厚さ七センチの装甲板を貫通する能力を有しており、装甲板の薄いアムトラックのような車輌に対しては、過大ともいえる性能であった。

デービスは、前方を進撃していたアムトラックの中で砲弾が炸裂するのを目撃した。その瞬間、彼は目をみはり、一体何が起きたのかを理解できなかった。別の兵士が驚いたように、「あれ、弾が当たったんじゃないか」と口にした。アムトラックは炎につつまれ、引火したガソリンが海面に広がっていくと、生き残った兵士らが次々と、火だるまになり、こぼれるように海に落ちていった。周囲は、かなりの騒音があったものの、この光景を目撃したデービスのアムトラックの操縦手が上げた大きな悲鳴が、後ろにいた彼らの耳にも聞こえてきた。

次の砲弾は、デービスらのアムトラックの至近に着弾すると、大きな水柱が上がり、海兵隊員らに海水が降りかかった。兵士たちは、側面に寄り添うように小さくなると、小火器の銃弾が装甲板に当たりだした。突然、一人の海兵隊員の肩に小さな黒い穴があくと、この兵士は、呻き声を上げながら、傷口を摑んだ。分隊長が、〝キッド〟と呼ばれている十代の若いアムトラックの機関銃手に向かって「キッド、何が起きているんだ？　俺たち撃たれているのか？」と叫んだ。機関銃手は振り返ると、ショックを受けた表情で、目を大きく見開き「みんな撃たれています！どうすればいいですか」と答えた。

ユージン・スレッジ二等兵は、オレンジ2に向かっていた。海岸線は、炎の帯でつながっており、凄まじい量の黒煙が島の上空に吹き上げられていた。進撃するアムトラックの中で、中尉が半パイントサイズ（約二四〇ミリリットル）のウィスキーのビンを取り出すと、「こいつにかぎるよ」といってゆっくりと一口飲み、周囲の兵士らに回した。そのとき、日本軍の放った砲弾が至近で炸裂し、アムトラックはエンストを起こしてしまった。操縦手は慌てふためきながら、必死にエンジンを起動しようとしている間にも、周囲には次々と砲弾による水柱が上がっていた。軍曹が操縦手に寄りかかりながら、落ち着くように話かけると、冷静になった操縦手は再びエンジンを起動させるのに成功し、絶え間ない至近弾による水柱が上がる中を海岸に向かって進み出した。

アムトラックより前方に、四・五インチ（一二センチ）のロケット砲を装備した一八隻のLCI（歩兵揚陸艇）が海岸線から約一〇〇〇メートルの位置まで進み、それぞれが二二発のロケット弾を斉射した。甲高い音をたてながら飛んでいくロケット弾を見上げた海兵隊員らは目をみはった。ほとんどの海兵隊員にとって、聞きなれない音で飛ぶロケット砲を見るのは初めての経験で「ほんとうに、ビビったよ」と、ある海兵隊員は回想した。ロケット砲による一斉砲撃が終わると、海軍の戦闘爆撃機四八機が飛来して、それぞれ八機ずつの編隊を組むと海岸線に向けて、爆弾、ロケット弾、機関銃による攻撃を加えた。艦砲射撃の目標は沿岸部から内陸部に移動していた。

ホワイト1に向かうアムトラックの中から、元アリゾナ大学の学生、ハーラン・マレー伍長は航空機が海岸に向かって急降下していく様子を眺めていた。「海岸線は、もうめちゃくちゃだったよ、島全体が煙に包まれていた。そのとき誰かが〝あんなところに、誰も生き残っちゃいないよ〟と口にしたんだ。ちょうど、そのとき、一機の爆撃機が降下していくと、とつぜん周囲で、〝ドン、ドン、ドン〟って対空砲火が放たれて、そのまま真っ逆さまに撃墜されてしまった。そこで、俺はさっきの海兵隊員に、〝誰もいないって？　今、海軍の飛行機がやられちまったじゃないか？〟って言ったんだ」

上陸波の最左翼では、ジョージ・ハント大尉が乗ったアムトラックが、珊瑚礁に乗り上げてしまった。車長で、背の高い軍曹が操縦手に向かって「馬鹿野郎、なにやってんだ。さっさと動かせ！」と怒鳴っていた。操縦手は、前方の日本軍守備隊からの弾幕で操作を誤ってしまったのだ。車長は「やばい、至近弾だ！　奴らが撃ち返してきているじゃないか」と叫んだ。着弾している砲弾は迫撃砲から撃たれているとハントは考えた。彼の口は緊張でカラカラになった。アムトラックはガタガタと揺れながら珊瑚礁の上を進み出したが、タイプライターを早打ちするときのようなカタカタという機関銃の発射音が断続的に左翼側から聞こえていた。ハントは「ちくしょう、浜辺は敵がうじゃうじゃいやがる」と思わず口にした。アムトラックのキャタピラが砂浜に乗り上げ、車体が上を向いて停止した。爆撃で折れた木々が上に覆いかぶさるように頭上に被さると、ハントは側面を飛び降りて、砂浜を走り抜けていった。

ラッセル・デービスの搭乗したアムトラックは船底が砂の浅瀬に乗り上げると、操縦手が「これ以上、先に進めません！」と叫んだ。「立ち往生してしまうので、ここで、みんな降りてください」。

「まだ降りるな」と若い海兵隊の軍曹が叫ぶと「もっと前に進めろ、さもないとお前を海に突き落とすぞ」。操縦手は泣きそうな顔で、車体をさらに前進させた。至近弾が後方で炸裂し、砲弾の破片が後部に当たったが、誰も負傷しなかった。次の砲弾はアムトラックの側面に命中し、大きく横に傾くと、兵士たちが海に投げ出された。

「ここで降りてください」と操縦手が懇願した。「これ以上、先に進めないんです」。後部の乗降扉が降ろされ、数名の海兵隊員が腰までの海面に飛び降りていった。狼狽していた操縦手は、まだ他の海兵隊員が降りきっていないうちに、後方に逃げようとした。そのため、海兵隊員の一人に後部の乗降ドアが激突し、車体下部に巻き込まれてしまった。「出ろ！」と分隊長が叫んだ。

「早く出ろ、この列のアムトラックはゼロイン（訳注三／一）されているぞ」と、まだ車内に残って臆している兵士らを蹴りながら、押し出していた。

若い軍曹は「とにかく進め！　ここにいると良いカモになる」と叫んでいた。デービスが乗降口の端まできたとき、おそらく小型の迫撃砲から発射された砲弾が、アムトラックの車内で爆発した。腰までの深さの海に落ちて海面に顔を出したとき、どうにかライフルは手に掴んでいた。空気は、飛び交う銃弾で満たされていた。彼は上官の言っていた、素早く動けとの命令を思い出し、水のなかを必死に進み出した。

虐殺の場と化した、珊瑚礁の上では、あちこちで、経験不足のアムトラックの操縦手がパニックに陥っていたが、それでも大半のクルーは巧みに操船して進んでいた。セラーという名前の一等兵は、彼の乗車していたアムトラックを砲弾が貫通したときの模様を回想した。そのとき車内インターホン越しに、〝キッド〟という愛称の機関銃手が泣きながら「俺の足が……、足をやられた」と叫びながらも、体を支えながら機関銃を発射しつづけていた。アムトラックが海岸に到着し砂浜に乗り上げると、さらに砲弾が命中しクルーたちも脱出した。セラーがキッドを抱えながら車外に脱出したさい、彼に意識はなく、負傷した足をダラリとぶら下げていた。

砂浜の先には、砲爆撃で砕け散った木々の陰にいる日本軍の狙撃兵を避けながら、彼らは負傷したクルーの応急処置を行なった。セラーは撃破されたアムトラックから機関銃を外して、内陸部に向けて銃撃を続けたが、熱くなった銃身を摑んでいたため、火傷で手のひらの皮が剥がれてしまった。その後、衛生兵が駆けつけてキッドを沖合に戻るアムトラックに乗せ、彼は無事に珊瑚礁を越えて脱出できた。この話を聞いた報道班員は「なぜ〝キッド（子供）〟と呼ばれていたのですか?」とセラーに聞いたところ「彼は、まだ一九歳だったんだ。残りのほかの奴らは全員二〇歳だったからね」と答えた。

海岸線の上を旋回していた観測機から艦隊上の司令部にノイズ混じりの無線で最初の報告が飛び込んできた。「プレイメイト、こちらスパイダー」と通信記録は、航空機からの無線で始まっている。

「やや激しい抵抗を受けている模様。珊瑚礁で、相当数のアムトラックが炎上中、繰り返す、珊瑚礁で、相当数のアムトラックが炎上中、どうぞ」

「スパイダー、こちらプレイメイト、前線の位置を確認せよ」

「プレイメイト、こちらスパイダー、中央と、右翼では前線は内陸部まで達している。左翼のスピットファイアは、まだホワイト1ビーチ上だ。彼らは、釘付けになっている模様」

「スパイダー、こちらプレイメイト、釘付けの原因は判るか?」

「プレイメイト、こちらスパイダー、ホワイト1のすぐ北から激しい攻撃を受けている。この場所から、別の海岸にも砲撃を浴びせている。さらに多数のアムトラックが珊瑚礁で炎上中。これより低空で、詳しい状況を確認する。」

この直後、別の観測機からの無線が割り込んできた。

「プレイメイト、こちらスパイダー2」

「スパイダー1は撃墜された。ホワイト1ビーチの内陸部からの抵抗は極めて激しい、どうぞ」

「スパイダー2、こちらプレイメイト、珊瑚礁付近の状況を知らせよ」

「プレイメイト、こちらスパイダー2、めちゃくちゃだ。かなり激しい抵抗にぶち当たっている。ホワイトビーチでは二〇輌のアムトラックが炎上中、オレンジ3では一八輌が炎上しているのが見える。ああ、見えた、いま野砲と、六人の敵砲兵を発見した。攻撃の許可を要請する」

「スパイダー2、こちらプレイメイト、攻撃要請は却下する、どうぞ」

「プレイメイト、こちらスパイダー2、お願いだ、少し機銃掃射を加えるだけだ。どうぞ」

「スパイダー2、こちらプレイメイト、却下する。繰り返す。要請は却下する。貴下の任務は、空中観測だ。空中に留まり、任務を続行せよ」

「ちくしょう、勝手にしろ」

ハーラン・マレー一等兵は、砂浜に近づいていった恐怖の時間を今でも鮮明に覚えている。

「我々が、どんどん進んでいくと〝よし、上陸用意〟と声が掛けられた。乗降口が後ろ側なので、皆が後ろ向きになった。そこで着剣しなければならないので、それぞれ後ろにいる奴が前の奴の銃剣を背嚢からとりだして手渡すと、着剣した。とにかく窮屈だったんだ。全能なる神よ、何も起きませんようにって、祈っていると、かなり大きな砲弾の炸裂が背後でおきた。さらに、次の砲弾はもっと至近だった」

「砂浜に到着すると、そのとき、乗降口は小さく、〝早く開けろ、くそ、早く開けろ〟、と叫んだり、悪態をついたりしていたんだ。そして、ようやく乗降ドアが降りると、みんな飛び出していった」

アムタンクが砂浜に上陸したのは〇八三二時で、海岸の守備隊に向けて三七ミリ砲や七五ミリ砲で砲撃を加えはじめた。〇八三三時に、最初の海兵隊の突撃部隊が上陸した。兵士たちは砂浜の上を急いで散開した。「上陸すると、周囲は大きな砲弾の炸裂以外は、何にも見えなかった」と海兵隊のライフル兵は回想した。「周囲に注意を払う余裕すらなく、ただひたすら走ったよ」。

この日、最初にペリリュー島に上陸したアメリカ人の名前は今となっては特定できないが、第五海兵連隊K中隊のジョー・モスカルツァク一等兵は、その候補の一人である。モスカルツァクはペンシルバニアの元炭鉱夫で、彼の搭乗したアムトラックがオレンジ2に上陸すると、左方向に五〇メートルほどの距離を全力疾走で駆け抜けて大きな砲弾穴に飛び込んだ。

「まず右側をみたら、誰もいなかった」と彼は回想した。「次に左側に目をやると、ホワイト2で、一人だけ走っている姿が見えた」。

モスカルツァクの相棒で、BAR射手のフランク・ミネクウィイツも同じ穴に飛び込んできた。「いくぞ!」とモスカルツァクが叫ぶと、砂丘を登っていった。頂上部まで到達した海兵隊員らは、八名から九名の日本兵が、木製スポークの車輪がついた山砲を引っ張りだそうとしているのに遭遇した。砂丘の稜線に散開した海兵隊員らは、この砲兵の一団に銃撃を加え続け、全員をなぎ倒した。モスカルツァクらは死体に駆け寄ると、海兵隊員の一人が「こいつ、まだ息していやがる」と日本兵を指して叫んだ。別の海兵隊員が走り寄って、瀕死の日本兵に銃剣を深く突きたてた。しかし、今度は刃が抜けなくなったため、死体に向かって銃弾を発射して引き抜いた。この山砲と砲手らの死体をそのままにして、海兵隊員らはさらに内陸部に進んでいった。

ホワイト1の上陸第一波の中に、ジョージ・ハント大尉率いるK中隊所属のボブ・アンダーソン伍長がいた。海上を進んでいる際、アンダーソンは海岸の砲座からアムトラック群へ砲撃が加えられるのを目撃していた。砂浜に上陸すると、彼は内陸部に少しだけ走って、左に向きを変えたあたりで、自分の中隊の攻撃目標がどこか判らなくなってしまった。折れた木々や、低木の茂るジャングルの中「かなりの距離」を歩き回ったところで、いつの間にか、アンダーソンは自分が一人きりであるのに気が付いた。近くでは、砂浜の掩蔽壕からの銃撃音が聞こえており、うろうろしているうちに、いつの間にか砂浜に向かう道に迷い込んでいたのだ。ホワイト1ビーチを見ると、彼の中隊を運んできたアムトラックに砲弾が命中して炸裂したところだった。

その時、とつぜん、掩蔽壕の上に地面から換気口のようなものが突き出ているのに気が付いた。アンダーソンの周囲には誰もいなかったので、彼は、匍匐しながらこの壕の上までいった。「まわりの様子を窺ったが、ジャップは一人もいなかった」と彼は回想した。「そこで、黄燐手榴弾を一個とりだして、換気口から落としてみた。そのあと、換気口に耳をあてて音を聞くと、下の壕のなかから悲鳴と呻き声が聞こえたので、もう一個投げ入れてみると、今度は静かになった」。すると、アンダーソンは、さきほどまで銃撃していた機関銃の音が聞こえなくなっているのに気が付いた。

この若い伍長がゆっくりと周囲を見回すと、突然、二人の日本兵が掩蔽壕の裏側の出口から現われて、塹壕の中を走って逃げるのが見えたため、銃撃を加えて二人を射殺した。そこで塹壕に下りて座り込みながら一息ついた。「二、三分して、ふと目をやると恐怖で全身の毛が逆立っところ、銃剣を持った日本兵が現われ、こちらに突進してくるところだった。すでに二、三メートルの距離に接近していたが、辛うじて射殺した。彼の軍服は全身が焼けており、おそらく先ほどの掩蔽壕の中にいた兵士のようだった」。

この日本兵との接近遭遇で、アンダーソンは、「ここから離れたほうがいい」と判断して海岸線に戻ることにした。

ジョー・ロマース伍長も、ホワイト2に早い段階で上陸した兵士の一人だったが、炎上するアムトラックに加え、海兵隊員の戦死者や負傷者をかき分けての上陸であった。迫撃砲弾が砂浜一帯で炸裂する中、海兵隊員らは艦砲射撃で開いた穴に飛び込むか、珊瑚岩を必死に掘ろうとしていた。ロマースの班の班長が、彼の右側で身を伏せていたが、左の肩から血が噴出しており、隣の将校が、この負傷兵を介護するように助けを求めて叫んでいた。ロマースは起き上がって、負傷兵の場所まで走りこんだ。彼は背嚢のストラップを戦闘ナイフで切断し、どうにか救急キットを取り出した。傷口にサルファ剤（訳注三／二）をかけ、震える手をコントロールしながら傷口に包帯を巻いた。この治療中に、負傷兵は叫び声をあげた、今度は別の弾が足を貫通したのだ。ようやく衛生兵が駆けつけてくれたため、ロマースは低木が生い茂っている辺りまで前進して、身を隠した。彼の後方の海岸では、多くの負傷兵が衛生兵を呼んでいる声が響いていた。

島を覆っていた硝煙が消えるに従って、海岸線に沿って燃え上がる多数のアムトラックや、DUKWが浮かび上がり、沖合の艦艇上の観測兵は、その光景に息を飲んだ。日本軍の守備ラインは、浅瀬の岩礁地帯を境界としているようであり、これより外側では、アムトラックは比較的安全に航行できたが、内側では、複数の野砲か迫撃砲による強固な防御火力網を構築しており、激しい砲弾の嵐を浴びていた。

日本軍の迫撃砲は、事前に珊瑚礁上に照準が設定されており、海岸に向かって進む上陸部隊に対して、まるで「砲弾のカーテン」のような弾幕を浴びせていた。

第一海兵連隊所属の一五輌の、水陸両用装置をつけたシャーマン戦車隊は、サンゴ礁を通過する一〇分間の間に、HE弾（訳注三／三）の激しい攻撃を受けた。幸運にも、ここで撃破された戦車は三輌に留まった。多くの砲弾は水面下で炸裂したため、戦車の車体は深刻な損害を受けずに済んでいたのだ。

上陸海岸では、両翼で特に激しい戦闘が繰り広げられていた。ホワイトビーチを射程に捉えた重火砲以外にも、海岸北西の高台と、オレンジビーチの近くにある小さな無人島からも、オレンジ3の第七海兵連隊に砲撃が加えられていた。この時点で、観測兵の報告によると、三八輌のアムトラックが同時に炎上していた。攻撃に参加した部隊の指揮官による非公式な推定では、撃破された車輌は少なくとも六〇輌以上に上るものと思われた。しかしながら、これらの数には、DUKWがアムトラックと誤認されている場合も多かった。

公式の記録では、上陸作戦当日に破壊されたアムトラックは二六輌だけとされている。この数字の相違は、多くのアムトラックの車長は、水深が深い場所で完全に沈没したような状況でなければ、自分の車輌が破壊されたと判定を受けるのに異議を唱えたためである。

攻撃第二波から、第六波までは予定どおりの時刻に上陸した。しかし、アムトラックの激しい損失により、それ以降は計画に遅れが生じ、第一二波が三〇分遅れ、第一四波が四五分遅れとなった。

後半の上陸部隊として攻撃に参加した、ある砲兵はアムトラックが水深の深い場所で迫撃砲弾の直撃を受けた際の模様について、「まさに、轟沈したよ。真っすぐと、一気に沈没していった。ところが砂地のような水深の浅い場所では、燃え上がった、中の奴らも一緒にね」と語った。珊瑚礁の上を進むシャーマン戦車の中から、ビル・メイヤー伍長は上陸艇の一つが、大口径の砲弾の直撃を受け炎に包まれるのを目撃した。地獄のように火だるまになった海兵隊員らが次々と海に飛び込んでいった。この兵士らは、間違いなく死ぬと思われたが、メイヤーはこの光景を、映画でも観るように、どこか遠い世界の非現実的な光景に感じていた。後に、彼はこの上陸艇からの生存者は一人もいないことを知った。

当初は海軍の凄まじい艦砲射撃にご満悦だったオルデンドルフ少将は、ペリリューの海岸線で米兵が大虐殺される惨状を、重巡洋艦ルイスビルの艦上から目の当たりにし、驚愕するとともに地団駄を踏んでいた。三日間にも渡る海軍の激しい猛砲撃が、日本軍の陣地にほとんど影響を与えていない事実が、今や明らかになっていた。

輸送船の甲板上にいた補給幕僚の中佐は、職業柄、少し変わった視点で攻撃作戦の模様を眺めていた。「こんな戦闘は、これまで見た事もない。一輌四万ドルもするアムトラックが、あんなに大量に炎上しているのに衝撃を受けた」。

(訳注三／一) ゼロイン：日本語では零点規正。砲兵が、砲撃する際に、照準点と着弾点を一致させるために、予め試射を繰り返し、砲一門毎の癖を加味して、正確な砲撃を行なう手法。

(訳注三／二) サルファ剤：米軍兵士の個人装備の救急キットに入っている、硫黄でできた黄色い粉末の止血剤。

(訳注三／三) HE弾：High Explosive 弾の略、通常は榴弾とも訳される。一般には軽車輌や、兵員、陣地等の装甲されていない目標に対して発射する砲弾。

第四章　渚の死闘

チェスティ・プラー大佐率いる第一海兵連隊が上陸したのは〇八三二時で、予定よりも二分遅れただけだったが、すでにホワイトビーチは、日本軍の猛烈な弾幕下にあった。ホワイト2では、〇九三〇時までに、第一海兵連隊第二大隊が、日本軍の比較的軽い抵抗を受けながら三〇〇メートルほど内陸部の茂みまで前進していた。一方でホワイト1の最左翼では、それほど順調ではなかった。この戦域を担当したジョージ・ハント大尉率いる第三大隊K中隊は、日本軍守備隊の凄まじい抵抗を受けていた。

「水際から二五メートルほどの場所で、我々は小火器の銃撃を受けていた。機関銃、ピストル、ライフル……、我々は岩礁にある窪みに体を押し付けるように伏せていたが、将校の一人が頭を上げて、自分たちの上陸地点を確認しようとしていた。そのとき四〇ミリ砲弾が、この将校の上をかすめて飛んでいった。もし、彼のヘルメットの上に産毛が生えていたら、綺麗に剥ぎ取られていたと思う。後にも先にも、あれだけ四〇ミリ砲弾が間近を飛んでいったのを見た事がないよ。

彼はすぐに伏せた。俺は間違いなく負傷していると思ったけど、幸いにも無傷だった」

ハーラン・マレー伍長は、彼の搭乗したアムトラックが、砂浜に乗り上げてガクンと止まり、後方の乗降ドアが開くまでの数秒間が、途方もなく長い時間に感じられた。マレーは、砂浜はあちこちで砲弾が炸裂していたと回想した。「扉が開くと、解き放たれたように、若い兵士たちは飛び出していった」。

内陸に向けて全力疾走していた、ジョー・ヘンドレーの部隊は、ジャングルとの境界線にあるトーチカに行き当たった。このトーチカには四七ミリ速射砲が陣取っており、海軍の艦砲射撃による被害をほとんど受けていないように見えた。海兵隊員らは、手榴弾を投げ続けて、このトーチカの日本兵を釘付けにし、最終的に、開口部に爆薬を投げ込んで爆破した。この爆発で、内部の全ての弾薬が誘爆し、抵抗拠点は無力化された。

ヘンドレーは、破壊されたトーチカの後方で、粉砕された珊瑚岩に膝のあたりまではまりながら進んでいくと、海岸一帯に、水際と平行で掘られていた巨大な対戦車壕に転がり落ちてしまった。

マレーのグループも日本軍の罠に捕らえられていた。彼らは、アムトラックを飛び出すと、すぐに前方に向きを変えて走り出した。「あわてるな、ゆっくり行け」と下士官が叫んだが遅かった。海兵隊員らが走りながらココナッツの倒木を乗り越えようとした瞬間、日本軍の機関銃が突然火を噴き、兵士らは、なぎ倒されてしまった。「彼らは、倒れこんだ」とマレーは回想した。彼はこの瞬間、「おい、この島には、俺たち以外にも生きている人間がいるらしい」と実感した。

彼の真正面では、日本軍の四七ミリ砲が狂ったように砲撃をしており、その砲弾の衝撃波で脳震盪を起こしてしまった。目眩がしながら砂浜に目をやると、砲弾の直撃を受けたアムタンクの砲塔が空中高く吹き飛ばされているところだった。

初めての激しい戦闘の真っ只中で、マレーは懸命に日本兵の姿を探し求めたが、全く見当たらなかった。彼と数名の海兵隊員らが対戦車壕の正面にある遺棄された日本軍の塹壕で身を伏せている頭上を、銃弾が飛び交っていた。通称〝ビッグショット（大物）〟ことマレー伍長は、I中隊と連絡を取るために壕を這い出たところで、場所の判らない日本兵に向かって撃ち返そうとして、起き上がるという過ちを犯してしまった。わずか一〇メートルほど先にいた日本兵は、この機会を逃さず、小銃で発砲し銃弾がマレーの肩を貫通した。日本兵は、倒れたマレーの様子を窺い、止めを刺そうと立ち上がったところを、今度は別の海兵隊の機関銃手が銃弾を日本兵の胸に撃ちこみ射殺した。

「マレーはライフルを置いたまま、動かなくなった腕を引きずりながら、対戦車壕まで這ってもどってきた。「撃たれた」と壕の中にいた海兵隊員の一団に話しかけると、数名の兵士らは、マレーを見ながら「どうかな、撃たれてないみたいだぞ」と話した。「撃たれてるさ」とマレーは主張したが、ひとりの兵士は「シャベルに小さい穴が開いてるだけだ」と言った。

「彼らがナイフを使って、背嚢をはがすと、そこには本当に銃撃による傷口があった」とマレーは語った。「シャベルを貫通した銃弾は、背嚢を通って、肩甲骨に当たっており、物凄く痛かった」。

ホワイト1ビーチへの第三波で上陸したプラー大佐は、アムトラックの側面から飛び降り、内陸部に向かって二〇メートルほど全力で駆けると、珊瑚砂に足を取られて倒れこんだ。ガダルカナル戦で砲弾の破片が刺さったままの彼の脚に痛みが走った。後方に目をやると、彼が乗ってきたアムトラックに、五、六発の砲弾が同時に当たり、粉々に吹き飛んでいた。降りるのが遅れた兵士たちは、その場で死んでいた。プラーの通信幕僚も、この時点で、はやくも被弾しており、片足を吹き飛ばされて出血しながら砂の上で死を待っていた。

「砂浜は大混乱に陥っていた。我々の上陸波の全てのアムトラックが、上陸した瞬間に激しい砲撃を浴びて破壊されていた」とプラーは報告している。このとき、司令部要員を乗せていた五輌のアムトラックが、珊瑚礁を越える間に激しい攻撃を受けて全て撃破されてしまい、ほとんどの通信機材に加えて熟練した通信士を失ってしまった。

砂浜はすでに、粉々になった珊瑚岩や、ココナッツの木の間に、破壊された車輌や、ガスマスク、ヘルメット、武器、迫撃砲弾のケースなどの廃棄物でいっぱいだった。相当数の海兵隊員の戦死体や負傷兵が灰色の岩礁の上に横たわっていた。初めて戦闘に参加したある海兵隊員は、負傷兵らの我慢強さに驚いていた。「彼らは砂の上で、出血しながらも、押し黙ったまま死んでいった」と回想した。

こうした混乱の状況下でも、プラー大佐は沈着冷静であった。ある海兵隊の下士官が砂浜から頭を上げたとき、プラー大佐が興奮した少佐をたしなめていた。その少佐は手に自動拳銃を持ち、「落ち着きなく、振り回していた」と海兵隊員は回想した。プラーは、その拳銃を少佐の手から取り上げると、彼のホルスターの中にしまい、「馬鹿みたいに拳銃を振り回しどうするつもりだ。俺たち将校は、兵士らを指揮するのが役目だ」と諭した。

この混乱の砂浜の中に、〝スウェード〟・ハンソン軍曹がいた。彼は上陸直後の数分間、砂浜にあったコンクリート製の対戦車障害物の後ろで身を隠していた。日本軍の機関銃弾が浴びせられ、コンクリートの上部が飛び散っていた。彼から、波打ち際に負傷して倒れた海兵隊員が見えたため、その場所に向かって全力で走りよった。この海兵隊員は、ハンソンを見上げると懇願するような口調で「だめだ、マック（訳注四／一）、俺に構うな。お願いだから、ひとりにしておいてくれ」。「ひとりにしておける訳ないだろ」「こんな場所に寝ていると戦車に轢かれる」とハンソンは話した。ハンソンは、この負傷兵を引き寄せて、水面から引き上げようとしたところ、海兵隊員の下半身がないのに気が付いて凍りついた。「だから、言っただろ」と海兵隊員は見上げると「このままにしておいてくれ、俺はいずれにせよ、助からない。君は自分の身を守るのに専念しろ」。と話した。「マック、君に幸運を」との声を後に、ハンソンは、この死にゆく海兵隊員の光景を忘れ去りたいがために、全力疾走で砂浜を後にした。

「走っていると、突然、目の前にアヒルみたいに小さくうずくまっている奴がいた」とハンソンは回想した。「そいつは、口にパイプをくわえており、なんだよ、連隊長のチェスティ・プラー大佐じゃねーか！　驚いたね。なんで、こんな弾の飛び交う最前線まで来て視察してるんだ？　と思ったが、彼の横を走り抜けるとき、〝奴らをぶっ飛ばせ〟と声を掛けられた。走ってきたので、体が熱くなり、途中でガスマスクを投げ捨てた。おそらく必要ないと思った。毒ガスにやられる前に太陽の熱で死にそうだったんだ」。

プラーの威勢の良さにも関わらず、第三大隊は苦境に陥っていた。日本軍の迫撃砲や野砲からの砲弾が戦線全域に落下し続けており、それに加えて、強固な陣地の日本軍から、小火器による激しい銃撃が海兵隊員らに浴びせられていた。さらに状況を悪化させたのは、先導部隊が、内陸に一〇〇メートルも行かないうちに、予期せぬ険しい岩礁による丘に直面して立ち往生してしまったのだ。この丘の存在は、少なくとも事前に配布された地図や、偵察報告書には記載されていなかった。高さは約一〇メートルで、所々に低木があり、蜂の巣状に開いた洞窟には、決死の覚悟をした日本兵が陣取っていた。

海兵隊員らは、戦車が到着したにもかかわらず、思うように前進できずにいた。北側から丘の稜線を目指して攻撃を開始したものの、六〇メートルほど内陸部に掘られた長い対戦車壕に捕まってしまった。深さ約三メートルで、数百メートルにも渡って掘られた対戦車壕は、巧妙に日本軍の射界に入るように設計されていた。

この間、後続の上陸部隊が続々と海岸に到達していたが、日本軍の迫撃砲と野砲の砲撃で瞬く間に撃破されていった。兵士たちは、逃げ惑うリスのように砂の上を右往左往していた。ラリー・カロヤン一等兵は、アムトラックから降りて、水の中を苦労して海岸に到達すると、波打ち際から一〇メートルほど進んだところに、身を隠せる倒木を見つけた。別の海兵隊員が、隣に飛び込んでくるとシャベルを使って、蛸壺を掘り出した。そして、彼はシャベルをカロヤンに手渡すと「ここに掘れよ、こんなときは、穴を掘って中に入れって、何かの教本で読んだんだ」と話した。他にするべき行動が判らなかったので、カロヤンも言われたとおりに穴を掘り出した。この海兵隊員は、穴を掘る行為が正しい行動であると続けて主張しているときに、迫撃砲弾が飛んできて、彼の隣にいた相棒が戦死してしまった。

「お前の、相棒がいま死んだだろ?」とカロヤンは不安気に尋ねた。

「ああ」と海兵隊員は答えた。

「悪いけど、俺は先に進むことにするよ」とカロヤンは話すと、急ぎ足でこの海兵隊員から、遠ざかりつつ、砲弾でできた穴に飛び込んだ。その瞬間、背後で迫撃砲弾が炸裂し、大量の砂と様々な破片が降りかかってきた。土煙が消え去ると、彼は背後を覗き見たが、先ほどまで隠れていた倒木と、海兵隊員の姿は跡形も無く消え去っていた。

ホワイト2を進んでいたラッセル・デービスは、砂の上に座っていた海兵隊員に躓いて転びそうになった。この海兵隊員はつぶれた足から、血が吹き上がるのをじっと見つめていた。彼は、最初はショック症状を起こす前に止血を試みたようだったが、今は、ただ砂の上に座ったまま、なす術もなく、傷口から噴き出す血をじっと眺めているだけだった。

デービスは、この光景に一瞬、戸惑ったが、この兵士のベルトを外すと膝の上のあたりで固く縛り止血を試みた。出血は間もなく止まったものの、この負傷した海兵隊員は、そのまま無言で目を開いたまま横に倒れた。デービスは、噛み煙草を口にしていた衛生兵を呼び寄せたが、彼は、この混乱状況にヤケ気味だった。「もうすぐ、負傷兵収容艇がやってくるはずだ。まあ、どうなるか判らんがね」とデービスに話した。「こいつは、もう駄目かもしれんな。たぶん駄目だろ」。

これを聞いたデービスは衛生兵に向かって、この負傷兵がまだ目を開けて会話が聞こえていると、身振りで衛生兵に注意を与えた。「こいつは、もう何も聞こえちゃいないよ。目は開けているが上の空だよ」デービスが先に進もうとしたところ、衛生兵は、負傷した海兵隊員の靴に向かって、噛み煙草を吐き捨てた。

ホワイトビーチの直面している大混乱の原因は、最も左翼側の外れに位置する「ポイント」と呼ばれる小要塞の日本軍により引き起こされていた。荒々しい岩礁地帯に掘られた場所に設置された火砲は、海岸線全域を射程に捉えており、上陸作戦全体を危機に陥れていた。

ジョージ・ハント大尉率いるK中隊は、この「ポイント」の奪取を命じられていた。しかし、予定された地点から一〇〇メートルほど右手に上陸した後に、日本軍の攻撃で部隊がバラバラになってしまっていた。このため、ハントは生存者や、対戦車壕の中で釘付けになっている部下の正確な数を把握できていなかった。彼は砲弾の穴の中に伏せた状態で、周囲では衛生兵を呼ぶ声の中で、部隊の再編を試みることにした。

一つ明らかだったのは、この「ポイント」は、海兵隊側が偵察写真などで予想していた規模を遥かに上回る頑強なものであった。水面から一〇メートルほどの高さの岩礁は、砕けた珊瑚岩に覆われ、多くの亀裂や、裂け目や、洞窟などの開口部があった。ポイントの下部の絶壁には、鉄筋コンクリートで覆われたトーチカがあり、四七ミリ速射砲が格納されて上陸部隊に対して砲撃を加えていた。それに加えて四ヵ所のトーチカが、二メートル近い珊瑚岩やコンクリートで覆われ、それぞれ重機関銃に六名から一二名程度の日本兵と共にこもっていた。他にも、硬い珊瑚岩をくり抜いた蛸壺に、多くの日本兵が待ち構えており、一部は軽機関銃で武装していた。

こうした高度な要塞化の実態は、航空偵察写真では判明していなかったが、プラー大佐は、この「ポイント」と呼ばれる場所に対して、事前に入念な艦砲射撃を実施するように、強く主張していた。海軍の指揮官らは、この場所へは適切に対処すると保障していた。しかし今、ハントの部隊の兵士らは、トーチカ群に対して、艦砲射撃がほとんど効果を上げていない現実に失望していた。

ハントの部隊の無線士が、交信手順どおりに、第一、第二、第三小隊と通信を始めようとしていた。「ハロー1、ハロー2、ハロー3、こちら通信管制、聞こえますか？　どうぞ」。その時、穴に大佐が飛び込んできた。驚いたハントは、とりあえず煙草を一本勧めたが、大佐は辞退した。「ありがとう、だが今はいい。俺は行かなきゃならん。俺の無線士が撃たれたんで、面倒みてやってくれんか？」。

「彼なら死にました」と衛生兵が答えた。

「えっ」と大佐は一瞬言葉を失ったが、すぐに「あとは頼む」といって海岸に向かって走っていった。

日本軍からの銃砲撃が激しさを増す中、ハントの無線士はどうにか、ウィリアム・ウィリス中尉率いる第一小隊と交信するのに成功した。ウィリスによると、第三小隊は「ポイント」に向かう途中で、日本軍の攻撃により壊滅状態に陥り、無力化されてしまったと報告した。また、彼らは本来だと右翼側にいるはずの第二小隊とは全く連絡が取れなくなっていると告げた。「わかった、〝ポイント〟奪取のための攻撃を続行せよ。我々もすぐに続く」。

「了解、了解」とウィリスは答えると「そう言うと思ったよ」と話した。

「ポイント」には全部で五ヵ所のトーチカがあった。そのうちの四ヵ所には重機関銃が設置され、断崖の底部をくり抜いて鉄筋コンクリートで固めていた。五番目のトーチカには四七ミリ砲が据え付けられて、上陸海岸全体を射程に捉えていた。加えて、周囲には、軽機関銃と小銃を装備した日本兵が陣取る蛸壺があった。ラルフ・エスティ中尉率いる第三小隊は、一旦「ポイント」よりも内陸部まで進撃したのちに、方向を転換して背後から攻撃する作戦であり、攻撃ルートも正確に把握していたが、激しい損害を受けていた。

ハントが第三小隊までやってきたとき、辺り一帯には、死体や負傷兵が散らばっていた。なかには依然として「うめき声を上げたり、身もだえしたり」しており、それ以外にも「体の一部が吹き飛んでいたり、内臓が飛び出したりした負傷兵のグロテスクな姿に目を見張った」。こうした負傷兵の中には、腕を銃弾が貫通したエスティ中尉がいた。瀕死の海兵隊員の一人が、どんよりとした目で、ハントに必死に話しかけようとしたが、口からは血が流れ出ていた。また、死が迫っていた兵士らの中に実直なウェイランド・ウッディヤード中尉がいた。彼はアムトラックを飛び出して一〇歩もいかないうちに頭部を銃弾が貫通してしまったのだった。

ウィリスはすでに前進を始めていた。これまでの第三小隊の攻撃により、一定の進撃路が確保されていたため、第一小隊と第三小隊の生き残りによる再攻撃は、これまでに戦死した日本兵の死体を乗り越えつつ、どうにか「ポイント」に到達した。日本兵の死体は、珊瑚岩の穴や、割れ目に倒れこむように、ポイントの周囲一帯に散らばっていた。ハントが見たところ、これらの日本兵は体格が大きく、健康で装備も新しいように見えた。

キングという名前の海兵隊の二等兵は、一人でトーチカに立ち向かっていた。彼のヘルメットを銃弾が貫通したが、幸いにも頭には当たらず、さらに別の弾がカートリッジベルトをかすめたものの、それにも構わずに前進し、トーチカの前面にある大きな岩の陰に身を伏せた。彼は一瞬起き上がると、銃眼に向けて手榴弾を投げて、また岩陰に隠れた。こもった爆発音と共に、内部の日本兵は戦死した。

別の二名の海兵隊員が続いて近くの巨岩の陰に飛び込んできた。その正面では三名の日本兵が重機関銃を設置しようとしていたが、米兵の姿を見ると、必死になって手榴弾に手を伸ばした。この時、すでに海兵隊員は日本兵に向かって手榴弾を投げており、この手榴弾は日本兵の間に落ちて、二名が爆死した。三番目の日本兵は、海兵隊員に向かって手榴弾を投げると、すぐに逃げ出したが、銃弾を撃ち込まれ射殺された。日本兵の投げた手榴弾は二名の米兵の間に落ちたが、不発だった。

海兵隊員らは、岩や飛び散った木々を乗り越えて、「ポイント」の頂上部まで到達すると、反対側から数名の日本兵が走って逃げるのが見えた。海兵隊員らは展開すると、この日本兵らに銃撃を加えて、全員を倒した。日本兵の一人は、背嚢に火がついた状態で走っており、煙が尾を引きながら、悲鳴を上げて岩礁を駆け下りていた。銃弾が背中に撃ち込まれると、ばったりと倒れて二度と動かなかった。

このポイントへの攻撃で、ロバート・アンダーソン伍長は、自分の原隊に合流できた。砂浜で機銃座を撃破したのち、その場所から四〇メートルほど北に進んで「ポイント」に到達すると、そこでは、別の火砲が海上のアムトラックに向けて砲撃していた。「俺のいた場所は斜面が急で砲身の先しか見えなかった。そこで、近くにあった木を掴むと、身を乗り出すようにして、様子を窺おうとしたんだ。そのとき突然、何か足に生暖かいものが広がっていくのを感じた。恐らく、撃たれたと思い、下に目をやると左側の水筒に穴が開いていたんだ」と当時を回想した。

この頃、ウィリス中尉も、小隊の生き残りの兵士らと「ポイント」に到着していた。四七ミリ砲の大きなトーチカに対して、一個分隊を後方の出入り口の付近に配置し、残りは上部から下に向かって、ジリジリと進んでいった。兵士たちからは、トーチカ内部で日本兵の声が聞こえていた。ウィリスは、正面から煙幕手榴弾を開口部に向けて投げたが、その瞬間、日本軍の野砲が火を噴き、大きな発射炎が彼のすぐ頭上で広がり、危うく命を落とすところだった。

アンダーソンは、M1ライフルにライフル・グレネード（訳注四／二）を装着すると、トーチカの開口部に向かって発射したが、壁のコンクリートに当たって爆発し、全く効果がなかった。次のグレネードをガーランド・ライフルに装着し、左足を木で支えながら、可能な限り身を乗り出して開口部を狙い、引き金を引いた。発射されたグレネードは、四七ミリ砲の砲身をかすめるようにトーチカに飛び込むと、中の弾薬もろとも爆発した。炎と煙がトーチカから噴出し、内部からは日本兵の悲鳴が聞こえてきた。突然、三名の日本兵が絶叫しながら、後部の出入り口から飛び出してきた。彼らが腰に装着していた弾薬盒（銃弾ポーチ）からは、パンパンと爆竹のように銃弾が弾けており、脚には、はだけたゲートルが引きずられていた。出入り口付近に配置された分隊は、この三名を瞬く間に撃ち倒した。

海兵隊員らは、ポイントを制圧したが、すぐに彼らの元に、自分たちが連隊の本隊から、孤立してしまったと連絡が入った。衛生兵が「くそ、やってられん、誰か俺にも武器をくれ」と叫ぶと、空になった衛生兵のバッグを投げ捨てた。ウィリスが近寄ると、自分のM1ライフルと弾帯を差し出した。衛生兵は彼を見つめると「中尉、ありがとうございます。でも、あなたはどうするのですか?」と聞いた。「この辺には、持ち主の死んだM1ライフルがいっぱい転がっているから、すぐに見つかるさ」と答えた。

連隊の本隊から孤立してしまったため、ハントは三二名の生存者を二個小隊に再編し、日本軍を一掃して制圧した「ポイント」で、全周囲防御体制を固めた。後に、この岩礁の抵抗拠点では、約一一〇名の日本兵の戦死体が散乱しているのが海兵隊により確認されたが、米軍側の損害も激しかった。もし、現在、接触が取れていない第二小隊の損害率が、第一小隊や、第三小隊同様の状況であれば、ハントの推定では中隊の三分の二が戦死または負傷していることになった。彼らはまだ、ペリリューに上陸してから二時間しか経っていなかった。

この朝、ビル・メイヤー伍長率いるシャーマン戦車隊もホワイト1に上陸していた。この若いオクラホマ出身の兵士は、すでに強運に恵まれていた。上陸海岸に向かう海上で、無用心にもハッチから外を眺めようと体を晒していたところ、日本軍の迫撃砲弾が砲塔に命中したが、奇跡的にも無傷で済んでいたのだ。しかし約七～八センチの破片が、戦車の機関銃手の背中に刺さり、彼は激しい痛みに耐えていた。

この朝、第一海兵師団に割当てられた三〇輛の戦車はすでに目標地点に到達していた。それぞれ五輛が一列となり、全体で六列からなる戦車隊がサンゴ礁をゆっくりと越えて海岸に上陸したのは、攻撃第一波が上陸して二〇分後であった。上陸した歩兵部隊が三〇分以内に完全な戦車隊の支援を受けたのは、マーシャル諸島上陸作戦よりも遥かに早いペースであった。

砂を押し分けながら、上陸すると戦車の半分が海の中にある状態で、メイヤーはピストル孔(訳注四／三)を開けると倒木の後ろに海兵隊員が張り付いているのが見えた。

「おい、マック」とライフル兵に向かって「どこが前線だ?」と叫んだ。

「アホか」と海兵隊員は応じ「お前は、もう二〇メートル前線を越えてるぞ」と叫んだ。

「ありがとよ」とメイヤーは叫ぶと、ピストル孔を閉じた。

部隊が砂浜に釘付けになっていたため、戦車兵らはなすすべがなく、支援砲撃が行なえなかった。日本軍の銃弾は砲塔に激しく浴びせられ、まるで雨が降っているようだった。「戦車の中は、まだ快適だったがね」とメイヤーは回想した。

戦車小隊長のリチャード・ケリー少尉が、衛生兵と、負傷した機関銃手の交代要員を連れてやってきた。機関銃手が無事に後送されると「俺は、これから指揮所まで戻らなければならない」とケリーは話した。メイヤーは、日本軍の機関銃が砂浜一帯を射界に捉えており、注意するように告げた。機関銃は上陸以来、ずっと射撃し続けており、海兵隊員らはその方向や銃撃パターンを概ね把握して、その合間をぬって走り抜けていた。

「わかった」とケリーはうなずくと、銃撃の間隙をついて走り出した。ところが、突然これまでとは全く異なる場所から日本軍の機関銃が射撃を開始し、銃弾を浴びた少尉はなぎ倒された。砲塔に立っていたメイヤーからは衛生兵を呼ぶ声が聞こえ、その後、担架に乗せられてボートに乗せられるケリーの姿が見えた。その時、ケリーと目が合ったため、メイヤーは手を振ったが、ケリーは弱々しく手を振り返してきた。彼は、その晩、病院船の中で息を引き取った。

第五海兵連隊第一大隊A中隊のM・L・〝バードドッグ〟・クレイトン一等兵は、オレンジ1に向かっていたが、彼の乗車したアムトラックは陸軍の少尉に率いられているのを見て意外な感じがした。アムトラックの底が珊瑚礁に当たると、この少尉は「外に出ろ！」と叫んだ。「乗降ドアを降ろせ、外に出ろ！」。

三〇キロもの重さがある火炎放射器を背負い、クレイトンは出口に進み、海に飛び込んだところ、水深が首までの深みにはまってしまった。溺れそうになった彼は、大声で助けを求めると、別の海兵隊員が襟を摑んで、引っ張り上げてくれた。そのとき、クレイトンは火炎放射器を捨てるチャンスがあり次第、降ろして捨てようと心に決めた。

膝までの深さの海を三〇メートルほど前進したクレイトンの部隊は、海面から出た高さが二〜三メートルの岩礁に行き当たった。迫撃砲弾が背後に落下しだすと兵士らは岩陰にひしめくように張り付いた。クレイトンは、自分の目の前の海兵隊員の背中を叩くと、「とっとと進めよ！前進しろ」と叫んだ。

別の海兵隊員が振り向くと、煩わしそうな顔つきで「おまえ、馬鹿か、前進したいなら、お前が行け」と答えた。クレイトンは岩礁の陰から頭を上げると、みなが釘付けになっている理由がわかった。機関銃がこの岩礁を直接狙っており、すぐ頭の上を銃弾がかすめ飛んでいった。彼は頭を引っ込めると、ポケットの煙草を探したが、前進の途中で水に浸かったため、濡れてしまっていた。

ウォルター・〝フィリップ〟・アフリート軍曹は三〇名の兵士らとアムトラックに搭乗しオレンジ1に向かっていたが、岩礁に着岸したところで、日本軍の迫撃砲弾で車輌が破壊されてしまった。アフリートには進撃途上ですでに酷い一日になりそうな予兆があった。海岸までの途中で彼の乗ったアムトラックは珊瑚礁に乗り上げてしまい、恐怖に駆られた車長の軍曹が海兵隊員らに下車するよう命じたのだ。この命令に海兵隊員らは従うつもりはなく、アフリートは自分のM1ライフルを車長の首に突きつけると「ふざけるな、岩を避けて先に進めろ、さもないと貴様の頭をぶっ飛ばして、俺が運転する」。

車長の下士官はアムトラックを再び動かすと、砂浜に向かって進ませだした。「ところが、俺たちを浜辺で降ろしたとたんに、ギアを後退に入れやがった」とアフリートは回想した。「奴は、まだ後部の扉が降りたままの状態で後進し始めた」海兵隊員らは後退するアムトラックを、慌てて横にさけると、たちどころに日本軍の迫撃砲弾が降りそそいできた。最初に戦死したのは、海軍から彼の部隊に派遣されていた衛生兵だった。アフリートはこの衛生兵の救急バッグを引き寄せると、自分の周囲の負傷兵を可能な限り処置をした。彼の二年来の友人だった、ある海兵隊員はへその下辺りに、野球のボール大の穴が開いていた。アフリートは焼けたカートリッジベルトを引き剥がすと、海に投げ捨てた。そしてサルファ剤を傷口の周囲に振りかけたが、腹に開いた穴からは、腸が動くのが見えていた。この海兵隊員はすでに白目を剥いており、顔は土色になっていった。この数分後、彼は息を引き取った。

そのすぐ横には肩から先の腕を吹き飛ばされた二等兵が横たわっていた。「助けてください。死にそうです」と彼は繰り返してつぶやいた。アフリートは彼の横にかぶさるようにもたれかかると「大丈夫、お前の傷はたいしたことない」と嘘をつき、彼の顔を無傷の肩のほうに向けた。しかし、この海兵隊員もすぐに死んだ。

後にアフリートが推定したところ、最初の四五分間で、八名から一〇名が戦死したと思われた。しかし、このニュージャージー出身の下士官は悲しむ暇を惜しんで、死んだ兵士のBARを引き寄せると兵士を連れて内陸部へ進んでいった。

こうした大規模な激戦が繰り広げられていた第一海兵師団の担当区域において、ペリリュー島における最初の名誉勲章の受章者は、オレンジ1の第五海兵連隊第一大隊の兵士だった。

ワシントンDCで、製本工の見習いだったルイス・K・ボーゼル伍長、二〇歳と、彼の所属する分隊は低木の陰に隠されている日本軍の機銃座を掃討するため、内陸部に進んでいった。そのうち一つのトーチカで、ミシシッピ州グリーンビル出身のジャック・キンブル中尉は、正面から火炎放射器を使って、日本兵をあぶり出し、後方の出入り口に数名の海兵隊員を待機させて撃ち倒せるよう兵士を配置した。この出入り口に立った海兵隊員のうち二名がトーチカの内部に向かって銃撃を加えたところ、日本兵が手榴弾を抱えたまま飛び出してきた。手榴弾は日本兵もろとも爆発し、体を吹き飛ばすと、周囲にいた数名の海兵隊員が負傷した。別の日本兵が出入り口に現われたが、たちどころに射殺された。さらに三人目の日本兵が現われ、手榴弾を投げつけ、ボーゼルと数名の海兵隊員の間に転がってきた。「身を隠せる場所はなく、かつ狭かったので逃げる場所もなかった」とキンブルは回想した。「ボーゼルが突然体を投げ出すと、手榴弾の上に覆いかぶさった」。手榴弾は、この若い海兵隊員の体の下で炸裂すると、こもった爆発音が響いた。「彼は息があったため、すぐに病院船「バウンティフル」に搬送されたが、後に死亡した。「彼は最後まで、あきらめなかったが、あまりに傷が多く、出血を止められなかった」と海軍の外科医は後にボーゼルの相棒に伝えた。

オレンジ2のすぐに内陸部側では、第五海兵連隊第三大隊のユージン・スレッジ二等兵が、軍隊に入って初めて、死んだ日本兵に遭遇していた。内臓が飛び出した衛生兵と二人の小銃兵の死体で、衛生兵は負傷した兵士の治療をしている際に、至近で炸裂した砲弾により戦死したようであった。死体は背を向けた状態で横たわっていた。腹部は大きく裂けて穴が開いており、内臓がきらきらと光りながら、珊瑚砂の上に飛び散っていた。その横には衛生兵のバッグが転がっていた。この光景は、スレッジが少年時代に、リスやウサギを狩ったときを思い起こさせていた。

気分が悪くなるような光景を見つめていると、二人の古参の海兵隊員がやってきて、死体を漁りだし、ナンブピストル(南部拳銃)と、日章旗、それに細々とした品を懐に入れていた。典型的な古参兵は、とりあえず軽いものだけを記念品として持ち去り、重い品は後方支援部隊の兵士のために残していた。品物の一つを、彼のほうに投げながら「それじゃ、スレッジ、あとでな、気をつけろよ」と言った。

この光景は、困難な状況に陥っていたスレッジの大隊にとって、良い兆候を示していた。K中隊が灰色の浜辺を乗り越えて先導する形で、大隊幕僚のトム・スタンレー中尉は、上陸第一波を砂浜の植生線まで前進させることができた。浜辺には生き残っている日本兵がいなかった。海兵隊員らは、上陸したのち、早足でココナッツの木立を抜けて、茂みを通りぬけると飛行場の一角までたどり着いていた。そのとき、突然、彼の部隊の海兵隊員が「一人やった、一人やった」と叫んだ。スタンレーは興味津々で駆けつけると、ひとりの日本兵が、掩蔽壕の中に逃げ込んだため、海兵隊員が扉を閉めて、中に閉じ込めたところだった。「捕まえたぞ」と、この兵士は嬉しそうに話した。

この間、彼らに続く攻撃部隊は、順調に上陸していた。第一海兵連隊は、高台で大損害を受けたり、側面からの猛攻撃を受けていたが、このオレンジ1、オレンジ2戦区では攻撃部隊は珊瑚礁を越える際に他の地区ほど損害が出なかった。一部の部隊は、砂浜で迫撃砲や野砲の砲撃で大損害を受けたものの、ほとんどの部隊は、的確な命令で内陸部まで入り込んでいた。

一方で、連隊は日本軍が広範囲に埋設した地雷から大きな被害を受けずに済んでいた。日本軍は二つの角が出たタイプの地雷を、約一メートル間隔で三列に渡って格子状に埋設していた。それぞれの地雷は約二〇キロの火薬が詰まっていた。幸運にも、上陸日前日の悪天候で、地雷のうえに三〇センチほどの砂が被さってしまっており、効果を減殺していた。他にも、地雷の信管が波を被るうちに、海水で動作不能になっている場合も多かった。

UDT班（水中爆破班）の上陸直前の活躍にも関わらず、J－13型の機雷が一二〇メートル沖合の珊瑚礁で発見されていた。しかし、これらの機雷は上陸当日の夜明け前に慌てて敷設されたと思われ、偽装も不十分で、多くはまだ安全ピンが刺さったままであり、爆発することがなかった。また、航空機用の爆弾六発を一つに束ねて爆雷として海底に設置され電気的に起爆するように設計されていた。しかしながら、こちらも自然の影響で、うまく作動しなかった。地上から爆雷に接続されていたワイヤが細すぎたため、波の影響で切断されてしまっていたのだ。

爆発しなかった地雷の信管角の部分は、後に米軍の車輌が通過した際に抜けたり、折れたりしてしまった。航空機用の爆弾も信管の代わりに、木製の串が刺さった状態で見つかった。のちに多数のアムトラックやDUKWがこうした地雷を踏んで行動不能に陥る場面もあった。多くの場合は、砲撃による破壊と判別が難しかったが、砲撃と比較すると被害の度合いは小さいと推定された。

大戦初期にフィリピンの日本軍捕虜収容所から脱走した勇ましい経歴を持つオースチン・C・ショフナー中佐率いる、第五海兵連隊第三大隊は必ずしも無傷だったわけではなく、上陸直後に指揮系統に混乱が生じていた。大隊幕僚のロバート・M・アッシュ少佐が上陸直後に戦死してしまい、ほとんどの通信器材と、通信士を乗せたアムトラックが砲撃で破壊されてしまったのだ。しかし部隊は〇九三〇時ごろには、作戦の第一段階の線まで前進し、第一大隊と並んだ。この間、右翼側では（第五海兵連隊）K中隊が前進に支障はないものの、トラブルを抱えていた。第七海兵連隊のK中隊が、本来はオレンジ3に上陸する予定が間違ってオレンジ2に上陸してしまい、右翼側から日本軍を攻撃していた。このため、別の海兵連隊所属の、同じ名前の中隊が並んだことで、様々な混乱が生じていた。上陸一五分後、第五連隊K中隊は、師団の戦線の最右翼であり、第七連隊のK中隊は、混乱した状況下で、自らの位置を再確認しようとしていた。

東方向への攻撃を再編したところ、第五連隊K中隊は飛行場の縁に、木造のトーチカと、複数の機銃座が相互に連携した日本軍の陣地網に行き当たった。この陣地はK中隊とI中隊が連携した攻撃で一〇〇〇時までに駆逐され、海兵隊はペリリュー島を二分するために、さらに東に向けて進んでいった。

第一および第五海兵連隊が、海岸で日本軍の攻撃に立ち往生していた頃、最右翼の第七海兵連隊は、この朝の攻撃で最も不運な状況に見舞われていた。第七海兵連隊は、五〇〇メートル足らずの幅しか無いオレンジ3に二個大隊を上陸させなければならなかった。先導する第三大隊は、第五海兵連隊に沿って、ペリリュー島の東側の海岸まで横断して、日本軍守備隊を分断し、後続の第一大隊は、右側に進みながら孤立した南部の日本軍を掃討する任務を受けていたが、作戦は簡単には進まなかった。

第七海兵連隊第一大隊A中隊のトム・ボイル二等兵が搭乗したアムトラックは、オレンジ3の海岸線から一キロメートルに達したあたりから、早くも日本軍の一五〇ミリ迫撃砲の砲弾が周囲に落下し始めていた。二五キロもの高性能炸薬が詰まった重砲弾の炸裂は、何輌かのアムトラックを吹き飛ばした。ボイルが数えただけでも、彼の隊列のアムトラック五輌のうち、三輌が珊瑚礁を越えるまでに撃破されてしまった。

ボイルは元々軍曹であったが、他の下士官との度重なる喧嘩で二等兵に格下げされていた。彼は海岸に向け前進するアムトラックの操縦手の横に立ち、方向を指示していた。日本軍の迫撃砲弾は何度となく至近で炸裂していたが、ボイルは同じ場所には二度の着弾は無いと判断し、巧みに着弾を切り抜けていた。この操縦が功を奏し、どうにか対舟艇障害物が林立する海岸の合間に上陸できた。しかしその場所は、運悪く日本軍の機関銃座の真正面に位置しており、直接、銃撃を浴びはじめた。「くそ、やばい場所に来てしまった」とボイルが思ったとき、機関銃から発射された銃弾が、ボイルのヘルメットの正面に記された"T・R・BOYLE"の文字のTとRの間をかすめ、彼は亀のように頭を引っ込めた。アムトラックはそのまま進み、ガクンと止まると、日本軍の機銃陣地の位置から五〇メートルたらずの場所であり、彼はアムトラックから手榴弾を投げたものの届かなかった。

このとき、乗降ドアの開閉を担当していた下士官が、恐怖で凍りつき動けなくなったため、ボイルはピストルを抜くと「さっさと開けろ」と下士官に命じた。扉が開くと、兵士たちは堰を切ったように飛び出していった。

ボイルは、全員の一番最後であり、誰かが機関銃の予備部品を忘れているのを見つけたため、それを掴んで、側面から外に放り投げた。乗降ドアから飛び出そうとしたところ、床一面の吐瀉物に足をとられ、手すりに捕まり、よろけながらアムトラックの外に出た。

外側では、彼とは別の部隊の海兵隊員が、車輌のすぐ横に身を伏せていた。ボイルはこの兵士に前進するように告げると、この海兵隊員は「僕は動けません」と応えた。彼は恐怖で精神が麻痺しているようだった。ボイルはこの兵士にかまわず、走り出すと砂浜のすぐ先に掘られた対戦車壕に飛び込んだ。彼が壕にもぐり込んで身を伏せた瞬間、迫撃砲弾がアムトラックを粉砕し、操縦手と先ほどの恐怖におののいていた海兵隊員を消し去った。

このときオレンジ3に上陸した海兵隊員の中に、二三歳のカール・スティーブンソン軍曹がいた。彼がアムトラックの側面を飛び越えて砂地に着地した瞬間、日本軍の埋設した地雷のうえに飛び降りてしまった。奇跡的に、彼の体重で信管の角が折れてしまい、不発に終わったが、彼は大いに肝を冷やした。

彼はこの幸運を祝う間もなく、正面を見上げると、すぐそこに日本兵がいた。スティーブンソンは、持っていた短機関銃の引き金を引いたものの、銃身をしっかりと支えなかったため「うかつにも、銃身が跳ね上がって、弾は空めがけて飛んでいってしまった」日本兵は、すぐに向きを変えると掩蔽壕に飛び込み、海兵隊員らに向かって手榴弾を投げてきた。しかし、やわらかい砂地だったため、手榴弾の威力は減殺されたが、左側の至近で一発が炸裂し、スティーブンソンは一瞬、昏倒した。

すぐ近くにアムトラックがいたが、手榴弾が爆発し始めると乗員らは床に這いつくばっていた。

しかし、スティーブンソンが見ていると、ひとりの海兵隊員が側面を登って車内に入ると、五〇口径の重機関銃で射撃を加え続け、この日本軍陣地を制圧するのに成功した。

ボイルやスティーブンソンがすでに身をもって体験したように、第七海兵連隊は運悪く最も守備隊が強力な海岸が割当てられてしまっていた。後の連隊の報告書には「対舟艇障害物、対舟艇機雷、対戦車地雷それに対人地雷が、複雑かつ入念に設置された有刺鉄線とともに海岸一帯に広範囲に設置され、それに加えて射撃方向が事前に調整された自動火器、重火器が、相互支援する形で配置されていた」と記載されている。ある海兵隊員は「海のうえの小さな岩礁のようだったが、岩をくり抜いて陣地を構築しており、ちょっとした要塞があるようだった」と回想した。アムトラックが通過する珊瑚礁には、天然および人工の要害が散りばめられており、それに加えて事前調整された日本軍の砲撃ポイントを通り抜けなければならなかった。

右翼側の海岸のすぐ近くには、海岸線に対して砲撃を加えるのに理想的な無人島があり「重機関銃や、速射砲による直接射撃で上陸舟艇部隊に激しい損害が生じた」それ以外にも、通称「ナルモック島」と呼ばれるペリリュー南西端にも重火砲が配備されていた。「事前に照準が調整された迫撃砲と火砲による砲撃が、絶え間なく上陸海岸に降りそそぎ、上陸部隊を大混乱に陥れ、夥しい数の戦死傷者が生じた」。

不思議にも、あれだけの艦砲射撃を加えたにもかかわらず、こうした日本軍の防御拠点はほとんど損害を受けていないように思われた。「沖合から上陸地点に向かう途中で、日本軍の陣地に向けた友軍の艦砲射撃は全くなかった」と、歩兵部隊の大佐は後に書き記している。こうして上陸した海兵隊員らは、日本軍の機関銃の掃射により、血で染まった水しぶきがあがる中、破壊されたアムトラックから外に出て、攻撃を開始した。

六輌の新型のアムタンクが、隊列を組んで上陸地点に近づいた際、右翼側の小さな無人島から六門以上の火砲の閃光が瞬いた。海兵隊の将校は、アムタンクが、これらの砲に向かって突進していったのを目撃した。アムタンクは、次の砲撃が上陸部隊に加えられる前に前進方向を日本軍の火砲に向けて、そのまま、砲身に乗り上げると、蹂躙していった。

こうした努力にも関わらず、右翼側からの砲撃は衰えず、アムトラックの操縦手は自然に左翼側へと押されるように流されてしまった。こうして複数の部隊がオレンジ2に上陸し、別の連隊の異なる2つのK中隊が一つの海岸に上陸すると指揮系統に混乱が生じた。大隊長のE・ハンター・ハースト少佐はオレンジ2に上陸してしまったが、大隊幕僚のビクター・H・ストレート少佐は正しくオレンジ3に上陸した。大隊の通信器材の大半を積んだアムトラックが途中で撃破されてしまったが、これにより混乱が生じるのは、まだ少し先の話である。

いずれにせよ、上陸部隊は海岸に到着していった。この中にライフ誌専属の表紙画家であるトム・レアがいた。彼は「ヘルメットのあご紐を締めていなかったので、頭がグラグラと振動で揺れていた。近くで破壊された炎を上げるアムトラックから、燃料が燃える臭いと、弾薬が焼けてはじける臭いが混じっていた」と語った。身を隠せる場所を求めて砂浜を屈みながら走ると、迫撃砲弾が落下してくる音で、地面に伏せて顔を押し付けた。

その時、彼は「人間が真っ赤に破裂した」のを目撃した。「約一二～一三メートルほど先の砂丘の頂上部で砲弾が炸裂し、同じ舟艇に乗っていた四名の兵士を吹き飛ばした。そのうち一人は、粉々になって空中に飛び散った。その時の光景はあまりにも鮮明で、私が見たとき、頭と片方の足が空高く舞っていた」

レアはさらに数歩走って、小さな砲弾の穴に駆け込むと、別の迫撃砲弾が至近で炸裂し土砂をシャワーのように浴びせた。恐怖に慄いて伏せていると、一人の負傷した海兵隊員が、ふらつきながらアムトラックに向かって歩いてきた。彼の顔の半分はつぶれてドロドロになっており、片方の腕はシュレッダーにかけられたように粉々になり肩からぶらさがっていた。彼は海に向かってよろめいていた。「片側半分の顔は人間の顔として原型を留めていたが、これまで見た事がないほど苦痛に歪んでいた」とレアは当時を思い起こした。この負傷兵は最後にレアのすぐ後ろで崩れ落ちた。彼の体から流れ出る血で白い砂浜は赤く染まっていった。迫撃砲弾は絶え間なく、かつ規則性もなく砂浜と珊瑚礁に落下し続けていた。ある海兵隊の砲兵は、大口径の大砲から発射された砲弾が空中を落下してくるときの恐怖の模様について「だいたいドラム缶みたいな大きさの砲弾が飛んできた」と語った。「とにかく全て吹き飛ばした。ボーンと爆発した瞬間、半径二、三〇メートルに存在するものを全て綺麗に消し去った」

「この砲弾の一発はアムトラックを直撃した。この車輌と、搭乗していた兵員は、全てが粉々になって、スローモーションのように空中に飛び散った。日本軍の機関銃は、珊瑚礁のうえを掃射していた。海上で進撃途上に撃破されたアムトラックに乗っていた兵士らは、緑色の海に投げ出された。彼らは海の中では余りに小さく、ゆっくりと動き、助けを待っていた」と、どうにか小さな穴でかろうじて身を隠していたトム・レアは語った。

この日、オレンジビーチに上陸できた海兵隊員の一人にロバート・アシュキー軍曹がいた。アシュキーはアムトラックの操縦室に陣取り、操縦手に方向を指示していた。海岸から一〇〇メートルの辺りで、砲弾がアムトラックの後部を直撃した。「俺が覚えているのは水柱だけだ」と彼は回想した。「次に気が付いたとき、砂浜で寝そべっていた。装備品は全部つけたままだった」。濡れていたのは、くるぶしまでで、アシュキーはどうやって砂浜までたどり着いたのか全く記憶がなかった。アシュキーのアムトラックには総員で二〇名以上の兵士が搭乗していたが、生き残ったのはアシュキーと、操縦手、副操縦手と、もう一人の兵士だけだった。

ロバート・バーソン二等兵の部隊で最初の負傷者がでたのは、海岸に上陸して最初の瞬間だった。アムトラックから最後の海兵隊員が降りると、操縦手が向きを変えて戻ろうとした際、陰にいた海兵隊員の足を轢いてしまったのだ。この負傷兵の相棒は、すぐに彼をアムトラックに乗せると、そのまま直接、沖合の艦艇に戻らせた。

砂浜には、水際から一〇〇メートルほどの内陸部に渡って大量の地雷が埋設されていた。この海岸を含むペリリュー島で使用された地雷は、二つの起爆角が鬼の角のように二本突出しており、衝撃で折れると内部の酸性の液体が入ったガラス瓶を砕き、起爆する仕組みになっていた。幸いなことに、こうした衝撃角は、海水で反応を起こして動作不能になり、起爆しない場合が多かった。もし、こうした地雷が正常に作動していた場合、海兵隊はさらに酷い惨状におかれたのは間違いなかった。

また、オレンジ3には、航空機用の爆弾を転用した急造地雷も数多く埋設されていた。五〇キロ爆弾の尾翼の部分を下、圧力信管を上にしてそのうえに一〇センチほど土を被せてあった。こうした地雷は、海岸一面に埋められていたため、先導の戦車長は、一度戦車から降りて、自らの足で安全を確認したのちに、トイレットペーパーを転がしながら戦車や車輌の進路を誘導した。しかしアムトラックの乗員は、埋設された地雷に戦車兵ほど神経を使わなかった。そのため地雷を踏むと、凄まじい振動と、炸裂でアムトラックは引っくり返って炎上し、その後、五〇口径の機銃弾がポップコーンのようにポンポンと弾けた。

ジョージ・ヤール中尉率いる戦車小隊は、右翼側に位置する無人島の日本軍の砲座を攻略する任務を受けていた。彼らが上陸直後、島から砲の発射閃光が瞬き、砲弾が彼の戦車を直撃し、一瞬意識を失った。彼は自分の戦車を飛び降りると、同じ小隊の戦車のもとに走り、砲塔に飛びのり、外に摑まったまま、砲手に日本軍の陣地の方向を指示しだすと、戦車は砲座を吹き飛ばした。さらに彼は外に摑まったまま、海岸の日本軍の機銃座に向けて、戦車砲を誘導すると、それらを撃破した。彼は、この時の功績で後に海軍十字賞が授与された。

海岸は、混乱の極みであった。従軍記者のすぐ横の穴に伏せていたトム・レアは誰かが、後ろから這い寄ってくるのに気が付いた。レアが振り向くと、衛生兵は「脅かすなよ、死体が転がってるのかと思ったよ」と話し、ニヤリと笑った。

がっしりとした体格の男が海岸から駆け上がってきた。彼は海兵隊員を通り過ぎるたびに「指揮所はどこだ?」と大声で尋ねていた。そのつど、兵士らは「あっちです、大佐」と答えていた。連隊長のハンネケン大佐はさらに進んでいったが、日本軍の銃撃に身を晒さないように注意を払っていた。

第七海兵連隊の突撃大隊は、上陸で大混乱に陥ってしまったが、指揮命令系統は徐々に回復しつつあった。幸いにも、第七海兵連隊第三大隊の直面した海岸の日本兵は三〇名にも満たない数で、すでに海軍の艦砲射撃で圧倒されており、軽微な抵抗しか受けなかった。〇九二五時までに大隊は海岸線を確保したが、海兵隊側の戦死傷者は四〇名だった。それにもかかわらず、ハンネケン大佐の、作戦の初期段階の報告は悲観的なものであった。

アムタンクの多くは、海岸線に到達する前に破壊されており、突撃部隊は歩きながら海を渡って上陸していた。浅瀬で部隊を再編しようとしていたが、地雷や、鉄条網に加え、局所的だが、珊瑚岩に掘られた塹壕と掩蔽壕で巧みに構築した陣地から激しい抵抗を加えてくる日本兵により、苦戦を強いられていた。それに加えて米軍側の激しい砲爆撃によって周囲の地形が一変しており、状況の把握を一層困難にしていた。

皮肉なことに、本来であるならば海兵隊の作戦行動を妨害するために、海岸からすぐ内陸部に構築されていた日本軍の巨大な対戦車壕が、海兵隊員たちが身を隠す絶好の場所となっていた。日本軍の対戦車壕は、事前の偵察活動では全く察知されていなかったが、上陸第一波が到着する直前に偵察機から視認され、無線で報告されていた。この壕は、上陸海岸全域に渡って、海岸線に並行に掘られており、突撃中隊は、こうした壕で内陸部への攻撃態勢を整えることができた。大隊参謀のビクター・ストレイト少佐は、第七海兵連隊第三大隊が、こうした対戦車壕のおかげで、作戦時間を一時間早める効果があったと述べた。

　体制を整えた海兵隊は、二個中隊で内陸部に向かって攻撃を開始した。一〇四五時までに第七海兵連隊は砂浜を離れて、右翼側の攻撃は四五〇メートルほど前進し、日本軍の無線方位測定所を制圧しつつ内陸部へ進んでいった。

　作戦開始からようやく一時間が経過しようとしていた時、ルパータス少将は当初の不安の半分が的中してしまったのに気が付いていた。足首を骨折していた彼が座っている、師団の指揮艦である攻撃輸送艦「ドウページ」（APA-41）の上部甲板に置かれた布製の椅子からは、砂浜で多くのアムトラックが燃えているのが見えていた。日本軍のロケット砲（噴進砲）から発射された砲弾が青空に白い煙を引きながら飛んでいた。しかしほとんどのロケット砲弾は、途中で失速するように砂浜の手前に着弾していたようだった。一方で、日本軍の砲兵による砂浜や珊瑚礁への砲撃は、恐ろしいほど正確だった。

　この指揮艦の甲板には、多くの無線機が設置され、それぞれの部隊と直接交信できるようになっており、そこからはノイズに乗った電文が届いていたが、その多くは悲惨な状況を伝えていた。ルパータスは、この沖合から眺めた大混乱の戦況に、作戦が失敗したのではないかとの不安で、居ても立ってもいられなくなってきていた。

　この日、八〇〇キロ南西にあるモロタイ島へマッカーサーが指揮する上陸作戦が、姉妹作戦として同時進行していたが、この作戦の状況が伝えられると、ルパータスの焦燥感はピークに達した。ペリリュー島で海兵隊が日本軍の激しい抵抗に苦戦している中、米陸軍第三一歩兵師団の二つの部隊が、ほとんど抵抗のない中をモロタイ島に上陸していた。

モロタイ島は長さ約七〇キロ、幅が約四〇キロで、ペリリュー島よりも大きかったが、日本軍の守備隊の規模は小さかった。フィリピンの南部から約五〇〇キロの島には五〇〇名規模の日本兵しかおらず、そのほとんどが日本軍の将校に率いられた台湾出身の高砂義勇兵の部隊だった。この上陸で米兵の損害は七名の負傷のみで、これに続く作戦でも戦死三〇名、負傷八〇名で済んでいた。第三一歩兵師団は、上陸戦闘部隊にとって夢のような不戦勝の成果を手に入れていた。

一方でペリリュー島では、海兵隊は上陸戦闘部隊にとって悪夢の惨状と化していた。一一三〇時に、副師団長のオリバー・P・スミス准将が少人数の参謀らと共に、オレンジ2戦区に視察にやってきた。スミスは、沖合に停泊している兵員輸送船のエルモアから、日本軍の砲弾が珊瑚礁に落下し、定期的にアムトラックが炎を上げる様子を眺めていた。第七海兵連隊からは、二個大隊の上陸に成功したとの報告が入っていた。第五海兵連隊からは、引き続き混乱しているとの報告が入っていたものの、第一海兵連隊からは何の連絡もなかった。

バッキー・ハリスの率いる第五海兵連隊担当区域が最も堅固な橋頭堡を確保しているように見えたため、スミスは、この場所に自ら上陸する決断を下した。彼は、上陸はDUKWではなく、アムトラックで行なうことにし、待機していたDUKWのドライバーの任務を解いた。「俺からは、ドライバーが落胆したのか、あるいは、ほっとしたのか、よくわからなかったがね」とスミスはユーモアを交えて語っている。

スミスの乗ったアムトラックは日本軍の迫撃砲弾を避けながら進んださい、珊瑚礁に車床が乗り上げ、乗っていた幕僚らは将棋倒しになった。この損害はスミスの側近が転んださいに熱いコーヒーをこぼしただけだった。スミスは珊瑚礁に小さな旗が立っているのに気が付いた。どうやら日本軍の火砲や迫撃砲の着弾範囲を指示しているのは明らかだった。アムトラックのドライバーは、オレンジ2と並行して設置されている鉄条網で北側に向きを変えた。海岸へ向かって方向転換する場所があったものの、なぜか彼はその場所を通り過ぎていた。スミスはこのドライバーに向かって「このままだと、すぐに海岸を通り過ぎてしまう、そろそろ砂浜に向かおう」と告げた。

ドライバーはすぐに海岸に向きを変え、スミスは第五海兵連隊担当戦域でオレンジ2の北端に上陸した。すでに戦域は落ち着いており、日本軍の地雷には、赤や白いテープで目印がつけられていた。飛行場の滑走路の南端に位置する砂浜からすぐ内陸部に掘られた対戦車壕には前進指揮所が設置されていた。彼はそこで、第五および第七海兵連隊の指揮所、および沖合に停泊している指揮艦ドゥページのルパータス少将とも連絡が取れた。第一海兵連隊とも連絡をとろうと苦心したが、全く応答がなかった。

地面に敷設された通信線は、行き交う車輌に踏みつけられてすぐに断線してしまうため、通信指揮用の無線機器を装備した指揮車型アムトラックが実験的に投入されていたが、運用が成功しているとは言えなかった。

ルパータス少将は指揮所に入電してくる断片的な情報に苛立っており、自分も上陸し、自身の目で確かめることにした。本来の計画では、副師団長のスミス准将が上陸したのち、なるべく早い段階で上陸する計画で、遅くともHアワー（攻撃開始時刻）から四時間以内となっていた。ルパータスは、彼の師団がその時刻までには島の南部を制圧できると楽観的な見通しを持っており、その後、飛行場の北側にある地区への攻撃を指揮するつもりであった。

彼は足首を骨折していたため、初期段階での上陸は実現不可能であったが、ペリリュー島に向かう途中で、Dデイ当日の上陸計画について語り出していた。彼の参謀らは、無謀であるとして取りやめるように説得していたが、ここにきて再び〝そわそわし始め〟、参謀の一人が、上陸の話を切り出してしまったため、急遽、実現する運びとなった。

参謀長のジョン・セルドン大佐は、思いとどまるように説得しようと「将軍、仮に海岸まで行ったとしても、この指揮所よりも情報が得られるとは思いません」とルパータスに話した。セルドンは、すでにスミス准将が上陸しており、彼から上がってくる報告から新しい情報が得られないのは、まだ海岸でも確たる情報が得られていない証拠であると述べた。

上陸海岸の北側に上陸したチェスティ・プラーの連隊と全く連絡が取れない間、第一海兵連隊の連絡将校からの報告で、第一海兵連隊の戦域は順調に推移していると推定されていた。この連絡将校は、正午頃にスミスがいた前進指揮所までやってくると、プラーの連隊の戦死傷者数を四〇名から五〇名と報告していた。

ルパータス少将は後に、この時の評価が余りにも楽観的過ぎたと回想している。実際、プラーの連隊の戦死傷者は、この時点で二〇〇名から四〇〇名に達していた。しかし、この時、彼の憂慮は、高地からの攻撃に耐えている第一海兵連隊の受け持つ北側の戦域ではなく、本来であればすでに島の南側の平野部の掃討作戦を開始しているはずだが、初期の攻撃が腰砕けになっている第七海兵連隊に向いていた。この日の昼前に第七海兵連隊から届いた「死傷者多数、補給と増援部隊を至急求む」との電文で、彼の不安は高まっていた。第七海兵連隊は上陸時の被害が深刻で、一八輌のアムトラックが午前中に撃破されていたが、こうした救援要請は後に過大であったと分析された。しかし、この時点ではルパータスは、手元にある情報から、第七海兵連隊には救援部隊が必要であると判断した。

正午すこし前、ルパータスは第七海兵連隊の増援部隊として師団直下の偵察中隊をオレンジ3に投入した。そのすぐ後、海岸に上陸しているスミス将軍に連絡を取り、師団予備の第七海兵連隊第二大隊の投入を告げた。彼はこの追加の増援部隊によって、ハンネケンの率いる連隊が初日の欲張った攻撃目標である、島の南側一帯の制圧を完遂できると考えていた。

この意思決定に関して、師団参謀長セルドンは、第七海兵連隊第二大隊の投入に積極的であったが、ルパータスは、師団唯一の予備部隊だったこともあり、慎重だった。しかし最後は、「しようがない、ジョニー、投入したまえ、これで後がないぞ」と了承したのだった。

一方、ペリリュー島の海岸では、副師団長のスミス准将が、ルパータスの予備部隊投入の決定に疑問を感じていた。海岸線は、すでに部隊が展開しており第二大隊が上陸しても、活動の余地は少ないように思われたのだ。

第七海兵連隊第三大隊長だったハンター・ハースト少佐は、「日本軍守備隊は、わずかな陣地も手放さないように激しく抵抗していたが、彼らも、この状況に混乱しており、組織だった抵抗も、連携も欠いていた。そのため、特に効果的な反撃を受けていたわけではなく、援軍も必要としていなかった。実際のところ、海岸線は大混雑で物理的に増援を受け入れる余地がなかった」と当時を回想した。

ハンネケン大佐は、上陸初期段階での混乱が落ち着きを取り戻しはじめ、増援部隊は必要なくなったと考えていた。砂浜からすぐ内陸部にある日本軍の対戦車壕に陣取った彼らの部隊は、最初は、かなり痛めつけられているように感じていたが、実際の被害はそうでもないようだった。彼によると、ルパータスから送りつけられた増援部隊に関しては、邪魔になるわけではなく、部隊を集結させる場所を見つけられたと話した。ルパータスはすぐに命令を実行し第七海兵連隊第二大隊は南側の海岸に送られた。

この間、プラー大佐の率いる第一海兵連隊からは、全く連絡が入ってこなかった。

(訳注四／一) マック：海兵隊の俗語、Marine Corps（海兵隊）の略で、通常、名前を知らない戦友に対して呼びかける際に使われた。

(訳注四／二) ライフル・グレネード：小銃の先端部に手榴弾や、擲弾を取り付け、空砲のガス圧で発射する装置。手榴弾よりも正確に遠方まで投擲することができた。

(訳注四/三) ピストル孔：戦車が敵の歩兵との接近戦闘に巻き込まれた際に、車内から銃撃を行なうための小型のハッチ。

第五章　日本軍戦車隊

チェスティ・プラー率いる第一海兵連隊が、副師団長であるスミス准将の指揮所と連絡が取れなかったのには理由があった。連隊の通信機材を載せた五輌のアムトラック全てが、直撃弾を受けてペリリュー島の珊瑚礁の上で飛び散り、燃え上がっていたのだ。海岸に敷設した、有線の野戦電話線も、瞬く間に日本軍の迫撃砲や、野砲の砲撃で断線していった。（注五／一）

連隊の通信機材の喪失は、ホワイトビーチの置かれた状況を考えると、際立って不運な出来事であった。もし師団の予備部隊を投入するのであれば、最もそれを必要としていたのは、プラーの連隊であったが、この時点では、損害の把握すら出来ていなかった。

後に専門家は、ペリリュー戦の最初の八時間を、「太平洋戦争中、最も激しく、最も混乱した戦闘」と評した。第一海兵連隊は、珊瑚隆起の陣地や洞窟内に頑強に陣取った日本軍に阻まれ、全く前進することができず、第一波のすぐ直後に上陸した戦車隊も、ほとんど役に立たなかった。ゴツゴツと波に洗われた岩の洞穴や、陣地壕の奥から発射される、日本軍の機関銃弾と小銃弾は、海岸から海兵隊を一掃し続けた。

第一連隊第二大隊長のラッセル・ホンソウェッツ中佐は、浜辺で副官を失った。砂浜を走り抜けようとした際に、蛸壺から飛び出した日本兵に射殺されたのだ。ホンソウェッツは、「いたるところに蛸壺があった」と証言している。

海岸に降り立った海兵隊員たちは、地面が、ペリリュー島の棘々しい珊瑚岩であることに思い知らされていた。第一海兵連隊のある一等兵は「周囲は、尖った珊瑚岩以外になかった。ようは、伏せると、手のひらや膝が傷だらけになったんだ。手榴弾が爆発すると、その度に、珊瑚岩が細かく砕けちって、小さな破片と粉が降り注ぐんだ。ちょうど大きな研磨機の近くで飛び散るようにね。そして、あちこちに刺さるのさ」。

海岸線のあちこちで撃破されたアムトラックの燃料が炎を上げ、もくもくと黒煙が立ち上っていた。こうした残骸の中の弾薬に引火した爆発が何度も発生し、その都度、燃え盛る破片が、生き残った海兵隊員たちに降り注いだ。同じ目に遭うのを避けようと、後続の水陸両用車輌は、増援の兵士を大殺戮の現場に、さっさと降ろすと大急ぎで次の搬送任務のために引き返していった。

最左翼の第三大隊は、その中でも最悪な状況であった。「ポイント」に張り付いた、ハント大尉と三〇名ほどの生存者は、間隙を突いて進出してきた日本軍のために、残りのK中隊から孤立してしまった。彼の第二および第三小隊は、すでに数個分隊規模になっていた。ホワイト1の背後にある高地の日本軍により釘付けにされていたため、第一大隊長のスティーフン・サボル中佐は、予備のL中隊を戦線に投入し、高地の日本軍の攻略に割当てた。

この戦闘は、海兵隊がこれまでに見たことがないものであった。ある撃破された戦車の搭乗員は「俺の目の前で、五人の海兵隊員が、地面の穴に隠れたジャップの野郎に撃ち殺されたんだ」と語った。毎回、海兵隊員がやってきて、手榴弾を投げようと立ち上がった瞬間、銃弾を浴びていた。最終的に、背後に回り込んだ海兵隊員が、火炎放射器で日本兵を火だるまにした。「まるで、缶切りでフタを開けて中身を出すみたいに、日本軍を陣地から一つずつ追い出していかなきゃならなかった」と、この戦車兵は語っている。

日本軍の頑強な抵抗のため、サボル中佐は、連隊本部に支援を要請し、午前中に、予備大隊からA中隊が、「ポイント」と日本軍の陣取る高地の間を掃討しようと不毛な努力を試みた。午後には新たにB中隊が同様の努力を試みたが、両者共、激しい損害のために、左翼側のギャップを埋めることができなかった。

このときの、戦闘経験者の話を時系列にすると、この日、事態を打開しようとした士官らの運命が見えてくる。まず、C中隊のW・ムラー少尉が、砂浜に足を付いた瞬間に、頭を撃ち抜かれて即死した。次にA中隊のジョン・バス少尉が、胸に砲弾の破片を受けて後に死亡した。彼の交替の将校も頭部に被弾して死亡し、さらに小隊軍曹も砲弾の破片で重傷を負った。

「衛生兵！」「担架兵！」と叫ぶ声があちこちから聞こえてきたが、それに対する応答は「衛生兵は当てにするな！」しかなく、多くの負傷兵は途方に暮れていた。と、ある海兵隊員は回想している。

この日、負傷した士官の中に、迫撃砲弾の破片を膝に受けた大隊長のR・G・デービス少佐がいた。彼によると、相当の出血をしたものの、そのまま指揮を続けたと、当時を記憶している。海兵隊は、攻撃が尻すぼみになる前に、なんとか高地の南側の一端を確保することができた。さらに、A中隊第一小隊の、ある分隊が高地の反対側斜面のI中隊と接触することもできたが、がら空きになった左翼側に対処することができなかった。

第一海兵連隊の左翼側のギャップは、同時に上陸海岸全体の左翼側にも位置しており、作戦の大きな脅威となっていた。第一海兵連隊の報告書では「この珊瑚隆起の高地から海に開いた隙間を足がかりに、敵の反撃が企てられた場合、海岸線に沿って巻き取られるように一掃されてしまう可能性があった」と認めている。この場合、兵員や装備で混雑している海岸線が、大惨事と化すのは間違いなかった。

その鋭い感覚で、危険を察知したプラー大佐は、あらゆる兵員を動員して、この日本軍の反撃に備えるように命令を下した。司令部要員や、約一〇〇名の第一工兵大隊の兵士などがかき集められ、連隊予備の部隊と共に戦線に投入された。

上陸した砲兵部隊の兵士らが、瞬く間に日本軍のトーチカからの攻撃で倒れて行ったことも、この日の混乱を端的に現わしている出来事の一つである。ワーナー・パイン一等兵は、砲兵部隊の前進観測班の一員として、海兵隊員の死体と、遺棄された機材のまっただ中に降り立った。パインは、一九四一年にアドミラル・ファラット海軍大学を、殴り合いの喧嘩の末に退学処分になり、海兵隊に入隊以来、二つの従軍星勲章を授与されていた。その彼の目前には、滅茶苦茶に撃破された上陸部隊の惨状が広がっていた。

彼らのグループは、二〇〇～三〇〇メートル程、内陸部に向かって進むと、上官の大尉が、「伏せろ！　伏せろ！」と叫び、砲兵たちが腹這いになって突っ伏すと、すぐ頭上を機関銃弾がかすめていった。パインが頭を上げて様子を窺うと、一〇〇メートルほど先に、日本軍の掩蔽された機関銃座があった。そこでパインは左翼側に匍匐して回り込みながら、陣地の上まで進んだ。ところが、この時になってようやく、彼は自分が、手榴弾を持っていないことに気がついた。さらに手榴弾どころか、武器を何も持っていなかった。「この時ほど、自分が馬鹿だと思ったことはなかったよ」と彼は回想している。

同じ頃、別の海兵隊員らも側面に回り込んできており、一人がパインに手榴弾を手渡してくれ、それを投げ込んだ。爆発後、大尉が中の日本兵に向かって、生き残っているならば投降するように、日本語のメッセージで呼びかけた。すると中から意識朦朧とした日本兵が両手を上げてでてきたが、特に怪我を負ってはいないようだった。ところが過剰反応した海兵隊員は、この日本兵を射殺してしまった。

さらに戦車が到着し、この陣地に砲弾を撃ち込んだ。パインは、これで誰も生き残っていないと思い、中を覗き込んだところ、日本軍の手榴弾が宙を飛んで来た。彼は全身が硬直しながらも、後ろに後ずさりし、辛うじて全身に爆風を浴びずに済んだが、いくつかの破片を胸部に受けてしまった。横たわり、血まみれの体を眺めながら、この一九歳のニューヨーカーは、自分が死ぬに違いないと思った。しかし、かなりの重傷にもかかわらず、幸運にも主要な臓器の損傷は避けられており、一時間後に浜辺から病院船のバウンティフルに搬送されて助かった。

朝から午後にかけて、ホワイト1の背後にあった、対戦車壕では、少なくとも二個中隊と、その他、本隊からはぐれた若干名の兵士らが戦闘を続けていた。「何人も、壕を上って攻撃しようと試みていたが、その都度、皆、撃たれてしまっていたよ。壕の中には、血まみれの男たちが溢れていた」と当時、十代だった一等兵は語った。

対戦車壕の底には、海兵隊員の死体が散らばっていた。ハーラン・マレー伍長は、銃弾の当たった肩の手当をしていたが、その傍には、彼の部隊の火炎放射手が、装備を背負ったまま死んでいた。その助手も、やはり横で死んでいた。彼の小隊長の少尉も、頭を撃ち抜かれて地面に体を投げ出すように倒れていた。「機関銃手たちは、最善を尽くしていたが、機関銃を設置して撃ち始めた途端に、ズルズルと死体となって対戦車壕を滑り落ちてきた。そして、次の奴が交替して撃ち始めると、また、ズルズルとまた落ちてくるんだ」とマレーは語っている。別の兵士が、ふらつきながら壕に倒れ込んできた。彼の片方の手は、皮一枚で繋がった状態で、もう片方は、妙な方向にねじれており、すぐに衛生兵が処置にかかった。この時点で、K中隊の第二小隊と第三小隊は、分隊規模の戦力まで消耗していた。海兵隊員の何人かは、すでに遺言を考えはじめていた。「この場所から生きて出られない気がしていたんだ。いずれにせよ、遅かれ早かれ、必要になる気がした」と、若い二等兵は語っている。

マレーの座っていた場所から、さほど遠くない場所では、アラバマ出身で、そばかす顔のヒュー・ウィントン一等兵がいた。彼は見た目も実際の年齢も一七歳であったが、すでにグロスター岬での実戦経験があった。彼は、携帯無線機を片手に、所在なげに立っていた少尉を引き留めると「支援要請が必要です」と告げた。これに対して少尉は「悪いが、お前の役には立てんぞ、このオンボロ無線機は、K中隊にしか繋がらん」と応えた。ウィントンは、「K中隊ですか！　それは私の中隊です」と口走ると無線機を掴んだ。

彼は「スパム缶」と呼ばれる携帯無線機を使いながら、前線への支援を要請するのに尽力したが、少尉（K中隊の人間ではない）は座ったままだった。「やつは、能なしで、何の役にも立たない奴だった」とこの時、近くにいた兵士は語っている。対戦車壕のさらに先では、ホフマンという名のBAR射手が、壕の中を進んでくる日本兵を発見していた。彼は近くにいた、本隊とはぐれている迫撃砲班の兵士たちに、壕が折れ曲がっている場所で、待ち伏せしようと持ちかけたが、誰も乗って来なかった。やがて、日本兵の投げた手榴弾を投げ返すような切迫した状況にも関わらず、全く動こうとしない彼らに業を煮やしたホフマンは、迫撃砲班の軍曹に向かって、皮肉っぽく優しい口調でいった。「こっちに来て一緒に撃とうよ？　あいつら動き回っているからさ」と。

この頃、K中隊の機関銃班のジャック・ラバージ軍曹も、対戦車壕で戦っていた一人である。彼ともう一人の海兵隊員は、日本兵の二五名ほどの集団が、駆け足で、対戦車壕を横切って反対側に向かうのを発見した。ラバージは、この集団にM1ライフルで、別の海兵隊員が短機関銃で銃撃を浴びせ、そのうち六人を射殺した。彼は、死んだ日本兵が真新しいカーキ色の軍服を着て、その内の何人かが緑色の擬装網をヘルメットに被せているのを見て腹立たしく感じていた。「奴らは、涼しげで汗すらかいていなかったんだ」

残った日本兵は、報復として手榴弾を山のように投げつけ始め、その炸裂で、ラバージは背中に破片がささり、刺すような痛みを感じた。彼は機関銃班の兵士らに、すぐに機関銃を準備するように命じたが、呆然と見つめているだけだった、そこでラバージは「馬鹿野郎、その銃を、さっさと設置しやがれ」と叫んだ。

機関銃は素早く設置され射撃しようとしたが、至近で炸裂した迫撃砲弾のために、機関部に砂が入り、作動しなくなってしまった。ラバージは、壕の淵から、外を覗き見たところ、日本兵は一列縦隊で素早く彼らから遠ざかり、「ポイント」の方向に向かって走り去って行った。「ポイント」で孤立していたハント大尉率いる海兵隊員たちは、降伏の意思を示しているような日本兵が近づいてきたのを凝視していた。この日本兵は、背嚢を背負い、小銃を手に持ったままだった。怪しんだ海兵隊員が発砲したところ、木っ端微塵に吹き飛んでしまった。彼は体に爆薬を巻いていたのである。

この直後、日本軍の迫撃砲弾がハントと三〇名の生存者の周囲に集中砲撃を加えて来た。砲弾は珊瑚岩に当たると、飛び散った岩と破片で、ある兵士は、脚の骨が砕けてしまった。顔が土色と化した、この兵士は後送されるために水辺まで運ばれて行った。

午後遅い時点で、ハントの部隊は依然として孤立しており、アムトラックが唯一かつ現実的な移動手段であった。第二小隊の位置まで到達しようとした試みは、対戦車壕の付近で頓挫していた。加えてペリリュー島の想像を絶する暑さは、驚くべき早さで飲料水を消費しており、兵士らは水の補給を切望していた。手榴弾の残りも僅かで、弾薬も各自の手持ちが全てであった。

スウェード・ハンソン軍曹は、ハント大尉に近づくと、日本軍に蹂躙される最悪の場合に備えて、自分が作戦担当者として所持している、作戦地図、電文表など、様々な書類を焼却処分したほうが良いか訊ねてきた。これに対しハントは「君が最善と思うとおりにやってくれ」と応えた。

「私は、焼却したほうが良いと思います」と話し、すぐに全ての書類の焼却を始めた。汗まみれの海兵隊員たちは、手近な岩や、折れた木を並べて陣地を構築していた。この日の早い段階で、ハントの中隊参謀のブル・セラー中尉は、無線機を使って南側の海岸からハントに連絡を取ろうと試みていたが、ひっきり無しに混信してくる女性のお喋りの声に悩まされていた。彼は苛立ちが頂点に達したセラーは「黙れ、この糞アマ、失せろ」とマイクに向かって叫んだ。彼はこの一件で、周囲から一目置かれる存在となったが、この混信を黙らせることには失敗した。

しばらくすると、ようやく無線交信ができるようになり、ハントは、彼の部隊の機関銃小隊が〝海岸で、全滅した〟のを知った。また無線で、海上からの補給と増援部隊が約束された。また、すでにL中隊が包囲を突破するために進撃を開始しており、間もなくハントらと接触するので、準備するようにと告げられた。

昼が過ぎて、長い時間が過ぎていたが、L中隊の接近や、増援部隊が到着する徴候は全くなかった。周囲には多くの日本兵が這い回っており、ハントは、ひたすら自分の部隊が弱体化した少人数の集団だけであることを、敵に気づかれないようにと願うばかりであった。

この場所より、遠く南側では、第二大隊が、公式戦記で〝中規模の戦闘〟と言及されている戦闘で、飛行場の境界に沿って停まっていた。周囲から高く尊敬されているラッセル・E・ホンソウェッツ中佐に率いられた第一連隊第二大隊は、上陸後すぐに、内陸部に向けて突き進み、ここまでは抵抗がなかった。

この場所で、ビクター・ケース一等兵は、二つの隣接するコンクリート製のトーチカに対して攻撃を加えようとしていた。彼は、まず片方のトーチカの水平に開いた銃眼に、手榴弾を投げ込み、中の日本兵を制圧すると、二つのトーチカの間にあった、凹みに体を押し付けるようにして隠れた。その場所から、もう一つのトーチカへ手榴弾を投げ込もうとしたものの、うまくいかなかった。日本軍の機関銃手は、ケースを銃眼に近づけないように猛烈に射撃をしており、さらに支援の海兵隊員も近づけなかった。この時の様子を見ていた海兵隊員によると、ケースは突然銃眼の下まで走り出し、さらにトーチカの裏側に姿を消してしまった。四名から五名の海兵隊員が側面から後に続き、途中、一人が足を撃たれたが、他の兵士らが彼のもとに駆けつけると、ケースはトーチカの裏側のドアを、梃子でこじ開けようと必死になっているところであった。

すぐに、他の海兵隊員らが加勢すると、傍に立っていたBAR射手が、五人の日本兵が木立の間から飛び出して、こちらに向かって突進してくるのに気がついた。日本兵は、髭面のゲートル姿で、ピストルを撃ちながら走る、将校あるいは下士官に率いられ、他の四人は小銃を持っていた。BAR射手は腰だめ姿勢で、一連射すると、まず指揮官の後ろの二名を倒した。次の一連射で、さらに二名が崩れ落ちたが、指揮官はさらにピストルを撃ちながら突進してきた。BAR射手は、至近距離まで、この指揮官を引き寄せ、単発射撃で発砲すると、彼の髭面は、メロンのように吹き飛んだ。

この間、ケースらはトーチカのドアをこじ開けようと格闘していたが、最終的に中に手榴弾を投げ込んで、内部の兵士を無力化することに成功した。すると、彼は別のペアになったトーチカの制圧に向けて一人で飛び出して行った。他の海兵隊員たちは、彼にはついていかなかった。しばらくすると、ケースは戻って来て、残りのトーチカも片付けたと話していた。

ケース一等兵は、この五日後に戦死した。しかし彼のペリリュー戦における活躍に対して、死後に海軍十字勲章が授与された。こうした彼や、他の海兵隊員の記録に残らない活躍が、ペリリュー島の上陸時の戦闘の現実を如実に現わしているのである。

多くのアムトラックが破壊されて、スケジュールが狂ったものの、第二大隊は、〇九三〇時までに、倒れた木立や、点在する沼を超えて、日本軍の陣地を制圧しながら、計画の第一段階の目標線である、飛行場の外縁で施設群があるエリアに到達していた。しかし、右翼側を進む、第五海兵連隊側の側面が不安定だったため、連携を保つためにその場で待機することになった。数名の海兵隊員が、飛行場の反対側にある小要塞を見渡せる土手の上に倒れていた。この土手の裏側には、多くの兵士たちが、地面を掘って留まっており、それ以外の兵士たちは、飛行場の滑走路の端に移動していた。この場所は、トーチカからの激しい射界に捉えられており、身動きが取れなかった。この時点で、飲料水も不足しており、戦死者から水筒を外して、持ち去る者も出ていた。

この時の〝中規模な戦闘〟の負傷者の中に、部下に慕われていた士官で、ジャージー・シティ出身のゴードン・〝ゴーゴー〟・メイヤー少尉がいた。彼は、火力を統制しようとした際に、狙撃兵に撃たれ、仲間の兵士が近づけない敵の射界の中に倒れていた。何人かの兵士が、自分の身を危険に晒して、彼の救出を試みようとしていたが、少尉は素早く自分の拳銃を抜くと「近よるな、近よる奴は、撃つ」と命令した。彼は、すぐそのあとに死んだ。

それから程なくして、戦車が到着すると、日本軍の銃火は徐々に衰え出し、海兵隊員は一息つけるようになってきた。この朝、浅瀬を歩いて上陸したラッセル・デービス二等兵も、周囲の若いライフル兵らと、くだらない冗談を飛ばしながら笑い合っていた。これに対して、古参兵らの神経は張りつめたままであり、そのうちの古参軍曹の一人が、金色に輝く機関銃の弾帯を肩にかけて駆け足でやってくると、他の下士官たちも同調するかのように、若い兵士らに、飲料水の缶や、弾薬箱、手榴弾箱、鉄条網などを土手の向こう側へ運ぶように、せき立てはじめた。

機関銃班の班長である軍曹が、部下に対して「ここに塹壕を掘れ」「深く掘れ、それから鉄条網を張れ」と命じた。

「もうすぐバンザイ突撃してくるかもしれんからな」と、実戦経験豊富な軍曹が何げなくつぶやくと、デービスも、さきほどまでの和らいだ気持は消え、他の者の冗談も笑い声もなくなった。唯一の音は、軍曹が叫ぶ「掘れ、掘れ、掘れ」の声だけだった。

沖合では、重巡洋艦の乗組員らが、海岸から戻って来たアムトラックを眺めていた。後方には憔悴しきった衛生兵が乗っており「負傷兵が乗っているんだ」と叫んだ。中には一三名の負傷兵が載せられており、ほとんどが重傷者だった。衛生兵は、上陸時の、あまりの負傷兵の多さで、点滴薬はなくなり、モルヒネがなくなるのも時間の問題だと話した。「みんな、俺にモルヒネを打ってくれと懇願するんだが、もう手持ちがなかったんだよ」と、繰り返し話していた。後に、軍医は、この若い衛生兵の働きぶりを褒め、恐らく数名の命を救ったはずだと話したが、衛生兵は、ただ首を横に振り、自分の無力さを嘆いているようであった。

海岸線では引き続き、海兵隊員たちが死んでいった。

アル・ガールマンの所属する砲兵隊が、後半の上陸波でオレンジビーチに向かっていた。海面には依然として砲弾が落下していたが、この一九歳の一等兵にとっては、初の実戦であり、戦況がいかに深刻であるかは全く理解できていなかった。アムトラックが海岸に向かう途中、上官の軍曹がガールマンともう一人の海兵隊員に向かって、それぞれ側面から身を乗り出して、機雷を警戒するように命じた。「機雷なんて、どんなものか、ちっとも知らなかった」とガールマンは回想した。それでも、命令どおりに水面に目を凝らしていると、死体がアムトラックにぶつかって、流れて行くのに気がついた。たくさんの死体が、波にまかせながら、水面を次々と流れて来ていた。浮いている死体を眺めながら、このジャップ共はどこにいたのだろうと、不思議に思いながらも呆然と見つめていたところ、もう一人の見張りの海兵隊員が、船舷を離れて座り込み、膝の間に頭を埋めながら、ゲーゲーと吐き出した。

ガールマンは、軍曹が、そいつを怒鳴りつけるのではないかと思っていたが、軍曹は固く口を閉じたままであった。彼は再び、波間に浮いているジャップの死体に目をやると、突然、浮いているのがジャップではないのに気がついた。全部、海兵隊員の死体だったのである。

前方に目を向けると、珊瑚礁の上で炎上している多くのアムトラックが目に入った。ガールマンが数を数えただけでも一八輌から二〇輌あり、大きなショックを受けた。そのうちの一輌を通り過ぎる際、炎上するアムトラックの中には、いくつかの死体が見えた。死んだ海兵隊員は、〝黒こげのトースト〟のような状態で、立ったままの姿勢で、ライフルを握り、燃えて真っ黒になったヘルメットを被っており、まるで銅像のようであった。ガールマンの無邪気な気持は消し飛び「自分にこれから降り掛かる現実を思うと、あの場所で生き延びられるなら、どんな場所でも生き延びられる気がした」と思った。

内陸部に侵攻するに従って、海兵隊は、ペリリュー島が、これまで戦って来た、ガダルカナルや、グロスター岬のジャングルなどとは、全く異なる戦場であると認識し始めていた。フィリップ・アフリート軍曹が、ジャングルの低木に沿って進んで行くと、彼の部隊の班長が、何か手で合図を送って来た。彼は無言で地面を指差していたため、「奴が何を言いたいのか良く判らなかった。声を出さなかったからね。そこで、地面を指しているので〝伏せろ〟という意味だと思った。だから、地面に伏せたんだ。ところが、首を降るので、どうやら違うと分かった」とアフリートは回想した。

アフリートは注意深く周囲を見ると、突然、自分の立っている土の盛り上がっている場所が、日本軍のトーチカの上であることに気がついた。ゆっくりと横に回ると、二〇センチ×八〇センチほどの銃眼が開いており、すぐに手榴弾を投げ込んだ。中を覗き込むと、二名の日本兵が戦死していたが、もしかしたら、アフリートたちが見つけた時点ですでに死んでいたのかもしれなかった。「中の日本兵が生きていれば、あんな簡単に手榴弾を投げ込めなかったと思う」。

この場所から以降、アフリートは地面の盛り上がった場所には充分に気をつけるようになった。

「こうした、地面の盛り上がりは、一見、どこにでもある風景だった。でも、あとで良く見ると、地面が盛り上がっている場所は、全部、トーチカだった。とにかく、それを見極めるだけで、生き残れるチャンスが出てくるんだ」

正午近くに、第五海兵連隊第二大隊は、進撃ルートを北に変えるために、まず西側へ向けて強力な攻勢を開始した。左翼側の第五連隊第一大隊とは、連携を維持できていたため、第二大隊は飛行場南端に沿って展開することができた。上陸時に大量のアムトラックが破壊されてしまったため、この頃、すでに弾薬の不足が顕著になり始めていたが、補給が行なわれるのは、この日のもっと遅くであった。戦線の南側では作戦上二つに分割されたL中隊の東側への進撃が、その途上で停滞していた。K中隊とI中隊の攻撃も、無数にある日本軍陣地の激しい抵抗のために遅々として進まなかった。

モスカルツァック一等兵は、爆撃で破壊された飛行場の格納庫から、七五メートルほど離れた、臨時滑走路の端を横断していた。格納庫は屋根に大きな穴が開いており、大きな扉もねじ曲がって下側のヒンジだけでぶら下がっていた。モスカルツァックの後ろには、ジョン・テクヴィッチ伍長、セイモア・レヴィ一等兵が続いていたが、近くの、小さな小屋を通り過ぎようとした際、何の前触れもなく日本軍の手榴弾が爆発した。飛び散った破片は、レヴィのアゴに刺さり、彼は「やられた！　やられた！」と叫んだ。テクヴィッチは、小屋に飛び込むと持っていた短機関銃で木の床を掃射した。床下を見てみると、誰かが這い回って出入りしたように、地面が窪んでおり、穴が開いていた。彼らは穴に手榴弾を投げ込むとまた、前進を開始した。（注五／二）

ジャック・マンデー大尉は、戦車に乗って茂みの中を前進していたが、何人かが塹壕に機関銃を設置しようとしている場面に出くわした。彼らはきれいなカーキ色の軍服を着た海兵隊員だと思っていたが、実は日本兵の一団で、突然、こちらに向けて発砲しだした。戦車砲で応戦すると、機関銃手は穴の中に引っ込んでしまった。すると五人の日本兵が、前屈みの姿勢で塹壕を飛び出してきたが、車載機銃が彼らを一掃した。

第五海兵連隊第三大隊は、深い茂みと、日本軍の狙撃兵の銃火をかいくぐりながら、広く海を見渡せる反対側の海岸までたどり着いた。遠浅の湾は、複雑に絡み合った鉄条網と、立方体状の対舟艇障害物を始めとした、あらゆる障害物で埋め尽くされており、多くの海兵隊員たちは、この海岸に上陸しないで済んだことを神に感謝した。

その時、数百メートル先の浅瀬を進む十数名の日本兵の一団を海兵隊員が発見し、発砲し始めた。彼らは、浅い珊瑚礁を走ったり泳いだりしながら、右手にある小さな岬に向かっているようであった。水柱が立つ中で、ほとんどの日本兵は撃ち倒されたようであったが、何名かは岬に辿り着くと、素早く岩陰に姿を消した。「貴様ら、なんて、射撃が下手なんだ！」と軍曹は、あきれて怒鳴りつけた。すると、今度は、別の数名の日本兵がマングローブの茂みの中の壕から飛び出して、珊瑚礁に向かいだしたが、今度は全員が撃ち倒された。「さっきよりはマシだ」と軍曹は、やや満足げな口調で話した。

この間、第五連隊第三大隊は、不正確な地図と、深い茂みと、日本軍の抵抗が相まって、右翼側を進む第七海兵連隊第三大隊との接触が取れなくなってしまった。

自分たちの部隊がいる場所は、思っている場所とは違っており、偵察隊とも接触が取れなくなっていた。ある場所で、第五連隊第三大隊K中隊の幕僚であるトム・スタンレー中尉から、数名の兵士が集まっているのが垣間みられた。最初は、隣を進む第七海兵連隊の兵士だと思っていたが、よく見ると日本兵の一団だった。第七海兵連隊は、どこにも見当たらなかった。

一方、第七海兵連隊第三大隊は、午後の早い段階で、日本軍の強固な防御拠点に直面し身動きが取れなくなっていた。その場所には、コンクリート製の大型トーチカの周辺に、兵舎の残骸や、複数のトーチカ、コンクリート製の機関銃座などが相互に連携しており、作戦地図上でも、その存在が明確に記載されていた。そのため、この場所を攻略するために戦車小隊が事前に割当てられていた。

無用な戦死傷者を避けるため、海兵隊側では、戦車小隊の到着を待ってから、この手強い抵抗拠点を攻略する手はずになっていた。しかし戦車隊は来なかった。この日の朝の大混乱の海岸で、シャーマン戦車隊は、〝第七海兵連隊I中隊〟ではなく、間違えて〝第五海兵連隊I中隊〟の場所に行ってしまったのである。この間違いで、第七連隊第三大隊の作戦計画は大きく狂ってしまった。後に、大隊長のハンター・ハースト少佐は、この遅れが、大隊がDデイ当日に東海岸まで到達できなかった主原因であると語っている。

この場所よりも、さらに南側では第七海兵連隊第三大隊に続いて、ペリリュー島の南端部を掃討する予定の第七連隊第一大隊が到着していた。正午の時点で、日本軍の抵抗は「迫撃砲による砲撃を除くと、軽微である」と記述されているが、第一大隊が南に進撃するに従って、地形は険しくなり、日本軍の抵抗も明らかに激しくなっていった。

この付近には、あらゆる場所に日本兵が潜んでいた。カール・スティーブンソン軍曹は、作戦の第一段階の線に到達した際、斥候として小隊よりも先を進んでいた。その際、深い茂みの中から物音がしたため、砲弾の穴に飛び込んだ。すると、真正面に「これまでの人生で、一番、立派で、奇麗で、カッコいいジャップ」が、彼の前に歩み出て来たところだった。距離にして一〇メートルもなく、彼のみたところ身長も一八〇センチメートルを超えていた。服装も小ぎれいで、アイロンの効いたカーキ色の半袖シャツに、半ズボンに、靴下に、ブーツを履いていた。バッグを背負っていたものの、ヘルメットは被っておらず、武器も持っていないようだった。

動揺した彼は、最初、このこぎれいな日本兵を、〝シー〟っと追い払いたい欲求に駆られたが、次の瞬間に、持っていた短機関銃の引き金を引いて、連射し日本兵を倒した。ところが、この男は、飛び上がるように起き上がったため、スティーブンソンは、弾倉に残っていた銃弾がなくなるまで撃ち込み、再び倒した。日本兵は、ほんの数秒間、倒れていたが、何と再び起き上がって来た。この光景に驚愕したスティーブンソンは、テープで反対向きに止めていた予備弾倉に入れ替え、弾倉の三〇発、全弾を、目の前の男に撃ち込むと、男は、半分に引き裂かれたような状態になったが、それでも這いながらスティーブンソンの方に向かって来た。

二三歳でアリゾナ出身のスティーブンソンは、さすがに堪えきれなくなり、砲弾の穴を飛び出ると一目散に自分の小隊に逃げ帰ったが、この小さな島の日本兵は不死身ではないかとの恐怖心に捉われるようになってしまった。

第七海兵連隊第一大隊が遭遇した、予想外の出来事の中で、最も深刻だったのは、作戦地図には記載されていなかった沼の存在である。この沼は大隊の展開区域の大部分を占めており、南側に沿った唯一の細い道は、珊瑚岩で建設されている日本軍のトーチカや、塹壕からの射界で完全にカバーされていた。

戦争画家のトム・レアは、この場所への攻撃の際に、日本軍の対戦車壕から少し後方に位置している巨大な砲弾の穴の中に設置された臨時救護所にいた。この場所には多くの負傷兵が運び込まれていた。軍医は砲弾穴の底で、汗だくになりながら、最も重傷の兵士に刺さった、多数の砲弾の破片と格闘していた。

四人一組の担架兵は、絶え間なく、血まみれの重傷者を運び込んで来た。点滴薬を、倒れた木の切り株に吊るし、軍医は、応急外科手術を施し、可能な限り素早く輸血を行なっていた。瀕死ではない患者には、衛生兵が代わって治療を施していた。重傷の海兵隊員が死ぬと、衛生兵は、ポンチョや、シャツなど手近にあるものでとりあえず、青白く変色した顔を覆った。その後、砂浜に運び、長い列に並べられて防水シートを被せられると、墓が掘られるまで、その場所に据え置かれた。従軍神父が、両手に二つの水筒と聖書を持って、お祈りを捧げた。トム・レアからは、神父が死者のために身を屈めている姿は、とても孤独で、近より難い存在にみえていた。

この間、A中隊は、ようやく沼地を東側に抜ける目処がたっていた。B中隊とC中隊も、A中隊の側面と連携することができたため、大隊は、この日の前進を、この場所で停止させた。他のペリリュー島に上陸した海兵隊の部隊と同様に、Dデイ初日の楽観的な雰囲気は急速に消えつつあった。

オレンジ2に話を戻す。スミス准将は、対戦車壕の中で断片的に報告されてくる情報を選別しながら命令を下そうとしていたが、ペリリュー派遣軍最高司令官のガイガー少将が飛び込んで来たのを見て驚いた。「将軍、この作戦計画書を見てください。あなたは、この時間、この場所にいるべきではないでしょう?」と思わず口にした。ガイガーは、危険をものともせず、平然とした顔つきで、「ああ、なんで俺のアムトラックがこんなに燃えてるのか見に来たのさ」と答えた。スミスは「そいつは、簡単ですよ。この壕を上って外を見れば原因がすぐにわかります」と告げた。

ガイガーはすぐに壕を駆け上ると、その瞬間を待っていたかのように日本軍の発射した大口径の砲が甲高い音をたてて頭上を飛んで行った。びっくりした第三水陸両用軍団長は、壕を滑りおりてくると、飛行場方面に関する好奇心は満たされたとみえ、今後は第五と第七海兵連隊の様子を知るために海岸に戻って行った。しばらくして、再び戻ってくると「今度は、プラーに会いたい」と話した。

これに対しスミスは「これを見てください。いま、ここから八〇〇メートルほど先に、戦線の空白地帯があります。この場所は、今どうなっているか判りません。危険ですから行かないほうが良いと思います」と反論した。

幸いにも、ガイガーは、スミスの反対意見を受け入れ、すぐに沖合の船に戻って行った。一方、ルパータス少将は、指揮艦「ドウページ」の中に閉じ込められて、海兵隊の司令官として祭り上げられている状況に、決して満足していなかった。

飛行場では、迫撃砲小隊を指揮している、カールトン・〝コバー〟・ロウフ少尉が、自分の小隊の迫撃砲の発射チェックをしてみることに決めた。ニュージャージー州リンデンウォルド出身で、穏やかな性格の二五歳の彼は、ガダルカナル戦で負傷し、銀星章を授与された後に、将校である少尉の階級章をつけることになった。「試し撃ちは、自分の部隊の行動に不安を感じていたわけではなくて、純粋に敵に打撃を与えられるかもしれないと思ったんだ」と彼は回想している。

第五海兵連隊第一大隊と共に、彼の迫撃砲小隊はペリリュー島に上陸したが、彼らが集団で、アムトラックから降りようとした瞬間に、日本軍の迫撃砲弾が落下してきて、最初の死傷者が出てしまった。生き残った兵士らは、一五〇〇時までに、飛行場の外周部で配置についていた。ロウフは日没前に飛行場を横切るのは出来ないことに気づき、それならば、一度、野戦電話の電話線をチェックしがてら、自分の部隊の前進観測所を訪問してみようと思った。彼の部隊の観測兵らは、飛行場外縁に掘られた日本軍の塹壕の中にいた。この塹壕を良く見てみると、中の通路は傾斜しており、そのまま掩蔽壕の入口に繋がっていた。掘り起こされた珊瑚岩が、塹壕の縁に積み上げられており、観測兵はその岩の陰に屈むようにして、飛行場の反対側の高台にある野砲を見つけようとしていた。塹壕の底には、日本兵の死体が転がったままであり、掩蔽壕の入口は、海兵隊の火炎放射器で焼かれて、まだ、燻っていた。

ロウフは、この掩蔽壕の存在に嫌な予感がしたため、中を確認しようとした。「自分にとっては、荷が重い仕事だった。これまで、絶対に、こうした島にあるジャップの陣地壕の中には入らないと、自分で決めていたんだ。仮に、日本兵が全滅してから六ヵ月以上経っていようとも、入らなかったし、補給係の若造が、お土産探しに、入って行っても、自分では入らなかった」。ところが、今の状況で、他の兵士らは、迫撃砲の目標を探すのに忙しく、壕の中を確認できるのは自分しかいないようであった。

敵の視界を、なるべく避けるために、塹壕の横を滑るように降りると、まずは掩蔽壕の入口を調べてみた。入口の通路の脇には、棚があり、ウィスキーの瓶や、何か布に包まれた物がおかれていた。彼はそれを、別の海兵隊員に投げて渡すと、構えているカービン銃の安全装置が解除されているかを確認して、さらに暗い闇の方向に向かって進み出した。その時、突然耳をつんざく〝バン〟という音がした。最初、ロウフは自分の持っているカービン銃が暴発したのかと思った。さらに最初の音に被るように二回目のバンという音がして、腹部に激しい衝撃を受け、体を折り曲げた。このまま、この場で倒れ込みそうになったが、全力を振り絞って向きを返すと、外の明かりの方に向かって走り出した。入口の付近で、別の海兵隊員らが、引きずるようにロウフを引っぱり出すと、壕の上に寝かせた。彼は、かなり幸運だった。銃弾は肋骨のすぐ下を貫通しており、重傷ではあったが、致命傷は免れていた。

ロウフが自分の幸運に感謝していたところ、その場にいた別の海兵隊員の一人が、「あれを見ろ！」と叫んだ。海兵隊員らが彼の手当に気を取られている間、掩蔽壕の中から日本兵が密かに這い出てきており、こちらに向けて手榴弾を投げて来たのだ。その後、ロウフは自分の身に何が起きたのかは、はっきりと覚えていない。彼は「自分で立ち上がった。覚えているのはそこまでで、そのあとは、記憶がおぼろげなんだ」。

彼の、その後の行動は、名誉勲章の受賞理由の推薦文には「負傷しているにも関わらず、素早く起き上がると、両側にいた兵士を押しやり、手榴弾と仲間の間に自らの体を投げ出し、爆風を体で受け止めた」と書かれている。

次にロウフが覚えているのは、地面に叩き付けられ、手榴弾が爆発したあたりを転がってき、そのあと、別の海兵隊員が突然、現われると、彼を飛び越えて、壕の中を銃撃していたことである。この壕の中には一五名ほどの日本兵が潜んでおり、脱出の機会を窺っていたが、全員が死亡したと、後に聞かされた。しかし、このとき、彼の意識は遠のいており、その混乱を自らの眼で見ることができなかった。

「眼を閉じておけ」と誰かの声がした。ロウフは土手にもたれかかるように倒れていたが、信じ難い強運はまだ続いており、たまたま、近くで、この光景を目撃した衛生兵が駆け寄ってきた。

「ほら、あそこに衛生兵がいる。こっちに、やってきたぞ」と声がした。

ロウフは、血漿の点滴を受けると、病院船まで無事に後送され、その後、傷も回復した。一年後、青いリボンに星がちりばめられた、名誉勲章を授与された彼は、故郷のリンデンウォルドに戻り、家族で小さなホテルを経営していた。そこで、ある雑誌記者が、興味本位で、なぜ手榴弾の前に身を晒す行動にでられたのか理由を訊ねたところ、この英雄は、もの穏やかな口調で、自分の命令が原因で部下を死なせてしまうかも知れないとの、不安が常にあり、「ただ、自分が持っていた責任感は、ペリリュー島では、皆が持っていた責任感と同じものでしたよ」と話した。

午後の遅くなってきた頃、日本軍は、井上中将の司令部が事前に策定していた戦術書に従い、圧迫されている海兵隊の橋頭堡に対して、反撃の準備を行なっていた。この反撃は、米軍にとって幸いなことに、弱っていた第一海兵連隊の側面ではなく、飛行場を横断して直接、第一海兵連隊と第五海兵連隊の中間地点を攻撃するものであった。

一六二五時頃より、日本軍の迫撃砲や野砲による砲撃量が顕著に多くなり、敵の攻撃が近いことを海兵隊にほのめかしていた。その二五分後、飛行場北端部に、推定で中隊規模の日本軍が進出してきた。この歩兵による攻撃は、盲目的なバンザイ突撃ではなく、満州で訓練を積んできた、茶色の軍服に身を固めたベテランの兵士らにより、わずかな支援攻撃にもかかわらず、巧みに分散しながら接近してきた。

この間、護衛空母マーカス・アイランドを発進した偵察機が、飛行場北側にある高台の背後から、戦車が隊列を組んで進んでくるのを発見した。この部隊の出現は、想定内であった。海兵隊は、事前の優れた情報活動で、ペリリュー島に日本軍の戦車部隊の存在を確認していたのである。海兵師団が、ラッセル諸島を出発直前に、写真解析官の鋭い分析で、ペリリュー島の航空偵察写真に写っているキャタピラの跡から戦車隊の存在を指摘されていたのだ。戦車部隊の作戦行動に最も理にかなった場所は、平野部で開けた飛行場になると思われていた。

第五海兵連隊のバッキー・ハリス大佐の懸命な判断で、飛行場の開けた場所での作戦展開を予想して、二つの突撃大隊に対して、三七ミリ砲と、重機関銃を、上陸初期段階で揚陸させておくよう命じていた。これらの大砲や、機関銃は、海兵隊が飛行場の周辺部を制圧し、戦線が確保されるとすぐに、最前線に配置されていた。

第一海兵戦車大隊のB中隊から到着した、三輌の支援のシャーマン戦車は、爆弾で開いたクレーターの陰で、海兵隊の歩兵部隊の前面に支援砲撃できる場所に陣取っていた。午後の早い時点では、第一一砲兵連隊第二大隊の榴弾砲も海岸から到着し、第五海兵連隊第一大隊の右翼後方に砲兵陣地を構築していた。

滑走路脇の、蛸壺の中で屈んでいた海兵隊の伍長は、突然、「奴らがやってきた！」と叫ぶ声を聞いた。彼は「象虫のような醜い日本軍の軽戦車」が、飛行場の反対側にある爆撃で破壊された格納庫の陰から出てくるのを見た。戦車は次から次と現われ、「狂ったように、小刻みに旋回しながら回避行動をとっていた」。

第一海兵連隊、F中隊のロバート・レッキー二等兵は、どこからともなく現われた戦車による攻撃に「驚いた」と語っている。彼が目撃したとき、日本軍の戦車隊は隊列を組んで進んでおり、戦車の側面には、歩兵が袴乗していた。ちょうど同じ頃、古参兵の一人がパニックになり、後方に走りながら「戦車だ！　戦車だ！」と叫んだ。将校は必死にこの兵士の襟首をつかむと、戦線に連れ戻していった。

他の米兵らは、煙や土ぼこりの中を駆け抜けながら、飛行場の外縁部に沿って素早く配置についていた。ラッセル・デービスのいた場所に、二人の機関銃手が、三脚を折り畳んでいない機関銃を担いでやってきた。「彼らは、煙につつまれた背後には眼もくれなかった。落ち着いており、恐怖心は全くないようだった」とデービスは回想している。

日本軍の戦車隊は、混乱している様子も見えたものの、統制された攻撃を行なって来た。飛行場に二列縦隊で現われた一ダースほど（注五／三）の戦車は、第五海兵連隊第一大隊が万全の構えで待ち構えている、五〇〇メートルほど正面で攻撃を開始した。このうち半分の戦車は、八名から一二名ほどの歩兵が、ぶら下がるように随伴していた。数台の戦車はドラム缶を背面に紐で縛り付けていたが、これは、歩兵が摑まる場所を急造して用意したものと思われた。海兵隊の機関銃手は、このドラム缶にガソリンが満たされているのではないかと考え、銃撃を集中させたが、爆発したり炎上することはなかった。

日本軍の戦車は九五式軽戦車で、乗員は三名、重量は一〇トンに満たず、武装は、主砲が三七ミリ砲で、七・七ミリ機銃が、砲塔後部と、車体前面に装備されていた。エンジンは三菱製の一一〇馬力のディーゼルエンジンで、最大時速四五キロで走行できた。日本軍の戦車の装甲は最大で一四ミリしか無く、ペリリュー島の海兵隊が装備するシャーマン戦車の七六ミリと比較しても極めて薄かった。（訳注五／一）

最初、日本軍の戦車は、飛行場北側に広がるジャングルに沿って進撃することにより、米軍側の射界から隠れて進もうと努力しているように見えた。その後、海兵隊の前方、約四〇〇メートルほど手前の自軍歩兵の陣地を超えると、向きを変えて、エンジンを全開にし、歩兵部隊を排気煙の背後において、海兵隊に向かって殺到してきた。日本軍の指揮官のとった、この不可解な戦術は、米軍の圧倒的な火力で粉砕される前に、戦線の突破を果たすことに、唯一の希望を掛けているとしか思えなかった。おそらく、日本軍は、まず戦車に袴乗した歩兵の力を借りて戦線を突破し、つぎに、徒歩で戦車の後方を付いてくる歩兵により、攻勢を押し広げる作戦と思われた。（訳注五／二）

この突撃は、飛行場の南西部から対角線上に位置する第一海兵連隊第二大隊に矛先が向いており、日本軍の軽戦車に向けて凄まじい弾幕が張られた。デービス二等兵のちかくでは、二名のバズーカ砲手が、土手の縁でバランスをとりながら、正面の戦車に向かってバズーカ砲を発射すると、砲弾は甲高い音を立てて、戦車に向かって飛んで行った。炎がキャタピラに沿って走ると、戦車はガクンと前につんのめるようにして停止した。バズーカ砲手の一人が、まるで子供のように「イェイ、イェイ、今のは俺たちだぜ」と歓声を上げた。

二人の日本軍の戦車兵が、体をよじるように、破壊された戦車から飛び出すと、煙の中へ走り去ろうとした。しかし、一人目は、着地した瞬間に銃撃を受け、車体側面に叩き付けられた。二人目も、全速力で後方に走り出したが、数十発の銃弾を浴びて、両手を投げ出すように倒れ込んだ。

機関銃分隊の兵士らが、デービスの側の斜面を滑りおりてくると、脚を立てずに機関銃を撃ち出したが、銃身が跳ね上がってしまい、あらぬ方向に銃弾が飛んで行った。すぐに二人の海兵隊員が、銃身を押さえたが、機関銃手は悪態をつきながら、煙の中に向けて銃撃を続けていた。そのとき、煙の中から一人の海兵隊員が走りながら戻ってくると、デービスがライフルを構えている目の前で、ばったりと崩れ落ちた。デービスと軍曹が、この兵士を引っぱり込んだが、すでに死んでいた。

ジェイ・C・ブラックリー二等兵がライフルグレネードを発射しようと準備をしていたところに、日本軍の戦車の一台が、真っすぐ彼に向かって、カタカタと音を立てながら進んで来た。戦車の砲塔のハッチが開き、戦車長が顔を覗かせると、戦車は、スピードを落とし、今度は後進し始めた。ブラックリーは素早く駆け寄ると、戦車の上に飛び乗った。日本軍の戦車長は、ピストルを取り出しざまに、ブラックリーの眼の辺りを殴りつけて来たが、ブラックリーは、そのまま彼を戦車の中に押し戻そうと揉み合っているところに、別の海兵隊員が戦車の上に上って来て、戦車長を射殺した。ブラックリーは手榴弾を二発、ハッチから放り込むと、残りの乗員もろとも戦車を爆破した。

激しい弾幕にもかかわらず、二輌の日本軍の戦車が、巧みな操縦で、第一海兵連隊第二大隊の戦線を突破してきた。戦車は、猛スピードで土手を超えると、背後の沼地に突進していった。その内の一輌に、蛸壺の真上を通過された、ある海兵隊員は「視界は真っ暗になり、もの凄い音がした。とにかく、戦車の底に頭をぶつけないように祈っていた」と、震えがなら状況を語っている。

土手に迫って来た一輌の戦車に対して、ある兵士が、蛸壺から立ち上がって、自動火器で銃撃を加え続けた。「戦車は、もう数メートルぐらいのところまで迫って来ていたところで、炎に包まれた。しかし、そのまま煙の尾を引きながら、前進し続けた。戦車は下半分が燃え上がり、フェンダーは、ねじ曲がっていたが、それでもスピードを落とさなかった」とある伍長は回想している。炎に包まれた戦車は前進を続け、機関銃陣地を蹂躙したが、射手は辛うじて、飛びのきながら避けることができた。

やがて、戦車は、急に傾くと停止した。海兵隊の火炎放射手が、砲口を下げながら駆け寄ったところ、戦車の砲塔の機関銃が火を吹き、胸部に銃弾を受けた兵士は即死した。砲塔のハッチが開き、乗員が頭を出したが、即座に射殺された。さらに別の搭乗員が、車体下部の非常ハッチを開けて、外に出ようとしたが、こちらもすぐに射殺された。三人目の乗員は、白い布をハッチから出して振ったものの、海兵隊員が、即座に手を撃つと、中に手榴弾を投げ込んだ。

この間、戦線のやや南側に位置する、第一海兵連隊第五大隊では、バズーカ砲、小火器、支援戦車隊、対戦車手榴弾など、手持ちのありとあらゆる武器を動員して、日本軍の戦車に激しい弾幕を張っていた。攻撃には、海軍の急降下爆撃機も加わり、低高度で、五〇〇ポンド爆弾を投下し、日本軍の戦車を粉砕した。飛行場の南端では、第五海兵連隊第二大隊を支援していた四輛のシャーマン戦車が砲撃を開始していた。

米軍の分類では、豆戦車に属する日本軍の戦車は、アムタンクに装備されていた短砲身の七五ミリ砲など、海兵隊が大量に装備していた重火器の攻撃に堪えられる代物ではなかった。しかし、日本軍の戦車の前進は止まらなかった。ある米軍の戦車長は徹甲弾（訳注五／三）で砲撃したものの、日本軍戦車の装甲があまりに薄く、信管が作動せずに、貫通してしまうことに気がついた。「俺はそこで、HE弾（榴弾）に切り替えて発射するように指示したんだ。しかし、それでも効果がなく、今度は信管を瞬間応答に切り替えて砲撃し、ようやく奴らを止めることができたのさ」と語っている。

日本軍の戦車は戦線全域に渡って、爆発し燃え上がっていた。砲弾の直撃を受けたある戦車の砲塔は、まるでブリキのおもちゃのように、一〇〜二〇メートルも空中高く吹き飛んだ。この光景を蛸壺から見ていたラッセル・クレイ伍長は、まるでアニメーション映画のようだったと語っている。

別の迫り来る戦車に身動きがとれず、マサチューセッツ州フェイビル出身の、ウェズリー・D・ハミルトン一等兵は、絶体絶命だったその時、BARの発射音を聞いた。彼が顔を向けると、射手が戦車に向かって猛烈に銃撃を加えており、戦車は一回転して停止した。戦車を止めたのは、別の場所からの重火器によるものかもしれなかったが、彼には、このBAR射手が命の恩人に思えた。

米軍側の弾幕は凄まじく、戦車の破損も激しかったため、後に、この攻撃に何輌の戦車が参加し、誰が撃破したのかを確定させることが難しくなった。

今となっては、何輌の戦車が生き延びて戦線を突破したのかは知る由もないが、第五海兵連隊第一大隊で、この攻撃を受け止めた小隊によると、最大で六輌程度だったと推定している。第五連隊第一大隊長のロバート・ボイド中佐は、この時の光景について「奴らは、隊列を組まずに、まるで暴走するように殺到し、三七ミリ砲を乱射し、戦車の外にしがみついている歩兵も、叫び声を上げながら、小銃を発射していた」と語っている。

B中隊の担当戦区を突破して来た日本軍の戦車の一輌は、フィリップ・アフリート軍曹の蛸壺から一五メートルも離れていない場所に停止した。「神様！　と叫ぶ間もないほど、突然やってきたのさ」と彼は語っている。さらに後方に二輌の戦車が見えたため、アフリートの分隊は、攻撃を加えずに隠れることにした。彼が伏せた姿勢で、隙間から戦車を見ると、三七ミリ砲が真っすぐ彼のほうを向いていた。戦車長はハッチから真っすぐ立ち上がり、周囲の地面を確認しているようだった。砲塔に摑まっている歩兵は、軽機関銃を膝の上に載せていた。そのあと、恐らく一〇秒から一五秒の後に（彼には一時間ぐらいに感じたが）戦車は動き出した。アフリートは「サローニ、バズーカ用意しろ」と、隣の蛸壺の兵士に叫んだ。

「壊れてます！」とバズーカ砲手が叫び返したため、アフリートはその場所まで駆け寄より、点火線をチェックすると、砲弾が発射され、発射時の後方への憤進煙で、横によけた彼の髭ともみあげが焦げてしまった。発射された砲弾は、戦車の上部に命中したが、戦車を止めることはできなかった。この時、ハッチから身を出していた戦車長と、横に乗っていた歩兵は、別の銃火ですでに死んでいたが、その死体は、戦車の側面でダラリとぶら下がったまま、前進していった。

アフリートの戦友で、ブルックリン生まれの、パッシー・デステファノは、動いている戦車に飛び乗ると、ハッチから中に手榴弾を投げ入れた。彼は、戦車から離れる際に爆発で飛び散った破片で負傷し、後方に搬送されたが、戦車を破壊するのに成功した。

戦線のあちこちで、海兵隊は戦車に立ち向かっており、二名の海兵隊員は、日本軍の戦車から逃れることができず、轢き殺された。別の戦車には、ライフル・グレネードが発射されたが、不発だった。発射した兵士は、ラッセル・クレイ伍長の隣の蛸壺に転がり込んで屈むと、戦車は、アムタンクから零距離発射された七五ミリ砲の砲弾を受けて撃破された。そのとき、一人の海兵隊員が燃え上がる戦車に飛び乗ると、お土産品を漁るために中に乗り込んだ。彼は、日本兵のピストルを手に入れると、砲塔から飛び降りたが、その直後に、戦車は、中の弾薬に引火して大爆発した。「奴は、戦車に轢かれずに済んで、そのあと、戦車が爆発したときに、一緒に尻も吹き飛ばされそうになった。奴らの行動には驚かされるよ。わかるかい？　こんなことするのは初心者で、戦闘が初体験の奴らなんだよ」とクレイは回想している。この戦車隊との戦闘の最中に、他にも何名かの兵士が負傷した。別の戦車は、七五ミリ歩兵砲の真っ正面に向かってきた。砲手が一発だけ発射した砲弾が直撃し、傾くように急停止した。さらに、周辺からも停止した戦車に向かってバズーカ砲が撃ち込まれ、粉砕された。砂浜の近くまで、ボロボロになりながらも到達した戦車もあったが、最終的には破壊された。また、大混乱の戦場で、米軍のシャーマン戦車も、味方からバズーカ砲を三発撃ち込まれ、負傷兵がでてしまった。

銃砲撃がピークを過ぎて、徐々に沈静化してきた頃、この戦闘を生き延びた二輌の日本軍戦車は、珊瑚岩でできた滑走路の上で燃え上がる味方の戦車を残して、飛行場の反対側に撤退していった。

海兵隊は、日本軍の後続の歩兵部隊による攻撃に備えたが、彼らはやってこなかった。この攻撃に加わっていた多くは、海軍陸戦隊の所属であったが、飛行場周辺に多数の戦死体を残し、消耗してしまった。銃砲声の消えた戦場では、戦線全体に渡って、衛生兵を呼ぶ叫び声がこだましていた。

ロバート・レッキー一等兵は、遺棄された戦車の一台の中で、死んだ乗員に興味が湧いて来た。戦車の側面には、やはり戦死した日本軍の歩兵がぶら下がっており「まるで、クリスマスの靴下に入っている人形のようだった」。それ以外にも、焼けこげ、ねじ曲がった死体が、地面に転がっていた。レッキーが歩き出すと、誰かの手を踏んでしまった。思わず、謝ろうとしたが、その手には体がなかった。

手のひらを上にして、指を広げた状態で、手だけが地面に落ちていた。周囲には、たくさんの死体が散らばっていたが、この、たった一つの手のほうが、レッキーの心に強く印象が残った。

この後、飛行場周辺では、数時間の間に二回にわたる戦車に歩兵を伴った日本軍の攻撃があったが、全て、簡単に撃退された。これにより、中川大佐の支援戦車部隊は全滅した。

日本軍の海軍特設第三三機関砲隊の兵士は、日記にこの日の午後の戦闘について「飛行場全体が、銃砲撃の硝煙につつまれ、太陽を覆い隠してしまった。砲弾の爆発と、激しい銃撃のために、潜り込んだ壕の中で、頭を上げることすらできなかった。敵は、上陸を強行しているようである」と書かれている。

午後が経過しても、ルパータス少将は、ドウページの艦上で不安感を拭い去ることができずにいた。彼は、この日、一日中、自分の指揮所も、早く上陸させるように要請を出し続けて、先に上陸したスミス准将を悩ませていた。一方、スミスは、海岸線での厳しい状況を目の当たりにしていたため、ルパータスには、上陸しないように説得し続けていた。しかし、午後遅くになり、ようやく海岸線の状況が安定してきたので、師団長が望むなら上陸しても構わないと無線で連絡してきた。

一方で、ドウページでは、セルドン大佐が、将軍の上陸には早すぎると、引き続き反対していた。すでに必要な司令部要員は上陸し活動を始めており、あえて司令官と師団参謀ら重要人物が、重砲撃が止まない狭い上陸海岸に危険を冒して上陸する必要はないと考えていた。

最終的に説得が功を奏しルパータスが海岸で直接指揮を取るのは翌朝まで延期され、代わりにセルドン大佐が、多数の参謀らと共に上陸することになった。
セルドンと、彼の側近は、二隻のLCVP（車輌人員揚陸艇）に乗って、輸送統制線に到着した。この海上では、第七海兵連隊第二大隊の予備部隊が、海岸への輸送を長い間、待ち続けていた。この大隊は、午後の早い段階で、第七海兵連隊の増援に向かっているはずであったが、珊瑚礁の上を輸送するアムトラックが不足しており、未だに輸送統制線の上で待機しているのであった。近くの指揮艇に乗り込んだセルドンは、この期に及んで、今、海岸で必要としているのは、司令部要員ではなく、戦闘要員であると確信するに至った。どちらの要員を運ぶにせよ、アムトラックの絶対数が不足しているのである。半数以上のDUKWがDデイ当日に撃破され、アムトラックも激しい損害により不足していた。この影響で、既に戦闘中隊では、弾薬の不足が表面化し、負傷兵の後送にも遅れが生じていた。

記録では、このDデイ当日に、二六輌のアムトラックが撃破され、さらに多くの車輌が一時的に行動不能となっていた。車輌修理艦は、すでに満載状態となっており、多くの行動不能なアムトラックは海上で牽引されたまま周囲を漂っていたが、船体に損傷を受けていた一輌のアムトラックは、収容される前に沈没してしまった。

夕闇が迫ってくるに連れて、日本軍の長距離火砲の砲弾が、指揮艇の近くに落下し始めた。セルドンはルパータスに状況を報告すると、彼は、予備大隊に対して、アムトラック利用の優先権を与えるために、自分と幕僚らはドウページに戻るつもりであると告げた。

しかし、それでも充分なアムトラックが確保できず、師団参謀らが、ドウページに戻るとすぐに、第七連隊第二大隊に対して、輸送船への帰還命令が出された。この命令にルパータスはあからさまに不快の念を表わしていた。

この帰還命令は、出すのは簡単であったが、実行するのは大変であった。肝心の輸送船が沖合に移動してしまった上に、そこまでの輸送ボートにはコンパスも無く、管制士官からの進路指示もなかった。そのため大隊は七時間以上も、小さなボートに詰め込まれた上に波に揺られ、輸送船に到着したのは、深夜を過ぎていた。さらに、輸送船リーズタウンの艦長が、海兵隊員を上陸させる命令は聞いたが、輸送船に収容する命令は聞いていないと言い張り収容に抵抗したため、大隊長のスペンサー・バーガー中佐が師団司令部を巻き込んで説得し、ようやく輸送船に戻ることができた。この間、ボートに乗ったままの海兵隊員は、ずぶ濡れで、船酔いのために消耗しきってしまった。

ドウページ号の米軍の司令部と比較して、飛行場北側に設置された日本軍司令部壕の中で、中川大佐は、意気軒昂であった。中川は、司令部の井上に宛てた電文で、米軍側の攻撃は広範囲で撃退したとし、

「十時〇〇分までに、我軍は、敵上陸部隊を撃退せり、十四時二十分、遂に敵の後続波は西南地区に足場を獲得せり。我等果敢な反撃により再び撃退せるも、戦車を伴う敵の一部が来襲し、南地区隊はこれを甚大な損害を与えたが、敵は同地区を増強して、遂に西南地区に橋頭堡の一部を獲得するにいたった」

実際のところ、米軍は、楽観的な予想が狂い、苦戦はしていたものの、中川の報告ほど厳しい状況ではなかった。しかし、当初、第一海兵師団は、北部の高地帯以外の、飛行場を含むペリリュー島の南部一帯を初日に制圧するはずであったが、夜が更けた時点で、この目標到達にはほど遠い状況であった。ライフル歩兵、砲兵、破壊されたアムトラックの搭乗員など、約四五〇〇名の海兵隊員が、幅約三キロ、奥行き約五〇〇メートルの橋頭堡に押し込められ、予期される日本軍の大反撃に神経を尖らせていた。

最も情勢が安定していたのは、オレンジ2ビーチの南側であった。そこから北のホワイトビーチでは、チェスティ・プラーの第一海兵連隊が、猫の額ほどの小さな海岸にへばりついていた。さらに、最左翼側ではハント大尉の率いるK中隊が、依然として「ポイント」付近で孤立していた。第一海兵連隊の側面では、正面にある高地を制圧できなかったため、望みの綱は海上からの補給であった。

一方で、最も南側の、第五海兵連隊、第二大隊と第三大隊は、飛行場の南側の突端まで到達し、日本軍の戦車攻撃を粉砕した後に生じた空白地帯を掌握していた。ところが、ジャングル地帯では、暗闇が訪れるに従い、組織的な統制ができなくなっていた。ハリス大佐は、スミス准将に電話し、弾薬と飲料水の不足が深刻であり、このままでは、翌朝の攻撃が予定どおり実施できないと伝えて来た。これに対してスミスは、必要な補給については善処するので、第五海兵連隊は、予定どおり攻撃を実施するように命じた。

戦線の反対側の端では、第七海兵連隊が、上陸海岸の右翼側に、島の東街道の南端と並行して布陣していた。兵士らはお互いに協力して防衛線を構築し、この日、上陸した第五四一海兵夜間戦闘機隊の支援要員五〇名も、第七連隊の迫撃砲陣地を守る第二線の防衛線で配置についていた。古参兵らは、可能な限り深く塹壕を掘ろうとしていた。一人の兵士は「夜は、たまんねえぞ、ジャップのチビ助どもが、膝の上に忍びよってくるのは、背筋に寒気が走るぞ」と悪態をついていた。

夜までに、第一一砲兵連隊の兵士は、ほぼ全員が上陸していたが、彼らの部隊のいくつかが、陣地を構築する予定の場所はまだ日本軍の掌握下にあった。また別の砲兵らは、日本軍の銃砲撃や、上陸海岸の混乱によって、指定された海岸とは、異なる場所に上陸してしまっていたが、そうした場合でも、最善を尽くして陣地構築を試みていた。野砲が設置された光景は、すでに上陸していた海兵隊員らを安心させていた。砲兵らが汗まみれで、アムトラックから七五ミリ砲を降ろしている光景を眺めていた、ある海兵隊員は「もっと、たくさん大砲があれば、俺たちも気が楽になるんだけどな」とつぶやいた。

砲兵隊員らは、すでに「制圧」された場所だと聞いていたところにも、多くの日本兵が残っていることに気がついた。アル・ガイアーマンの部隊はアムトラックから降りたところ、日本兵が溝の中に隠れているのに出くわした。「奴は、かがみ込んだ姿勢で、膝が恐怖でガタガタと震えていた。恐らく死ぬのが怖かったのだと思う」とガイアーマンは語っている。軍曹が、この日本兵にゆっくりと歩み寄ると、平然と、頭部をカービン銃で撃ち抜いた。

別の場所では、第一一砲兵連隊第三大隊の二門の一〇五ミリ榴弾砲が、DUKWに搭載されたまま海岸に上陸してきたが、海岸の混雑が激しく、一旦、LSTに戻るように命令が出た。ところが、沖合に戻る途中で、すでに珊瑚礁で損傷していた三輌のDUKWが沈没してしまい、砲と、積載していた装備品を失ってしまった。それ以外の一〇五ミリ榴弾砲は、揚陸地点の狭さが原因により、Dデイ当日ではなく、二日目の朝に陸揚げされた。

午後の遅くになっても、日本軍の迫撃砲や、野砲による砲弾が海岸線一帯に、落下してきていた。トム・レアと、数名の海兵隊員は、突然の迫撃砲弾の落下で、慌てて近くの蛸壺の中にいた海岸統制班の頭の上に飛び込んだ。中にいた一人は、頭を打ち「なんだよ、この野郎！　お前ら、何で入って来た？　砲弾はずっと遠くだ、さっさと出て行け、この臆病者が」と罵った。すると、今度は蛸壺のすぐ近くで別の砲弾が着弾し、この兵士は首まで砂に埋まり、それ以上、何も言わなくなってしまった。近くの誰かが「おい、そこの馬鹿、おまえ勇敢なら、その辺、一回りしてこいよ」と不満を言った。

海岸線は、装備機材と兵員で埋め尽くされていた。「その辺の石と、汚い砂と、飛び散った木の幹と、絡まった蔦を、穴の中で、ぐちゃぐちゃにかき混ぜて、焼いたような状態」とトム・レアは回想している。この混乱状況は、単に、前進していった海兵隊員らの遺棄物だけではなく、前線を支えるために、続々と到着する補給品や人員によっても引き起こされていた。新たに到着した兵士らは、すぐその場で蛸壺を掘り、来るべき夜に備えていた。そのため、穴を飛び越えたり、降りたり、よじ上ったり、倒れた木を避けたり、地雷やブービートラップを示すテープの脇をすり抜けたり、まだ見つかっていない地雷を慎重に探したり、砲撃で掘り返された地面の上に、十字に交錯して絡まった野戦電話線に足を取られないようにしながら、移動していた。「あらゆる物が散らばっていた。遺棄された背嚢、ヘルメット、ライフル、弾薬箱、上着、ゴム製の救命胴衣、戦争の廃棄物さ。ちぎれた植物に、熱い砂、埋葬班の処理が間に合わない死体」。

師団では、当初、Dデイ当日の戦死傷者の数を五〇〇名と予想していた。ところがふたを開けてみると、戦死二一〇名、負傷九〇一名と、予想の二倍を超える損害を被っていた。しかも、この数には、戦闘疲労症や、熱中症で倒れた兵士は含まれておらず、その数は、うなぎ上りの状態であった。この損害率は極めて高く、海岸に展開していた兵員の一〇パーセントを超えていた。

この戦死傷者の約半分、すなわち連隊兵力の六分の一の損害を被っていたのは、チェスティ・プラー率いる第一海兵連隊であった。ホワイト1は殺戮場と化しており「その晩は、引き潮で、約三〇〇メートルの海岸を、海兵隊員の死体の上だけを歩いて渡れたと思う」と水際で釘付けになっていた戦車兵は語っている。

この日の遅く、ようやくプラーは、野戦電話でスミス准将と電話で連絡がとれ、スミスは彼に、この日の攻撃の進展を訊ねると、

プラーは「順調です」と答えた。

「何か、必要なものはあるか?」とスミスが訊ねたが、プラーは答えなかった。彼は援助を必要としていなかったのだ。

戦線に開いたギャップでは増援を必要としており、海岸線で将校らが走り回って、上陸統制班などの支援要員まで最前線に投入しているにも関わらず、こうした損害の大きさについて、言及

しなかったのだ。

プラーは、連隊は強固な橋頭堡を確保したものの、目標到達にはほど遠い現状を報告した。師団司令部に対しては、この数時間で彼の連隊が受けた損害を無視するかのように、「明朝〇八〇〇時に攻撃を再開する」と伝えた。この夜、彼は指揮艦に対して「敵の陣地は強固で、激しい抵抗に直面している。事前の艦砲射撃が与えた損害は軽微であり、今後激しい戦闘が予想される。すでに戦死傷者率は二〇パーセントを超えており、私は、部隊の全兵士に対して、死ぬか負傷する以外は、絶対に退かないよう厳命した」と伝えて来た。

スミス准将は海岸線の指揮所から、ルパータス少将に対して、全ての連隊との連絡が取れており、明朝まで陣地を掘って現状維持を図ると共に、明朝〇八〇〇時に、攻撃を再開すると伝えて来た。

彼は後に「命令を決めるのは、難しい話ではなかった。単純に、これまで決めていた目標を達成するだけだったからね」と語っている。

夕暮れの直前、日本軍の迫撃砲による集中砲撃が第五海兵連隊第三大隊の指揮所を直撃した。大隊長のオースチン・C・ショフナー中佐はこの砲撃で、負傷して後送されたが、彼の通信参謀は、不幸にも頭部を吹き飛ばされてしまった。このため、この後、ショフナー自身が戦死したとの誤報が錯綜する結果となった。大隊がショフナーを失ったのは最悪のタイミングでもあった。彼の配下の中隊は、内陸部に侵攻する途上の、ジャングル地帯の中で、お互いの連携が取れなくなってしまっており、砲弾が落下してきた時、彼は、中隊の位置を掌握して、通信を確立しようと躍起になっている最中であったのだ。そのため、砲撃が一段落すると同時に、第三大隊も、機能不全状態に陥ってしまった。

第五海兵連隊の連隊参謀である、ルイス・ウォルツ中佐が、大隊の指揮を引き継いだが、戦線に散開している各中隊の位置を暗くなるまでに掌握することができなかった。彼は、伝令の兵隊だけを伴いながら、日本軍が出没するジャングルを抜けて、文字どおり走り回りながら、各中隊との接触を図り、配下の部隊に対して、飛行場の縁に沿って、連続した防衛戦を敷けるように指揮をして回った。

この一仕事が終わったのは、二三〇〇時頃であり、一個中隊の側面ががら空きの状態を解消できなかったものの、彼の勇気と決断力により、大隊の置かれた危険な状況を脱することができたのは、奇跡とも言えた。

ウォルツの苦労の元となっていた暗闇は、ホワイト1の対戦車壕から脱出の機会を窺っていたハーラン・マレーらにとっては、恵みの暗闇となった。日没近くの時間に、数台の海兵隊の戦車が接近してきたが、これに対して日本軍は「狂ったように、手当たり次第に撃ちまくっていた」とマレーは回想している。しかし、戦車に銃撃が集中したおかげで、マレーらへの日本軍の圧力が緩和され、海兵隊員らに脱出の機会を与えてくれた。真正面に陣取っている日本軍の機関銃が塹壕を掃射していたため、動けるものは、負傷兵を手助けして脱出を計ろうと画策した。まず重傷の負傷兵を逃がす間、赤毛の小柄な二等兵が、これを援護しようと、壕をよじ上り、手榴弾を投げながらライフルで射撃を始めた。ヒュー・ウィントンが彼に降りてくるように叫んだが、返事が全くなかった。ウィントンが壕をよじ上ると、二等兵は死んでいた。「酷い有様だったよ」。マレーは、どうせ死ぬなら、この壕の中で狂信的な日本兵に銃剣で突き殺されるよりは、走るだけ走って途中で死んだほうが良いと思った。そこで彼は、対戦車壕をよじ上ると、全速で走り出した。「足が体を支えてくれる限り、全力で走ったよ」途中、ふらつきながら大隊司令部の一団に倒れ込むと、簡単な治療を受けて、さらに走りだした。肩を負傷していたため、腕を上着の内側に押し込み、フラフラしながら、どうにか海岸に設営された救護所まで辿り着いた。

「撃たれたんだ」と彼は、近くにいた救護班員に向かって言った。

「見りゃ、わかるよ」と男は答え、マレーの血まみれの上着を、大急ぎで切り裂くと、傷口を露出させた。そのすぐ後、DUKWがマレーや他の負傷兵を載せると、彼らを補助病院船〝USSピンクニー〟に搬送した。

「海岸線には、地雷がいっぱいあったんだ。この日本軍の地雷というのは、海の機雷を小さくしたみたいな奴で、角が二本でている嫌な形のやつさ。俺たちが海に出ようとすると、ドライバーが、〝まだたくさん負傷兵がいるから、また戻ってこなくちゃならん〟と言ったんだ。ところが、こいつは、本当に無神経なやつで、よく見ると、周りに一杯、この嫌な角が、あちこちに出てるんだよ。しかも、キャタピラが、もう少しで、そのうち一つの先頭部分を踏みそうになっていたんだ。そこで俺が大声で悲鳴をあげるように〝馬鹿野郎、前をよく見ろ、ここがどこか判ってるのか？〟と叫んだんだ。とにかく、ここまできて地雷に吹き飛ばされたくなかったからね。皆、同じ気持だったと思うよ」

ピンクニー号に収容されると、マレーは他の負傷兵らと共に、下に降りて、長いベンチに座るように言われた。軍医が、この負傷兵の列にきて、一人ずつ診察しながら、次々と衛生兵に指示を出して行った。一人がマレーの服を着替えさせると、破傷風の注射をされた。そのとき、横にいた衛生兵が壊疽について話しているのが聞こえて来たので「しまった、もう壊疽し始めているのか」と彼は不安に思った。ところが、幸いなことに、衛生兵はガス壊疽を防ぐために、それぞれの負傷兵の目に目薬を投滴している際に単に名前を口にしただけだった。「ちょっとは気が楽になったね」とマレーは語っている。彼はベッドを割当てられると、眠るように指示された。

【米太平洋軍司令官公式発表】《第一一七号》一九四四年九月十五日 上陸海岸には、敵の迫撃砲や、火砲による砲弾が散発的に落下したが、我軍の攻撃初日の損害は軽微に留まった。

夜の闇が訪れても、海兵隊員の苦難が和らぐことはなかった。艦砲射撃の砲弾が轟音を立てて頭上を超えていった。野砲から発射される砲弾は、もっと甲高い、ホイッスルのような音を立てて、海兵隊員の上を飛び越えて行った。一番困るのは日本軍の迫撃砲弾で、砲弾は定期的に急角度で落下してくると、すぐに「衛生兵！ 衛生兵！」と叫ぶ声が続いた。

沖合の海軍艦艇から、一定間隔で照明弾が打ち上げられると、パラシュートで揺られながらゆっくりと落下すると荒れ果てた地面が、緑白色に浮かび上がっていた。時折、小火器から発射された曳光弾が尾を引きながら飛び交い、あちこちで小競り合いが起きていることを示していた。その度、海兵隊員たちは、暗闇に目を凝らしていた。日本兵のライフルの発射音は、海兵隊とは異なり、短く、高い発射音がした。また機関銃の発射音は、海兵隊側よりも発射速度が早く、野砲の発射音は激しく大きかった。

最も激しい銃撃戦が交わされていた場所の一つは、ジョージ・ハント大尉の率いるK中隊の生存者の一団が包囲されていた「ポイント」の周辺であった。夕暮れが訪れる前、辛うじて攻撃の間隙を縫って到着したアムトラックが、飲料水や、二梃の軽機関銃、たくさんの手榴弾と小火器の弾薬、鉄条網に、C型戦闘糧食など、多くの補給物資を運んでくれた。アムトラックの搭乗員は積載機銃と共に、ハントの疲弊した、火力網を支援するために、しばらく留まってくれた。

ペリリュー島の戦闘は、海兵隊員らがこれまで思い描いていたものと全く異なっていた。ハントの部下の、若い赤毛の海兵隊員は「大尉、こんな激しい戦いになるとは思ってもいませんでしたよ。もし生き残れたとしても、こんな目に会う事は二度とないでしょうね」と話しかけた。この会話の数分後、「ポイント」の周辺に忍び寄って来た日本軍の狙撃兵に彼は射殺されてしまった。留まっていたアムトラックが、海に戻ると、見計らっていたように日本軍の迫撃砲弾が落下しだした。ハントらの部隊は、再び孤立してしまった。

この日の午後の早い時点で、L中隊の機関銃二個分隊が、どうにかハントのいた場所に辿り着いていたが、それ以降、右翼側に空いたギャップを埋めるための海兵隊員は誰も来なかった。ハントの無線機のバッテリーも残り少なくなっていた。交信が途絶える前に、ホワイト1の内陸部にある対戦車壕で身動きが取れなかった第二小隊が脱出できたことが伝えられて来た。戦線に空いたギャップには、推定で一五〇名ほどの日本兵が密かに侵入していた。夕暮れ前に、数名の海兵隊員が、このエリアを密かに偵察し「ジャップだらけだった」と報告している。

日が暮れると、海兵隊員たちは岩の間に体を横たえ、そのうち何名かは、緑白色の照明弾の元で、緊張しながら軽い眠りに落ちていた。ハントが浅い眠りから目覚めたのは二三三五時で、通信兵が、ゆっくりと無線機に向かって話しかけていた。しかし、応答は、帯域幅いっぱいに使った日本軍の軍歌による妨害電波だけであった。防衛ラインの外縁部で、矢継ぎ早に手榴弾が炸裂すると、散発的な銃声があちこちで聞こえてきた。すぐに日本軍の迫撃砲弾が落下し始めると、衛生兵を呼ぶ叫び声がこだました。海兵隊員たちは、しゃがみ込んで伏せていたが、これは、日本軍の歩兵攻撃に先立っての事前砲撃ではないかと思われた。

ある海兵隊員が、至近弾を受けたあと、「ちきしょう、撃たれた。太腿をやられたみたいだ」と小さな声で囁いた。突然、海兵隊員の支援部隊の真上で照明弾があがると「ほら、来やがった。やつらが見えるぞ」と、誰かが日本兵が接近してくると叫んでいた。

機関銃が火を吹き、手榴弾のドスンという炸裂音に、BARとライフルの銃声が加わった。発射炎が白く輝き、曳光弾が、珊瑚岩に当たって辺りに飛び跳ねていた。その時、突然、日本軍の迫撃砲による砲撃が止まった。海兵隊員たちは、日本軍の突撃を予期して、気を引き締めたが、攻撃はなかった。銃撃も尻すぼみとなり、やがて全くなくなった。時折、手榴弾の爆発音とともに、衛生兵を呼ぶ叫び声がしたが、ハントの防衛線は無傷のままだった。

スウェード・ハンソンは、開けた海岸方向に向かって、やや逆向きの斜面に陣取っていた。そこから下のほうには猛者のロバート・アンダーソン伍長が、捕獲した日本軍の九九式軽機関銃を、高さ三〇センチほどの珊瑚岩でできた、低い防塁の背後に設置していた。地面は珊瑚岩で、掘ることは不可能に思えた。「とにかく、日本兵の話し声のようなものが聞こえたら、とりあえず照明弾の打ち上げを依頼していたよ。そして照明弾が消えると、ジャップの奴らが、正面を走り抜けていくのさ。その時は、とにかく機関銃を、走るジャップに向けて撃ちまくったけど、当たったかどうかは判らなかった。でも、山のように銃弾は使ったよ」とアンダーソンは語っている。

ハンソンの記憶では「何か物音がすると、全神経を集中させて聞き耳を立てていた。音の正体が、海兵隊なのか、ジャップなのか？　とにかく機先を制する必要があったから、怪しいときは正面に手榴弾を投げた。するとババババッとナンブ軽機関銃の音がするので、今度は、二、三個の手榴弾を投げてみたけど、やはりしばらくすると、ババババッとナンブ機関銃の音がする。そうやって対応してたから、思っていた場所に手榴弾を投げるのに意外と時間がかかったよ」。

一晩中、ハンソンは手榴弾を投げ続け、アンダーソンは日本製の機関銃を撃ち続けた。夜間、この日本製の機関銃は装填不良を起こしたが、アンダーソンは、この機関銃をこれまで扱ったことがないのに関わらず、その場で分解すると、これを修理してしまった。日の出前に、再び故障したが、この時にはすでに日本兵が退いたあとであった。日が照るに従って、周囲の岩の間に散らばる日本兵の死体が明らかになってきており、そのうちに一体は、アンダーソンの機関銃のわずか、一メートルほど手前に転がっていた。この夜、無防備だった部隊の側面に対する日本軍の脅威に対して、ハンソンの手榴弾と、アンダーソンの捕獲した機関銃の果たした役割は大きい。

「あの場所に積み重なっていた、ジャップの死体の数は凄かったよ。人生の中でいちばんたくさんのジャップの死体の山だった」。

ハンソンは負傷していた。夜間に日本軍の擲弾筒から発射された砲弾が落ちて来て、右腕を引き裂いてしまったのだ。衛生兵はすでに医薬品を使い果たしていたのを知っていたので、ハンソンは腕を押さえながら朝を待っていた。


ここから、南側へ下り、日本軍の飛行場に面した場所に陣取った、第一連隊第二大隊では、蛸壺の中にいたラッセル・デービス二等兵が、暗闇の彼方から聞こえてくる声に、神経を尖らせていた。「アメリカジン、アメリカジン、ブタ、……イヌ」声は、拡声器を使って嘲るのが目的のようで「アメリカジンノブタ、……オマエ　シヌ、オマエ　シヌ、オマエ　シヌ」。

海兵隊の側からも反発した罵り声が上がり「おまえらの戦車隊がどうなったか、見せてやるから、こっちに来てみろ！　あの戦車は、魚の缶詰に使ってやる」日本語を知っていた機関銃手は、その知識を使って効果的な罵り言葉を使った。その後、しばらく罵り合いが続いたが、最終的に将校が全員を黙らせた。

あちこちで、日本兵は密かに戦線を超えて侵入してきていた。彼らは地形を知り尽くしており、そのうち数人は、死んだ海兵隊員のヘルメットを被り、暗闇に乗じて堂々と戦線を超えてきた。

彼らの任務は、この日、海兵隊に占領された陣地を再奪取し、背後から戦線を脅かすことであり、一晩中、血みどろの肉弾戦が繰り広げられた。日本兵の侵入者の中には、スミス准将の指揮所まで迫った者もおり、寸前のところで警護の兵士に射殺された。オレンジ3の内陸部では、別の侵入者が運悪く、弾薬補給小隊の黒人兵士がいた壕に侵入してしまった。この黒人兵士は「旦那様、助けてくだせぇ、おら、一人捕まえただ。おら、一人捕まえただ」と泣き叫んでいた。太平洋戦線の海兵隊では、夜間に塹壕の外に出てはならないと、絶対的な掟があったため、誰も助けに行けなかった。夜が明けると、この黒人兵士は、日本兵の死体の首を掴んだ状態のままだった。だ

「彼には、日本兵が死んでいるのか、生きているのか確かめる余裕もなかったようだった。だかから掴んでいる間は動けなかったんだよ」と、ある砲兵隊員は笑みを浮かべるように語った。

夜間、限定的な日本軍の反撃が第七海兵連隊に対して加えられた。オレンジ2の背後に設置されていた指揮所で、屈み込んで指揮を執っていたスミス准将の耳にも、攻撃が広がって行く音が聞こえてきた。「最初は、とにかく静かだったんだが、当然、〝バンザイ〟みたいな日本兵の叫び声が聞こえて来て、そのあと、辺り一面が大騒ぎだよ」と彼は当時を回想している。

このとき、壕の縁で配置についていた海兵隊員が被弾して、スミスのほうに滑り落ちて来た。小さな砲弾の破片が後頭部に当たっていたが、それほど重傷ではなかった。スミスは、この負傷した、若い兵士と話をし、結婚して以来、二年もの間ずっと海外で戦闘に従事していることを聞いたため、この兵士は国に帰れる切符を手にすることができた。まさに歓迎すべき負傷であった。

スミスの指揮所から五〇メートルほど離れた場所にいたグループは、不幸にも迫撃砲弾の直撃を受けてしまい、三名が戦死し、七名が負傷した。この砲弾は、スミスからも間近に着弾したた

め、側近のポケットの中に、熱い破片が入っているのが見つかった。

もっとも激しい攻撃は、〇二〇〇時に、第七海兵連隊C中隊に対して加えられたものであった。沼地から突如として現われた日本兵の大規模な集団は、叫び声を上げながら、第一線陣地を突破してきた。このため、海岸に展開していた補助要員から、応援をかき集めて戦線に投入する羽目になった。最終的に日本軍が撤退するまでの、四時間にも渡る戦闘で、第七連隊は、五〇名を超える戦死傷者を出した。

夜明け前、第一海兵連隊第二大隊の兵士らは、気味の悪い叫び声で目が覚めた。新兵は不安げであったが、ベテランの海兵隊員は、その声の正体を「叫び屋」と呼ばれている、これまで三回の実戦経験があり、毎回、悪夢から妙な叫び声を上げる兵士だと判り、安心しているようだった。あるベテランの軍曹は「あの正体を知らずに、声だけ聞くと、気味悪がると思うよ」と話した。

朝日が顔を出すと、ハント大尉の部隊では、生存者の点呼と状況確認が始まった。朝までに多くの者が負傷しており、その中には頭部に軽傷を負った、陽気な海兵隊員もいた。彼は自分の頭部に巻かれた包帯を、時折外しては「おはよう。俺の、国に帰る切符を見せてやろうか?」と嬉しそうに皆に話しかけていた。一方で、別の小柄の海兵隊員は、ヘルメットの真上で手榴弾が炸裂し耳鳴りが続いており、目が血走っていた。彼は自分が死ぬのではないかとの恐怖と、大丈夫だとの安心感との間で感情が揺れ動いていた。

スウェード・ハンソンは、内出血のせいで、腕全体が真っ青と化しており、直ちに救護所に向かうように告げられた。「でも、俺たちは孤立していたし、腕が使えないからライフルも撃てなかったし、そこらじゅうにジャップがいやがったからね。これで、どうやって救護所まで行けと言うんだろう？　雑貨屋に買い物に行くのとは訳が違うよ」。

それ以外にも、二名の海兵隊員が夜間の戦闘で足に重傷を負っていた。ハント大尉は、ハンソンに向かって「スウェード、こいつら二人も一緒に連れて行けないか？」と訊ねた。それに対してハンソンは、名案を思いついた。「ホワイトビーチまで、海を歩いて行けませんかね？」。

ハンソンは浅瀬に二人を浮かせると、引っぱりながら海岸線をホワイトビーチに向かって歩き出した。反対側で、側面の守りを固めるために陣地を構築していた海兵隊までの距離は、さほどなかったため、ハンソンらを視認した兵士が「おい、ジャップが来るぞ、奴ら海を渡ってやってくるぞ」と叫ぶ声が聞こえた。ハンソンは大声で、口汚く罵り言葉を話して、自分らが海兵隊員であることを証明した。彼にとって驚くほど幸運だったのは、最初に彼に話しかけてきたのが、軍医だったことである。彼らは即座に、ＬＣＶＰに載せられて、治療を受けるために沖合の艦船に向かった。

「ポイント」では、陽が射すと共に、ハントの部隊は再び日本軍の攻撃下にあった。日本兵は夜間に闇に紛れて侵入してきており、茂みの中や木立の中など、あらゆる場所に陣取っていた。三〇メートルほど前方の地面の窪みには、迫撃砲や、手榴弾を持った日本兵が隠れており、「我々の場所からは、ジャップが姿を現わして、素早く手榴弾を投げつけるのが見えていた」とハントは語っている。「岩山の下にいる我々は、木の中に隠れたジャップからは絶好のターゲットだったよ」。

あまりに、図々しく姿を現わしてくる日本兵にたいして、海兵隊は機関銃で応戦した。ハントから、手榴弾を投げようとする日本兵の腕が上がるのが見えたが、海兵隊の銃撃が集中し、「腕が吹き飛ぶ」のが見えた。

日本軍の迫撃砲弾は引き続き「ポイント」に落下し続けており、海兵隊側の戦死傷者は憂慮すべき数に上っていた。日本兵は岩礁の合間を、見え隠れしながらハントの維持する戦線を圧迫しつつあった。胸に銃弾を受けて倒れ込んだ兵士のBARを掴むと、別の兵士がすぐに取って代わっていた。その横では、ハントの部隊の通信兵が、「ハロー、ファイブ、こちら通信管制」「ハロー、ファイブ、こちら通信管制、聞こえますか?」と無線機に向かって話しかけていた。この時、ハントは、危険な方法で増援を要請しようとしていた。珊瑚岩の破片で髪の毛が真っ白になった、赤毛の海兵隊員が、増援要請の伝令として志願すると、彼は、岩の間を駆け下りながら砂浜に向かって走っていった。

海兵隊員が負傷して、血まみれの腕を摑んだり、担架に乗せられたりしながら、浜辺に設置された負傷兵壕に収容される度に、その分、防衛線は薄くなっていった。ある負傷兵は、土色の顔で岩陰に横たわっており、砲弾の破片による背中の傷口からどくどくと血が流れ出ていた。ウィリス中尉は「負傷兵をこのままにはしておけん。アムトラックはまだ来ないのか?」と叫んでいた。

一方で、日本軍も同じように損害を受けているようであった。戦線全体に渡って銃砲撃は増してきていた。手榴弾のドスンという振動を伴った爆発音と共に、数名の日本兵が後方に向かって走り出すのが、ハントから見えた。海兵隊のライフル兵が立ち上がると、この日本兵らを撃ち倒した。その直後、赤毛の海兵隊員が数名の増援と共に駆けつけた。同時に彼は、浅瀬を超えて、大隊本部からの野戦電話線を張ってきていた。さらに一五名の増援の兵士がアムトラックから降りて、負傷兵で空いた陣地を交替するためにやってきた。加えて、飲料水や、手榴弾、医療品が浜辺に降ろされた。しかし、飲料水は、強烈なガソリン臭と味がしたため、何名かの兵士は喉が渇いていたにもかかわらず吐き出してしまった。ハントは、早速、野戦電話を使って大隊本部に連絡を取ろうとしたが、早くも電話線は断線していた。

こうして、上陸二日目が始まった。

（注五／一）報告書の一つには、通信機材を載せていたのは上陸第六波のＤＵＫＷであったと記載されている。

（注五／二）レヴィは後送された。モスカルツァックによると「数日後、彼はまた原隊に復帰してきた」が、こんな所で何をしているのか訊ねたところ「病院船よりも、自分の部隊の方が安全だ」と答えた。しかし、ペリリュー戦の後半で、銃弾を受けて戦死した。

（注五／三）この攻撃に参加した戦車の台数については、様々な説がある。日本軍の第一四師団の多田参謀長は、ペリリュー島には一二輌の軽戦車しか配備していなかったと語っている。しかし、戦車に袴乗攻撃を命じられた歩兵小隊に所属していた捕虜と、その小隊の炊事兵だった捕虜の二名は、矢野大尉の指揮する戦車隊には一七輌の戦車が配備されていたと証言している。それぞれ四輌の戦車からなる三個小隊に加えて、五輌の予備部隊である。この証言は信憑性があるが、確実ではない。この日の飛行場の攻撃には少なくとも一三輌の戦車が参加していた。その後、二回の小規模な戦車攻撃があり、合わせて四輌の戦車が破壊されているが、これで、島の戦車隊は完全に一掃されたのは間違いない。この日、生還した戦車は一輌もなく、残った戦車隊関係の要員は、全て歩兵部隊に編入された。

（訳注五／一）性能諸元は、英語原文のまま記載したが、日本側の資料とは若干異なる。一般的に九五式軽戦車の三菱製エンジンは、一二〇馬力、車体前面と砲塔の最大装甲は一二ミリ、最大速度は時速四〇キロメートルと言われている。

（訳注五／二）日本軍は、サイパン戦等の教訓を元に、上陸当日の詳細な反撃計画を策定していた。この第一反撃計画の五項目には、〝戦車隊は全力をもって西地区隊戦闘に協同す〟と記されている。これまでの上陸作戦では、米軍の対戦車兵器の揚陸は後回しであったことや、サイパンでは戦車隊の投入が遅れ、上陸海岸へ突入の千載一遇のチャンスを逃した点が、考慮され当日の一斉突撃が行なわれた可能性がある。

（訳注五／三）装甲を貫通させる目的で使用する砲弾。主に、対戦車、対装甲車輌等の撃破を目的として使用された。

第六章　飛行場争奪戦

Dプラス１（上陸二日目）の朝、ペリリュー島の海兵隊員は〝暑さ〟という新たな敵に直面していた。珊瑚礁を照り返す太陽光の中、気温はゆうに摂氏四二度を超え、屈強な男でも熱中症にかかっていった。飲料水を節約するように厳命されていたにも関わらず、多くの兵士の水筒は、上陸一日目ですでに空になっていた。さらに悪いことに、迅速な補給の目処は全く立っていなかった。ある戦車部隊の将校は、Dデイ初日の最前線の兵士が、水を恵んでくれるように懇願する姿をみて「まるでゾンビのようだった」と記録に残している。

沖合から運ばれて来た飲料水を詰めたドラム缶は、元々、燃料運搬用であり、蒸気洗浄が適切に行なわれなかったため、とても水を運べる状態ではなかったのである。それ以外にも、熱帯の暑さで錆び付き、真っ赤になった水を運んでいるドラム缶もあった。喉が乾いた兵士らは、血のように真っ赤な水をなんとか飲み下したが、コップの底には、コーヒーの出がらしのような錆が残っていた。前日の昼に、戦車戦が行なわれた場所の近くなどでは、砲弾穴に残った、真っ白な水を飲もうとしていた。二体の日本兵の死体の顔は、水のすぐ近くにあり、さらに破壊された戦車からは燃料が砲弾穴に漏れ出ていた。「それでも、水分は水分だった。少なくとも毒は入っていなかった」と、これを飲んだ海兵隊員の一人は語っている。浜辺の近くにできた赤茶色の水たまりは、ハラゾンの錠剤を使って、浄化され、酷い味のコーヒーが作られたが、少なくとも飲むことができた。C4爆薬（訳注六／二）は熱で温まっていった。

まだ朝になったばかりだというのに、すでに堪えきれない暑さとなっており、兵士らは、レギンスやガスマスクや毛布を投げ捨てていた。中にはヘルメットを捨てて、平時用の布の帽子を被る者さえいた。

まぶしい光を和らげるために、野球の選手を真似て、頬骨の辺りに黒い泥を擦り付け、さらに白い軟膏を唇に塗った兵士の姿は、まるで安物のコメディに登場する、黒人のメイクのような有様だった。

ロードアイランド出身の若き砲兵隊員の、ロバート・バーロン二等兵もペリリュー島の暑さで、身動きが取れなくなっていた一人だった。故郷にいるとき、彼は占い師から、二一歳まで生きられないと告げられており、その誕生日が二日後に迫った今、どうやら占いどおりの結果になりそうな予感がしていた。（注六／一）

前日の、飛行場における日本軍の戦車部隊の攻撃の際、揚陸した大砲を蹂躙されてしまい、爆撃で破壊された魚雷格納庫の中に逃げ込んでいた。その、部屋の隅にしゃがみ込んでいた彼は、一晩中、日本兵の話し声や、建物内を移動する物音が聞こえており、生きた心地がしなかった。

朝になって、外に這い出ると、自分の部隊に戻るために歩き出したが、途中で自分を轢き殺そうとした日本軍の戦車兵の死体を目にすると、やや満足げな気分になった。彼の占いがどうであれ、この死んだ日本兵は、もはや誕生日を祝うことはできないのだ。

ルパータス少将と、師団参謀らは、この日の〇九五〇時になって、ようやく念願の上陸を果たす事ができた。ルパータスは、骨折した足首を引きずりながら、スミス准将を訪ねて、日本軍の対戦車壕内の砲火を遮断する場所に設置された前進指揮所までやってきた。ルパータスは、第一海兵連隊から上がってくる報告に対して、目に見えて不機嫌になり、「もっと、早く前進できんのか？ 馬鹿者どもが、プラー、貴様は、全力を出して、結果を出せ！ 俺のいってる事が、分かるだろ、この馬鹿が」。

この上陸二日目の作戦計画は、シンプルなものだった。南側で第七海兵連隊が、前日の戦闘で孤立している日本軍の歩兵二五連隊第三大隊を島の南部から一掃する。第五海兵連隊は、飛行場を制圧し、第一海兵連隊は、この二四時間、膠着状態にある島の北部にある高地を攻略する。全ての攻撃は〇八〇〇時に開始されるように伝達されていた。

Dデイ当日に、ホワイト1から身動きが取れなくなっていた、ビル・メイヤー伍長と、四名の戦車兵らは、自分の戦車の下に穴を掘って一晩を過ごしていた。前の晩は、一晩中、砲弾が落下し続けていたため、ほとんど眠ることができず文字どおり憔悴しきっていた。上陸二日目は、上陸海岸の南側にいる戦車中隊長からの無線で始まった。「海岸線を、反対の南側の端まで下ってくれ、そこにトーチカがあるんだ、恐らく、何らかの砲座だ。そこから水上の兵員輸送艇が砲撃されているんだ」と命令した。砲が隠蔽されている状態と聞いたメイヤーは、戦車を場所が判明していない陣地攻撃に使うのは、教本に書かれている運用原則に反すると抗議したが、中隊長はそれを無視して「とにかく、行って、何ができるか考えろ」と指示しただけだった。

海岸を下って行くと、幸運なことに、海に向かって砲撃を加えている火砲の場所を視認できた。砲撃しているのは四七ミリ砲で、砂浜から一〇メートルほどの高さの隆起した珊瑚岩の岩山をくり抜いて造られた陣地に収まっており、砲身だけが外に突き出ていた。海軍の艦砲射撃の影響は全くうけていないようであった。メイヤーは砲手に、開口部分を狙って砲撃するように指示したが、うまくいかなかった。「スタビライザー（砲身安定装置）を使って、正面に回り込んで砲撃してみるか?」とマイヤーは口にした。砲手は、振り返ると、四七ミリ砲の正面に突撃していくことに対して、明らかに乗り気ではない表情を見せ「ビル、この戦車に乗っている皆は、そんなに敢闘精神が旺盛じゃないんだよ。ここから、撃とうぜ」と話した。マイヤーは「そうだな、そうしよう、俺もそう思っていたんだ。この戦車は民主的だな」と答えた。

戦車を少しだけ前進させて砲撃すると、ようやく砲手は、開口部に砲弾を撃ち込むのに成功した。砲撃の成果は凄まじく、内部に蓄えられた弾薬の誘爆による大爆発により、岩山の上部が全て吹き飛んだ。後に、戦車兵らが調べたところ、岩山は内部を完全にくり抜いて、鉄筋コンクリートを使って補強してあった。シャーマン戦車の七五ミリ砲弾が弾薬庫を直撃したことで、多くの破片に混じって、即死したと思われる約四〇名の日本兵の死体が発見された。

上陸二日目の飛行場の北側の端に向けた攻撃のために、移動を始めたロバート・レッキーは、蛸壺の中で二人の海兵隊員がまだ眠っているのを見つけた。「おい、起きろよ、移動だ」と、この男を揺さぶったが、反応が無かったので、体の向きを変えたところ、頭部に銃弾が貫通した穴が開いていた。もう一人の海兵隊員もやはり死んでいた。

〇八〇〇時に開始される飛行場を横断する攻撃は、三個大隊が動員される計画であった。第一連隊第二大隊が、飛行場北部を、第五連隊第一大隊と、第五連隊第三大隊が、その南の地区を担当することになった。第一海兵連隊のいる最左翼を軸に、北西に向けて展開するように部隊を押し進める計画になっていた。飛行場北部にある建物の残骸以外は、全く遮蔽物はなく、北側の高地の日本軍砲兵陣地からの直接砲撃の下、開けた飛行場を前進しなければならなかった。海兵隊は、まさにビリヤード台の上の玉のように、突かれるがままの状況におかれたのである。

高地地帯に陣取った日本軍は、早くも海兵隊に対して砲撃の洗礼を浴びせていた。第五海兵連隊の正面には、日の出とともに激しい弾幕が張られ、一発は、野戦電話の交換所に命中し、交換施設を一掃してしまった。さらに別の一発は、飛行場の端の奪取した日本軍の塹壕内に設置された、連隊の指揮所を直撃した。

この砲撃で、連隊長のバッキー・ハリス大佐が負傷した。連隊長は、土に埋もれ、膝はねじ曲がった状態で発見されたが、第五連隊第三大隊参謀のレウ・ウォルツが駆けつけたときは、担架に乗せられた状態で、痛みを堪えながらも指揮を続けていた。もう一人が戦死し、さらに、ハリスの参謀で、タバスコ会社の富豪の跡取り息子である、ルイジアナ出身の少佐が、爆風による脳震盪で、後送された。無意識の中で、この少佐はルイジアナ出身者らしく「運ばれる際に、なにやら、フランス語で叫んでいたよ」と目撃者は語っている。この後、ウォルツはハリスの代行として、通常の参謀よりも、より重要な役割を果たすことになった。ウォルツは、比較的簡単な意思決定は自分で行ない、重要な問題に関しては、時間が許す限りハリスに決定を委ねていた。結果的に、こうした変則的な協同指揮体制は、ペリリュー作戦後半にハリスが連隊長として復帰するまで続いた。

第五海兵連隊第三大隊は、飛行場の南端部を超える攻撃を開始するため、熱い珊瑚岩の上で横になって待機していた、ユージン・スレッジ二等兵は、日本軍の砲撃が激しさを増しているのに気がついたが、米軍側も、艦砲射撃や砲撃、空爆で応酬していた。軍曹が、通り過ぎながら、海兵隊の突撃の鉄則である「いいか、お前ら、とにかく止まるな。素早く、止まらずにいれば、それだけ敵の弾に当たる確率も減るんだ」と、何度も繰り返していた。

飛行場には、破壊された航空機の残骸が散乱していた。ほとんどは日本軍のものであったが、中には、上陸前の空爆時に撃墜された米海軍の艦載機のものも含まれていた。その、さらに先には破壊された建物群や、爆撃で骨組みだけになった格納庫群が見えた。将校が飛行場に向けて、手で合図をしながら、「出発！」と叫ぶと、汗と埃にまみれた海兵隊員たちは歩き始めたが、すぐに駆け足になり、その列は散開するように広がって行った。高台から吹き降りてくる熱く乾いた風は、滑走路の照り返しでさらに熱せられ、さながら、かまどから吹き出る熱風のようであった。飛行場内における日本軍の抵抗は、散発的なものであったが、飛行場の北の尾根や、北東に広がる低木のジャングル地帯一帯で構成された防御陣地から、激しい砲弾の雨が降り注いでいた。兵士らにとって、唯一の道は、この開けた飛行場を、まっすぐ一気に突っ切ることであった。

攻撃は、映画の中でお馴染みの、第一次世界大戦のやり方と全く同じ方法だった。海兵隊員たちは二〇メートル間隔の散開隊形で前進することになった。日本軍の小火器による銃撃が加えられ、一九歳の機関銃手は「吊るされたシートを撃つような、ドス、ドスっという音が聞こえるのさ、もちろん、弾が人間の体を貫通する音だよ」と回想している。

隠れる場所は全くなかった。海兵隊員たちは、鉛の兵隊のように、よろめき、前のめりに倒れ込んだりしながら進み、細かく飛び散った珊瑚岩の破片が容赦なく突き刺さった。この日、二二歳の誕生日を祝うことができた、ウィリアム・リンケンフェルター軍曹から、中隊長が砲弾穴で、撃たれた足を治療しているのが見えた。この大尉は、リンケンフェルターに作り笑いを浮かべると「いけ、進めリンク！」と彼を励ました。

衛生兵を呼ぶ叫び声には全く応答がなかった。戦車の支援を伴ったアムトラックが、数名の負傷兵を収容できたが、焼けた珊瑚岩の滑走路の上で撃たれた、それ以外の、多くの海兵隊員は、誰かが駆けつける前に、出血多量で死んで行った。

飛行場一帯で、日本軍の機関銃弾が膝の高さで飛び交う中、砲弾穴に伏せていたジョー・ロマース伍長からは、若い海兵隊員の助けを求める叫び声が聞こえていた。この若い兵士は完全に開けた場所で倒れており、誰も助けに行けなかった。傷口からは、湯水のごとく血が吹き出しており、何度も何度も母親のことを叫びながら息絶えた。

この時の様子を、ラッセル・クレイ伍長は「多くの奴らが、出血多量で死んでいった。誰も助けに行けなかったんだ。うちの小隊の伝令の坊やが足を撃たれたが、皆で彼を安全な場所まで引きずっていくことができた。奴は幸運だったのさ。でも、胴体を撃たれたら、特に腹を撃たれたら、もうどうしようもないよ。ただ出血多量で死ぬだけさ」と語っている。

この時、第五海兵連隊第一大隊の、フィリップ・アフリート軍曹も飛行場を横断していたが、〝ガラスのコップ大〟の砲弾の破片を浴びて、吹き飛ばされた。しかし彼は死ななかった。左肩に巻いて担いでいた、航空識別用のパネルが破片を受け止めてくれたのだ。駆けつけて、介抱してくれた相棒に向かって、「傷口を見てくれないか?」と叫んだが、この海兵隊員は、アフリートのシャツを切り裂くと、笑いだした。航空識別板はバラバラに引き裂かれていたが、幸運の女神が微笑んだアフリートは、小さな切り傷を負ったものの、肩が少し痛む程度で済んでいた。「幸運だと思ったのは、あのときだけだったよ」と、航空識別パネルについて語っている。

その場所から、さらに南に下った場所では、ユージン・スレッジ二等兵が自らの運命を神に委ねていた。彼は飛行場の開けた場所を前進する間、カービン銃を握りしめ、ひたすら真っ正面を凝視し、「主は我の羊飼い。私には何も欠けることがない……」と聖書の一文を唱え続けた。目標地点まで到達した時、恐らく数百メートル移動したにもかかわらず、どこをどう通って来たのか全く覚えていなかった。彼の周りの、この行進を生き延びた兵士らは、その恐怖と試練から、目に見えるほどに体が震えており、戦闘経験な豊富な古参兵ですら、その恐怖感を隠そうとしていなかった。スレッジ自身も、自分の手が激しく震えているのに気がついた。

第五海兵連隊の作戦上、最も順調に前進できたのは、ロバート・ボイド中佐率いる第一大隊であった。彼らの部隊は、飛行場の北側部分を掃討しつつ、約一時間かけて、格納庫や駐機場のあるエリアまで到達していた。この付近は、日本軍が巨大な対戦車壕や、コンクリート製の擁壁を作って抵抗拠点としており、制圧を試みる海兵隊との間で、激しい戦闘が繰り広げられた。

第五海兵連隊第一大隊A中隊所属の一九歳のラッセル・クレイ伍長は、銃弾が飛び交う飛行場を横断するために、砲弾穴から砲弾穴へと、全力疾走を繰り返しながら前進していったが、この過程で、彼のいた部隊は溶けるように消えて行った。彼の機関銃班九名のうち、上陸作戦当日に五名を失っており、この時点で滑走路を横断できたのは、彼と、相棒のスティーフン・ドーゼンツック一等兵の二人だけだった。彼らは、すぐに周りに岩を並べて、軽機関銃を設置した。

〝ドージー〟ことドーゼンツックは、二十代半ばで、若い海兵隊員の中では兄貴分的な存在であった。彼は、グロスター岬攻略戦の後、ジャングルで細菌病に感染したため、本国に戻れるはずであったが、自らの意志で、第一海兵師団に残る道を選んでいた。

体を投げ出すように、軽機関銃の後ろに陣取った、クレイとドーゼンツックは、前方に敵がいないか目を凝らしたが、何も発見できなかった。その時、突然、彼らの右手に、一五五ミリ迫撃砲弾が着弾し、凄まじい爆風で、ドーゼンツックが吹き飛ばされ、クレイの上に覆いかぶさってきた。

最初、クレイは、ドーゼンツックが死んだことに気がつかなかった。彼を動かそうとした際、初めて、砲弾の破片で、大きく口を開けた頭蓋骨から流れ出た脳漿と肉片を体一面に浴びているのに気がついたのだ。この光景に大きなショックを受けたクレイは、たまらず、数メートル先にあった、対戦車壕に飛び込み、上着についた脳漿と肉片を払い落とそうとしたものの、早くも死臭を嗅ぎ付けた蝿の一群が彼の周りに群がって来た。そのため、クレイは上着を脱いで投げ捨てざるを得なかった。

その場所から北側では、ラッセル・デービス二等兵が飛行場を横切り、施設群のある場所まで辿り着いていた。彼らは、ひたすら自分のことだけを考えて、狂ったように走り抜けてきた。その場所には、中尉が一人と、三名のライフル歩兵がおり、艦砲射撃でズタズタになったコンクリート構造物の基礎部分に設置された、日本軍のトーチカに向けて銃撃を加えていた。中尉は、どこからか拾って来たBARを持っていたが、あまり使い慣れているようには見えなかった。海兵隊員が一人、穴の中に転がり込んで来た。袖の階級章から、どうやら軍曹のようだった。中尉は彼に、火炎放射器がないか訪ねたが、軍曹は「ないですね。唯一、滑走路を超えてきたやつも壊れて使えません」と答えた。トーチカの銃眼から機関銃弾が浴びせられ、皆が身動き取れない中、爆破班に所属する、日に焼けた屈強な体格のイタリア系の兵士が、うまく身を隠しながら、トーチカに爆薬を投げ込むのに成功した。爆風は凄まじく、海兵隊員たちもコンクリートに叩き付けられたが、トーチカを沈黙させることができた。

ロバート・レッキー二等兵も、この飛行場横断の戦闘を生き抜き、砲弾のクレーターに一〇名の兵士らとともに隠れていた。このうち四名は第五海兵連隊の所属で、瀕死の重傷を負っている中尉が混じっていた。この将校は若く、逞しかったが、激しい痛みに堪えており「顔の筋肉を引きつらせて、必死に苦痛に堪えていた」とレッキーは語っている。

第五海兵連隊が、右翼側の飛行場の開けた一帯を前進していったのに対して、第一海兵連隊は、飛行場の隅を通り過ぎたのち、北側に位置する、建物・施設群がある一帯に進出していた。ほとんどの構造物が、鉄筋コンクリートで構築されていた。海軍による事前の艦砲射撃で、建物は粉砕されており、前進する海兵隊にとって、程よい遮蔽物となる一方で、待ち伏せする日本兵にとっても好都合な場所となっていた。

レッキーのいた砲弾穴の真正面には、複数のトーチカから相互的に防衛されている、小要塞がそびえ立っていた。この構造物は、艦砲射撃にも耐えており、レッキーらの頭上に機関銃による銃撃を浴びせていた。第一海兵連隊所属の大尉が、周囲に落下している砲弾の発射源を探ろうと、努力していたが、うまくいかなかった。「この中で、第一連隊所属の奴は、何人いる?」と大尉が訊ねると、何人かの兵士が手を上げた。「六人か、それだけいりゃ、充分だ。よし、俺たちは、これより、前方の大型トーチカを攻略する。ほとんどの敵の機関銃による銃撃は、あの場所から発射されている。この砲撃が止み次第、突撃するので準備せよ」。

このとき、幸運にも、突然、海兵隊の戦車が到着し、レッキーは無謀な突撃から逃れることができた。海兵隊員たちは、戦車の背後を進みながら攻撃を試みたものの、激しい砲撃で、再び砲弾穴に押し戻されてしまった。

格納庫一帯でも、あらゆる場所で、同じような光景が繰り返されていた。数名の寄せ集めの海兵隊のグループが、日本軍の抵抗拠点に対して、果敢に攻撃を加えていた。海兵隊の攻撃は、一時間強の間に、飛行場の北東部にまで達していた。日本軍の抵抗は崩れたコンクリートの構造物を中心に、V字型に掘られた対戦車壕と、コンクリート製の擁壁に守られた二〇ミリ機関砲に囲まれていた。

海兵隊の一個小隊が、戦車に援護されながらこの陣地に側面に回り込むのに成功し、その一方で、予備中隊も投入され、激しい戦闘の末に格納庫群を掌握した。正午の時点で、第一海兵連隊は「前進のスピードは遅く、小火器、迫撃砲から、野砲に至るまで、あらゆる種類の反撃を受けている。死傷者の数は多い」と報告している。第一海兵連隊の受け持ち戦区の中心部では、第三大隊と最右翼の中隊と、ラッセル・ホンソウィッツ中佐率いる第二大隊の左翼側の部隊が、日本軍の抵抗を突破して、ペリリュー島の東側海岸に並行して走っている道路まで到達し、その場所を掌握していた。

しかしながら、それらの部隊の右手側に位置する、大きな道路の付近で日本軍の歩兵部隊が激しい抵抗を試みていた。この道路は、コンクリートでできた二階建ての航空隊司令部のビルディングの背後で、高地を外縁に沿って周回するように走っており、そこから海岸線に沿って北上していた。

海兵隊員たちは、この道の二〇〇メートルから三〇〇メートル手前で、攻撃を停止して夜間の防御に備えることになった。

第一海兵連隊は、多くの戦死傷者を出していた。しかし、彼らの果敢な闘志は、あるBAR射手の行動を通して垣間みることができる。彼は、施設群への攻撃の際に、太ももに被弾して、足が切断されてしまったものの、這いつくばりながらも、後退していく間、中指を立てて相手を侮辱するのを忘れなかった。

あたり一帯が、破壊された建物の瓦礫で覆われている中、ラッセル・デービスは、左腕が上着ごと切断された、ポーランド系の大柄な海兵隊員に出会った。不思議な事に切断面から血は滲んでいたが、出血していないように見えた。この海兵隊員は意識があり、「みてくれよ、あんまり血は出てないだろ。血が全然見えないよ。ほんの少しだけさ」と呟いていた。デービスは彼が息を引き取るまでそばにいたが、最後まで切断面からは出血しなかった。

飛行場では、汗と泥まみれの海兵隊員が息を切らせながら、砲弾穴に飛び込んでくると、周囲にいた海兵隊員の一団を一瞥しながら「ジミーがやられた」と話した。

皆は一斉に「どこを撃たれたんだ？」と反応した。

「腹を撃たれた」

「状態は？」

「状態？」と、飛び込んで来た海兵隊員は聞き返すと、「奴は死んだよ」と答えた。

飛行場を横断した攻撃での損害があまりに多く、第五海兵連隊第一大隊では、一〇一八時、支援を要請する緊急電文を連隊長のバッキー・ハリス大佐宛に送った。第一大隊の指揮下にある、A、B、Cの三個中隊のうち、A中隊は、作戦行動可能な兵士が九〇名まで減っており、B、C中隊も死傷者が多いと大隊に報告があった。ハリスは一一四七時、予備のI中隊を大隊に増派して、事態の改善を図った。

飛行場の南側では、第七海兵連隊が、孤立化した日本軍の歩兵一五連隊第三大隊の掃討作戦を実施しており、状況は北側よりもいくぶんマシだった。従軍画家のトム・レアは、低木の茂みを抜けた場所で、少佐が、泥の上に倒れた木に座って地図に何か書き込んでいるところに出くわした。彼の横では、通信兵が何度も無線機のマイクに話しかけていた。「こちら、サッド・サック、チャーリー・ブルー、聞こえますか、こちら、サッド・サック、チャーリー・ブルー聞こえますか」。通信兵は、疲労を極めており、ひたすら、哀愁を感じさせるような声で、終わる事もなく何度も同じ言葉を繰り返しマイクに向かって発していた。「ひげ面で、薄汚れた海兵隊員は、一晩中、臭い沼の水に満たされた蛸壺で戦っていたため、目は血走っており、ずぶ濡れのうえ、泥まみれで、無気力だった」とトム・レアは語っている。

こうした虚無感は、彼らが抱いていた過大な期待が裏切られた結果でもあった。第七海兵連隊の連隊参謀であったウェイト・ワーデン少佐は、上陸の数日前にナパーム燃料を詰めた「素晴らしい、新型爆弾」について、説明を受けた。このナパーム爆弾は、密林を焼きつくし灰にすると同時に、「頑強に陣取っている日本軍の守備隊から、燃焼により酸素を奪い、全員を窒息死させる」とされ、海兵隊員たちは、その効果に期待していた。ところが、いざふたを開けてみると、彼らの目の前には、ギラギラと目を輝かせた一五〇〇人の窒息しなかった日本兵が立ちはだかっており、新型爆弾に対する怨嗟の声は、連隊内に広がっていた。

I中隊は、大規模な事前砲撃と、戦車の支援を受けて、東側に広がる、日本軍の兵舎区画へと進撃していった。この区域は、多数のトーチカや、対地射撃に切り替えた、高射砲陣地に囲まれていた。トム・レアは、日本軍に反撃する銃撃音や戦車砲の重い発射音を聞きながら、前進する部隊の後を追うように進んでいった。彼が兵舎区画に到着した頃には、周囲はすでに海兵隊側が掌握していた。「あらゆるものが破壊されており、潰され、ねじ曲がり、粉々になっていた。ジャップの死体もあちこちに転がっており、私が入った二ヵ所のトーチカでは、人間の死体が、真っ赤な肉塊と、血と、コンクリートの破片と砂利と、木の屑を一緒にかき回したような状態となっていた」とトム・レアは語っている。

東側に攻撃を進めるに従って、小道の周辺には、遺棄されたリヤカーや、潰れた弾薬箱、錆びた電線、脱ぎ捨てられた軍服や、装備品など、ありとあらゆる物が散らばっていた。米軍の接近に、慌てて逃げ出した食堂と思われる小屋には、辺り一面に米粒が散らばり、鮮やかな青色で、日本海軍のイカリのマークが入った、琺瑯《ほうろう》製の食器などが落ちていた。

攻撃を進めたところ、新たな日本軍の小要塞ともいえる、大型トーチカが海兵隊の前に現われ、激しく抵抗を始めていた。この付近の防御拠点は、多くが珊瑚岩を積み上げてコンクリートで固める工法で造られていたが、この大型トーチカは、その場しのぎの造りでは決してなかった。内側は鉄筋コンクリートで固められ、その厚さは一・五メートル以上もあり、中の日本兵は事実上、不死身に近かった。海兵隊の歩兵部隊が所持している全ての武器は、全く無力だった。海軍の艦砲射撃も効果はなく、七五ミリ戦車砲弾も、跳ね返されていた。地下に掘られた出入り口と、銃眼は、三センチほどの鋼鉄板で守られており、火炎放射も跳ね返されていた。

この小要塞は、最終的には、爆破班の根性で、陥落させることができた。彼らは、死角を突いて、少しずつ這うように要塞に近づくと、壁に向けて直接爆薬を設置して、安全地帯まで走って逃げ帰ると、要塞は火炎と、煙につつまれ破壊された。I中隊が、燻る要塞の瓦礫を後にして、ペリリュー島の東海岸に到達したのは〇九二五時であった。

彼らはまた、丘の頂上付近にあった、二ヵ所の巨大な無人の砲座を制圧した。この砲座の壁から出入りできる掩蔽壕には、二〇名以上の日本兵の死体が転がっていた。海兵隊員たちは、これらの死体を外に引きずり出すと、記念品を探しにかかった。武器や、装備品を調べながら、乾いた血糊がついた日章旗などを取り出していた。ある兵士は、美しい生地で作られた千人針を見つけていた。これは、兵士の安全を祈願して、たくさんの縫い目がついているものであったが、この持ち主は死んでおり、すでに腐臭を放っていた。

この間、第七海兵連隊の他の部隊は、南側に陣取る日本軍に対する攻撃を行なっていたが、簡単には進まなかった。この場所の地形は、島の中では、〝最も平らな場所〟であり、少なくとも地形に関する限りでは問題ないはずであった。しかし、低木が密集しており、支援火器の前進や、展開などの作戦行動に支障が生じるのが悩みの種であった。それに加えて、第七海兵連隊を悩ませたのは、日本軍は元々、この付近を最重要の上陸予想地点と考えていた点にある。そのため、沿岸部一帯は、日本軍の防御拠点で溢れかえっており、その多くは綿密に相互連携して火力網を構成するように計画された上で、建設されていた。日本軍のトーチカ、掩蔽壕、蛸壺、塹壕は、珊瑚岩を爆砕して建設されていた。これに対して、攻撃側の海兵隊は、固い珊瑚岩をシャベルで掘ることが全くできず、そのため、自然の地形や、その場しのぎの、岩を積み上げた壁、あるいは砲弾で倒れた木の幹などを遮蔽物に利用しながら前進する他はなかった。彼らにとって唯一幸運だったのは、日本軍の防御拠点は主に対上陸作戦を想定して海側を向いて構築されていたため、攻撃側の海兵隊から、側面や背後を突く事が可能であったことである。

第三大隊は、日本軍の小要塞を制圧し、南側への進撃路を確保できた。第一大隊の左翼側を進むK中隊は、ここまで、日本軍の分厚い防御網に対し「見た目がパッとしない割には、やたら激しく、容赦ない」戦闘を切り抜けて来た。

この南部区域への掃討作戦での戦闘による被害には、多くの鳥も含まれている。戦後、井上中将は、否定したが、当時の海兵隊員は、日本軍が大量の伝書鳩を主要な通信手段として利用していると伝えられていた。このため、各大隊には、狩猟用のショットガンが配られた。ある将校は「ペリリュー島において、生きている鳥は全てショットガンを撃ち込んだ。それが、オウムであれ、野鳥であれ、ミサゴであれね」と語っている。

一〇二五時までに、中隊の先導部隊は、彼らの最終目標である東南端の岬を視野に入れる場所まで進出していた。この場所の、海から陸への岬に向けた進入路は、二ヵ所のトーチカによって防御されていたが、海兵隊員たちは、表面の焦げた珊瑚岩の上を、匍匐でにじり寄りながら攻略し、一二〇〇時頃には、二ヵ所のトーチカは破壊され、中の日本兵もろとも煙を上げていた。

この間、第七海兵連隊第一大隊は、直面していた日本軍のトーチカや塹壕などの守備陣地を粉砕するために、強力な艦砲射撃と、砲撃支援、それに空爆の要請を行なっていた。この支援攻撃で、日本軍の四門の一二・七センチ砲と、三門の軽高射砲が昼までに破壊された。地上で手を振る兵士らからは、飛んで行く米軍のパイロットの姿が良く見えていた。突然、二名の日本兵が現われると、珊瑚礁の内側の環に沿って走って逃げ出した。海兵隊のライフル兵らの銃弾が集中し、一人目は一〇〇メートルも進まないうちに撃ち倒された。もう一人は、そこから、二〇歩も走らないうちに、銃撃により体がまっ二つに引き裂かれ、波間に消えた。

別の日本兵は、完璧な英語を駆使して、大隊の通信周波数に割り込んでくると「ワーデン大尉?」と聞いて来た。階級が間違っていたので、不審に思った大隊参謀のウェイト・ワーデン少佐は、注意深く「ワーデンだ」と応えた。「ワーデン大尉、そちらの戦力はどれくらいだ?」と声は訊ねてきたため、その侵入者に対して、充分な戦力がありそちらに対処できるだけいるよ」と答えていた。

日本軍の反撃はあったものの、第七海兵連隊第一大隊は、島の南部に到達し、正午までに対岸のオムルウム岬を見渡せる場所まで進出した。ところが、この時点で気温は日陰でも摂氏四〇度を超えていた。午前中いっぱい、戦闘を継続してきた兵士らは、飲料水の補給を切望していたため、第七海兵連隊は、やむなく、進撃をストップさせた。

兵士らの中には、水分の不足から舌が腫れ上がり、話すことも、なにかを飲み込むこともできない状態になっている者もいた。ライフル兵らは珊瑚岩を積み上げて、一時しのぎの陣地を作ると、ひたすら補給を待ち、攻撃再開は次の朝まで持ち越された。攻撃部隊の将兵は、あまりの暑さに消耗しきっていた。第七海兵連隊第三大隊の、緊急電文には「飲料水の欠乏により、将兵は干上がっている」と書かれている。

それ以外にも、岬に陣取った日本軍を、直接照準で砲撃するための三七ミリ砲を搭載したハーフトラックの到着も遅れていた。翌日、海につきでた砂地の岬に向かって攻撃を行なう海兵隊員たちのために、工兵らが危険を冒しながら、進入路の地雷を除去していった。

第七海兵連隊と行動を共にしていた従軍画家のトム・レアは、飲料水を積んだアムトラックが到着したと誰かが話しているのを聞いた。水筒を手にしたレアは、ヘルメットを被りながら、飲料水のある場所に向かって走り出した。しばらく進むと、丘の頂上部にアムトラックが置いて行った飲料水の缶が目に入ったため、そちらに向かった。ところが一五歩ほど進んだところで、大きな血だまりに足を踏み入れてしまった。ふと目をやると、胸を撃たれた海兵隊員を別の三名の海兵隊員が運び出そうとしているところだった。四人目の海兵隊員は、飲料水の缶の横で呆然としていた。レアは、無言で水筒を水で満たすと、自分の部隊に戻って行った。

その直後、彼が水を飲んでいる最中、別の海兵隊員が水筒を満タンにして戻ってくると、「俺が水を注いでいる間に、狙撃兵の野郎に、二人も撃たれやがった、その少し前にも一人撃たれたらしいぞ」と話した。

レアは、生暖かくなった水を飲み込んだが、気分は優れなかった。

「ポイント」の周辺では、朝から昼過ぎにかけて、ハント大尉らは死体の腐臭が蔓延する中で、何度となく繰り返される日本軍の探査攻撃を押し返していた。ハントは、まるでロボットのように事態に対処していた。「死は、鼻風邪を引くのと同じくらいの感覚だったよ」撃破された水際のトーチカに残された、焼かれた日本兵の死体も、ちょっとした興味の対象だった。「奴らの白目が、闇の中で燐のように光り輝くのさ」。

前方の索敵に向かった二個分隊は、前方の高台の洞窟から、群がるように湧き出て来た日本兵の大群が海兵隊員たちに向かって、小火器や手榴弾で攻撃を加えてきたため、急停止した。

アムトラックは、補給物資の輸送と、負傷兵の後送で、ピストン輸送を行なっている間、連隊の予備部隊であった第一海兵連隊第一大隊は、地上から、包囲された海兵隊に到達しようと、攻撃を続けていた。日本軍も、無数の擬装されたトーチカにより、頑強に抵抗しており、その中でも、二連装の二五ミリ高射機関砲が配備されたトーチカには手こずっていた。昼過ぎになり、最後の無傷の予備部隊であるC中隊が、やはり予備部隊のB中隊の一個小隊を伴って戦線に投入された。二輛の戦車の支援を伴った攻撃で、海兵隊の歩兵部隊は、日本軍から五〇〇メートルほどの高台を奪取した。この高台を梃子にして、B中隊の残りの部隊が、さらに前進し、幸いにも、ハントらの部隊と地上で接触するに至った。ハントらは、このポイントで三〇時間にも渡った包囲網からようやく解かれたのである。

この時点においても、第一海兵連隊の左翼側は、不安定な状況におかれたままだった。ルパータスは、第七海兵連隊のペリリュー島南部への攻撃の進展に気をもんでいたもの、この朝、オレンジ2に上陸した第七海兵連隊第三大隊は、依然として師団の予備部隊として待機したままであった。プラーは、この予備大隊を、第一海兵連隊の担当戦域であった、ホワイト2に投入してくれることを切望していた。

上陸橋頭堡の戦力補強のため、日没までに、砲兵大隊は、一五五ミリ榴弾砲を揚陸し設置していた。計画上の砲兵陣地となる場所は依然として日本軍の掌握下にあったため、これまで占領した場所の中で、最も砲兵陣地に適していた第七海兵連隊の戦線の一〇〇メートルほど内側に構築された。この場所は、極めて狭く、わずか一六〇平方メートルの場所に、相対する方向に二門の砲が設置され、三番目の砲も、すぐ近くに設置されるように命じられた。

この日、海兵隊はペリリュー戦で最初の捕虜を捕らえた。上原徳三郎二等兵、一八歳である。尋問に対して、彼はコロール島の元漁師で、三ヵ月前に徴兵されたと答えた。彼は五〇〇名から成る、対上陸部隊に対する特別遊撃隊として訓練を受けて来たと答えた。このうち、二〇〇名が、すぐにペリリュー島に配属されていた。彼らに与えられた任務は、上陸作戦の最中に、泳ぎながら戦車や、水陸両用車輌に接近し、手榴弾や機雷で攻撃を加えるという、自殺攻撃すれすれの危険な任務であった。しかし、実際には、海兵隊は上陸が完了するまで、彼らが隠れていた洞穴に制圧射撃を加え続けたため、全く功を成さなかった。この日本軍の二等兵は軍事的な知識は乏しかったが、戦友たちへの献身的な姿勢は、徹底していた。ペリリュー島における日本軍の士気について、質問されると、「死ぬまで守る」と、明確に答えた。

日が暮れると、飛行場の反対側にいた、フィリップ・アフリートは、戦友たちと六～七メートルほど離れた壕に飛び込んだ。すると、何か香水のような臭いがし、モゴモゴと日本語を喋る声がした。驚いたアフリートは慌てて穴を飛び出すと、手榴弾のピンを抜いて、声がした辺りに投げ込んだ。翌朝、海兵隊員たちは壕の中に二人の日本兵の死体があるのを発見した。

その場所からさらに南に下った、オレンジ3では、ハワード・ミラー一等兵が、夜の間に、全く別の恐怖を味わっていた。ミラーが蛸壺の中で、眠気に襲われていたところ、何者かが突然彼の顔を摑んで来た。「ジャップだ!」と彼は叫んで、パニックになりながら、穴を飛び出すと、相棒の兵士が、再び穴に引きずり込んだ。ミラーが「ジャップ」だと思っていたのは、ヤドカリだったのだ。

この日の日没までに、第一海兵師団は、ペリリュー島の南側を中心に、制圧地区を広げることができた。橋頭堡は、約三キロの長さまで伸びており、ほぼ、どの場所でも内陸部に一・五キロほど進出し、中央部が最も深く進出できていた。飛行場は制圧し、不安定だった左翼側も、最終的に増援部隊により、強固な戦線が構築されていた。師団の最左翼では、当初の目標へ一〇〇メートル程、未到達であったが、全体的な作戦の進展は、兵士らを勇気づけていた。あとは、東側と西側の沿岸部に走っている道路を突破して、残った日本軍の抵抗を簡単に撃破できるように見えた。しかしながら、こうした作戦の進展は、当初の計画からは大幅に遅れており、損害も予想を上回る深刻なものだった。この日、オレンジ3を通りかかったアル・ゲールマン一等兵は「とにかく、大混乱だった。オレンジ3には、野戦病院が設営されていたので、負傷兵で溢れていて、輸血や色々な治療を行なっていた。そのすぐ横では、砂の中に死体を埋めていた。単に穴を掘って、ポンチョで包んで、また砂を被せるだけだったけどね」と当時を回想している。

激しい戦闘が行なわれると、必然的に戦死傷者の数は不正確になる傾向がある。ペリリュー島の上陸二日目に関しても、ある報告では、一五六名となっているが、後に海兵隊の歴史研究家は、この数字を「馬鹿げた数である」と一蹴している。実際、第一海兵師団は、この二日間の戦闘ですでに甚大な損害を被っていた。特に第一海兵連隊だけでも、上陸当日に五〇〇名、二日目が終わった時点で一〇〇〇名の戦死傷者が報告されていた。第一海兵連隊が、手酷くやられている事に、疑問の余地はなかった。部隊が一五パーセントを超える損害を受けた場合、最前線から撤退させるのが一般的であったが、プラーの連隊は最初の四八時間で、三三パーセントもの損害を受けていたのだ。

これらの数字には、最前線で、負傷しながらも自分の部隊に残った屈強な兵士らの数は含まれていない。その内の一人は、フィリップ・アフリートの相棒で、前日の日本軍の戦車隊の攻撃の際に負傷したパッシー・デステファノ一等兵である。彼が後送される姿を目撃していたアフリートは「奴は絶対に死ぬと思った」と語っていた。ところが翌日、デステファノは体中に手榴弾の破片を浴びていたにも関わらず「靴とズボンだけの姿で、ヘルメットも被らず、ライフルも持たず、裸の上半身には、一五ヵ所も血まみれの絆創膏を貼りながら」部隊に戻って来たのである。彼の行動は単純なものだった。一旦、沖合の病院船に運ばれたものの、すぐに防水帆布の下に隠れると、島に戻る上陸用舟艇に忍び込んで、また部隊に戻って来たのだ。「奴は国に帰れるはずだった、あの時点で三一ヵ月も海外勤務が続いていたのだから」と、四五年経過した今でも、この相棒の驚くべき勇敢さについてアフリートは語っている。

実際、この先に、待ち構えている、もっと最悪な状況が訪れるとは誰一人想像していなかったが、最前線では、こうした勇敢な男たちが、とにかく必要な存在であった。

九月十六日の目に見える作戦の進展により、第三水陸両用軍団は、ペリリュー島から一〇キロほど南側に位置するアンガウル島への攻撃を決定した。アンガウルの攻撃部隊は、ウィリアム・ブランディ海軍少将の指揮下で、いつでも上陸できる状態で足止めを喰らっていた。このワイルドキャットこと、第八一歩兵師団は、九月十五日の第一海兵師団がペリリュー島に上陸する際に、日本軍の司令官を惑わすためにバベルダオブ島に陽動作戦を実施していた。井上中将が、この陽動作戦に対応しようとした時には、船団はすでに、日没に紛れて北に向かって進路を取っていた。その直後、こんどは南に進路を変えて、パラオ諸島南部のアンガウル島へ向かった。

本来、アンガウル島への上陸作戦は九月十六日に実施されるはずであり、九月十五日の夜には、侵攻部隊には、攻撃前夜の部隊に供される、ステーキとチキンに冷凍イチゴが振る舞われていた。ところが、ペリリュー島での戦闘が予想外に激化し、ワイルドキャットが第一海兵師団の増援部隊として待機する必要が生じたため、攻撃が延期されていたものであった。

ここにきて、ようやくペリリュー島の戦闘に目処がついたように見えたため、アンガウル島への上陸作戦実施への機運が高まって来た。第八一歩兵師団長のミューラー少将は、すぐにでも、自分の部隊を作戦行動に移したがっていた。この間、ルパータス少将からの、陸軍のワイルドキャット師団に対する、支援要請の徴候も見られなかったため、ブランディ海軍少将も、攻撃作戦の開始にゴーサインを出した。

その後、九月十六日の一四三二時に、西部攻撃群のジョージ・フォート海軍少将と、ロイ・ガイガー第三水陸両用軍団長との作戦会議で、翌朝のアンガウル島への上陸作戦命令が正式に決定された。この上陸作戦には、師団の二つの連隊である、第三二一連隊と、第三二二連隊が参加することになった。

これ以外に、九月十六日には、ハルゼー提督が、ペリリュー島から三二〇キロ南に位置するウルシー環礁に対して、〝可及的速やかに、手持ちの兵力を使って〟制圧させるとして作戦を発動させた。遠征軍の司令官である、ジュリアン・スミス少将は、ペリリュー島の戦況に対しては依然として懐疑的だったものの、ウィルカーソン中将は、海兵隊の唯一の予備兵力として温存されていた、第三二三連隊を、この作戦に投入する決断を下した。このため、第一海兵師団の最後の即応予備兵力である、ワイルドキャット所属の三二三連隊、四〇〇〇名の将兵は、九月二十一日の上陸作戦に向けて、ウルシーへ移動していった。かくして、ペリリュー島の海兵隊は、誰の助けも借りずに戦わなければならなくなった。

提督や将軍が作戦談義に明け暮れている間、「ポイント」にいるハント大尉らも一息つくことができていた。日本軍はまだ海兵隊に対して敗北を認めてはいなかったが、彼らの組織的で強力な反攻は、上陸二日目の夜まで行なわれなかった。

一六〇〇時、ハントは正面の動向を探るために小規模な偵察隊を送り出した。この海兵隊員たちは低木の茂みから現われた四〇名ほどの日本兵の集団と出くわした。彼らは明らかに、大規模な部隊の前方を進む偵察部隊であるのは間違いなかった。短機関銃や手榴弾による激しい接近戦で、ハントの部隊は一人が戦死、四名が負傷した。本格的な日本軍の反攻作戦は、それに続く二二〇〇時のことだった。「ポイント」の正面にある高台から、約五〇〇名から成る日本軍の部隊が突撃してきた。この二度目の戦闘は、海岸線に沿った細長い平野部で交わされた。

前夜の段階で、ハントの部隊は一八名まで減少しており、もし、この規模の攻撃を受けたならば、ひとたまりもなく蹂躙されるところであったが、この時点においては、状況は大きく改善しており、新たに配属されたB中隊の大部分が配置についていた。さらに、第一海兵連隊第一大隊の司令部とは電話連絡が密に繋がっており、彼の正面に向けて即座に、迫撃砲小隊の支援砲撃が受けられる手はずになっていた。

暗闇の中、散らばった死体に周囲を囲まれて、敵の攻撃を待ち構えていると、海兵隊員たちには、戦線の向こう側から、何か興奮して早口でまくしたてるような声が聞こえてきた。海兵隊員の一人が声のする方向に向けて手榴弾を投げてみたところ、爆発に続き、低く痛みに耐える悲鳴と、さらに多くの声が聞こえ始めた。ハントは全員に、攻撃に備えるように指示を出すと、迫撃砲小隊に待機するように要請した。

突然、ある海兵隊員が「奴らが来た！　こっちに向かってやってくる！」と叫ぶと、戦線全域に渡って銃声が響き渡った。日本兵の突撃を表わす「突撃、バンザイ」の怒声が聞こえて来た。

何波にも渡る茶色の軍服を着た日本兵の突撃は、海兵隊の戦線に殺到するつど、小火器や、迫撃砲、野砲の弾幕の煙の中に消えて行った。照明弾が打ち上げられていたものの、銃火器による硝煙が海兵隊の視界を遮っていた。

デュークという名の海兵隊員が、蛸壺の中で屈んでいたところ、日本兵が刀で足に斬りつけてきた。さらに傷を確認する間もなく、今度は腕に銃弾を受けてしまった。痛みと興奮の中で、デュークはこの日本兵と格闘となり、最終的には、すぐ横の崖から、下の険しい岩場に投げ落とすことができた。別の海兵隊員は背後からやってきた日本兵に肩を刺され、頭を殴りつけられた。彼は振り向きざまに、止めを刺そうと腕を振り上げた日本兵の胸部に銃弾を撃ち込んで倒した。

さらに新たな日本兵の一団が水際に沿った側面から攻撃してくると、別の海兵隊員が叫びながら駆け寄って来た。正面の脅威が解消するにつれ、今後は右翼側に銃火が移っていた。しかし海岸線に沿った日本軍の攻撃は、海兵隊の火力の前に頓挫し、敗残兵らは、「ポイント」の周囲にあった洞窟の中に追いつめられて行った。海兵隊員たちは、この穴にテルミット焼夷手榴弾を投げ込むと、炎に包まれた日本兵は悲鳴を上げながら、火を消そうと海に飛び込んだものの、全く効果はなく、水の中で恐ろしい人間の形をした炎を上げていた。ハントは、この悲鳴を聞きながら、声が聞こえなくなるのは、彼らが息絶えたときであるのに気がついた。

攻撃は、〇二〇〇時までに終わった。日本兵の死体は、ポイント前面の窪地に折り重なるように散らばっていた。顔は凍り付いたような表情で、緑白色に変色した目は〝恐怖と驚き〟を留めたまま凍り付いたようになっていた。海兵隊の迫撃砲や野砲の砲弾の直撃を受けた死体の部位が木々にぶら下がっており、波間を漂っている死体もあった。後に海兵隊は、この戦闘で五〇〇体以上の死体を確認した。暑さで膨張した死体からは、すでに吐き気を催すような腐敗臭が漂い始めていた。

夜が明けると、死体の中に四〇ミリ砲が発見された。もし、「ポイント」が日本軍の手に再び陥ちていたならば、この砲でホワイトビーチ全体が射界に捉えられるはずであった。しかし、今はバラバラになった死体の中で、砲弾の破片を受けて破壊されていた。「ポイント」は依然として海兵隊の手の内にあった。

翌朝、K中隊は予備部隊となり後方に退いた。九月十五日には二三五名いた中隊は、七八名しか残っていなかった。

この夜、病院船に運ばれた数百名の負傷兵の中に、第一海兵連隊F中隊のロバート・レッキー二等兵がいた。彼はこの日、開けた飛行場北東部を横断するという連隊の狂ったような作戦を生き抜いていた。九月十六日の午後、日本軍の砲弾が落下して来た際に、弾薬集積場の近くにいた彼は、脳震盪を起こし、まるで〝バネ仕掛けの人形〟のような状態になってしまった。二人の海兵隊員が彼を救護所まで運んだが、ここでも短機関銃を使った戦闘があり、さらに後方に運ばれた。その後、ニュージャージー出身の彼が自分の口で喋り、自分の足で立てるようになるまで、三日間という期間を要した。砲撃による脳震盪で、彼にとっての戦争は終わったが、戦友らを置いて戦場を去ったある種の罪悪感は、その後も消えなかった。しかし、やがて彼も自分の幸運を噛み締めるようになっていった。なぜなら、ペリリュー戦は、まだ始まったばかりだったのである。

（注六／一）ロバート（ボブ）・バーロンは二一歳の誕生日まで生き抜いただけでなく、本書の取材でインタビューした際は、六四歳で存命中であった。

（訳注六／一）Ｃ４爆薬：コンポジション４爆薬または混合爆薬とも呼ばれる。粘土状で自由に加工できる軍用爆薬。

第七章　ブラディノーズ・リッジ

Dプラス2、上陸三日目である九月十七日の朝までに、海兵隊は、ペリリュー島での戦闘が、これまで日本軍を打ち破って来た、他の太平洋諸島との戦闘とは、全く異なるものであることに気がつき始めていた。最も異なる特徴は、作戦初日に、日本軍の盲目的なバンザイ突撃が姿を消した点にあった。海兵隊員たちは、圧倒的な火力を駆使して、短時間で日本兵を大量虐殺することに望みを繋いでいたが、その気配は全くなかったのである。

日本軍の反撃は、単に攻撃の機会が恵まれていたわけではなく、よく練られた作戦と、巧妙な防御陣地に基づくものであった。この島の日本軍守備隊について、後年の専門家は「これまで戦場で出会った中では、最も優秀と思える兵士で、率いる将校も、敵の圧倒的な火力の前で無駄死にすることの無意味さを理解し、米軍の術中にはまらない決意に満ちていた」と語っている。

海兵隊にとって、ペリリュー島で遭遇した、緻密に計画された堅牢な縦深陣地群、自らの兵力を温存しつつ米軍側に最大限の出血を強いる戦術を取る日本軍の守備隊は、いわば、硫黄島や沖縄の前兆でもあった。

そのため、海兵隊側は、こうした防御陣地へ対処するために、戦車と歩兵の連携行動に深く依存することになった。この作戦時点で、第一海兵師団は、三〇輌の戦車を擁していた。北側の戦区を担当する第一海兵連隊に一五輌、第五海兵連隊に九輌、南側の戦区の第七海兵連隊に六輌が割当てられていた。三四トンのシャーマン戦車は、日本軍の陣取る掩蔽された洞窟や、トーチカなどの防御陣地を粉砕するには、必要不可欠な存在であった。しかし、ペリリュー島の焼けつくような太陽の元で、鋼鉄の密室に閉じ込められた戦車兵にとって、そんな事はどうでもよかった。

後に「ブラディノーズ・リッジ（鼻血の尾根）」と呼ばれることになる切り立った珊瑚隆起の断崖の前面に他の戦車兵らとともに展開していた、シャーマン戦車の装塡手で、ラリー・カロヤン一等兵は、「俺たちが、ブラディノーズでやったのは、ひたすら目についた穴という穴に、七五ミリ砲弾を撃ち込んで行っただけさ。一緒に並んでいた我々の戦車隊には、歩兵が寄り添うように付いて来た。俺たちは奴らを守るし、奴らは俺たちを、バンザイ突撃や、バンガロール爆薬筒（訳注七／二）から守ってくれたのさ」とカロヤンは語っている。

カロヤンはブラディノーズ付近で、生きた日本兵の姿を一度も見なかったが、彼らが実在している証拠は豊富にあった。彼の戦車が弾薬補給のために後方に退くと、乗員らは「何百、何千という無数の銃弾が当たった跡が、戦車の表面に残っていた」。これらの痕跡は、尾根の洞窟陣地に陣取った日本兵によるものだった。

エール大学から戦車乗りになった変わり種で、一メートル九〇センチの長身のリー・スタック中尉は、空気を取り入れようと、監視孔を空けたところ、ちょうど海兵隊の野砲が直撃弾を喰らって、空中高く吹き飛ばされた瞬間であった。スタックは、この砲弾が発射された場所を見極めようとしたが、見当がつかなかった。しかし、彼の砲手が、日本軍の野砲の砲口がシャーマン戦車から一〇〇メートル前方のトンネルから姿を現わし、すぐに引っ込んだのを目撃した。「中尉、奴は次に、我々を狙ってくると思いますが、姿を見せたときに発砲の許可をお願いします」と砲手が訊ねてきた。「よろしい、許可する」とスタックは答えた。

それから、一分か、二分後、日本軍の砲口が再び姿を現わしたが、彼らが発砲する直前に、スタックの戦車の砲手は、砲弾を発射して、この日本軍の野砲を撃破した。「まるで、西部劇の荒野の決闘のようだったよ。俺の砲手が、射撃の名手で本当に助かったよ」とスタックは語っている。

シャーマン戦車は、攻撃のペースを維持するために、一日に何度も、補給のために後方に戻る必要があった。Dデイ当日だけでも、予定の二日分の弾薬を消費してしまい、足りなくなった砲弾や機銃弾を撃破された一〇輌の戦車から回収して回る羽目になっていた。しかし、こうした努力は実を結んでいた。ペリリュー島では戦車一輌が一日当たり平均三〇ヵ所の日本軍の陣地を撃破することができた。戦車と、火炎放射器を装備したアムトラックの協同作戦は、穴にこもった日本軍の攻略に極めて有効であった。

戦車兵の、戦死傷者は通常よりも多かった。特に、直接砲撃支援をする際に、ハッチから顔を晒す戦車長に被害が集中した。「ほとんど全員が、頭部や、首あたりに銃弾を受けていた」とカロヤンは回想している。第一戦車大隊の三一名の将校のうち、八名が戦死し、一五名が負傷した。ペリリュー島から無傷で帰還できたのは、八名だけだった。

シャーマン戦車を稼働させるために、破壊された戦車から部品を回収しようと尽力した車輌整備員も被害が大きかったが、彼らの努力で、第一戦車大隊は、常に一八輌以上の戦車が稼働状態を維持しており、最終的に破壊された戦車は九輌に留まった。このため、海上輸送能力の制限でガダルカナル島に置いてきたシャーマン戦車が切望されていた。

カロヤンの所属する戦車中隊は、第一海兵連隊の支援のために一五輌の戦車でペリリュー島に到着した。上陸二日目が終わるまでに、稼働可能な戦車は五輌まで減っていた。戦車兵や、修理要員の戦死傷者も多かったが、被害を減らすための新たな工夫も取り入れられてきた。戦車が後方に戻ってくると、徹甲弾や、対戦車榴弾への抵抗力を増やすために、砲塔周りや、前面の装甲板の上に、予備の転輪を並べて行った。後の調査で、この工夫により三輌の戦車が、日本軍の七五ミリ砲弾の直撃でも破壊を免れていたことが判った。

飛行場の反対側では、一晩中、蛸壺の中で警戒態勢を取っていた、バード・ドッグ・クレイトンは酷い悪臭に悩まされていたが、夜明けとともにその原因が判った。彼のほんの一〇メートルほど先には、腐敗した日本兵の死体が転がっていたのである。この日本兵は、襲ってくる心配はなかったが、ジョー・ロマース伍長の場合は事情が異なっていた。上陸三日目のこの日、彼がふと目をやると、五メートルほど先に日本兵がおり、ロマースのライフル銃に手を伸ばそうとしていた。彼は必死に自分のライフルに向かって飛び出した瞬間、中隊の伝令兵が、この日本兵をショットガンで吹き飛ばした。

第一海兵連隊は、この日、上陸前の調査で最大の誤りである、簡単に攻略可能と報告されていたウムロブロゴル山に直面していた。これまで、ジャングルに覆われて航空偵察では窺い知れなかった、ギザギザの尾根で構成される、複雑怪奇で悪夢のような地形が、艦砲射撃で文字どおり白日の下に晒されていた。

「浸食され歪んだ巨大な珊瑚岩と、散らばった岩、険しい岩山、断崖絶壁に、急な渓谷を、全て、ごっちゃにして迷路にしたような場所」と後の第一海兵連隊の回顧録に記された地形に、海兵隊の将校たちは唖然として息を飲んだ。スミス准将は「地図や航空写真で、急斜面の渓谷とされていた場所は、想像以上のもので、切り立った断崖絶壁は、二〇メートルから三〇メートル以上の高さがあった」と語っている。

こうした地形に海兵隊員はただ驚くだけだった。「道路が、尾根の麓で途切れていたんだ。だけど、その道は、ジャップの奴らが、燃料でも分散貯蔵してある洞窟に通じているだけだと思っていた」と師団の情報分析官は語っている。この時点では、日本軍が尾根の奥深くまで掘り進んで陣取っているとは予想すらしていなかったのである。

後の調査で、五〇〇ヵ所もの壕が発見された。このうち三〇〇ヵ所が自然の洞窟で、残りの二〇〇ヵ所が人工的に構築された陣地壕であったが、全てが防御拠点として機能していた。飛行場の背後にあった巨大な洞窟は、尾根の奥深くまで掘り進めてあり、床や壁、天井はコンクリートで固められ、岩を削った出入り口は厚さが三メートル以上もあった。弾薬庫は馬車が出入り可能な広さであり、通路は電球で照らされる設備が整っていた。

こうした、岩石のジャングルの中で、数千名もの日本兵が海兵隊がやってくるのを、ひたすら待ち構えていた。上陸二日目に押収した日本軍の糧食計画書から、上陸一週間前の時点で、ペリリュー島には一万名を超える日本兵がいることが判明していた。この三日目の時点でも少なく見積もっても五〇〇〇名を超える日本兵が依然として生き残っているものと思われた。

戦車兵のビル・メイヤー伍長は、この五〇〇〇名のうちの一人と遭遇した。九月十六日に、彼の戦車はどうにか海岸線を抜け出すと、ホワイト1の背後にある道を進んで行った。これまで、二回の作戦に従軍していたが、戦車の中から至近距離で敵の兵隊を目撃したことが一度もなかった。ところが今、一〇メートルほど正面に位置する、珊瑚岩とドラム缶を積み上げた堡塁の背後より、着剣した日本兵がこちらに向かって突撃してくる姿が、砲手席に座った彼の目に入り、驚愕した。戦車長席に座っていた別の戦車兵は「ビル、奴が見えるか?」と口にした。

メイヤーは「はい」と答えた。

「撃ってみるか?」

「はい」とメイヤーは答えると、三〇口径の同軸機銃（訳注七／二）を操作するため、アクチュレーター制御装置（訳注七／三）に手をかけた。ところが彼は興奮のあまり、七五ミリ砲のアクチュレーターを操作してしまい、装填していたHE砲弾が発射された。砲弾は突撃してきた日本兵を直撃し、戦車の正面で、文字どおり蒸発するかのように消え去ってしまった。メイヤーは初めて敵の兵士を顔が見える距離で殺害し、しばらくの間、砲手席で呆然としていた。

ブラディノーズ・リッジのことを、ある一ヵ所の地形の呼び名であると思っている海兵隊員も多いが、ラッセル・デービス一等兵にとっては「連なった険しい岩山と、浸食された暑さで割れた珊瑚岩、丸裸になって焼けこげたジャングル、渦巻く黒い煙、そして死体の悪臭、まるで虫歯のような黒い染み」を総称して、この名前を記憶している。そして、これが上陸三日目に、第一海兵連隊の兵士らが直面したウムロブロゴル山の光景でもあった。

この日の攻撃を開始するに当たって、部隊は再編の必要が生じていた。この時点で連隊の死傷者数は一〇〇〇名を超えており、攻撃を実施するためには、三個大隊全ての兵力を投入する必要があったため、左翼から右翼側に向かって、第三、第一、第二大隊の順番に戦線に並べられた。右翼側の、第一連隊第二大隊が、艦砲射撃と支援砲撃の後に前進し、最初に尾根に到達することになっていた。彼らは前日の攻撃で確保できなかった、東側と西側の沿岸部に沿って延びている道路の交差点を確保すると、さらに、そこから一五〇メートルほど前進したところで、この後、二〇〇高地と呼ばれる場所からの激しい砲撃を受けた。蜂の巣状に洞穴陣地や、観測所が設けられているこの急斜面の高台の尾根は、飛行場一帯へ激しい砲撃を行なっている発射源であり、第二大隊に与えられた任務は、この場所の奪取であった。

海兵隊は、左側に進路を移しながら尾根へ向かって攻撃を行なったが、直面する珊瑚岩の急斜面からの、日本軍の小火器、山砲の零距離射撃に加え、洞窟の中から発射される、高射砲の水平射撃で攻撃は尻すぼみとなっていった。この日本軍の攻撃に関して公式の海兵隊戦記には「あまりの至近距離により、射撃は極めて正確であった」と記されている。歩兵の支援のために送られた戦車やアムトラックは、日本軍の正確で激しい砲撃のために、次々と、撃破されて黒煙を上げていった。スミス准将は、「日本軍の陣取っている洞穴やトーチカは相互的に巧妙に支援されるように配置されていたため、隠れる場所が全くなかった。こうした陣地などには、歩兵や、機関銃、野砲やロケット砲が隠されていたが、日本軍は、穴や壕から野砲や火器を引っぱりだして射撃すると、こちらが反撃する前にすぐに引っ込める戦術をとっていた」と語っている。

ある海兵隊の兵士も、この時の模様を「俺たちが頂上を攻撃すると、奴らは麓のほうから出てくる。俺たちが真ん中を攻撃すると、奴らは両側から出てくる」と語っている。

他の二人のライフル兵と蛸壺の中にいた、ラッセル・デービスは、この朝の「情け容赦なく、絶望的な」恐怖の状況について、「あちこちで、衛生兵を呼ぶ声、点滴薬を求める声、飲料水、砲兵支援、航空支援、ある者は神を呼ぶ声など、丘全体が怒声に満ちていた」と回想している。デービスと二人の海兵隊員は、完全に釘付け状態で、頭を上げることすらできなかった。

この間、中央部を進撃していたレイモンド・デービス少佐率いる第一大隊は、最初の一時間ほどは「驚くほど順調に」進撃できたが、やがて、そこに存在するはずのない障害にぶち当たった。彼らの目前には、一メートル以上の厚さの鉄筋コンクリート製の壁を持つ、「小さなオフィスビル」ほどの小要塞が現われたのだ。この巨大な抵抗拠点は、さらに一二ヵ所ものトーチカに囲まれており、それらは全て連絡壕で繋がっていた。

この拠点は、上陸前の航空偵察写真でも注目されており、全地上部隊に配布された作戦地図上でも、大型の構造物があることを示すマークが記されていた。ところが、海兵隊員たちが目をみはったのは、この目標に対して、海軍による事前の艦砲射撃が全く効果を上げていない点であった。「この要塞は、表面が一部、剥がれている以外は、全く被害を受けていなかった」と、師団の公式戦史では、この時の苦い思いを伝えている。

海兵隊は師団本部を通じて、事前の艦砲射撃で、もはや砲撃すべき目標が見当たらないと声明を出したJ・B・オルデンドルフ海軍少将に、支援砲撃の要請を行なった。海兵隊の部隊が、遠巻きに待機していると、沿岸部に戦艦ペンシルバニア（注七／一）が到着し、これまでの誤りを修正するかのように、三五センチ砲弾を、小要塞に向けて砲撃し始めた。沿岸射撃統制班が、照準を修正しながら砲撃を続けると、巨大な徹甲弾により、構造物は徐々に崩壊しはじめた。同時に、小口径の艦砲に加えて、戦車と歩兵で、周辺部のトーチカを順次攻略していった。〇九三〇時までに、大隊は指揮所を破壊された要塞の中に移した。この時の模様をデービス少佐は「廃墟の中に、二〇名ほどの真新しい日本兵の死体が散らばっていた」と語っている。出入り口には、日本兵の手が落ちており、その持ち主の死体は一〇メートル以上も離れた場所に転がっていた。ほとんどの日本兵には目立った外傷がなく、ペンシルバニアの放った三五センチ砲弾の、凄まじい衝撃波で死亡したものと思われた。

A中隊の中から、一個小隊が、ある中尉に率いられながら尾根に向かって、鬱蒼とした茂みの中を前進していった。海兵隊員たちが道路を超えようとしたところ、片手にピストルを持ち、もう片方の手に軍刀を持った日本軍の将校が、激昂しながら、こちらに向かって突進してきた。海兵隊員の一人が、左側にいたBAR射手に向かって「おい、何で撃たないんだ?」と焦りながら上ずった声で問いかけると、BAR射手はすぐに、弾倉の半分ほどの銃弾を突進してきた日本兵に撃ち込み射殺した。

この出来事と、ほぼ時を同じくして、日本軍の一個分隊ほどの兵士が、海兵隊の小隊の後方に現われ、機関銃を設置しようとした。海兵隊員たちはすぐに銃撃を開始し、一人を残して全員を倒した。最後の一人も、数分後に海兵隊員たちに向けて手榴弾を投げようとしたところを、ある一等兵に撃ち倒された。さらに前進すると、三〇〇メートルほどの長さの道路に沿って、米軍の圧倒的な火力で戦死した、四〇名ほどの日本兵の死体が散らばっていた。

こうして、大隊の尾根に向かっての進撃路は開かれたが、高地からの砲撃による死傷者の数は軽視できない状況になってきた。

第一連隊第二大隊と同じように、その左側を進む第一連隊第一大隊は、急勾配の渓谷を這いつくばりながら上り下りし、洞窟の奥に潜む見えない日本軍から攻撃を受けて、出血を強いられ続けた。海兵隊員たちが伏せるたびに、荒々しい珊瑚岩の地面が、服を切り裂き、体に突き刺さった。日本軍の迫撃砲弾が炸裂するたびに、珊瑚岩が四方に飛び散り、その効果を倍増していた。さらに、それを避けるために地面を掘り返すことは不可能だった。

至近距離から射撃してくる日本軍の七センチ山砲により、海兵隊は四五分もの間、釘付けにされた。最終的に、戦車とバズーカ砲で、この砲を制圧したが、その間にC中隊配下の全ての機関銃分隊と、大隊付きの八一ミリ迫撃砲班を失ってしまった。ある一等兵は一五センチもの破片を受けて腕が千切れてしまった。彼は、わずかな筋肉片で辛うじて繋がった腕をぶら下げながら、別の負傷兵を担いで、一五〇メートルほど離れた大隊本部まで運ぶと、自らも救護所に歩いて行った。

日本軍の攻撃は情け容赦なかった。担架兵のジョー・ロマース伍長と他の二人の海兵隊員は、負傷した兵士を引っぱり込むと、担架に載せて尾根を下り出したが、日本軍の機関銃弾が彼らに浴びせられた。彼らがよろめくと負傷兵は、担架から落ちてしまったため、どうにか人力で引っぱりながら丘を駆け下りたものの、この負傷兵はすでに死んでいた。彼の腹部や足には、十数発もの銃弾の当たった傷跡があった。

この日の夕方までに、第一連隊第一大隊は、三五ヵ所もの日本軍の洞窟や陣地を攻略して、最初の丘の前面の斜面に足場を築く事ができた。情報分析官は、まだまだ多くの洞窟陣地が尾根には存在すると考えていたが、海兵隊側では、これほど大量の洞窟陣地に対処できる準備ができていなかった。すでに死傷者の数は容易ならざる数に達しており、司令部要員をかき集めて予備部隊を編成する間、工兵部隊や、残りの中隊を使って戦線の穴埋めをせざるを得ない状況であった。

プラー大佐配下の三個大隊のうち、第三大隊は、ほとんど抵抗がない中を海岸線に沿って平野部を七〇〇メートルほど前進した。彼らが停止したのは、突出しすぎて危険に晒された場合だけであった。最初に尾根に差し掛かった第二大隊は、それほど幸運ではなかった。彼らは日が暮れるまでに二〇〇高地を奪取したが、すぐに西隣にある、やや標高の高い二一〇高地に陣取る日本軍の射界に捉えられているのに気がついた。二ヵ所の岩の突起部がある、この高地との間の岩だらけの渓谷部にかけての場所は、日本兵で溢れており、こちらよりも高い位置からの銃砲撃で、海兵隊も安易に反撃出来なかった。そのため、海兵隊員たちは、どうにか可能な限り珊瑚岩を掘って、顎を地面に着けた状態で伏せる他はなかった。

夕方の時点で、プラーの第一海兵連隊の戦線は、概ねW型のような形になっていた。第二大隊が陣取っている二〇〇高地は、日本軍の戦線内に深く入り込んでいたが、一方で、西側の日本軍の占拠する高地も、海兵隊の戦線に深く入り込んでいた。

日が暮れた頃、山岳部に置かれた第二大隊の指揮所にいた、ラッセル・ホンソウウィッツ中佐の野戦電話が鳴った。掛けて来たのは連隊長のプラー大佐で、現在の状況について訊ねて来た。

「芳しくありません、随分とやられました」とホンソウウィッツは答えた。

「どれくらいやられた？」とプラーは訊ねた。

ホンソウウィッツは、正確な数はまだ判らないが、おそらく二〇〇～三〇〇名ほどやられたと答えた。

「ジャップは、どれだけ殺したんだ？」とプラーはさらに訊ねた。

ホンソウウィッツは、やはり正確な数は判らないが、この周囲にも死体は散乱しており、恐らく五〇名ほどではないかと答えた。

「ホンソウウィッツ、貴様何てざまだ。これを本土の奴らが聞いたら、何て言うと思う？　二〇〇名の若き優秀な海兵隊員を失って、殺したジャップが、たったの五〇名だ。五〇〇名の間違いじやないのか？」

この夜、ジョー・ロマース伍長は、奇妙な出来事を体験した。ブラディノーズ・リッジに向かう道路を守るために、道の両側に機関銃を設置していたところ、突然、戦線の日本軍側から、オートバイの走る音が聞こえてきたのだ。すぐにサイドカーが道路を疾走してくる姿が見えたが、日本兵の運転手と、同乗者は泥酔状態で、陽気に歌いながら、大きな声で叫び声を上げていた。機関銃が掃射すると、この陽気なドライブは終わりを告げたが、困惑した海兵隊員の間では、この出来事についてさまざまな憶測が広がって行った。

消耗しきった海兵隊員たちが、夜間の居場所を確保していた一方で、脅威も増大していた。日本軍は、第一大隊と第二大隊の間に、弱点があることを見抜き、侵出を計り始めていたのだ。このギャップを埋めるために、第七海兵連隊からF中隊が派遣されると、戦闘を交えながら、配置についていった。

二〇〇高地に対する日本軍の攻撃は、夜を徹して激しく続いていた。ある海兵隊員は、この夜の丘の出来事を「恐怖の一夜」と評している。海軍の前進観測班は、艦砲射撃の照準を高地の真正面の前線に設定し、砲撃要請を行なっていたため、巨大な火の玉が上がる度に、海兵隊員のしがみつく珊瑚岩の地面を揺さぶった。

二〇〇高地に対する日本軍の攻勢があまりに激しかったため、第七海兵連隊のG中隊が新たに、第一連隊第二大隊の増援部隊として送られた。幸いにも、海軍の艦砲射撃と、砲兵隊による集中砲撃で、日本軍に大攻勢を行なう隙を与えることなく一晩を乗り切ることができた。「この日、結果的に、戦線を全体を押し進めることができた上に、最も強力なジャップの反撃を撃退できたことで、戦闘全体に楽観的な見通しが広がった」と師団戦史には記述されている。

この夜、丘で必死に持ちこたえている海兵隊員には知る由もなかったが、このすぐ近くにあった、ベランダのように水平に張り出した、中川大佐の司令部壕は、危険に晒されて来たため、ウムロブロゴル山の西端に位置する深く掘り進められた壕へと移動した。後に、海兵隊は、この壕を発見したが、尾根を貫くように掘り進められ、電気配線を始め、様々な施設が充実していた。米軍側の受けた損害は、この破壊された中川大佐の司令部壕よりも惨めな状態ではあったが、この攻勢により、日本軍の突出部は米軍側の突出部として攻守を入れ替え、第一連隊第二大隊と、第五海兵連隊が受けていた、側面からの激しい銃砲撃は姿を消した。

中川大佐の撤退は、予め想定の範囲内であった。九月十七日、大本営に宛てた電文では「敵の艦砲射撃の援護下において、戦車二輌と推定二個中隊からなる歩兵部隊は、司令部壕の東側高地へ侵出せり」と書かれている。

この三日間の戦闘で、第一海兵連隊は激しく打ちのめされていた。第一海兵連隊の戦史では「前線の将兵は消耗しきっていた」と記載されている。現在、配置についている将兵の数から推定すると、上陸日以降、連隊は一二三六名の兵士を失っていた。第三大隊で前線に配置されている四七三名の将兵のうち、約二〇〇名は本来は、司令部要員であった。

この夜、連隊長のプラーは、師団参謀長のジョン・セルドン大佐に電話を掛けて、彼の連隊はすでに半数まで戦力が消耗し、計画どおりの作戦を実施するには戦力の補充が必要であると窮状を訴えた。セルドンは、これに対して、予備兵力はないと返事をした。

プラーは、「上陸海岸要員として、一万七〇〇〇人もいるじゃないか、そいつらを、こっちに少し回せ」と反論した。

セルドンは「そんなこと、できない。奴らは戦闘歩兵としての訓練を受けていない」と答えた。

「とにかく、よこせ、明日の晩までには、立派な歩兵にしてみせる」と怒鳴った。

こうした要請にも関わらず、プラーに補充兵は割当てられず、手持ちの兵力だけで攻撃を続行せざるを得なかった。

この日、正午から少し前、ジェームズ・イザベル一等兵が陣地から見上げると、巨大な黄緑色の煙が、丘の上から下に向かって降りてくるのが見えた。周囲一帯にいた海兵隊員たちは全員が動きを止め、この煙を注視すると、誰かが「毒ガスだ！」と叫んだ。この時イザベルは、ほとんど全ての海兵隊員と同様に、上陸直後に邪魔なガスマスクを投げ捨てていた。黄緑色の煙はどんどん近づいており、イザベルは「しまった、何で、ガスマスクを捨てちまったんだろ？」と後悔した。

「海岸線にかけての一帯で、全員がパニックに陥っていた。ところ構わず、皆がガスマスクを探して死にもの狂いになっていた」と、この時の模様をクレイトン一等兵は語っている。アフリート軍曹の、二〇〇メートルほど正面にも、黄色っぽいガスが迫って来ていた。彼も他の皆と同じように、随分と前にガスマスクを捨ててしまっており、ガスマスクケースには、タバコや、靴下を詰め込んでいたため、なす術がなかった。

その時、誰かが「あっちに、海兵隊員の死体が、いっぱいあるぞ！　あそこにいって、引っ剥がせ」と叫んだ。周りの皆が「死にもの狂いで死体に走りよると、ガスマスクを引き剥がし始めた。俺も一つ取り出したが、レンズが割れていた。でも、そんな事はどうでもよかった。とりあえず、マスクを装着できたのさ」とアフリートは語った。

数秒が経過し、やがて数分が経過し、何も起きなかった。

「今のは偽情報だ、偽情報だ」と伝言が伝わって行った。皆、ゆっくりとマスクを外すと、再びそれぞれの持ち場に戻って行ったが、それぞれ、パニックに陥った事を恥じているような表情を浮かべていた。

後にこの時の現象は、日本軍が通常弾頭に使用していたピクリン酸（訳注七／四）によるものと断定されたが、毎年開かれる、第一海兵師団の戦友会では、その後何年もの間、議論の的となった。（注七／二）

元々、ペリリュー島の攻略の作戦計画では、第一海兵連隊は、最も困難な任務を与えられているのは周知の事実であった。しかし、計画上では、第七海兵連隊が上陸後、二四時間以内に、ペリリュー島南部を掃討した後に、プラーの第一連隊の支援に駆けつけるはずであった。ところが、事は計画どおりに運ばなかった。上陸四日目である、Dプラス3の九月十八日になっても、第七海兵連隊は、島の南部一帯にわたって激しい戦闘を繰り広げていた。

九月十七日の攻撃は、比較的損害の少なかったL中隊が島の南端のオムルムウル岬の攻撃に割当てられていた。攻撃開始時間は〇八〇〇時に設定され、攻撃に先立って、艦砲射撃が実施され、その後に空爆も加えられた。島の突端部全体が、巨大な炎と、巻き上がる煙につつまれたが、直後に、工兵隊が岬に通じる砂地の回廊に新たな地雷原を発見したため、攻撃は停止してしまった。戦車と歩兵の厳重な支援の下で、工兵隊が、この新たに発見された地雷原の除去作業を行ない、死傷者もなく完了したが、攻撃開始時刻は一〇〇〇時に延期された。

戦車隊に支援された歩兵部隊は、最初の二六分で、前日の戦車攻撃で撃破した日本軍の防御拠点を掌握し、突端部への攻撃の足場を固めた。日本軍の散発的な銃撃の中、アムトラックに載せられた増援部隊が次々と送られて来た。日本軍の陣取る海岸の岩場の洞窟壕陣地や、トーチカを攻略しながら、米軍部隊はゆっくりと前進していった。これらの陣地に対して、有効性が認識され始めた火炎放射器が、さらに送られて来た。この装備が到着すると、攻撃は素早く進み、海兵隊は一三二〇時までに、ほぼ目標を掌握した。最終的に追いつめられた二〇名ほどの日本兵は、海に飛び込んで浅瀬を渡って北の方向に逃れようと試みたが、全員が海兵隊のライフル兵に仕留められた。この戦闘で四四一体の日本兵の死体が発見され、海兵隊側は戦死七名、負傷が二〇名だった。

一方で、南西方向の突端部へ向かった第七海兵連隊第一大隊は、これほど順調ではなかった。

これは単に攻撃対象である突端部の面積が大きいだけではなく、地形も険しく、強力な日本軍が陣取っていたためでもあった。しかし、Dデイ以来、海兵隊をずっと悩ませていた、島の南端にある名もなき小さな島の日本軍を遂に沈黙させることができたのは、海兵隊にとって大きな戦果であり、日本軍にとっては大きな痛手のはずであった。この無名の島の日本軍砲兵隊は、度重なる空爆や、艦砲射撃にも耐えて砲座の位置を秘匿し続けていたが、最終的に海岸から場所を特定され、戦車砲によって仕留められたのだった。日本軍は、この島から海兵隊の戦線の後方を脅かすために、Dデイ翌日には増援部隊を送ろうと試みていたが、夜の闇に乗じて岬の南西部から浅瀬を渡ろうとした多数の日本兵は、照明弾に捉えられ、機関銃やライフルなどの小火器の格好の餌食となっていた。ある将校は「これ以上の、この方面からの脅威はなくなった」と簡潔にメモを書き記している。

これまで兵力が温存されて来た中隊を先導部隊として、戦車隊の支援の下に、オムルムウル岬へ通じる、狭い砂の回廊に向けて攻撃が実施された。〇八三五時に、これらの部隊は日本軍の主抵抗線にぶち当たった。この時の模様は、師団の公式戦記には「攻撃は、足がかりを作る間もなく、頓挫した」と記されている。

中隊は、重火器を前面に出しつつ退却の許可を要請した。一時間後、退却の許可が下され、後方に退く事ができたものの、激しい損害のため、すぐに予備部隊に回される結果となってしまった。再び、日本軍の陣地に対して、野砲と迫撃砲による砲弾が撃ち込まれ、手持ちの全ての戦車とアムタンクに加えて、火器中隊から、三七ミリ砲を装備したハーフトラックも動員され砲撃に加わった。幸運なことに、第七海兵連隊第三大隊の南東岬への攻撃が、この時点で順調に推移しており、大隊所属の多数の支援重火器を、南西部側の岬への攻撃に回す事ができたため、結果的に日本軍の側面からの砲撃を制圧するのに成功した。

こうした圧倒的な火力を背景に、一四二〇時、A中隊が狭い砂の回廊を超えて突撃していった。一〇分間の航空支援爆撃と、三輌の戦車の下、海兵隊は、強固な日本軍の防衛戦を突破して高台を制圧した。海兵隊員たちは、その場所から、さらに野砲と迫撃砲の支援を受けながら、攻撃を南向きに方向転換したものの、スピードは落ち、損害も激しくなっていった。「ジャップは、あらゆる種類の防御陣地を構築しており、まさに数メートルおきに、珊瑚岩の塹壕や、コンクリート製のトーチカ、地面をほった蛸壺に、洞窟陣地、土嚢を積んだ機銃座など、進入路を射界に収めているだけではなく、周囲の他の防御陣地を相互に防衛するように配置されていた」と海兵隊報道官の、ジェリミア・A・オラリー軍曹は書き記している。

また、この時、新たに配備された、マーク3型の手榴弾が使い物にならず、多くの兵士を失望させていた。この手榴弾は、炸裂時の破片が少なく、効果が得られない上に、取り扱いが危険で、すでに第七海兵連隊第一大隊所属の二名の兵士が投擲しようとした際に、誤って手の中で爆発させる事故が起きていた。このため、この後、第三水陸両用軍団では、使用を中止して回収を始めることになった。

この日の午後遅くには、大隊は配下の全中隊を戦闘に投入して、南西部の岬で戦闘を繰り広げていた。そのうち、C中隊は西側の海岸線に沿って進み、この三日間、オレンジビーチを射程に捉えていた日本軍の重火器を掃討しつつ進んでいたが、南側に少し進んだところで、かなり大きな沼地に行き当たってしまった。このまま進むと、右翼側を進むA中隊との連携が取れなくなる恐れが出て来たため、大隊本部は、日が暮れる前に、防衛ラインを構築することになった。防衛ラインの形は、沼地の浅い個所にかかる、逆Uの字型となったが、両側の海岸線からの脅威に対処できた。

次の朝、前夜に到着した装甲車輌の支援の下に、A中隊とC中隊が沼の周りを弧を描くように連携しながら、岬の終端部分に向かって進撃を開始した。

この日の攻撃に先立って、海兵隊には願ってもない良い知らせがあった。前夜、第七海兵連隊B中隊の兵士が、突端部西側の日本軍の増援部隊の詳細な配置を示す地図を捕獲してきた。この地図は、あまりに真新しく、かつ詳細だったため、師団の情報担当将校は、当初は偽の地図ではないかと疑ったが、これまでの戦闘結果の日本軍の配置と重ね合わせた結果、本物の作戦地図であると確認するに至った。この発見のおかげで、岬の掃討戦において、多数の米軍兵士の命を救うことができた。

全ての攻撃部隊に対して、複雑な地形の下に秘匿されている日本軍の陣地は無視して、ひたすら岬の終端を目指して進撃するように指示がなされた。隠された日本軍陣地の掃討は、後続の爆破班か、予備部隊の役目とされた。

この命令が実現不可能であるのはすぐに明らかになった。C中隊から分離した一五名が、部隊が前進した後の洞窟や、トーチカの掃討を命じられたもののすぐに掃討どころではなくなってしまった。この時の模様は「地下から相当数の日本兵が、続々と現われてきた。この光景は、ペリリュー作戦初期の段階では、海兵隊にとって驚きを持って受け止められた」と公式戦記に記されている。これはペリリュー島の日本軍の典型的な行動原則ともいえる「積極的な潜入活動」であり、この戦術が功を奏したため、海兵隊は事態を掌握するために、新たに、第三大隊の全ての予備兵力と、師団配下の偵察小隊を投入せざるを得なくなった。

この混乱の状況下に、アラスカ出身で大柄のアーサー・J・ジャクソン一等兵、一九歳がいた。ニックネーム〝ブル〟ことジャクソンは、すでにペリリュー島で愚かな経験をしていた。上陸作戦の前夜、厨房勤務となったジャクソンに対して、攻撃に参加するのを気の毒に思った下士官が、彼にこっそりと、七キロもの缶詰のハムをプレゼントしてくれたのだ。ジャクソンは戦闘糧食が足りなくなるかもしれないと考え、背嚢の中にハムを入れるため、ライフルのクリーニングキット以外は全部捨ててしまった。「馬鹿みたいに、そのハムを担いで島を横断したのさ。毎回伏せる度に、糞重いハムのおかげで、ヘルメットが前に押し出されて眼に当たって、死にそうだったよ」。

堪らなくなった彼は、ハム缶を空けて分隊の仲間と食べることにした。しかし飲料水が不足している中で、濃い塩味のハムを食べさせられた彼の仲間は皆でジャクソンを海へ投げ込んだ。

この文字どおりハムの重荷から解放されたジャクソンと、彼の小隊は、左翼側にある日本軍の防御陣地からの銃砲撃を受けていた。配属されたばかりの少尉と、彼の部隊の軍曹はすでに日本軍の機関銃弾に斃れていた。ジャクソンは、グロスター岬攻略戦で、日本軍の激しい銃撃の中、負傷兵を後方まで運ぶなど、勇敢で猛烈な闘志を持った男であると評判であった。彼はBARを掴むと、一人で約三五名の日本兵が立てこもる大きなトーチカに向かって進んで行った。彼はトーチカの銃眼に向けて銃撃を集中させると、日本軍の攻撃がひるんだ隙に黄燐手榴弾と、続いて他の海兵隊員から手渡されていた爆薬を投げ込んだ。これでトーチカは破壊され、中の日本兵を全滅させた。

ジャクソンは、この功績を称えられる間もなく、さらに前進し、すぐ近くにあった二ヵ所の小さな日本軍陣地を破壊した。彼は、あらゆる方向から日本軍の銃撃を受ける中、わずかな歩兵の援護の下、猛烈な闘志で、活動を止める事なく、さらに五〇名の日本兵の守る一二ヵ所もの陣地を掃討し、一帯の日本軍をたった一人で全滅させた。

後にジャクソンは、この日の目覚ましい功績と、戦友らの支援について「あの日は、私の周りでたくさんの戦友が死んで行った。今は亡き戦友たちが私にしてくれたのと同じことを、私ができる範囲でやったまでです」と当時を語っている。

この間、岬の突出部の東側を進んでいたB中隊が最も困難な任務を割当てられたように思われた。日本軍の防御網は東西二つの突出部をつなぐ沼地への進入路を射界に捉えるように構築されており、海岸線にかけて地雷原が設置され、ありとあらゆる場所に陣地があった。さらにこれらの陣地は、師団の情報部が「屈強で、真新しい軍服を着た、飢えていないジャップ」と評した日本兵により守られていた。

一三五四時までに、中隊の攻撃で推定三五〇名の日本兵が戦死し、日本軍は、わずか数百メートル四方の場所に追いつめられていたが、戦車は補給のため後退し、ハーフトラックは沼地に嵌って身動きが取れなくなってしまった。海兵隊員たちが、ハーフトラックを沼地から引っぱり出すための、ブルドーザーを待っている間、最後まで頑強に抵抗していた少数の日本兵は、自ら拳銃で頭部を撃ち自殺した。さらに六〇名程の日本兵が海に飛び込んで逃れようと、南東の突出部に向かって走り抜けたが、彼らの先には第三大隊がおり、全員が撃ち倒された。そのすぐ後、日本軍の陣地を海兵隊が制圧した際、一五、六名ほどの日本兵の死体が発見された。海兵隊の将校は、この戦闘における日本軍の推定の戦死者を四二五名とした。

この無味乾燥した死者数の中には、九月十七日に、海兵隊が砂の回廊を突破しようとした際に、下着姿で両手を上げて投降しようと、岩の間から姿を現わした三名の日本兵も含まれている。この時、海兵隊の機関銃班の班長は、あまりの戦死者の多さに激昂しており、さらに依然として日本軍からの銃撃を受け続けていたため、振り向いて機関銃手に向かって「やっちまえ」と命じた。機関銃手は命令どおり、この三名を射殺した。

この機関銃班の班長は、この行為を後悔したが、大隊本部に呼び戻されたのちに、厳しい叱責を受け、部隊に戻る前には簡単な精神分析検査を受けなければならなかった。大隊は、人道的な見地からこの問題を重視したのではなく、より現実的な問題として捉えていた。すなわち、投降する日本兵を殺害してしまうと、より頑強に抵抗するようになり、結果として戦闘が長引くのではないかと考えていたのである。ただ、この理論は机上の空論でもあった。実際のところ、ほとんどの日本兵は、投降するよりも最後まで抵抗の道を選んでいた。そのため、海兵隊員も引き続き視界に入る日本兵に対しては、躊躇なく引き金を引いた。

九月十八日の午後には、日本軍の歩兵第一五連隊第三大隊は、過去のものとなった。ハンネケン大佐は師団司令部宛に「一五二〇時、O－1（最終目標）を確保せり、ペリリュー島における第七海兵連隊の任務は完了した」と電文を打った。

四日間の島の南部を巡る戦闘で、日本軍の死者は総計二六〇九名と推定された。どの大隊も一人の日本兵の捕虜も取らなかった。周囲には相当数の日本兵の死体が散乱していたため、弾薬運搬と港湾作業部隊の黒人兵らに全ての死体を埋葬するよう命じられた。一方で、海兵隊側は戦死四七名、負傷四一四名、行方不明三六名であり、海兵隊の強力な戦闘能力が実証される結果となった。

しかし、実際のところ、一番の問題は時間軸であった。ペリリュー島の南部における攻撃は、攻略が容易な平野部にも関わらず、当初の予定から三日も遅れていたのである。

バッキー・ハリス率いる第五海兵連隊は、第一海兵連隊の右翼側を前進していたが、時折、左手に位置するウムロブロゴル山の高台から発射される日本軍の砲撃に悩まされており、第一海兵連隊の直面する苦難を垣間みられるようであった。特に高台に近い側を進む海兵隊員たちに死傷者が続出しており、一部が日本軍の担当戦区に差し掛かっていることによる砲撃と思われた。一方で、高台から遠い東側を進む第五海兵連隊第二大隊は、鬱蒼とした低木の茂みが、日本軍の観測兵の視界を遮っていたため状況はいくぶんマシだった。部隊はジャングルをかき分けつつ、小競り合いを繰り返しながら前進していったが、戦闘よりも暑さのほうが深刻な問題となっていた。

上陸二日目には、気温は日陰でも摂氏四〇度を超えており、戦闘が長引く間も、暑い日が続いていた。この日は気温が摂氏四六度を記録しており、飲料水は上陸初日以来、不足した状況が続いていた。この暑さのために前進を度々、中断し、兵士を休ませる必要があった。また熱中症に掛かる兵士の数も増えて行った。兵士らの水の消耗は早く、まるで飲んだ水が、そのまま靴から流れ出るようであった。

タイム誌の従軍記者で、海兵隊と同行している数少ない民間人記者のロバート・〝ペッパー〟・マーチンは「上陸四日目、熱中症にかかって戦列を離れる兵士が、実際に負傷する兵士よりも多くなった」と記事を書いている。このマーチンの記事は、第七海兵連隊第一大隊の参謀が、上陸後の三日間の飲料水の不足が、彼の部隊にもたらしている惨状を報告した際に「水不足により、戦うことができず、動くこともできない、負傷兵同様の兵士が、敵の銃弾による負傷兵の数を上回っている」と報告していることでも裏付けられている。

しかし、実際に後方まで運ばれた兵士はほんのわずかで、大半の兵士は前線救護所でしばらく休んだ後に元の部隊に戻って行った。このため、何人の兵士が熱中症にかかったのか正確な数字は残っていない。また、最終的に部隊に復帰できたにせよ、最も重要な師団の初期の作戦段階において、戦列を離れた兵士が多数出たのは事実として認識すべきである。

この暑さと戦うために、多くの兵士は、塩の錠剤を常時舐めていた。この塩はすぐに汗となって排出されて、彼らの戦闘服に白い筋を何本も作り、やがて固まって行った。また、本来なら内側に折り込むヘルメットの迷彩カバーのうち、後ろの部分を開いて、強い日光から首筋を守ろうとした兵士も多かった。この光景を見た、迫撃砲班の兵士は脱水症状になりかけつつ「まるで砂漠のフランス外人部隊」のようであったと、語っている。

その翌日も、第五海兵連隊の左翼側は、高台の日本軍からの砲撃を受け続け、進撃は捗らなかった。海兵隊側の記録によると、日本軍の砲撃は驚くほど正確に統制されていた。彼らは海兵隊が少しでも集団になるか、あるいは動き出すと、すぐに迫撃砲弾を間近に撃ち込んで来た。さらに部隊単位で行動を開始すると、野砲が一斉に砲門を開いた。砲弾は、最大限の損害を与えるタイミングと場所に撃ち込まれ、機会を見逃すことはなかった。

前日、第五海兵連隊の右翼側は、六〇〇メートルから、七〇〇メートルほど前進し、ココナッツ果樹園の端で、以前はオモアックと呼ばれた村の近くまで進出した。この村は日本の軍事施設群に取って変わり、今は廃墟と化していた。この進展は、第二大隊の九月十八日の作戦にとっても幸先が良いものであった。

大隊は、〇七〇〇時に攻撃を開始し、鬱蒼としたジャングルを散発的な抵抗を受けながら前進していった。約二時間で、一個中隊が東側のカルドロルクに通じる舗装されていない道路まで到達した。この付近は、日本軍の電波探知機施設群が置かれていたことから、別名「RDF地区」とも呼ばれていた。

この日の捕獲品には、真新しい新品の日本軍の電波探知機もあった。この電波探知機は米軍の旧型のSCR268型レーダーと良く似ていた。さらに日本軍は慌てて逃げたのか、多くの予備部品もそのまま置かれていた。この電波探知機施設の先は、ペリリュー島のロブスターのはさみの下側に当たる箇所で、もともと上陸予定地点のパープルビーチとされていた付近となり、強力な対上陸陣地が構築されていた。

ここから先の道は、両側を沼地に囲まれており、前進する海兵隊にとっては、難所と思われた。事前の航空偵察写真でも、パープルビーチ付近と、電波探知器施設付近には日本軍の大規模な防御陣地が築かれているのが明らかになっていた。しかし、ここまでは日本軍の反撃も散発的なもので、もしかしたらすでにこの地区からは撤退している可能性も充分にあった。一〇四〇時に、海兵隊の偵察部隊が危険を冒して、この道を前進してみたが、反撃は全くなかった。続いて本隊が前進するに当たって、一二四五時に航空支援が要請されたが、全く見当違いの場所を爆撃してしまい、代わって野砲による支援砲撃が実施された。

その後、海兵隊が前進を始めると、再び航空機が飛来して、前進する海兵隊に対して誤って猛爆撃と機銃掃射を加えた。この航空支援はもともと連隊本部の要請に基づくものであったが、大隊に対して連絡がなかったのだ。さらに、この誤爆に、野砲による砲撃も加わり、仕舞いには迫撃砲弾の弾幕も張られた。

ジェームズ・イザベルは、この誤爆で、同じ部隊の四～五名の戦友が殺された。それ以外にも数名が負傷しており、彼の隣には両腕を吹き飛ばされて肩だけの海兵隊員が横たわっていた。その近くには、手足を広げた海兵隊員が死んでいた。「ちょうど十字架のように、胸に包帯を巻いた状態で死んでいた。砲兵隊の奴らを、ぶち殺したかったよ。俺たちは、ここで散々撃たれて、殺されたんだ。しかも味方にね。とにかくショックだったよ。いらついたが、これは事故だった。

それには議論の余地はない。でも怒り心頭だったね」と、彼は苦い思い出を語っている。

その夜、第五海兵連隊は確固たる陣地を構築して、夜を過ごした。しかし兵士らの頭の中には、日本軍に攻撃されるのと、味方に攻撃されるのは、どちらが最悪なのかを何度となく頭の中で反芻していた。この日の大隊の戦死傷者三四名のほとんどが味方の誤爆によるものであった。

九月十八日の朝の時点で、チェスティ・プラー大佐の第一海兵連隊は、消耗しきっていた。連隊は、作戦が始まって以来の三日間の戦闘で、一二三六名の兵士を失っており、これは連隊の規定兵力の約半数に達していた。この日の報告書には「最前線では、部隊行動が維持できなくなっている」と記されている。

前日の九月十七日の日没後、なんとか若干名の増援の兵士がプラーの前線に送られて来た。海兵隊のモットーである〝全ての海兵隊員が戦闘歩兵である〟との言葉のとおり、連隊本部は我が身を削って前線に送れる将兵をかき集めていた。師団参謀のセルドン大佐は、前日の夜にプラーと言い争ったにも関わらず、師団付きの一一五名の工兵を補充兵として送り込んで来た。彼らはすぐに消耗した突撃中隊に割当てられた。翌朝攻撃を開始する第一海兵連隊第三大隊の総員四七三名のうち、約二〇〇名が、連隊司令部などの支援要員から供出された兵士で占められていた。

上陸三日目に小要塞の攻略などで消耗しきっていた第一大隊は、夜明けまでに戦列を離れて休息することになった。その交替として第七海兵連隊から第二大隊が駆けつけて、プラーの指揮下に入り、夜間のうちに配置についていた。この中には島の南部で掃討作戦が終わったばかりの二個中隊も含まれた。こうして、朝までに再編された戦線には、第一連隊第三大隊、第七連隊第二大隊、第一連隊第二大隊の順番で並ぶ形となった。

第一海兵連隊第一大隊と交替で戦線に配置についた、第七海兵連隊第二大隊長のスペンサー・バーガー中佐は、戦線を注意深く観察しながら、この山岳部でいかに激しい戦闘が繰り広げられているのかを理解しはじめた。彼らの部隊が配置につこうとしたものの、元々配置についているはずだった第一連隊第一大隊は、地図上で指定されている場所にはおらず、バーガーの部隊が到着前に、撤退を余儀なくされていた。実際のところ、地形があまりに複雑で、地図上の位置と実際の場所を整合させるのは、極めて困難でもあった。

連隊長のプラー大佐は、攻撃開始時刻の直前に指揮所を日本軍の陣地から、わずか一五〇メートルほどの場所にある小さな採石場の跡地に移動させた。指揮所といっても、ポンチョとブリキのポールで日除けを作っただけの簡素なものであったが、プラーはパイプを口にくわえながら、ガミガミと矢継ぎ早に命令を発していた。

プラーは海兵隊の中では、その猛烈な性格で伝説的な存在となっており、初めて火炎放射器を見せられた際に「こいつのどこに銃剣をつけるんだ？」と聞いた逸話を持っていた。ペリリュー島の作戦が始まる二ヵ月前には、やはり海兵隊の将校だった弟のサムをグアム島の戦いで亡くしており、この出来事によって、日本軍に対する攻撃的な姿勢に拍車がかかっていたと、彼の下にいた大隊の指揮官らは語っている。

プラーが連隊司令部に立ち寄った際に、少尉の戦死者数を訊ねると、その数が余りに少ないと感じた彼は「お前ら、いったい、どういうつもりだ？　戦場は、日曜学校のピックニックじゃねえんだぞ！」と怒鳴り声を上げたのを、ペリリュー島の別の将校は覚えている。おそらくプラーは、最前線の将校である少尉の戦死者数の低さが、攻撃の消極性を示す指標であると考えているようであった。

彼は攻撃の気運を重視していた。また、彼は、攻撃して、攻撃して、敵を圧倒することが重要であると信じていた。この戦術には、緻密さは欠けていたが、彼の性格にはマッチしていた。しかしペリリュー島でのこの方法には、余りに代償が高かった。

連隊の被っている戦死傷者の数が、憂慮する水準に達していることは周知の事実であったが、プラーはそれでも楽観主義を捨てなかった。海兵隊は、これまでの他の島での日本軍との戦闘経験から、ある段階を超えると日本軍は一気に崩壊することを学んでおり、プラーの連隊本部も、その上の師団本部も、海兵隊が突破口を開くのは間近であると考えていたのである。この日の第一連隊第二大隊と、第七連隊第二大隊の作戦目標は、日本軍の突出部である二一〇高地の制圧であった。

この時点においても、ウムロブロゴル山周辺の入り組んだ尾根や、渓谷、洞窟や地面の穴が織りなす複雑怪奇な地形の真の恐ろしさについて、海兵隊側の楽観主義者は依然として理解できずにいた。

三〇分間に渡る、艦砲射撃と、航空爆撃、野砲による支援砲撃の後、〇七〇〇時に攻撃を開始した海兵隊が飛び込んだのは、まさに食肉処理場であった。

歩兵が突撃の体制を整えようとしている間にも、隣にいた機関銃班の兵士らに銃弾が降り注ぎ、誰かが弾に当たったことを示す悲鳴が上がった。日本軍は、迫撃砲、噴進砲、機関銃や、秘匿されている大口径の海岸砲などで応戦してきていたが、第一海兵連隊第二大隊の戦闘報告書には、〇七三五時に「我々は攻撃している」と簡潔に記されている。

この時の模様を、下から眺めていたデービスは、突然、連隊が、上陸以来いかに激しく消耗しているかに気がついた。小隊はまるで分隊の規模しかなかった。中隊は小隊の規模しかなく、尾根を上り始めた、ある小隊は、通常、定員四〇名のところ、一八名しか残っていなかった。

突撃部隊は、急な断崖の表面を摑みながら、頂上に向けてよじ上っていった。洞窟壕陣地や、岩の窪みから茶色の軍服を着た日本兵が飛び出すと、斜面を登る海兵隊員に向けて手榴弾を転がしてきた。所々で白兵戦も交わされており、太陽光に銃剣やナイフが反射して光っていた。ある海兵隊員が、体を折り曲げたり、伸ばしたりしながら、足の辺りの何かと格闘していた。突然彼は、日本兵を引っぱり上げると、斜面から突き落とした。この模様を下にいた機関銃班の兵士が大声で叫びながら励ましていたが、その海兵隊員もまた、丘を転がり落ちて行った。

「時折、ジャップの奴らが隠れ家から顔を出すと、斜面の下に向けて手榴弾を転がして来た。海兵隊員たちはその度に、首を引っ込め、炸裂するのを待ったのちに、再び斜面を上って行った」と戦闘報道班員のジョセフ・アリ軍曹は回想している。

棘々しい珊瑚岩の斜面を傷だらけになりながら、頂上まで到達できた海兵隊員は、ほんの数名だった。彼らこそ、何があろうとも前に突き進む、まさに海兵隊魂を持った兵士らであった。

岩の斜面の上のほうで、若いテキサス出身の補充兵が、迫撃砲弾の破片を激しく受けて倒れ込んだ。衛生兵が駆け寄ってモルヒネを注射したが、ほとんど効果がなかった。若い海兵隊員は戦友に「俺は死ぬ、チャック、俺は死ぬよ」と声をかけた。「大丈夫だよ、坊主、ちょっとした傷だ、お前は助かるよ」と安心させるように戦友は励ました。「チャック、俺は死ぬ」と繰り返していたが、やがて「死にたくないよ」と呟くとそのまま死んだ。

第一海兵連隊第一大隊と、第七海兵連隊第二大隊は、激しい戦闘の後に、遂に日本軍を二一〇高地から追い出して、この突出部を海兵隊の戦線に取り込んだ。これに対して日本軍は即座に、二〇〇高地の突端部にいる第一海兵連隊第二大隊に、凄まじい猛砲撃で応戦してきた。この砲撃は、迫撃砲、噴進砲、大口径の海岸砲によるもので、海兵隊員たちは、少しでも地面の下に身を隠すために、硬い珊瑚岩を掘ろうと無駄な努力をした。

この砲撃の直後に日本軍は強力な反撃を開始し、海兵隊の大隊は、見る間に押し戻されてしまった。第一海兵師団の報告書には「右手の二個大隊からは、ひっきりなしに、医薬品や、担架兵、衛生兵を呼ぶ声がこだましていた」と記されている。

二〇〇高地の第一海兵連隊第二大隊は、極めて危険な状況に陥っていた。日本軍の迫撃砲と野砲による砲撃は高地の北側斜面にいた海兵隊に集中しており、その場所に反撃の日本兵が殺到した。一四〇〇時、普段は冷静な、第二大隊長のホンソウィッツ中佐は、連隊本部のプラーに電話を掛け、状況が逼迫していると伝えた。ホンソウィッツは、一九三五年のアイダホ大学でオールアメリカン・フットボールの代表選手（訳注七／五）でもあり、将校としても有能であった。この電話に対してプラーは、側面にある高地を奪取せよと、ぶっきらぼうに命令を伝えた。「そんなこと、できるわけないじゃないですか！　戦死傷者の数が多すぎるんです。我々は昼夜を問わず戦っているんですよ！」とホンソウィッツは応えた。それに対して、プラーは「うるさい、貴様は、とにかく兵隊を連れて、あの丘を陥とせ！」と声を荒げた。

ホンソウィッツは増援部隊と、攻撃に先立っての煙幕弾の発射を要請した。プラーは唯一残っていたB中隊をホンソウィッツに提供し、部隊は、やや前方で、山岳部の右手に位置する二〇五高地の攻略を開始した。この丘を確保できれば、もしかしたら山岳部への道が開かれるかもしれなかった。意外にも、この二〇五高地は、軽微な戦死傷者で確保できた。しかし、いざ確保してみると、この丘は、山岳部の尾根からは孤立した存在で、進撃路が開かれることはなく、単に観測所としての価値しかなかった。

B中隊は、さらに攻撃を押し進めるために前進していったが、彼らが直面した地形は、海兵隊の公式戦記に「これまで海兵隊が出会った中で、最も手強い障害となる地形であり、崖や尾根が織りなす様は、想像を絶する複雑さであった」と記されている場所であった。この場所は、中川大佐がウムロブロゴル山を中心に構築した防御網の外縁に当たり、後に海兵隊史上に、ファイブ・シスターズ（五人姉妹）として悪名を残す場所でもあった。

この間、左翼側の第一海兵連隊第三大隊は、軽微な抵抗の中を数百メートル前進したものの、横の高地帯を苦戦しながら進む第七海兵連隊第二大隊との連携を維持するために停止せざるを得なかった。最右翼の第一海兵連隊第二大隊は、さらに右側を進む第五海兵連隊と連携しながら、平野部を前進し、二〇〇高地の下にあるアシアナと呼ばれる村の跡地まで前進していた。

　この日、戦っていた兵士の一人に、第七海兵連隊第二大隊所属で、テキサス州の、取っ手のように突き出た部分にあるクラウデという街で、機械工兼トラックドライバーだった、チャールズ・H・ローアン一等兵二一歳がいた。ローアンは、分隊規模の部隊の一員として、珊瑚岩の岩肌の高台を前進していた。その途中、中隊との連携が途絶えたため、分隊長は一旦、後退するように指示を出した時、ローアンと仲間の海兵隊員たちは、彼らの後方で、高い場所にあった洞窟壕陣地の中の日本兵と、手榴弾の投げ合いになった。ローアンと四人の海兵隊員は、岩肌の窪みに身を潜めたが、すぐに至近で炸裂した手榴弾の破片で彼は負傷してしまった。さらに、よく狙いを定めて投げた別の手榴弾が突然、海兵隊員の一団の真ん中に落ちて来た。ローアンは、落ちた手榴弾の上に、飛びかかるように身を被せた。手榴弾は体の下で炸裂した。彼の四名の戦友は、体を広げて死んだ振りをしていたが、三〇分後に救援に来た戦車と共に脱出した。

　一ヵ月後、ローアンの母親は、彼の息子が名誉勲章を受賞したとの知らせを受けた。この母親は、名誉勲章が如何に栄誉ある賞か知らなかったため、ワシントンでの授賞式への招待を辞退してしまった。後に彼女は名誉勲章の意味を説明され「そんな、大変な勲章だと知らなかったものですから」と語り、授賞式は改めて、彼の故郷であるクラウデの街の小さな裁判所の前の広場で執り行なわれた。「ここは、チャールズが生まれ育った街です」と彼の母親は説明した。

　夕暮れまでに、第一海兵連隊は、戦線が浅いUの字を描く形で、目覚ましい進展はなく、二〇〇高地を失った。しかし、この作戦地図上の〝戦線〟が曲者で、多くの誤解を招いていた。「連続した戦線なんてものは全くなかった。中隊、あるいは小隊でも、部隊と、部隊の間には、大きなギャップがあり、しかもその間にも無数の突出部や凹部があるため、攻撃は全方位に向かって行なわれていた」とスペンサー・バーガーは語っている。この日の進展に対する代償は驚くべきものだった。九月十八日の日没の時点で、増援部隊を含まない、第一海兵連隊単独での死傷者は一五〇〇名を超えており、これは連隊の規定戦力の半数であった。

この日、ロウ・ウォルト中佐は、作戦会議でのプラーについて「彼は、あまりに多くの兵士を無駄死にさせてしまった重責で、憔悴しているように見えた」と語っている。プラーの評判を良く知る人物がこのウォルトの話を聞けば驚くかもしれない。しかし、この恐るべき戦死傷者数にも関わらず、連隊の報告には「進撃の速度は遅いものの、日本軍の防御網の中枢を把握し、かつ突破の糸口を掴んだ」と記し、凝りもせず希望を抱いていた。

上陸後の数日間は、海岸線での補給活動は大混乱を極めていた。補給品の集積場や、砲兵陣地、それに様々な装備が、場当たり的に少しでも空いているスペースに割当てられていったため、不足した資材の把握や、再補給が困難になっていた。

Dデイ直後に、状況を視察した、西カロリン戦区基地設営担当のジョン・W・リーブス・Jr少将は、この惨状に驚愕した。彼はすぐに、砲兵陣地を移動させて、本来の作戦計画上で補給物資集積場となっている場所を開放させるように、上層部へ要望した。

この要望に対して、ルパータス少将は、すぐに対処しなかった。戦線の状況は緊迫し続けており、単に基地構築の効率性のために、歩兵の支援砲撃に尽力している砲兵部隊を移動させることはできなかったのである。このため、リーブス少将の要望は黙殺された。

師団の掌握地域が広がるに従い、連隊毎の補給処は最前線の近くに置かれていった。九月十八日、第一〇五四海軍設営大隊がオレンジ3に、環礁の外側のLSTへと通じる、浮橋の建設を始めた。翌日には、その浮橋を使って最初のLSTからの揚陸が行なわれた。さらに同様に浮橋の建設が並行して進み、三隻のLSTから揚陸が行なえるようになった。その三日後、それでも揚陸ポイントが不足したため、第七三海軍設営大隊が東側の海岸と、南側の海岸にも補給路の建設を始め、二日後には完成し補給作業が始まった。

こうした建設作業には、第七弾薬中隊と、第一一補給中隊、それに第一六野戦補給中隊の数百名の黒人兵が動員されていた。一九四二年まで、海兵隊は黒人の入隊を認めておらず、多くの白人の兵士らにとっては、初めて目にする黒人兵士らであった。大半の白人の兵士は、海岸で弾薬の積み降ろし作業を行なう黒人の海兵隊員の姿を見てショックを受け「見てみろよ、俺たちと同じ服を着てやがる」と蔑む者もいた。

あるミシシッピ出身の海兵隊員は、上陸二日目の飛行場横断攻撃の際に負傷したが、大柄な黒人の男が彼に向かってくるのを見て、びっくりしたが、感謝の念でいっぱいになった。この黒人兵は、負傷した海兵隊員を背負い、救護所まで担いでいってくれた。これは、特異な例ではない。

第一六野戦補給中隊所属の黒人兵の活躍は際立っていた。激しい銃火の下で、担架兵として駆け回り、海兵隊の中で〝献身部隊〟として名を上げる事になった。この部隊の指揮官が、任務の志願兵を募集した際、全員が参加の意志を示したが、その任務は死体の埋葬であったため、気まずい思いをしたこともあった。黒人兵士の部隊は、後方任務専門と限定されてはいたものの、戦死あるいは負傷を免れることはできなかった。ペリリュー島における最初の黒人の戦死者は、九月二十日の、弾薬中隊所属のダリル・A・シュラー二等兵で、最後の戦死者は、同じ日に被弾して、十月九日に亡くなった、やはり弾薬中隊所属のジョン・コープランド二等兵だった。同様のペリリュー島における戦死者は、第一一補給中隊でも一六名おり、これは第二次世界大戦の黒人部隊での死傷者率としては、最も高いものであった。

こうした功績を認めて、ルパータス少将は、これら二つの中隊に対して感謝状を送った。その書き出しは「この二つの中隊の兵士諸君が、海兵隊の軍服に身を包み、戦闘に参加することで見せた、類いまれな功績に対して、黒人という人種を超えて賞讃に値するものである」となっていた。

ペリリュー島の衛生部隊の計画担当官も、予期せぬ困難に直面していた。Dデイ当日、上陸部隊に伴う形で、三個衛生中隊が上陸した。一個歩兵連隊に対して、一個衛生中隊の割当てで、A中隊が第一海兵連隊、B中隊が第五海兵連隊、C中隊が第七海兵連隊の担当だった。上陸作戦当日には、相当数の死傷者が出ると予想して、負傷兵を洋上の輸送統制線まで搬送する、空のアムトラックを準備していた。統制線上では、搬送艇が待機しており、病院船まで運ぶ計画であった。作戦直後、この計画はうまく機能し、海岸線で負傷した将兵は一時間以内に船上で治療を受けることができたが、多数のアムトラックが撃破されるに従い、この平均搬送時間は延びて行った。攻撃がゆっくりと内陸部に侵攻しても、死傷者のペースは全く変わらなかったため、医療救急システムの負担は、結果として増大して行った。その上、DUKWや、アムトラックへの需要は増えたため、衛生中隊が利用できる車輌が減っていった。攻撃が内陸部に進んでいく過程でも、この死傷者率は一向に減る気配を見せず、医療システムへの負担は、重くなる一方であった。加えてDUKWやアムトラックの台数の不足により、衛生中隊の医療品の輸送は遅れがちであった。

今回の作戦では、各歩兵連隊に配属される衛生兵の数は、三二人から、四〇人に増員されていた。この増員で全ての小隊に一名の衛生兵を配属することができた。また全体で九六名の担架兵も割当てられた。こうした衛生兵や担架兵の増員にも関わらず、洪水のように発生する負傷兵に対処できなかった。加えて、衛生兵が自ら死傷する率も軽視できない数に上って行った。ペリリュー島で活動した衛生隊員、全一八三五名中、最終的に二三九名が死傷により戦列を離れた。それぞれの衛生中隊の死傷者率は、A中隊が三六パーセント、B中隊は四五パーセント、B中隊が三一パーセント、C中隊が四五パーセントであり、そのほとんどが、上陸後数日の戦闘で被っていた。

海岸線に設置された野戦病院の状況は最悪で、上陸六日目まで満足な医療機器が設置できずにいた。戦闘地域においても、負傷兵を搬送するのに、多くの後方支援部隊の兵士らが駆り出されていた。シカゴ出身の二三歳のケネス・ライヒ軍曹は、海岸と沖合の病院船との間を往復する、ヒギンズボート（訳注七／六）まで、何度となく負傷兵を運んで行った。これまでに一五人の負傷兵を海岸まで運んだところ、別の海兵隊員の負傷兵がうつ伏せに担架に乗せられているのを見つけた。砲弾の破片が、まるで金属のツララのように腰の辺りに刺さっており、顔は明らかに真っ青だった。衛生兵が、この兵士を覗き込むと「こいつは死んでいると思う」と呟いた。

ライヒは「そんなことない、こいつをヒギンズボートに乗せる。俺が連れて行く」と答えた。ヒギンズボートは、沖合の病院船に向けて出航しようとウインチを巻き始めたが、水兵がやってきて、負傷兵の腰に刺さった破片を一瞥するなり「何でこんな奴を乗せるんだ。こいつは死んでるじゃないか」と船から降ろそうとした。

「こいつは死んでない、生きてるんだ」とライヒが必死に食い下がると、軍医がやってきて「ちょっと私が診てみよう」と口を挟んできた。すると「おやおや、こいつは生きてるよ。顔があまりに青いので死んだのかと思ってた」と話した。実は、ライヒは、この負傷兵がその後どうなったのかは知らないが、彼はいつも一筋の希望を抱いて負傷兵に対処していたのだ。

病院船上の、凄まじい量の負傷兵は、衛生隊員にとっても重圧となっていた。ある衛生兵は、四八時間ぶっ通しで、手術室で勤務した後に、疲労のため突然死してしまった。その後、衛生要員に対しては、一日、最低でも四時間の睡眠時間を確保するように命令が出された。

こうした状況下においても、いざ船上の手術室にさえ運ばれれば、生存する可能性はぐっと高まった。Dデイ当日から、十月十四日までの間の一ヵ月間に、ペリリュー島から病院船に搬送された五〇〇〇名の負傷兵のうち、死亡したのは、たったの一八二人であった。死亡率は二八人に一人の割合である。

ハーラン・マレー伍長も、上陸当日の夜に、日本軍の小銃弾が肩に入ったままの状態で、病院船〝ピンクニー〟に搬送されてきた。彼よりも重傷の患者が多数いたため、衛生兵は、破傷風対策の注射と、ガス壊疽対策の目薬を与えただけで、ベッドに寝かせてしまった。その後の二四時間、彼は何度かショック状態に陥ったが、負傷して二日後の九月十七日、脇の下に、何か硬いしこりがあるのを見つけ、衛生兵を呼び「これは銃弾かもしれない」と告げた。

衛生兵も「これは、銃弾だな」と言うと、軍医を呼びに行った。彼はテーブルの上に仰向けに寝た状態で、舌を噛まないよう猿轡《さるぐつわ》をし、一人の衛生兵が無傷の方の腕を、もう一人が座って足を、三人目は頭を押さえた。医薬品の在庫が底をつきつつあったため、強力な鎮痛剤は重症患者のみ提供され、彼の傷の程度では、局部麻酔一本しか与えられなかった。海軍の歯科医がメスを持ち、脇の下を切り裂くと、二本の鉗子を使って、中から銃弾を取り出した。マレーにとって、この時の痛さは、人生最悪のものであったが、一旦、銃弾が摘出されると気分は随分と良くなった。彼は、甲板に上がって新鮮な空気を吸っても良いかと衛生兵に訊ねると「ああ、行きなよ」と答えた。

マレーが甲板に上って、初めて気がついたのは、自分が服を着ていないことであった。制服は負傷した直後にはぎ取られており、いまは完全な全裸であった。この光景を見た水兵の一人が「服、持ってないの？」と訊ねたので、マレーは「ああ」と答えた。

水兵らは、姿を消すと自分たちの私物の靴と、シャツ、それにズボンを持って来た。ズボンのサイズは大きかったが、やはり誰かが提供してくれたベルトで絞って間に合わせた。四三年前の出来事を思い出したマレーは「皆、本当に良い奴らだった」と語った。

九月十八日、第五海兵連隊は、ペリリュー島の、ロブスターのハサミの下部分への侵攻準備を整えた際に、ウムロブロゴル山で第一海兵連隊が見舞われている惨状についての情報が伝わってきた。この情報は上層部から伝えられたのではなく、左翼側の第一海兵連隊の将兵から直接伝わってきたものであった。彼らによると、日本軍の陣地は、珊瑚岩の凹凸の中に巧妙に隠されており、さらに死角がなく相互に防御されていた。そのため、前進しようとする、あらゆる努力は、ほとんど効果なく、結果として大量の死傷者を出すしかなかった。日本軍の野砲は、海兵隊の支援の砲爆撃を洞窟壕の中でやり過ごし、海兵隊の歩兵部隊が攻撃を開始すると、至近距離から砲撃を加えて撃退していた。

戦闘を生き延びた第一海兵連隊所属の兵士の話を聞いた、第五海兵連隊のある兵士は、戦友に向かって「かわいそうに、奴らは、あの尾根に向かって真正面から銃剣突撃をさせられたんだとさ。それで、どこにいるかわからないニップの奴らから散々撃たれて、絶対に生きて帰れないと思ったらしい」と伝えられた。

第五海兵連隊の兵士らは、やがて自分たちの順番が回ってくるのは判っていたが、まずは、ハサミの下部分を占領する必要があった。この点においては、連隊はこの二日間は幸運とも言えた。この小さな島には、まだ何千名もの日本兵がいるにも関わらず、ほとんど敵と遭遇することもなかったのだ。九月十九日の午前は、日本軍の電波探知機施設があったと思われる場所にいた敗残兵から、散発的な抵抗を受けたに留まった。恐らく主力部隊は、パープルビーチ周辺の陣地を放棄して、山岳地域の奥深くに潜んでいるものと思われた。後の海兵隊の報告書によると、敗残兵により数名の死傷者が出たものの、日本兵は戦闘より隠れることを選ぶ傾向にあった。海兵隊は、島の反対側で、パープルビーチ周辺の遺棄された陣地が点在する海岸線に到達したことを喜んだ。海岸線には、奥深く地雷原が設置され、対戦車要害やバリケードが張り巡らされた一帯を通り抜けて進むのは、日本兵を掃討する作業よりも、困難な行為だった。この半島部と、周辺の小さな島の掃討は、小規模な戦闘を交えながら九月二十三日まで続いた。九月二十日にはロブスターの爪の部分全体が掌握され、翌日には、半島部から切り離されたナバト島が占領された。電波探知機の丘の先で、ペリリュー島の北の先にある無人島が確保されたのが九月二十三日のことであった。カルドロルクと、パープルビーチは、パラオ諸島の中央部に展開する日本軍からの逆上陸に対して準備がなされたが、第五海兵連隊は、ウムロブロゴル山岳地帯への投入の順番を待つことになった。

山岳地帯では、膠着状態が続いていた。海兵隊員たちは、昼の間、見えない日本兵から撃たれ、夜は暗闇に紛れて陣地に侵入してくる日本兵のために眠れぬ夜を過ごした。海兵隊の従軍報道官のジェームス・ファイナンは、ペリリュー戦初期の、ある晩の出来事を以下のように回想している。その夜、海兵隊員たちは珊瑚岩の上で二つのグループと三つのグループに分かれ、それぞれのグループが、二メートルほど離れた場所に配置された。

「左手の尾根の頂上部にはBARを構えた兵士がいた。その隣のやや下った位置に四名のライフル兵がおり、さらに三名の短機関銃を構えた偵察兵が、日本軍の弾薬運搬車の下に隠れていた。

我々から一メートルほど前方の、やや右手には、ちょうど我々の射線を確保できる位置に、ガーランドライフルを持った三名の兵士が、その横に、頼もしい五〇口径の重機関銃とそのチーム、谷の底に当たる場所には、七五ミリ砲を搭載したハーフトラックがあった。ハーフトラックの横には、地面に張り付く形で三七ミリ砲の陣地があり、右手の尾根の周辺には、下を見渡す形で、たくさんの機関銃と、ライフル兵が、緊張した面持ちで配置されていた」

シドニー・ベインケ中尉は、戦線に沿って移動しながら、兵士たちの配置と、全員がしっかりと合言葉を覚えているか確認して回っていた。兵士らは全員、寝そべっており、誰かが近づいて来た場合は、空を背景にシルエットが浮かぶはずであった。夕暮れが迫って来た一八一〇時に、ベインケ中尉は「よし、最後のタバコだ。各自、隣の者に伝えよ。タバコは、あと一〇分で禁止だ。以上」と命令を下した。

周囲が暗くなってきた頃、おしゃべりや、くすくす笑いも、収め時となり、完全な静寂が訪れた。海兵隊員たちは、無言で、耳を澄まし、周辺を警戒した。彼らの背後には赤道直下特有の大きな月が上がり、時折打ち上げられる照明弾が、おぞましい珊瑚岩の岩肌を浮かび上がらせていた。

二三五〇時、砲兵隊による砲撃は続いていたが、左手の上の辺りで、何者かが珊瑚岩の上で足を滑らせて、よろめき、雑草を踏みつぶす音が、はっきりと聞こえ、海兵隊員たちを緊張させた。この侵入者と思われる男は、地面に倒れ、散らばった珊瑚岩の小石が斜面を転がり落ちて来て、置いてあった空の弾倉と、その下のシート代わりに使ってあったブリキの板に当たってガタガタと音を立てた。同時にBAR射手が立ち上がり「合言葉は！」と叫んだ。

BAR射手は、音のした方向に向かって一連射してみると、突然音が止み静かになった。すると、何かが小石の上をのたうち回る音がしたため、その場所に向かって今度は、右翼側の機関銃が火を吹いた。さらに誰かが投げた二個の手榴弾が、正面で、真っ赤な閃光と共に炸裂した。その後、物音が一つもしなくなった。

二時間後、日本兵が蛸壺に侵入し、静寂を破るように右翼側の機関銃が銃撃を開始した。この侵入者は、海兵隊員の喉をかき切った後、自らも刺し殺されたのだ。それ以外にも三名の日本兵が密かに斜面を下って谷底に降りてくると、機関銃を戦線の正面に設置した。最初の銃撃で、海兵隊員の頭を吹き飛ばし、その後も銃撃を続けたが、最終的にハーフトラックに搭載された機関銃で、粉砕された。

朝になって、ベインケの受持戦区での、昨夜の騒ぎの原因となった、両足に銃弾を受けた日本兵の死体が発見された。この侵入者は戦死体から剥ぎ取った海兵隊のヘルメットを被り、血痕のついた海兵隊の戦闘服を着ており、さらに米軍の海軍衛生兵の医療バッグを肩から掛けていた。この日本兵は負傷した後に、自ら治療を試みていたが、傷口に包帯を巻いただけで、止血帯やサルファ剤は使っていなかった。応急処置を試みた、この日本兵は、自分を撃った海兵隊員が警戒しているのを気にしながら、密かに斜面を下っていたようで、明らかに、低地にいたハーフトラックを目指していたようであった。この日本兵は、他の仲間の兵士と同様に、目的を達する前に尽き果てたのだった。

日本軍の数ある兵器の中で、ペリリュー島で最も効果を発揮したのは迫撃砲であった。ペリリューの戦闘経験者の多くは、迫撃砲の落下音ほど恐ろしいものはなかったと後年語っている。

日本軍の迫撃砲は、小口径の五〇ミリ擲弾筒から、太平洋戦域の海兵隊が初めて出会った、大口径で効果も大きな一五〇ミリ迫撃砲まであった。一五〇ミリ迫撃砲は、ちょうど海兵隊の八一ミリ迫撃砲を大きくしたような形で、砲身は一・八メートル以上もあり、台座は、あまりに大きく、まるで普通の大砲のもののようであった。二五キロもの重さの砲弾の射程は二キロ以上もあるため、後方の奥深くから砲撃できた。「一五〇ミリ迫撃砲弾が発射されると、砲身からの〝ボーン〟という発射音が、聞こえるんだ。そうして見上げると砲弾が落下してくるのが見えるんだよ」とビル・メイヤー伍長は語っている。

ケネス・ハンセン伍長は「海岸の近くに設置された土嚢集積場に、土嚢を取りにいったんだ。俺が、土嚢を肩に担いで、一、二歩、歩き出したところで、集積場のど真ん中に、迫撃砲弾が着弾しやがった。まさに危機一髪だったけど、俺たちは、皆、笑うしかなかったよ。それ以外にも、俺たちが二、三人のすぐ近くに迫撃砲弾が着弾したことがあったけど、この時も顔を見合わせて笑うしかなかった〝お前の間抜け顔はなんだよ〟ってね」。

ラリー・カロヤン一等兵は、それほど幸運ではなかった。上陸五日目に、飛行場の側に設置された弾薬補給処近くの、シャーマン戦車の砲塔上で機関銃の清掃をしていたところ、一五〇ミリ迫撃砲弾が落下してきて、弾薬集積所の中で炸裂した。彼は、この爆風で吹き飛ばされ戦車の下に落ちたが、これは彼にとって幸運だった。続いて大音響と共に発生した小火器の弾薬の二次誘爆の遮蔽物となり、結果として彼の命を救ったのだ。

戦車の下で意識が戻ったとき、彼の右半身は完全に血まみれであり、カロヤンはこのまま自分が死ぬのではないかと思った。いろいろな事に思いを巡らせている中で、戦車がこのまま動きだせば、自分が轢かれるのではないかとの考えが突如として浮かび上がってきたので、どうにかして戦車から離れようと、まるで蛇のように這いながら、左側に抜け出したが、その場所で再び意識が途絶えた。その次に覚えているのは、誰かの手が彼の腕を持ち「こいつは、まだ生きている」と声を上げていたことである。

カロヤンは病院船で四時間にも渡る外科手術を受けた。その後、意識は完全に戻ったが下半身の感覚が全くなかった。彼は、四時間もの手術の間、軍医が彼の体から金属片を引き抜いて、トレイの上に積み上げて行く金属音を聞きながら過ごした。後に聞いたところカロヤンは幸運だった。この爆発に巻き込まれた二〇名ほどの兵士のほとんどは助からなかったのだ。

それ以外にも、一五〇ミリ迫撃砲ほど有効ではなかったが、かなり造りの簡単なロケット砲があった。海軍の二〇センチ砲弾の基部に推進剤を取り付けただけのものだが、その衝撃は凄まじかった。このロケットの発射装置は遂に見つからなかった。また日本兵の捕虜の中にも、このロケット砲について知るものはいなかった。ただし安定板の力が不足しており、砲撃にあたっては、おおまかな米軍側の前線に落下するように発射しているようであった。「砲弾は、アメフトのボールを地面に置かずに蹴ったみたいに、くるくると回転しながら飛んで行った」と目撃者は語っている。

これとは別に、ペリリュー島では、途中で切断された数本の二〇ミリの海軍砲と思われる砲身が見つかっている。この砲は固定も不完全で、発射も出来ない状態であったため、一体何の目的で、こうした改造がなされたのかは今もっても不明である。

ペリリューでは、恐怖は様々な形に姿を変えていた。なす術もなく落下してくる迫撃砲弾、堪え難い暑さ、蝿の大群。これらの試練の前に無力で殺される前の羊のように全てを受け入れる経験は、残りの人生に精神的な後遺症となって大きな傷を残した。

九月二十日、第五海兵連隊第三大隊K中隊の兵士らはパープルビーチの末端になる、ロブスターの爪の部分に向けて威力偵察を行なった。彼らの任務は、塹壕を掘って、ペリリュー本島と、爪の部分の間のマングローブ森を通り抜けようとする日本兵を待ち伏せし、それを阻止することであった。

夜になって、兵士の一人が、精神的緊張状態の限界を超えてしまった。彼は、最初は、理由もなく、うめき声を上げていたが、やがてそれが甲高い叫び声に変わって行った。この大きな声は、日本軍に居場所を特定されてしまう恐れがあったため、海兵隊員たちは何とか、静まらせようと努力をしていた。しかし狂乱状態になった男の声は増々大きくなっていったため、誰かが殴って、意識を失わせようとしたが失敗した。次に、衛生兵がモルヒネを注射して落ちつかせようとしたが無駄だった。最終的に、ある兵士がシャベルを持ち出して、男の頭に叩き付け殺してしまった。

よく朝、偵察隊は、不運な男の死体を包んだポンチョを運びながら後退していった。他に取るべき道がなかったのは明確ではあったが、兵士らの苦悩が癒されることはなかった。

（注七／一）いくつかの報告書では、この小要塞を破壊したのは戦艦「ミシシッピ」であると誤記されている。

（注七／二）このガス騒動が起きた日時については、証言に食い違いがあるが、師団の情報報告書を元にすると、この出来事は九月十七日の午後に起きたと思われる。

（訳注七／一）バンガロール爆薬筒：戦場において、地雷原や鉄条網など爆破処理するための、長いパイプ上の金属筒に爆薬を詰めた兵器。主に工兵に配備されていた。日本軍は爆破筒とも呼んだ。

（訳注七／二）同軸機銃：戦車砲の横に設置された機関銃。主に、砲撃に先立って曳光弾を発射し、砲弾の弾着位置を確認する簡易的な照準の役割を果たしている。

（訳注七／三）アクチュレーター制御装置：油圧式の駆動装置で、戦車では、砲の操作や、砲塔の回転などさまざまな個所に設置されていた。

（訳注七／四）ピクリン酸：爆薬成分の一種のニトロ化合物。日本海軍では下瀬火薬などに用いられていた。

（訳注七／五）オールアメリカン・フットボール：全米大学選抜の、アメリカンフットボールのリーグ。

（訳注七／六）ヒギンズボート：上陸用舟艇の一般呼称。設計者のアンドリュー・ヒギンズの名前に由来している。

第八章　アンガウル島上陸作戦

九月十七日の朝、〇八〇〇時を少し回った頃、ペリリュー島から一二キロ南に位置するアンガウル島に米陸軍第八一歩兵師団の二個連隊が上陸した。第三二三連隊が、島の西側の海岸に陽動上陸作戦を実施する間、島南部の防御の固い海岸線を避け、最も上陸の可能性が低く、防御の薄い東側から北東側の海岸への上陸であった。

上陸では戦闘を交えなかったが、第八一歩兵師団は、全米の全ての州と、直轄領の出身者で編成されており、充分な訓練を積んだ精鋭師団であった。部隊の中で最も出身者が多いのが、イリノイ州で、次にミシガン州、カリフォルニア州、ニューヨーク州と続き、テネシー州とペンシルバニア州が同数で五番目であった。

アラバマ州のラッカー基地で編成された、通称ワイルドキャット（山猫）師団は、アリゾナで砂漠戦、カリフォルニアで上陸作戦、ハワイでジャングル戦の訓練を積んでおり、まさに満を持しての実戦投入であった。

アンガウル島はパラオ諸島の最も南に位置しており、大きさはペリリュー島よりも小さく長さは五キロに満たず、幅も最も広い場所で三キロも無かった。ペリリュー島とは異なり、北西部の小さな標高七〇メートルほどの山がある以外は、ほとんどが平野部であった。この山はワイルドキャット師団にとって手強い攻略先になると思われた。サイパン町と呼ばれる唯一の町が西側の海岸の、古い燐鉱製錬所の南側にあった。

アンガウル島の日本軍守備隊は、後藤丑雄少佐率いる、歩兵第五九連隊と付随する砲兵隊、迫撃砲隊、工兵隊や他の小部隊の総員一四〇〇名であった。米軍の情報部門は、アンガウル島の守備兵力を二五〇〇名と誤って推定しており、そのため、過剰ともいえる攻撃兵力が投入されていた。

日本軍の攻撃を和らげる目的で、九月十二日より、戦艦テネシーと一隻の重巡洋艦、三隻の軽巡洋艦、五隻の駆逐艦による事前の艦砲射撃と、航空爆撃が実施されていた。後藤少佐の部隊に対抗するために、第三水陸両用軍団は、第三二一歩兵連隊と、第三二二歩兵連隊から八〇〇〇名の将兵を投入した。事前の砲爆撃で、付近の木々はマッチ棒のように空に舞っていた。ロケット砲を積んだＬＣＩが近接支援砲撃を行なう間、四〇機の戦闘爆撃機が、海岸線付近を一掃した。日本軍の防御拠点を弱体化させる間、第三二一連隊は計画どおり正確に〇八三〇時ブルービーチに上陸した。そこから、二キロほど北のレッドビーチでは、海図に記載されていなかった潮流のせいで、計画より六分遅れで第三二二歩兵連隊が上陸していた。アンガウル島の上陸作戦では、日本軍の抵抗は散発的な小銃による銃撃と、数発の迫撃砲弾だけだった。兵士らは上陸すると、二〇メートルほどの斜面を駆け上り、ジャングルとの境界線に戦線を構築して、さらなる前進に備えた。

この作戦は、ワイルドキャット師団にとって第二次世界大戦の初陣でもあったが、彼らは一キロほどの岩場で分割される二つの海岸から、すぐに内陸部に向かって侵攻していった。第三二三連隊による島の反対側に位置するサイパン町付近への陽動上陸作戦は明らかに効果を発揮していた。米軍側の真意を計りかねた後藤少佐は、歩兵中隊を東側の海岸に派遣したものの、大規模で組織的な反撃を行なうことができなかった。また、海軍の艦砲射撃と、空爆は、日本軍の集結予想地点を繰り返し攻撃したため、反撃の体制を整えるのを阻んでいた。

海岸線から前進したワイルドキャット師団は、日本軍の抵抗よりも、深く生い茂ったジャングルが前進の障害となっていた。この日、最も激しい抵抗に会ったのは、第三二一歩兵連隊で、彼らの前面から側面に配置されていた防御陣地によるものであった。

兵士らが内陸に進むにつて、迷路のように倒れた木々や、鬱蒼とした低木に、絡まり合った蔦植物の間に日本兵が姿を表わし出した。点在するココナッツの丸太やコンクリート製のトーチカは、火炎放射器や、爆破班が一つずつ潰していった。前進は、中型戦車の支援の下に、ゆっくりとしたスピードであったが、死傷者は「極端に多いわけではなかった」と師団史研究家は述べている。

北側では第三二二歩兵連隊が、昼過ぎに早くも攻撃初日の目標ラインまで到達し、さらに攻撃二日目の目標に向かって前進を始めた。そこから南側に下った場所では、第三二一歩兵連隊が、南側のロッキー・ポイントと呼ばれる場所と、北側のアトポコル岬にある日本軍の陣地に手こずりながら、ゆっくりと前進していた。

この日の午後遅くには、ワイルドキャット師団は、アンガウル島の北端から南西に五〇〇メートルほどの場所にあるガラティン岬から、ロッキー・ポイントの南西、約二五〇メートルほどの場所にかけての、目標ラインまで到達することができた。

第三二一連隊は、中心部では攻撃初日の目標ラインまで到達したが、側面は大きく遅れをとっていた。一方、第三二二連隊は、攻撃二日目のラインまで到達していた。二つの連隊の戦線の間には、まだ七〇〇メートルほどのギャップが存在していたが、二個戦車中隊が、その他の重火器部隊とともに、ブルドーザーが切り開いた道を通って揚陸され、攻撃に加わっていた。夕闇の中で、この二個連隊は、それぞれ分離した戦線に沿って橋頭堡を守るように陣地を構築した。

九月十五日の米第八一歩兵師団のバベルダオブ島への陽動作戦に始まり、同時にペリリュー島での激しい戦闘、続いて行なわれたアンガウル島への上陸作戦は、その真意を探ろうとしていたコロール島の師団司令部の井上中将と参謀らを混乱させていた。彼らは、米軍が、ペリリュー島での戦闘が終結次第、次の作戦としてコロール島とバベルダオブ島を攻略すると誤った判断をしていたのだ。元々、米軍も同様の野心的な計画を立ててはいたが、ペリリュー島でのあまりの損害の多さに、他の島への上陸作戦は事実上頓挫していた。

また、日本軍の上層部は、米軍がペリリュー島の作戦に大きな影響を及ぼすアンガウル島を無視できなくなっていると考えており、井上中将は、「ペリリュー島で大打撃を受けた米軍は、引き続き、コロール島およびパラオ本島への上陸を企画しつつも、対岸のアンガウル島からの砲撃と、逆上陸の脅威に耐えかねて、遂にアンガウル島への上陸作戦を余儀なくされた」と電文を打電している。

こうした、井上中将の判断ミスは、バベルダオブ島や、コロール島への米軍の上陸の脅威に対する誤判断と重なり、最終的に、二万五〇〇〇名もの増援兵力や物資がペリリュー島の中川大佐に積極的に提供されなくなり、その結果、ペリリュー島で苦戦に陥っていた海兵隊を間接的に救うことになった。

ペリリュー島では、海兵隊は依然として、日本軍の頑強な抵抗と、堪え難い暑さの両方と戦っていた。師団の報告書においても「気温との戦いは、実際の戦闘と同程度に熾烈である」と記されている。四日目には、温度計は摂氏四四度を超え、五日目はそれを、さらに超えているように思われた。珊瑚岩は文字どおり焼けついていた。ある海兵隊員は「裸足でストーブの上を歩いているような状態」と回想している。陽のもとに置かれていた黄燐手榴弾は、直射日光の熱で爆発した。迫撃砲班の兵士らも、熱が砲弾にとって危険であると認識し、弾薬箱を日陰に移動させていた。

師団司令部は、沿岸に展開している全ての艦船に対して、脱水症状防止用の塩の錠剤の備蓄分を全て島に送るように要請した。また、缶詰のフルーツジュースに混ぜたものも一緒に送られた。

ラッセル・デービス二等兵も、その恩恵を授かった一人で、その日、脱水症状で歩くことすら出来なかったにもかかわらず、提供されたジュースを二缶飲み干したところ、すぐに自分の足で歩けるようになった。しかし、艦船からの提供品で最も貢献したのは、ジョージ・フォート海軍少将の旗艦マウント・マッキンレーが提供した、神の恵みとも言える五〇〇ケースのビールであった。このビールは最前線の兵士らに均等に配られた。たった一缶のビールではあったが、兵士らの士気を多いに上げる効果はあった。

一方で、慢性的な飲料水の不足による喉の渇きに耐えていた地上部隊にも朗報があり、一日当たり、二〇万リットルの水の補給が可能となった。しかし暑さによる苦痛が和らいだわけではなく、兵士らは、塩の錠剤をキャンディのように食べていた。この錠剤は、通常、熱帯地方においては一日当たり二錠が目安であったものの、ペリリュー島においては、水筒一杯当たりに六錠を摂取するようにとの指示があった。しかし実際は、多くの兵士らは、一日一二錠から一四錠を噛み砕きながら食べていた。ある海兵隊員は「多くの者が、雨が降らないかと切望していた。それが無理でも、せめて雲が太陽を遮ってくれないかと思っていた」と語っている。

兵士の多くは顔に出来た水ぶくれや、割れた唇からの出血に苦しんでいた。熱中症で戦列を離れた兵士は多数に上ったが、ほとんどが短期間で元の部隊に復帰したため、正確な数は判らない。しかし、前線部隊への影響は少なからずあったと思われている。

ペリリュー島の珊瑚岩は、海兵隊員たちが掘ろうと試みると火花が飛び散るほど硬く、彼らを苦しめていた。地面よりも下に身を隠す術がないため、銃弾や砲弾の破片に身を晒す外はなかっ語っている。ロバート・アスキー軍曹は「まるでコンクリートの駐車場の真ん中みたいな場所だった」と語っている。そのため兵士らは、岩を積み上げて身を隠すか、砲弾の穴や、わずかな窪みを探し出して体を押し付けるしかなかった。

飛び散る珊瑚岩の破片で、迫撃砲弾の威力は数倍に増していた。「奴らが迫撃砲を撃ち込んで来て、岩に当たるだろ、そうすると、砲弾の破片だけじゃなくて、岩の破片まで、周りに飛び散るんだよ。たぶん、普通の迫撃砲の三倍くらいの威力になってるんじゃないかな?」と、アスキーは語っている。

岩で跳ね返った銃弾も、直接飛んでくる銃弾と同じぐらい危険であった。ガダルカナル戦を経験していた、ある機関銃手は「あんなにたくさんの銃弾が跳ね返って飛び回るのは見た事がないよ」と回想している。

棘々しい地面で、軍服の傷みも激しかった。デニム生地の軍服は、すぐに擦り切れ、ボロボロになった。分厚い靴底の軍靴までも、擦り切れて行った。そのため、一〇〇〇着の軍服と、五〇〇〇足の靴下、一〇〇〇足の軍靴が、急遽、グアム島から運ばれた。こうした補給物資は、潤沢ではなかったため、最前線で戦う兵士に優先的に支給された。上陸作戦当日に半数以上のDUKWが日本軍の砲弾や、珊瑚礁で船底を損傷するなどで、行動不能に陥って行った。その後も日本軍の砲弾は継続して海岸線付近に落下し続けていたため、物資揚陸作業も遅れがちであり、海岸作業班の死傷者の数は、これまで第一海兵師団が参加した作戦の二倍以上であった。

海兵隊は、各種の車輌の不足から、輸送手段をアムトラックに深く依存していた。この多目的に使える水陸両用車輌は、単に海上輸送の手段だけではなく、陸上においても最前線まで補給物資を運ぶのに使われていた。しかし、この任務は危険を伴うものであり、操縦手たちは、飛行場までの運転を〝パープルハート・ラン〟（名誉負傷章へのひとっ走り）と呼び、もう一つの山岳部の陣地への運転を〝シルバースター・ラン〟（銀星章へのひとっ走り）と呼んでいた。

ペリリューの荒涼とした地形は、アムトラックにとっても厳しいものであった。ほとんどの操縦手は、すぐに、自分が何回運転したのか、あるいは車輌を何度修理したのか、回数が判らなくなった。この時点で、彼らの忍耐力を維持していたのは、奇跡的とも言えるほどであった。「俺のアムトラックが走りたがっていただけだよ」と、ある操縦手は、誇りを持って答えていた。

アムトラックが撃破されると、操縦手のうち何名かは、所属するトラクター大隊の本部に戻らずに、そのまま一戦闘歩兵として、最前線に留まる場合もあった。マッコールという名の、シカゴ出身で、物を盗む癖があることから、あだ名が〝フェイギン〟（訳注八／一）と呼ばれていたアムトラックの操縦手は、弾薬箱を盗もうとして、第一海兵連隊の最前線に送り込まれて来た。

マッコールは小隊付軍曹に「私のことをフェイギンと呼んでください。本に載ってるでしょ」と話した。軍曹は「何の本だ？」と訊ねると、「知りません」と笑顔で答えた。上陸二日目に負傷して、病院船に送られたマッコールは、再び海岸に戻ってくると、機関銃班に加わった。彼は班長の軍曹に「フェイギンと呼んでください。本に書いてあるでしょ」と言った。軍曹は「本の野郎か」と言うと、班名簿に「フェイギン」と書き足した。その数日後、マッコールは蛸壺で、迫撃砲弾に吹き飛ばされた。意識が戻ったときには、すでに病院船に乗せられて、アドミラルテイ諸島に向かっている途中であった。彼は船の上で、負傷した傷以外にも、急性虫垂炎に掛かっているのが判った。

カール・スティーブンソン軍曹も、このとき病院船に乗せられた一人であった。上陸当日に大柄な日本兵と小競り合いをした後に、海兵隊側の戦線に戻ると、混戦の中で左の手首を銃弾がかすり怪我を負った。衛生兵がやってきて包帯を巻こうとしたが、その時に近くの弾薬集積処に砲弾が撃ち込まれ、その後の大爆発で意識を失った。気がついたときには、病院船に乗っており、彼の周囲は重傷の負傷兵で一杯であった。他の負傷兵と比べて、自分の傷が包帯一つだけのあまりにも軽傷であるのが恥ずかしくなり、海軍の将校に自分の原隊に復帰させるように申し出たところ「駄目だ、負傷した者は全員、運び出す」と拒絶されてしまった。中国駐留経験もある古参の海兵隊員である、スティーブンソンにとっては、この決定は、全く納得がいかなかった。彼は艦内にある従軍牧師の部屋にいくと、そこに保管されている負傷兵の装備品の中に自分の背嚢を見つけた。そのあと、艦の警備主任室に忍び込み、そこからトンプソン短機関銃と、四五口径の拳銃を拝借し、さらに、通りかかった厨房室に、ステーキ肉が山積みになっているのを見つけると、背嚢の中に詰められるだけ、肉をつめた。その後、彼は甲板に上り、次にやってきたアムトラックに便乗してペリリュー島に戻って行った。その晩、彼の分隊の全員が、海軍のステーキにありついた。

海兵隊がペリリュー島の飛行場を掌握すると、数百名の海軍設営大隊の兵士が、滑走路上に散乱する破壊された車輌や、様々な残骸の撤去に取りかかった。その〝残骸〟には、九月十六日の飛行場を横断する戦闘で死亡した兵士の死体も含まれていた。H・ケネス・ハンセン伍長が覚えているのは、珊瑚岩の滑走路に横たわる海兵隊員のBAR射手の膨張した死体で、彼の横にはシャベルが置かれていた。硬い珊瑚岩には、シャベルの跡がついており、この兵士が空しく岩を掘り返そうとしていた際に哀れにも戦死したと思われた。

飛行場の一帯には、砲弾で穴だらけになった格納庫があり、その中には約一三〇機の航空機が確認されたが、米軍の空爆が功を奏し、飛行可能な機体は一機もなかった。こうした機体の中には、〝ベティ〟と呼ばれていた、一式陸上攻撃機の新型の機体や、〝フランシス〟と呼ばれていた、新しい中型爆撃機、銀河の機体もあった。

米軍機はすぐに飛来し始めた。九月十八日には、被弾したTBFアベンジャー機が緊急着陸し、翌日には海兵隊の第三偵察飛行隊（VMO－3）の、砲兵支援観測機が日没前に到着した。さらに飛行隊の全機が後に続いた。この飛行隊の航空機は、一〇〇メートルもあれば離着陸可能なため、滑走路の復旧作業の傍で、活動できた。TBF機が緊急着陸して二日後、海軍設営大隊に建設機材が到着し、それから七二時間後には、幅八五メートル、長さ一二〇〇メートルの着陸灯を完備した、完全な滑走路が完成した。作業の完了したのは、比較的、戦闘によるダメージが少なかった北西から南東に延びる滑走路だった。

九月二十三日、二基のエンジンが故障したB24爆撃機が着陸に成功した。翌日には戦闘機や、輸送機を含む海兵隊の航空部隊が飛行場の利用を始めた。その頃までには、主滑走路と併せて、北東から南西に延びる予備滑走路も供用されていた。さらに一〇日後には、巨大なB29以外の、ほぼ全ての航空機の離発着が可能な飛行場として整備されていた。九月二十八日に、海兵隊の航空部隊が近接支援の任務を引き継ぎ、これに伴い、海軍の高速機動艦隊の航空部隊は任務から解放された。

ペリリュー作戦の初期段階では、空母から発進した海軍の航空部隊が、海兵隊に対して支援爆撃を実施していた。Dデイ当日からの二週間で、海軍の航空支援任務は三〇〇回を超え、六二〇トンものナパームを含むあらゆる種類の爆弾を投下した。島の飛行場の整備が進むにつれ、こうした空母航空隊の必要性は薄れていった。エミラウ島の海兵隊のVMF(N)-541夜間戦闘機隊の最初の八機が、ニューギニア沖のオウイ島を経由して、九月二十四日にペリリュー島に到着した。二日後、ロバート・F・〝カウボーイ〟・スタウト少佐率いる、機首が白く塗られたコルセア戦闘機隊のVMF-114航空隊が到着した。続いて、VMF-122航空隊が十月一日に、VMTB-134航空隊がその五日後に、VMF-121航空隊が十月の下旬に続々と配備されていった。

ペリリュー島の作戦において、近接航空支援を行なったのは、ほとんどがVMF-114航空隊である。スタウトの飛行隊のパイロットたちは到着するとすぐに日本軍の陣地を爆撃するために飛び立って行ったが、この爆撃の飛行距離は、おそらく第二次世界大戦全体を通じて、最も短い距離であったはずである。滑走路を飛び立ってから攻撃目標までの距離は、平均一五秒で、場合によってはパイロットは飛行機の脚を上げる暇すらなかった。あまりにも狭い場所での爆撃で、最初の空爆の際に、尾根の日本軍陣地に投下した四五〇キロ爆弾の破片の一部は、飛行場まで飛んで戻って来てしまった。

地上部隊に続いて展開していた航空部隊の地上支援要員の兵士らからもすでに多くの死傷者が出ていた。九月には四名が戦死、一七名が負傷し、十月には六名が戦死し、五〇名が負傷した。幸いにも日本軍の砲兵隊は、弾薬を節約するために、飛行場に対して積極的な砲撃は行なわなかった。中川大佐は航空作戦を妨害するために、自爆を目的とした特別攻撃班を編成して、何度となく侵入を試みたが、全てが失敗に終わり、飛行場は稼働し続けた。九月二十八日に、空母飛行隊の任務が終了してからは、海兵隊のＭＡＧ11（海兵飛行支援群）が、航空支援の機能を担った。この交替は前線の歩兵部隊には好評だった。海兵隊員の気持は、海兵隊員のほうが判ると思われていたためで、彼らは海軍のパイロットたちが、充分に高度を下げずに爆撃するのを不満に思っており、徹底的に爆撃する海兵隊の飛行部隊を頼もしく感じていたのだ。

古代ギリシャ神話には、七人の姉妹の話があるが、ペリリュー島の第一海兵師団の目前には、ファイブ・シスターズ（五人姉妹）が立ちはだかっていた。作戦が進むにつれて、徐々にその地形が明らかになっていったが、ペリリュー島の日本軍がこの地形を利用して構築した、何重にもわたる、縦深複郭陣地だと認識するのは、まだ後の話であった。

ペリリュー島の山岳地帯の特徴は、このファイブ・シスターズと呼ばれる尾根が、北に向かう海兵隊に対して横切る形で延びていることだった。その最も南側に面しているのはブラディノーズ・リッジで、ほぼ垂直に切り立った崖が、まるで並びの悪い歯のように、飛行場に突き出すような形になっていた。標高が八〇メートルほどの、五つの連なった尾根の間は、それぞれが切り立った急斜面に囲まれており、一つ一つが防護壁の機能を果たしていた。九月十八日の午後には、第一海兵連隊第一大隊のB中隊が、この障害に向けて攻撃を敢行し、側面と正面からの日本軍の十字砲火を浴びて、手酷く撃退されていた。その翌日は、ラッセル・ホンソウィッツ中佐率いる第二大隊に攻撃の順番が回ってきた。戦車、バズーカ砲、火炎放射器、迫撃砲、機関銃の激しい銃砲撃が目標に浴びせられる中、第一海兵連隊第二大隊が前進を始めたが、日本軍の応戦による弾幕も凄まじかった。この際の模様は、「攻撃目標に対して、全く到達できない中、目も当てられないほどの損害を受けた」と公式戦記に記載されている。この日の攻撃は正午までに、完膚なきまでに撃退されてしまった。

この攻撃は、最前線の一歩兵にとっては、恐怖の時間であった。尾根の裾野に広がる沼地を通る土手道を走り抜けようとした海兵隊員が撃たれて、崩れ落ちた。その光景をみたラッセル・デービス二等兵はその場でしゃがみ込んだが、開けた場所に倒れた兵士の元には誰も駆けつけることができなかった。この兵士は泥だらけの手のひらを開いたり、閉じたりしていたが、これは、死が近いことを意味しているのか、まだ元気なのか、彼からは判断しようがなかった。この光景に我慢できなくなった別の海兵隊員が、土手道を駆け上ると、倒れた兵士を救い出そうとしたが、背中を撃たれて倒れ、身動き一つしなくなった。衛生兵が「これを持っといてくれ、奴らを助けてくる」といって、バッグを押し出すと、どうにか負傷兵のところまで駆け寄ったが、日本軍の狙撃兵に撃ち倒された。最終的に、もう一人の屈強の海兵隊員が、土手道の縁まで辿り着くと、悪戦苦闘しながら三名を遮蔽物の陰まで引っぱり込むのに成功した。

B中隊配下の小隊長である、アルフレッド・A・フーバー中尉は、さらなる不運に見舞われていた。この日の午前中、日本軍の大口径の野砲から発射された砲弾が、布地を裂くような音を立てながら、彼の小隊の近くに落下して来た。着弾した場所は、一〇〇メートル近く離れていたように感じたものの、土手の上にいた彼の小隊は、この爆風で三名が戦死し、五名が負傷した。先任軍曹が持っていたSLR536型無線機は二五メートルも空中に吹き飛ばされたが、軍曹自身は一命をとりとめた。負傷した兵士らの悲鳴が響き渡るなか、フーバー中尉は救護に駆けつけようと走り出したところ、次の砲弾が落下してきた。炸裂した砲弾の破片は、中尉の水筒やナイフなどの装備品と、ベルトを貫通して、腹部を大きく切り裂いた。中尉は、救護所に運ばれる途中で息絶えた。

この日、尾根の攻撃に参加したF中隊の指揮官、ゴードン・メープル中尉も戦死した。メープル中尉はガダルカナルの戦いで、海軍十字章を授与された経歴を持っていた。目撃者によると、この日、中尉は頑強な日本軍陣地を熱心に攻略しようとするあまり、明らかに、戦闘中に〝ハイ〟な状態になり、不用意に体を晒したところを銃撃されたものだった。ケンタッキー出身の若き将校は、銃弾が腹部を貫通し、病院船に収容される直前に死亡した。

別の中尉も、日本軍の機関銃陣地を発見して、BARを摑んで、走り出そうとしたところ、二歩も進まないうちに、機銃弾を頭部に受け戦死した。オハイオ出身のローエル・E・ラルソン一等兵は、「彼は俺の上に崩れ落ちて来たんだ。これまで出会った将校の中では一番だったけど、ガッツが有りすぎたんだ」。

九月十九日に、第一海兵連隊の中で最も前進できたのは、二五歳でマサチューセッツ育ちのエベレット・ポープ大尉率いるC中隊であった。正午頃、ポープは、大隊の右正面の沼地と、東側を走る道路を見下ろせる、周囲の地面からぽっかりと孤立するように、せり上がった瘤のような形で、急斜面の一〇〇高地に対して攻撃命令を下した。

この時点で、C中隊は九〇名ちょうどまで兵員が減少していたものの、他の消耗しきったライフル中隊に比べれば、まだマシな方であった。

海兵隊員らは、砲弾で焼けこげた木の幹が、まるで折れた指のように空に向かって突き出している木立の中を通り、沼地を抜けて、後にウォルト・リッジと呼ばれる一〇〇高地に接近していった。高地の裾野に位置している道路まで辿り着いたところで、二ヵ所の大きなトーチカを発見したが、すぐに右手側の別の日本軍の機関銃が火を吹き、部隊は身動きが取れなくなってしまった。機関銃陣地は、海兵隊員たちからわずか二〇メートルしか離れていなかったが、池の反対側であったため、その陣地を攻略できなかった。この銃撃で前進もままならず、死傷者が続出したため、ポープは後退の許可を要請した。これにより、沼地の左手からの進撃を諦め、戦車の支援の下で道路を前進することになった。

この付近では、道路は急な角度で東向きに方向を変えて、沼地の中を細い土手道となって通り抜けていた。この一本道は、この後「ホースシュー（馬蹄）」と呼ばれる広い渓谷の入り口に沿って走っており、その先で北東に向きを変え、ポープらの目標地点に向かっていた。

すでに時刻は午後遅くになっていたが、ポープは、C中隊が、攻撃を再開する前に兵士らに休息を取らせた。戦車による支援攻撃は、ポープが期待したとおりには進まなかった。一輌目の戦車は、細い土手道を注意深く進んでいたが、コースを踏み外し、土手から落ちて行動不能に陥ってしまった。二輌目の戦車は、コースを外れた一輌目を支援しようと前方に踏み出した途端、今度は反対側の土手に落ちて、やはり身動きが取れなくなってしまった。結果的に、この二輌が狭い土手道を塞ぐ形となり、これ以上、装甲車輌が前に進めなくなってしまった。海兵隊員らは、動けなくなった戦車を後に、分隊単位で素早く土手道を超えて進み、目標となる丘の下まで到達すると、すぐに機関銃や、迫撃砲の支援を受けながら、丘の急斜面を駆け上り出した。いたるところに、砲撃で吹き飛んだ木の幹が空に向かって突き出していたが、攻撃するにあたって、身を隠せる場所はわずかだった。このとき、日本軍の機関銃陣地を攻撃しようとした二人の海兵隊員が友軍戦車の砲撃を受け死亡した。

一〇〇高地と、その周辺の高台から浴びせられる日本軍の銃砲撃で、海兵隊側の死傷者の数はうなぎ上りとなっていった。しかし右翼側から、こっそりと回り込んだ二十数名ほどの海兵隊員の生き残りが頂上部に辿りつくことができた。ここで、登りきった彼らは、所持している地図が間違っているのが判り、多いにうろたえた。一〇〇高地は、周囲から孤立した丘ではなく、長い連続した尾根の一部であり、彼らの正面には、さらに二〇メートルほど高い別の丘が存在していたのだ。ポープはボードウィン大学を首席で卒業した優秀な男であったが、いま置かれている状況は、どんな馬鹿でも理解できると思った。彼らの部隊は、さらに高い日本軍の陣取る高地から丸見えであり、西側の同じ高さの高台からも十字砲火を浴びせられて、極めて危険な状況に置かれていた。

周囲が薄暗くなってきた頃、海兵隊員らは、辛うじて隆起岩の間に、身を隠す場所を見つけて丘の頂上部を支配していた。彼らの支配地域は片方が崖で孤立しており、ポープの見た所、全体でテニスコートほどの広さしかないように思われた。後方とも全く連絡が取れなくなっており、弾薬も各自が所持している物が全てであった。C中隊の戦闘詳報には「暗闇が訪れる中、戦線は崩壊寸前であり、後方とも連絡とれず。手榴弾は絶望的なほど不足している」と記されている。

一七〇〇時、C中隊を支援している機関銃班の兵士から、六名の兵士が日本軍の方向に向かって移動していくのが見えた。この兵士らは、方向を見失い、道で身を屈めているほかはないように見えた。機関銃班の兵士の一人が、手に弾薬帯を持ちながら、この屈んでいる兵士のほうに向かって歩いて行くと、上から話しかけるように覗き込んだ。その瞬間、この屈んだ兵士らが日本兵であるのに気がついた。海兵隊員は先頭にいた日本兵を持っていた弾帯で思いっきりぶん殴ると、走って逃げ出した。二人目の日本兵が発砲したが、この海兵隊員には当たらなかった。しかし、運悪く近くにいた中尉の顎に当たると、後頭部を吹き飛ばした。近くの機関銃が、この六名の日本兵をなぎ倒したが、中尉は戦死した。

日が暮れると、日本軍はポープの部隊に、攻撃を仕掛けて来た。最初は、海兵隊の支配地域に対して少人数で侵入を試みていたが、やがて、二〇名から二五名程度の規模で組織的な反撃を、何度となく繰り返してきた。ポープが後に「一晩中、大混乱だった」と評しているとおり、日本軍の攻撃が何回行なわれ、どれくらいの間隔で行なわれたかは、混乱状況の中で正確な記録が残っていない。

ほとんどの攻撃は、高台からやってきた。ポープは大隊本部と通じている無線で要請すると、すぐに照明弾が打ち上げられた。彼は支援砲撃を懇願したが、日本軍の位置が大口径の野砲で砲撃するには接近しすぎており、却下された。

後方の中隊では、ラッセル・デービス二等兵が刻々と戦闘の状況が伝えられる指揮所の無線機に耳を傾けていた。最前線の海兵隊員らは、叫びながら照明弾や、衛生兵を要請していた。兵士らは泣き叫び、支援を求めていたが、この場にいる誰も何もできなかった。指揮所の中では、デービスの中隊の中隊長が、この無線を聞きながら、自らの無力さを呪い、膝の間に頭を埋めるようにしてすすり泣いていた。

高地の上では、ペンシルバニア州スクラントン出身のフランシス・バーク中尉と、ケンタッキー出身のジェームス・P・マクアラニス軍曹らが守りを固めている陣地に、二人の日本兵が突如として突っ込んで来た。一人の日本兵は、銃剣でバーク中尉の脚を刺したが、バークは、この日本兵を拳の感覚が無くなるまで殴りつけた。この間、マクアラニスは二人目の日本兵をライフル銃の銃底で殴りつけると、二人とも、崖の下に突き落とした。

ポープの部隊の兵士らは、何とか日本軍の攻撃に対して持ちこたえようと懸命に努力したが、夜が明けようとする頃には、弾薬の不足は深刻な状況になっていた。ポープは「最後は、岩を投げていたよ。日本兵に当たるわけじゃないけど、岩を投げると、日本兵からは、それが岩なのか手榴弾なのか判らないのさ。だから、岩を投げると奴らも、しばらく爆発するかどうか、様子を見ていたね。だいたい、岩を三回投げると、次に残り少ない本物の手榴弾を投げていた。これで、奴らの攻撃を少しは遅らせることができた」と語っている。

戦闘は、まさに肉弾戦となっていった。海兵隊員らは突進してきた日本兵を断崖から何度となく突き落としていた。ある軍曹は、二人の日本兵が急斜面を上ってくるのを発見したため、空になった手榴弾のケースを持ち上げると、この二人に投げつけ、そのあと、持っていたライフルで銃撃を加えた。

マサチューセッツ州ガーディナー出身のフィリップ・コリンズ一等兵は、日本兵から手榴弾を投げられると、爆発する前に、それを拾って投げ返していた。「奴はそれが手の中で爆発するまで繰り返していた」とポープは語っている。

機関銃手が銃撃で倒れたあと、副射手が軽機関銃を引き継いでいたが、日本軍の銃撃は、この軽機関銃に集中していた。すでに数時間も連続して銃撃していたため、機関銃は何度となくジャミング（装弾不良）を起こして射撃できなくなったが、そのつど、機関銃手は体を晒して故障を修理しなくてはならなかった。「彼が体を晒すたびに、手榴弾が投げつけられた」と、兵士の一人は語っている。最後は、三脚が吹き飛ばされてしまったが、それでも彼は自分が負傷して動けなくなるまで銃撃を続けた。

朝日が射すころ、ポープは後退命令を受けたが、すでに戦力は一〇名余りに減り、弾薬もなくなっていた。この命令が到着するのと、ほぼ同時に、日本軍は丘の上の米兵を一掃するための総攻撃を開始したところで、海兵隊員たちは全力で斜面を駆け下りていった。ほとんどの兵士は問題なく撤退できたが、自力で動けないものは、その場に残り、日本兵から殺されるのを待つ外はなかった。斜面の裾野に広がる低木の茂みをかき分けながら、海兵隊員らは撤退していったが、斜面の上に殺到した日本兵から容赦なく銃撃が加えられた。

ポープと行動を共にしていた通信士は、彼の横で無線連絡を取ろうとしたところを射殺された。後方では、先ほどまで海兵隊員がいた高台に日本兵が展開してるシルエットが見えた。右翼側からも、別の日本軍の部隊が進出し、軽機関銃を設置して、銃撃を始めた。ポープは、どうやら、その銃撃が明らかに彼個人を狙っていると気づき戦慄した。彼は止まることなく全力で走ると、どうにか土手道の近くにある石の壁の裏側に飛び込み、同じくその場所に隠れていた他の生存者と合流した。

ポープは、昨日、二五〜二六名の兵士と共に丘の上に上ったが、丘から無事降りることが出来たのは九名だけだった。ポープを含めて、その九名全員が多かれ少なかれ負傷していた。ポープ自身は、前夜の戦闘で砲弾の細かい破片を足と太ももに受けていたが「それほど重傷ではなかった」ため、無視して戦闘を継続していた。数日後、彼は診療所でこの金属片を摘出してもらった。ニューイングランド地方出身のポープは、第一大隊で唯一、ペリリュー戦の全期間を通じて任務を全うした中隊長であった。

ポープの部隊の生き残りの兵士らは、撤退後も行動を共にしていたが、一六三〇時になって、彼らが先ほど、撤退してきた谷間を通って、再び尾根を攻撃するように命令を受けた。ポープは直ちに連隊本部に連絡を取り、自分の中隊の兵力が将校二名を含む一五名しかいないことを説明すると、この攻撃命令は撤回された。

ポープの部隊が、ウォルト・リッジで血みどろの戦いを繰り広げていた頃、左翼側の第七海兵連隊第二大隊は、ファイブ・シスターズが横に並んでいる西側から、尾根に向かって荒々しい大地を駆け上ろうと画策していた。九月十九日、大隊は日本軍の激しい抵抗に会いながらも、三〇〇メートルほど前進し、二〇〇高地と二六〇高地の前面の斜面を確保した。

司令部にとっては、さほど目覚ましい前進ではなかったが、スペンサー・バーガー大佐は「地面を這いつくばり、地形の複雑さを良く知っている我々にとっては、この前進は奇跡的とも言えた」と語っている。いずれにせよ、前進の代償は、安くはなかった。大隊はこの日、戦死一六名を含む、八七名の死傷者を出していた。

第一海兵連隊のA中隊は、この日の攻撃で大虐殺されてしまった。この中隊は第七海兵連隊第二大隊の支配地域を通り抜けると西側に向きを変えた。この時点で中隊の兵力は五六名であった。彼らは、高地の尾根に取り付いたものの、日本軍の機関銃に捉えられ一掃されてしまった。生存者らは、追い立てられるように、なんとか前方に這い出たところ、彼らの目前には、予期せぬ五〇メートルもの高さの断崖絶壁が広がっており、逃げ道を失った。最終的に第七連隊第二大隊の戦線まで無傷で生還できたのは、六名だけだった。

遅い午後の影が、荒々しい珊瑚岩の岩山に延びて行く頃、第七海兵連隊のE中隊は、夜に備えて陣地の構築を始めた。各小隊長は、この時点までに新たに掌握した場所の外縁に沿って、兵士らを散開させた。ニューヨーク出身のウォリック・G・ウープス大尉は、戦線から七〇メートルほど後方に指揮所を設営し、同時に無線通信回線のテストも実施した。指揮所の場所は高台となっており、海岸線に通じる道路や、破壊された日本軍の司令部などが見渡せた。E中隊の指揮所に、これまでに尾根の戦闘で二度も銃弾を受けた第一小隊長のフランク・J・ミラー中尉から無線で連絡が入ってきた。「こちら、イージーワン、イージーどうぞ」。

彼の部隊の場所から左翼側に、指揮所があり、右翼側は高台になっていた。「右翼側に展開している、F中隊との接触が取れなくなった、ジャップの三〇名ほどの強行偵察部隊が、戦線の背後に侵入した模様」とミラーは無線で連絡してきた。

ウープス大尉は、力強い声で「フランク、お前の部隊の右翼側の兵士を少し後ろに下げて、高台から機関銃でカバーしてくれ、それから無線連絡は絶やさないように頼む」と応答してきた。

中隊指揮所には二五名の司令部要員がおり、その周囲には二重の防御網が敷かれていた。北から降りてくる道路で防衛についているライフル兵らを、支援するためにBAR班が移動して行った。機関銃班も、西の海岸へ延びる道路を守備するための配置についた。

中隊参謀のジェームス・サリバン中尉が時計を見たところ、時刻は二一三〇時を示していた。指揮所の横手の斜面で、小石がパラパラと落ちて来たので、海兵隊員の歩哨が、「合言葉を言え！」と叫んだ。その言葉に対して、暗闇から突如として手榴弾が投げつけられた。手榴弾は歩哨と、別の二人の警備兵の間で炸裂すると、爆発音に続いて痛みに堪える悲鳴がし、さらに別の兵士の「衛生兵！」と叫ぶ声が続いた。衛生兵の一人が、負傷兵のほうに向かって這って進みだしたが、暗闇に潜む日本兵に刺殺された。この日本兵は、ここまでに別の三名の警備の兵士を刺し殺していた。

後方にも別の日本兵がすでに回り込んでおり、指揮所の中に手榴弾が投げ込まれた。軍曹が駆け寄りながら「なにやってる？ ＢＡＲは、どうした？」と叫んだが、先ほどの手榴弾がＢＡＲの陣地付近で爆発したのは、彼も知っていた。

この時点では、中隊の指揮所と、尾根に沿って配置されていた各小隊との間の無線連絡は確保されていたため、ウープス大尉は、各小隊に対して現在位置を確保するように命じ、指揮所は自ら最後まで戦い抜くと告げた。

指揮所の設置されている高台の平らな場所では、手榴弾が次々に炸裂していたため、海兵隊員らは、遮蔽物を求めて後退することになった。ロングアイランド出身の、フランシス・メイバンク中尉は、通信班の兵士と、その機材を安全な場所まで後退させるために、準備をしていたところに手榴弾が投げ込まれ、メイバンク中尉と、通信班の兵士、さらに海軍の連絡班の全員が戦死した。

ウープス大尉と、フランシス・ロバート軍曹、それに、ジェイ・Ｓ・アンブローズ中尉は、突如として激戦の渦中に放り込まれていた。日本軍の攻撃は激しさを増しており、指揮所の将兵は、武器・弾薬保管所とも切り離されてしまった。「弾持ってないか？」とアンブローズは、ロバートに訊ねたが、答える間もなく最後の空の弾薬クリップがライフルから排出された。さらに次の瞬間、彼らの横で手榴弾が炸裂した。「足をやられた」とアンブローズは、うめき声を上げた。ウープスも「俺もやられた、ただ、大したことはなさそうだ」と話した。しかし、彼の通信士は一言も発せずに死亡していた。

その時、サリバン中尉が黒く動く影を見つけて、拳銃の弾倉が空になるまで撃ち込むと、弾が当たった悲鳴が上がった。サリバンは「今のは手榴弾を投げた野郎に違いない」と考えた。ウープスは野戦電話まで這って辿り着くと大隊本部への連絡を試みた。別の手榴弾が炸裂すると、サリバン中尉は体を一瞬ビクッとさせて何かをチェックしてくると呟くと、這ってどこかに行ってしまった。彼の生きている姿はこれが最後で、二度と戻ってこなかった。

ロバート軍曹は「機関銃が必要です。私が前線から一梃もってきます」とアンブローズ中尉に話しかけた。アンブローズは足が粉々になっていたため、ロバートはこの中尉を、斜面のへりまで引きずると、ゆっくりと、斜面の下を走る道路側にむかって転がした。後に、三名の兵士がアンブローズを発見して、彼は無事に後送された。

ロバートは、這いながら後方に進むと、途中でウープス大尉と、ニューヨーク、ウッドサイド出身のジョセフ・リグニー一等兵が、周囲を動き回る音に向かって銃撃を加えている場所に辿り着いた。ウープスは機関銃を持ってくる事に同意し、すぐに野戦電話を摑むと、尾根に展開している小隊の中で、指揮所から一番近い、アラバマ州バーミンガム出身の小隊長、ウィリアム・ハドソン中尉を呼び出した。「三〇口径の軽機関銃を、ここまで運んで欲しい」とウィリアムに告げた。

この時、リグニーはすでにハドソン中尉の小隊に向かって移動していたが、その途中で運良く、指揮所に機関銃を運ぼうとしていた、ニューヨーク・バンゴール出身のジェームス・オジダ一等兵と出会い、一緒に指揮所に運びこんだ。

この時点で、中隊の中枢は事実上、日本軍によって蹂躙されていた。日本兵の一人は、大隊の救護所まで到達しており、非戦闘員である大隊付きの外科医助手が、護身用に所持していた私物の拳銃で、この日本兵を射殺していた。

指揮所を防衛していた一握りの海兵隊の生存者は、台座状の高台を見渡す斜面にかろうじてしがみついていた。中隊の弾薬貯蔵処は日本軍の手に落ちており、日本兵は奪った米軍の手榴弾を、海兵隊に向かって次々と投げつけていた。そのうちの二個はウープスと三名の兵士が機関銃を設置しようとしている場所の近くで炸裂した。日本兵は、彼らが何らかの動きを試みているのに気がついてはいたが、機関銃の位置は知られていないようであった。日本兵が一人、這いよってきたが 変更前の合言葉を口にしたため、その場でリグニーに銃弾を撃ち込まれた。

ロバートは、軽機関銃を珊瑚岩の上に設置しようと悪戦苦闘していたが、二脚が岩盤の上でグラグラとするため、最終的に、脚を取り外し、岩を積み上げて銃身を固定した。リグニーが弾薬ベルトを手に持ち、ロバートが引き金を引き、司令部付近を掃射した。暗闇の中で悲鳴があがり、どうやら銃弾が目標に当たっていると思われた。岩で固定していたものの、発射のたびに銃身が跳ね上がるため、ロバートは、手で熱くなった銃身を支えながら銃撃を続けたが、気がつくと、両手のひらに水ぶくれができていた。機関銃が装塡不良を起こして銃撃が止まると、周囲は静寂に包まれ、日本兵は暗闇の中で一掃されたように思われた。機関銃のほんの一メートルほど先には、片手に手榴弾、もう片方に銃剣を持った、銃弾で切り裂かれた日本兵の死体が転がっていた。最後の四つ目の給弾ベルトを、半分ほどまで撃ったところで、照明弾が打ち上げられ、周囲の地面を薄気味悪く照らし出した。見える範囲に動くものは全くなかった。

リグニーがゆっくりと稜線越しに辺りを窺うと「奴らは、薪みたいに転がってる」と叫び、指揮所一帯に散らばっている日本兵の死体を指差した。

彼らはそれから三〇分ほど静かに、神経を張りつめながら待ち続けた。深夜近くになり、ウープスはハドソン中尉に、BAR班を呼び戻し、指揮所付近の生存者を撤退させるために援護するよう命じた。しかし、ウープスは、彼自身と、銃撃に加わっていた三名の海兵隊員しか指揮所には生存者がいないことをまだ知らなかった。駆けつけたBAR班の兵士に護衛され、四人は前線まで移動して、新たな中隊指揮所を構築した。これ以降、この夜は平穏に終わった。

夜明け前になって、瀕死の重傷を負ったサリバン中尉が発見された。彼はおそらく、指揮所から這って出ようとした所に銃弾を受けたと思われたが、誰にも本当のことは判らなかった。サリバン中尉は搬送された病院船の上で死亡した。指揮所周辺では三〇名の日本兵の死体が転がっていた。その内の一人は、大隊本部と中隊を繋いでいる野戦電話を操作しようとした状態で死んでいた。

この時点で、第一海兵連隊は、炊事兵、ジープの運転手、司令部要員、憲兵、大隊の会計兵、洗濯小隊など、あらゆる兵士を前線に送り込んでいたが、狩り出された兵士全ての士気が高いわけではなかった。

ラッセル・デービス二等兵は、二〇名程のこうした兵士らを取りまとめて、前線に向かうように命令を受けた。その内の一人は、賭けポーカーで大勝ちして、大金を持っており、デービスに賄賂を渡して後方に留まれるよう頼んで来た。デービスは、彼に機関銃の弾薬箱を持ってすぐに移動するように命じた。

「俺は、軍曹だと、判ってるのか?」とこの男は口にした。

「だから何だ、軍曹、俺は二等兵だ、文句あるか」と動じずに答えた。

移動中にも一人が戦死し、他の兵士らは、機会がある毎に、逃げ出したり隠れたりしていったため、デービスが前線に到着した時には、二〇名中、九名しか残っていなかった。

ペリリュー島の戦闘は、強靭な男らにとっても過酷な戦場であった。ある兵士は、自分の部隊の中隊長が地面に座り込んで泣きじゃくっている姿を見て不安になっていた。「奴は精神が崩壊していたよ、それで、俺は真剣に考えたんだ、ここで起きているのは現実なんだろうか?ってね」と、この海兵隊員は語っている。多くの兵士が戦闘疲労症で後方に運ばれて行った。それ以外の兵士も、極度の疲労と、精神的ショックが組み合わさり、まるで生きる屍のように〝うつろな目〟をしていた。

最前線での戦闘が激化するに伴い、オレンジ1の傍に造られた師団墓地では目に見える早さで墓標の数が増えて行った。死体処理班は、エンドレスのように運ばれてくる死体の処理に忙殺されていた。埋葬班の兵士は汗まみれになりながら、柔らかい白い砂地を掘り、防水布に包まれた死体を並べて行った。

ケビン・バーンズ伍長は、搭乗していたシャーマン戦車が地雷を踏んで破壊された後、この埋葬班に配属されていた。「とにかく、覚えているのは白い砂だけだよ。常に運ばれてくる死体より一〇個多くの穴を掘らなきゃならないので、ひたすら掘っていたよ」と語っている。

バーンズは、死んだ仲間の兵士たちの事を深く考えないように努めていた。

「とにかく、誰かがやらなきゃならない仕事だったんだ。だから深く考えずに、自分の仕事に専念した。奴らは死んで、誰かが埋めなきゃならない。ただそれだけさ。冷淡に感じるかもしれないが、仕方なかった」

九月二十日までに、陸軍の第八一師団は、アンガウル島の南側を制圧していた。この前日の九月十九日に、捕虜となった日本兵より、この島の後藤少佐率いる日本軍の守備隊は予想よりも遥かに小部隊であることが明らかになっていた。この捕虜によると、七月の終わりに、日本軍の第一四師団、歩兵第五九連隊、第一大隊の約一〇〇〇名を残して、他の部隊は全部、バベルダオブ島へと移動していたのだ。この事実を、米軍の情報部門は察知していなかった。

戦後、一九四七年の井上中将の供述によると、この移動は、アンガウル島を強固な要塞島とする彼の計画に反して、第三一軍による命令であり、「これだけの大きさの島を一個大隊の兵力で防衛するには無理があった」と語っている。

アンガウルにおける米軍の勝利は、楽勝とは言えなかった。後藤少佐は、数回に渡って限定的な反撃を試みていた。そのうち一回は、九月十八日の夜明け前に敢行された増援の中隊による反撃で、米軍第三二一連隊第一大隊は、約五〇メートルから七〇メートルほどの後退を余儀なくされた。こうした反撃を行ないながら日本軍は、北部の高地へと撤退し、そこで最後の抵抗を試みる計画であった。撤退にあたっては、持てる物だけを持って、野砲などの重火器や、大量の補給品を遺棄して、険しい山岳地帯へと潜んで行った。

アンガウルでは二つの上陸海岸からの米軍部隊が合流し、歩兵と戦車による協同攻撃で、日本軍の抵抗を圧倒していったが、やがて高地地帯に足を踏み入れた陸軍の兵士らは、洞窟の中に陣取る日本軍の防御砲火に出会うようになっていった。こうした小競り合いの中、第三二二連隊第二大隊のある技術軍曹は、根拠は疑わしいものの、師団で唯一、日本兵に直接接触で襲われた男と言われている。彼は洞窟の中に手榴弾を投げ込んだ際、日本軍の将校が日本刀を振り回しながら斬りつけてきた。軍曹は、日本刀で斬られ、さらに手榴弾の破片も受けてしまったが、どうにか銃撃で撃退した。

戦闘は継続していたものの、ミューラー少将は、上陸から三日以内でアンガウル島を掌握できると確信していた。米軍は、サイパン町を九月十九日には確保し、その後、二四時間で島の北西部に位置するロムルボ高地以外の全域を確保していた。九月二十日の一一〇〇時少し前、ミューラー少将は、ガイガー中将に宛て、「アンガウル島における全ての日本軍の組織的抵抗は一〇三四時に終焉し、島は確保された」と、アンガウル島が陥落したことを知らせる電文を打った。彼の推定によると、アンガウル島で抵抗を続けている日本兵は三五〇名に満たないとしていた。このミューラーの勝利宣言は、実際にはまだ時期尚早であった。ワイルドキャット師団は、島の大部分は掌握していたものの、後藤少佐の配下にはミューラーの推定の二倍に当たる、七〇〇名もの日本兵が島の北西部の高地地帯に陣取り、最後の一発の銃弾まで抵抗する覚悟であった。そのため、第三二二連隊が、最終的に全ての日本兵を掃討し終えるまで、さらに一ヵ月もの期間が必要となった。

結果的に、アンガウル島を制圧するのに第八一師団が被った損害は、戦死二六四名、負傷一三五五名であり、この大部分は、島が公式に陥落したと宣言された後の一ヵ月間のものであった。この損害は、決して軽微なものではなかったが、ペリリュー島の戦闘と比較すると、アンガウルは取るに足らない損害とも言えた。

ミューラー少将の九月二十日の勝利宣言の結果、第三二三連隊は引き続き島の掃討作戦に移ったが、第三二一連隊はペリリュー島で苦戦する海兵隊の増援部隊に割当てられた。ペリリューでは、三二一連隊の兵力は切望されていたが、誇り高き海兵隊にとって、増援部隊が陸軍であることには複雑な思いも混じっていた。

この時点でも、まだ第一海兵連隊は、あともう一押しで、ファイブ・シスターズの日本軍の防御網を突破できると考えていた。しかし実際のところ上陸五日目の九月二十日の朝の時点では、すでに連隊としての体をなしていなかった。

この日の攻撃目標は、前夜、ポープ大尉の部隊が壊滅状態に陥ったウォルト・リッジであった。この攻撃には連隊長であるプラー大佐の手持ちの全兵力をつぎ込む総攻撃であった。連隊の中で動ける兵士は全て攻撃に投入され、炊事兵や、無線兵、補給担当兵などにより編成された臨時中隊には、一二梃の機関銃が割当てられ、攻撃を援護することになっていた。攻撃に先立って、沖合の戦艦から四〇センチ砲弾が高台に撃ち込まれた。

太平洋戦争史上に残るほど激しい五日間の戦いで、プラーの連隊の兵力は激減していた。右翼側の第二大隊は、損害が余りに多いため、隣の第一大隊に編入されたが、二つの大隊を合わせても、規定の一個大隊の戦力に満たなかった。そのため、師団付の特殊偵察中隊が、戦力の埋め合わせに兵科の違いを超えて投入された。こうして、この日の攻撃の配置は、左側から右に向かって、第一海兵連隊第三大隊、第七海兵連隊第二大隊、それに第一海兵連隊の、第一、第二大隊の混成部隊の順となった。

日焼けして真っ赤な顔になった古参の軍曹が、自分の部下の兵士らが攻撃の準備のために、ゆっくりと蛸壺から立ち上がる様子を眺めていた。彼は一瞬、目に涙が浮かんだがすぐにそれを拭うと「野郎共、あの丘に、殺されにいこうぜ。ここで、くよくよしててもしょうがねぇよ」と話した。彼に続いて、若い兵士らが蛸壺から起き上がってきた。「それじゃ、兄ちゃんたち、いくか」と軍曹はゆっくりと声を掛けた。

ラッセル・デービスは、ある兵士が、まるで、何か奇妙な、おまじないの様に、毛布を引きずりながら進んでいくのを見た。また別の兵士は、頭からすっぽりとポンチョを被り、まるで追いつめられた動物のように目の部分だけが外から見えていた。小柄な無線兵は、自分で、どの方向に進んでいいのか判らないようで、よろよろと円を描くように同じ場所を回っていたため、別の海兵隊員が、この兵士を摑むと高台の方向を向かせた。彼らは、この運命を受け入れざるを得なかった。この状況から逃げ出すには死ぬしかなかったのである。自分自身の意志では動けなくなった者は大勢いた。蛸壺の中で屈んでいたある軍曹は「もう、俺の部下はいないんだ。生き残っている奴がいないんだ。みんなやられちまった。酷くやられたもんだ」と呟いた。

前進していく兵士らにとって、階級は意味を成さなくなっていた。二等兵が部下のいない軍曹を引き連れて行く場合もあった。兵士らは、一人あるいは、二人一組で前進して行った。これらの兵士に日本軍は容赦なく野砲や迫撃砲を撃ち込んだため、彼らは斜面に伏せたが、それ以上、先に進めなくなった。

ジョー・ロマース伍長も、この時、斜面に伏せていた。ロマースの小隊の一七名の生存者は、ライフル兵の数が減り、機関銃兵のほうが数が多い有り様で、迫撃砲弾と、野砲の砲弾が炸裂する険しい珊瑚岩の斜面を這いつくばりながら上って行った。三発から四発の砲弾がロマースの周りで同時に炸裂すると、突然、背中に激しい痛みを感じた。砲弾の破片が上着の脊柱のあたりを大きく切り裂いていた。

周囲を見渡すと、あらゆる方向で、彼の戦友たちが負傷して転がっていた。その中で最も傷の浅い男が近寄ってくると、彼を救護所まで引きずっていってくれた。その日の午後遅く、沖合の船に運ばれた彼は、キッチンの調理台の上に寝かされて、軍医の手術を受けた。彼にとってのペリリューの戦闘は終わった。生き残ることができた彼は幸運であり、砲弾の破片も、脊髄を僅かに逸れていた。

数時間の戦闘の後、攻撃命令は撤回された。中川大佐は、井上中将に宛てた電文で「米軍は再び兵力を結集して東山（ウォルト・リッジ）と観測山（三〇〇高地）の奪回を企画し、砲爆撃支援のもとに戦車、水陸両用装甲車等一四輌を含む、一個大隊をもって攻撃したが、突撃距離内に近迫できず多大の損害を受けて後退した」と打電した。何名かの海兵隊員は、あまりに前方で戦死したため、丸一日、死体が発見されなかった。

この日、唯一、第七海兵連隊第二大隊が、日本軍の激しい銃砲撃を受けつつ、東向きの険しい斜面に向けて進むことができた。午後になって、右翼側のF中隊が西に広がるファイブ・シスターズを望める、二六〇高地と呼ばれる尾根の稜線まで辿り着いた。そのファイブ・シスターズとの間には、後に〝デス・バレー（死の谷）〟と呼ばれる、両側に崖が迫る狭い回廊があった。

アラバマ州レキシントン出身の、救護隊のパーカー班長もこの時の戦闘で負傷したと思われる兵士の一人を岩の間で発見した。彼は、かなりの重傷を負って痛みに耐えていたが、声を上げるのを必死に我慢していた。静かに顔を空に向けている姿は、まるで考え事をしているかのようであった。パーカーともう一人の衛生兵は、この兵士を担架の上に乗せると、海岸に向かって進み出したが、彼らの進む道は険しかった。日本軍の発射する機関銃弾は、周囲の木々をはじき飛ばし、迫撃砲弾も度々、落下して来た。二人の兵士が、可能な限り身を隠しながら、苦労して進む様を、若い負傷兵は担架の上から眺めていた。その時、衛生兵が音もなく担架を落とし崩れ落ちた。パーカーが振り返ると、衛生兵は頭部に銃弾を受けて即死していた。この光景を見ていた負傷兵は取り乱しながら「俺を助けようとしたばかりに、こんな事になって、すまない。俺を助ける必要なんてなかったんだ。どっちみち俺は死ぬんだから」と口走った。

パーカーは、一人では彼を運べないため、その場に留まった。負傷した海兵隊員は、死んだ衛生兵と自分のために祈りを捧げていた。彼は、腕時計を外すと、この時計を第七海兵連隊にいる自分の友達に渡してくれるように頼み、苦労しながら、その名前をタバコの箱の外側に書き記した。そのあと、プラスチック製のタバコのケースをパーカーに渡した。箱には南部のある町にいる女性の名前と住所が書かれていた。「こいつを、おみやげに持っていってくれないか。そこに住所が書いてあるだろ、とっても良い女の子だよ。彼女にしてやってくれよ」と言うと、彼は死んだ。

海岸に戻ったパーカーは、その場にいたニューヨーク・タイムズ紙の従軍記者にこの、若い海兵隊員の話を「これまで見た中で、一番、勇敢な男だった」と話した。そしてタバコのケースを渡して「こいつをやるよ、俺はもう結婚しているから、どのみち使えない」と告げた。

この日の午後、打ちのめされた第一海兵連隊の第一、第二大隊は、第七海兵連隊の第一大隊と交替した。第七海兵連隊第二大隊も、六〇名まで兵員が減っており、第七海兵連隊第三大隊と交替した。戦線を離れることができた兵士らは、後方に辿り着くと、上陸以来、初めて暖かい食事にありついた。

戦線に向かっていた、第七海兵連隊第一大隊A中隊の、トム・ボイル二等兵は、足を引きずって一人で歩いてくる知り合いを見つけた。彼は戦争が始まった同じ時期にメンフィスで入隊した友人だった。この男は第一海兵連隊に配属され、一見したところ、かなり過酷な経験を積んで来たように見えた。彼はボイルに向かって「トム、あそこに近づかないほうが良いぞ、俺の戦友は、皆死んじまった」と告げた。

ボイルは、彼に日本軍の将校用の食堂から漁ってきた、ウィスキーの一クォート瓶と、一ダースほどのオレンジを渡した。その後、彼が痛々しく足を引きずりながら海岸に向かうのを見守った。

ラッセル・デービス二等兵も、この日、ブラディノーズ・リッジを後にした。この日の朝、彼は死んだ海兵隊員のライフルを手に取ると、他の仲間と共に前進し、午前中一杯、荒涼とした丘の斜面で戦い続けたが、感情が完全に喪失した状態になっていた。彼の行動は、とにかく動いている物に対して、それが敵であろうと味方であろうと、ただ銃撃を加え続けることだった。彼は、ひたすら、自分が死ぬ前に、なるべく先に進もうとしていた。

デービスは、どうやって丘を降りたのか、全く覚えていない。気がついたときには、道ばたに座って泣き崩れていたのであった。

第一海兵連隊は終わった。

九月二十一日、派遣軍司令官のガイガー少将は幕僚らを伴って、状況を把握するために、チェスティ・プラーの連隊指揮所を訪れた。師団司令部からは、楽観的な報告が上がって来ていたが、実際の状況はかなり深刻ではないかと疑っていたのだ。

ガイガーは、プラーと話を始めてすぐに、彼が憔悴しきっているのに気がついた。プラーは現在の状況を正確に説明することができないばかりか、必要な支援について尋ねても「今ある手持ちで、充分だ」と答えるだけだったと、ガイガーの参謀は、疑問の目を持って、この光景を語っている。

ガイガー少将は、その後、師団司令部に行き、死傷者に関する報告に目を通すと、その内容に驚愕した。この五日間ぶっ通しの戦闘で、第一海兵連隊の戦死傷者は一七〇〇名を超えており、連隊の規定兵力の半分以上であった。ガイガーは師団長のルパータスに対して「第一海兵連隊は終わった」と告げた。そして連隊は即座に、陸軍の戦闘歩兵連隊と交替すべきであると打診した。

このガイガー少将の評価は、師団参謀補佐の、ルイス・J・フィールド中佐の発言によって裏付けられている。彼によると、第一海兵連隊は「戦力として通用せず、もし自分に出来るならば、すぐに交替させたかった」と考え、ガイガーとルパータスの両名に、陸軍部隊との交替は、絶対に必要であると述べた。

驚くべきことに、ルパータスはこの期に及んでも、陸軍部隊の投入に異を唱えた。自分の予想とかけ離れた実際の戦況を頑として認めようとせず、第一海兵師団は、陸軍の助けがなくても、ペリリュー島は、後、一日か二日で占領できると言い張った。

この数日間、ガイガー少将は何度となく、ルパータス少将の指揮に干渉したい誘惑に駆られていたが、そのつど、そうした行為を戒めて来た。しかし、ここに来て、第一海兵師団の動向に批判が集まる中、ガイガーは、第一海兵師団をラッセル諸島へと撤収させるための準備を命じた。さらに、陸軍の第八一歩兵師団の、一個連隊を直ちに第一海兵師団の配下に置く命令も下した。ルパータス少将が、疲弊した第一海兵師団を支援するために、不承不承ながらも陸軍部隊の投入を承諾した件については、後年、さまざまな議論を呼んでいる。この意志決定は、明らかに時期を逸しており、増援部隊は、もっと作戦の初期段階から必要とされていた。第一海兵師団は九月二十二日までに、すでに四〇〇〇名を超える将兵を失い、この結果、師団の戦闘能力判定が九月十五日時点の「優良」から、「適」まで落ちていた。

ルパータスは、この時の回想録を残す事なく、戦争が終わる前に病死した。彼が陸軍の兵士を使うことについて消極的だった理由については、多くの議論を呼んでいるが、彼の前任の海兵隊の司令官は「それは、海兵隊のプライドだ」と語っている。海兵隊員は、いかなる状況に陥っても、自らの仕事は自ら片付ける伝統があったのだ。また、ルパータスは、陸軍の兵士の質についても疑問を感じていたと思われる節がある。

実際、第一海兵師団のO・P・スミス副師団長も、無傷の増援部隊の必要性については認めていたが、それを陸軍の部隊が担うことについては異論を唱えていた。彼は後に「我々は、最後の仕上げをする新たな部隊を必要としていたが、必要としていたのは〝海兵隊〟の部隊だった」と書き記している。もちろん、この時、新たな海兵隊の予備部隊は存在しなかった。師団長のルパータスは、さらに、日本軍の崩壊は間近に迫っており、作戦は間もなく終わるとの決定的な思い違いをしていた。彼は、その根拠については何も語っていないが、ワイルドキャット師団の投入を渋った結果、その代償は、海兵隊員が支払うことになった。

同じ日の一六二五時、ガイガー少将は、第八一歩兵師団のミューラー少将に「予備の一個戦闘連隊を、すぐにペリリュー島に派遣して欲しい」と無線で連絡を取った。ミューラーは四五分後に、第三二一歩兵連隊が補給を完了次第、直ちに派遣すると返事をした。そして、深夜前、第三二一歩兵連隊は、ペリリュー島への移動命令を受けた。

アーサー・ジャクソン一等兵は、七キロのハム騒動の後、九月二十日、第七海兵連隊第二大隊と交替で尾根の戦線の中央部で配置につき、蛸壺の中で屈み、日が暮れるのを待っていた。真っ暗な闇と、辺りを包み出した煙とで「正直なところ、もの凄く薄気味悪かった」と語っている。この雰囲気の中、誰も外に出ようとせず、少しでも動く物があれば容赦なく銃撃が浴びせられた。

未明の時間帯になり、暗闇から四名の日本兵がジャクソンの前に現われた。ジャクソンは、ライフル銃で三名を射殺し、蛸壺の中に飛び込んで来た四人目を銃床で殴り殺したが、彼自身も銃弾を受けて負傷してしまった。四名の戦友が悪態をつきながらも、一〇〇キロの巨漢のジャクソンを担ぎ、山を降りると、翌朝の〇四〇〇時に、海岸まで運んだ。その後、彼が九月十七日のペリリュー島南部の戦闘で上げた功績に対して名誉勲章の推薦を受けていることを知らされた。彼は、ペリリュー島の戦闘で、生きて名誉勲章を受賞できた、わずか三名のうちの一人であった。

九月二十一日、ジャクソンが尾根から運び出されて、ほんの数時間後、第七海兵連隊の第一大隊と、第三大隊は、ウムロブロゴル山への攻撃命令を受けたが、これは、苦難の一日の始まりであった。

第七海兵連隊第一大隊は、前日の午後に第一海兵連隊の第一、第二の混成大隊と交替して、配置についていた。この日の攻撃は、第一海兵連隊が〝ウォルト・リッジ〟と呼んでいた尾根に向けて実施されることになった。

戦車の到着が遅れたため、攻撃開始は〇八〇〇時となったが、航空爆撃と支援砲撃が徹底的に行なわれた。

〇八〇〇時、C中隊が、すぐ後ろにA中隊を従えて、東側の道路を尾根に向けて前進を始めた。当初の日本軍の抵抗は軽微なものであった。大隊の八一ミリ迫撃砲からの煙幕弾の集中砲撃に包まれながら、C中隊は、九月十八日の戦闘で遺棄された二輛のシャーマン戦車の横を通り過ぎ、道路が山岳部を迂回している地点まで辿り着いた。この場所で、歩兵は、破壊された戦車で塞がれた道を避けて、北側から沼地を回ってくる道を進んで来た戦車隊と合流した。

海兵隊員らは、前に立ちはだかる尾根に直面した途端、それまで抱いていた、あらゆる楽観的な見通しが吹き飛んでしまった。彼らが斜面を登り出すとすぐに、日本軍は激しい、迫撃砲の弾幕で応戦してきた。洞窟の奥に潜んだ日本兵からは、機関銃弾が浴びせられ、珊瑚岩の斜面を次々と手榴弾が転がって来た。それに加えて、高地に巧妙に擬装された日本軍の野砲陣地からの砲撃も加わり、海兵隊員らは、見る間になぎ倒されて行った。

伏せながら、支援射撃を加えていた、トム・ボイルの機関銃班に向かって、突然、日本軍の擲弾筒からの砲撃が撃ち込まれてきた。炸裂した砲弾で、二名の機関銃手が死亡し、周囲にいた三、四名が負傷した。怒りと失意の内に、ボイルは、彼自身が負傷したのに気がつかず、立ち上がると、壊れた機関銃を蹴飛ばした。そこで、ふと足に目をやると、ふくらはぎから血が吹き出していた。それから数分後、止血帯を足に巻いたボイルは、歩いてブラディノーズ・リッジを降りて、海岸に向かい、ペリリュー島を永遠に後にした。

あまりの損害の激しさに耐えかねて、この日の攻撃命令は撤回された。結局、日本軍の強固な防衛戦に全く歯が立たなかった海兵隊員らは、元の陣地まで戻って来てしまい、目に見える進展は全くなかった。

この間、戦線中央部の第七海兵連隊第三大隊は、やや奥の尾根まで到達することができた。攻撃に先立って、艦砲射撃、空爆、野砲や、迫撃砲の集中砲撃が実施された。また、三輌の中戦車と、火炎放射器搭載のアムトラックが支援したが、険しい地形で、その効果を充分に発揮することができなかった。

I中隊と、K中隊の攻撃は素早く、〇九一八時には、一〇〇メートルほど前進できたと報告されたが、その後、日本軍の頑強な抵抗に遭遇し「残りの一日は、ほとんど目覚ましい進展は得られなかった」と記されている。

第七海兵連隊は、九月二十二日に、再度、攻撃をやり直すことになった。第三大隊も日本軍の頑強な抵抗に遭遇しており、この日の進撃は七〇メートルほどに留まっていた。この進撃の遅さは最も東側を受け持つ、第一海兵連隊第三大隊の進撃にも影響を与えていた。海沿いの東側の平地を進もうとした第一連隊第三大隊にとって、この高地は進撃の妨げになっていた。しかし、丸一日を費やした戦闘で、L中隊はどうにか高台の一部を掌握し、夜間の防衛線を構築した。

この時点で、第一海兵連隊第三大隊は夥しい損害を被っており、すでに事実上の全滅状態である第一海兵連隊第一大隊の残余兵力で補強されることになった。予備部隊として二個中隊に再編された第一大隊は、移動を始めたが、痛ましいほどに、兵員が不足しており、総員で七四名しかいなかった。

戦線の中央部の尾根の稜線では、第七海兵連隊第二大隊が配置についていたが、疲弊しきっており、これ以上の進撃を実施する余力はなかった。そこからさらに、右翼側では、比較的、戦力を保っていた第七海兵連隊第一大隊が、南西側から〝ファイブ・シスターズ〟を攻略しようと攻撃の準備を整えていた。

一四四五時、野砲による集中砲撃が加えられた後に、戦車小隊の支援を受け、大隊は攻撃を開始した。海兵隊の迫撃砲から発射された煙幕弾に包まれて、先頭を進むB中隊のすぐ後ろをA中隊が支援しつつ目標に接近していった。日本軍から見た攻撃の方向を混乱させるために、火器中隊はウォルト・リッジに向けて銃砲撃を加えた。

この攻撃は、最初はうまく行くように見えた。荒い岩肌の地面を、戦車は這うようにゆっくりと二〇〇メートルほど前進し、この間、海兵隊員らは、散発的な狙撃兵からの銃撃を受けただけだった。すると、尾根から機関銃による銃撃が先頭の突撃中隊に加えられ始め、隊列はバラバラになった。機関銃からの銃撃が激しさを増す中、海兵隊員らは、さらに前進を続け、後に悪名高き〝デス・バレー〟と呼ばれる細い谷間に辿り着いた。日本軍の陣地がある高台は、中川大佐が二〇〇高地と呼んでいた場所から北側に伸びていった位置に当たり、すでに第二大隊が稜線を確保していたが、稜線は急角度で断崖を成しており、その途中に配置されている、陣地を攻撃することができなかった。

道路が進むにつれて、両サイドは急激な断崖になっており、まるで蜂の巣のように日本軍の砲座や、銃座が張り巡らされていた。巨大な珊瑚岩の塊や、砕け散った岩が道の上に散乱し、枝が全て吹き飛んだ木の幹が、岩の間から突き出ている様は、まるで巨大なハリネズミのようであった。戦車隊がこの道を通るのは、険しい地形と、埋設された地雷のため、不可能であった。そのため、後方からHE弾や、黄燐弾を洞窟に撃ち込むと、ライフル兵は谷間に向かって前進していった。

突進したB中隊は、まさに殺戮場の中に放り込まれた状況となった。あまりに激しい損害で、すぐにA中隊が救出に向かった。この場所はまさに袋のネズミであった。両側の断崖に加え、北側も崖に拒まれており、その場所も日本兵で溢れていた。

この時点で彼らは知る由もなかったが、この場所は、中川大佐の指揮所から一〇〇メートルも離れていない場所にあった。距離は近かったものの、その場所に到達するまで、彼らはさらに一週間もの時間が必要であった。海兵隊員らには、三方向の高地からの銃砲撃が加えられ、現在位置を確保するのは純粋に不可能であった。「歩兵の攻撃の及ばない、高い位置にある日本軍の火力拠点は、あらゆる角度から低い地面にいる消耗しきった部隊を射界に捉えていた」と、海兵隊の公式戦記には記されている。

撤退命令が下されると、渓谷は煙幕で覆われた。兵士らが後退する間、A中隊が支援射撃を実施し、一八三〇時までに、第一大隊の生存者は撤退を完了した。攻撃を開始する時点で六割の戦力しかなかった部隊は、すでに組織的な行動が難しい数の兵力しか残っていなかった。

夜の間、一人の日本兵が第七海兵連隊第三大隊の陣地に侵入してきた。海兵隊員が、この日本兵を摑み大声で助けを呼ぶと、彼の戦友が駆け寄り、シャベルで殴り殺した。

I中隊の偵察隊は、日本軍が海兵隊員の戦死体に対して、ブービー・トラップ（仕掛け罠）を仕掛けているのを発見したため、部隊全員に対して注意喚起がなされた。

ウムロブロゴル山に陣取った日本軍は、戦力を消耗してはいたものの、この新たな持久戦術に自信を持っていた。飛行場への反撃拠点はすぐに失ったが、その過程で、多くの海兵隊員を殺していた。日本軍の推定では、第一海兵師団は九月十五日以来、五〇〇〇名を超える戦死傷者を出していた。それ以外にも一二〇輌の戦車や装甲車輌を撃破し、一五門の野砲も破壊したと考えていた。

死傷者の数については、海兵隊の報告でも、日本軍の推定を裏付ける三九四六名を数えていた。しかし、装備の損失については、日本軍の報告は大きく誇張されていた。一〇五ミリ榴弾砲の戦闘による損失は一門であり、それ以外に三門が上陸時に、ＤＵＫＷと共に海に沈んでしまった。

三〇輌の戦車のうち、この時点で一九輌が稼働可能な状態にあり、第一戦車大隊の作戦行動中に、完全に破壊されたのは六輌に留まっていた。水陸両用車輌については、全作戦期間を通じて、その車輌不足に悩まされていたが、結果的に完全に破壊されたアムタンクは二二輌だけであった。

第一海兵師団は、激しい損失を被っていたものの、この日までに、ペリリュー島における戦略的に価値がある目標は全て確保していた。作戦の主目標であるペリリュー島の飛行場に加えて、ウムロブロゴル山から南側のあらゆる目標はすでに制圧していた。さらに東側のパープルビーチ地区から、新たな道路が建設途中であった。この場所は、到着する補給物資のための、最も重要な揚陸施設であり、LSTのドックと、浮橋が設置され、その橋は、そのまま新たな道路へと繋がっていた。

海兵隊側は、中川大佐が構築した主要陣地のうち、三分の二をすでに破壊したと推定していたが、これは単なる憶測であった。九月二十日の少し前、海兵隊は新たな捕虜を取った。これは上陸後の五日間で、二人目の捕虜でもあった。

沖縄県出身で四二歳の軍属の労働者、上原勘助は、アシアナ村と呼ばれていた場所の付近で、三日前に手榴弾で負傷して隠れていたところを捕まった。彼は尋問官に、丸四日間、飲まず食わずでいたと話した。捕まった際に、自分を殺すように懇願したが、海兵隊員がそれを止めるよう働きかけた事実に驚いていた。彼は正規の兵士ではなく、単に小銃を渡されて、死ぬまで戦えと命じられたと話した。元漁師である彼は、自分が捕虜になったことを絶対に本国に知られないようにしてほしいと懇願した。

その後の数日間で、二、三名の飢えた敗残兵が捕虜となったが、米国の情報部門にとってめぼしい情報を得ることはできなかった。

一方で、日本軍は崩壊とはほど遠い状況にあった。第一海兵師団は「日本軍は、依然として確固たる決意で陣地を防衛しており、士気が低下している徴候は見られない」と報告している。尾根に構築された観測壕からは、東西両方向の海岸線に沿った北向きの動きはすべて丸見えであった。日本軍の部隊間の通信は、当初は東海岸線に沿った通信線が使われていたが、度重なる艦砲射撃で断線していた。飛行場は米軍の手に落ちていたが、全ての動きは見通せたため、いつでも砲撃を加えることができた。ペリリュー島の北にある、コロール島やバベルダオブ島、マカラカル島には、推定二万五〇〇〇名の日本兵が依然として陣取っており、反撃の脅威は消えていなかった。

中川大佐は、時折、コロール島への報告書で過剰に楽観的な報告を送る傾向があったが、自らの避け難い運命については、客観視しており、その最後の結末を可能な限り遅らせようとしていた。大佐は、職業軍人として、最後まで自らの職務を全うするために、増援部隊の派遣に否定的な井上中将に対して、それが無益であるとわかっていながら「ペリリュー島へ、増援部隊を派遣されたし」と繰り返し要請をしていた。

米陸軍部隊がペリリュー島に到着した。四〇〇〇名の将兵から成る、第三二一連隊戦闘団は、九月二十三日の昼頃よりオレンジビーチに上陸を開始した。すでにアンガウル島での戦闘を経た彼らは、自分たちを戦闘経験のあるベテラン部隊であると位置づけていた。ワイルドキャット師団の部隊史には「陸軍部隊の能力に疑問を投げかける海兵隊に対して、我々の優れた戦闘能力を見せつける時がきた」と記されている。

実際、アンガウル島での三日間の戦闘は、ワイルドキャット師団にとっては、これまで、まさに必要としていたものであった。彼らは日本軍を蹴散らし、自らの戦死者や、負傷兵を取り扱い、敵の銃火をかいくぐったことで、根拠のない楽観的な見通しは消えていた。彼らは士気旺盛で、自信に溢れていた。

第三二一連隊戦闘団を率いるのは、兵卒からの叩き上げで、経験豊富な将校、ロバート・ダーク大佐であった。ダークは第一次世界大戦で、当初は歩兵中隊を率いて戦い、後に有名な第四師団で、大隊長として、四度の著名な戦いで戦闘を経験した。こうした戦闘での功績で、彼は戦後も陸軍に残り、一九四二年に、第三二一連隊戦闘団の連隊長となる前に、フィリピンや本国で様々な職務経験を積んでいた。

九月二十二日、ダーク大佐は、派遣軍の司令艦「マウント・マッキンレー」を訪れ、ガイガー司令官に連隊が予定どおり到着したことを報告した。上陸してすぐに、三二一連隊第二大隊は、第一海兵連隊と交替するために、戦線に向けて移動を開始し、一五〇〇時に到着した。第三大隊もすぐに後に続いた。第一大隊は、連隊予備兵力となった。

海兵隊員たちは、新たに展開してきた陸軍の指揮所が、以前、チェスティ・プラーが設置した海兵隊の指揮所よりも、ずっと後方に設置されたことを皮肉まじりに眺めていた。ワイルドキャット師団の兵士らは、海兵隊員が「この先に待ち構えている苦難を見越してか、特に、前進する我々を嫌っているようには見えなかった」と語っている。

第一海兵連隊は、崩壊していた。一九七・五時間にも渡る戦闘で、一六七二名の戦死傷者を出しており、この数字は太平洋戦争以降、現在に至るまで、最も激しい損害を受けた連隊となった。第一大隊は七一パーセントもの損失を受け、事実上全滅した。大隊の配下の三個中隊に属する九つのライフル歩兵小隊は、七四名しかおらず、上陸時の小隊長は一人も残っていなかった。第二大隊は、五六パーセントの戦死傷率、第三大隊は五五パーセントの戦死傷率であった。

戦線から戻って来た海兵隊員に、従軍記者が「あなたは、第一海兵連隊の所属ですか?」と尋ねた。これに対し、海兵隊員は「第一海兵連隊なんて、もう存在しないんだよ」と、うんざりするように答えた。プラー大佐は、部下の兵士らを誇りに思っていた。副師団長のO・P・スミス准将も「彼らが前進して、確保した戦闘の跡を見ると、まさに不可能な事をやり遂げてきたと、驚きを感じる」と述べている。

第一海兵連隊が、ペリリュー島の戦闘において、日本軍に与えた損害は、日本兵の推定戦死者三九四二名、一〇ヵ所の珊瑚岩の高地、三ヵ所の小要塞、二二ヵ所のトーチカ、一三門の対戦車砲と、一四四ヵ所の洞窟壕であった。

部隊再編のためにパープルビーチに戻った第一海兵連隊の生き残りの兵士らは、腰を落ち着ける間もなく、三日後に再び戦線に投入される予定であると、プラー大佐から聞かされ、不満を露わにしていた。最前線で戦って来た、戦闘歩兵の兵士らは、限界を超えていたのだ。

しかし、彼らの不安は取り越し苦労であった。プラーの意志とは別に、師団司令部では第一海兵連隊をウムロブロゴル山に戻すつもりは毛頭なかった。「利用できる補充兵はいなかった。ライフル歩兵部隊の損害は、あまりに多く、特に将校と下士官の損害が大きかった。そのため、部隊はもはや、無力化されていた」と、師団参謀は語っている。

〝無力化された〟中には、プラー大佐自身も入っていると思われる。プラー大佐は、ガダルカナル戦で足に受けて体内に残された砲弾の破片のせいで体の自由が効かず、戦場を移動するのに、担架を使っていたと、第一海兵連隊第一大隊長だった、R・G・デービス少佐は語っている。デービスの私見では、この破片のおかげでプラーは命拾いをしたのではないかと考えていた。プラーは、その性格上、可能な限り最前線まで行く傾向があり、もしペリリュー島で同じような行動をしていたら、この猪突猛進型の連隊長は間違いなく戦死していたはずであると述べている。

第一海兵連隊は、その後もパープルビーチで待機し続けたが、活動は、散発的な日本軍の侵入者や、狙撃兵に対する対処に留まった。時折、日本兵の移動を監視するための偵察隊が送り出されたものの、ほとんどの兵士は、食べること、寝ること、それに、誰が生きているか死んでいるかを確かめることの、三つの行動だけに費やして、回復に努めていた。

同じ日、第三二三連隊戦闘団は、ウルシー環礁を無血占領した。ペリリュー島の北東、約四〇〇キロに位置するウルシー環礁は、約三〇の小島から成っており、南太平洋における戦略的な重要拠点と見なされていた。この環礁は、大型艦船の天然の停泊地としては最高の場所であり、ハルゼー提督もステイルメイト作戦の発動にあたって、異議を唱えなかった唯一の目標でもあった。そのため、一刻も早い作戦の実行が望まれていた。

ペリリュー島の海兵隊が飛行場の奪取に躍起になっていた九月十六日の朝に、早くもハルゼーは、ウィルキンソン少将に対して、海兵隊の予備部隊である連隊戦闘団に対してウルシー攻略のために「可及的速やかに」準備をするよう依頼していた。この夜、ハルゼー提督は、ペリリュー島には予備連隊が必要だと唱えていたジュリアン・スミス少将の考えを押し切って、正式なウルシー攻略の命令を発した。

先遣部隊は九月十九日にパラオを出発し、残った本隊も、その二日後にはパラオを離れた。九月二十一日の午後から、二日間に渡って実施された米軍の偵察部隊は、日本軍がすでにこの環礁から撤退していたと報告してきた。日本軍の上層部は、明らかに、この船舶の停泊地としてしか価値がないウルシーを遺棄して、夏の終わりには、ヤップ島に移動していったと思われた。このため、ウルシーにおける日本軍の痕跡は、環礁に敷設された多くの機雷と、寂しげな墓標だけだった。一方で、海軍もまた、バベルダオブ島の北側にあるコソール水道へと艦隊を進めたため、九月二十一日には、この水道を通って弾薬補給船がペリリュー島や、アンガウル島へと航行することができた。その後、機雷掃海作戦が実施され、一週間後には、大規模な船団の停泊が可能となった。

第三二一連隊戦闘団は、二〜三ヵ月かけて西カロリン諸島の島々を掃討し占領していった。天候も良く、地元住民も友好的で、しかも日本兵は僅かであり、兵士らは多いに環境を楽しんでいた。ファイス島で小競り合いがあり、五、六名の死傷者が出た以外は日本軍の抵抗らしい抵抗はなく、ペリリュー島の置かれた状況とは全く対照的であった。

皮肉なことに、無血で占領したウルシー環礁は、大量の血で代償を支払った、ペリリュー島やアンガウル島などよりも、遥かに戦略的価値が高いことを、その後の数ヵ月で実証した。海軍設営大隊は、すぐに停泊用の港湾施設と、飛行場の建設を始め、病院、野球場、将校クラブや、兵員用の娯楽施設、白い砂浜の海水浴場など、巨大な保養施設群が建設された。日本軍の占拠しているヤップ島とは一〇〇キロほどしか離れていなかったが、日本側は明らかに混乱していた。彼らが潜水艦の偵察により、米軍の進出に気がついたのは十月七日の事だった。十一月の遅く、日本軍の〝回天〟と呼ばれる五隻の小型の人間魚雷による、特攻攻撃を受けて、給油艦ミシシネワが、四〇万ガロンの航空燃料と共に撃沈された。さらにその後、三月に入ると、航空機による特攻攻撃も始まり、空母ランドルフが攻撃され、三四名が戦死、一二五名が負傷した。しかし、この場所の戦略的価値を考えれば、これらの損害は取るに足らないものであった。

この間、ペリリュー島での戦闘は泥沼に陥っていた。

(訳注八／一)〝フェイギン〟とは、チャールズ・ディケンズの有名な長編小説「オリバー・ツイスト」に登場する老獪なユダヤ人の窃盗団の頭領の名前。

第九章　日本軍逆上陸

疲弊した第一海兵師団の負担を軽減するために、ペリリュー島では戦略の転換が図られた。遅ればせながら、想像を絶する地形であるウムロブロゴル山への正面攻撃が歯が立たないことを認識したルパータス少将と、師団参謀らは、山岳部を避けて迂回する攻撃ルートを検討していた。その際、ペリリュー作戦の初期段階において、西海岸の海岸線に沿っている、平野部に展開していた日本軍が意外と脆い点に着目していた。幅が五〇メートルから、七五メートルの平野部分に対しては、並行して走る低い丘が遮蔽物となって、東側にある険しい山岳部からの砲撃を妨げており、日本軍の抵抗は、それほど激しくなかった。そのため、第一海兵連隊第三大隊は、右翼側の険しい山岳部で足止めを喰らっている海兵隊の部隊と連携するために止まった以外は、沿岸部に沿って順調に前進できた。

ここで、現在の状況を有利に転換するために、陸軍と海兵隊の部隊は、日本軍の陣取るウムロブロゴル山への直接攻撃は、大きな損害が予想されるために諦めて、その代わりに、海岸線に沿って伸びている六キロ程の細長い平地部を島の北端まで進撃して、敵を包囲し、孤立化を図る計画を立てた。

九月二十五日に発令された、野戦命令第四番二五号において「収集された全ての情報から推察すると、ペリリュー島北部における、迅速な行動は成功を収めつつあると推察される」と報告されている。また仮に成功した場合「日本軍は、ウムロブロゴル山とその周辺部に閉じ込められた僅かな領域だけが、彼らに残された全てである」と結論づけている。

希望的観測に基づくと、この作戦で、うなぎ上りの戦死傷率を引き下げる効果があるのではないかと思われた。また同時に、海兵隊による、ペリリュー島と隣接したガドブス島への、沖合からの上陸作戦の実行も可能となった。この島の半完成状態の戦闘機用の滑走路は、作戦当初からの主要な目標の一部でもあったが、そのスケジュールは大幅に遅れていた。この滑走路がすぐに利用できるかどうかは別としても、この島の占拠はすぐに行なう必要があると思われた。

このウムロブロゴル山を避けて、ペリリュー島の北部と、ガドブス島を攻略する作戦については、否定的な意見もあったが、九月二十三日に、日本軍の第十四師団の増援作戦を撃退したことで、そうした意見は聞かれなくなっていった。九月十八日には、ペリリュー島北西部の海岸において、日本軍の二隻の大発動艇（訳注九／二）と、一艘の小発動艇による物資の積み降ろしが発見されていた。米軍の航空偵察活動によると、こうした小規模な物資輸送の他は、パラオ諸島に駐留する二万五〇〇〇名の日本軍将兵が、中川大佐の増援に駆けつける動きは全く見られなかった。

井上中将が、苦境に立つ中川大佐に増援部隊を送る事をためらっているのには理由があった。彼は、米軍がペリリュー島の攻略が終わり次第、コロール島とバベルダオブ島の攻略に動き出すとの確信があったのだ。しかし、それでも彼は最終的に、〝ペリリュー島の陣地のため、またそこにいる将兵らの士気を鼓舞するために〟、歩兵第一五連隊第二大隊を増援部隊として送り込む事を決めた。

ペリリュー島の上陸作戦の前から、井上中将は、第三一軍に対して、ペリリュー島周辺に広がる環礁を迅速に行動するために三〇〇隻の小型艇を送るように要請していた。この要請は最終的に実現しなかったため、歩兵第一四師団は、中川大佐に増援部隊を送る為に、大型で速度が遅い大発に頼らざるを得ない状況になった。

九月二十二日の夜、Dデイ以来、初めてのまとまった雨の中、大隊長である飯田義栄少佐の名前を取った飯田大隊は、バベルダオブ島から夜の闇に紛れつつ、大発艇による船団を組んで出発した。この時の日本軍の逆上陸に関しては、いくつかの情報に混乱が見られている。まず、米海軍によると、日本軍の増援部隊の大半は、海上で撃退されたと報告している。一方で、日本軍側の記録では、大隊の大半は、無傷で上陸に成功した事実が判明しており、井上中将は、飯田少佐を、部隊の中で最も優秀な少佐であると評している。

米軍側の報告によると、九月二十三日の夜明け前、駆逐艦H・L・エドワーズが日本軍の掌握下にあるペリリュー島北部のアカラコロ岬の沖合に、七隻の日本の大発動艇が接近してくるのを発見した。駆逐艦は直ちに攻撃を加え、このうちの一隻を撃沈した。他は全て海岸に辿り着いたものの、すぐに海軍艦艇や、沿岸に展開した砲兵隊、あるいは航空機による攻撃を受けた。〇八四五時に、巡洋艦ルイスビルは、全ての日本軍の大発動艇が撃破されたと報告している。

九月二十四日の〇二三〇時頃、別の大発船団が発見され海軍艦艇や、アムタンクからの攻撃が加えられた。海岸砲兵隊も砲撃を開始し、駆逐艦からは照明弾が撃ち上げられた。駆逐艦エドワーズは、最初の三〇分で余りに多くの照明弾を撃ち上げたため、在庫が底を尽き、サーチライトに切り替える羽目になった。

〇五三六時までに、日本軍の大発動艇一四隻を撃沈したと報告し、その内の数隻は夜が明けても炎上しており、残骸の中で日本兵の生存者が蠢いているのが見えた。朝にかけて、こうした生存者は、泳いで海岸に辿り着こうと試みていたが、海軍の艦艇や、航空機による機銃掃射で一掃されていった。最終的な集計では、この戦闘で一一隻の大発動艇が撃破されたと結論づけられている。また、米軍側は、辛うじて陸地に辿り着いた生存者も、ほとんどの装備や補給物資を失ったと推定している。この時、捕虜となった、歩兵一五連隊第二大隊の工兵部隊の生存者の証言によると、この時の船団は、一四隻の大発動艇と、一隻の発動機付き漁船から成っていた。前夜に撃破された船団は、ほとんどが大隊の補給物資を運んでおり、二回目の船団は、主に兵員の輸送が主目的であったとされている。この捕虜は、ペリリュー島北東部の海岸や、近くの小島に上陸できた日本兵の数を六〇〇名と推定している。

米軍側の戦果報告にも関わらず、日本軍側の第一次逆上陸に関する被害報告は全くない。「ペリリュー島に先遣増派せる村堀中隊は、本二十三日、〇五二〇時、無事上陸に成功せり」と日本軍側は電文を発している。

九月二十四日に実施された第二回目の逆上陸作戦は、前回ほどの成功を収めることはできなかった。日本軍の記録によると九月二十三日の夜、バベルダオブ島を出発した九隻の大発動艇は、ペリリュー島に無事到着した。それ以外の六隻は、途中で航路を誤り、砲撃を受けて炎上してしまった。「しかし、ほとんどの兵員は、浅瀬を通って、歩いて上陸できた」と日本軍は記録している。

この日本軍の報告は、その後、ペリリュー島で、三〇〇名から六〇〇名規模の歩兵第一五連隊、第二大隊所属の兵士の存在が、米国の情報部門によって確認されていることなどから、これらの逆上陸作戦が、部分的にせよ成功を収めていたのが裏付けられている。

これ以上の日本軍の増援作戦を阻止するために、米軍は、島北部の環礁一帯で、水陸両用車輌による、厳重な監視活動を始めた。この付近は、海軍の艦艇が哨戒するには、水深が浅過ぎたのだ。さらに航空機を使って、中部パラオ諸島一円で、日本軍の小型船舶の破壊を目的とする空爆も実施された。しかし、中川大佐への増援を確実に阻止するには、こうした警戒活動よりも、ペリリュー島の北部を制圧する必要があった。

ウムロブロゴル山の激しい日本軍の攻撃を迂回して、西街道を攻撃する計画は幸先の良いスタートとなった。九月二十三日、第三二一連隊第二大隊は、第一海兵連隊第一大隊と、第二大隊と交替するために、飛行場の約七〇〇メートル北に到着した。交替が完了するとすぐに、大隊は、海岸線に沿って広がる平地を北のガレコル村に向かって偵察隊を送り出した。この村は、大隊から北に一・二キロほどに位置しており、すでに艦砲射撃により村とは名ばかりの廃墟となっていた。以前の海兵隊の偵察では、この付近ではほとんど抵抗らしい抵抗を受けることはなかった。陸軍の偵察部隊も、東側の山岳部からの砲撃を受けつつも、軽微な抵抗の中を前進していった。ワイルドキャット師団の兵士らが、ガレコル村に到着した際、村には若干の日本軍の防御陣地があったが、無人であった。しかし、航空機用の爆弾を転用した地雷が数多く埋設されていた。一七〇〇時、戻って来た偵察隊は、大隊から、ガレコル村の付近まで事実上、日本兵はいないと報告してきた。この報告を受けたルパータス少将は、すぐに第三二一連隊に対して、日没までに可能な限り前進するように命じ、第二大隊は、一七〇〇時に前進を始めた。

陸軍の兵士らは、すでに、これまで海兵隊が味わって来たことと同じ経験を味わっていた。すなわち、西街道と呼ばれる道路の左側を前進する限りにおいては、やや東側の内陸部にある斜面が、日本軍の陣取る高台からの視界を遮る形になり、ほとんど抵抗を受けることはなかった。しかし、少しでも、歩兵部隊が西街道の東側の平野部を進もうと展開すると、山岳部にいる日本軍の砲兵隊の観測網に視認され、場合によっては激しい砲撃をうけた。

そのため、この場所に展開しようとしたワイルドキャット師団の兵士らは、案の定、日本軍の砲撃に捕まり身動きが取れなくなってしまった。すぐに日没となったため、前進命令は撤回され、兵士らは、元々の出発地点まで戻り、夜に備えた。

九月二十四日には、雲一つない快晴のもと、山岳部の西側の斜面に向けて、艦砲射撃、空爆、野砲による支援砲撃が実施された。また、この砲爆撃は、日本軍の防御拠点の存在が疑われるガレコル村周辺に対しても実施された。第二大隊の攻撃は〇七〇〇時に開始されたが、ペリリュー島の北端までは、わずか五、六〇〇メートル程しかなかった。

左翼側では、一部分的に日本軍の視界から遮蔽された進撃路を通って、目覚ましい速度で進撃していった。正午近くには、先頭の突撃部隊はガレコル村から三〇〇メートルほど手前で、踏みならされた小道を発見した。この小道は、西街道から東向きに伸びており、沼地を交差して、山岳部の方向で途絶えるように消えていた。ワイルドキャット師団の兵士らは、この交差点付近の日本軍陣地を蹂躙し、速射砲を一門、機関銃を三梃と、海岸砲一門を捕獲した。

この周辺の掃討は後続の部隊にまかせて、G中隊は一五三五時に、廃墟と化したガレコル村を通り過ぎ、ようやく本来の作戦四日目の目標ラインまで到達した。兵士らは、この場所で攻撃を休止し、ここまでの進撃の成果を確たるものとするための守備ラインを構築した。師団の作戦報告書には「周辺一帯は、これまでの九日間にわたる艦砲射撃と空爆による残骸が散乱していた」と記されている。

この間、西街道の右手側を進んで行った部隊は、困難に直面していた。西街道と並行して走り、平野部を視界に収めている、低い丘陵群を確保するために陸軍の兵士らが派遣された。この付近では部分的に、街道と、山岳部の距離が五〇メートル程に迫っている場所もあり、西海岸線に沿った攻撃には、この丘陵の確保が必要であった。さらに、山岳部に沿って縦隊で進んで行った第七海兵連隊第三大隊の将兵にとっても、この場所の占拠は極めて重要であった。「あの場所が、ジャップの支配下にある限り、あらゆる努力が水泡に帰してしまうのは明らかだった」と大隊参謀のE・ハンター・ハースト少佐は述べている。

丘陵を確保しようと試みたワイルドキャット師団の兵士らは、日本軍の反撃に出会った。ここで彼らは、すぐに向きを変えて、丘を下ると、もっと簡単に前進できる方向を探そうとした。「奴らは、山岳部に沿って、数メートルしか進んでいないにも関わらず、敵と出会うとすぐに、尻尾を巻いて向きを変え、海岸線に近い道路の下のほうに向かっていた」と、海兵隊のハーストは、陸軍を侮蔑するように書き記している。

海兵隊のハースト少佐は、最初は、陸軍の若い少佐が、ワイルドキャット師団の兵士らを、鼓舞しながら再び丘を攻撃させようと努力する様子を眺めていた。やがて、動きの鈍い彼らに期待するのは諦めて、自ら第七海兵連隊I中隊を率いて丘の掃討に向かった。一三一〇時、彼は連隊本部に対して「第三二一連隊第三大隊は、丘から撤退した。この結果、第七海兵連隊第三大隊の側面ががら空きとなった。ジャップが丘を確保したため、第七連隊第三大隊は、丘の奪取に向かった」と報告している。この丘は、一七名の海兵隊の戦死者を代償に確保できた。この時の戦死者の中には、I中隊長の、カール・D・ファーガソン大尉も含まれている。

その後の一時間で、この丘陵の確保に失敗した陸軍の大尉は、ライフル中隊の指揮官の任を解かれ、戦死者の埋葬部隊へと更迭された。彼の参謀も同時に任を解かれたため、中隊の指揮官は、傘下の小隊長に引き継がれた。海兵隊に関しては、すでに、戦死者と負傷者を丘から引きずり降ろした時点で、この攻撃の代償を支払っていた。

この間、第三二一連隊第二大隊の偵察隊が、海兵隊と、陸軍の戦車隊に、火炎放射器を装備したアムトラックを伴って、北方向に向けて、二〇〇〇メートルほど先の、次の目標ラインに向けて前進を始めていた。二〇〇メートルほど前進したところで、地図では数百メートル先に記されていたはずの、日本軍の通信施設だったと思われるコンクリートの建物と、電波塔が見えてきた。その周辺には数多くの横穴壕や機関銃座、トーチカなどの防御陣地が視認された。しかし偵察隊に対する敵対行動は無かったため、兵士らは、この日の交戦を避けて日没前にガレコル村まで引き返した。

ペリリュー島北部における日本軍の抵抗の弱さは、米軍を勢いづけた。日本軍は明らかに主戦力を、これまで一週間もの間、海兵隊と激しい戦闘を繰り広げて来た、山岳部中央の南側に集結させていると思われた。この仮説が当たっているとすると、島の残りの北側の攻略は、ほとんど抵抗が無いはずであった。

展開した第三二一歩兵連隊の主力部隊が、海岸線沿いの平地を掌握している間に、E中隊は、ガレコル村のやや南で発見した小道を、東側に向かって前進していった。この小道は、発見した部隊の名前を取って後に〝三二一連隊街道〟と呼ばれることになるが、沼地を超えると曲がりくねって細くなり、日本軍の抵抗拠点であるウムロブロゴル山中央部の北側へと通じていた。

この道以外の、山岳部へ通じる道は、全て渓谷で行き止まりとなっていたため、ワイルドキャット師団は、この道の攻略に取りかかった。もし、この道が、島の反対側の海岸線に沿った東街道へと通じているならば、これを制圧することにより、ウムロブロゴル山の日本軍を孤立化させ、中川大佐の部隊への増援を遮断し、補給や脱出の道を閉ざすことができるはずであった。この道は、所々で細くなり通行にも支障があったが、改良すれば車輌の通行も可能であった。しかし、その前に、山岳部への入り口の前に立ちはだかっている一〇〇高地と名付けられた、小高い丘を確保する必要があった。

この一〇〇高地はウムロブロゴル山の日本軍陣地の北端に当たり、その戦略的な重要性に気がついた米軍は、南にいる日本軍がこちらの動きを察知して、高地に増援部隊を送り込む前に、E中隊を高地掌握のために派遣した。部隊は散発的ながらも激しい抵抗を受けつつ、岩だらけの斜面をよじ上りながら、日没前に頂上部まで到達し、丘を掌握した。

他の部隊も、この動きに連携して、小道から西街道まで戦線を伸ばした。この頃、日本軍もようやく米軍の動きに気がつき、反撃の体制を整え始めていた。一七〇〇時過ぎ、ガレコル村の先の、計画第四フェーズライン付近の沿岸部に布陣していたG中隊に向けて、日本軍の激しい反撃が加えられた。ワイルドキャット師団は、二〇〇メートルほど後退したが、戦線を突破されることなく、すぐに後退した場所を取り戻した。

その一時間後、日本軍はさらに攻撃の準備を整えつつあるように見えたため、米軍側は、支援砲撃を要請し、攻撃を加えたところ、日本軍の目立った動きはなくなった。

夜になると第七海兵連隊の戦線に日本兵が侵入してきた。その侵入者は、ハーフトラックの数メートル手前で射殺されたもので、翌朝になって調べてみると、足には火炎瓶を縛り、背中には爆発物を巻き付け、ポケットの中には多数の手榴弾が入っていた。

ワイルドキャット師団のE中隊の兵士らは、一〇〇高地を向き、岩の間にしゃがみ込みながら、眠れぬ夜を過ごしていた。時折、戦線を超えて侵入しようとする日本兵に向けて、機関銃弾が撃ち込まれていたが、敵兵が本当に存在するのかは分からなかった。〇一〇〇時から、〇三〇〇時の間、道を挟んで東側にあるB高地から、一〇〇高地の再奪取を目指して、日本軍が道を超えて侵入してきた。この動きを察知したE中隊は、戦線全面に渡って自動火器による弾幕を張り、この動きを制しようと試みた。翌朝、夜明けとともに、道路の周辺には一五体ほどの日本兵の死体が散乱していたが、負傷兵は暗闇に紛れて這って戦線の後方に消えたようであった。

米軍の取った、日本軍の主抵抗線があるウムロブロゴル山を回避する作戦は、ペリリュー島における戦術的な状況を一変させており、その中で、一〇〇高地の奪取は、重要な成果であった。丘の上から反対側の海岸線に沿って走る、東街道を望み見ながら、ワイルドキャット師団の兵士らは、中川大佐の強固な防御陣地を完全に孤立化させ、ペリリュー島を二分化するゴールが現実のものとなって見え始めていた。

しかし、ゴールへの道は簡単なものではなかった。この場所では、東街道は、一〇〇高地と、その東側にある、やや小高い丘のB高地の間を小高い丘を超えるようにして通り抜けていた。このB高地は、日本軍によって強固に防衛されており、島を二分化するには、必ず確保する必要があった。

ワイルドキャット師団にとって二日目の戦闘は〇七〇〇時に始まった。E中隊の兵士らは一〇

○高地の東側斜面を、東街道に向けて駆け下りていった。B高地に陣取る日本軍からの、小銃や機関銃による、比較的軽微な抵抗の中、兵士らは一〇三〇時に東街道へ到達した。

B高地から浴びせられる銃砲撃の量は、今後の戦闘が容易成らざるものであることを示していた。第三大隊が右翼側へ攻撃を実施する間、全体の動きを調整するために、E中隊は動きを止めることになったが、第三大隊はこの時点で、独力で対処不能なほどの抵抗を受けていた。E中隊のすぐ南側に位置する、日本軍の山岳防御網の中心に攻撃を仕掛けた他の部隊の兵士らは、ウムロブロゴル山の真の恐怖を味わい始めていた。「連なる機関銃座や、トーチカは、周囲を断崖や絶壁に守られており、激しい銃撃を浴びせて来たため、この日の進展は望ましい結果ではなかった」と、この日の師団の作戦報告書には記載されている。

この日、幸運な兵士も二人いた。上空を飛行していた砲兵観測機が、日本軍の銃撃で撃墜され、前線の背後に不時着した。第三二一歩兵連隊F中隊のゴードン・B・コステロ中尉は、志願兵を募って、救出班を組織すると、不時着現場に生存者を探しに向かった。彼らは日本兵が到着する前に撃墜現場に到着すると、二人の搭乗員を無傷で救出し、無事、米軍側の戦線まで連れ帰ることができた。

九月二十五日の島の北部における作戦は順調に推移した。日本軍の抵抗は弱く、島の北端にある小島では、組織的な抵抗は準備されていないように思われた。前日の午後に収集された情報を基に、西街道を掃討するための、歩兵と戦車、火炎放射器を搭載したアムトラックによる強行偵察部隊が組織された。

偵察部隊は一・二キロほど前進し、四ヵ所のトーチカと、二ヵ所の補給処を破壊し、一名の捕虜を取った。この捕虜は朝鮮人労働者であった。この急襲で三〇名の日本兵が戦死したものの、抵抗は弱かった。このため、中川大佐は、島中央部の山岳部から外側での戦闘を避けているとの見方が広がり、その意味するところは、米軍側は、日本軍の陣取る無数の防御拠点を一つずつ、潰していかなければならないということだった。

この日の朝遅く、飛行場の滑走路の北側に位置する、半壊した日本軍の司令部ビルの中で指揮を執っていたルパータス少将は、ペリリュー島北部を二分するように攻撃命令を下した。第五海兵連隊は、カミルウヌル山と呼ばれている高地の西側に広がる平野部と東街道の占拠を命じられた。第三二一連隊は、〝三二一連隊街道〟を最後まで突破すると共に、第五海兵連隊の東側一帯の掌握が任務となった。

ペリリュー島の東部で待機していた第五海兵連隊は、すぐに招集されると、西街道へ移動することになった。移動の師団命令が正式に発せられたのは一〇三〇時であった。特にカルドロルク村の近くにいた第一大隊は、一三〇〇時までに、攻撃開始地点に展開するよう命じられたため、バッキー・ハリス率いる第七海兵連隊は、大急ぎで準備を整えると、すぐに移動を開始した。まず、第一大隊が出発し、すぐに、第二、第三大隊が後に続いた。彼らが、陸軍部隊の管轄区域を移動していくと、右手にある山岳部の尾根から日本軍の機関銃が銃撃を加えてきており、青白い曳光弾が、彼らの頭上を飛んで行った。地面は平らで、所々が緑で覆われていた。日本軍の小火器や迫撃砲、野砲による攻撃は、山岳部の尾根だけではなく、ペリリュー島の北端から数百メートルの場所にあるガドブス島の陣地からも加えられているようであった。

第一大隊の先導で北に向かって前進していくにつれ、時折、日本軍の抵抗に出会うようになった。この場所でも他と同じように、日本兵の抵抗は激しいものであったが、ペリリュー島の北部に限って言えば、組織的な連携を欠いていた。これは、展開している日本軍の兵士らが正規の陸軍兵士ではなく、海軍の兵士や、建設労働者出身の軍属らで構成された、寄せ集めの部隊であることが原因と思われた。

地形が平らであるため、戦車やアムトラックの展開に適しており、この日も目覚ましい進撃スピードを維持できた。

一七〇〇時までに、先導部隊は西街道と、東街道の交差点を確保した。この戦闘で、交差点近くの高台から前進を阻止しようと試みた日本兵、二〇名が戦死した。大隊はさらに一〇〇メートルほど前進し、破壊された日本軍の無線基地を日没までに占拠した。C中隊から一個小隊が、散在するコンクリート構造物の制圧を行なった。ドアや窓を通り抜けながら前進する姿は「まるで、市街戦のような雰囲気だった」と、中隊長は回想している。

この時、第五海兵連隊参謀のレウ・ウォルツは、負傷した膝を治療中の連隊長、ハリス大佐と密に連絡を取り合い、作戦を練っていた。この時点で戦線は延び切っていたが、この日の目覚ましい前進成果を放棄するつもりもなかったため、ウォルツとハリスは、思い切って、第三二一連隊の戦線と切り離し、自らの連隊だけで東に向かって円陣防御線を構築する大胆な決定を下した。

第三大隊は、その円陣防御線を、東街道を跨ぐ形で、北側から西街道との交差点に向けて構築した。第五海兵連隊第一大隊は円形陣地の北向きに展開し、側面は海岸線となった。第二大隊は、ガレコル村の北数百メートルの海岸を中心に南側の防御線を担当した。

この素早い部隊展開に、日本軍は、驚きを持って迎えた。日没後、I中隊長は、道路に立って隣接の中隊の中隊長である大尉と、防御配置について話し合っていたところ、前哨部隊から日本軍の部隊が接近してくるとの情報が伝えられて来た。海兵隊員らが戦闘配置につくと、すぐに十数名の日本軍の海軍陸戦隊の兵士の集団がやってきた。これは日本軍による反撃ではなかった。海軍陸戦隊の兵士らは、米軍側がこの辺りまで進出していることに全く気がついていない様子であり、「大きな音を立てながら、進んで来た」と中隊長は記録している。周辺に隠れて待ち伏せした海兵隊は、一斉に銃口を開くとこの日本兵の一団を全滅させた。

暗闇が訪れるにつれ、最も北側に展開した第五海兵連隊第一大隊に向けて、日本軍の攻撃が集中しだした。大隊の展開している前線から、わずか三〇〇メートルほどの位置には、日本軍の陣取る高地があり、二門の七〇ミリ砲に、多数の迫撃砲による砲弾が海兵隊員の頭上に降り注いだ。小火器による銃弾は三方向から撃ち込まれ、さらに沖合のガドブス島からも、二門の三七ミリ砲による砲弾が飛んできた。

これに対して海兵隊は、場所を限定しながら、砲兵隊による支援砲撃を加え続けた。結果として日本軍の砲撃が和らいだ場合、その場所へペースを落としつつも、一晩中、砲撃を継続させた。この戦法は、当初は疑問視されていたが、海兵隊の前哨陣地を維持する目的としては、それなりに機能しているように思われた。

夜半になると、第五海兵連隊第一大隊の防衛線に向かって三回に及ぶ強力な日本軍の反撃が加えられ、多数の死傷者が出た。C中隊の海兵隊員は、日本兵の刀で、真っ二つに斬り落とされた。黄燐手榴弾で死んだ海兵隊員や、火炎瓶を蛸壺に投げ込まれ焼死した海兵隊員も二人いた。こうした日本軍の攻撃は激しいものであったが、全て撃退され、確保した陣地を守りきった。〇二〇〇時、今度はC中隊が日本軍に対して反撃し、彼らを悩ませていた二ヵ所の機関銃陣地を撃破した。

その場所から、南に下った場所でも、日本軍の夜間の斬り込みは続いていた。東街道の近くで配置についていたユージン・スレッジ二等兵は、二人の日本兵が浅い溝から突如として「腕を荒々しく振り上げて、しわがれ声で何かわけの判らない言葉を叫びながら」立ち上がるのを見た。このうち短パンをはいた一人は手に銃剣だけを持って、スレッジの正面の二人が入っている蛸壺に飛び込んだ。一人の海兵隊員が、仲間の兵士に日本兵と間違えられて斬りつけられ、蛸壺から飛び出して来た。もう一人の海兵隊員は、この時、歩哨として、警戒しているはずだったが、明らかに、うたた寝をしていたようで、すぐに起きると、この侵入者を射殺した。二人目の日本兵は、向きを変えると別の蛸壺に飛び込んだ。蛸壺からは、苦痛に満ちた長い叫び声が上がった。素手で必死に格闘していた海兵隊員は、日本兵の眼腔に指を突っ込んで殺した。

そこからさらに南で、東街道を見渡せる一〇〇高地の近くでは、ワイルドキャット師団の兵士らが、日本軍の偵察隊や、斬込隊の圧力を受けていた。夜明け前、円形防御陣地の外郭の蛸壺にいたジョセフ・ブロフマン一等兵は、小銃を持った日本兵が近づいてくるのを見つけた。ブロフマンは自動小銃で、この日本兵を倒したところ、同じ蛸壺にいた二人の兵士も眼を覚ました。ところが、この時、二人目の日本兵が、一〇メートルの距離まで這いよってきていたのに、誰も気がつかなかった。この日本兵は、彼ら三人の真ん中に手榴弾を投げ入れて来た。夜明け前の薄暗い中で、この手榴弾がどこに転がっていったのか判らなくなり、ブロフマンは、爆風を少しでも避けるために、少しでも遠ざかる方向に、体を投げ出した。他の二人の戦友は無傷だったが、ブロフマンは、爆風を浴びて、両足を切断したものの生き延びることができた。

同じE中隊所属で、ジュニア・ウィリアムス一等兵は、瀕死の重傷を負った戦友と同じ蛸壺で朝を迎えていた。昨晩の断続的な日本軍の攻撃で、合計八個の手榴弾が彼らの蛸壺に投げ込まれた。そのつど、彼は爆発する前に手榴弾を斜面に投げ返していたが、どうにか朝日が射すまで、生き延びていたようだった。

第三二一歩兵連隊による、B高地に向けた再攻撃は〇七〇〇時に開始されることになった。西から第二大隊が攻撃している間に、第三大隊が、南と南西方向から接近を試みた。しかし、第三大隊の進撃は、後に、〝ワッティー・リッジ〟と、〝バルディ・リッジ〟と呼ばれる二つの高台からの激しい攻撃に阻まれて頓挫した。

この二、三時間の戦闘を経て、攻撃命令は撤回された。第二大隊の作戦参謀、ジョージ・ネイル大尉は、周囲の部隊を集めて、B高地を北から回り込んで再び攻撃する作戦を立てた。彼の名前をとって、ネイルの機動部隊と呼ばれた。この部隊は、F中隊から四五名の歩兵と、七輌の中型戦車、六輌のアムタンクと、火炎放射器を搭載したアムトラック一輌から成っていた。

ネイルの機動部隊は、一〇〇〇時に、ガレコル村を出発し、一旦は、北向きに西街道を二キロほど前進し、第五海兵連隊の戦域を通り、東街道の交差点付近まで移動した。そこで部隊は、南向きに進路を変え、障害を除去しながら東街道を下って行った。部隊はB高地から一五〇メートルほどのマミリウルヌ山の東側を通る道路を迅速に移動していった。最も組織立った抵抗を受けたのは、一五〇〇時頃で、一五名ほどの日本兵の集団が、自爆特攻を試みた際であった。この日本軍部隊は、すぐに撃ち倒され、機動部隊は、西から攻撃を試みている第二大隊に支援攻撃を試みながら前進していった。

ネイルの機動部隊は、目標の周辺に到達すると、E中隊とF中隊は、B高地のすぐ南に位置する、東街道に沿った丘陵の稜線沿いに展開した。

第三二一連隊第一大隊は、第三二一連隊第二大隊が移動した後の、ガレコル村周辺に展開すると、K中隊は、一〇〇高地のE中隊と交替した。

一六〇〇時、日本兵の眼をくらますために、黄燐弾による煙幕がB高地を包み込むと、ワイルドキャット師団は、三方向から同時に攻撃を開始した。F中隊は東向きに攻撃し、E中隊は北向き、ネイルの機動部隊は南向きに、煙幕の中を前進していった。険しい地形の中、強行突破を図りながら、E中隊とF中隊は、ゆっくりと丘の頂上部目指して進撃していった。一六四五時、攻撃の先導部隊は、頂上部を掌握した。いつものとおり、日本兵は、死ぬまで抵抗したが、数名の朝鮮人労働者はワイルドキャット師団に投降した。
斬込隊と、夜襲は依然として米軍を悩ましていた。この夜、小銃と機関銃で武装した日本軍の斬込隊が、三二一歩兵連隊の指揮所を襲い、死傷者三五名の大損害を被ったが、それでも防衛線を死守し、中川大佐の主力軍は、ウムロブロゴル包囲網（ポケット）に孤立させられた。

ワイルドキャット師団がB高地を掌握する間、第五海兵連隊は、島の北部一帯の掃討を試みていた。円形防御陣地の中央部分を担当していたハリス大佐率いる第三大隊は、〇六〇〇時に攻撃を開始すると、東海岸に沿って、八〇高地に向けて前進していった。海兵隊員にとって幸いだったのは、この高地は、日本軍の連携防御網からは、孤立した存在であったことである。大隊は、〇八三〇時までに、ペリリュー島の地図で東端に位置する沼地を見下ろせる高地の上に到達していた。

このすぐ北では、第五海兵連隊第一大隊が、やや厳しい状況に置かれていた。彼らの苦難は、その地形が原因だった。ペリリュー島北西の半島部における高地帯とは、主に三つに分類された。まず南側が、最も恐るべきウムロブロゴル山地。その山地に隣接するように、半島の中央部から北にかけて、マミリウヌル山地があり、こちらは、ウムロブロゴルよりも低く、地形もそれほど険しくはない小山の連なりであった。最後にアミアンガル山地である。最も北に位置する山地で、マミリウヌル山とは、盛り上がった平野部で切り離されていた。
アミアンガル山地は、ちょうど古い活字体の〝L〟のような形をしていた。アカラコロ岬のすぐ下から始まり、半島の軸に沿う形で、狭い幅の尾根は南西に一キロほど走っていた。その場所で、山脈は大きく直角に向きを変え、ほぼ半島の幅と同じ広さに広がっていた。その四つの半独立した丘が連なる、奇妙な外形から、〝ヒル・ロウ（丘の連なり）〟と呼ばれた丘陵地帯は、高地1、高地2、高地3、レーダー高地、の四つの頂上部から成っていた。連なりが後ろに行く程、高くなり、一番高い丘は、東海岸沿いの平野部に、イボのように突き出ていた場所のドーム状の頂上部に、日本軍は、その名前の由来となる、電波探知機を設置していた。

この丘の連なりに、日本軍はペリリュー島最大で、最も複雑な横穴壕陣地を構築しており、約一〇〇〇名の日本兵が陣取っていた。これらの日本兵のほとんどは、ほんの数ヵ月前に、支援部隊や、輜重部隊などから再編された、独立歩兵第三四六大隊の所属であり、一部に海軍所属の兵士や、それ以外の様々な部隊に所属する兵士も混じっていた。

西街道を通って北向きに攻撃を仕掛けた第五海兵連隊第一大隊は、高地1の日本軍から激しい反撃を受けた。日本軍は、高さ四〇メートルほどの丘に掘られた横穴壕から、小火器、七五ミリ砲、三七ミリ砲、迫撃砲、機関銃など、ありとあらゆる武器を動員してきた。これ以外にも、沖合のガドブス島の日本軍陣地からも砲弾が降り注いだ。海兵隊は、戦車や、火炎放射器付きのアムトラックの支援を受けていたものの、こうした銃砲撃に耐えきれず、攻撃は頓挫した。

東側の道路から攻撃を仕掛けたB中隊の状況は、比較的順調で、一四〇〇時までに、高地2を確保した。この戦闘の中にフィリップ・アフリート軍曹もいた。彼の所属していたB中隊は、すでにほとんどの将校が死傷したため、ミネソタ出身で、元迫撃砲小隊の指揮官だった屈強なジョセフ・H・ウィゼス中尉が、中隊の指揮を執っていた。ウィゼスは、賢い男であった。彼は、アフリートの傍に来ると「フィリップ、聞いてくれ、君は、ライフル小隊に詳しいだろうが、俺は迫撃砲の事しか判らないんだ。だから、上から命令が来たら、一旦、君に伝えるから、君が部下を動かしてくれないか」と告げた。

海兵隊員らが、戦いながら高地2へ向かっていく途中で、彼らの中に迫撃砲弾が落下しだした。そのときアフリートがウィゼスに目を向けると、彼は無線機に向かって「あの、迫撃砲を片付けてくれ」と叫んでいたが、突然、中尉は崩れ落ちた。アフリートが彼の元に駆け寄ると、小さな砲弾の破片が心臓のすぐ下に食い込んでおり、すでに死亡していた。

こうして、迫撃砲弾により数名の戦死者を出しながらも、中隊は高地2の頂上に辿り着いた。この場所の地の利を活かして、海兵隊は高地1に陣取っていた日本軍の七五ミリ砲と、三七ミリ砲を撃破した。この支援攻撃のおかげで、C中隊は、日没までに高地1に足がかりを作るのに成功したものの、夜間の防御に備えて、一旦後退することになった。

日が暮れて、連隊は戦線の防御を固めることになったが、この日の戦闘の結果、防御線の形はいびつになった。高地1での攻撃の頓挫と、高地2での攻撃の進展で、ゴードン・D・ゲイル少佐の第二大隊は、第一大隊の戦線と切り離されてしまった。このため、ゲイルは、側面を海岸に取る形で、独自の円形防御陣地を作らなければならなかった。第一大隊は、ヒル・ロウを一部、横切る形で停止しており、右翼側の第三大隊と連携していた。第一大隊の左翼側は、高地2の頂上部を取り巻く形になっており、日本軍と対峙していた。

第三大隊は、ジョン・ガスタフソン少佐が指揮を執っており、配下のI中隊を、この朝奪取した高地の防御に当たらせていたが、他の部隊の状況によっては、いつでも支援に駆けつけられる体制になっていた。

この間、高地2の上では、アフリートの部隊に新たな小隊長が送られて来た。今度の小隊長は工兵隊出身で、アフリートは、「どうしようもないほど、歩兵部隊のことを知らない野郎だった」と評している。この工兵出身の将校は、かすり傷を負ったが、その手当のために救護所に行ったまま戻ってこなかった。アフリートは、野戦電話を掴むと、中隊長のジョン・ウィズドム・ホーランドを呼び出し、歩兵部隊の小隊長を送るように要請した。これに対し「もう将校はいないんだ。君が指揮を執ってはどうかね？」と尋ねた。アフリートは「分かりました。やりましょう」と受諾した。こうして彼は、消耗した二個小隊の生き残り総員四〇名の指揮官となった。

このペリリュー島北部の戦闘で、米軍を悩ませたのは、山岳部に複雑に張り巡らされた横穴壕陣地であった。この横穴壕を構築したのは、日本の、海軍建設二一四大隊で、元々、島の燐鉱山にいた、炭坑夫や鉱山技師を徴用しており、珊瑚岩の岩山を見事に掘り貫いていた。彼らの構築した横穴壕は、複数の出入り口と、異なる壕が縦横無尽に連結していた。こうした高所の横穴壕陣地に陣取った日本兵は、下にいる海兵隊員に向かって銃撃を加えて来た。この時の戦闘の不毛さについて、第五海兵連隊の戦闘口述記録では「横穴壕陣地や、トンネルに対して、戦車砲による零距離射撃を加えても、一時的な効果しか得られなかった」と記されている。

この後の数日間にわたって、様々な部隊の戦闘報告書には、それぞれ一定数の日本軍の横穴壕陣地を無力化したと記されているが、実際には、一旦無力化された陣地が、不思議なことに、いつの間にか復活していた。米軍は、こうした戦闘の経験から、遅まきながら、個別の小さなトンネルは、多くの場合、巨大で複雑な陣地壕網の、入り口に過ぎないことを理解し始めていた。大抵の場合、攻撃を受けた日本兵は、一旦、壕の奥深くまで退くものの、米軍が〝無力化〟したと判断すると、再び自由に元の場所に戻って攻撃を加えていたのだった。

丘の上を辛うじて維持していた海兵隊員は、文字どおり足下である地面の下から漂ってくる、魚と米を調理する臭いに、苛立ちを隠せなかった。これらの横穴壕は、何層にもなっており、場所によっては、三階から、四階建て相当の深さを持っていた。こうした日本軍の壕は、余りにも奥が深く、ある壕では、何度となく掃討作戦が行なわれたものの、結果として全ての日本兵を排除できたのは、翌年の二月のことであった。

幸いなことに、ヒル・ロウに構築された横穴壕網は、ここより南のウムロブロゴル山一帯の防御陣地と比較すると、奥行きが浅かった。これは、この壕の建設が、海軍の要員によるもので、利用目的も、防空壕や、倉庫などが主であり、陸軍の専門家による相互防御網の構築といった視点は欠けていた。

九月二十六日の夜、第七海兵連隊の火器中隊は、機関銃を抱えていた三名の日本兵を射殺した。

このうちの一人は米兵に向けた英語の宣伝ビラを持っていた。その高慢な内容とは、以下のようなものであった。

「アメリカの勇敢な兵士諸君に告ぐ。諸君らは、上陸以来、苦難の連続であろう。苦難に喘ぐ諸君らに、きれいな飲料水ではなく、銃弾しか贈ることができないのは、大変申しわけなく思う。我々は間もなく、諸君らに対して大攻勢をかけるつもりである。いまからでも遅くはないので、武器を捨て、白い旗（もしくはハンカチ）を掲げて、日本軍に投降したまえ。我々は諸君らを歓迎すると共に、快適にもてなすつもりである」

九月二十七日の〇八〇〇時、現在はルパータス少将の指揮所が置かれている、飛行場北端に位置する半壊した鉄筋コンクリート二階建ての元日本軍の司令部ビルの屋上に、米国国旗が掲げられ、簡単な式典が催された。この式典に参加した、ルパータス師団長と、配下の三名の連隊長や、何名かの参謀らが、掲揚される旗を見つめている間、北部の山岳地帯に撃ち込まれる砲弾の、ドスンという鈍い音が響き渡っていた。

北部で激しい戦闘を繰り広げている将兵にとっては、困惑する話ではあるが、この日、ペリリュー島の「勝利宣言」が成された日であった。実際のところ、この宣言は、総指揮官が、ウィルキンソン海軍中将から、ジョージ・フォート海軍少将に替わる際の儀典的な色が強かった。一方で、平野部で戦闘を繰り広げている、第五海兵連隊第二大隊には、国旗掲揚のための小休止はなかった。

海兵隊は、この前の晩、巨大な対戦車壕の手前で夜を過ごしていた。この対戦車壕は、破壊された燐鉱石製錬所の鉄筋コンクリート製の基礎を利用した、強固な日本軍陣地を防御するように掘られていた。分厚いコンクリートをくり抜く形で、銃眼が作られて、様々な重火器が内部に設置され、米軍のさらなる北への進撃を断固として阻んでいた。

この日の朝は、日本軍の恐ろしい程、正確な迫撃砲による砲撃という、不吉な前兆で始まった。第五海兵連隊第二大隊は、指揮所を島の北端にある廃墟となった日本軍の無線通信所に置いた。朝のうちに、数回にわたって、この建物に対する日本軍の極めて正確な迫撃砲による砲撃があり、そのうちの二発は、二階の窓から内部に飛び込んだ。さらに別の砲弾は、指揮所を直撃した。大隊長のゲイル少佐と参謀たちのど真ん中で炸裂し、ゲイル少佐の周りにいた全員が死亡する極めて深刻な被害を受けたが、少佐自身は、目に砂が入っただけで奇跡的に無傷だった。彼のヘルメットは、ズタズタに切り裂かれたものの、幸いにも彼はそのヘルメットを被っていなかった。

ゲイルは、装甲車輌投入のために、まず対戦車壕の対処に取りかかった。第一海兵戦車大隊は三輌のドーザー戦車（シャーマン中戦車に、ブルドーザーのブレードを装着したもの）を陸揚げしていたが、この時点で稼働可能な車輌は一輌だけであり、この一輌が、壕を埋める作業を行なうことになった。日本軍の激しい弾幕の中、外部から誘導しようとした将校は身動きが取れなくなり、戦車のペリスコープも破壊されたものの、ドーザー戦車は対戦車壕の中へ、ゆっくりと瓦礫を押し込んで行った。

この間、攻撃の後衛であったE中隊は、東側の高地に向けて偵察隊を送り出した。この高地の日本軍の守備隊はそれほど強固ではなく、海兵隊は、素早く頂上部を確保した。しかし、多くの場合と同様、この勝利は表面的なものであり、日本兵は、地中深く掘られた壕の中に無傷で残っていた。

〇八三〇時、ドーザー戦車が対戦車壕を完全に埋めて、装甲車輌の通行が出来るようになった。火炎放射器を装備したアムタンクが前進すると、日本軍の陣地中に、炎と共にゲル状のガソリンを流し込み、日本軍の抵抗は一気に途絶えた。その後、煙に包まれた陣地の中から六〇名を超える日本兵の死体が見つかった。

同じ朝、F中隊は、アミアンガル山防御網の北西にある二つの高地を確保しようと試みた。この頂上部には日本軍の砲兵観測所が置かれていたが、その観測所の日本兵は、中腹に掘られた横穴壕にこもっていた。彼らを殲滅するために、海兵隊員らは、壕の中に手榴弾を投げ込み、五ガロン入りのガソリン缶を投げ入れた上に、八一ミリ迫撃砲の黄燐弾にC４爆薬を巻き付けて爆破を試み、さらに火炎放射器で攻撃し、最後は一五五ミリ砲の直接砲撃で砲弾を撃ち込んだが、それでも中の日本兵は、手榴弾を投げ返してきた。「三〇キロものC４爆薬を、八一ミリ迫撃砲弾で起爆させて爆破したら、頂上の観測所も吹き飛んだ。信じられないことに、それでも中のニップの野郎どもは、生きていた」と、大隊の作戦将校は、この時の信じ難い光景を記録している。

こうして、海兵隊は悪戦苦闘しつつも前進していったが、正午になって、ペリリュー島で最も複雑で巨大な壕を張り巡らせた日本軍の防御陣地に出会い、攻撃は急停止した。島の最も北に位置するこの高地は、さながらミニ・ジブラルタルのようで、三方向に複数の出入り口があり、西街道と、ガドブス島の環礁に設けられた進入路を、完全に射界に収めていた。後の捕虜の証言によると、この時、中には約一〇〇〇名の日本兵が陣取っていた。この陣地の構造は余りに複雑で、そのため、海兵隊員の多くは、この陣地は近くの燐製錬所に鉱石を供給していた元炭坑の坑道ではないかと考えていた。ところが実際の燐鉱石の採掘は、この場所よりもずっと南側に位置しており、採石自体も、坑道方式ではなく、開けた地面を直接掘る、採石場の手法が取られていた。この複雑な構造の陣地は、海軍建設第二一四大隊の手作業によるもので、彼ら自身の司令部も、この陣地の中に置かれていた。

海に突き出る形になった地形の中で、陣地は道路を圧倒するような場所に位置すると同時に、高地と海の間は極めて狭く、戦車が辛うじて一輌通過できる幅しか残されてなかった。歩兵部隊も、平野部からこの陣地を攻略しようと試みたが、結果は惨憺たるものであった。高地の陣地の日本軍だけでなく、海を挟んだ対岸のガドブスやコンガウルの日本軍からも攻撃され、打ちのめされたのであった。ガドブス島の日本軍からの砲撃を制圧するために、空爆と砲撃が実施されたが効果は上がらなかった。後の調査では、日本軍の野砲はガドブス島の戦闘機用滑走路の西側に位置する低い丘陵群に深く掘られた陣地内に格納されているのが見つかった。

この状況に第五海兵連隊は、可能な兵力を全て動員し、総力を上げて攻撃を敢行することになった。連隊長のハリスは、師団参謀の一人に「ペリリュー島における、これまでの、どの連隊長よりも、精密に、かつ大規模な支援砲撃を実施する必要がある」と語っている。

艦砲射撃がコンガウル一帯に加えられる間、ガドブス一帯には砲兵隊による一斉砲撃が行なわれた。九輌のシャーマン戦車が、古い燐鉱石の製錬所を通り抜け沿岸部に沿って進みながらガドブスの海岸線に向けて煙幕弾を撃ち込んだ。対岸の島が煙幕に包まれると、水陸両用で七五ミリ砲を装備した五輌のアムタンクが三〇〇メートルほど環礁の上を進み、丘陵群の北の端まで行くと、横穴壕陣地の開口部に片っ端から砲弾を撃ち込んで行った。その間、戦車は道路を前進して高地を通り過ぎると、後続のアムトラックが、壕に火炎放射を行なった。

この攻撃は、多くの横穴壕陣地を飛び越えて攻撃を行なうものであったが、この温存された壕が、その後も数ヵ月にも渡って、海兵隊に脅威を与えることになると想像できた兵士はごく少数だった。

第五海兵連隊第二大隊がアカラコロ岬を目指して前進している間、第五海兵連隊第一大隊は、高地1の制圧を目指して戦闘を継続していた。高地1もやはり、横穴壕とトンネルが張り巡らされていた。この場所の攻撃にもドーザー戦車が必要となったため、対戦車壕の攻略から戻る唯一の戦車を待っている間、ヒル・ロウと並行して走っている南東側の道路に偵察隊を送り出した。

戻って来た偵察隊は、この道の周辺には支援砲撃で死んだと思われる日本兵の死体が散乱しており、道路自体は、厳重に地雷が埋設されていると報告した。この情報は後方に伝えられ、午後の早い段階で地雷の除去が行なえるように、工兵隊の派遣が要請された。ドーザー戦車の到着と共に、第一大隊は高地1の攻略に取りかかった。攻撃開始時刻は〇九三〇時で、B中隊とC中隊が二つの方向から同時に攻撃する計画であった。

この時の戦闘の模様をフィリップ・アフリートは「状況は酷かった、我々は小さな土手を上って、そこを降りた谷間で日本軍に捉えられ、手榴弾や機関銃で攻撃されたんだ。とにかく一旦、谷間に降りてしまうと、そこから逃げることができないのさ」と語っている。

前進速度は、痛々しいほど遅かったが、それでも一七〇〇時にB中隊は丘の頂上部を確保した。この攻撃で日本軍の四門の七五ミリ砲と、やはり四門の三七ミリ砲に加えて、多数の自動火器を破壊した。工兵隊は、手際よくトンネルや横穴壕の出入り口を爆破して、全ての開口部を封鎖していった。

この場所の南側では陸軍の第三二一歩兵連隊第一大隊が、高地Bより北に向かって進撃し、八〇高地と三二一連隊街道との間の空白部を埋めようと試みていた。この北の山岳部と、中央の山岳部の間の平野は、鞍部のように盛り上がっていた。その内の一個中隊は、マミリウヌル山に沿うように北を目指し、別の二個中隊は、東街道を通って進撃していった。東街道は、この付近では西に山岳部、東側は海に沿った沼地に挟まれるようになっており、部隊を広く展開することは困難だった。

ワイルドキャット師団の兵士らが驚いたことに、この進撃はほとんど日本軍の抵抗に出会わなかった。一二三五時までに、大隊は遺棄された日本軍の陣地や、補給施設を通り過ぎ、一キロメートルほど前進した。日本兵は島北部の丘陵地帯へと撤退したのではないかと推察されたが、これは後に捕虜の証言から裏付けられた。この捕虜の証言では、約五〇〇名の日本兵が東西両街道の交差点の東側と北側周辺に集結しているとのことだった。ところが、ここに来て、山岳部の険しい地形と、道路の右手に広がる沼の影響で、進撃スピードは遅くなっていった。

この日の午後遅く、マミリウヌル山の北側一〇〇メートルあたりで、道路が急角度で曲がっている場所にある日本軍のトーチカからの銃撃で、歩兵部隊が釘付けとなった。救援の戦車が到着した頃には日没となり、攻撃は翌朝まで持ち越しとなった。

一方、第三二一連隊第二大隊は、〇七〇〇時に高地Bを出発し、南側にある日本軍の中央の山岳部防御網に向かって攻撃を開始した。攻撃時の概略図によると、この日の彼らの攻撃目標は六五〇メートルほど先の日本軍の主防御網の北の端に当たる場所と思われた。

西側のK中隊（第三二一連隊配下）は東街道の右手で、山岳部の外縁に沿って前進し、F中隊は高地Bに陣取ったネイルの機動部隊の援護を受けながら東街道を進んだ。E中隊は高地Bを防衛するために留まったが、中隊は、前日も、この場所でウムロブロゴル山の日本軍からの機関銃攻撃を受けて、多くの死傷者を出していた。

この中でK中隊の南に進む道は最も困難なものだった。尾根と深い渓谷が連続した、険しい地形の中で、姿を露出しながら前進してくる米兵は、地の利を最大限活かした日本軍の前に、死傷者が続出していった。米軍は、日本軍の横穴壕陣地に対して、戦車砲で黄燐弾を撃ち込んだり、LVTに搭載した火炎放射器や、爆破班による爆破処理で、一つずつ攻略しながら進んで行った。

爆破班の一人、ジェリー・レイノルズ二等兵は、背中に火炎放射器を背負って、横穴壕の一つに接近していったところ、四人の日本兵が、こちらに向かって突撃してきた。彼は気を落ち着かせると、突撃してくる日本兵に向かって火炎放射を浴びせていったが、最後の日本兵が炎につつまれて倒れたのは、彼の位置から一メートルも離れていない場所であった。

フランク・W・ニコルソン二等軍曹の小隊は、この日も典型的な日本軍の激しい攻撃に見舞われていた。隣接する部隊と連携するために、深い渓谷を横切ろうとした際に、機関銃と小火器の激しい銃撃を浴びせられ、三名が戦死し、他にも数名が負傷した。この負傷兵を救出しようと試みた際に、ニコルソン自身も撃たれたが、彼自身は、辛うじて後送され、その後、二週間もの間、病院船のベッドの上で寝たきりとなった。

正午になって、第二大隊の攻撃は、目標まで二〇〇メートルの地点で、完全に行き詰まってしまった。この日の死傷者には、K中隊長も含まれていた。その後、時間が経過しても状況は改善されなかったため、攻撃命令は撤回され、部隊が身を隠せる場所まで一旦撤退することになった。当初の目標まで到達するためには、さらにもう一日、うんざりする戦闘を継続する必要があるように思えた。

第三二一連隊第一大隊も、再び日本軍の激しい抵抗に出会っていた。A中隊は、二輌のシャーマン戦車と、火炎放射器に支援されて、前日遭遇したトーチカの攻略に乗り出したが、結局、増援部隊の手を借りてこの場所を制圧したのは一一〇〇時を回った頃であった。

一方で、他の第三二一連隊の部隊も、第五海兵連隊がすでに制圧した場所の掃討作戦を展開していたが、〝掃討〟とは名ばかりの大規模な作戦になっていった。実際、彼らワイルドキャット師団の兵士らが想像していたよりも、遥かに多くの日本兵が、この複雑な地形の中にまだ潜んでおり、次々と飛び出しては、斬り込んでくる姿に驚きを隠せずにいた。

この中で、最も激しい戦闘が繰り広げられたのは、八〇高地だった。この丘は、第五海兵連隊のL中隊が九月二十六日の〇八三〇時に制圧したはずであったが、九月二十八日の時点では、すでに戦線から一キロ以上後方に位置していたにも関わらず、第三二一連隊第一大隊B中隊は、丘を維持するために戦闘を継続していた。日本兵が一体、どこから現われてくるのかは、良く判らなかった。恐らく最初の米軍の攻撃をやり過ごした後、積極的な斬り込み攻撃を仕掛けてくる新たな戦術を取っていると思われた。九月二十七日の夜には、日本軍の歩兵第一五連隊第二大隊の一部の部隊が、南の中川大佐の部隊と合流するために、移動を試みる際、丘は一時、再占領されてしまった。すでに海兵隊が移動した後、無人となった丘は敵対行動もなく難なく日本軍の手に落ちてしまった。

この第五海兵連隊第三大隊が二日前に制圧したはずの丘を巡る、B中隊の戦闘は、この日の正午頃まで続き、激しい戦いが繰り広げられた。この戦闘で、八四名の朝鮮人労働者と七名の日本兵が捕虜となったが、これは、上陸以来これまでの捕虜の総数の七倍にも及ぶ数であった。ただ、捕虜のほとんどは軍属であり、正規兵はほんの僅かの重傷者のみであった。その内の一人、海軍の二等水兵の機関助手は、捕虜となって数時間後に手首を切って自害した。
ある海兵隊員は日本軍の正規兵について「奴らは、俺たちに唾を吐きかけてきた。とにかく戦場で出会った時と同じように、悪魔でも見るような、敵意に満ちた目で見つめていた」と語っている。

第一海兵師団の情報部の推定では、この時点までの一二日間の戦闘で、日本軍は七九七五名が戦死していた。第一海兵師団は、戦死が七六八名、負傷が三六九三名、行方不明が二七三名で、戦死傷者の総計は四七三四名であった。陸軍のワイルドキャット師団は、四六名が戦死、二二六名が負傷し、七名が行方不明で、総計が二七九名であった。

米軍は島の大部分を占領していたが、高地Bの近くで、第三二一連隊第二大隊に投降した朝鮮人労働者によると、中央山岳部の包囲網の中には、まだ三〇〇名の日本兵が残っており、島北部の高地一帯にも、五〇〇名の日本兵が残っていると証言した。ウムロブロゴル山で中川大佐を包囲した今、攻撃の次のステップは、第五海兵連隊の側面を脅かすガドブス島の制圧であった。

ペリリューから一六〇〇キロ離れた、アドミラルティ諸島の野戦病院で、スウェード・ハンソンは、病室に入ってきた衛生班の一人が、名前のリストを読み上げる声で起こされた。その名前の中にはハンソンの名前も入っていた。

「俺は、どこに連れて行かれるんだ」とハンソンは尋ねた。

「飛行場だよ」と陸軍の衛生兵は答えた。

「何のために」

「ガダルカナルの、第一〇八艦隊病院に行くんだ」

「何で」とハンソンは尋ねた。

「海兵さんよ、君の腕を切り落とさなきゃならんのだよ」と衛生兵は答えた。


（訳注九／一）大発動艇：日本陸軍が開発した、上陸用舟艇のこと。その後、世界的に一般となる、艇首が地面に向かって倒れる、歩板（ランプ）となる設計は、日中戦争において、日本軍が最初に採用したものである。

第一〇章　ガドブス島攻略

すでに当初の楽観的な計画が滅茶苦茶な惨状となった今、ルパータス少将は、九月二十九日の午後遅く、第五海兵連隊に対して、ガドブス島を占領するように口頭で命令を発した。ガドブス島はペリリュー本島から浅い海峡を挟んで五〇〇メートルほど沖合にあり、両島を結ぶ木製の橋はすでに破壊されていた。この島を制圧することにより、半完成状態にあった戦闘機用の滑走路を手に入れ、この島から加えられていた日本軍の砲撃を終わらせると共に、さらに北のパラオ諸島から送り込まれる可能性がある、日本軍の増援部隊を封じ込めることができるはずであった。

ペリリュー島とガドブス島の間の波は静かで、水深は深い所でも一メートル二〇センチほどしかなかったため、兵士らは徒歩で渡ることも可能だった。この小さな島は数百名の日本兵で防衛されていた。また、この島の東側には、これよりも小さなコンガウル島があり、そこにも一〇〇名程度の日本兵がいるものと思われた。その東側にも、さらに小さな島があった。

この二四時間前、第七水中爆破班（UDT7）の一三名の潜水夫が、日本軍の小火器による銃撃や迫撃砲弾が浴びせられる中、海峡の偵察活動を行なった。水面上を這うように泳ぎ回り、時には深く潜りながら、潜水夫らは、東方向に二キロほど進み、障害物を探し、位置を計測して回った。彼らが回避活動をしたのは、破壊された橋に隠れていた日本兵が近接射撃をしてきた時のみで、一三名全員が、無事帰還した。彼らの報告によると、海峡は戦車が充分通行できる浅さで、大きな障害はないとの事だった。

すでに海兵隊は、ペリリュー島の北側の海岸線一帯を制圧していたため、島から島へ向けた作戦が決行された。九月二十八日、〇九〇〇時に第五海兵連隊第三大隊により攻撃が敢行されることになった。この時間は干潮で波も低く、戦車隊は自力で海峡を横切って通行できた。〇八〇〇時に戦艦一隻、巡洋艦一隻、駆逐艦二隻による艦砲射撃と、師団砲兵隊による支援砲撃に加え、戦車中隊と、アムタンクも砲撃に加わり、ガドブス島の日本軍に向けて砲弾を叩き込んでいった。天候は曇りで、涼しく、時折スコールが降った。島の北端のアムトラックの中で待機していた海兵隊員らは、対岸で炎と煙と塵が舞い上がる様子を眺めていた。この二日前にペリリュー島の飛行場に到着したばかりの、ＶＭＦ－114飛行隊に所属する海兵隊のＦ４Ｕコルセア戦闘機が飛来して上空を飛び回っていた。海軍の航空隊も、この日、四回の航空支援攻撃を実施したが、彼らのペリリュー島における作戦行動は、終わりに近づいていた。「奴らには随分と世話になったよ」と海兵隊員の一人は満足そうに話した。

別のアムトラックの中では、この作戦が、ペリリュー上陸作戦とは別の作戦参加記章（訳注一〇／二）の対象になるのかどうかで、議論が交わされていたが、結論を得ることはなかった。

海兵隊員らが見ている前で、ガル翼のコルセア戦闘機は、地面スレスレまで急降下し、海岸線を機銃掃射したり、爆弾を落としたり、あるいはロケット砲を撃ち込むと、最後の瞬間に機首を引き起こして飛び去った。兵士らは、破片が空中高く舞い上がる様を見て歓声を上げながら、拳を突き上げ、手を振っていた。沖合の戦艦から発射された巨大な砲弾は、まるで貨物列車のような轟音を立てながら着弾し、炸裂していた。〇九〇〇時になると、アムトラックは海の中へと進んで行った。海兵隊員らがひしめくように、詰め込まれたアムトラックの中にいたユージン・スレッジ二等兵は、海峡を渡る六分間の間、カービン銃を握りしめ、静かに祈っていた。彼の唯一の望みは、対岸の島に上陸した際、九月十五日のペリリュー上陸作戦の再来にならないことだった。

実際、状況は九月十五日の上陸作戦とは、全く異なる様相を呈していた。技術的な問題から、海軍の艦砲射撃が計画より早く終了してしまったものの、日本軍の反撃は全くなかった。上陸部隊が海岸線に到着する直前までコルセア戦闘機は、海岸線への機銃掃射を続けていた。上陸第一波が海岸線に到着したのは〇九一一時で、集中砲撃で茫然自失の日本兵を蹂躙し、海岸線を確保した。この時、捕虜となった日本軍の士官によると、コルセアによる激しい機銃掃射で圧倒され、部下に防御戦闘を指示する暇がなかったと証言している。

アムタンクが海岸線の数ヵ所のトーチカを粉砕し、展開した海兵隊員も、別のトーチカや防御陣地に手榴弾を投げ込み、中の日本兵ごと破壊していった。

この時点で第一戦車大隊は、一九輌のシャーマン戦車が稼働可能な状態にあったが、この内、一六輌が、海峡の横断に参加した。途中で三輌の戦車が浸水して行動不能に陥ったが、残りの車輌は一二分で海岸線に到達し、海岸線の守備隊である五〇名の日本兵を全滅させた。上空の観測機によると、海兵隊員は、中規模な抵抗の下、〇九二二時までに飛行場を横断し、その後、一時間半が経過するまでに島の東側一帯を制圧したと報告している。

K中隊のスレッジ二等兵は、滑走路を超えた辺りで、日本軍の機関銃による銃撃で戦友と共に身動きが取れなくなってしまった。小さな岩の陰で肩を寄せ合うように這いつくばっていると、棒が折れるような音が聞こえた。彼の戦友が「ちくしょう、撃たれた」と叫ぶと、肩を摑んで痛みに耐えながらのたうち回っていた。

直ぐに、彼らが撃たれたのは、上空を飛ぶ機関銃弾ではなく、狙撃兵によるものであると気がつくと、スレッジは負傷した戦友を遮蔽物の陰まで引きずりながら、衛生兵を呼んだ。別の二人の海兵隊員が、狙撃兵を求めて、ゆっくりと出て行くと、数分後に戻って来て「奴をやっつけた、もう誰も撃てないよ」と告げた。

飛行場側の状況とは異なり、K中隊の左翼側では、西海岸に沿った丘陵群に直面し苦戦を強いられていた。日本兵は、洞窟壕陣地にこもっていたため、彼らを一掃するためには、戦車と歩兵による協同作戦が必要となった。この時、丘陵への攻撃を指揮していた、赴任したばかりの第五海兵連隊第三大隊長、ジョン・ガスタフソン少佐も砲弾の破片を受けて負傷した。

ペンシルバニア出身の、ジョー・モスカルツァック一等兵は、小隊の側面を進む形で、海岸線に沿って前進していった。波は静かで、彼の右手は二メートル弱の崖になっていた。いくつかの日本軍陣地の攻略に手間取り、ここより先の攻撃は、一日休止していた。

「俺たちのいた海岸線は、アルファベットの〝J〟の字のような形をしており、大きな荒々しい珊瑚岩が突き出て、小さな島のようになっていた。驚いたのは、その時、海岸線を二人の日本兵が、こちらに向かってやってきた事だった。俺はまず近い方の日本兵を射殺して、もう一人も負傷させたが、彼は走って小さな島の方に向かって行った。俺もそっちに向かったが、奴は、左の腰の辺りに持っていた手榴弾を爆破させて自殺した」

とモスカルツァックは語っている。

モスカルツァックは、日本兵の死体を漁り、財布を二つ手に入れた。中にはそれぞれコンドームが入っており、「ちょうど蝶ネクタイのように」赤いリボンが巻かれていた。彼は出会った敵兵からのお土産として、それをポケットにしまった。

飛行場の滑走路わきにある、無人のはずの防空シェルターの傍で発射準備をしていた、K中隊の迫撃砲班の兵士らは、奥から早口の日本語の話し声が聞こえてくるのに気がついた。隙間から銃撃を加えてみたところ、中から次々と手榴弾が投げつけられてきた。海兵隊員も、通気口から手榴弾を投げ落とし、火炎放射器と七五ミリ砲を搭載したアムタンクの到着を待つことにした。するとと突然、中から三人の日本兵が飛び出して逃げようとしたが、奇妙な事に、三人とも片手に銃剣を装着した小銃を持ち、もう片方の手は、前の兵士のズボンを掴んでいた。周囲の海兵隊員らは、この日本兵に銃撃を浴びせ倒した。

アムタンクが到着すると、さらに数名の日本兵がトーチカから逃げ出した。何人かは両方の手に小銃を持っていたが、他の兵士らは、直前の日本兵と同じように、片手に小銃を持ち、もう片方の手は、前の兵士のズボンを摑んでいた。アムタンクの機関銃手や、ライフル兵は、この一団に銃撃を集中させると、まるで縫いぐるみのように日本兵はなぎ倒された。

アムタンクは、飛行場のビルに空いた穴を通して、中に砲弾を撃ち込むと、中から手榴弾を持った日本兵が現われた。海兵隊員が胸に銃弾を撃ち込むと、彼の必死の形相は、苦悶の表情に変わった。周囲の海兵隊員らが銃撃を集中させると、この日本兵は崩れ落ち、持っていた手榴弾が足下で炸裂した。

別の海兵隊員がこの建物の中に火炎放射を浴びせると、内部を炎が走り、こもった悲鳴が聞こえて来た。内部を調べてみると、七名の日本兵の死体があり、さらに外には別の一〇名の死体が転がっていた。奇跡的にも、中に一人の日本兵が生きているのが見つかったが、すぐに海兵隊員に取り囲まれ射殺された。

そこから、さらに先では、ロスアンゼルス出身のレイモンド・G・セルナ二等兵が、大型のトーチカに、バズーカ砲弾を二発撃ち込んだ。この砲弾により、一〇名の日本兵が戦死した。「死んだ一〇人以外は、逃げ出したが、一緒にいた仲間が撃ち倒した」とセルナは語っている。

L5センチネル観測機で、上空から偵察していたパイロットが、白い手袋をはめ、刀を持った日本軍の将校が、迫撃砲陣地に対して指示を下しているのを発見した。パイロットは、この魅力的なターゲットを攻撃したい欲求に駆られ、すぐに飛行場に引き返すと、数個の手榴弾を手に入れ、再びガドブス島の迫撃砲陣地に向かった。しかし上空から手榴弾を投げ落としたものの、効果は確認できず、これに対して日本軍は激しい機関銃の銃撃で応戦してきた。このときの銃弾の一発が、パイロットの太腿を貫通したが、どうにか無事基地に帰還することができた。しかし、彼の爆撃手としてのキャリアは、これで終わりとなった。

第五海兵連隊第三大隊は、北に向かって掃討作戦を実施していたが、配下のL中隊のうちの一個小隊は、二輌の戦車と、三輌のアムタンクの支援を受けて、東に向きを変え、ガドブスと地続きで、小さなコンガウル島を制圧に向かった。

L中隊所属のジェームズ・イザベル一等兵が所属する班は、ガドブス島の海岸線に沿って進みながら、洞窟の中を確認して回っていた。この際、海兵隊には、標準的な手順があった。まず最初に開口部に対して銃弾を撃ち込んでみる。次に、中にいる日本兵に対して、習った丸覚えの単語で降伏を呼びかける。というものであった。

彼らは、水辺にあった洞窟の入口に近づいた海兵隊員は、手順どおりに「デテ・コイ！」と習った日本語で叫んでみたところ、突然二人の、上半身裸の日本兵が両手を上げて、姿を現わした。マサチューセッツ出身のティーンエージャーで、この時、三度目の実戦参加だったイザベルは、この日本兵を後方まで護送する役目を引き受けた。ところが突然、一人の日本兵が海に向かって逃げ出した。これは、明らかに望みのない無謀な脱走であり、すぐに近くにいた海兵隊員がBARで連射して射殺した。状況に混乱したイザベルが見ている前で、戦車兵が、戦車から飛び降りると、すでに死んでいる日本兵に向かって、四五口径の拳銃を抜いて、さらに銃弾を撃ち込んだ。もう一人の日本兵は、明らかに自分も殺されると思ったのか、イザベルの足下に這いつくばり、片手に家族の写真を握りしめながら、日本語で何か拝むように命乞いをした。彼は恐怖に駆られた日本兵に、タバコを差し出すと、戦友の死体を残して、後方に連れて行った。

島全体で、作戦の進行は予定よりも素早く進み、一七〇〇時までに、日本軍はガドブス島の北端で、二、三〇〇メートル四方に点在する数ヵ所の洞窟に押し込められていた。

炎上を続ける防空シェルターでは、時折、日本軍の弾薬や手榴弾が誘爆していたが、その横で休息していたスレッジ一等兵の分隊は、時折漂ってくる、吐き気を催すような、人肉の焼ける臭いに一晩中悩まされていた。

第五海兵連隊第三大隊が、ガドブス島の守備隊を排除している間、第五海兵連隊第一大隊は、ヒル・ロウを確保するために過酷な戦闘を続けていた。朝までに、日本軍は、高地3とレーダー高地を含む、長さ二キロほどの包囲網に閉じ込められていた。これとは別に、海兵隊が稜線を確保したアミアンガル山の北端でも、地面の下のトンネル陣地の中に、日本軍の歩兵部隊が持ちこたえていた。

海兵隊は、まず高地3の奪取に注力することになり、二方向からの同時攻撃を画策した。一つはすでに掌握した高地2を基点とした北向きの攻撃で、もう一つは、前日発見した、丘と並行して走る道からの西方向の攻撃である。

どちらの方向からの攻撃も、容易成らざるものであった。約一時間にわたる迫撃砲による準備砲撃のあと、バズーカ班と、爆破班の兵士らが、援護射撃のもとで、横穴壕防御網に向かって前進していった。この攻撃には、一輌のシャーマン戦車も加わった。熟練した搭乗員は、巧みに戦車を操り、前日、海兵隊員らを苦しめた南側斜面の上部にある、日本軍の機関銃陣地を粉砕した。

正午前に、第五海兵連隊第一大隊は、丘の頂上部への足がかりを確保した。日本軍は、正午過ぎに、反撃を企てたが、迫撃砲による一斉射撃で撃退された。一六〇〇時、海兵隊は高地3を確保し、一五名の朝鮮人労働者を捕虜にすると共に、すぐ南にあるレーダー高地を孤立させた。

これら以外のペリリュー島北部では、G中隊が前日苦戦した、山岳部の尾根の北端周辺で戦闘を継続していた。三輌の戦車の支援の下で、半島の北端部まで制圧すると、今度は南側に向きを変えて転戦し、ヒル・ロウの側面に展開した。この、丘の東側に接する一帯は、全体的に地形はなだらかで、視界が開けており、点在する沼地の周囲にココナッツの木立が広がっていた。この地域は、念入りに構築された防御陣地に日本兵が溢れていた。

しかし、戦闘経験豊富な海兵隊員の目からは、この地区の日本兵は、南側一帯で遭遇した頑強に抵抗する日本兵と比較すると、随分と見劣りするものであった。その後、米軍の情報部による調査で、この地区の日本軍守備隊は、ほとんどが元輜重部隊や、支援部隊から寄せ集められた独立歩兵第三四六大隊と、海軍の建設大隊であったことが判明した。彼らの陸戦経験の乏しさは、頑強な抵抗を試みる歩兵第一四師団の日本兵とは対照的であった。多くの兵士は形ばかりの抵抗をみせて戦死するか、こそこそと隠れて死を待っていた。その士気の低さは、数字としても現れていた。第五海兵連隊は、九月二十八日の戦闘で、四五名もの捕虜を取った。これにはガドブス島での捕虜二三名も含まれていた。しかし、これよりも遥かに多くの日本兵が、彼らが配置された、その場所で死んでいた。

この朝、第五海兵連隊第二大隊単独で、約一五〇名の日本兵を戦死させた。おぞましかったのは、北部の尾根から逃げ出した約七〇名の日本兵を掃討した際のことであった。パニックに陥った多数の日本兵が、環礁を走って逃げようとしたものの、三輌のアムトラックと、海兵隊のライフル兵に簡単に捉えられ、撃ち倒されたのだ。数名は降伏したものの、大部分は死体となって波間を漂っていた。

G中隊は、浮き足立った日本軍の抵抗を簡単に蹂躙し南に向けて進撃していった。彼らの進撃は、レーダー高地の手前で、丘に陣取る日本兵から小火器による銃撃を受けたところで止まった。この丘は、アミアンガル山陣地網の最後の日本軍の抵抗拠点であった。この間、海兵隊は、北部の山岳地帯で無数に開いた横穴壕や洞窟の開口部を爆破処理していった。また午後の間、一個小隊が、G中隊の素早い前進で取り残された日本軍の敗残兵の掃討作戦を実施していた。

湿った静かな夜が明けて、第五海兵連隊第三大隊は、ガドブス島での作戦を再開した。海兵隊は、残った日本兵の掃討を進め順調に北向きに前進していった。〇八五〇時、ガスタフソン少佐は、最前線から「日本兵の大量の死体を発見。前進は順調」と報告を受けた。一〇〇〇時、別の報告として「最終目標の丘が、まだ持ちこたえている。そこまでの距離は、あと五〇メートル足らず」と伝令が伝えて来た。

前進する海兵隊員は、奇妙な光景に出会った。そこには、日本軍の機関銃分隊の兵士たちの死体があり、射手は機関銃の横で座ったまま死んでいた。この兵士の頭蓋骨の上部が吹き飛んでおり、ヘルメットはブリキ缶のように穴だらけで横に転がっていた。副射手の死体も彼の横で投げ出されるようにして横たわっていた。弾薬運搬用の手押し車が、機関銃の背後に並ぶように転がっており、どうやら彼らはこの場所で海兵隊員らの銃火に捕まったようであった。二人の兵士は、それぞれ背中に弾薬箱を背負った状態のままだった。

近くに座っていた海兵隊員は、こうした、凄惨な光景に対する感覚が麻痺していたようで、時折、小石を摘むと、死んだ機関銃手の、開いた頭蓋骨の中に投げ入れていた。小石が、穴の中に落ちると、傷口に溜まった雨水が、小さな水しぶきを上げていた。

この日の攻撃も昼過ぎまでは順調に進んでいた。戦車隊は、この島にあった日本軍の大口径の海岸砲をすでに撃破しており、島の北端部まで接近していた。そのとき、突然、至近距離に隠れていた日本軍の七七ミリ野砲が火を吹いた。ほぼ零距離で砲撃を受けたため、砲口からの発射炎による振動が、海兵隊員らを揺さぶった。恐怖に駆られた兵士らが地面に突っ伏すと、誰かが負傷したと、衛生兵を叫ぶ声がこだました。この日本軍の野砲は、矢継ぎ早に砲弾を発射し続けたが、最後は、海兵隊の戦車に仕留められた。

昏倒して茫然自失の海兵隊員らは、平静を取り戻すと、負傷兵の救護に当たった。この中には、アムタンクの機関銃手も含まれており、至近距離で砲撃を受けた際に、太腿の肉がズタズタになっていた。中尉が駆け寄り、手早くベルトを外して、太腿に巻き、吹き上げる血で、出血多量に陥る前に止血処理を試みていた。別の海兵隊員は、さらに激しく撃たれており、戦友が意識のない体を抱えて、担架に載せようとしたところ、この兵士の体はバラバラになって崩れ落ちた。

　しかし、この直後、日本軍の組織的抵抗は潰えた。一五〇〇時に、ガドブス島の制圧宣言が出され、その一時間後、陸軍の第三二一連隊第二大隊が到着し、掃討作戦に取りかかった。

　ガドブス島の攻略作戦で、第七海兵連隊第三大隊は、戦死一五名、負傷三三名の損害を受けた。一方で、日本軍は、四七〇名が戦死し、二三名が捕虜となった。この高比率は、島の開けた地形と、海兵隊の優れた戦術の結果であると思われた。ウォルツ中佐は、この結果の考察として、もし仮に練度の低い部隊が戦闘に参加したならば、戦闘は二日から三日かかり、戦死者も一〇〇名程度は出ていたであろうと言及している。

　皮肉なことに、ガドブス島制圧の本来の目的であった滑走路は、全く使い物にならない代物だった。砂地の地盤の上に造られた路面は、米軍の航空機の離発着には難があったため、飛行場施設の米軍方式への切り替えは見送られ、滑走路も二度と使われることはなかった。一方で、ガドブス島を掌握したことにより、ペリリュー島北部の海兵隊に対する、日本軍の砲撃は排除され、今後、予想されるパラオ本島からの増援部隊の逆上陸の可能性もなくなった。

　この頃、ウムロブロゴル包囲網の中にいた、中川大佐とガドブス島の守備隊との連絡は途絶えていた。彼はコロール島の師団本部に対し、〝推察である〟との前提で、ガドブスでは依然として激しい戦闘が繰り広げられていると報告した。実際に、この時点ではワイルドキャット師団は、ガドブス島で、さらに一〇〇名の日本兵を掃討しており、中川大佐の報告は多分に希望的観測に基づいたものであった。

ペリリュー島北部における戦闘は、九月二十九日の第五海兵連隊第一大隊による火炎放射器、バズーカ砲、爆薬を動員した、血で血を洗う、レーダー高地への攻撃で、クライマックスに達していた。海兵隊は高地3を占領し、一五〇メートルほど南東にあるレーダー高地を孤立化させていたが、高く瘤のような地形が米軍の進出を阻んでいた。ところが、第五海兵連隊第一大隊から送り出された偵察隊は、レーダー高地をよじ上りながら、抵抗を受けることなく、頂上部に到達した。

しかしながら、丘の内部には多くの日本兵が残っており、大きな壕の内から海兵隊を攻撃してきた。こうした横穴壕の入り口は、大きな岩や、丸太を組み合わせて防御されており、正面からの攻撃を防いでいた。苛立った海兵隊員の爆破班は、丘を上るとこれらの壕の入口を、上から爆破して、土砂崩れを起こして塞いで行った。

ペリリュー島の北部山岳地帯では、日本軍のウサギの巣のようなトンネルと横穴壕群を掃討しようとした試みは、悪夢のような作業に変わって行った。海兵隊員らは用心深く、尾根の両側から横穴壕陣地の開口部に接近し、四方向全てを爆破処理して残らず塞いだが、中の日本兵はすぐに内側から爆破して穴を開けると、再び攻撃を加えてきた。

G中隊も同じような状況におかれた。彼らがいた斜面は突然、昨日掃討したはずの、後方から銃撃が加えられてきた。一個小隊が、再び掃討作戦を開始すると、前日と同じように敗残兵が環礁に向かって逃げ出し、やはりアムトラックの機関銃手に撃ち倒され、海面は真っ赤に染まって行った。

この時点で、米軍側は、尾根部分の両側に開いた横穴壕の開口部は、巨大な地下壕網の一部分ではないかとの疑いを持っていた。その根拠として、この二日間、火炎放射手と、野砲の直接照準で固めた西街道沿いで、日本軍の斬込隊の攻撃が相次ぎ、海兵隊側の死傷者が継続的に出ていたのだ。

この壕の開口部が、巨大な陣地網の一部であるとの説を裏付ける目的で、E中隊は、尾根の東側に、機関銃班や、短機関銃を装備した兵士を配置した。一方で、尾根の西側には、一五五ミリ砲を、横穴壕陣地の開口部の二〇〇メートルもの近距離に設置した。この距離は、この種の野砲の射撃距離としては、あまりに近く、砲兵は、自ら撃った砲弾の爆風から身を隠す必要があるほどであった。

土嚢を積み上げて陣地を構築しようとした際に、日本軍の機関銃が火を吹き、二名の砲兵が戦死し、三名が負傷したものの、砲は想定どおりの場所に設置できた。すぐに砲撃を開始すると、日本兵は、反対側の東側の斜面から慌てて飛び出して来たため、予め設置されていた機関銃が、日本兵をなぎ倒していった。「まるで網に掛かった魚を取り込むように、次々と簡単に日本兵を倒していったよ」と戦車隊の少尉は語っている。

至近距離からの砲撃の凄まじさに圧倒されて呆然とした日本兵は、崩壊した天井の岩盤の下から這い出ようともがいていた。発射された砲弾の一発は、弾薬集積処に当たり、三度の誘爆の末に、巨大な黒い煙が主坑道から吹き上がった。すぐに、尾根の稜線を挟んだ両側は、爆破処理によって、中の生存者もろとも、埋められた。

これまで戦況を楽観視していた中川大佐の前にも厳しい現実が突きつけられた。九月三十日、激しい戦闘の末に、ペリリュー島北部は米軍に占領され、彼は師団司令部に対して「我が軍の残存部隊は、主力部隊と合流するために、南方向に向かって敵陣突破を図りつつあり」と電文を打った。

Dプラス13（上陸一四日目）、米軍は、ペリリュー島に於ける日本軍の組織的抵抗は終わったと宣言したが、後に、この宣言は、時期尚早であるとされた。

この日の午後、第五海兵連隊は、ペリリュー北部戦線の受け持ちを陸軍第三二一連隊第一大隊と交替した。海兵隊の報告では、この四日間のアミアンガル山地を巡る戦闘で、戦死もしくは捕虜となった日本兵の総数を一一七〇名としたが、この数は、九月二十七日に、師団情報部が推定した日本軍兵力の五〇〇名とは、大きな差があった。

こうした人数の大小による相違に関わらず、海兵隊の指揮官から組織的抵抗は終焉したと伝えられた陸軍の兵士らは、予期せぬ事態に直面することになった。当初は、軽微な戦闘による単純な掃討作戦だと思っていたところ、彼らが巻き込まれたのは、極めて激しい戦闘であった。

異変はB中隊がヒル・ロウを掌握するために移動した時点で始まった。一三三〇時に、一個小隊がレーダー高地を登り始めると、交替のために丘を降りて来た第五海兵連隊C中隊の中隊長が、もし日本兵が封鎖した洞窟陣地から現われて攻撃をしかけてきたら、一個小隊では丘を維持できないと思うと告げた。この海兵隊の指揮官は、親切に陸軍の大隊の作戦参謀に自分の見解を告げに行ってくれたが、日本軍はすでに先回りして動いていた。小隊が丘の頂上に着くや否や、日本兵は封鎖された横穴壕を再び掘り直して、外に出ると激しい反撃を仕掛けて来たため、陸軍の小隊は圧倒されてしまった。

小隊は、あっという間に丘から駆逐されたため、中隊全部が戦闘に巻き込まれる羽目になってしまった。最終的に、迫撃砲、野砲、戦車の支援を受けた米軍は、一時間半にもわたる激しい戦闘の末、日本軍を横穴壕の中に押し戻した。B中隊の前衛部隊の兵士らは、丘の裾野周辺に、夜に備えて陣地を構築した。「皆、陣地を造りながら、海兵隊のことを罵っていたよ」とある将校は回想している。

第三二一連隊第一大隊の他の部隊の状況は、比較的順調であったが、それでも多数の日本兵による抵抗を受けていた。大隊の管轄区域で、最も北部に展開した中隊は、すでに掃討作戦が終了したはずの、トーチカや陣地が、いつの間にか再び日本兵に奪取されていたのに気がついた。その後も、アカラコロ岬周辺から、南のヤシの木立が広がる一帯に南西に延びる尾根の周辺に沿って、時折、激しい戦闘が繰り広げられた。

十月一日の日の出と共に、第一大隊は、島の北東部における日本兵の掃討作戦を再開した。この日、C中隊は、ヤシの木立周辺部の戦闘だけでも、四〇名の日本兵の戦死を確認した。この時の戦闘で、偵察活動中のレイモンド・A・ブロック一等兵は後方に回り込んだ日本兵を発見し、このうち五名を撃ち倒したが、自らも瀕死の重傷を負った。

偵察隊と、爆破班は協同で、レーダー高地を上り、斜面に点在する多くの壕の入口や洞窟を爆破して回ったが、その過程で、日本軍の主力部隊が潜んでいる壕を特定できた。彼らは死を覚悟して抵抗するつもりであり、数梃の機関銃と、少なくとも一門の機関砲を横穴壕の中に装備していた。

一六〇〇時に、B中隊配下の一個ライフル歩兵小隊が、工兵隊の爆破分隊を伴って、この日本兵の抵抗の温床となっている壕に対して攻撃を敢行した。日本兵は続々と壕の中から現われて、米兵に反撃を加え、小隊は多くの死傷者を出した。この際、爆破分隊を指揮していた将校も戦死した。

この戦闘は、ハーヴィー・ヘインズ二等兵の活躍がなければ、死傷者の数はもっと多かったはずである。日本軍の反撃で、小隊が分断されそうになった際、自分の陣地に留まり、突進してきた一二名の日本兵を機関銃で撃ち倒し、さらに数名を負傷させた。彼の銃撃で、日本軍の攻勢は勢いを失い、仲間の兵士らが丘を駆け下りるのに充分な時間を稼ぐことができた。この夜、砲兵中隊と、B中隊は協同でレーダー高地を取り囲むように防御ラインを構築した。

連隊長のダーク大佐は、日本軍の反撃状況を確認するために前線の視察に訪れると、増援として、翌朝までに、ガドブス島から一個中隊の派遣を命じた。

夜の間も、日本軍の斬込隊による死傷者が相次いだ。その中の一人はウィリアム・シェリー二等軍曹である。日本兵は彼の蛸壺に手榴弾を投げ込んだが、シェリーは一緒にいた二人の戦友を救うために、自らの体を手榴弾の上に覆いかぶせたのだった。彼は爆風で即死し、二人の仲間は助かった。

翌朝、一〇〇〇時に、戦車砲と一五五ミリ砲の支援の下で、ワイルドキャット師団の兵士らは、再び攻撃を再開した。ライフル兵らは、急斜面を素手でよじ上ったり、あるいは、ロープで応急的に造った梯子を使い、日本軍の洞窟壕陣地群に近づいて行った。工兵らは、ロープの先端に爆薬を結びつけると、壕や洞窟の上部から、投げ入れて、爆破処理を行なった。

最終的に、丘の制圧宣言が出されたのは一七〇〇時であった。B中隊長の個人的な集計によると、この日の丘の戦闘で一〇〇名の日本兵の死体を確認した。このうちの大半は、主坑道と思われる壕で、爆風によって戦死したと思われた。

十月二日、チェスティ・プラー率いる第一海兵連隊の生き残りの兵士らは、ペリリュー島を後にした。雨が降り、波がうねる中、海兵隊員らはパヴヴ島へ移動するために、病院輸送船ピンキーと、トライオンに乗船していった。乗船途中、海兵隊員を乗せたDUKWが高い波で転覆し、兵士らは波間に投げ出されたが、幸いにも全員が救助された。彼らにとっては、ペリリュー島最後の悪い冗談でもあった。

同様に、消耗しきった第一海兵戦車大隊と、第一一海兵砲兵連隊所属の二個歩兵砲大隊も、この日、島を離れた。狭い島で大量の砲兵部隊が展開するのは、危険であるため、一部の部隊が間引きされたものであった。また、今後想定される険しい地形の中で、戦車の運用には無理があると思われたが、実際は、埋め合わせとして、陸軍の第七一〇戦車大隊の到着が伴ったものの、海兵戦車大隊の撤退は、大きな間違いでもあった。

疲弊した第一海兵連隊の撤退については疑問の余地はなかった。これは、無事で生還する兵士のほとんどが、二人一組のバディの片割れを失ったことを意味していた。

プラー自身も、ガダルカナル島の戦闘で刺さったままの砲弾の破片により、太腿が通常の二倍ぐらいの大きさになるまで膨れ上がっており、付き添え無しで歩くのすら困難だった。

トライオンに乗船した生存者の中に、ラッセル・デービス二等兵がいた。彼はブラディノーズ・リッジを全くの無傷で切り抜けた。デービスが負傷したのは、上陸初日の夜に、静かなパープル・ビーチで歩哨についた際、侵入してきた日本兵の胸を短機関銃で撃って射殺したが、その際に日本兵が投げた手榴弾の小さな破片を背中に受けたものだった。この時、彼は負傷で島を離れることができたにも関わらず、仲間と一緒に留まることを選択したのだった。

彼の戦友のほとんどは、疲れ切っており、船に乗り込むための船舷に張られたネットを登ることすら満足に出来なかった。水兵らが手摺から身を乗り出すように海兵隊員らに手を貸すと、乗り込んで来た兵士らの数人は手が震えていた。水兵たちは励ますように「よくやった、お前らは良くやったよ」と声を掛けていた。

小ぎれいな服を着た海軍の将校が近づいてくると「何か、交換できるお土産物はないかね?」

と尋ねてきた。海兵隊員は、別世界からやって来たような生物を見るような目で、この将校をじっと見つめると、手を伸ばして、自分の尻の辺りを叩き、「水兵さんよ、俺は、自分のケツを持って帰ったんだよ。これがペリリューからの最高のお土産だ」と答えた。

(訳注一〇／一) 作戦に参加する毎に授与される胸の勲章のこと。

第一一章　消耗戦

九月三十日のペリリュー島北部の制圧で、一五日目に突入した、〝激しいが短い〟作戦は、すでにはかない夢と化していた。ペリリュー攻略作戦が、〝短い〟作戦ではなくなったが、一方で〝激しい〟作戦であるのは間違いなかった。

九月三十日までの、第一海兵師団の戦死傷者は五〇四四名に達し、内訳は、戦死が八四三名、負傷者が三八四五名、行方不明者が三五六名であった。行方不明者の多くは、作戦の初期段階の激しい戦闘の渦中で負傷した者が多く、その後、太平洋各地に散らばる野戦病院に運び込まれているのが判った。ワイルドキャットこと第八一師団も、その短い期間で、四六名が戦死、二二六名が負傷、七名が行方不明で、戦死傷者の総計は二七九名であった。

一方で、日本軍は、九月の終わりまでに九〇〇〇名もの兵士が戦死していると推定された。捕虜は一八〇名で、主に朝鮮人労働者と、琉球出身軍属が占めていた。米軍側の推定によると、日本軍は、一週間前に密かに島に増援として乗り込んだ歩兵第一五連隊第二大隊の六〇〇名から七

○○名の兵士を含めて、二五○○名程度が依然として島に残っていると思われた。
九月二十四日に第三二一連隊が、西街道に沿って攻撃を進めて以降、北部での掃討作戦時に頑強に抵抗した一部の日本兵と、ガドブス島の険しい丘陵地帯に陣取った兵士らを除くと、ほとんどの日本軍の戦闘歩兵は、中央の山岳部に集結していた。九月の終わりには、この包囲網は中心から長さが東西に三キロ弱、幅が平均で五○○メートル程の大きさになっていたが、垂直方向の起伏も激しく、場所によっては最大で一○○メートルほどの標高があり、日本軍は地表から奥深くに陣地を構築していた。

この包囲網の北東の端にあたるB高地で投降した朝鮮人労働者によると、ウムロブロゴル山には推定で三○○○名の日本軍兵士が健在であると証言した。この包囲網は、北は米軍の計画上の第10フェーズラインと呼ばれる線に沿っており、おおよそ、三二一連隊街道が、南東から北東に向きを変える辺り、東側が、ウォルト・リッジであり、そこから先は広大な沼地が広がっており、米軍部隊は展開していなかった。南側は、ホースシュー（馬蹄）と呼ばれる渓谷が、飛行場から山岳部に入り込む形となって戦線を構築していた。この付近の戦線は、戦闘工兵隊、基地設営隊、それに渋々、自らを歩兵と名乗る元砲兵など、あらゆる部隊が混成で張り付いていた。また周辺は、教本どおりの戦闘を行なうにはあまりに地形が複雑であるため、西街道に浴びせられる日本軍の砲撃を牽制するのが主目的となっていた。

九月二十二日から、二十七日までの間、ウムロブロゴル包囲網に対しては積極的な攻撃は実施されなかった。この場所の第七海兵連隊と、第三二一連隊の一部の部隊の目的は、ペリリュー北部戦線と、ガドブス島の戦況が落ち着くまで日本軍を閉じ込めておくことだけだった。しかし、攻撃はしていないものの、死傷者は確実に増えていた。九月二十二日から十月二日までの間、第七海兵連隊第二大隊は、戦死三三名を含む一五〇名の戦死傷者を出していた。

この頃、戦死した一人に、アラバマ州モバイル出身の、ジョン・D・ニュー一等兵がいる。彼は、パールハーバーの翌日、海兵隊に入隊したが、彼の出身地の町では、初めての日本軍と戦闘を交える若者となり、地元紙の一面で写真付きで紹介されていた。

九月二十五日の正午過ぎ、ニューと他の二人の海兵隊員は、ガレコル村の北にある高地の尾根付近で、しゃがみ込んで、日本軍陣地への迫撃砲の誘導観測を行なっていた。その時、突然、彼らのすぐ下の斜面に、日本軍が新たな、洞窟壕陣地の出口を爆破処理して開けると、そこから手榴弾を二個投げて来た。一つは、外れたが、もう一つはニューのすぐ側に転がってきたため、彼は自分の体を手榴弾に覆いかぶせ、自らの命と引き換えに二人の戦友を救った。

九月二十九日、第七海兵連隊第一大隊は、第三二一連隊戦闘団配下の部隊と包囲網北部の戦線を交替し配置についた。消耗しきった第七海兵連隊は、依然として西側の戦線と南側の戦線も担当していた。(東側は深い沼地であった)

第七海兵連隊第一大隊の、初期の攻撃計画は東街道と、街道横の山岳部に沿って南下するもので、右翼側に展開する第三大隊と連携しての作戦であった。実際のところ、海兵隊のこの攻撃ルートは、まさに中川大佐の思惑どおりでもあった。包囲網の地形は、防御側にとっては理想的なものであり、巧妙に構築された防御陣地は、僅かな数の日本兵でも、開けた斜面を突撃するしかない海兵隊員に甚大な損害を与えた。

ウムロブロゴル山地は、地質学者にとって魅力的な研究対象ともいえる地形であり、古代に生成された海底の珊瑚岩による岩盤が、海底火山の爆発により、水面まで隆起したものであった。標高は最大でも一〇〇メートル程度であったが、垂直ともいえる急勾配で構成されており、尾根や崖、突き出た岩の間に、大きな岩や、大量の珊瑚岩の破片が散乱する様子は、ベテランの海兵隊員にとっても「もし、実際に、このような場所が存在するならば、悪夢の中の悪夢である」と評されるほどであった。数千年にも渡る地殻の圧力で生じた、珊瑚石灰岩の亀裂や歪みと、穴だらけの地面は、まるで醜悪な未知の生物のようであった。

包囲網の中には、浸食によって出来た、あらゆる大きさと形の洞窟があった。包囲網の南側にあった、中川大佐が最初に設置した司令部壕は、こうした洞窟を転用して構築されていた。この洞窟の内部は、快適な住居のようになっており、木製の床板に電気による照明が完備し、部屋が区切られて寝台設備もあった。大佐は、プラーの連隊の攻撃が迫った上陸三日目に、この豪華な司令部壕から、さらなる山岳部の奥深くに設置された壕に悠然と後退していった。彼の新たな司令部壕は、チャイナ・ウォールと呼ばれる七〇〇メートルほどの長さの岩の断崖の北端にあり、大きな二つの洞窟が繋がる形で構成されていた。

米軍側が、遂に察知できなかったが、中川大佐の司令部壕と、コロール島の井上中将の間は、海底ケーブルを使った電話線が、作戦の全期間を通じて常時繋がっていた。九月二十八日の時点で、中川大佐は、師団司令部に対して、残存兵力は、二個大隊と半分であると報告している。

きなかった。

日本軍は、弾薬と食料は豊富に備蓄してあったが、飲料水不足が時折、生じていた。九月下旬に激しい雨が降った際に、地下の貯水湖に水を備蓄できたものの、慢性的な飲料水不足は解消できなかった。

姿は見えないが、確実に、そこに居る日本兵による射撃統制は見事という他に言葉が見つからなかった。ホースシュー渓谷の入り口で、日本軍の動向を興味本位で観察していた、ある海兵隊の将校は「全く姿は見えないが、こちらに敵対している多くの眼の存在は、確実に認識できた。時折、この場所に進出していった、小規模の偵察隊は完全に無傷のまま戻って来た。ところが、多数の兵士が集まったり、大規模な部隊が接近しようとすると、尾根の上部に巧妙に隠匿された陣地から、〝凄まじい弾幕〟が浴びせられた」と語っている。

また、戦死した日本兵の数についても、実際に正確な数を集計するのが難しかった。デス・バレーの近くにあった、洞窟陣地で、二ヵ所ある出入り口から同時に火炎放射を浴びせ、攻略したところ、六五名の日本兵の死体が見つかった。ところが多くの場合、洞窟陣地を攻略しても、中に死体は見つからなかった。日本兵は、連結した他の洞窟や、階層構造になった上下階、あるいは、別の出入り口から安全に脱出し、再び攻撃を仕掛けてきた。

チラシや、拡声器を使って、日本兵を降伏させる努力は、普通は、全く実を結ばなかった。最後の手段として、捕虜となった海軍の一等水兵で高射砲手だった前田明郎を包囲網の中に送り込んで、説得させてみることになった。前田は、ペリリュー島とコンガウル島の海上で、第五海兵連隊のＬＶＰに救助され捕虜となっていた。彼は洗濯したての軍服を着て、飴とタバコを抱え、自らが、米軍が捕虜を丁重に扱っている生きた証拠として、自発的に日本軍の陣取る洞窟へと進んで行った。

この使者が、最初の洞窟陣地に近づき、大きな声で説得を試みたところ、中から手榴弾を投げつけられた。彼は地面に伏せると、海兵隊員らの援護射撃の中を這いながら戻って来た。そして次の洞窟陣地に近づき、〝白い歯を見せ、身振り手振りを交えながら〟説得を試みたが、中からは自動火器で銃撃されてしまった。次にコンクリート製の大型トーチカへと進んでいった、この使者は、しばらくの間、中にいる人間と声を交わしているのが見えていたが、やがて中へと消えてしまった。数分が経過して、外の海兵隊員からは、彼が元の仲間の下へと戻ってしまったのか、あるいは中で殺されてしまったのか判別がつかなかったが、突然、九名の軍属の労働者を引き連れて姿を現わした。全員が不安な顔で両手を高く上げていた。しかし、それ以外の日本兵は全く降伏する意志はなかった。十月一日に奪取した、日本軍の書類によると、日本軍は海兵隊の動向を評して「消耗しきっており、攻撃の勢いが衰えている」と推察していた。

戦車や、その他の支援火器の優位性をフルに活かせない険しい地形の中、海兵隊やワイルドキャット師団の兵士らが取りうる唯一の選択肢は、日本軍の陣取る洞窟や横穴壕陣地を一つずつ攻略し、封鎖していくことだった。作戦の進行は遅く、兵士の損害を大きかったが、この方法しかなかったのだ。

戦闘歩兵は単なる人間である。勇敢な者もいれば、そうでない者もいた。無鉄砲な者もいれば、用心深い者もいた。幸運な者もいれば、不運な者もいた。しかし、ほとんどの者が恐怖とは何かを知っていた。しかし、最前線の戦闘歩兵にとって、戦闘の原理は、味方の後方の兵士よりも、対峙している敵の兵士と共有していた。カール・スティーブンソン軍曹は「いまでも思い出すのは、東街道を歩いていた時のことさ。皆で道路を歩いていくと、突然、一五人くらいの、ジャップの部隊に出くわしたのさ。奴らは、こっちをじっと見て、こちらも奴らをじっと見て、両方とも、そのまま向きを反対に変えると、元の方向に戻っていったんだ。なぜかは判らないがね。でも最善の方法だったんだ。もし、俺か、もしくは他の誰かが撃ったら、奴らを随分やっつけたと思うよ。俺たちも分隊規模だったしな。でも、ただ向きを変えて戻ったんだ」と回想している。

九月三十日、激しい雨と、霧が地表部分に立ちこめる中、包囲網を南側から攻撃を開始した第七海兵連隊B中隊は、東街道のすぐ西側にあった高台を制圧した。視界が開けると共に、A中隊は、迫撃砲の支援砲撃の後に、戦車と火炎放射器を積んだアムトラックの支援を受けながら、B中隊の横を通り過ぎ東街道を南下する攻撃を実施した。それ以外の兵士たちは、さらに右翼側の険しい山岳部を、悪戦苦闘しながら進んで行った。兵士たちは前進しながら、下の平野部を進む戦友たちに向かって、「おい、俺たちが一番、当たりくじを引いたぞ」と大きな声をかけた。

スティーブンソン軍曹の分隊は、戦車を伴いながら、道路上を前進していった。途中、日本軍の燃料補給トラックが炎上している場所を通り過ぎて、道路が曲がっている場所に差し掛かると一部幅が広くなっており、車輌の離合のための退避場所に差し掛かっているのに気がついた。

戦車が前進を始めると、スティーブンソンは戦車の後方に付いて歩いていった。ふと足下に眼をやった。彼は、五人の日本兵と目が合い、驚いた。彼らは、岩穴の中で米兵を待ち伏せしていたのだ。スティーブンソンはすぐに、手にしていた短機関銃でこの日本兵を撃ち倒すと、戦車の搭乗員に待ち伏せを知らせようと、走り出した。すると突然、〝小さな太った〟日本兵が、両手に手榴弾を持って、大きな岩の陰から飛び出してきた。彼は、ヘルメットに手榴弾を叩き付けて点火すると、二個ともスティーブンソンに向かって投げつけて来た。スティーブンソンはすぐに地面に伏せたが、そのうち一個の手榴弾が足の側に転がって来たため、必死になって蹴った。手榴弾は轟音と共に爆発し、スティーブンソンは、一瞬、自分の足が吹き飛んだのではないかと考えた。彼は、ゆっくりと膝をたぐり寄せると、上下に動かすと「良かった、大丈夫だ」と呟いた。

戦車が後退し始めながら、スティーブンソンの短機関銃を踏みつぶして壊してしまったが、彼は四五口径の拳銃と、バッグに詰めた手榴弾を持っていた。とりあえず手榴弾を一個手に取ると、投げようとしたが、肩に激しい痛みが走った。この時、初めて肩を撃たれていたのに気がついた。彼は持ち手を変えて手榴弾を投げると、分隊の兵士らに、日本軍の陣地に向けて銃撃を指示した。

開けた地形の中、海兵隊員と、岩の間に隠匿された陣地の日本兵が銃撃戦を交しており、辺りは銃弾が飛び交っていた。小隊軍曹が、状況を確認しようと駆け寄ってくると、「大丈夫か？」と声をかけたので「いや、撃たれたようだ、ちょっと後方に戻らせてもらう」とスティーブンソンは答えた。彼は銃弾が飛び交っているのを気にせずに、道路を戻り、先ほどのカーブの付近まで戻ると、岩の上に座り込んだ。衛生兵は、他の二人の負傷兵の治療に当たっていたため、スティーブンソンは自分で、ズボンを切り裂くと、血塗れの、ふくらはぎの周囲で出血している場所を探った。傷口を見つけて指を突っ込んで止血していた所、幸運にも衛生兵が来て、包帯を巻いてくれた後、担架が必要か尋ねた。

「いや、大丈夫だ。後方までなら歩いて戻れる」と答えて立ち上がった途端に、地面に倒れ込んでしまった。結局、彼はジープに載せられて、後方に運ばれ、生きて島を離れることができた。しかし数年後、彼の体の中には〝小さな太った〟日本兵が残した、二八個もの金属片が体の中に残ったままであった。彼が幸運だったのは、この時、刺さった親指大の破片が、背嚢の中に入っていた聖書に当たり、四分の三ほど貫通したところで止まっていたことである。これが体に当たっていれば死は免れなかった。

こうした日本軍の抵抗にも関わらず第七海兵連隊は、東街道沿いに三〇〇メートルほど前進し、日没のため攻撃を停止した。この日の午後、第七海兵連隊第三大隊の偵察隊は、やはり雨と霧の中を暗中模索し前進していたところ、南北に細く延びる山脈の北端にある、大きな瘤のような岩山にぶつかった。この岩山は、この後、〝バルディ・リッジ〟(注一一/二)と呼ばれるようになるが、包囲された日本軍の北の拠点であった。偵察隊は、この岩山を攻撃するために状況を探っていたところ、多数の日本兵が陣取っているのが判ったが、すぐに迫撃砲による激しい砲撃を受けるに至ったため、一旦後退し、夜に備えることになった。

バルディ・リッジへの攻撃は翌朝実施されたが、米軍側は、全く前進することができなかった。雨と激しい風の中、正面から前進を試みたL中隊には、丘から激しい小銃弾と機関銃弾が浴びせられ、八〇メートルも前進できず、全ての攻撃は頓挫した。一五五ミリ砲による支援砲撃も、炸裂で飛び散った破片が、友軍の陣地まで飛散することが判明し、撤回された。

この時点で、第七海兵連隊の戦力の低下は顕著なものになっていた。第一大隊で、実働できる兵員は九〇名しか残っていなかった。さらに多くの兵士が、下痢に悩まされており、歩く事すら困難だった。最も健全な、ハースト少佐の第三大隊ですら、戦闘能力は五〇パーセントを切っていた。バーガー中佐率いる第二大隊は、戦闘能力が三〇パーセントを割っており「将兵は疲れ切っている」と報告している。

疲労の蓄積は、兵士らの不注意な行動となって顕著になってきていた。第一海兵師団副師団長のO・P・スミス准将は「戦車隊が渓谷に向かって前進していった際、本来ならば戦車を防御するために展開するはずの歩兵が、平然とタバコを吸いながら、座って様子を眺めていた。作戦期間が延びるにつれて、こうした光景は一般的になっていった。理由としては疲労もあるが、事態を達観視する姿勢が強くなっていった事も考えられる」。

第七海兵連隊の生存者は惨めな状況に置かれていたが、それでも、なお包囲された日本軍に向かって最後の攻撃を敢行することになった。十月三日の作戦は、東街道の未開通箇所と、隣接する山岳部の完全な制圧であった。ルパータス少将は、これまで成功してきた北向きの攻撃を南東に方向を変え、東側の平野部を制圧することにより、日本軍の包囲網を、南北方向ではなく、東西方向から攻略することを目指していた。また、東街道の完全制圧で、部隊展開や補給、負傷者の搬出も容易になるはずであった。

攻撃は、第七海兵連隊第二大隊が、ウォルト・リッジを南側から攻撃する間に、第三大隊が、ボイド・リッジを北から制圧することになった。この両方の稜線部が確保できれば、この後、海兵隊にとって、日本軍の包囲網を西へと攻撃する進撃路が開けるはずであった。南側の戦線ではガドブス島から転進してきた第五海兵連隊第三大隊が、配置についていた。大隊は第七海兵連隊第二大隊と交替で、〝ファイブ・シスターズ〟を攻略すると同時に、火器中隊は、戦車と共に、ホースシューと、東街道に前進し支援攻撃を提供することになっていた。

迫撃砲班のユージン・スレッジ二等兵も、この攻撃に参加していた。攻撃に参加した海兵隊員らは、疲れ果て、眼は窪んでいた。スレッジが引き継いだ迫撃砲陣地は、前夜、侵入してきた二人の日本兵に、やはり二人の海兵隊員が格闘戦を演じて刺された場所であった。結果的に、日本兵は両方とも殺され、死体は、近くの茂みに投げ捨てられていたが、海兵隊員も一人が殺され、もう一人も重傷を負った。白い珊瑚岩の陣地の中は、二人の海兵隊員の血が飛び散り、その臭いが漂っていた。蠅の群れは血を吸って膨張していた。

第七海兵連隊第二大隊長のスペンサー・バーガー大佐は、二週間前の第一海兵連隊第二大隊と、第七海兵連隊第一大隊によるウォルト・リッジへの攻撃を心に刻んでいた。その時は、尾根の東側に陣取る日本軍から丸見えの、低い平野部を進撃していった海兵隊員らが、なぎ倒されており、

「あのような方法で、大隊を攻撃に参加させるのは、単に殺戮場に送り込むのも同然である」と述べている。

前回の攻撃の二の舞を避けるために、バーガー大佐は、最善の攻撃ルートを探し出すために、綿密な航空並びに、地上からの偵察を実施した。最終的に彼が攻撃ルートに選んだのは、九月二十日の朝にポープ大尉が、ウォルト・リッジから撤退する際に通った道と同一であり、沼地の中を通り抜ける道を使っての攻撃であった。

米軍の攻撃準備は、丘の上の日本軍観測所からは見通しが利かなかった。「敵は我が陣地に対する攻撃の準備を行なっているように見受けられる」と、この時、中川大佐には報告されている。約三〇分にわたる、一五五ミリ砲と八一ミリ迫撃砲による集中砲撃の後の〇七〇〇時に、海兵隊は煙幕に包まれて、一列縦隊で前進を開始した。

第七海兵連隊第二大隊の一部の部隊は、沼地を通る道で、日本軍の軽い抵抗を受けただけで進撃は順調であった。〇七三〇時には、G中隊配下の先導小隊が、ウォルト・リッジの頂上部まで辿り着き、後続の部隊もすぐ背後を進んで来ていた。頂上部に到着した彼らを喜んで迎え入れてくれたのは、二週間前にこの丘で戦った、ポープ率いるC中隊の海兵隊員たちの、散乱している腐乱死体だった。

この時点まで第七海兵連隊第二大隊は、一人の死傷者も出していなかったが、丘の支配域を広げようとしたところ、北側の尾根と、ホースシューの反対側にあたる〝ファイブ・ブラザーズ〟(五人兄弟)と呼ばれる丘陵群からの激しい銃砲撃を浴びた。連隊本部への、担架の緊急手配要請の急増が、戦況の悪化を物語っていた。

ファイブ・ブラザーズからの強力な十字砲火を押さえ込むために、戦車隊と、ハーフトラックがホースシューに入って行った。戦車隊は、ファイブ・ブラザーズの丘の一つに、コンクリートで固めた巨大な洞窟壕の入口を発見し、中に戦車砲弾を撃ち込んで破壊し、中にいた六〇名の日本兵を戦死させたが、対面する丘陵群からの攻撃は防ぎようがなかった。ハーフトラックの一輛が破壊され、海兵隊の攻撃は、側面から脅かされ始めた。

E中隊は、G中隊の側面を抜けて前進するように命じられたが、〇九〇〇時、丘陵群に沿い、北に向けた攻撃は、〝やや地面が盛り上がった場所〟に差し掛かった。この場所は、日本軍の死の罠であり、部隊は、ファイブ・ブラザーズからの凄まじい十字砲火に包まれた。

「この場所を超えようとした四人に二人が撃たれて倒れた」と大隊の報告書には記載されている。この際の死傷者には、G中隊の中隊長も含まれていた。

ウォルト・リッジの頂上部で、攻撃に持ちこたえていた突撃小隊は、ロープと梯子の到着を待っていた。また東側からの進入路を塞いでいる岩を爆破するために、工兵隊も呼ばれ、吹き飛んだ岩は、三〇メートルほど落下していった。

彼らが集結する一方で、北側からは紫色の煙幕が立ち上った。これは、第七海兵連隊第三大隊が、南に向かって攻撃を開始した合図であった。

一〇二〇時に攻撃を開始した、第七海兵連隊第三大隊は先導部隊が、ボイド・リッジとの境界に当たる渓谷に差し掛かるまでは、順調に前進していった。

チャールズ・ヒコックJr中尉に率いられたK中隊の先導小隊配下の一個分隊九名が、日本軍が反応する前に、急いでこの渓谷を通過した。しかし、小隊の残りは、前方にある尾根から、渓谷を狙い撃ちする銃撃で、身動きが取れなくなった。戦車や、火炎放射器を搭載したアムトラックの支援も激しい日本軍の銃砲撃の前には、全く効果がなかった。戦車隊は、これまで半島を西街道周りで大きく迂回する必要があったが、これらの戦車は、初めて東街道を通って直接南から、大隊に到着したものであった。

K中隊は、最終的に、何とか渓谷を抜け出すと、日本軍の激しい銃砲撃を避けて、道路の東側に広がる沼地帯を迂回することになった。沼地帯は、鬱蒼とした低木と、深いぬかるみで進撃スピードは著しく落ちたが、日本軍の射界から逃れ、死傷者の数を減らす効果があった。また、このルートは、ヒコックと彼の副官らが、大隊本部と無線連絡を維持しながら、部隊の指揮をするのに格好の場所でもあった。こうして一五三〇時、海兵隊はこの場所を足掛かりにボイド・リッジを手中に収めた。

この間、第七海兵連隊第二大隊は、ウォルト・リッジの制圧範囲を広げ、一六〇〇時に、二つの尾根間にあった沼地帯を危険を冒して突破した偵察隊により、第三大隊との間で接触が確保された。この日の戦闘で、第二大隊は、二四名が戦死、六〇名が負傷したが、日本側の戦死者は推定で一三〇名とされた。一方で、第三大隊は、四名が戦死、二五名が負傷し、日本側の戦死者は推定で二二名とされている。

この時、中川大佐がコロール島へ宛てた電文は、多数の戦車に加え、約歩兵二個大隊から成る兵力で南北から圧迫されているとし「我が陣地に攻撃を加えたる米軍部隊を撃退し、密かに戦線を超え侵入した推定百名の敵兵を、翌朝までに殲滅せり」と告げている。また、この時点での攻撃側の兵力について「推定五個大隊からなる米海兵隊と、オーストラリア陸軍の一部の部隊と推定される」と、不正確な情報が伝えられていた。

第七海兵連隊が、これらの尾根で戦闘を繰り広げている間、第五海兵連隊第三大隊が包囲網を南側から攻撃していた。この攻撃の目的は、東側から攻撃している第七海兵連隊に対する日本軍の注意を逸らし、増援部隊の派遣を抑制させると共に、自らも支配地域を広げることを画策するものであった。

第五海兵連隊の攻撃目標は、苦い思い出のある、断崖に囲まれたファイブ・シスターズであった。この場所は、二週間前にチェスティ・プラー率いる第一海兵連隊が出会って以来、全く歯が立たない場所であり、周辺の岩の間には、前回の戦闘時の凄惨な遺留物が散乱していた。ジェームズ・イザベル一等兵の部隊が前進する途中「俺が覚えているのは、道を進んで行くと、右にも左にも、砲弾で開いた穴があって、その中に入ってみると、どれも海兵隊員の腐乱死体が詰まっていた。その光景に身震いしたよ」と語っている。先導のK中隊にいたジョー・モスカルツァック一等兵は、まるでトラックから大急ぎで廃棄したかのように、日本軍の軍靴が山となって積まれている場所に出くわした。彼は自分の軍靴がボロボロだったため、この山を漁って自分と同じサイズの靴を見つけて履き直した。

「その時、突然〝バン〟という音が耳元で鳴って銃弾がかすめて行ったんだ。すぐに大きな珊瑚岩の陰に伏せて、近くにあった枯れ草の山に向かって走り出したところで、もう一度、〝バン〟という音がして、これも外れた。これで身動きが取れなくなってしまったが、やがて戦車が来てくれたので、その背後に隠れて、また包囲網へ向かって前進していった。俺たちを撃って来た狙撃兵は、右手にある三〇～四〇メートルほどの高さの断崖のどこかにいるようだった」

火炎放射器付きのアムトラックが、この日本兵を焼き払ったが、その前に海兵隊の中尉が一人射殺されてしまった。突撃大隊は、この時進んでいた道が、あまりに危険であるのに気がついた。左翼側に道と並行して立ち並ぶ尾根は、まだ多くの日本兵が陣取っており、海兵隊員の側面から銃砲撃を浴びせていた。先導の中隊参謀であった、トム・〝スタンピー〟・スタンレー中尉は、後に、このときの状況について、六階建てのビルが立ち並ぶ横にある狭い道を進むようなもので、しかもビルの中には重武装した日本兵が山のように詰まっているのと同じであると述べている。

こうした困難な地形にも関わらず、攻撃は進展していった。海兵隊は正午頃には、尾根の裾野に到達し、L中隊は、ファイブ・シスターズの五つ丘のうち、1、3、4と5に登り始めた。最左翼側では、戦車の支援を受けた小隊がデス・バレーを抜けて、最も北に位置するシスター2への到達を試みていたが、険しい地形と、激しい日本軍の抵抗で進撃は頓挫していた。

この間、海兵隊員らは、シスター2以外の頂上部を制圧できたものの、彼らの周囲には遮蔽物が全くなかった。この進展は、二週間もの間、一貫してファイブ・シスターズ周辺の日本軍の防御陣地を潰し、守備隊を消耗させてきた結果ではあり、戦力の減少に苦しんでいるのは海兵隊だけではないことを物語っていた。しかし、依然として周囲一帯には、数多くの日本兵が残っており、尾根の上の海兵隊員に向けて、銃撃を続けていた。

この日の午後遅く、このまま頂上部を維持するのは困難であるのが明らかになってきた。丘の上で身を晒しながら、銃撃を加えてくる日本軍の位置は特定できず、しかも地面は硬い珊瑚岩で、壕を掘るのは不可能だったため、海兵隊は後退するのが懸命であるとの判断を下した。夜間の防衛線は、この日の朝、大隊が攻撃を開始した線の一〇〇メートルほど前方に設定された。

中川大佐は、「我が軍の精鋭中隊が守備する、南西地区の主抵抗拠点である観測山を攻撃した米軍部隊は、半数の兵力を失い撤退した」と、勝利の報告を行なった。彼の報告は、かなり誇張されたものであったものの、十月三日の夜の戦線は、この日の朝の位置とほとんど変化がなく、唯一、東側戦線の第七海兵連隊によるボイド・リッジと、ウォルト・リッジの制圧が眼に見えた戦果であった。

ペリリュー島の戦闘で命を失ったのは人間ばかりではなかった。九月の終わりの時点で、第一海兵師団配下の二つの野戦軍用犬小隊も、多大な損害を受けていた。第四野戦軍用犬小隊は、それぞれ一二匹の犬と二〇名の兵員から成る三個分隊で構成されていた。この小隊は、九月十五日の第一波上陸の一時間後には、ペリリュー島の地を踏んでいたが、最初の二日間は、ほとんど出番がなかった。一部の兵士と犬は、指揮所の警備や、侵入してくる日本兵の斬込隊の警戒に当たったが、兵士の多くは担架兵の任務を割当てられていた。第五野戦軍用犬小隊は、九月十六日の飛行場制圧後に、ペリリュー島に上陸していた。このうち、デュークという名のジャーマン・シェパード犬は、迫撃砲弾が落下し続けている飛行場を横断して、重さ九キロ程の、作戦地図や、書類などを無事に情報将校に届けた。その他の犬も、夜間の陣地で、日本軍の侵入者を警戒する任務につき、数名の日本兵の撃退に成功した。

野戦軍用犬小隊が、最も活躍したのは、第五海兵連隊の、ジャングルでの作戦に同伴した際である。九月二十日、ハロルド・フラッグ伍長に率いられたボーイという名のドーベルマン犬が、I中隊の前方を警戒していた際、機関銃二梃と、自動火器で待ち伏せしていた二〇名程度の日本軍部隊を察知したのだ。この犬は、約七〇メートルから、一〇〇メートル先に潜んでいた日本兵の存在を嗅ぎ付け、無防備に前進していたI中隊の兵士たちに知らせたおかげで、部隊を危機から救うことができた。

同様のケースは九月二十日にも起きた。第四野戦軍用犬小隊所属の、一匹の犬が、「約五〇メートル先に潜んでいた日本軍の狙撃兵を察知し、殺害した」との報告が残っている。また、この翌日には、パードナーという名の犬が「日本軍の狙撃兵を約一五〇メートル追跡し、日本兵は撃ち倒された」と報告されている。

しかし、全体的な結果論としては、ペリリュー島における野戦軍用犬小隊の投入は、全く誤った判断であった。野戦軍用犬は、尖った珊瑚岩の地面と、絶え間無い迫撃砲や野砲の砲撃に、想像を絶する勢いで疲弊していった。上陸作戦初日には、第四野戦軍用犬小隊は、早くも一匹の犬を砲弾のショックで死なせていた。翌日の報告には「激しい迫撃砲による砲撃により、犬が神経質になっている」と記されている。

九月十九日、野戦軍用犬ラスティ222は、彼の担当兵を攻撃し処分された。それ以外にも二匹の野戦軍用犬、プリンスとメジャーが迫撃砲攻撃で死んだ。さらに野戦軍用犬マックス5E07も、砲弾によるショックを受けた。

九月二十日、「犬の足は、尖った珊瑚岩で傷だらけである」と小隊の報告書に記載されている。同じ日、野戦軍用犬担当官のデイヤー一等兵が迫撃砲の砲弾で戦死し、彼の犬、アルコも深い傷を負い処分された。野戦軍用犬レックスも砲弾によるショックで、命令不能な状態に陥り処分された。前日、やはり砲弾によるショック状態に陥っていたマックス5E07も処分された。

第五野戦軍用犬小隊の報告書では、九月二十一日に、「犬たちは、疲弊しきっている上に、足は、尖った珊瑚岩でズタズタである」と記されている。同じ日に、四匹の犬が砲弾による激しいショック状態にあると報告している。第四野戦軍用犬小隊も全く同じ状況であり、「野戦軍用犬ニモJ01と、ビンゴ241は砲弾によるショック状態と、負傷による傷で、命令不能状態に陥ったため処分された。夜間の警備任務に就いた犬も、疲労が激しく使い物にならない状況にある」と報告書に記されている。

九月二十六日、小隊の報告では「以下に挙げる野戦軍用犬は、負傷もしくは、砲弾による脳震盪あるいは難聴状態により、後方に移送された。タフィー67E1、プリンス217、シカゴチップス309、バロン00E5、デューク221、バディA215、キング216、フィーA296、メジャーE757」と記されている。

九月十七日に、飛行場を横断して書類と地図を届けたジャーマン・シェパードのデュークZ876も、負傷犬リストに記されていた。この伝令犬は、ペリリュー島北部のヒル・ロウ付近で、第五海兵連隊と行動を共にしていた九月二十五日に負傷した傷が元で死んだ。

第四野戦軍用犬小隊は、事実上、機能不全状態となり、十月一日にペリリュー島を離れた。残った第五野戦軍用犬小隊も、十月十八日までパープルビーチ付近で警備任務に就いていたが、十月二十一日にペリリュー島を去った。

十月初旬は、雨が降り続けた。この雨は、慢性的な水不足に悩んでいた日本兵にとっては、恵みの雨となった。米兵にとって、暑さから解放される喜びと、作戦遂行が困難になる悩みが混在するものであった。激しい雨と強い風により、包囲網に対する航空支援攻撃は中断され、補給にも影響が出始めていた。海兵隊に対する、物資の揚陸と補給の責任者であった中佐は、この重責に耐えきれず、神経をすり減らした結果、十月三日、持っていた将校用の四五口径拳銃で自殺した。

十月四日の朝、強い風と高い波は、ほぼ台風並みの激しさとなっていた。オレンジ3に、海軍建設大隊によって構築された、海岸まで繋がっていた浮橋は、二隻のLSTごと沖合に流されて行った。このため、海からの補給は不可能となってしまい、島に残された食料は四日分となったため、将兵の食事は一時的に一日二回に限定される状況に陥った。

このため、ＭＡＧ－11飛行隊は、七五機のＣ－16とＣ－47輸送機を使って、四万二〇〇〇食のテン・イン・ワン型野戦糧食（訳注一一／二）を空輸した。また、十月四日には、輸送機を使っての負傷兵の後送も始まり、その後の五日間で、ＶＭＲ－952飛行隊単独で、二四七名の負傷兵をアドミラリティ諸島のモモテ島へ空輸した。

ペリリューの飛行場で利用する、航空機燃料のガソリンも不足し、ドラム缶を珊瑚礁の沖合から浮かべて流し、潜水夫らによって回収する試みもなされた。四五ノット（秒速二三メートル）もの強風で、ＶＭＦ－114飛行隊のテントは風に揺さぶられ、待機していたパイロットたちの上に、作戦地図や書類が吹き飛ばされた。垂れ込めた雲は島全体を灰色に包み、あたかもルパータス少将の意気消沈した気持を表わしているかのようであった。

コロール島では、井上中将と師団参謀たちが、コロール島の一個大隊と、バベルダオブ島の三個大隊の計四個大隊に対して、十月二日もしくは三日にペリリュー島への逆上陸の準備命令を下していた。

日本軍は、この時期に台風がパラオ諸島を直撃することを予想しており、逆上陸作戦は、嵐の中を突くことにより、米軍の艦載機による偵察活動を避けて、小型艇での輸送を試みるものであった。しかし、米軍は、この数週間で、パラオ諸島に存在する、水に浮かぶものは全て破壊しつくしていた。このため、井上中将は、移動のために必要な小型艦艇をかき集めることが困難であった。

パラオ諸島北部からの日本軍の増援の恐れは、ペリリュー島の全作戦期間を通じて、米軍の作戦担当官の一貫した懸念事項でもあった。このため、北部からのルートを遮断するために、ガドブス島の北のガラカヨ島を十月九日に制圧し、さらに北に点在するガロヨ島、ゲメリス島、アリマスク島をその二日後に制圧していった。こうして、井上中将の計画は行き詰まり、中川大佐は、手持ちの兵力で全てを解決する必要に迫られる結果となった。

ペリリュー島攻略作戦において際立った特徴の一つに、最前線と、後方支援が一体化していた点がある。ブラディノーズ・リッジから、わずか一〇〇メートルほどの飛行場の一角では、海軍建設大隊の兵士らが上半身裸で、滑走路の補修作業を行なっていた。師団の郵便局は、やはり最前線から三〇〇メートルしか離れておらず、そこから少し離れた場所では、尾根に撃ち込まれる砲弾の重く響き渡る炸裂音に邪魔されながらも夜間に映画上映会が催されていた。最前線に行くために、飛行場に沿って設営されたテントやシェルター群を通り過ぎようとしたユージン・スレッジ二等兵は、小ぎれいな服を着て、髭を奇麗に剃った後方支援の兵士らが、やつれて、薄汚い最前線の兵士である自分たちを「まるで、サーカスのパレードの、野生動物でも見るような眼で」見つめていたと回想している。

一方で、こうした後方支援の兵士の中にも勇敢な者はいた。ヘンリー・デアマン一等兵は、最前線の陣地で腐敗が進行している五人の日本兵の死体に囲まれて座っていたところ、「おい、海兵さん、撃たないでくれ！」と叫ぶ声を聞いて、振り返った。すると、真っ白なシャツを着た兵士が近づいてくるのが見えた。この男は姿を現わしながら「海兵さん、撃たないでくれ」と繰り返し叫んだ。デアマンが手招きをすると、この男は、大きな銀色の容器を担いで近づいて来た。

彼は、海軍の艦艇に勤務するコックで、海兵隊員に、ホットドッグと、茹でたてのトウモロコシを渡すために、わざわざ上陸してきたのだった。海兵隊員らはヘルメットを脱ぐと、中の内帽を取り外し、その中に暖かい食事を分配していった。そして「頑張れよ、海兵さん」と言って、来た道を戻って行った。前線の兵士にとって勇敢という行為は日常的なものであったが、このコックの行動は、何か特別なものに感じたのだった。

戦闘地域の近くに多くの後方支援要員が配置されていたため、彼らが大挙して最前線に日本兵の死体の持ち物を探す、お土産漁りに出かける状況を作り出し、最前線の戦闘歩兵との間の軋轢が、軽視できない問題と化していた。この問題を解決するために十月の初旬に、第一海兵師団所属の、第一憲兵中隊から一個小隊が派遣され、前線に向かう将兵の統制を図ることになった。前線に興味本位でやってきた後方支援の兵士が死傷するのは、珍しいことではなかったが、最前線の兵士たちは、こうした行動を嫌悪していた。そのため、苛立った前線将校は、手持ちの兵力が少なかったこともあり、彼らを発見次第、拘束して、そのまま前線に投入した。

第七海兵連隊火器中隊長の、ジョセフ・バックレイ少佐は、こうした気の短い将校の代表例であった。彼は元々、一兵卒からの叩き上げで、ペリリュー作戦の二週間目に大尉から少佐に昇進しており、彼にとっても予想外の昇進だった。「まったく少佐なんて糞喰らえだよ」と何度も、何度も周囲にぼやいていた。彼は自分の受け持ち戦区に、正規の理由がなく進入してきた場合は、すぐに身柄を拘束し、武器を持たせて最前線に配置した。彼らが前線に配置されても行儀よく振る舞った場合は、所属部隊の指揮官に居所を通知したが、そうでない場合は、ただ身柄を拘束して前線での任務を強制した。

前線にやってきたのは、単なる興味本位ではない場合も、もちろんあった。戦闘が長引き、負傷兵が増えるにつれ、後方の兵士らもじっとしていられなくなり、戦わないことに罪の意識を感じる者も出て来た。こうした兵士らは、半ば海兵隊員の本能として、武器を摑むと、前線の兵士を助けるためにやってきた。ブラディノーズ・リッジで海兵隊員が包囲されたとの情報が飛行場に伝えられた際、「誰が命令した訳でもなく、皆が自然と近くにあった武器を摑むと、前線に駆けつけて銃を撃ち出して、無事に負傷兵を助け出したんだ。あの時、周りに誰がいたかは判らないが、水兵もいたし、海兵隊員もいたし、戦車兵もいた。皆が自然と力を合わせたんだ」と、ある軍曹は回想している。

その他にも、多くの兵士が自発的に、前線補給係や、担架兵や、最前線の陣地へ志願し、戦線を支えていた。「皆、自分なりのやり方だったね」と、ある大隊長は語っている。こうした前線志願の兵士には、建設大隊や、航空部隊要員など、さまざまな後方支援部隊の兵士が混じっていた。ある従軍記者は、機関銃陣地を指揮している際に負傷した。またコックが銀星章を受賞したこともあった。ある司令部参謀は、日本兵に背中を刀で斬りつけられつつも、この敵兵を倒したが、残念なことに彼を斬りつけた日本刀は、夜間戦闘の混乱の最中に、抜け目ない一等兵に、格好のお土産物として持ち去られてしまった。

こうした前線志願兵の中で際立っていたのは、建設大隊所属の木工班助手、レスリー・グリッグ一等兵、四三歳で、若い海兵隊員の中では、まるで生きた化石のような存在であった。彼は元、州兵の先任教官で、戦争の初期に息子を亡くしていた。その復讐を誓い、前線に行くチャンスを窺っていたのだ。

彼が、こっそりと前線に向かう道を進んでいたところ、海兵隊の軍曹がその姿を見つけ「貴様、また戦利品漁りの、建設大隊の糞野郎だな。こっちに来て弾薬を降ろすのを手伝え」と叫んだ。

数分後、グリッグたちは、五〇口径の機銃弾を運び終えると、丘をよろめきながら登った。すると突然、日本軍の機関銃音がしたため、彼らは身を隠した。すぐに海兵隊員らは、日本兵が洞窟陣地から棚地へと這い出てきているのを発見した。彼らは、海兵隊員の存在に全く気がついていないようであった。「撃つな、全員が出てくるまで待て」と軍曹が小さな声で命じた。

八人の日本兵が洞窟から出て来たところで、海兵隊員が銃撃を開始し全員を倒した。そのうち一人は、グリッグが倒したものであった。「おい見たかい、この建設大隊は、銃を撃てるみたいだぜ」と、軍曹は見直すような口調で話した。

それ以降、グリッグは機会を見つけては前線に通い、日本兵を狙撃したり、洞窟の入口にブービー・トラップ（仕掛け爆弾）を仕掛けたりした。あるブービー・トラップでは、後に五人の日本兵が死んでいるのが見つかった。彼が負傷したのは、満杯の水筒に日本軍の銃弾が当たった際のことだった。「水筒が破裂して、尻の皮膚が剥がれてしまったんだ。そしたら、それを見た海兵隊員の奴が、自分の水筒で負傷したなんて、パープルハート（戦傷章）ものだな。なんてほざきやがった」と語っている。

時折、勇敢か、あるいは無鉄砲な海兵隊員らは危険を冒して日本軍の洞窟陣地網の中へと入って行った。小隊軍曹のウィリアム・リンケンフェルタは「ある晩、俺の昔からの戦友（カーター）がやってきて、〝戦利品狩りに行こうぜ〟って言ったんだ。俺は、それほど、戦利品を持ち帰るのに興味はないって言ったら、〝ちょっと、すぐそこまで行って、帰るだけだよ〟と奴が言ったんだ」「それで、俺たちは三〇分ほど歩くと、洞窟を見つけたのさ。そこで奴は〝ちょっと中に入ってみよう。何かあるかもしれんぜ〟と言ったので、〝わかった。じゃ、すぐ後をついてくよ〟と答えて、這うようにして嫌な洞窟の中に入って行ったんだ。ところが、どんどん進んでも終わりが見えないのさ。一体全体、この洞窟はどこまで続いているんだ？　と思っていたところ、何かの臭いがしてきたんだ。そこで俺は、〝おい、カーター、何か臭うだろ、何の臭いだ？〟と聞いたら、〝俺には糞の臭いに感じるぞ〟〝ああ、そうだな。随分と先が見通せるようになったぞ〟」

「それで俺は言ったんだ、〝そこから先はどうなってるんだ？〟〝そんなに遠くまでは見えない。洞窟が曲がってるよ〟と奴は答えた。そこで俺は〝日本兵の奴らがここに戻ってくるか、あるいは、この先にいるのかも知れんぞ〟と言ったんだ。それでも奴は、どんどん先に進んで行った。やや上向きに進んで行くと、そこで少しカーブになっていて、キラキラ光る野戦食の空き缶が置いてあった。どうやら缶は、天井から落ちてくる水を溜めるためのもので、ポタポタと水がおちて溜まっていた。そこで俺は〝おい、前方に何か見えるのか？〟と聞いたら、奴は〝何も見えない。右の方に曲がってる〟と答えたんだ」

「俺たちは、さらに先に進むと奴が振り返って、〝おい、リンク〟と聞いたので、〝何だ？〟と答えたら、〝誰かいるぞ〟と言ったんだ。俺は〝どうやら、そのようだな〟と答えた。彼は、〝毛布に包まれてる奴がいる。白い靴下を履いた足が見える。どうやら寝ているようだ〟、そこで俺は〝本当に寝てるんだろうな？〟と聞いたところ、バン、バン、バン、バン、バン、と四五口径の拳銃の発射音が聞こえて、そのあと〝おぉぉぉぉん〟といううめき声が聞こえた」
「これが、日本兵の最後だった。この穴にいたのは彼一人のようだった。壕の終端は、直径三〜四メートルの、くり抜かれたような部屋になっていて、立ち上がることもできた。死んだ日本兵は、野戦食を、この場所に貯めていて、小銃は装塡された状態ですぐ横に置いていた。もし奴が寝ていなかったら、俺たちの頭を簡単に撃ち抜く事ができたんだ。俺たちは、体の向きを変えることができないくらい狭い場所だったから、まさに絶体絶命だったわけさ。あの長い日本軍の小銃なら、一発で、簡単に二人とも天国にいくところだったんだよ」

十月三日、第一海兵師団は、ペリリュー島の戦闘で最も階級の高い戦死者を出した。ジョセフ・F・ハンキンス大佐である。彼は元大隊長で、この時は、師団の司令部大隊の参謀であり、西街道の警備責任者でもあった。この二日間、飛行場の北側二キロほどの〝死のカーブ〟と呼ばれる地点で、高台に陣取った日本軍の狙撃兵の活動が活発となっており、西街道の交通の妨げとなっていた。十月三日の午後、ハンキンス大佐は、海兵隊でも腕に自信のある数組の狙撃兵のチームを引き連れて、M1ライフルと双眼鏡を手に、日本軍の狙撃兵を逆に狙撃しようと企てた。

ところが、この悪名高きカーブに到着したところ、すでにアムトラックと、三台のトラックが、五〇メートルほど先の断崖付近にいる日本軍の激しい小火器による銃撃を受けて、道路上で身動きが取れなくなっており、大佐の計画は出足から躓いてしまった。このため、大佐と狙撃兵のチームは、車輌を道路上に置き去りにして、遮蔽物を探しながら前進しなければならなくなった。ハンキンスは敵の銃撃を物ともせず、道路の真ん中を歩きながら、命令を下していたが、兵士らを一旦、車輌に戻るように命じた瞬間。胸の真ん中に銃弾を受けて即死した。ハンキンスの戦死の報に、最も動揺したのは、彼がこの数日間、手をかけて、かわいがっていた日本兵の捕虜だった。この日本兵の捕虜はすすり泣きながら、捕虜収容所に移送される前に、彼の墓を掘らせるように強く要望した。

ハンキンスの死を受けて、海兵隊は、死のカーブ周辺を掃討するために一個中隊を派遣し、狙撃を中断させるのに成功したが、一時的な効果しか得られなかった。結局、死のカーブ周辺に三輌の戦車が常時駐留して、狙撃が行なわれる度に、戦車砲を断崖に向けて撃ち込んで行った。

ハンキンス大佐戦死の翌日、第七海兵連隊は、総力を結集したペリリュー戦最後の戦いを挑んでいた。ボイド・リッジと、ウォルト・リッジは、ほぼ完全に掌握していたが、それでもなお、東街道を完全に確保するには至っていなかった。日本軍は、ホースシュー、ウォルト・リッジとボイド・リッジの間の渓谷、それにボイド・リッジと無名の丘の三ヵ所の隙間を通じて東街道に銃撃を浴びせていた。こうした、視界の隙間を突く攻撃に対して、米軍側は戦車を遮蔽物として銃弾を遮り、担架兵や、補給部隊、弾薬運搬車などを通していたが、依然として危険な状況は変わらなかった。このため、十月四日、第三大隊を中心に、ホースシューの南側にある二つの渓谷の掃討作戦が実施されることになった。戦車と、第二大隊配下のI中隊の支援を得て、ウォルト・リッジと、ボイド・リッジの間の渓谷を確保したものの、損害も激しく、二名の将校が戦死し、中隊は、三一名の兵士と、たった一人の将校の規模まで消耗してしまった。この間、L中隊は、二〇メートルから三〇メートルほどの高さの三ヵ所の岩山に陣取る日本軍に圧倒されている、北側の渓谷に対して攻撃を仕掛けていた。この岩山は一二〇高地と呼ばれており、側面は切り立った絶壁となっていた。また一二〇高地のすぐ西にはバルディ・リッジの醜い頂上部が覗いていた。この場所は、過去数日間、海兵隊の北からの攻撃に対して、激しい抵抗により持ちこたえており、その勢力は衰えていなかった。

この想像を絶する、珊瑚岩、岩山、丘が織りなす、複雑な地形は、地理学的には、単一の巨大な堆積物が成すものであった。最も近い瘤のような丘は、東街道からわずか一〇〇メートル、一二〇高地自身も、一五〇メートルと離れていなかった。この距離では、ちょっとした小銃による銃撃でも、街道の安全に大きな脅威となっていた。ボイド・リッジへの海兵隊の攻撃は一四三〇時に始まった。この攻撃は、彼ら自身も驚いたことに、死傷者を出す事なく四五分で終了した。日本軍の抵抗は、軽微で無視しても差し支えない程度であった。

この予想外の進展の知らせを受けた第七海兵連隊第三大隊長の、ハンター・ハースト大佐は、この成功は、今後の攻撃の主導権が握れる絶好のチャンスであると考えた。そこでハースト大佐は、これから先の攻撃のために絶好の足場となる、一二〇高地の背後にある岩山の奪取に一個工兵中隊を派遣し、同時にL中隊に対して、一二〇高地への前進を命じた。

一四一五時、体重一〇〇キロを超える巨漢の、ミネソタ州ダルス出身のジェームス・E・ダン少尉に率いられた四八名の小隊は前進を開始した。海兵隊は、三〇メートルを超える絶壁に囲まれた渓谷を前進するうちに、前進路と直角に交わる、小さな谷の方向からの日本軍の銃撃を受け始めた。途中、二人が銃弾を受けて後方に搬送されたが、残りの海兵隊員らは、二、三人の集団で、全力疾走で駆け抜けて、丘の麓まで到達した。一六〇五時までに、小隊は、数ヵ所の日本軍陣地を攻略しつつ、蔦や木の根に摑まり、岩の裂け目や、地割れを乗り越え、よじ上るようにして、丘の頂上部に到達した。

日本軍の反撃の弱さに驚きつつも、喘ぐように息を切らした海兵隊員らは、珊瑚岩の上の茂みで休憩を取った。彼らの背後には、上から威嚇するように、オールド・バルディ（三〇〇高地）と呼ばれている、尖った珊瑚岩の岩山がそびえ立っていた。渓谷は四方八方に広がっており、彼らの最も近い友軍で、ダンの小隊から別れた残りの中隊は、彼らのいる岩山から一〇〇メートルほどの渓谷を挟んだ南東の別の尾根にいた。

海兵隊の偵察小隊が、南に向かって送り出されたが、すぐに一人の兵士が頭を撃ち抜かれて、まるでボロ雑巾のように崩れ落ちた。撃った日本軍の狙撃兵はすぐに撃ち倒されたが、小隊は、バルディ高地からの銃撃を浴び始めた。海兵隊は、死傷者が続出し、銃撃から逃れられる東側の斜面に移動した。しかし、この行動は、ボイド・リッジの下部にある、依然として無傷の日本軍陣地や、一二〇高地の地中奥深く陣取った日本軍からは丸見えの場所に移動したに過ぎなかった。

この時点で、海兵隊の偵察小隊は、自分たちが日本軍の作った大きな罠に捕らわれた事実に気がついていなかった。日本軍の射撃統制は完璧であり、海兵隊の小隊全体が、開けた丘の頂上部に入り込むまで、二〇ミリ機関砲や、小火器、迫撃砲などが、じっと十字砲火を加える好機を待ち構えていた。

日本軍の機関銃が一斉に火を吹くと同時に、ラルフ・フィリップス軍曹が銃弾を受けて即死した。さらに別の二人も直後に戦死した。小隊に随行していた三名の海軍衛生兵は、負傷兵の手当を試みようと努力したものの、急斜面に阻まれて、負傷兵を安全な場所に退避させるのが不可能だった。彼らの唯一残された道は、東側の断崖を降りることであり、ダン少尉は身を伏せながら、部下の兵士らを逃そうと崖の端で指示を与えていたが、日本軍の銃弾を受けて即死し、体は、そのまま崖の下へと落ちて行った。

渓谷を挟んで並んでいたボイド・リッジの上のK中隊の兵士らは、この惨状を目の当たりにし、何とか彼らを助けようと必死の努力をしていたが、彼らの目前で、偵察小隊は、見る間に崩壊していった。倒れている負傷兵には、次々と銃弾が命中し、やがて声を上げなくなり、死んで行った。その他の負傷兵は、叫び声を上げ、仲間の兵士らに置いていかないでくれと、懇願していた。衛生兵が必死に、負傷兵の一人を崖の淵まで引きずると、包帯で自らの体に巻き付け、一緒に崖を降りようとしたが、銃弾が当たり戦死した。

生き残った兵士らは、武器を投げ捨てると、崖を伝って降り出したが、次々と銃弾が当たり、崖の底へと落ちて行った。この様子を下から見上げていた、L中隊長のジェームス・V・シャンレー大尉は、たまらず「頼むから、煙幕弾を崖の上に撃ち込んでくれ！」と叫び、戦車隊を呼んだ。戦車は、可能な限り渓谷の間を前進し、支援砲撃できる目標を探したものの彼らの位置から、有効な射撃目標を得られなかった。

ボイド・リッジの上の兵士らは、渓谷に向かって黄燐手榴弾を投げ込むと、立ち上った煙幕はゆっくりと崖の上へと上って行った。崖の上で身動きが取れなくなっていた海兵隊員らは、このチャンスに、崖から飛び降りるのと、掃射する日本軍の機関銃弾と、どちらが危険かを考えつつも、飛び降りることを選んだ。結果的に五名の海兵隊員が、飛び降り、崖の下に辿り着いていた戦車の後ろへと隠れることに成功した。この五名がいなくなった崖の上では、六名の負傷兵と四名の死体が残され、その周囲には、自らの力で動ける三名のライフル兵と、三名いた衛生兵の唯一の生き残りが負傷兵を援護していた。そこから、斜面の上部には、さらに三名の生き残りの海兵隊員がいたが、日本兵は彼らを死体だと思っているようであった。

負傷兵らは、生き残った海兵隊員らに「君たちは、俺たちのために充分尽くしてくれた。早く逃げてくれ！」と、自分たちを置いて崖から降りるように、涙ぐみながら急がした。

負傷兵を助けるための最後の努力は、彼らを崖の上から渓谷へ、転がり落とすことだった。このうち負傷兵の一人は、崖を落ちる途中で、蔦が足に絡まり、逆さ吊りの状態となってしまった。あとから降りて来た海兵隊員が、蹴り落としてくれた。この時、斜面の上部で、死んだ振りをしていた三名の海兵隊員も、煙幕に紛れて崖を降りようとしたが、最初の一人は、立ち上がった瞬間に銃弾を受けて戦死した。残りの二人は、辛うじて崖から転がり落ちて行った。

こうして、生き残った兵士らが脱出し、煙幕が消えて行くに従い、シャンレー大尉から二人の負傷兵が、彼のほうに向かって、必死によろめきながら近寄って来るのが見えた。彼らの足下には、銃弾が集中して珊瑚岩が飛び散っていた。一人の負傷兵が、もう一人の負傷兵に助けるように手を回し、必死の形相で足を引きずりながら味方の戦車を目指していた。あと三〇メートルほどの距離まで近づいたところで、力尽き倒れ込むと、日本軍は情け容赦なく、この負傷兵に銃弾を撃ち込んで来た。

ニューヨークで生まれ育ったシャンレー大尉は、グロスター岬攻略戦で、海軍十字勲章を授与された経歴を持っていたが、この光景に居ても立ってもおれず、彼らを助けようと戦車の陰から飛び出した。

シャンレーは、まず一人目の負傷兵を摑むと、戦車の背後まで引きずって戻って来た。次に二人目を助けようと、再び飛び出したが、至近で迫撃砲弾が炸裂し、飛び散った破片が大尉の体を貫いた。大尉は道路の真ん中で崩れ落ち、今度は、彼を助けようと、オクラホマ出身の中隊参謀、ハロルド・コリンズ少尉が薄れていく煙幕の中に飛び出したが、発射された対戦車砲弾により即死し、シャンレー大尉の横に倒れた。この日の朝、連隊本部には、コリンズ少尉が中尉に昇進した知らせが届いていたが、彼は遂に聞かず仕舞いだった。シャンレー大尉は、その後、生きて救出されたが、その日の夜に死亡した。

こうした、英雄的な活動はシャンレーだけではなかった。この日、崖の上の包囲網を生きて脱出できた二人の海兵隊員は、即座に負傷兵の救出に、尾根の麓に戻ったが、二人とも戦死した。一七三〇時までに、この日の作戦は終わった。三時間一五分に渡る戦闘で、シャンレー大尉の中隊は事実上消滅した。尾根を上って偵察に出た四八名の小隊のうち、一一名が生き残ったが、このうち無傷の者は五名だけだった。I中隊とL中隊の二つの中隊合わせて、通常は四七〇名の定員のところ、寄せ集めの八〇名程度の集団と化していた。

この、ウムロブロゴル山での虐殺は、第七海兵連隊のペリリュー島での作戦活動の終焉を象徴する出来事であり、翌日、第五海兵連隊が、彼らの任務を引き継いだ。第七海兵連隊は、予備部隊として島に残ることになったが、彼らの役割は限定的なものであった。

ケンタッキーの農夫だった、二一歳のウェズリー・フェルプス一等兵にとって、この第五海兵連隊との交替は、遅すぎるものになってしまった。その夜、フェルプスは別の海兵隊員と共に、三〇口径機関銃の陣地で配置についていた際に、残っていたK中隊に対して日本軍の反撃が始まった。暗闇の中から突如として飛んできた手榴弾が、彼らのいた蛸壺に落ちた。彼は戦友に対して、大声で警告を発すると、自らの体を手榴弾の上に投げ出し、爆風を体で受け止めた。フェルプスは、この夜、戦死した一二名の海兵隊員の一人となった。この夜の戦闘で、五二名の日本兵の死体が岩の間に横たわっているのが発見され、フェルプスが授与された名誉勲章は、彼の母親の元に届けられた。

日本軍もまた苦しんでいた。十月十四日、陸軍の偵察隊が、ヒル・ロウで、巧妙に隠匿された日本軍の救護所を発見した。大きな洞窟の中に設置された救護所は、二つの部屋に区切られ、それぞれが、奥行き一五メートル、幅五メートル、高さが三メートルほどの広さがあった。出入口は三ヵ所あり、その内の一ヵ所には、対空用の三脚に載せられた水冷式の機関銃が設置されていた。注意深く中に入って行った米兵は、一つの部屋に照明設備と無線機が設置されているのを発見した。部屋の中には五〇名程の日本兵の死体が残されており、そのほとんどが頭部に銃弾を受けていた。医薬品や、包帯はほとんど残されていなかった。

十月初旬に捕虜となった日本兵は、雨水と洞窟の中に染み出て来る水のおかげで生き延びたと語っていた。また、煙幕で眼が見えなくなり、洞窟の中で捕虜となった日本軍の水兵は、別の四〇名の患者と一緒に病院壕で過ごしていたと語り、壕には二名の軍医と、五名から六名の衛生兵がいて、最終的に、患者は全て原隊に復帰せよと命じられたと語った。朝鮮人の労働者は、所属していた部隊の全員がダイナマイトを手渡され、捕虜になるくらいならば、自ら爆死せよと命じられたと証言している。ほとんどの男が、ダイナマイトを捨てたものの、降伏する前に、米軍の戦車による攻撃を受けて、部隊は散り散りになってしまったと記している。

ペリリュー島では、激しい雨が毎日のように降っていたが、気温は高く、堪え難い蒸し暑さであった。腐った食べ残しの戦闘糧食に、排泄物、それに岩の間に横たわる数千名の日本兵の腐乱した死体から発せられる腐臭が、島を覆い尽くしていた。こうした光景に鈍感になっていた海兵隊員は、熱で膨張した日本兵の死体を、射撃訓練の標的に使っていた。

十月四日までに、第一海兵師団は、戦死一三二七名、負傷四三〇四名、行方不明二四九名で、人的損失の総計は五五八〇名に達していた。師団の推定では、日本兵の戦死者は一万名を若干超えていた。日本兵と朝鮮人労働者の捕虜の合計は二二四名であり、生き残った日本兵の数は、三〇〇名から六〇〇名の間であると海兵隊では、推定していた。（この推定値は、後にかなり楽観的な数字であることが証明された。十月十三日に中川大佐の報告では、海軍所属の兵士も含めて、一一五〇名を超える戦力を有していると報告されている）

米軍側の将兵の死体は、ごく稀に戦場に放置される場合があったが、ほとんどの場合は可能な限り収容された。標準的な手順では、死体はポンチョで包むことになっており、それができない場合は、少なくとも顔だけは何らかの形で覆い、太陽や、雨、あるいは絶え間なく飛び交う蝿から守り、オレンジビーチの背後で、広がり続ける墓地に埋葬することになっていた。通常、前線の配置につく海兵隊員が最初に目にするのは、遺体埋葬班によって搬送されるのを待っているポンチョに包まれた死体の列だった。

こうした死体は、堪え難い暑さの中ですぐに膨張していった。アル・ゲイルマン一等兵は、「まず、死体は一日で、パンパンに膨れ上がった。そして膨れ上がると、こんどは茶色になるのさ。皮膚と軍服は、オレンジがかった茶色で、これは油っぽい茶色だね。それで中から弾けてしまう。まる二日で体は原型を留めなくなってしまうんだ。靴とカートリッジベルト以外はね」。その臭いは想像を絶するものであった。

ハワード・ミラー一等兵は、大量一括埋葬のための日本兵の死体の収容という、忌まわしい仕事を割当てられていた。死体は酷い状況ではあったが、それに加えて、ブービートラップ（仕掛け爆弾）の危険とも隣り合わせであった。「ある時、怪しい死体を発見した。そこで通信ケーブルを持って来て、そのケーブルを肩の周りに回して、まずはケーブルを引っぱって収容する前に、死体を動かしてみるのさ。そうしたら、腐った死体から、腕が抜けてしまったんだ。なんとも嫌な気分になったよ」。

こうした衛生活動は、戦闘の続く尾根では不可能であった。ラッセル・クレイ伍長は「とにかく、上のほうに上ってしまうと、あんまり身動きがとれないのさ。這い回るか、素早く動くかどちらかで、立ち上がることは出来なかった」。

地面は硬い岩盤であり、悪臭に対して無感覚になっていた兵士たちは、死体をそのままにして戻らざるを得なかった。この腐乱死体だらけの汚染された環境下で、蝿は増殖を続け、その青緑に銀光りした体は巨大化して、辛うじて飛び回れるほどの大きさになっていた。飛び回る蝿は、腐った死体と、兵士らの戦闘糧食の区別をすることなく集まり続けた。島にいた数千人の海兵隊員や陸軍の兵士らは、食事を摂る際に、スプーンの中に蝿が入り込んでいないか注意深く口に運ぶようになっていった。ある陸軍の兵士は「ある時、レーズンパンが配食されたんだ。でも、レーズンを眺めながら、これが全部本当にレーズンなのか考えたよ」とジョークを飛ばしていた。

多くの部隊では赤痢が蔓延していった。また、相当数の兵士は裂傷に苦しめられていた。尖った珊瑚岩で負った傷は、すぐに化膿し、なかなか治癒しなかった。直径一～二センチほどの傷が、腰や腕、足の内側などにでき、苦しめられていた。

また蚊の存在にも悩まされていた。この島の蚊は、マラリアや、黄熱病を媒介する種類の蚊ではなかったが、扱いには苦労させられていた。ロバート・アンダーソン伍長は偵察に出た際、「やたら大きな蚊の大群の攻撃を受けたんだ。奴らは恐ろしく攻撃的で、俺たちはあっと言う間に、腕や顔を蚊に覆われてしまった。とにかく堪らずに逃げ出したよ。いったいジャップの奴らが、どうやって対処しているんだろうって不思議に思ったよ」。

さらに、兵士らを刺す、小さなブヨの大群も悩みの種であった。この虫は、特に朝方と、夕方、それに夜間に大量に発生し、刺されると湿疹のような跡ができた。こうした跡は、場合によっては、病原菌に感染したり、最悪の場合は化膿する恐れもあった。兵士の中には、就寝時に、カフスボタンをしっかりと留めて、虫の侵入を防ぐ努力をしていたが、水の滞留するマングローブ湿地帯では、発生を抑制するのは困難であった。

蠅の大量発生を防ぐために、新たに開発された、DDTと呼ばれる殺虫剤が大量に使用された。この殺虫剤はディーゼル燃料と混合され、蠅の生息場所などに大量に散布された。また、ケロシンと混合して、テントやハンモック、蚊帳などの装備品に塗布されることもあった。

ペリリュー島では新たな試みとして、一五人編成の衛生分隊が組織された。この分隊は、背負い式の殺虫剤が入ったタンクを装備し、前線の戦闘部隊のすぐ背後で、死体や、食事の食べ残し、排泄物、水の淀んだ場所などに、散布して回り、害虫の発生を抑制しようと努力を続けていた。島での戦闘の後半戦では、トラックに大型の散布装置を積んだり、航空機からDDTを散布する試みもなされるようになっていった。ある海兵隊員は、この航空散布の模様を「とにかく、俺たち皆、逃げ出したよ。日本兵の奴らも一緒に逃げ出していたね」と回想している。

こうした手段は、ペリリュー島における伝染病対策に一定の効果があったと思われるが、全ての問題が解決できた訳ではなかった。ある発見として、DDTは、蠅の成虫に対しては致死的な効果が確認されたが、ウジ虫に対しては、全く効果がなかった。そのため、蠅は依然として兵士らの悩みの種でありつづけ、十月の第二週に、その数はピークとなり、以降は減少に転じて行った。

（注一一／一）オールド・バルディ高地は、陸軍と海兵隊では異なる場所を指しており、注意が必要である。本書では海兵隊での呼び名を採用しており、陸軍のオールド・バルディは、南側の戦線に位置している。

（訳注一一／一）テン・イン・ワン型野戦糧食：グループ向けの戦闘糧食のセットで、一つのパッケージの中に一〇種類のメニューが入っており、兵士らが同一のメニューの連続で飽きることの無いように工夫されていた。

第一二章　ウムロブロゴル包囲網《ポケット》

ある海兵隊員は、包囲網の中の、まるで異世界のような様子を評して「ジャップという名の原始人が守る、月面世界」と語っている。

珊瑚隆起の尾根を地中深く掘り進んだ日本兵は、まさに現代の危険な穴居人であった。米軍の強力な砲撃や空爆を安全な地面の下で避け、海兵隊員らが攻撃を開始して、丘の斜面を上り出すと、地上に現われて銃撃を加えて来た。ある海兵隊の将校は、後に戦闘の模様について、高さ三〇メートル以上の場所に位置する他人の家の屋根で戦っているようだったと語っている。

日本兵が足下にいるのが判っているにも関わらず、何もできない無力さに対して、我慢強い男でも、苛立ちは高まる一方であった。「丘の頂上部に到達しても、まるで蟻の巣の上にいるようなものだった。ようやく制圧したと思って安心しても、夜になると奴らが地面の下から這い出て来て、穴の中に引きずり込もうとするのさ」と、テキサス出身の伍長は語っている。

丘の頂上部に空腹で座っていた海兵隊員らに、地面の下の日本軍の洞窟壕網から、魚を焼き、米を炊く臭いが漂って来るため、兵士らの間に不満が鬱積していった。第七海兵連隊第三大隊長のスペンサー・バーガー大佐は「ジャップの食い物の臭いを嗅ぐと、酷く恨めしい気分になった」と語っている。バーガーの場合、苛立った海兵隊員らは、TNT爆薬にロープを巻き、洞窟の入口に投げ込んで、中の腹一杯の日本兵ともども、吹き飛ばした。

しかし、多くの場合、日本兵は危険な存在であった。日本兵の小銃による射撃は、極めて正確で、これは中川大佐の兵士らが、狙撃能力を高める訓練が徹底されていることを示していた。海兵隊員や陸軍の兵士らは、二〇〇～四〇〇メートル先から銃撃され、戦死したり、負傷したりした。この距離は、戦闘状況下での狙撃としては卓越した能力と言えた。

危機一髪の状況は多くの兵士にとっては、日常的な出来事とも言えた。迫撃砲班のリンケンフエルター軍曹は、背嚢の中の、インスタントコーヒーの入った瓶を探っていたところ、瓶は割れて、コーヒーの粉が飛び散っているのを見つけた。さらに背嚢を詳しく調べてみると、六ヵ所もの銃弾による穴が開いているのを見つけた。片側から入った銃弾が、反対側から抜けて行った穴であったが、彼が伏せている際に、背負った背嚢に銃弾が当たっていたもので、自分自身で気づいていない間にも戦場には銃弾が飛び交っていることを示す証拠でもあった。

ハワード・ミラー一等兵は、彼らの部隊が、西側の尾根で配置についた際に二人の米兵が狙撃兵に射殺された際の光景について「近くに茂みがあったのさ。俺たちの周りにあった茂みはそこだけで、俺たちは、小さなトーチカの中に陣取っていたんだ。近くには砲弾でできた穴も開いていて、そこに、最初の男がやってきた。こいつは野戦電話の線を、この陣地に敷くためにやってきたんだ。男の姿が見えたので、ここまで真っすぐこないで、迂回しながら、立ち止まらずに来いと声をかけたのさ。ところが奴は、立ち止まってしまった。そして茂みの方を覗いた瞬間に、〝バーン〟という音がして奴は死んだ。俺たちは、奴の体を引きずってきたのさ。そして、次の日か、それとも二、三日後か、よく覚えていないんだが、やっぱり全く同じことが起きたんだ。その時も、こちらに向かっていた兵士が、眉間のど真ん中を撃ち抜かれて死んだのさ」。

西街道に沿った高台で配置についていた、二人の海兵隊員のうちの一人、砲兵隊所属のロバート・アシュキー軍曹は歩哨の気を緩めてしまう間違いを犯してしまった。「奴らが眠り込んでしまったのか、あるいは単に、気を緩めてしまったのかは判らない。いずれにせよ、俺たちがこの場所に配置されてから、四、五日経っていたんだが、その間、何も変わったことが起きなかったんだ。まぁ、日本兵は、時折、発砲したり手榴弾を投げたりはしていたようだが、俺たちの周辺では、直接接触はなかったのさ」。

二人の海兵隊員のうちの一人は、ちょっとした気の緩みが、突然の死を招いた。銃剣で武装した日本兵が高さ三〇メートルほどの断崖を密かによじ上り、若い、一〇代の砲兵部隊の補充兵の右目に銃剣を突き立てたのだ。もう一人、同じ壕にいた、ガダルカナル戦以来の古参兵は、この日本兵を担ぎ上げると、崖の上から投げ落として殺したが、若い補充兵にとっては、すでに手遅れであった。

海兵隊員らは、地中に潜った日本兵に対処するために、通気口を探して回った。一般的な手法としては、まず穴を二つみつけると、二〇リットル程度のガソリンを流し込み、手榴弾を投げ落とすものであった「この方法だと、中の奴らは、かなり驚くようだよ」と、第七海兵連隊で、尾根の戦闘を経験した、ヴィンセント・クレイ伍長は語っている。

いずれにせよ、海兵隊員らはすぐに、この場所が防御には絶好の場所であるのに気がついていた。軍事的には縦深防御陣地が構築されていたが、ペリリュー島の作戦に参加した古参兵は、尾根や渓谷、岩山で混沌とした地形に展開した日本軍の陣地を評して、さらに発展した〝相互補完型の縦深防御陣地〟と呼んだ。

並行して連なる尾根に強固な陣地を構築した日本軍は、相対する尾根に身を晒す海兵隊員らに、容赦ない銃砲撃を浴びせて来た。その火力は、これまで海兵隊員が遭遇したことがないほどの量で、ある軍曹は「周囲のあらゆる場所から、タン、タン、タン、タンと銃撃されたよ」と語っている。また海兵隊員らが展開する尾根の、すぐ下にいる日本軍に対しても、険しい斜面が障害となって、攻撃が難航する場合が多かった。こうした状況では、爆破班の兵士が、長いロープに爆薬を吊るして断崖内に放り込む手法が取られたが、通常は日本兵にロープを切られるだけの結果に終わった。

洞窟攻撃に加わったジェームズ・イザベル二等兵は「俺たちは、まず火炎放射器を備えた戦車で入り口を焼き尽くして、ダイナマイトで爆破して封鎖したのさ。ところが、すぐに別の場所に穴を開けて攻撃してきやがった。ごく稀に生きた日本兵が見えることもあったが、そんなことは、本当にほとんどなかったよ」と語っている。

砲弾が地面に対して水平に炸裂する艦砲射撃は、この地形ではほとんど役に立たなかった。野砲による大量の支援砲撃も、洞窟の奥深くに潜む日本兵にはほとんど、目に見えた効果を上げることはなかった。「まるで、壁に向かって、両手一杯のBB弾を投げつけるような感じだったね」と海兵隊のライフル兵は皮肉混じりに語っている。第一海兵師団の前方、二〇〇メートルにある洞窟陣地に対して、砲兵大隊が、二万発の七五ミリ砲弾を撃ち込んだ際、これを苛立ちながら見ていた海兵隊の将校は「表面の土と、木の葉が宙に舞った以外は、目に見える効果がなかった」と語っている。

個別の重火器による、洞窟陣地に対する直接攻撃は一定の成果が上がっていた。ある七五ミリ砲の砲手は、洞窟の入口にいた一人の日本兵に砲弾を撃ち込んだ所、体が真っ二つになり、三〇〇メートルほど吹き飛んで行ったのを目撃したことがある。しかし、狭いエリアで密集した独特の戦場では、こうした重火器は、日本兵に与える直接砲撃の影響よりも、発射の際に後方に広がる、後方爆風のほうが危険な場合も多かった。戦車や、火炎放射器を搭載したアムトラックは、極めて有効な兵器であったが、険しい地形の中での運用で、本当に必要とされる場面で、稼働できない状況に陥ることが多発していた。

背負い式の火炎放射器は、広範囲にわたって利用されたため、補給を充足するために二トンもの水素燃料が、空輸された。

ライフル・グレネードも、洞窟壕陣地に対する攻撃には有効な兵器であった。しかし、島の高い湿度で、ほとんどの擲弾が発射不能に陥ってしまい、多くの兵士は、装備を投げ捨てていた。師団では、追加で二〇〇セットの新たなライフル・グレネードを後方から空輸し、尾根での戦闘部隊に配置した。この作戦では新たに開発された肩撃ち式の六〇ミリ迫撃砲が二七門、師団に試験的に配備された。兵器としての威力はあったが、発射の際の反動が強く、兵士らには不評であった。また、射距離も一〇〇メートル余りと短く、加えて、有効に発射するための射撃位置に付くのも難しかったため、利用は限定的であった。

ペリリューでは、海兵隊員は、小型のバズーカ砲を好んで使った。グロスター岬攻略戦で投入された際は、柔らかい砂地で、信管が作動しない問題が生じていたが、珊瑚岩だらけのペリリュー島では、そうした問題は全く発生しなかった。この兵器の用途は、本来、対戦車用であり、地面を掘った陣地への攻撃に利用される兵器ではなかったが、海兵隊員らは幅広く利用していた。

ある時、日本軍が陣取る尾根の五〇メートルほど手前に陣取ったラッセル・クレイ伍長の部隊は、時折、日本兵が飛び出しては、ある大きな珊瑚岩の陰に飛び込むのに気がついた。この日本兵が、他の部隊との連絡係なのか、もしくは補給品の運び役と思われたが、海兵隊員は、この岩に向けてバズーカの発射を試みた。次の日本兵が岩陰に隠れるのを待ち構えて、バズーカ砲手は砲弾を発射すると、岩は木っ端微塵に飛び散った。「ジャップのヘルメットが、二〇メートルほど空中に吹き飛んで行ったよ」と、その瞬間を目撃した海兵隊員が嬉しそうに語っていたと、クレイは回想している。

航空兵力も積極的に投入されていた。Dデイ（上陸日）から、上陸一五日までに投下された爆弾の量は、六二発の六二ガロン（約二三四リットル）ナパーム弾、一二五発の五八ガロン（約二二〇リットル）ナパーム弾、三九九六発のロケット弾、一五七発の一〇〇〇ポンド（四五〇キロ）爆弾、九六八発の五〇〇ポンド爆弾、三〇七発の二五〇ポンド爆弾に、二〇七一発の一〇〇ポンド爆弾が投下された。十月七日の一日だけでも、ＶＭＦ－114飛行隊は、三五発の一〇〇〇ポンド爆弾を、包囲網の中の特定地域に投下している。（注釈一二／一）

しかし、地中深く潜った日本兵に対して、こうした爆撃の効果は限定的であった。後に捕虜になった日本兵は、爆撃の効果は、大きな音だけだったと証言している。ペリリュー島の作戦で多用されたナパーム弾も同様に効果が薄いものであった。中川大佐が司令部に宛てた電文には「米軍は、航空機よりガソリンを散布することにより、丘の周囲を焼き尽くそうと試みている」と記されている。

ある戦闘報告では、日本兵は時折、洞窟壕の堪え難い暑さにより、小人数のグループで地表面に現われては、米兵に射殺される事例が報告されている。このため、ナパーム弾の功績は、鬱蒼としたジャングルや茂みを焼き払うことで、日本軍の陣地の発見を容易にした点にあるのかもしれない。

航空攻撃は、場合によっては、敵である日本軍よりも、友軍の海兵隊員らに恐怖を与えていた。

Ｍ・Ｌ・クレイトン一等兵は、「俺たちが尾根の頂上まで到達したとき、海軍の爆撃機が飛んで来て、腹に抱えたナパーム燃料が詰まった爆弾を解き放ったんだ。ところが、どう見ても、いい加減な場所で落としたように見えて、爆弾は一直線に俺たちのほうに向かって来た。結果的には大丈夫だったが、いつも、味方の爆弾にやられるんじゃないかと、ヒヤヒヤしていたよ」と語っている。

戦闘地域が狭くなっていくにつれ、誤爆は避けられないものとなっていった。フィリップ・アフリート軍曹は、もう一人の海兵隊員と尾根の上で話をしながら、上空を通過する友軍機を眺めていたところ、何かが航空機から落ちるのが見えた。よく見ると、その物体は尾翼がついたロケット弾で、彼の右にいた海兵隊員のヘルメットを直撃すると頭蓋骨を粉砕してしまった。その場所は、彼から五メートルと離れていなかった。死んだ兵士は、アフリートの小隊に二年半いた男だった。

後にアフリートが大隊の死傷者報告書を調べていたところ、この兵士の死因は〝迫撃砲弾による戦死〟と記載されていた。

こうした、敵味方が接近している地形では、負傷兵を後送するのも苦難の連続であった。急斜面から担架に載せた負傷兵を降ろすのに、一人が、手を頭の上で支え、もう一人が、地面すれすれまで手を下ろしながら、担架を水平に保つ必要に迫られており、こうした光景は日常的とも言えた。

日本兵が負傷兵に対して寛大であるとは思えなかった。ある日、ユージン・スレッジが三人の海兵隊員が載せられた担架が並んでいる浅い窪地を通りかかった。明らかに、彼らは部隊が撤退する際に、死んだ状態で取り残されていたものと思われた。死体は腐敗が進行していたが、それよりも彼らに嫌悪感を抱かせたのは、死体が日本兵により酷く切り刻まれていた点であった。一人の兵士は頭部と手首が切断されており、胸の上に載せられていた。陰茎も切り取られ、口の中に突っ込まれていた。隣の男もほぼ同じ状況で、三人目は細かく切り刻まれていた。こうした光景は、海兵隊員らを激昂させただけではなく、いかなる事があっても負傷兵を収容する必要があると、決意を新たにさせていた。

一八歳のミネソタ出身の海兵隊員は、負傷兵を収容しようとした努力に対して、ペリリュー作戦最後の、八個目となる名誉勲章が授与された。十月五日、リチャード・E・クラウス二等兵と他の三名の海兵隊員は前線から、負傷兵を収容する役目を志願した。彼らが前線に向かって進んで行くと、いつの間にか敵に接近しすぎており、日本兵が矢継ぎ早に手榴弾を投げつけてきたため、一旦、任務を放棄して撤退する必要に迫られてしまった。彼らが後方に戻る途中、海兵隊員と思われる二人の男が近づいてくるのが見えた。彼らは合言葉を要求すると、この海兵隊員と思っていた男は日本兵で、いきなり手榴弾を投げつけてきた。手榴弾は四人の真ん中に落ちたため、クラウスは、自分の体を手榴弾の上に覆いかぶせ、炸裂を受け止めた。彼は自分の命と引き換えに三人の仲間を救ったのだった。

包囲網の狭さが制約になり、大規模な軍事作戦は事実上不可能となっており、中川大佐は、米兵たちを常に戦闘状態に置くために、斬り込み攻撃と小規模な反撃作戦による戦術に頼っていた。九月三十日、彼が井上中将に宛てた電文には「敵の兵力を減殺するために、斬り込み戦術を多用する」旨が書かれていた。

絶え間ない日本軍の斬り込み攻撃に対して、海兵隊は警備対策の強化を迫られた。第一海兵師団では、それまでは単純な〝合言葉方式〟を採用しており、一人がアメリカの自動車製造会社の名前を言うと、もう一人が別の自動車会社を答えるもので、たとえば、誰かが〝フォード!〟と言えば、その答えは〝シボレー〟といった類いであった。ところが、日本兵は、すぐにこの方式を覚えてしまったため、日替わりで合言葉の内容を変えることになった。

日本軍の斬込隊にとって、最も魅力的な攻撃目標である飛行場への侵入は、司令部要員を含む様々な後方支援要員を総動員した厳重な警備体制で防いでいた。中川大佐の十月六日の報告書には、斬込隊が飛行場への侵入に成功し「米兵を混乱状態に陥れた」と記載されているが、米軍側には、日本兵が飛行場に到達したとの記録は一切残っていない。多くの場合、爆弾を抱えた日本軍の特攻隊は、戦線付近で捕捉され、自爆していた。

しかし、尾根付近では状況は異なっていた。ラッセル・クレイ伍長は「奴らの夜の活動は活発で、皆、神経が張りつめて睡眠不足に陥っており、それが最大の問題でもあった。俺たちは、一つの蛸壺に、最低でも二、三人のグループを組んで、夜の間は、必ず一人が起きているようにしていた。だけど、皆良く寝つけないので、三〇分でも寝られたら、一晩熟睡したような気分になったよ」と語っている。

ある海兵隊のグループは、夜の闇に紛れて忍び寄り、手榴弾を投げて来る日本兵に対して、蛸壺の上にポンチョで傾斜を付けた屋根を造り防御を試みる新たな工夫をしていた。こうすれば、蛸壺の中にいる彼らはポンチョの上に落ちる日本軍の手榴弾の音が聞こえるため、手榴弾が日本兵側に転がって戻っていったのを充分確認した後、今度は自分たちが身を乗り出して手榴弾を投げつける余裕ができたのだ。

海兵隊員にとって死傷者の多さは、結果的に持ち主のいない武器が大量に残される結果となって表われていた。そのため、戦闘が激しくなった際に、弾丸を装塡する貴重な時間を節約するために、前線の陣地で任務に就く際は、一人で四梃から五梃の装塡状態のライフルを持つ兵士もいた。日没後、動くものは何であれ標的となった。クレイ伍長は「夜になると全員が準備万端で、手榴弾を投げられる体制になっていた。日本兵が斜面を這い上がってくるのを想定して、こっちは、定期的に数個ずつ手榴弾を投げ続けるのさ。時々、奴らの、うめき声がしてきたよ」と語っている。

ジョージア州から、若い屈強な補充兵がクレイの部隊に配属されてきた。彼は、日本兵との素手の格闘戦を楽しみにしており「彼によると、ヨーロッパ戦線に配属されなくて良かったそうだ。なぜならドイツ兵はデカくて首が太いが、ジャップなら小さくて、首も細いから、摑んでへし折ることも簡単だし、ハンマー投げの要領で、丘の下に投げ落とすことだってできる。ドイツ兵は、太って首も太いから、そう簡単にはいかないらしい」。しかし、このジョージアから来た若者は、この直後に戦死した。どうやら日本兵の中にも、彼より屈強な若者がいたようであった。

日本軍の斬込隊にとって、経験が未熟な補充兵は格好の標的となった。激しい尾根での戦闘の中、クレイの部隊に四名の工兵出身の補充兵が配属された。クレイは気心の知れた彼ら四人を同じ蛸壺に配置して、自分たちの面倒を見るように命じた。夜の間、クレイの想像では、この四名は全員が同時に眠り込んでしまったようであった。確かなのは、這いながら銃剣を持って侵入してきた日本兵が三人の補充兵を刺殺し、気がついた四人目に射殺されたことだった。朝になり、四人の蛸壺を確認しに行ったクレイが見たのは、三人の戦友の死体に囲まれて、放心状態の生き残りの工兵の姿だった。この兵士は、半狂乱の状態で、後方へと運ばれて行った。

ペリリュー島での戦闘が長引くに従って、師団司令部から各連隊指揮官に対して、作戦のスピードアップと、迅速な終了を求めるプレッシャーが高まって行った。ルパータス少将は、長引く日本軍の抵抗に如何に対処するか方策が判らず途方に暮れていた。すでに、彼が作戦初期に豪語した楽観論は、たちの悪い冗談のネタとなっていた。師団参謀のハロルド・ディーキン中佐は、ある日、少将を訪ねたところ、彼はベッドの上に座り、両手で頭を抱え、明らかに事態を絶望視し、落ち込んでいる最中であった。ディーキンは、元々、ルパータスの作戦に批判的であり、彼の言動を小馬鹿にした感情を抱いていたが、〝この光景に打ちのめされた〟ため、気がつくとルパータスの肩に手を回し、彼を励ましていた。

第五海兵連隊長のバッキー・ハリス大佐が後年、詳述した内容は、さらに驚くべき内容であった。十月五日、師団司令部に呼ばれたハリスが訪ねたところ、ルパータスが泣いていた。「ハリス、俺はもう限界だ。俺の最高の二個連隊が壊滅してしまった。君は何を成すべきか充分判っているようだ。俺は全ての権限を君に委譲するつもりだ。だが、これは君と俺の間の話にしておいて欲しい」とルパータスは言った。

実際には、ルパータスは一切、権限委譲は行なわなかった。しかし彼の証言記録は、当時、ルパータスの置かれていた精神状態と、ハリスの思慮深さを表わしていると思われる。「戦闘が長引くにつれ、ルパータスは、ハリスと彼の連隊参謀らに対して「一瞬たりとも無駄にするな!」と、しつこい程に急がせて、彼らを悩ませていた。こうしたスピードアップを要求する圧力に対して、各部隊の指揮官は、さらなる無用な消耗を避けるべく、この圧力に抵抗していた。「戦闘の最終段階で、将校も兵士も、超人的な活躍をしていたと思う。ただ、彼らは、とても、とても、疲れていた」と、第五海兵連隊の連隊参謀は語っている。

ジェームズ・イザベル一等兵は「もちろん、誰でも怖いさ。恐怖に耐えられなくなるときもある。でも、いざ前進を始めると、遮蔽物を探しながら動き、一時的に恐怖は消えてしまうんだ。そのあと、陣地の安全な場所に戻って来ると、もう精魂尽き果ててるんだ。肉体的にも、精神的にも。そして、ただ寝転がって、茫然自失の状態で過ごすのさ。そのとき頭の中にあるのは、次の攻撃は何時なんだろう?　ってことだけさ」。

海兵隊員らは、自分たちが何をすべきか判っており、そのとおりに行動してきたが、彼らの愚直さはとっくになくなっていた。第五海兵連隊第二大隊長のゴードン・ゲイル少佐は「ペリリューの高地で戦っていた海兵隊員は、全員が戦闘のプロだった。そうでなきゃ、生き残れなかったんだ」と語っている。

運命は人それぞれである。高地での戦闘に参加していたハワード・ミラー一等兵は「島で一番ショックだったのは、ペリリュー作戦前に、俺らの部隊に新兵訓練所から送り込まれて来た、補充兵のことだよ。そいつは、H・U・ミラーって名前の奴で、その坊やとは、食事の順番待ちで顔を合わせたぐらいだったよ。とっても良い奴だった。ある時、丘から戻ったら、皆がこう言うのさ〝お前、死んだんじゃなかったのか？〟ってね。そこで俺は〝何でだよ？〟って聞くと〝だって、お前の名前が戦死者名簿に載ってたぞ〟って言うんだ。そうH・U・ミラーが戦死してたのさ」。

「その時は、本当に鳥肌が立ったよ。わかるだろ。死んだのが、H・H・ミラーでなく、H・U・ミラーだったことに感謝したよ。でも、そのあと、その坊やの事について思いを巡らせたね。俺は二一歳で、奴は、まだ一七歳だった。俺からすれば赤ん坊みたいな年なんだよ」

ロードアイランド出身で砲兵隊に所属していたロバート・バーロンは、彼の部隊にいた兵士について「尻に弾が当たった奴がいたのさ。そんなに重傷には見えなかった。元気も良かったしね。〝よぉ〟って俺に声を掛けて来て、〝俺は、これで国に帰れるぜ！〟っていったんだ」バーロンは、木の下で負傷兵が並んでいる海岸への後送の待機場所に彼を寝かせた。しばらくして戻ってみると、その男は死んでいた。

十月六日、〇九〇〇時、第五海兵連隊E中隊は、第七海兵連隊の交替として到着後、一時間半で、包囲網内に向けた攻撃を開始した。連隊長のバッキー・ハリス大佐は、第五海兵連隊第二大隊の正面のバルディ・リッジと周辺の丘に対する北からの攻撃を主攻撃とすることに決めた。南側のウォルト・リッジとボイド・リッジを含む戦線は、第五海兵連隊第一大隊が引き継ぎ、第三大隊が一時的に後方の野営地に退いたため、一・二キロに及ぶ長い戦線を、数少ない兵力で支えつつ、攻撃が敢行された。

二日前、シャンレー大尉の部隊が大損害を被った悪夢のような場所に向けて、E中隊は西向きに前進していった。天候は晴れており、激しい集中豪雨の後の島は、再び乾き始めていた。E中隊は、これまで遺棄された二つの丘を再占領したものの、日本軍の激しい攻撃下に置かれてしまった。「それ以上の前進が不可能だっただけではなく、丘の頂上部では、少しでも頭を上げると、吹き飛ばされる恐れがあった」と後年、戦史研究家は書き記している。

ブルドーザーが到着し、さらに南に向けた攻撃の準備として、戦車や火炎放射器搭載のアムトラックが通行するための道を切り開き始めた。同時に、G中隊は、バルディ・リッジの凹凸だらけの斜面に向けた攻撃を開始した。この攻撃はハリスが命じたものではあったが、「上層部からの圧力に負け、嫌々実施した」もので、さらなる死傷者を出したくない思いが現われていた。ところが、驚いたことに小隊規模の海兵隊員が、頂上部の制圧に成功してしまった。しかし、一帯は狭く、より一層の増援部隊を送り込む、物理的な広さがなかった。彼らが持ち込んだ重火器と呼べるものはBARだけであり、夜に向かって、この場所を持ちこたえる体制ではなかった。大隊長はその不安定な状況を認識し、部隊の撤退を命じた。「あの状況じゃ、どうしようもなかった」と彼は皮肉っぽく語っている。

十月七日、約二時間半にわたる準備砲撃の後、第五海兵連隊第三大隊が、ホースシューの中に、恐る恐る前進していった。陸軍の第七一〇戦車大隊が、すでに位置を確認済みの日本軍陣地に向けて、可能な限り砲弾を撃ち込んでいった。数台の戦車が日本軍からの砲撃を受けたものの、深刻な被害はなかった。攻撃に勢いが出たため、一〇四五時、戦車隊は、次の攻撃に備えて、燃料と弾薬の補給を行なうために、後方に戻って行った。二回目の攻撃は、一二一五時に開始され、海兵隊は、戦車隊に加え、二輛の火炎放射器搭載のアムトラックの支援を受けてホースシューの中へと前進していった。後に〝ワイルドキャット・ボウル〟(ワイルドキャットのお椀)と呼ばれることになるこの渓谷は、〝おそらく、ペリリュー島の中でも最悪の死の罠〟と、古参兵らは評していた。

高台に陣取った日本軍は、恐ろしい勢いで反撃してきたため、攻撃はすぐに頓挫した。この時、海兵隊員らは知る由もなかったが、中川大佐の二重に深く掘られた司令部壕は、この、すり鉢状の地形の北西の端にある、チャイナ・ウォールと呼ばれる場所に位置していた。米軍がこの場所に肉薄するには、さらに一週間もの期間が必要であった。

米軍側は、ホースシューの中に留まっている間は、可能な限り多数の、日本軍の陣取る洞窟陣地を掃討していった。彼らはホースシューを維持するつもりは毛頭なく、攻撃が終わるとすぐに撤退したが、洞窟の中に隠されていると推定される日本軍の重火器を破壊し、飛行場を含む南側への砲撃に対する脅威を少しでも減らしたいとの希望を持っていた。部隊は最終的に戦車の弾薬が尽きるまでに二〇〇メートルほど前進したが、これは、包囲網内への攻撃では最高到達距離であった。

それから数日の間、第五海兵連隊第二大隊は、バルディ・リッジの周辺を順序良く攻略するための準備を進めていた。十月六日のE中隊による攻撃の結果、この丘が抵抗拠点ではなく、砲兵の観測所として使われていたことを示していた。しかしながら、この丘から南に広がっている裾野と周辺部には、米軍に加えられる火力の量から判断すると、相当数の日本軍が陣地を構えていると考えられていた。この場所への攻撃を行なうために、火炎放射器搭載のアムトラックで、周囲を焼き払いつつ進路を切り開くと、反撃を和らげるために、日本軍の陣地に向けて迫撃砲の集中砲撃が加えられた。

また、海兵隊の侵攻を妨げている険しい崖面に対して、大口径の砲弾を用いて、進撃路を確保する試みが、包囲網の北側周辺で実施された。何度も、何度も繰り返し重砲弾が撃ち込まれた崖は崩れ落ちて、坂道のように堆積し、攻撃のための進路が構築された。

ボイド・リッジの西側と、一二〇高地への攻撃準備のために、工兵隊は二日間を費やして、戦車や野砲の搬入路を構築した。ナパーム弾や四五〇キロ爆弾を使った航空攻撃も引き続き行なわれていた。連隊長のハリスに対して、師団司令部は引き続きプレッシャーを加え続けていたが、彼はいつも、「弾薬はいくらでも惜しげなく使うが、部下の命は、可能な限り倹約する」と語っている。このプレッシャーは陸軍の第八一歩兵師団の正式な報告書にも記されている。

十月の第一週は、包囲網から密かに抜け出そうと試みる、多くの日本兵の小集団が捕捉された。十月三日の夜、レーダー・ヒルの北側の東海岸線に布陣していたワイルドキャット師団の機関銃班は、約二〇名の日本兵を撃ち倒した。彼らは明らかに環礁を抜けて東に逃げ出そうとしたものであった。その二日後の夜、別の八名の日本兵が射殺され、十月四日から八日にかけて、第三二一歩兵連隊は、一七一名の日本兵を撃ち倒し、一名の捕虜を取った。

この間、海兵隊のVFM－114飛行隊のコルセア戦闘機が、日本兵の将校が部隊の兵士らと共に降伏してくれる僅かな望みに期待をかけて、降伏勧告ビラを上空からバラ蒔いた。その内容は、

「日本軍の将校に告ぐ

諸君らが見ての通り、我が軍の航空機、艦船、物量は、如何なる努力をもってしても、止めることはできない。アメリカの航空機は諸君らを爆撃しているだけではなく、バベルダオブ島や、その他のパラオの島々も爆撃している。その立ち上る炎が見えるかもしれないが、諸君らの戦友は、もはやこの島を助ける余裕などない。君ら将校は、部下の兵士らが、勇敢で誇るべき兵士であると考えているかもしれない。しかし、兵士らは、無駄死にを強要する君ら将校を、勇敢で誇るべき人物であると思うだろうか？　数千名もの勇敢な部下の兵士らは、家族を養い、新たな日本を創るのに必要であり、無益な死に追い込むべきではない。

貴官には、まだ部下の兵士を救う選択肢がある。白い旗を掲げ、武器を捨てることを勧める。我が方は、水と食料を与え、負傷兵を治療する準備がある」

中川大佐の現実的な判断で、日本軍は、包囲網の外側での攻撃活動は行なわなかった。そのた

め、半ば冗談で、包囲網を周回する鉄条網を敷設して巨大な捕虜収容所としてしまい、これ以上の軍事作戦行動は止めてみてはとの意見も出されていた。こうした冗談は、恐らく最前線のライフル兵から出されたアイデアと思われるが、実現されることはなく、戦闘は、我が身を削るように、日本軍が崩壊するまで続けられた。

人間が生きて行く上で、冗談は欠かせない。ペリリューも例外ではなく、時にはブラックな冗談も取り交わされていた。ある日、デービス二等兵は、これまでの戦闘経験で最も馬鹿げた光景に出会った。飛行場の北側の戦闘で、何事にも動じない前進観測班の兵士が、銃弾が装塡されていないカービン銃を持った状態で、五、六名の日本兵の集団に出くわしたのだ。彼はカービン銃を日本兵に向けると「バン、バン、バン、後は任せた」と、驚いているデービスに向かって言ったのだ。別の海兵隊員が、この日本兵の一人を撃ち倒すと他の兵士は、逃げて行った。

カール・スティーブンソン軍曹の部隊にいた、背が低く、ずんぐりとしたメキシコ系の兵士は、日本軍の水兵の軍服を着込んで、悪戯を思いついた。弾薬ケースを使って、ニセの映画カメラを作ると、測量用の三脚の上に乗せた。さらに紙で日本人の出っ歯を作って、顔に付けると、道路脇で、カメラを回す振りをし始めた。「俺はすぐ近くで見ていると、トラックが音を立ててやって来たのさ。そしたら、そのトラックがブレーキ音を立てて急停車すると、乗っていた海兵隊員が驚いて、〝撃たないでくれ、撃たないでくれ、ちくしょう、撃たないでくれ〟って叫んだんだ」とスティーブンソンは語っている。

時には偶然がきっかけで恐怖とユーモアが入り交じることもある。ある朝、下痢に悩んでいた海兵隊員が用を足していたところ、その場所が、擬装していた日本兵のすぐ背後であった。驚いた海兵隊員が持っていたカービン銃を日本兵に向けて引き金を引いたが、空の金属音を立てただけだった。日本兵も手榴弾を投げてきたが、不発に終わったため、今度は銃剣を持って追いかけてきた。武器がない海兵隊員は必死に逃げながら、近くにいたBAR射手に向かって「奴を撃ってくれ」と叫んだ。そのあと、彼にとって無限とも言える長い時間の後、この射手は日本兵のベルトの付近に向かって、体が真っ二つに分かれるほどに、弾倉の全ての銃弾を撃ち込んだ。恐怖と驚きで息を切らしながら、この海兵隊員がBAR射手に、何であんなに引き金を引くのに時間がかかったのか訊ねたところ、この射手は、日本兵をなるべく近くまで引き寄せて、銃弾を撃ち込んで、体が半分に千切れるか試してみたかったと語った。これは、冗談としては恐ろしい理由ではあったが、必死に逃げた海兵隊員の、糞まみれのズボンと相まって、周囲の兵士らに笑いを持って受け入れられた。

同じように、ロバート・レッキー二等兵の部隊でも、ある兵士の出来事で、大きな笑いが起きていた。その兵士は、足の上部に迫撃砲弾の破片を受けたが、自分の大事な〝息子〟が駄目になったのではないかとの恐怖にかられ、衛生兵に向かって「あそこは大丈夫かい？　教えてくれ、あそこは大丈夫かい？」と祈るように尋ねていた。衛生兵は「落ち着けよ、あそことは随分離れてるよ。これから、ベッドで楽しむ時間も、たくさん取れるよ」と答えた。これに負傷兵は笑顔で答えた。「奴は、本当に安心した顔をしていたよ。実際、ほんのかすり傷だったんだけどね。

たぶん、あそこをなくすとなったら、衛生兵に撃ち殺してくれと言わんばかりの勢いだったよ」とレッキーは語っている。
一般的な冗談も戦場では交わされていた。ある夜、ウィリアム・リンケンフェルタ軍曹が前線で配置についていたところ、数名の日本兵の斬込隊が、海兵隊の戦線に近寄って来るように見えた。リンケンフェルタは、照明弾の打ち上げを要請すると、前線は、緑白色で照らし出された。その時、前線配置の一人が「誰が照明弾を要請した?」と叫んだ。これに対して別の誰かが「ルーズベルト夫人だよ」と答えた。(訳注一二／一)
十月九日の朝、ロバート・T・ワッティ少尉率いる小隊が、西街道の傍に位置する粉砕された崖面を上ったところ、バルディ・リッジを望む、小さな尾根の頂上部に出た。この高地は後に、若きワッティ少尉の名を取り、ワッティ・リッジと呼ばれるようになったが、バルディ・リッジに直接接近することができ、日本側からすると、西街道を射界に収められる場所であった。
ワッティは部隊を率いて、一〇〇メートルほど丘に沿って進み、途中、数ヵ所の日本軍陣地を撃破したが、激しい銃砲撃を浴びて後退を余儀なくされた。この銃砲撃は、東側の尾根と、垂直に切り立った断崖の上部にある洞窟陣地からのものであり、ワッティは、後退しながら、砲兵と航空爆撃の要請を行なった。空爆は、海兵隊との距離が接近しすぎており、あまりに危険であったが、砲撃は、幸いにも効果を発揮し、砲弾の炸裂で起きた地滑りで、まるで爆破班が作業したように、洞窟陣地の入口を塞ぐことができた。

これより少し前、この地区を突破しようと、小さな渓谷に展開した偵察隊は、陸軍第三二一連隊の一二体の腐乱死体を発見した。この部隊は恐らく二週間前に、ペリリュー島の北側を分断し、山岳部の日本軍を孤立させるための進撃路を探そうとした際に、攻撃を受けて全滅したものと思われた。彼ら一二名は、攻撃に出たまま行方不明となっていたのだ。

十月十日、海兵隊は攻撃を再開した。この攻撃は一〇五ミリ榴弾砲と、陸軍の七五ミリ砲搭載のハーフトラック、同じく三七ミリ砲搭載のハーフトラックが、切り開かれた道を通って攻撃に加わった。日本軍の反撃を和らげるための事前砲撃は、夜明けと共に始まり、一一〇〇時頃まで続いた。

ワッティの部隊は、前日、放棄した尾根を下り、バルディ・リッジに向けて前進していったが、途中で、日本軍の防御拠点に出くわした。手榴弾や銃弾が飛び交った末に、海兵隊は、この陣地を蹂躙して日本軍を全滅させると、バルディ・リッジの頂上部へと一気に進み、周辺に散在する日本軍陣地を掃討していった。こうしてバルディ・リッジとその周辺部は、正午までに海兵隊の手に落ちた。

ワッティ少尉の成功は、一二〇高地でシャンレイの部隊を全滅させた、日本軍の側面からの攻撃を終焉させることもできた。引き続き今度はE中隊が周辺部の制圧を一二一五時に開始し、続いてG中隊の一部が、バルディ・リッジの東側に、やや離れて連なる尖った尾根の、リッジ3を制圧した。

こうして第二大隊は、包囲網下で最も困難な地形である一帯の攻略に成功し、その四時間後には、五〇名の日本兵が、米軍の前線を超えて投降してきた。

また同じ日、小さな謎が解き明かされた。これまでの数日間、ペリリュー島の南部には、どこから発射されているのか判らない砲弾が落下し続けていた。報告では日本軍のものとされていたが、実は島の北側に布陣した〝米軍〟が包囲網の内側に向けて発射していたものであり、島の硬い珊瑚岩で跳ね返されて、南部に到達していたのであった。夜の間、海兵隊の新たに獲得した前線から日本兵の侵入を防ぐための、射撃制限距離を二五メートルと設定したが、この夜は、組織的な反撃はなかった。

フィリップ・アフリート軍曹が所属するB中隊配下の小隊は、十月十日に尾根を降りてきた。この日の天候は雨で、鉛色の空は彼らの気持を代弁するように、誰一人として笑顔はなかった。頬はこけ、目は窪み、へとへとに疲れ切った彼らは、セメントのような珊瑚岩の泥の上を、重い足取りで歩いて行った。中でも、ワシントン州出身で体重一一〇キロを超える、BAR射手は特に疲れ切っており、露出した腹部は、ちょうどカートリッジベルトの幅だけ擦り切れていた。

アフリートは、紐をネクタイのように結び、くるぶしの辺りまで垂らし、軍服を、ズート・スーツ（訳注一二／二）を真似た着こなしで、ヘルメットは捨て、布製の帽子のツバを折り返して被り、大げさにジルバを踊りながら、尾根から戻って来る兵士らをむかえた。この様子を見て、海兵隊員らは笑ったが、泣いているものもいた。やがて皆は泣き笑い始めた。中隊長がアフリートに「フィリップ、もし俺が勲章を渡す立場だったら、お前には、士気を高めた功績で、最も高い勲章をやるよ」と言った。アフリートは、一笑に付しながら「俺は、ただ、こいつらを笑わせたいだけですよ」と答えた。彼は後に「あなたが、私と同じ立場だったら、同じことをしてますよ」と語っている。

翌朝、第五海兵連隊第二大隊は、バルディ・リッジの残った場所を制圧すると同時に、一四〇高地への攻撃を開始した。渓谷を通って攻撃したF中隊は、日本軍が強力な陣地を構築している北側の斜面を避けて、西側からの攻略を目指した。海兵隊の素早い攻撃で、この丘は一五〇〇時までに制圧された。

この丘を掌握し野砲などの重火器を運び込めば、ファイブ・ブラザーズと、ホースシューの一部に対して直接砲撃が加えられるため、以前から重要視されていた目標でもあった。さらに、ウォルト・リッジとボイド・リッジの間が射界に入るため、この大きな道を包囲網の中心部への主要な進撃路とすることができた。

この日の午後、第五海兵連隊第二大隊は、これまで前進してきた場所に取り残された日本軍の洞窟壕陣地の掃討作戦に費やした。ある火炎放射器搭載のアムトラックが、洞窟を攻撃した際、不用意に中に置かれていた三〇センチ砲弾を誘爆させてしまった。結果として、この丘の一面が岩石となって吹き飛んだが、幸いなことに、一人が負傷しただけで済んだ。「新たに掌握した場所には、多数の日本兵が配置されていた。そのため、掃討作戦は、血塗れの作戦とも言えた。ほんの短時間で、六〇名の日本兵が戦死した」と大隊の作戦報告書には記載されている。第二大隊も無傷とは言えなかったが、一四〇高地の攻略作戦で、戦死二名、負傷一〇名だけの損失で済んでおり、重要拠点の攻略の代償としては小さなものであった。もちろん、撃たれた当事者の立場でなければの話ではあるが。

一四〇高地の重要性に気づいた日本軍は、この夜、反撃を加えてきた。しかし海兵隊は、包囲網の北側の高地を押さえており、それほどの困難もなく撃退することができた。十月十二日の朝、消耗し切った第五海兵連隊第二大隊は、いくぶんマシな状況の第三大隊の兵士らと交替した。

しかし、交替は順調に行なわれなかった。第二大隊が展開していた戦線は、大きく突出しており、日本軍の狙撃兵が活発に活動していた。皆から慕われていたK中隊の二七歳の中隊長、アンディ・〝アクアク〟・ハルデン大尉が交替地に到着した際、日本軍の銃撃が激しく、機関銃手は、銃身よりも低い位置に頭を下げて、正面を射撃している状況だった。ハルデンは頭を上げて周囲の地形を確認しようとした瞬間、銃弾が頭部を貫通して即死した。この交替が完了するまでの間、二三名の海兵隊員が死傷し、一部の地域では日本軍が再侵入を企てていた。

このすぐ西側、西街道の上に位置する高地では、第三大隊の小隊が、攻撃に晒されていた第二大隊の小隊と交替しようと試みていた。日本軍は、交替の小隊が展開するのを待ち受けており、両方の部隊が射界に入った途端に、小銃と機関銃の激しい攻撃が浴びせられたため、海兵隊は煙幕を張って後退する他はなかった。

十月十二日、ガイガー少将は、司令部を上陸させると共に、作戦の攻撃と占領段階が終了したと宣言した。この宣言において、作戦の指揮権は、洋上の機動部隊から、作戦地区の指揮官へと委譲されることになり、具体的には、ジョージ・フォート海軍少将から、前方地区司令官J・H・フーバー中将へと指揮権が移った。CinPac（太平洋軍最高司令部）は、海兵隊は撤退すべきであると指示を出し、残った中川大佐の陣地は、第八一歩兵師団が掃討すべきであると命じた。

恐らく、ガイガー少将は、この命令に胸を撫で下ろしたかもしれない。当時の情報によると、彼はルパータスに対して、疲弊し切った第五海兵連隊を、新たな陸軍部隊と交替させるように勧めていたが、ルパータスは、あくまでも海兵隊の部隊運用にこだわっていた。ガイガーは、ルパータスに対して指示に従うように命ずることもできたが、この期に及んで、こうした命令はルパータスとの間の紛争に発展し、その結果、彼の経歴を台なしにするか、深刻な影響を与える恐れがあった。

十月十二日は、これ以外にも作戦上、二つの重要な進展があった。ひとつは、包囲網内の正確な地図が提供されたことである。これまでの地図のように、古い航空写真を元に鬱蒼としたジャングルに遮られた不正確な地形のものではなかった。この地図は、第五海兵連隊の情報班の担当者が大急ぎで描いたスケッチを基に作成されたもので、依然として、等高線や丘の標高などでは不正確な部分もあったが、水平面での位置関係は正確であり、海兵隊が、これまで使っていた地図と比較すると比べ物にならない程、実用的であった。

こうして、地図上の場所に関して、標準化が成されたが、不都合な点も生じ始めていた。たとえば、ボイド・リッジである。この丘は、第七海兵連隊第三大隊のハンター・ハースト少佐が制圧したが、その一週間後に地図作戦班が調査した際に、頂上部を占領していたR・W・ボイド中佐の名前が付けられてしまった。同様にウォルト・リッジも、上陸四日目に、丘を維持するためにポープ大尉による勇敢な防衛戦があり、その後、十月三日に第七海兵連隊第二大隊の、バーガー中佐が制圧したにも関わらず、ルー・ウォルト中佐の名前が付けられた。この件を知らされたバーガー中佐は、〝辛辣なコメント〟を残したと彼の部下は語っている。また、名前を冠するのに最も相応しい人物であったポープ大尉は、「そんな事は、どうでも良いことだ」と意に介さないようであった。

もう一つの進展は、高台に砲兵陣地が構築された点にある。六八名の砲兵がロープと滑車を駆使して、八時間を費やし悪戦苦闘の末に、一四〇高地の頂上部に、分解した七五ミリ榴弾砲を運び上げたのであった。ある部品は、重さが実に一三〇キロを超えており、また最も軽いものでも三〇キロを超えていて彼らを苦しめた。頂上部に持ち上げられた部品は、土嚢が積まれた陣地内に運び込まれ、組み立てが完了したのは日没直前であった。ウォルト・リッジの底部と、ホースシューの内側が射界に入ったこの陣地は、彼らの指揮官であるボルチモア出身の、ジョージ・ボウディン少佐の名前を取り、〝ボウディンの突起〟と呼ばれた。

この夜、日本兵の斬込隊が、一四〇高地の斜面を忍び寄り、設置した野砲陣地の、わずか数メートルの距離まで肉薄し、朝まで、砲手らに手榴弾を投げつけ続けた。一人の海兵隊員は足を吹き飛ばされたが、担架を使って尾根から降ろされるまでには、数時間も待たなければならなかった。それでも翌朝まで砲兵たちは、大砲を守り抜いた。

地面は硬い珊瑚岩で掘ることが出来なかったため、海兵隊員らは周囲に岩を積んで陣地を構築すると、ウォルト・リッジの裾野に点在する洞窟壕の入口に向けて、最初の砲弾を発射した。砲弾は命中したものの、砲は反動で激しく後退し、固定位置から外れた際に、一人が負傷してしまった。砲手たちは、土嚢を運び上げると、それを使って砲を固定し、続けざまに二一発の砲弾を壕の入口に撃ち込んだ。

二門目の野砲は、エドソン・A・レイマン中佐率いる自称〝歩砲兵〟の寄せ集め部隊により、南側の戦区に設置された。海兵隊は、彼らの正面に時折、階級の高い日本軍の将校が出没している事実に注目していた。これらの将校たちは、白い手袋をしており、双眼鏡を使って周囲の地形を観察しているように見えたことから、日本軍の司令部がこの周辺に位置しているのではないかと疑われた。一発目の砲弾を撃ち込んでみたところ、この推察が正しいように思われた。レイマンによると「ニップの一群が、雪崩を打ったように逃げ出した」。

十数名の日本兵は、砲弾から逃れるように、東側の斜面を滑り散るように飛び出していったが、砲兵らはすぐに、七〇メートル足らずの場所からの、日本軍の激しい小火器の銃撃に晒された。海兵隊員らは、砲撃を継続していたが、四〇発ほど発射した際に、一人が撃たれた。レイマンは「攻撃こそが、最大の防御であると考えていた」と語っている。夜明けには、さらに二名の砲兵が、対面する尾根に潜む日本軍の狙撃兵に頭部を撃ち抜かれ射殺された。このため、この場所からの砲撃は停止せざるを得ない状況に陥った。

十月十二日、ファイブ・シスターズでは、新たな戦術的な試みが成されていた。これは、日本軍に対抗して小規模な強行偵察隊を編成し、ファイブ・シスターズの奥深くまで潜入しようとするものであった。ロイ・O・ラーセン中尉に率いられた第五海兵連隊C中隊は、砲兵隊がホースシューの日本軍に対して砲撃を加え続けている間に、出発していった。計画は、丘に上って陣地を構築するというもので、強行偵察隊は、シスター1とシスター2の間にある鞍部へと進んで行ったところで、三五名ほどの日本兵の集団と出くわし、手榴弾を投げつけてきたため、海兵隊はバラバラとなった。この時点で、日本軍の支配地域に潜入を試みるこの戦術については、重大な疑問符がつくようになっていた。「尾根には、装備の良いジャップがたくさんおり、我々が珊瑚岩の上で話している声や、滑り降りる音を聞いているようであった」と連隊の報告書には記載されている。部隊が散り散りで、大規模な日本兵と遭遇した結果、ラーセンの部隊は、各人が、それぞれ個別に撤退していった。

ここまでの九日間に渡って、海兵隊は二〇〇メートルほど、包囲網の内側へと進出して、三〇パーセントから四〇パーセント程度、広さを狭めることに成功し、南北の長さはおおよそ四〇〇メートルほど狭めていた。これまで楽観的だった日本軍も、ここに来て、八〇〇メートル四方程度の広さの場所に押し込められた現実の前に、最後の到来を予期し始めていた。

中川大佐は「目下の所、激しい戦闘と、厳しい砲撃が取り交わされているものの、戦果については不明である。米軍は水府山陣地（ボイド・リッジを含む、包囲網の北側外周部）を突破した。

また、火炎放射器を搭載した戦車で攻撃を加えて来ている」と、井上中将に伝えている。

こうした状況にも関わらず、生き残っている日本兵には、まだ充分な戦力が維持されていた。

十月十三日の夜、中川大佐の報告によると、海軍将兵を含む兵力は一一五〇名、一三梃の機関銃、五〇〇梃の小銃と二万発の銃弾、一二門の擲弾筒と一五〇発の擲弾、二〇ミリ機関砲と砲弾が五〇発、速射砲一門と砲弾三五〇発、七〇ミリ榴弾砲一門と砲弾一二〇発、手榴弾一三〇〇個、四〇個の対戦車地雷であった。


彼らの戦術は簡単なものであったが、効果的であった。歩兵第一四師団参謀長の多田大佐は後に「この頃の状況は、長剣を持った大男と、短剣を持った小男の戦いに例えられる。短剣で武装した小男が、充分に接近すれば、長剣は役に立たなくなる。我々は、米軍の戦線に浸透を継続することにより、圧倒的な航空攻撃や艦砲射撃、戦車攻撃を無力化させる必要がある。この戦術で、米軍の海上及び航空兵力を打ち負かせるとは思えない。しかし、米兵に、この島の価値とは見合わない程の、多大な出血を強いることで、彼らを撤退に追い込めるかもしれないと信じていた」と証言している。

十月十三日の朝、第五海兵連隊第三大隊の兵士たちは、充血した眼で安堵の朝を迎えていた。夜の間、日本兵は一四〇高地の再奪取を試みて侵入してきたものの、岩の間に早くも腐敗の始まった一五名の死体を残して撃退された。

腐臭漂う死体の遥か上空では、アール・J・ウィルソン大尉が、グラスホッパー観測機で旋回しながら、包囲網内へのナパーム弾攻撃のため待機していた。友軍に被害が及ばないための安全爆撃区域の広さは、長さ三〇〇メートル、幅一〇〇メートルほどしかなく、投下のタイミングが三秒遅れるだけで、味方に燃焼ガスが降り掛かるため、パイロットたちは常に冷や汗の連続であった。

ナパームは、この時点では新型の兵器として実戦投入されたものであったが、この揮発性混合物は極めて取り扱いの難しい危険な代物であった。そのため、パイロットに対し「航空機からの投下に失敗した場合、島の滑走路に着陸せずに、海上でパラシュート脱出し機体ごと海上に投棄せよ」との指示が与えられていた。

ウィルソンからは、地上の海兵隊員たちが遮蔽物の陰に隠れて、航空攻撃が加えられるのを待っていた。すぐその南では、信じられないような近距離にある滑走路では、海兵隊のコルセア戦闘機隊が一列にタキシングしながら、離陸を待っていた。最初の戦闘機が滑走し始めると、ゆっくりと宙に浮き、その胴体には、ナパーム弾が取り付けられているのが見えた。離陸した戦闘機隊は、攻撃目標の上空で旋回しながら、爆弾投下位置の最終確認をしていた。最初の戦闘機のパイロットは、六機の撃墜記録を持ち、〝デス・ディーラー飛行隊〟の編隊長で、ワイオミング州フォートララミー出身のロバート・F・〝カウボーイ〟・スタウトであった。機体は、すぐに時速二六〇キロを超えるまで加速して離陸すると、直後に、鋭くバンクしながら旋回し、横滑りするように、目標の五〇メートルほど上空を通過していった。ちょうど、コルセア戦闘機が珊瑚岩の尾根に接触するように見えた瞬間、彼は機体を巧みに横滑りさせて、腹に抱いた爆弾を投下した。楕円形のナパーム弾は、前方に回転するように宙を舞い、尾根の先端に激突すると滑るように爆発した。

ウィルソンは、この模様をグラスホッパー機から観測しながら「炎の壁が、崖面を舐めるように駆け下り、数百もの炎の球が飛び散ると同時に、凄まじい量の灰色の厚い煙が巻き起こった」。戦闘機は次々と飛来してナパームを投下し続けると、尾根全体が炎の中に包まれて行った。

やがて、ニューオリンズ出身のニコラス・J・バーゲッツ中尉が投下する順番になって、ナパーム弾が機体から外れないトラブルが生じた。彼は異変を周囲に知らせるために、そのまま洋上まで飛び、操縦桿を倒して降下を始め、速度を時速七〇〇キロまで加速させた。幸い、数機の哨戒機がこの異変に気がつき、彼の機体を横切るように二回飛んで行った。付近の洋上では、駆逐艦が一隻、上空ではPBY型飛行艇が待機していた。飛行場では、仲間のパイロットや地上要員らが、無線を通じてバーゲッツの声を聞いていた。「やるだけ、やってみるか。あそこの駆逐艦にアイスクリームと、ケーキがあれば良いんだがな」。

バーゲッツは、コクピットを出ると、パラシュートで飛び出した。パイロットの居なくなった無人のコルセア機は、グラグラしながら三度ほど傾き旋回をすると、洋上で待機していた駆逐艦のほんの十メートルほど先に墜落し、海中で爆発した。着水したバーゲッツは、しばらくの間、周囲を漂う三匹の鮫の恐怖に怯えながら過ごしたが、無事に駆逐艦に収容された。この駆逐艦は、墜落したコルセア機の直撃を危機一髪回避できた船でもあった。この後、高速艇に乗って陸地に戻る際、彼にはアイスクリームが供された。

この間、第五海兵連隊はナパーム弾による爆撃完了を待って行動を開始した。まず、〇九一五時に西街道付近の険しい地形の中に向けて、偵察部隊が送り込まれた。野砲と迫撃砲による支援砲撃を受けて、偵察隊は、これまでの未踏地域に、反撃を受けることなく、七五メートルほど前進した。I中隊も偵察隊を出しており、こちらも日本軍の反撃を受けずに一五〇メートルほど前進した。

十月十四日、前日の偵察部隊が、全く抵抗を受けなかった事実を受けて、I中隊は、包囲網西側から攻撃を仕掛ける計画を立てた。攻撃に先立ち、ナパーム弾による空爆と、入念な迫撃砲による砲撃が実施された。ここにきて、日本軍も警戒し始め、時折、小火器による激しい銃撃を浴びせて来たものの、海兵隊は午後遅くまでに、一三〇メートルほど前進し、ファイブ・ブラザーズの北端と並行して、チャイナ・ウォールの西側、一五〇メートルから、二〇〇メートルの付近まで前進した。

この間、ジョン・J・ゴームレイ中佐率いる第七海兵連隊第一大隊は、火炎放射器搭載のアムトラックに支援され、ファイブ・シスターズの西側まで前進した。翌日、大隊はデス・バレーの内側へ五〇メートルほど突入すると共に、三日目には、西側にある次の渓谷まで到達した。こうした複数方面からの前進により、ウムロブロゴル包囲網の広さは幅が四〇〇メートル、長さが八〇〇メートルほどにまで狭まっていたが、この日の戦闘を持って、海兵隊のペリリュー島に於ける作戦活動は全て終了した。十月十五日、〇八〇〇時、第五海兵連隊は任務を解かれ、陸軍部隊がとって替わった。

ウムロブロゴル包囲網では、ワイルドキャット師団の兵士たちが、第五海兵連隊の配置されている迫撃砲陣地に交代として到着した。汚れ切った海兵隊員は、ヘルメットの上にしゃがんで、新たに到着した陸軍の兵士らを、訝しむような目つきで迎えた。どうやら、到着した陸軍の兵士の多くがメガネを掛けているのに疑念を持っているようであった。実際、最前線の海兵隊員にメガネを掛けている兵士は見当たらなかった。「お前らが来てくれて、本当にうれしいよ」と迫撃砲手は、通り過ぎて行く陸軍の兵士に向かって言った。陸軍の兵士は「ありがとう」と答えたが、顔には緊張の色が浮かんでいた。

この交代劇を一四〇高地から見つめていた一人に、トム・スタンレー中尉がいた。彼は、十月十二日の戦闘で戦死したハルデン大尉の後任として、第五海兵連隊第三大隊K中隊の指揮を引継いでいた。スタンレーは、陸軍の兵士らの資質について注目し「皆、年寄りだったね。交替する海兵隊員と比べると一五歳くらい年を取っているように見えたよ。なんだか気の毒だった。メガネを掛けている奴も多かったし、体重だって五〇キロくらいの奴がいた。まるで子供の大きさだよ。でも彼らが、この三〇日にもわたる戦闘の真ん中に放り込まれたんだ。本当に残念なことだが、奴らが俺たちの交替用員だったんだ。この島での俺たちの仕事は終わったんだ」と語った。

この日の午後、スタンレーの部隊は三〇日間にわたる戦闘を終えて、尾根を下りた。撤退の途中で、部隊は不幸な最後の戦死者を出した。ミシシッピ州ランバートン出身の一等兵が陣地を離れて後方に下がろうとした際に日本軍の迫撃砲弾の直撃を受けて、その場で戦死したのだった。

その後、二週間かけて、第五海兵連隊と、第七海兵連隊の兵士らは順次、パヴヴ島への航海へと出発していった。遥か彼方へと遠ざかる島から、海兵隊員らに聞こえて来る機関銃の銃撃音が、第八一歩兵師団の包囲網への戦闘が継続していることを物語っていた。

第七海兵連隊第一大隊と、第三大隊はパープルビーチから、民間輸送船を改造したシースタージョン号に乗り、十月二十二日にパヴヴへと旅立った。第二大隊は、運悪くオンボロのオランダ船籍の商船、スロッターダイク号が割当てられ、疲れ切った海兵隊員を収容するとすぐに出航した。第五海兵連隊は、シーランナー号と、他二隻の船に分乗し、十月三十日にパヴヴ島へと出航した。彼らは、まさに人間としての限界を超えた任務をこなしてきた。

O・P・スミス准将は「十月十二日、我々は、これまで誰もが成し得なかった任務を遂行した。我々は海岸を制圧し、飛行場を奪取し、全力を尽くして、必要としていた全てのものを手に入れた。我々が唯一、手に入れられなかったのは、あの忌々しい包囲網だけだ」と語った。

後年、第一海兵師団がペリリュー島で消費した弾薬量を基に統計的な計算を行なった。

三〇口径弾薬（ライフル銃、カービン銃、BAR）　一三三一万九四八八発
四五口径弾薬（拳銃、短機関銃）　一五二万四三〇〇発
五〇口径弾薬（機関銃）　六九万三六五七発

六〇ミリ迫撃砲弾　九万七五九六発
八一ミリ迫撃砲弾　五万五二六四発
小銃擲弾　一万三五〇〇発
手榴弾　一一万六二六二個
七五ミリ歩兵砲弾　六万五〇〇〇発
一〇五ミリ榴弾砲弾　五万五〇〇〇発
一五五ミリ榴弾砲弾　八〇〇〇発
一五五ミリ砲弾　五〇〇〇発

この弾薬消費量に対して、一万名の日本兵が戦死したとすると、その有効性としては、日本兵一人当たりに対して、

三〇口径弾薬　一三三二発
四五口径弾薬　一五二発
五〇口径弾薬　六九発
六〇ミリ迫撃砲弾　九発
八一ミリ迫撃砲弾　五発
小銃擲弾　一発

手榴弾　一〇個
七五ミリ歩兵砲弾　六発
一〇五ミリ榴弾砲弾　五発
一五五ミリ榴弾砲弾　一発
一五五ミリ砲弾　一／二発

総計では一五八九発と一／二発の、軽／重弾薬が必要となった計算である。

これに対する日本側の返礼も高い代償となっていた。ペリリュー島を離れた時点で、第一海兵師団は、戦死一二五二名、負傷五一四二名、戦闘中行方不明が七二名で、行方不明者の大半は後に戦死が確認された。最も損害が大きかったのは第一海兵連隊の、死傷者一七四九名で、次に第七海兵連隊の一四九七名、第五海兵連隊は、一三七八名であった。各連隊の将校の死傷者数の総計は、三八五名であった。

ジョン・マクラーレン大尉率いる第五海兵連隊C中隊は、二三〇名の兵士と、六名の将校でペリリュー島に上陸したが、島を去る際に数えると、たった四〇名の兵士まで減っていた。将校で残ったのはマクラーレンただ一人であった。ある軍曹は、第五海兵連隊の、この島における最後の悲劇的な戦死者となった。別の海兵隊員が、不注意から弾丸が装填された機関銃を船に運び入れようとして、銃弾が発射され、胃を撃ち抜かれた軍曹は、死んでしまったのだ。

ユージン・スレッジ二等兵の中隊では、通常定員が二三五名のところ、無傷で残っているのは八五名だけであり、死傷率は六四パーセントにも上っていた。生き残った兵士らも精神的に苦しんでおり、中には明らかに人間性を喪失してしまった者もいた。数名の兵士は、日本兵の死体の口から引き抜いた金歯を集めていた。ある海兵隊員は、日本兵の手を切断して記念品として持ち帰ろうとしたが、戦友らが説得して止めさせていた。

ペリリュー戦の経験は、スレッジの精神を深く蝕んでおり、戦闘の記憶は、その後、何年もの間、彼を苦しめた。戦時輸送船シーランナー号のデッキから、ペリリュー島の悪夢のような尾根を見つめながら、彼はエルモ・ハネイ軍曹に、ペリリュー作戦の感想を求めた。ハネイは第一次世界大戦以来の、大ベテランであり、これまでの戦歴からすれば、ペリリューも、いつもと同じ戦闘であるとの答えを予想していた。しかし、ハネイはスレッジを見つめると「最悪だった。これまで、こんな戦いは経験したことがないよ。早く国に帰りたい。こんなことはもうたくさんだ」と話した。

しかし戦闘は、まだ終わっていなかった。

(注一二/一) ジェームス・ムーア将軍率いる第二海兵航空団は、三七日の間に、一一七四回もの作戦飛行を実施し、一八六トンの爆弾を投下した。

(訳注一二/一) ルーズベルト大統領夫人：エレノア・ルーズベルトは、第二次世界大戦当時、日本軍との戦闘が激化している南太平洋地区の前線に積極的に慰問に訪れ、兵士らに大きな影響力を誇っていた。

（訳注一二／二）ズート・スーツ：一九四〇年代の初頭に米国で流行した、ギャング風の極端に大きなサイズのスーツ。

第一三章　ワイルドキャット師団

十月十四日、飛行場の元日本軍司令部ビルから北に一キロほどの場所で、米軍の兵士が、朽ち果てた日本兵の死体が所持していた書類ケースの中から、あるノートを発見した。持ち主は、独立第三四六大隊所属の稲田小隊軍曹で、彼の部下の一七名の兵士と、八名の軍属労働者について記載されていた。最後の記述は九月十八日のもので、三名が戦死し、その詳細として、一人は腹部に銃弾を受け、他の二人は顔面に銃弾を受けたとされていた。さらに四名が負傷し、一人は右の太腿前面、もう一人が左の太腿上部、右胸の上部が一名、下腹部を負傷したと書かれていた。ここで、持ち主の稲田軍曹本人が戦死したため、さらなる記載はなく、このノートは、発見されるまでの一ヵ月間、死体の傍に残ったままとなっていた。珊瑚岩の地形で苦闘する米軍側からは知る由もなかったが、稲田のノートは日本軍もまた激しい損失に耐えている証拠とも言えた。十月十日に捕虜となった二七歳の日本軍の伍長の証言も、これを裏付けるものであった。彼の証言によると、所属する歩兵第二連隊の中隊で、生きて山岳部の陣地に辿り着いたのは、六名だけであり、自らの力で動けない者は、手榴弾で自決した。

別の情報からは、十月六日までに、日本軍の歩兵第二連隊の第一大隊および、第二大隊の両方の大隊長が戦死したことを示していた。さらに、弾薬や物資の不足も深刻となっていた。歩兵第一五連隊第三大隊長の飯田少佐からは、接近戦闘に出撃する兵士のヘルメットカバーの不足を補うために、負傷した戦友のものを使うように指示が出されていた。さらに少佐は「手榴弾も節約せねばならなかった。接近戦において、我々の戦法は、一撃必殺であり、出撃する兵士は、手榴弾の支給を三個までとした」。

また、日本軍の歩兵第一五連隊が発したある文章では、数名の日本兵が戦闘地域を離脱して無断で司令部まで戻ってきた事実が記されていた。

しかし、こうした状況にも関わらず、日本軍の戦力は健在であった。九月二十九日から十月六日にかけての第五海兵連隊と、第七海兵連隊の作戦活動で、包囲網は、概ね楕円形となっていた。この楕円形が徐々に小さくなり、東西に三〇〇メートル、南北に四五〇メートルほどの大きさになっていったが、この模様を第八一歩兵師団の戦史研究家は、悪夢のような地形を評して「天然の要塞」と指摘している。(注一三／一)

この楕円形の包囲網に対処するために、第八一歩兵師団は、第三二一連隊第三大隊をウォルト・リッジとボイド・リッジを含む東側の尾根に沿う形で、南側のホースシューの入口までの範囲に配置した。一四〇高地を掌握した第三二一連隊第一大隊は、北側の外周から、西街道に並行するように配置され、十月十四日に、ウルシーからようやく到着した第二大隊は、ファイブ・シスターズと、デス・バレーを中心とした南側の戦区が割当てられた。

ワイルドキャット師団は、すでにペリリュー島での苦い実戦を経験していた。師団が正式にペリリュー島の作戦指揮権を委譲されるまでの、九月二十三日から十月二十日の期間に、第三二一歩兵連隊は、九八名が戦死し、四六八名が負傷していた。この損害に対する日本側の損害は、戦死が一五〇〇名以上、一〇八名が捕虜となっていた。

尾根や、渓谷、洞窟が混在する入り組んだ地形の中に、未だに潜んでいる日本兵の正確な数は判らなかった。第八一歩兵師団の参謀が、第一海兵師団から引き継いだ概算値では、日本兵の生存者は五〇〇名とされていた。それ以外にも、最大で一二〇〇名の日本兵が戦闘を継続しているとの説もあった。日本軍からの情報をベースに、九月二十九日から、十月十六日までの海兵隊との戦闘で、約八五〇名から一〇〇〇名の日本兵が戦死しており、第三二一連隊が配置についた時点で、約一〇〇〇名の日本兵が包囲網内に居ると推定されたが、最終的にこの数値が最も正確であった。十月十三日に中川大佐は、海軍将兵を含む、兵力の総計は一一五〇名と報告していた。その三日後に、陸軍部隊が戦線の引き継ぎを完了した時点で、中川大佐はコロール島に対して「我が陣地内の兵力は、軽傷者も含めて七〇〇名である」と報告し、さらに六日後には「現在、戦闘可能な兵力は五〇〇名なり」と報告している。

海兵隊から戦線を引き継いだ陸軍部隊の幸先は決して良いものではなかった。十月十六日、一五〇〇時、第三二一連隊第二大隊は、一四〇高地から、ファイブ・ブラザーズのブラザー1への攻撃を試みた。この尾根は、一四〇高地のすぐ南に位置しており、ファイブ・ブラザーズの最も北側の場所であった。この攻撃は、一四〇高地の西側の高台に陣取るF中隊の火力支援を受けたG中隊に託された。

先導小隊が、斜面を這い降りて、深い渓谷の底に到達したところで、日本軍の機関銃と小銃による銃撃で一掃されてしまった。日本軍の陣地は、米軍の支援部隊から死角となっており、全く役に立たなかった。小隊は瞬く間に三名が戦死し、十数名が負傷した。負傷者の中には、攻撃を先導していた小隊長のジャック・スミス中尉が含まれていた。兵士たちは、戦死者と負傷兵を置き去りにしたまま、大急ぎで後退せざるを得なかった。ある軍曹が二人の兵士を率いて、日本軍の銃撃に晒されていた負傷兵を救出し、さらに軍曹は、後退していく兵士たちのために、自動火器で支援銃撃を行なった。

小隊長のスミスが重傷を負い、激しい苦痛に耐えながら応急処置を待っている様子を見た、ハレー・コートマンシュ二等軍曹は、スミスを救出するために、銃撃が加えられる中を飛び出して行った。小隊長を引きずりながら戻る途中、軍曹は銃弾により致命傷を受け戦死した。その後、スミスは生還できたものの、日本軍の激しい銃撃は渓谷を掃討し続けたため、他の負傷兵や戦死体は、周囲が暗くなるまで取り残された。

ペリリュー作戦において海兵隊の役割が終了したことにより、ウムロブロゴル包囲網での戦術的な指揮権は、十月十七日に第三二一歩兵連隊長のダーク大佐に引き継がれた。作戦全体の指揮は引き続き、ルパータス少将が執っていたが、近日中に彼は島を離れる事になっていた。

この日、正式に異動命令が発令される前の〇七〇〇時には、すでに第三二一連隊第一大隊は南向きの攻撃を開始していた。正午までに、先導部隊は軽微な抵抗の中を一〇〇メートルほど前進していたが、日本軍による最初の顕著な抵抗は正午過ぎに発生した。先導中隊はそれでも五〇メートルほど前進したが、近くの洞窟に設置されたトーチカからの攻撃で、前進は停止した。これらの、西街道と一四〇高地の背後に並行して走る第二の尾根群の日本軍陣地を押さえ込もうとする努力は、結果的に陸軍部隊の側面と後方を、ファイブ・ブラザーズの頂上部の日本軍に晒す結果となってしまった。また洞窟に設置された日本軍陣地は、鋼鉄製のドアを有する強固なもので、歩兵部隊の進撃も頓挫したため、この方向からの攻撃計画はすぐに撤回された。


一方で、第三二一連隊第二大隊も、ブラザー1に通じる渓谷を通り抜けようとして撃退されてしまった。この攻撃が頓挫したのと時を同じくして、大隊の別の部隊が、第七一〇戦車大隊の支援を受けてモータイマ・バレーへと進撃していった。(注一三／二)モータイマ・バレーは、ウォルト・リッジとボイド・リッジの間に位置しており、この場所を抜けてブラザー1とブラザー2を東側からの攻略を試みるものであった。

戦車の通行路を確保するために、ブルドーザーが前進していくと、日本兵が突然飛び出して、磁気吸着地雷を取り付けようとしたが、その直前に自らの体を吹き飛ばしてしまった。同様の試みは再度なされたが、ジェフ・ロード二等兵が阻止した。別の日本兵が、やはり磁気吸着地雷を持って特攻してきたものの、ジェフは素早く車輌に駆け寄って吸着地雷を引き剥がし投げ捨てると、別の海兵隊員が日本兵を射殺した。目に見えた成果は上げられなかったが、戦車と火炎放射器搭載のアムトラックは、ウォルト・リッジの西側の麓と、ブラザー1の東側にあった数ヵ所の洞窟陣地を撃破した。日没直後に、日本軍は報復として一四〇高地に迫撃砲の集中砲撃を加えてきたため、陸軍兵士らに多くの死傷者が出た。

十月十八日、ワイルドキャット師団は、全力を上げてファイブ・ブラザーズの攻略に取りかかった。戦車と火炎放射器搭載のアムトラックがボイド・リッジと、ウォルト・リッジの間を進み、第八八化学火器大隊が、尾根の頂上部の日本兵を釘付けにするために、一〇センチ迫撃砲と、八一ミリ迫撃砲で集中砲撃を加えた。

この迫撃砲攻撃の後、E中隊はブラザー1の頂上部に駆け上った。さらにその四五分後には、中隊の一部が、七〇メートルほど南に位置するブラザー2の頂上部に到達した。この目覚ましい進展を維持して、かつ日本軍が態勢を整えて反撃に打って出る前に、第三二一連隊第二大隊長のピーター・クレイノス大佐は、F中隊に対して、E中隊の現在位置を越えてブラザー3の攻略を命じた。中隊は、一三一五時に、一気にブラザー3の頂上部を制圧した。

F中隊はブラザー3の開けた頂上部で防御態勢を構築しようと試みていたが、ブラザー4や、ブラザー5、それに、ウォルト・リッジやファイブ・シスターズの南西の端に陣取る日本軍から激しい銃砲撃を浴びて身動きが取れなくなってしまった。すでに度重なるナパーム弾や、野砲による砲撃で尾根の上部は、植生が吹き飛ばされて丸裸状態となっており、遮蔽物は一切なかった。さらに珊瑚岩の硬い地面は掘り進むことが出来ず、かつ土嚢を運び上げる時間もなかったため、陸軍の兵士らは、なす術もなく銃撃に晒された。

一四五〇時に、ブラザー4とブラザー5の北に向かって日本兵による反撃活動が視認されたため、F中隊を支援しようと、増援部隊が送り込まれたものの、日本軍の前進を止めることが出来なかった。ブラザー3に対して反撃が開始されたのが一六〇〇時で、第三二一連隊第二大隊は、一七〇〇時までに、三つの全ての尾根から大急ぎで撤退した。

この際、陸軍兵士らの一部は、ホースシューに通じる急斜面を滑るように降り、狭い渓谷を通り抜けて撤退していった。残りの兵士らは、北方向の斜面に逃れると、ブラザー1の山裾に、夜間の防衛線を構築した。弾薬運搬兵を含む、志願した兵士たちは、日本軍の銃撃に晒されている斜面に再び戻り、取り残された負傷兵らを救出して回った。これらの救出された兵士を含めて、第三二一連隊の、この二四時間での損害は、兵卒の戦死が一五名で、将校と兵士を含む負傷者が四六名だった。

ワイルドキャット師団の兵士らがファイブ・ブラザーズで最初の激戦を交えていた頃、撤収を待っていた第七海兵連隊第三大隊は、運悪く、ペリリュー島における海兵隊最後の、地上戦闘に巻き込まれていた。午後遅くになり、ルパータス少将は、第一衛生大隊E中隊に対して浴びせられる、日本軍の狙撃兵による銃撃の掃討を、I中隊に対して命じた。この突然の命令に、I中隊は弾薬を補給する間も与えられなかった。海兵隊員らは、散発的な銃撃戦の後に、衛生部隊を守るために、その場に留まるよう命じられた。

翌朝の〇六三〇時、I中隊は、L中隊と交替した。その四時間半後、侵入してきた日本兵の数はL中隊の想定を大きく上回るものであり、すでに一二ヵ所の洞窟が再占拠されたと報告してきた。そのため、戦車が一輌送られたが、一四〇〇時少し前、地雷を踏んで燃え上がってしまった。乗員二人が火傷による重傷を負いつつも脱出に成功したが、残りの乗員は戦車の中で死亡した。この時の戦死者に、L中隊長のハレー・W・ジョーンズ大尉がいた。彼は、前任のシャンレー大尉の戦死後に、この部隊の指揮を引き継いでいたが、戦車に対して、洞窟陣地の位置を指示しようとして巻き添えを喰らったものであった。

彼の死は、第三大隊配下のライフル中隊の指揮官たちの不幸を引き継ぐものであった。ペリリュー作戦に参加した四名の中隊長のうち、三名が戦死し、残りの一人も重傷を負っていた。

この日の午後、三七ミリ砲が運び込まれ、日本軍の陣地を破壊していったが、夜になっても日本兵の抵抗は続いていた。翌朝、L中隊は陸軍の部隊と交替した。

その五日後、大隊は洋上におり、ペリリュー島からは永遠に離れて行った。彼らの去った後、島には、ジョーンズ大尉の遺体が砂の上に置かれ、拡張し続ける墓地に埋葬されるのを待っていた。彼は、ペリリュー島において戦死した最後の海兵隊の将校となった。

ペリリュー島で捕虜となった数少ない職業軍人の中に杉村武雄上等兵（訳注一三／一）がいる。彼は十月十六日、島の北端で、撃破され座礁していた内火艇に隠れていたところを、第五海兵連隊第二大隊に捕まっていた。

二四歳で、大阪の養鶏場の元農夫であり、歩兵第二連隊第一大隊第二中隊第二小隊配下の、擲弾筒分隊の一員として、彼がペリリュー島に到着したのは、この年の五月のことであった。到着後すぐに彼らの所属する小隊は、師団戦車隊の戦車に随伴して突撃する訓練を受けたが、擲弾筒分隊だけが、この訓練を免除された。この出来事は、杉村の人生を変える結果となった。九月十五日の午後に飛行場で敢行された戦車隊による反撃に参加した、戦車と歩兵は、誰一人として生還しなかったのである。

その後、彼の分隊は補給小隊と統合されて、接近戦闘の特攻隊として再編された。杉村は米軍の戦車を攻撃する一員として選抜されたものの、攻撃は失敗した。その後、彼らは敗残兵となり、米軍のパトロールを避けつつ、パープル・ビーチの近くにあるマングローブ林を逃げ回った。昼間は身を潜め、夜になると動き回りながら、どうにか道路を発見し、その場所で二日間を過ごしたが、その間、米軍の戦車を見たり、戦車のエンジン音を聞く事すらなかった。

食料の尽きた彼らは、山岳部へと足を踏み入れ、二〇〇名が収容されている待避壕を発見した。九月二十三日に彼は右足を負傷して歩けなくなった。その翌日、戦車が、この壕を攻撃し、中に隠れていた約五〇名から六〇名の兵士が戦死した。この壕は、二層で、二ヵ所の出入り口があったが、その後、壕を防衛する任務の兵士以外は、皆、戦車や機関銃の攻撃に出かけて、ほとんどが戦死した。

十月八日、杉村は動くようになった右足を引きずりながら、三人の仲間と共に壕を後にした。そのうち一人は出発後にすぐ戦死し、他の二名も杉村が捕まった洋上の破壊された船の上で戦死した。杉村は自らの意志で投降した珍しい例であった。

ワイルドキャット師団の対峙する日本軍の内部に、士気が崩壊しつつあることに望みを繋いで、第一大隊と第二大隊の正面の日本兵に対して投降勧告のビラがバラまかれた。しかし反応は全くなかった。恐らく、以前海兵隊がバラまいた日本語のビラと同様に便所紙として使われたと思われた。

十月の第二週に捕虜となった、軍属の労働者の証言によると、彼のいた壕には約一〇〇名の将校と日本兵がおり、米軍が接近してきた際に将校は自決した。米軍の投降勧告ビラと、日本語による説得の試みに対して、日本陸軍の正規兵らは、一笑に付しており、彼らは、最後の一兵まで抵抗するか、自決するかのどちらかだったと語った。この捕虜の証言は正確ではあったが、その後も日本兵に対する投降勧告の試みは継続された。

十月十八日、日本兵が第三二一連隊第一大隊の正面に白い旗を持って現われたため、日本語の専門家が呼ばれた。日本語による投降の呼びかけが行なわれ、日本兵はその間、攻撃を停止したものの、遂に降伏する兵士は姿を見せなかった。

こうした日本兵の頑固さは、恐らく有名な武士道精神に依っていると思われたが、一方で、恐怖心にも起因している部分があった。ある捕虜が、日系二世の兵士に告げたところによると、ペリリュー島の日本兵は、米軍の捕虜となった場合、去勢されたり、様々な拷問を受けるであろうと脅されていた事実が判明している。

十月十九日から二十日にかけて、ワイルドキャット師団は、直接的な攻撃は行なわずに、洞窟陣地の封鎖と、ファイブ・ブラザーズへの次の攻撃のための部隊再編に注力した。第三大隊からの志願兵による偵察隊が尾根を登り、棄て置かれた武器や、取り残された負傷兵がいないか確認して回った。しかし、仮に負傷兵が残されていたとしても、偵察隊が到着した頃には、生存の可能性は低いと思われた。

クレイノス大佐は、海兵隊のコルセア戦闘機隊に対して、ファイブ・ブラザーズへのナパーム弾の投下を要請した。陸軍の兵士との距離が近過ぎたため、一六機のコルセアの編隊は、全ての信管を作動させずにナパーム弾を投下していった。それぞれの爆弾には一一三リットルの燃焼性の高い液体が詰まっていた。そこで、コルセアの編隊が飛び去った後に、爆弾の投下されたエリア一帯に、四・二インチの黄燐迫撃弾と、HE弾を撃ち込んで、誘爆させた。「ナパームは、木陰に隠れている日本軍の狙撃兵には極めて有効な兵器であった」と、師団の作戦報告書には記載されている。

ナパームの爆発による熱波で、数名の日本兵がブラザー3とブラザー4の周辺の地表に現われ、射殺されたが、ファイブ・ブラザーズからの日本軍の反撃が和らぐことはなかった。

十月十九日の夜間、ウィリアム・サザーランド中尉率いるE中隊は奇妙な光景を目撃した。一四〇高地の裾野に陣地を構築して展開していた彼らは、丘の上部から、フルートか横笛のような音が聞こえて来たのである。すぐ直後に、米軍の照明弾が打ち上げられ、正体が判明した。ウォルト・リッジの洞窟から洞窟へと三匹ほどの小さな動物が移動していたのである。サザーランドは小隊の兵士らを起こして、その動物を注意深く見守ったところ、どうやら猿と思われた。この猿は、もしかしたら、日本軍の伝令としての訓練を受けているのかもしれなかったが、それを裏付ける事実は未だに確認できていない。同じ夜、ペリリュー島から南に数キロほどのアンガウル島では、指揮官の後藤丑雄少佐が最後の時を迎えていた。

この一ヵ月、後藤少佐と、消耗し続けていた生き残りの日本兵の集団は、アンガウル島南西端の、険しい高地に陣取り抵抗を続けていた。個人の兵士にとっては、この地での戦闘は、ペリリュー島の戦闘と変わらないほど困難なものであった。九月二十二日、第三二二連隊戦闘団の連隊長、ベンジャミン・ベナブル大佐は、日本軍の対戦車砲弾を受けて、ほぼ腕が切断された状態となった。十月五日には、部隊を率いていたB中隊長の大尉が戦死し、十月十七日には、第三二二連隊第一大隊長が、狙撃兵に射殺された。この間、兵卒や下士官の死傷者は確実に増えて行った。

しかし、真綿で首を絞めるような米軍の戦法は、効果を上げて行った。兵力も武装も圧倒的に米軍が有利の環境で、日本兵はひたすら地の利を活かして抵抗し続けていたが、その兵力は徐々に消耗していった。数少ない日本兵の捕虜の証言によると、食料と飲料水の不足は深刻で、沼地のまずい水や、雨水の水たまりをすすりながらしのいでいた。また弾薬も欠乏していた。

十月十日、ペリリュー島の陣地から海の彼方の銃砲撃による閃光と、鳴り響く音を観察しながら、中川大佐はコロール島の司令部に対して「焼夷弾や、その他の状況から判断すると、（アンガウル島）北西の山岳部の我が守備隊は、接近戦等において、敵を撃滅しつつあり」と報告している。その八日後、後藤少佐と生き残りの兵士らは、わずか四〇〇〇平方メートルのエリアに押し込められていた。

十月十八日と、十九日の夜、米軍は、二度にわたる弱体化した日本軍の攻撃を撃退した。この時の戦死体の中には、後藤少佐の遺体も混ざっていた。ある捕虜の証言によると、少佐は数名の部下に対して、米軍の戦線を通り抜けて海岸に出た後に、筏を作って海に逃れるように命じたとのことであった。

この島の日本軍は終わりを遂げ、その戦死傷率が戦闘の全てを物語っていた。十月二十日の戦闘で、二九名の日本兵が戦死し、一〇名が捕虜となり、四名が自決したが、これに対して米軍側の損害は、二名が戦死し、三名が負傷しただけだった。その後、数日間かけて敗残兵の掃討作戦が行なわれ、十月二十三日までに島は完全に米軍の支配下となった。

戦死傷者の数は日を追うごとに減少していったものの、その総数は軽視できない数であった。十月一日から二十三日までのアンガウル島での包囲網に対する攻撃で、五八名の将兵が戦死し、三八六名が負傷した。この作戦での総数は、戦死が一九六名で、負傷が一四八〇名であった。ただし、日本軍の死傷者の数は、比較にならない程、多かった。十月一日から二十三日までの間、約二二五名の日本兵が戦死し、五〇名を超える兵士が捕虜となった。最終的な日本軍の戦死傷数は、戦死が一三三八名で、捕虜が五九名であり、この数は、奪取された日本軍の書類に記されていた守備隊の総数に近い数字であった。また、これ以外にも、米軍の情報部は、後藤少佐の日記や防衛計画書も、同時に入手していた。

この間、アンガウル島の基地の拡張は順調に行なわれており、最初のC47型輸送機が飛行場に降り立ったのは十月十七日のことであった。本来の目的であった、この島からのフィリピン諸島への空爆作戦も間もなく始まることになっていた。

ペリリュー島の中川大佐は、九月二十二日に、二つの島を結んでいた通信回線が途絶して以来、後藤少佐との直接連絡は取れない状況になっていた。しかし、その後の数週間、大佐は、コロール島の師団司令部に対して、アンガウル守備隊の英雄的な戦闘の模様を送り続けていた。しかし、十一月の半ばになり、中川大佐は、自分の打電していたアンガウル島の抵抗は単なる〝当て推量〟であったのを認めた。

十月二十日、〇八〇〇時に、パラオ諸島南部と、ペリリュー島に残された日本軍を撃破する任務が、公式に第三水陸両用軍団から、陸軍の第八一歩兵師団に引き継がれた。ガイガー少将と、彼の参謀らは〇八三〇時に航空機でガダルカナル島へと旅立った。ルパータス少将と、師団司令部の一部の要員は一三〇〇時に、航空機で島を後にした。彼の〝激しいが短い〟はずの作戦は、悪夢の長期戦と化していたが、両者ともペリリュー島を離れるのに安堵の色を浮かべていた。

ある参謀は「遂に任務が終了して、海兵隊が島を離れることになって、本当に嬉しいよ」と、ガイガー司令官が語っていたのを聞いている。これに対してルパータス少将も「ああ、俺もだ」と答えていた。

新たな司令官である陸軍のミュラー少将は、ペリリュー島の作戦は、すでに包囲戦の段階に入っているとし、この包囲網を慎重に狭めていくことにより、さらなる人員の消耗を避け、最小限の死傷者で目的を達する方針を取った。

九月二十三日から、十月二十日までの間の戦闘中に、第三二一連隊戦闘団は、九八名が戦死、四六八名が負傷した。一方で、師団が推定した、日本軍の戦死者は一五〇〇名で、一〇八名が捕虜となっていた。

ミュラー少将は、第一次世界大戦のフランス戦線での戦闘で、歩兵将校として、銀星章を受賞した経歴を有しており、ペリリュー島での作戦を任される点については、何の異論もなかった。この時、海兵隊の残務整理の責任者として残っていたスミス准将と話をしたミュラーは、自分としては全く新たな作戦に挑む気持でおり、陸軍と海兵隊の確執を抜きにした率直なコメントとして、包囲網へ対する海兵隊の攻撃は、的を射ていないと述べた。ミュラーは、スミスに対して海兵隊の機関銃陣地の場所を地図上で示すように訊ねたが、スミスは「将軍、地図を見てください。我々は攻撃の間は、機関銃陣地も一緒に、移動させていますから地図上では示せません」と、陸軍の要請をやんわりと拒絶した。

陸軍が最初に行なったのは、元第一海兵隊の司令部が置かれていた古いビルに土嚢を積んで、

〝第八一歩兵師団前進指揮センター〟と看板を掲げた事だった。ミュラーは自身の司令部をペリリュー島東海岸のパープルビーチの近くにある、ヤシの木に囲まれた風光明媚な場所に設置した。陸軍は長期戦の構えであった。

陸軍ワイルドキャット師団が攻撃を再開したのは、十月二十一日のことであった。この朝、位置を示す煙幕弾がホースシューの終端と、その西側からの進入路に撃ち込まれると、それを目標に一六機の海兵隊VMF－114飛行隊のコルセア機がナパーム弾攻撃を実施し、陸軍の攻撃が開始された。

周囲は焼き払われたにも関わらず、第三二一連隊第一大隊は、すぐに、ブラザー3の西側斜面に位置する洞窟壕陣地から、機関銃による銃撃を受けた。これは、日本軍の強固な抵抗の始まりでもあり、大隊はこの日一日で、一〇〇メートルも前進できなかった。しかし、陸軍は、いくつかの小さな成功を収めていた。まず、〇九〇〇時に、偵察隊が日本軍の機関銃陣地を発見し、これを破壊することで、三名の日本兵を戦死させた。さらに、別の迫撃砲陣地と、機関銃陣地を発見し、破壊されたことが報告され、日本軍の防御網は少しずつ削り取られて行った。

第三二一連隊第一大隊がブラザー3を攻撃している間、第二大隊の偵察隊が、ファイブ・ブラザーズで最も北に位置するブラザー1の制圧を試みるよう命令を受けたが、前進の途上で、東側斜面の日本軍から激しい攻撃を受け、部隊は散り散りになってしまった。その後、七五ミリ榴弾砲と、三七ミリ砲の水平射撃で、二ヵ所の日本軍の洞窟壕陣地を攻撃し、これを破壊して無力化したものの、部隊が後退を余儀なくされたことで、大隊の士気は落ちてしまった。

大隊長のピーター・D・クレイノス大佐は、元々、攻撃目標に対して自ら直接、小規模の志願兵による偵察隊を率いて事前偵察を実施するのが好きだった。ところが、今回、誰も志願せず、逡巡している人間もいないことに腹を立てた彼は、自分一人でブラザー1に向かって進み出した。将校のたった一人の突入に、日本軍も驚愕したのかもしれない。そのため、ブラザー1の裾野に到達するまで、銃撃は全くなかったが、すぐに付近の隠匿された日本軍陣地から手榴弾が投げつけられてきた。「すぐに丘を駆け上りながら、近くにあった岩陰に飛び込んだんだ。そこで一息ついて、今まで走り抜けて来た平野部を振り返ったら、これまでの人生で最も嬉しい光景が目に飛び込んで来たよ。十数名の部下が、銃を構えながらファイブ・ブラザーズと俺の方に向かって走ってくるところだったんだ」と、クレイノスは回想した。

彼の〝援軍〟と合流した頃には、クレイノスは丘のほぼ半分まで到達していた。彼は部隊に命令を発し、志願兵による偵察隊は、前進をはじめたものの、すぐに日本軍の銃撃と手榴弾で身動きが取れなくなった。そこでクレイノスが後方に目をやると、今度は大隊の全部隊が、各自、土嚢を肩に担ぎ、さらにライフルと弾薬を携えてこちらに向かってくるところだった。

一七〇〇時までに、志願兵による部隊はブラザー1の北部を掌握することができた。丘の裾野で、土嚢を持って待機していたE中隊は、駆け足で丘を上ると一列に並び、土嚢を丘の上までバケツリレーの要領で運び上げて行った。「その後、一時間もしないうちに指揮所に戻ったが、そこで自分のことを〝俺はアメリカ陸軍の中で、一番、馬鹿な指揮官だが、それでも一番幸せだよ〟と話したんだ」と、クレイノスは回想している。

日が暮れると、兵士らは運び上げた土嚢の陣地の背後に隠れ、夜間の日本兵の襲撃に備えた。夜の闇と共に攻撃は開始された。日本軍の強行偵察隊は何度となく、ワイルドキャット師団の兵士らを丘から押し戻そうと、接近して陣地に手榴弾を投げ込んで来た。米兵らは手榴弾を投げ返し、加えて自分たちの手榴弾を投げつけ、これを撃退していった。日本兵はウォルト・リッジ西端のL中隊に対しても攻撃を試みたが、こちらも撃退されていた。

十月二十一日の午後遅く、野戦命令第七号が、第三二一歩兵連隊に対して通達された。この命令は翌朝〇六四五時に、第三二一連隊は、配下の全四個大隊が連携して攻撃を実施することになっていた。第一大隊は、北西からワイルドキャット・ボウルを望む高地の掌握の任が与えられた。第二大隊は、ファイブ・ブラザーズの残り四つの掌握を、第三大隊は、戦車隊と、火炎放射器搭載のアムトラックの支援を受けて残りのウォルト・リッジとホースシューの占拠を命じられた。

作戦日当日は、空爆の後に、一五分間にわたる迫撃砲の集中砲撃が実施され、〇六四五時に、包囲網の外周から飛び込むように、歩兵部隊による攻撃が開始された。これまでの経験からすると、ファイブ・ブラザーズへの攻撃は順調に推移しているように見えた。〇九〇〇時までにE中隊は、ブラザー1の残りの一帯を確保した。ブラザー2の頂上部に土嚢を積む時間を稼ぐ間、一個小隊が、さらに前進し、ブラザー2とブラザー3を超えて前進していった。

この攻撃は、第七一〇戦車大隊A中隊の戦車の支援を受けていた。ブルック・P・ハルゼー少尉に指揮された戦車隊は、ブラザー4の東側のデス・バレーで日本軍の洞窟陣地の撃破任務を受けて展開していた所、一輛のシャーマン戦車が地雷を踏んで、キャタピラを破損してしまった。

戦車の正面に位置する洞窟陣地からの銃撃に釘付けにされてしまい、乗員はうだるような暑さの車内に、午後一杯、取り残されてしまった。

夜になって、ハルゼーは他の戦車乗員と、修理班の兵士を率いてデス・バレーに戻って来た。彼らは日本軍が、行動不能の戦車に止めを刺して、中の乗員の殲滅を試みる前にキャタピラを修理して、後方へと戻って行った。

この日、一日中、司令部や後方要員から組織された、運搬班の兵士らは、戦闘歩兵に混じって、日本軍の銃火の下を土嚢を担いで、急斜面を上って行った。日が暮れる頃には、ブラザー1とブラザー2の尾根には、ちょっとした陣地が構築されており、ブラザー3も一定の掌握下にあった。尾根に沿った攻撃が一日落ち着くと、後方に戻りながらの掃討戦が始まった。第三二一連隊第二大隊は、I中隊に、シャーマン戦車二個小隊と、三輌のM10駆逐戦車に加えて、二輌の火炎放射器搭載のアムトラックを、ホースシューに送り込んだ。I中隊は、火炎放射器と、爆破班を積極的に用いながら、取り残された全ての洞窟壕陣地を無力化していった。

一一〇〇時までに、中隊は掃討作戦を完了し、今度は、ファイブ・シスターズの裾野に点在する洞窟壕の攻撃に取りかかり始めた。その途中の渓谷の近くには湿地帯が広がっていた。後に、この地区で戦死した陸軍の将校の名を取って、グリンリントンの池と呼ばれるこの場所では、水辺に日本軍が防御陣地を構築していた。そのため、米軍の歩兵部隊は、蛸壺を一つずつ攻略していく他はなかった。この戦闘で将校二名を含む三五名の日本兵が戦死した。中には、戦車の下に地雷を投げ込もうとして射殺された日本兵もいたが、目に見えない洞窟の中で戦死した日本兵の数は知る由もなかった。

午後に入って、中隊は、ホースシューの内側のウォルト・リッジの裾野に沿って、土嚢を積み、車輌のライトを転用した探索灯を設置して、堅牢な防御陣地を構築した。日が暮れるに伴い、日本兵は侵出して来た米軍に対して攻勢を開始した。まず、一八〇〇時に、ブラザー4とブラザー5に陣取る日本兵が、ウォルト・リッジのK中隊に対して精確な銃撃を加えて来ると、その一五分後に、日本軍の強行偵察隊が、渓谷の底の平地に展開したI中隊の防御陣地を突破しようと試みて来た。この攻撃は失敗に終わり、八名の、銃剣と手榴弾だけで武装した日本兵が射殺された。

一九〇〇時少し前、米軍側は、ブラザー5の北側斜面の洞窟壕から、信号灯が点滅するのを確認した。点滅は五回で、何らかの合図であると思われた。同様の動きは、三〇〇高地付近でも確認された。三〇分後、米軍の手榴弾で武装した日本兵の集団が、包囲網南側の第三二一連隊の小隊を急襲し、西街道方向へ一〇〇メートルほど後退を余儀なくされた。米軍側は砲兵隊による砲撃で応酬し、翌朝までに元の場所まで押し戻すことができた。この戦闘で一名が戦死し、九名が負傷した。

さらに状況が深刻だったのは、同時に実施された大隊の左翼側からの攻撃で、A中隊の防衛線の最左翼の小隊が西街道まで押し戻されてしまい、結果として、第三二一連隊と、第三二三連隊の間に、ギャップが生じてしまった。この時、エリス・スミス一等兵や、レーシー・パック一等兵など、E中隊の数名の兵士は、さらに状況が悪化するのを防ごうと、奮戦していた。スミスとパックは、戦闘の初期の時点ですでに負傷していたが、自動火器を駆使しながら、陣地を固守し、日本軍が開けた突破口がさらに広がるのを防いだ。この突破口は翌朝までに再び閉じることができた。

四度目の攻撃は〇四三〇時に開始された。小隊規模の日本軍がブラザー2の再奪取を目指して突入してきたものの、二十数名の戦死者を出して撤退していった。こうした動きは、日本側の戦力の再配置と、これまでに掃討された洞窟壕陣地に再び部隊を送り込もうと画策していると思われた。

翌日の午後、E中隊は、ブラザー1とブラザー2から、ブラザー4の確保に向けて攻撃を行ない、日没までにブラザー4の北、東、それに西側の斜面に土嚢を積んだ陣地を構築した。この夜は、一九三〇時と、〇二〇〇時の二度に渡って、日本軍はブラザー4からワイルドキャット師団を駆逐しようと試みた。戦闘は激しい手榴弾投擲の応酬となり、翌朝、斜面には十名の日本兵の死体が転がっていた。一方で米軍側の損害は皆無であった。

その翌日、ワイルドキャット師団は、ブラザー4上の陣地を増強するのに専念した。この日、衛生分遣隊の技術伍長が知恵を絞って、新たな機材を発明し、以降、ペリリュー戦の困難な状況に多大な貢献をした。彼らが作り上げたのは、ジープのウインチとバスケットを利用した、ケーブル運搬システムで、ウェスト・リッジの二〇度の斜面に、一〇〇メートルの長さに設置された。この装置は、ファイブ・ブラザースを攻略していく過程で次々に設置され、兵士への補給物資や、土嚢の運搬、それに負傷兵の後送に重宝された。

それ以外に、おぞましい作業として、三日前に激しい戦闘が交わされたグリンリントン池周辺の腐乱死体の除去作業があった。兵士らは、日本兵の腐乱死体を発見すると、ガソリンを散布して火葬して回った。また埋葬班の兵士らは、五日前の戦闘で戦死した米兵の死体を回収し後送していった。

モータイマー・バレーの南の端では、夜に入って日本兵が声を押し殺しながら話している音が聞こえて来た。米軍側は、この現象が、日本兵が投降を試みているのかもしれないと考え、通訳が駆けつけて、一時間半もの間、暗闇に向けてスピーカーで投降の呼びかけを実施したものの、全く応答がなかった。しかし、この頃の日本兵の動きは、明らかに飲料水が不足していることを示していた。一般的に米兵は一日当たり一リットルもの水を消費しており、その水は浅い井戸から確保していた。一方で日本兵にとって貴重な水源と思われるウォルト・リッジの麓に位置するグリンリントン池周辺には、厳重な警戒網が張られ、日本兵の接近を封じ込める戦法が取られた。十月二十三日の夜、池から飲料水の確保を目的とした日本兵の集団が、ウォルト・リッジの裾野に展開していた米軍部隊を急襲した。米兵は、土嚢を積んだ陣地から、この攻撃を撃退し准尉一名を含む、一九名の日本兵の死体が取り残された。この後、毎晩のように、日本兵は個人、あるいは少人数の集団で同様の、自滅的な攻撃を繰り返して消耗していった。しかし、それでも日本軍の戦力は健在であり、ブラザー5は、その後も一ヵ月にも渡って持ちこたえた。

日本軍は追いつめられ、一部の兵士は戦線の背後に取り残されていたにも関わらず、頑迷に抵抗を続けていた。十月二十三日、第八一通信中隊のクレイトン・E・ショッククレイ軍曹と、ジャック・R・マゾルフ一等兵は、安全地域であるはずのパープルビーチ近くの沼地で、野戦電話線が突如として断線した原因を突き止めようとしていた。ショッククレイは用心深く電話線を辿っていくと、日本兵とばったりと出くわした。すぐに、その場で敵兵を射殺すると、軍曹とマゾルフは、ジープに予備弾薬を取りに戻り、再び沼地に戻って来た。この時、日本兵らが隠匿されていた陣地から姿を現わして手榴弾を投げて来たが、二人の通信兵は、銃撃戦の末に、さらに三名の日本兵を射殺し、一名を負傷させた。

十月二十五日の朝、ウォルト・リッジの西側の断崖にある洞窟壕に二人の日本兵が取り残されているのが発見された。二人の中尉が、日系二世の通訳を引き連れて洞窟の入口から説得を試みたが、中の兵士が狙撃してきたため、身動きが取れなくなってしまった。この時の通訳は、第三二三連隊に配属された二名の日系二世通訳の一名であったが、太腿を撃ち抜かれ、後退を余儀なくされてしまった。(注一三/三)

別の場所では、日本軍の捕虜が、日本兵が潜んでいる壕の場所を供述した。この捕虜は、赤痢に罹患し、この壕の責任者の将校から追い出されていたが、その時点で四〇名ほどの兵士が内部にいた。彼は一度は、再び壕に戻ろうと試みたものの、将校に見つかり、制裁を加えられた挙句に、再び追い出されてしまっていた。

米兵らは、通訳を連れて、洞窟壕の内部の兵士らに投降を呼びかけたものの、全く応答がなかった。夜になって激しい雨が振り出すと、日本兵は暗闇に紛れて一人ずつ逃げ出そうとしたが、次々と撃たれ、結果的に七名が射殺され、一名が逃亡に成功したと思われた。翌朝、これ以上内部に生存者はいないと判断された壕は、入口を爆破して封鎖した。

十月二十五日、充分な活躍をした第三二一連隊は、休養のために後方に退いた。日本軍の包囲網を削り取って行く任務を引き継いだのは姉妹連隊の第三二三連隊であった。この日までに第三二一連隊は、ペリリュー島における作戦活動で、一四六名が戦死し、四六九名が負傷した。兵士らが死傷した状況は、多くの場合は手榴弾や迫撃砲弾、銃弾によるもので、決して劇的なものではなかった。

・レロイ・マクノエル伍長は、十月二日にレーダーヒルで分隊の真ん中に落ちて来た日本軍の手榴弾により負傷し、後に救護所で死亡した。

・ウィリアム・R・フィリップス一等兵は、十月二十五日に、彼の中隊が休息を取っている際に立ち上がったところ、落下してきた迫撃砲弾を受けて戦死した。

・ウォルター・ゴルキウィック一等兵は、十月二十一日、所属するC中隊が攻撃を敢行した際に、小火器の銃撃により戦死した。
・フィリップ・グレイゴ技術伍長は、最前線のライフル分隊に志願していた。十月十八日の午後遅く、日本軍の狙撃兵を発見したグレイゴは、彼に照準を合わせ発砲したところで、日本軍の狙撃兵も同時に発砲し、二人は共に戦死した。
・フランク・カスティール軍曹は十月十三日に、爆発で飛び散った岩が、彼が隠れていたテーブルを直撃し、頭部に致命傷を負って死亡した。
・ハリー・J・テイラー二等軍曹は、十月十八日に休息のために持ち場を離れようと立ち上がった瞬間に狙撃兵に射殺された。
・ジョージ・O・ホール一等兵は、爆破班とともに、日本軍の陣取る洞窟壕の入口に爆薬を設置した後に、二次爆発に巻き込まれて死亡した。
・ジェームス・ミドガン一等兵は、九月二十七日に負傷した戦友を救護しようとして戦死した。
・ジョン・W・モーガン二等兵は、十月二十二日に分隊の前方を偵察中に、日本兵からの銃撃を浴びて即死した。

第三二三連隊長のアーサー・W・ワトソン大佐は「ペリリュー島の日本軍を全滅させるためには、昼夜を問わず攻勢を加えて、敵に対する圧力を持続させる必要がある。我が連隊は、日本軍を包囲網内に押し込めて、壊滅するまで、徐々に減殺し続けていく。そのため、包囲網を鉄条網で覆いつくし、脱出口は自動火器を充分に配置する。また、バンザイ突撃には特に警戒が必要である」と指示をしている。

この時点で、推定された日本軍の兵力は〝三〇〇名から一二〇〇名の間〟とされていた。後に日本側の情報から確認された実際の兵力は、軽傷者も含めて七〇〇名であった。

この一〇日間で、第三二一歩兵連隊の戦闘で、包囲網の中の約四〇〇名の日本兵が戦死したと推定された。包囲網の広さも、平均で南北に六〇〇メートルほどまでに狭まっていた。北側では、四五〇メートルほどの幅があったが、ファイブ・ブラザーズに沿い、ホースシューの内側に食い込む形で、米軍の戦線は、深い突出部を形成していた。一方、南側では、包囲網の幅は三〇〇メートル余りまで狭まっていた。

こうした着実な進展は、陸軍による戦術の工夫が大きく貢献していた。ペリリュー島では遮蔽物に乏しかったため、日本軍の銃撃を避けるために、土嚢に大きく依存する戦法を取り出したのだ。土嚢は、海兵隊が利用し始めたものであったが、ワイルドキャット師団により、さらに積極的に、攻撃の道具として広く利用されるようになっていった。ペリリュー島で、土嚢は砂が存在する唯一の場所である砂浜で袋積めされると、トラックで山岳部まで運ばれた。その後、兵士らの手で最前線まで担ぎ上げられ、開けた斜面の防御陣地に次々と積まれて行った。また土嚢は、簡易移動式の防御壁としても利用された。兵士らは、土嚢の陰に隠れてこれを前方に押し出しながら少しずつ前進していった。

ワイルドキャット師団の師団史では「この方法は有効であった。急斜面や険しい地面など装甲車輌が充分に機能を発揮できない場所において、土嚢はもっと利用されるべきである。仮に土嚢がなければ、高台の頂上部や斜面において、敵の銃火の下に姿をさらけ出す結果となっていたはずである」と記載されている。

土嚢を使った典型的な戦法としては、十月二十三日の第三二連隊第一大隊の攻撃時の例である。日本軍の激しい銃撃が加えられる中、まず一番下部の土嚢を長い棒を使って押し出して行く。一番下の列の土嚢が積まれた時点で、兵士が伏せ這いながら、その上の土嚢を積んで行く。これを繰り返しながら、まさにセンチ刻みで日本軍に近づき、充分に肉薄した後に撃破していく戦法であった。

十月二十六日、ホースシューの前線で、二人の日本軍の負傷兵が発見された。米兵らは煙幕を張って視界を遮ると、この二人を捕虜とするのに成功した。この日本兵に応急処置を施すと、そのうちの一人が、自分が隠れていた壕には、一五名から一六名の負傷兵がいたと供述した。壕には二人の衛生兵がいたが、負傷兵には武器として手榴弾が一個与えられただけだった。また隣接した壕には六〇名程度の小銃と手榴弾で武装した兵士がいたと証言した。彼の推定では、包囲網内の日本軍の総兵力は五〇〇名から六〇〇名程度であり、そのうち三〇〇名程度は、負傷するか、病気に罹っているとのことで、全員が死ぬまで抵抗するように命じられていた。

十月二十六日から、十一月一日までの五日間は、激しい雨と霧により視界が低下し、包囲網内での作戦活動は制限された。井上中将による増援部隊の派遣に備えて、水陸両用部隊による、島の外周部の警戒活動を強化したが、そうした試みが実際に行なわれた証拠は得られなかった。

第三二三連隊は、戦線全体に渡る警戒活動と、後方に点在する洞窟壕が再利用されるのを防ぐための爆破処理を開始した。また、同時に自らの陣地の強化も併せて実施していた。

新たに戦線に到着した兵士らが、尾根に向かって進んで行く途中、一人の兵士が洞窟の中に動く影を見つけた。彼は「ジャップだ！」と叫ぶと、日本兵は洞窟から走り出て逃げようと試みたが、すぐにBARの銃撃により撃ち倒された。さらに五人ほどの日本兵が洞窟壕の入口に機関銃を設置するのが見えたため、米兵らは物陰に隠れた。最終的に、工兵部隊が洞窟壕の入口を爆破処理し、同時に、米兵らが入口に突入したところ、爆風で昏倒した日本兵が手探りで武器を探しているところだった。米兵らはこの日本兵を即座に射殺した。

掃討作戦の中には、悲劇的な結末を迎えたものもあった。十月二十六日の正午過ぎ、戦線に到着したばかりのE中隊がウムロブロゴル山地南端にあった洞窟を封鎖しようとしたところ、突如発生した凄まじい爆風に兵士らが巻き込まれた。苦痛と恐怖による叫び声が岩の間から上がり「戦友の多くが原形を留めていなかった」と兵士の一人は語った。男たちは傷口から出血し、意識が朦朧とした状態でよろめきながら、手探りで丘を降りていった。

後に、この爆発は、航空機用の爆弾が、日本軍の監視所からの遠隔操作で炸裂したものであると断定された。この爆発で九名の兵士が戦死し、二〇名の兵士が負傷した。一帯は同様の爆弾や地雷で埋め尽くされており、遠隔操作や、振動などの仕掛け方式で爆発するように設置されていた。

十月二十五日の夜、日本のラジオ放送は、フィリピン沖の海戦で、米軍の艦隊が甚大な損害を受けたと伝えた。こうした発表は常に誇張されていると判ってはいたものの、翌朝のホワイトハウスから、日本の連合艦隊は回復不可能なほどの損害を受けたとの逆の発表を聞くまでは、米兵らは不安な気分にさせられた。

二日後、ワイルドキャット師団の兵士らは、パラオにおける日本の〝海軍力〟を初めて体験した。パープルビーチの二キロの沖合で、LCIと護衛駆逐艦が、日本軍の小型艇の船団を発見したのだ。日本軍の艦艇から発射された機関銃の曳光弾は、米軍の野営地に着弾すると、すぐに船団は散り散りになって夜の海上に消えて行った。この攻撃は、これまで日本軍の接触とは無縁だった、師団司令部要員の肝を冷やすには充分な攻撃であった。

後に、この船団はバベルダオブ島を出発した五隻からなる大発艇によるものであることが判った。これらの船には、応急の魚雷発射装置が備え付けられ、ペリリュー島の沖合の艦艇を撃沈する任務を受けていたが、戦果は惨めなものだった。一隻の大発艇が撃沈され、乗員は捕虜となった。米軍の艦艇や人員に損害はなかった。一発の魚雷が、米軍の艦艇の合間を縫うように進んで、師団司令部近くの海岸線まで到達したが被害は皆無であった。後に小型潜航艇がペリリュー島の沖合で目撃され、包囲網下の要員の脱出が画策されているのではないかと疑われた。十月二十九日の夜、井上中将がまだこの島に興味を持っている証拠として、日本軍の水偵が旋回しているのが目撃された。この航空機からは二個のパラシュートが投下され、その内の一つは米軍の偵察隊が回収した。補給品が吊るされたパラシュートは、直径が六メートルほどの大きさで、竹籠の中には六〇個の手榴弾が入っていた。

　二回目の航空補給は十月三十一日の夜に行なわれた。海兵隊の夜間戦闘機に追われた日本軍の水偵は、第三二一歩兵連隊の指揮所の真上を低空で通過していった。最前線の歩兵部隊からは、尾根の日本軍陣地から、明らかに航空機の誘導目的と思われる信号弾が撃ち上げられたのが目撃された。この時は、七個から一二個程度の数の大き目の物資を吊るしたパラシュートが投下された。このうち、数個が米軍の歩兵部隊により回収されたが、中には無線機用の電池と、真空管、それに絶縁導線が入っていた。

　後にこの物資は、無線機の電池が切れかけていた、村井少将の要請によるものであることが判明している。この空中投下では、ほとんどの物資が破損していたが、中川大佐と村井少将が掌握していると信じられている西海岸に近い尾根周辺に向けて投下されていた。また、この時同時に、日本軍による宣伝ビラもバラまかれていた。その内容は「かわいそうな、ヤンキー諸君、日本軍は、大海戦の末に、米軍の一九隻の空母と、四隻の戦艦、一〇隻の巡洋艦や駆逐艦に加え、一二六一機もの航空機を撃破した。貴殿らの投降勧告は有り難く頂戴するが、我々に投降する理由など全くない。なぜなら貴殿らは、これから数日のうちに撃破される運命にあるのだから」と記されていた。

　この時、米軍にとって、最も手っ取り早い攻撃目標は、日本軍の航空機の撃墜であった。海兵隊のＶＭＦ（Ｎ）－541航空隊所属の夜間戦闘機は、アリマスク島の近くで、この日本軍の水偵を撃墜した。パイロットは、ノーマン・L・ミッチェル少佐であり、パラオ方面の作戦で、海兵隊の航空部隊、唯一の撃墜を記録した。

コロール島では、井上少将は決して勝利の気分などには浸っていなかった。彼はパラオに到着以来、その暑さと湿気に神経を擦り減らしていたが、十月の終わりになって、虫垂炎により指揮不能に陥ってしまった。「それまで戦局の重大性から、我慢を重ねていた」と彼は後に語っている。十一月一日には、症状は急速に悪化した。盲腸はすぐに切除されたが、回復までには五ヵ月の期間は必要であるとされた。そのため、パラオ方面の実質的な指揮権は、有能な参謀長であった多田督知大佐に引き継がれた。（注一三／四）

（注一三／一）第八一歩兵師団は、包囲網の大きさを幅三八〇メートル、長さ八〇〇メートルと推定していたが、これには、すでに米軍が占領した地区も含まれていた。

（注一三／二）この場所は海兵隊がホースシューと呼んでいる場所と同一である。

（注一三／三）第八一歩兵師団には十数名の日系二世の通訳が配属されていたが、実質的には何の役にも立たなかった。彼らのうち、少なくとも七名の家族は、強制収容所に捕らわれていた。

（注一三／四）ジェームス・ウィッケル中尉は、戦後の一九四七年に、井上中将に聞き取り調査を実施した。その際の模様を「彼はシャツのボタンを外して、腹の手術の跡を見せてくれたが、その長さは、一五センチ以上、幅も三センチ近くあり、まるで銃剣で盲腸を切り取ったようだった」と語っている。

（訳注一三／一）原文は英文であり、漢字による氏名は訳者の文責により、推定した漢字を当てている。

第一四章　日本軍守備隊の終焉

ヒュー・K・フォースマン中佐率いる第三三三連隊第一大隊による、三〇〇高地と、それに続く翌日のファイブ・シスターズに向けた、新たな攻勢の準備は十一月一日までに完了した。捕虜となった、日本軍の軍医によると、日本軍はこの一週間の戦闘で、酷く消耗していると語っていた。この衛生士官は白旗を持って投降したが、米軍の尋問に対して感情をむき出しにしながら、これまで近代科学と研究に身を捧げて来た人間として、自分が生き延びることが出来るのか不安のようで、自分から話をしたがっていた。彼は流暢な英語を操り、尋問官に対して、連隊本部から、八〇〇名から一〇〇〇名の戦力を戦闘区域に有していると告げられていたものの、実際の兵力は四〇〇名から五〇〇名ではないかと話した。部隊には二週間分の食料の備蓄があるが、飲料水不足は降雨にも関わらず深刻であると供述した。

十一月二日の米軍の攻勢が、簡単に成功を遂げた点からも、こうした中川大佐の部隊の弱体化を示していると思われた。この日、四〇分に渡る迫撃砲の集中砲撃の後、〇六三〇時に始まった

G中隊による攻撃で、三〇〇高地と、シスター4は、わずか一時間で制圧された。制圧後、この丘の内部の洞窟壕陣地網から、梯子で繋がっている司令部壕も発見された。恐らく、これが、日本軍がこの丘を可能な限り維持しようとしていた理由と思われた。

〇八三〇時までに、ファイブ・シスターズの全ての尾根が米軍の手中に陥ちた。日本軍はさらに北に位置する高地から銃砲撃を浴びせて、丘の上の米軍を一掃しようと試みてきたため、米軍側は尾根の上の土嚢陣地の構築を急いだ。この高地の制圧で、ワイルドキャット・ボウルに位置する日本軍の洞窟壕の出入り口が、米軍から丸見えとなった。これにより、日本軍にとっては、陣地壕間の連絡が、これまでより困難な状況となっていった。

日本軍が新たに侵出してきた第三二三連隊第一大隊に対して注意を払っている間に、フォースマン中佐は、アーサー・ハッチソン中佐率いる第三大隊に対して、チャイナ・ウォールを北側から南に向けて攻撃するように要請した。フォースマンの希望的観測とは裏腹に、この攻撃は、日本軍の激しい抵抗を受けて遅々として進まなかった。攻撃の速度は、にじり寄る米兵が、前面に土嚢を積み上げる速度に依存していた。

夜になると予想どおり、日本軍は三〇〇高地と、ファイブ・シスターズ奪還のための攻撃を開始した。攻撃は深夜過ぎに実施されたが、撃退され、翌朝、高地の裾野には三八体の日本兵の死体が残された。また、これとは別に西側の包囲網を抜けようとした一五名の日本兵が射殺された。

中川大佐は戦況の厳しさを認めていた。彼は報告の中で、米軍は、土嚢とワイヤを駆使した新たな戦術が効果を上げて、三〇〇高地とチャイナ・ウォールに手堅く足がかりを築いており「我が守備隊は、毎晩のように敵に対して夜襲を敢行するものの、全く効果がない」と述べている。

徐々に崩壊しつつある日本軍については、捕虜の証言からも裏付けられていた。十一月三日、四名の日本兵が捕虜となり、その内、一名は手榴弾三個と、食事用のナイフで武装していた。この捕虜は米軍の司令部のトイレで、砲兵隊員が、ちょっとした取っ組み合いの末に捕らえたものであった。この日本兵は沼地に潜み、ヤドカリと、ヤシの実で四五日間、食いつないでいたと証言した。他の三名は、三〇〇高地が攻略された際に捕虜となったもので、中には曹長も含まれていた。彼らによると、この戦域の食料と補給物資は、ほぼ尽きかけていると証言していた。

こうした米軍の順調な作戦の進展の結果、日本側の指揮官、中川大佐と、派遣顧問の村井権治郎少将との間で、初めて目に見える意見の対立が表立っていた。(訳注一四/一)村井少将は、この時点まで自分が一切、前面に立つのを避けていた。しかし彼は、飛行場に対する、全兵力を用いたバンザイ突撃の許可を求めて、自らコロール島の司令部に接触したものの、要請は却下された。(訳注一四/二)

コロール島の井上中将からの返信は、ペリリュー地区隊の敢闘がいかに全局の作戦に貢献し、一億国民の敢闘精神を鼓舞しているかに思いを致し、過早の玉砕攻撃を戒め、苦難を克服し持久に徹して万策を尽くし戦機の到来を待つように諭した。(訳注一四/三)これによりペリリュー島の守備隊は引き続き洞窟陣地の中で持久することとなった。

三〇〇高地と、ファイブ・シスターズの制圧で、戦闘は再び膠着状態となった。十一月三日から十一月十二日までの間、時折、激しい戦闘が交わされたものの、目に見えた前進は見られなかった。十一月三日の朝、中央の戦闘区域から西に外れた、海岸線付近で、二〇名ほどの日本軍部隊の行動が確認された。野砲部隊から散発的な砲撃が加えられ、ワイルドキャット師団の警戒部隊が、このうち一七名の日本兵を倒し、一名を捕虜とした。この捕虜の証言から、部隊は、米軍を急襲するために送り出されたものと判明した。

同じ日の正午過ぎ、第三二三連隊第二大隊の戦車を伴った強行偵察部隊が、デス・バレーへと踏み込んで行った。同様の偵察部隊は十月二十九日にも同じ場所で軽微な抵抗に出会っていたが、今回の日本軍は激しく抵抗してきた。渓谷に足を踏み入れたF中隊第一小隊の四名の兵士は、洞窟の中を調べようとしたところ、内部から銃撃を浴びせられ後退した。火炎放射手と、爆破班の兵士らが再び洞窟に接近しようと試みたが、うまく行かなかった。

小隊付きの衛生兵、ジェラルド・コルビーは負傷兵一人を安全地帯まで引きずると、彼の装備を外して、水を与えた。他にも負傷兵が続出したため、小隊長のハロルド・コックス中尉は、部隊に撤退を命じたところ、コルビー自身も撃たれて負傷した。戦車が射線を遮るように前進して、皆で、コルビーを助け出したが、彼を担架に載せたところで、日本軍の機関銃弾が浴びせられ、彼は死んだ。この時、別の伍長も同じ銃撃で戦死した。

同様に、チャイナ・ウォールの攻撃に参加していたF中隊所属のルーサー・バーバンク二等軍曹と、クリス・コートマン一等兵も銃弾を受けた。バーバンクは即死し、コートマンは瀕死の重傷を負った。四名の兵士が、彼らのすぐ上の棚状の場所で倒れているコートマンを助け出そうと尽力したが、助けに辿りついた時点で、コートマンはすでに死んでいた。

オスカー・〝バック〟・ラットレル大尉指揮の部隊の兵士は、何度となく激しい銃火の下で、負傷兵や戦死体を収容しようと尽力していたが、その中で最も手酷く叩かれたのは、E中隊の一三名からなる偵察隊であった。部隊は、日本軍の攻撃で前面と、退路を遮断され、五名の兵士が撃たれてしまった。この時、撃たれた兵士の一人は、ウッドロウ・W・ホッジス一等兵であった。仲間の兵士が、瀕死の重傷を負った彼を救出しようとしたものの、彼は、戦友を危険に晒さないように、これを拒み、生き残った兵士らに、自分を置いて脱出するように告げた。後にホッジスと他の四名は戦死が認定された。

日本軍の激しい抵抗は、ワイルドキャット師団のデス・バレーへの侵入を防いでいた。それ以外の場所での攻勢の進展の遅れは、激しい雨の影響でもあった。十一月四日に降り始めた雨は、やがて台風の到来となり、八日まで降り続いた。

この間、日本兵は一人、あるいは小グループで、戦死し続けた。十一月六日の深夜に発生した、第三二三連隊K中隊の兵士が一四〇高地近くの尾根で二名の日本兵を射殺した出来事は、こうした状況の典型的な例とも言えた。このうち一人の日本兵は、以前に右半身を負傷していたが、まだ戦える状態であった。彼はバッグの中に、米と乾パン、手榴弾を四個と、赤茶けた水の入った水筒、それと部隊配置図を持っていた。

十一月五日の夜明け前、別の日本軍の偵察部隊がF中隊の米兵に仕留められていた。ラスティ・レツッシア一等兵が隣にいた戦友に時間を聞こうとしたところ、近くの陣地の米兵が正面に向かって銃撃を開始した。レツッシアは、日本兵の撃ち返した三つの閃光が自分の方に向かって来るのが見えた。銃撃戦は十分ほど続いたが、翌朝、三名の日本兵の死体が転がっているのが発見された。彼らは米軍の配置状況を記した紙を持っていた。

十一月五日、日本軍の司令部は軽傷者を含む三五〇名が依然として戦闘可能な状況にあるとした。それ以外に行動不能な一五〇名の重傷者がいた。

激しい雨のおかげで水不足は緩和されていたが、ここに来てはじめて弾薬不足が深刻になっていた。本来、ペリリュー島では二ヵ月分の備蓄が成されていたが、戦闘が当初の予想よりも長引くにつれ、弾薬も激しく消費されていった。中川大佐は小火器の一日当たりの弾薬量を半分にする処置を講じたものの「これは急場しのぎの処置でしかなく、いずれにせよ十一月二十日までには底をつく」と重い現実を受け止めていた。

中川大佐に対して、可能な限り支援を行なおうとする日本軍の絶え間ない動きの顕著な例として、十一月九日、ペリリュー島から北東に約一五キロの小さな島、ガラゴン島に対して一〇〇名規模の日本兵による襲撃があった。（訳注一四／四）この島には米陸軍の小さな陣地があったが、二〇ミリ砲や、四〇ミリ砲の砲撃を受けて、撤退を余儀なくされた。この後、数日間に渡って、島に対する、警備艇や駆逐艦、あるいは海軍機による、砲撃と空爆が徹底して実施された。

これらの攻撃は必ずしも一方的なものでは無かった。十一月十日の朝、島に対して、五一機の海軍機による空爆と、機銃掃射が行なわれた。その際、日本軍の軽機関銃による銃撃で一機が被弾して、珊瑚礁に墜落し、すぐに水陸両用車輌による捜索が行なわれたものの機体も生存者も発見できなかった。しかし、こうした日本軍の活動は、いずれも小規模なもので、戦局を左右するには至らなかった。ワイルドキャット師団は、十一月十五日に、ガラゴン島を再占領し、遺棄された装備品と、三体の日本兵の腐乱死体を発見した。十一月八日、ペリリュー島の包囲網から抜け出して、北方の島に逃げ出そうとした一三名の日本兵が射殺され、一名が捕虜となった。こうした状況から米軍は、日本軍の士気に動揺が生じ始めていると考えていた。

ファイブ・シスターズの制圧後の九日間、作戦上、小さな前進はあったが、米軍側は、もっぱら次の大規模攻勢に対する準備に注力していた。装甲ブルドーザーが、デス・バレーを一〇〇メートルほど前進し、装甲車輌の進入路を構築し、最前線へ土嚢や補給物資を迅速に運び込む準備作業を行なった。また、洞窟壕陣地に対する掃討作戦も継続して実施されていた。三〇〇高地の東斜面にあった洞窟への、火炎放射器搭載のアムトラックによる攻撃では、中から一六体の日本兵の死体が発見された。

夜の間は、兵士らは蛸壺に潜み、日本軍の斬込隊に備えた。照明弾は、惜しげもなく撃ち続けられ、ある観測兵が数えたところ、六〇ミリ照明弾が三発同時に撃ち上げられていることもあった。トイレに行きたくなった場合は、空の迫撃砲弾のケースか、バズーカ砲弾のケースが使われた。米兵の中には、排泄物を斜面の先にいる日本兵に向かって「トウジョウ（東条）、糞くらえ！」と叫んで投げつける者もいたが、多くの兵士にとっては、排泄行為は不快な作業の一つであった。しかし、味方からも敵からも撃たれる危険を冒してまで、暗闇の中を外で用を足そうとする者はいなかった。

ウムロブロゴル包囲網に対する攻撃は十一月十三日に再開された。攻撃は、第三二三連隊第一大隊が、デス・バレー西側の尾根から東に向かって進み、第三二三連隊第二大隊が、デス・バレーと、ワイルドキャット・ボウルを北に向けて進んだ。ワイルドキャット・ボウルに対する攻撃は、ブルドーザーが切り開いた道を通って、戦車と火炎放射器搭載のアムトラックの支援により行なわれた。この間、それ以外の部隊は、ファイブ・シスターズを下って、チャイナ・ウォールの制圧を試みた。

これまでの装甲部隊による、チャイナ・ウォール両側に点在する洞窟壕への掃討作戦が功を奏したのか、攻撃の初期段階の日本軍の抵抗は、軽微なものだった。しかし、この平穏は一〇〇時に終わりを告げた。チャイナ・ウォールの北側と、デス・バレーの西側から激しい銃砲撃が浴びせられ、ワイルドキャット師団の攻撃は七〇メートルほど前進したところで、膠着状態に陥った。米兵は一旦退いて、この日の成功の大部分を手放しつつも、土嚢の壁を築いて、前進した一部分の防御を確実なものとした。

チャイナ・ウォールに設置された司令部から、中川大佐は、井上中将に電文を打ち、弾薬、食料、飲料水、それに無線機の電池が底を尽きかけていると窮状を訴えた。加えて、この日の米軍の攻撃は、激しく撃退したものの〝しかしながら、米軍は、火炎放射器の支援で、我が戦線の突破に成功しつつある〟と報告していた。

この夜、日本軍の崩壊を示す、新たな徴候が見られた。第三二三連隊第三大隊の担当戦域で、開けた場所を隠れもせずに、"能天気に明るく、歌って、笑いながら"歩いて来た一二三名の日本兵が射殺された。彼らは、酒を飲んで酔っぱらっていると思われたが、もしかしたら極度の戦闘疲労症の結果とも考えられた。この一晩で、四二名の日本兵の死亡が確認された。

十一月十七日から二十一日の間にかけて、戦車隊と、火炎放射器搭載のアムトラックは、ワイルドキャット・ボウルと、デス・バレーを通って、ファイブ・ブラザーズと、チャイナ・ウォールの裾野に点在する日本軍の洞窟壕陣地を掃討して回った。まず戦車による攻撃の後、歩兵部隊と工兵部隊が、火炎放射器と爆薬を使って制圧していった。また新たに、応急配備された装備として、ブースター・ポンプと、ノズルを使い、一〇〇メートル近い距離まで燃料を放射し黄燐弾で点火する、新型の長距離火炎放射器も使われた。こうして、洞窟を制圧した後に、再び侵入して来た日本兵に使われるのを防ぐために、装甲ブルドーザーを使って出入り口を封鎖した。一連の包囲網中心部に向けた、強力な米軍の攻勢の前に、日本軍は動揺しており、抵抗も弱まっていた。十一月十七日の夜、包囲網からの脱出を試みる大規模な動きがあり、その過程で三三名の日本兵が射殺された。

しかし、十一月二十日までに、日本軍の最後の生存者たちは、再び団結し、士気を取り戻していた。抵抗は激しさを増し、米軍の先鋒部隊は、これまでの掃討戦で見落としていた場所から、攻撃を受けて釘付けにされた。

十一月十七日の深夜、島外から中川大佐を支援するための、最後の努力が、パラオ諸島北部の日本軍から行なわれた。ペリリュー島から、三・五キロほど北に位置するスコリアン港に停泊していたLCI（歩兵揚陸艇）フロッティア17号が、多数の奇妙な浮遊物が向かって来るのを発見した。サーチライトが浴びせられると、まぶしく輝く水面に、三〇個ほどの空気袋が浮いているのが視認された。揚陸艦からの機関銃が火を吹き、空気袋を切り裂いていくと、この袋を使って船に接近を試みていた日本兵の姿が丸見えになったが、ほとんどの日本兵は銃撃されて水面下へと沈んで行った。この際の生存者が一人、船の上へと引き上げられ、尋問の結果、攻撃兵力は三五名から成っていたと証言した。彼らは一人当たり五個の手榴弾と、全員で五個の爆薬を与えられ、米軍の停泊地を混乱させるために送り出されていた。

証言によると、彼らの任務は、この場所で米軍の艦艇を攻撃した後に、さらに南下して、バベルダオブ島や他の北部の島からの増援兵力の上陸に適した場所を探す任務を与えられていた。

数日後、このうちの二個の爆薬がLCT（戦車揚陸艇）に縛り付けられているのが発見された。それぞれ、航空機搭載用の爆弾を転用したもので、防水加工された木製の箱に収められていたが、両方とも爆発することなく無事処理された。

日本軍の狙撃兵は、米兵の中でも特に将校を狙うように訓練されていた。十一月十七日、第三二三連隊第一大隊長のレイモンド・S・ゲイツ中佐は、前進観測所で日本軍の陣地の位置を確認しようとした際に、狙撃兵に射殺された。ゲイツは、第八一歩兵師団のペリリュー島における、最も階級の高い戦死者となった。

十一月二十三日までに、中川大佐は生存者の大部分をワイルドキャット・ボウルから撤退させた。彼の一握りの部隊は、最後の抵抗のためにチャイナ・ウォールの壕の中に陣取った。ここ数日の夜間の日本軍の移動は、結果として多くの戦力を失ったが、この最後の抵抗のための集結と思われた。自らの運命を悟った村井少将は、再び最後の総突撃実施の許可を請うた。しかしコロール島の第一四師団司令部の返答は、これを制止し、陣地の中で、最後の一兵まで、一人でも多くの米兵を倒せとのものであった。

ワイルドキャット師団長のミュラー少将は、自らの辛抱強い作戦について、日本軍の戦術を賞讃するコメントとして「ジャップは、少なくともペリリュー島において、もはやバンザイ突撃のような無意味な攻撃は行なわないだろう。もちろん、穴の中を焼くよりは、突撃してくる方が撃つのは楽なのだが」と従軍記者に話し、最終的に島を制圧できるのは十二月の初旬になるのではないかと見通しを語った。

この時点で、包囲網は長さが二七〇メートル、幅が一二〇メートルほどまで狭まっていたが、チャイナ・ウォールは難攻不落の要塞として米兵の前に立ちはだかっていた。ペリリュー島全体を見渡せるこの尾根周辺は、あらゆる車輌の進入が不可能で、戦車や火炎放射器搭載のアムトラックの攻撃を寄せ付けなかった。この日本軍最後の抵抗拠点は、南北を険しい尾根が囲み、東西の両側が壁のような崖面で、直接的なライフルなどの銃撃を防いでおり、さらに侵入を試みる米軍部隊に対して、上部から激しい攻撃を加えることができた。歩兵部隊が接近可能なのは、東もしくは西の崖面だけであり「八名から一〇名の優秀な狙撃兵だけで、東もしくは西の崖から接近を試みる中隊規模の米軍を撃退することができた」と、師団の戦史研究家は語っている。北側もしくは南側からの進入路は、険しい地形のうえ、日本軍により防御が固められていたが、それでも成功の可能性は、東西よりも、高そうに見えた。そのため、米軍側の攻撃は最終的にこの方向からと決められた。

このうち、南に向けた攻撃路は以前、第三二三連隊第三大隊が侵入したものの、激しい日本軍の攻撃と険しい地形に阻まれて、行動は行き詰まり、チャイナ・ウォールに到達することができなかった。しかし、連隊は、F中隊に対して、チャイナ・ウォールの北端への到達を目標に、ワイルドキャット・ボールを通り抜ける、同じルートを使った攻撃を命じた。

十一月二十二日の〇七〇〇時、F中隊の先導員は「わかったよ、俺たちが行けばいいんだろ」と吐き捨てるように言うと、中隊はワイルドキャット・ボウルの底部へと下って行った。三〇口径の機関銃を担いだ兵士と、弾薬帯を肩に巻いた二人の偵察員を先頭に中隊はチャイナ・ウォールの東側の崖面に向かった。同時に、デス・バレーにはチャイナ・ウォール西側の日本軍陣地を破壊するために、戦車隊が前進していった。

四五分後、F中隊はワイルドキャット・ボウルの北側の崖面を上り出したが、このうち突然、第三小隊が、激しい銃撃を受け、小隊長のレオン・W・セッテラ中尉が戦死した。軍曹の一人も腰を撃たれて「ちくしょう、あのジャップのチビ助どもが、俺を撃ちやがった」と苦痛の叫び声を上げた。こうした死傷者が出たものの、中隊は、これまで大隊が到達した最南端地点よりも、さらに一つ南側の尾根を制圧し、すぐに頂上部へ土嚢を積み上げて防御態勢の強化を図った。日本軍の銃撃で、さらに死傷者が出たものの、この日の午後には、尾根頂上部の陣地は、強固なものとなった。

翌日、米軍が、チャイナ・ウォール周辺の日本軍の防御陣地を少しずつ撃破していくと、抵抗も目に見えて弱まった。包囲網の北西側からの攻撃では、改良型の長射程火炎放射器を駆使して、一帯を焼き尽くしながら、一個中隊が七五メートルほど前進した。中川大佐は防御陣地が文字どおり炎に包まれていく様子を見ながら、守備隊は崩壊の瀬戸際にあると報告した。

十一月二十三日に捕虜となった日本兵は、この時の痛ましい状況について、包囲網全体で一五〇名ほどの兵士が生き延び、このうち第一大隊の戦域には六〇名から七〇名の日本兵がいて、そのほとんどが負傷していると話した。加えて、飢えと、喉の渇きで弱っているものの、こうした悲惨な状況にも関わらず、生存者は死ぬまで戦う決意であると、付け加えた。中川大佐は、彼らが抵抗を可能な限り長引かせることで、フィリピンの新たな戦線で戦っている日本軍を支援していると信じており、最後の総攻撃は現時点では計画されていないと思うと、捕虜は話した。

この同じ日、ブラザー4を出発した米軍の偵察部隊は、ブラザー5の日本軍陣地が遺棄されているのを発見した。この丘は一ヵ月に渡って米軍側を悩まして来たが、すぐに制圧すると同時に、土嚢の陣地を構築した。

翌十一月二十四日、米軍はワイルドキャット・ボウルの北側に、チャイナ・ウォールに向けた傾斜路の構築を始めた。この大胆な作業により、戦車や火炎放射器搭載のアムトラックで、チャイナ・ウォールの洞窟壕に対して直接攻撃が加えられるはずであった。実際、この作業が完成しなくても、十一月二十五日の午後には、日本軍の支配地域はすでに一五〇メートルほどの大きさになっており、ほぼ全ての方向からの袋だたき的な攻撃に耐えている状況となっていた。

米軍の攻勢は容赦なく進められ、この新たな傾斜路は、壊れたキャタピラや、不発弾を払いのけながら、工兵はわずか六五分で完成させた。日本軍は激しく戦ったかもしれないが、結果として、米軍の物量は彼らを圧倒していたのであった。

チャイナ・ウォールの奥深くに構築された司令部壕で、中川大佐は、遂に最後の時がやってきた事を悟っていた。十一月二十四日、歩兵第二連隊の連隊旗が米軍の手に渡るのを防ぐために焼却された。コロール島の司令部に対しては、機密書類の焼却報告と、最期の電文は〝サクラ〟を連打電すると伝えた。

「敵は我が主陣地中枢に侵入、昨二十三日各陣地に於いて戦闘しつつあり、本二十四日以降、特に状況切迫、陣地保持は困難に至る」

中川大佐は五六名の生存者を根本甲子郎大尉の指揮下におき、それを一七組の遊撃隊に分け、今後は夜間の遊撃戦に移行すると報告した。将兵一同が、万歳三唱を唱えると、最後の脱出に備え、重傷者は自決した。コロール島の通信士は海底ケーブルを通じて「通信断絶の為、本日以降連絡期し難くご了承を乞う」との電文を受け取った。

十一月二十四日、一六〇〇時、コロール島の日本軍はペリリュー島からの最後の電文を記録していた。

〝サクラ　サクラ〟

遂に戦いは終わったのである。

この電文の直後、ペリリュー島の防衛に全身全霊を捧げ、圧倒的に優位な米軍を苦しめ続けた、中川大佐と村井少将は、栄誉ある幕切れの方法を選んだ。司令部壕の奥深く、米軍に完全に包囲された中、拳銃で自決したのだ。後に、彼らの敢闘ぶりを称えて、階級は特進され、二人とも帝国陸軍中将となった。

この夜、二人の将校を含む四五名の日本兵が射殺された。捕虜の証言から彼らは夜の闇に紛れて包囲網を脱出し、米軍の戦線の背後でゲリラ活動をするための再編を試みたものだと思われた。また、捕虜は、中川大佐と村井少将が自決したことも証言した。

十一月二十六日の〇六三〇時に、南側から、戦車隊と、火炎放射器搭載アムトラックがワイルドキャット・ボウルへと北に向かって傾斜路へと進んで行った。三〇分後、彼らは、包囲網をさらに削り取るための攻撃を開始し、激しい日本軍の反撃の中を傾斜路まで到達し、チャイナ・ウォールの中心部へと車輌を進めて行った。

翌朝〇七〇〇時までに、米軍部隊は、チャイナ・ウォールと、デス・バレー北端に陣取った日本軍の残存部隊を殲滅させた。師団の作戦報告書には「複数方向からの同時攻撃に対する抵抗は、全く統制が取れていなかった」と記されている。

三時間半後、北上していたワイルドキャット師団の第二大隊は、南下してきた第三大隊と出会った。その数メートル先には、デス・バレーを通過してきた第一大隊の兵士らがいた。包囲網は遂に消滅したのだった。彼らが落ち合った場所のすぐ横には、中川大佐が最後まで指揮を執り続けた司令部壕が不気味な静寂に包まれていた。米軍の兵士が、恐る恐る内部に入って、二人の指揮官の遺体を発見するのは、この後、しばらく経ってからだった。中川大佐と村井少将の遺体は、捕虜となった、司令部付きの下士官によって、所持品等から確認され、米軍により丁重に埋葬された。

上陸前の数週間、中川大佐の頭痛の種であった海軍指揮官の井上中将の遺体は見当たらなかった。また、その戦死も記録されていなかった。

一一〇〇時、ワトソン大佐は、師団長のミュラー少将に対して、ペリリュー島における組織的抵抗は完全に終わったと報告した。第八一師団の公式な報告には「日本軍守備隊は、祖国のために、全員忠実に戦死せり」と記されている。

この頃、すでに米国のメディアの関心は、フィリピン作戦や、東京への空襲、あるいはヨーロッパ戦線の動向に移っており、この輝かしい勝利は、米国の新聞の一面を飾ることはなかった。それでも、ペリリュー戦の静かな幕切れは、消耗し疲れ切った兵士らにとっては相応しいものであった。

西カロリン諸島戦域の司令官J・W・リーブス少将は、戦闘に疲れたワイルドキャット師団の兵士に「ペリリュー島において、予定を大幅に超過したものの、敵の組織的抵抗を崩壊させて、作戦を成功に導けたことに心からお祝い申し上げる」。彼に皮肉を込める意図はなかったが、海兵隊のルパータス少将の予想である、ペリリューの「激しいが短い」作戦は、結果として七三日間もかかったのである。

（訳注一四／一）日本側の認識としては、特に不仲を示す徴候とは必ずしも考えられていはいない。

（訳注一四／二）この電文は十一月八日〇四〇〇時に発信された、村電三〇号と思われる。電文の内容は以下のとおり。

「地区隊長以下壕内に於いて陣頭指揮に徹底し将兵の士気旺盛にして（電文脱落）全員飛行場に斬込まんとする状況なり。水筒は三〜五日迄制限、食い延ばし米、塩と、粉味噌とを以てする忍苦の生活を送ること既に幾十日、此の間進んで辛苦に堪え之を克服せんとする意気と闘魂の沸る所、蓋し集団の意気にして生命なるべし」「地区隊は既定の方針に基づき敵撃滅をせんと邁進しありて固く天佑神助を信ずるも（電文脱落）最悪の場合に於いては軍旗を処置したる後概ね三隊となり全員飛行場に斬り込む覚悟なり」（戦史叢書　中部太平洋作戦ペリリュー・アンガウル・硫黄島）より

（訳注一四／三）この電文の抜粋は以下のとおり。

「地区隊の損害、逐次累積し、弾薬、糧食、飲料水等又逐日窮迫するの実情を察せさるにも非さるも、地区隊が如何程の小兵力となるも軍旗を奉してペリリュー島の中央に厳乎健在あることのみに依り　如何程我が作戦の全局に貢献し全軍を奮起せしめ一億の敢闘精神を鼓舞し得るか　之何人も疑う余地なし　即ち赤熱の敢闘に更に拍車し　飽くまで持久に徹し、万策を尽きして神機到来を待つべし　全員斬り込みは易く忍苦健在するは難かるへきも宜しく村井少将、中川大佐　心を一つにし全戦局を想うて右苦難を突破せんことを期すべし」

（訳注一四／四）日本側の公式戦記によると、この攻撃に参加したのは、高垣勘二少尉以下九名だけである。

第一五章　戦いが終わって

パヴヴ島では、第一海兵師団が再編を図っていた。この頃には、基地は設備も充分に整っており、食堂には映画上映設備と、照明が完備された上に、ビールも常備されていた。さらに、野球場、バスケットボール・コート、ボクシング場に加えて、乗馬施設さえあった。全ての居住区にはシャワーがあり、洗濯機もほとんどの部隊に与えられた。

さらに兵士らの注目を浴びたのは、赤十字から派遣され、ドーナツと笑顔を振るまっていた、三人の看護婦の存在だった。彼女らの着任で、最初の変化は、水泳の際は、全員が海水パンツを必ず着用するように通達が出た点だった。ある将校は「師団が解決せねばならない、最も新しい戦術上の問題は、近寄ったことも、口を聞いたこともない、奥ゆかしい三人の女性の目から、素っ裸の一万八〇〇〇名の海兵隊員全員に行き渡るだけの海水パンツを用意することだった」と語っている。

古参兵らは、他の部隊にいるはずの、戦友や、兄弟、従兄弟などの状況を確認して回っていた。

しかし、悪いニュースが伝えられる場合も多かった。「実際のところ、パヴヴに戻るまで、誰がどうなったって、情報は判らなかったんだ。それまでは、部隊からいなくなっても、軽傷だったのか、あるいは無傷で異動しただけなのか知る由もなかったが、ここに来ると全てが明らかになったのさ」と、ある伍長は語っている。

パヴヴから居なくなった者の中に、ルパータス少将がいた。彼は、海兵隊司令官ヴァンデクリフト大将に、海兵隊学校の校長に任命され、師団長の任を解かれていた。師団の中で、彼の離任を嘆く者は、ほとんどいなかった。新たな師団長は、多くの者から尊敬されていたペドロ・デル・ヴァレ少将が任命され、次の作戦は彼の下で準備が始まった。(注一五／一)

ヴァンデクリフト大将は、ルパータス少将を評して〝最高の指揮官〟で、かつ〝最高の友人〟であるとし、彼の異動はペリリュー作戦の結果とは何の関係もないと言明したが、新たな職務は、第一線の戦闘部隊指揮官からの、明らかな更迭であり、そのキャリアの終わりを示すのは間違いなかった。そのため、ルパータスの心の傷を少しでもいたわるために、彼にペリリュー作戦功労勲章を授与した。

パヴヴ島では、生還者の多くが、心に刻まれた精神的ダメージと、自分なりの方法で向かい合っていた。ラッセル・デービス二等兵は、当時の状況を「眠れないのか、あるいは起きられないのか、そのどちらかが、判らなかった」と思い起こしている。

ある海兵隊員は、島の近くでボートを漕いで湾を渡ろうとした際に、奇妙な経験をした。岸から相当離れた場所で、別の海兵隊員が「波間で、半分泳ぐように、半分浮いているようにして、もがいていた。どっちの方向に向かっているのかも判らなかった」。ボートを漕いでいた一人が、身を乗り出して、引っぱり上げようかと聞いたところ、この男は、うつろな目で見上げて、首を振った。波間の海兵隊員は「ほっといてくれ」と答えた。ボートはそのまま遠ざかって行った。

彼は「この時の光景を、そのあと何度となく思い出すんだ。俺も多分、奴と同じくらい狂っていたに違いないんだ。でも、あの時は、〝奴は考えごとをしているから、一人にしておいて欲しいんだよ〟としか言えなかった。でも今は判るんだ。いや、今だから言えるのかもしれない。奴は、このまま生き地獄で生き延びるのか、あるいは、そのまま溺れて死のうかとさまよっていたのさ」。

病院船でガダルカナル島に到着した、トム・ボイル二等兵は、松葉杖を使って立ち止まると、病院までの搬送用に提供された二・五トントラックの荷台に、どうやって乗り込もうかと思案していた。そこに、赤十字の看護婦がやってくると、彼にチョコレートを手渡し、荷台に登るのを手伝ってくれた。「そのとき思ったよ、〝これこそ、俺が待ち望んでいたものだよ〟ってね。この時の気持は、他の奴らには判らんと思うよ。海兵隊のスラングでは、チョコを〝ポギーベイツ〟って呼んでいたがね。もし、彼女がビールも持っていたら、もっと良かったんだがね」。

トム・ボイルがガダルカナルへ到着した頃、ペリリュー上陸作戦初日に負傷したハラン・マレーが、海軍第一〇八艦隊病院に入院していた。彼は「とにかく、俺がいままで経験した中で、最悪の病院だったよ。あそこには長い事いたがね。看護婦は、バドミントンで遊ぶことばかり考えていやがった。俺は、そんなに重傷じゃなかったんだ。まぁ、周りの奴らと比べればの話だが。

たとえば、隣には足が半分になった奴がいたし、近くには腕のない奴もいた。だから自分のことばかり主張するわけにはいかなかったのさ」

「俺の隣の奴は足にギブスをしていたんだが、まだ傷口が開いているのに、ギブスを被せやがったのさ。あとで取り替えるつもりだったのかもしれんがね。それで、そいつが〝痛い、痛い、もう我慢できないから、取り外してくれ〟って何度も懇願していたが、誰も真剣に対応しないんだ。〝わかった、わかった、後でな〟ってね。翌日になって、その男は、怒り狂って〝もう我慢できない、誰も取ってくれないなら、自分で取る〟って言い出したのさ。そこで病院の奴らは渋々、ギブスを取ったんだ。そしたら足が壊死してたんだ。結局、足を切断してしまったんだよ。酷い話さ」

「実は、俺も傷口が痛くてたまらなかった。でも〝もう随分と気分が良いから、部隊に復帰させてくれ〟って言ったんだ。実際の所、病院から出るための口実で、まだ傷口は開いたままだった。〝こんな所に、いる必要はないから、部隊に戻らせてくれ〟って懇願したら、結局、戻る許可を出してくれた」

ラッセル諸島に戻ったマレーは、その足で別の病院に行った。

「そこで、〝俺の足の包帯を替えてくれないか？〟って頼んだのさ。そこで包帯を外した男が、すぐに医者を呼びに行き、医者は〝お前、どこから来た？〟って聞くので、これまでの事情を話したんだ。そしたら〝お前は、病院を飛び出して来たのか？〟と聞くので、〝ああ、あんなとこに居たら殺されちまう〟って言ったんだ」

「彼らは、本来なら治っているはずの傷口を、もう一度、切開して破片を全部取り出してくれた。そのあと、俺は第一海兵師団の後方部隊に勤務しながら、そこにいた衛生兵に面倒みてもらったよ。それからは、順調に傷は治っていったね」

スウェード・ハンソンも、海軍第一〇八艦隊病院に入院していた。彼は腕を切断せずに済んだが、それでも七六キロあった体重が、入院中に四〇キロ台にまで減っていた。彼は、仮に腕が切断されたとしても、自分は比較的幸運だと考えるようになっていた。病棟は、重傷患者で溢れており、ある兵士は、両目を銃弾で撃ち抜かれていた。別の一人は頭部を撃たれており、三つの言葉、「はい」「いいえ」と「ちくしょう」しか喋れなかった。それ以外にも、大きな精神的ショックを受けた海兵隊員は、自分の体に何か触れるたびに、叫び声を上げていた。

ある日、海軍の軍医がやってきて、ハンソンに対して、腕の中の破片を摘出すると告げた。破片の摘出手術で、さらに退院は遅れると思われた。彼は医者に「わかった、それで、いつ自分の部隊に戻れる?」と聞いた。医者は「お前は、国に戻るんだ」と答えた。

ハンソンは、国ではなく、自分の部隊に戻りたいと訴えた。医者は「お前、少し、頭がイカれてるんじゃないか? 俺は医者として、お前に最善の努力をしている。それでも、お前は、国に戻るんじゃなくて、もっと戦って負傷したいとでも言うのか?」と言った。

「ちがうんだ、俺は、ただ戦友たちの所に戻りたいだけなんだ」

「わかった、勝手にしろ」と医者は怒ったように言った。

パヴヴ島に戻ったハンソンは、無事に部隊と合流した。しかし、多くの古顔の姿はそこにはなかった。彼が入院している間に、師団には四四〇〇名を超える新たな新兵が補充されていたのだ。彼らの姿をみて「まるで、ガキのようだな」と思ったが、実際にハンソンと年齢は一歳も違っていなかった。ハンソンは、そのとき会った生意気な新兵を今でも覚えている。

「そいつは、こう言ったんだ。〝お前ら古株の出番は終わったよ、これからは、俺たちの働きぶりを、後ろから見ておいてくれよ〟、俺は言葉も出なかったたね。ただ笑顔で〝ああ、突撃って言われたら、そのとおりに真っすぐ突き進めるやつが一杯来てくれたから、俺も安心だよ〟と答えたんだ」

第一海兵師団が次に〝突撃〟するのは、六ヵ月後の沖縄戦だった。その最後の戦いで、師団は再び夥しい死傷者を出す事になる。戦後、師団は中国に駐留した後に、本国へと帰還した。第八一歩兵師団は、パラオでの作戦の後は、主要な作戦に参加しなかった。ミュラー少将が、パラオ地区の担当を正式に離れたのは一九四五年一月十三日のことで、その後は、第一一一歩兵師団が後を継いだ。第八一歩兵師団は、ニューカレドニアで再編され、一九四五年四月の後半に、フィリピンに送られ、レイテ島での日本軍敗残兵の掃討任務を受けた。計画では、師団は一九四五年八月後半に計画されていた、日本本土上陸作戦に参加する予定になっていた。

ペリリュー島の正式な、組織的戦闘の終了宣言は、実際の戦闘の終了を意味するものではなかった。島には多数の日本軍の敗残兵が、洞窟の中に潜んだままであり、その後も何ヵ月にも渡って、様々な妨害活動が行なわれた。孤立無援で飢えた日本兵らは、食料を得るために、たった一人で無意味な戦いを米軍のパトロール部隊に挑んで行った。ペリリュー島北部にある、海軍が構築した巨大な洞窟壕には、少なくとも三〇名の敗残兵が潜んでいると思われた。深く、複雑で迷路のような坑道は、所々が崩壊しており、お土産の戦利品を狙いに危険を冒して入って行った、不注意な米兵が次々と命を落としていった。爆破班や、火炎放射班の兵士が、活動しながら、ほとんどの敗残兵を掃討したが、一九四五年の二月に入って捕まった日本兵の証言から、まだ数名の日本兵が生存しているのが明らかになった。

ペリリュー島での、最後の大規模な戦闘は、一九四五年一月十八日の〇二〇〇時に発生した。この夜、ペリリュー島に日本軍が上陸してきたのだ。彼らは、小銃に、改良型手榴弾、火炎瓶、爆薬、それに日本刀など統一性のない武装で、二隻の大発で上陸してきた。堀という名前の海軍少尉に率いられた上陸部隊の総員六四名は、パープルビーチとホワイトビーチの近くに、それぞれ一隻ずつが着岸した。

日本軍の命令では、米軍は現在、フィリピン戦に総力を挙げており、ペリリュー島は、その間隙を突く、特攻の格好の対象であるとしていた。〝島の米軍を殲滅せよ〟が彼らに与えられた任務で、この襲撃隊は、航空機を破壊し、米兵を殺傷し、弾薬や補給品集積処ならびに司令部を破壊し、「攻撃に参加する将兵全員が、自らの犠牲を顧みず、奮戦せよ」と命じられていた。しかし、六四名の日本兵の攻撃は、米軍の歩兵、砲兵、装甲車輌などの圧倒的火力の前に封じ込められた。最終的に二名が捕虜となり残りは全員が戦死した。死者の中には、二人の米軍の制服を着た日本兵がおり、彼らは明らかに島に潜んでいて、この攻撃に合流した兵士と思われた。捕虜は二人ともホワイトビーチに上陸した兵士だったが、彼らの尋問から、奇妙な背景が浮かび上がって来た。一人が陸軍の兵卒で、もう一人が海軍の整備助手であったが、二人とも九月の米軍攻撃の際に、島から逃げ出した兵士だった。

川原祐介という名の二八歳の兵士は、ペリリュー島の病院に入院していたが、九月二十六日に将校二名を含む、他の二九名の患者と共に二隻の大発艇に分乗して、バベルダオブ島に脱出していた。もうひとり四二歳の竹内清は、海兵隊が上陸した際に飛行場から逃げ出し、泳いだり、環礁を歩いたりしながらバベルダオブ島に辿りついていた。

その後の訊問で、今回の陸軍と海軍の混成による襲撃隊の全員が、戦闘中にペリリュー島から脱出した者だけで構成されており、これには病気のためにバベルダオブに避難した指揮官の堀自身も含まれていた。

捕虜らによると、ペリリュー島から脱出できた兵士らは全員がアラカベサン島に造られた隔離施設に収容されて、外部との接触が断たれていた。川原によると、こうした兵士らは、戦闘中に任務を放棄したと見なされていたようであった。彼らは襲撃隊を命じられ、二度と生きて戻るなと厳命されていた。竹内の証言もこれを裏付けるもので、彼によると、せめて小銃を持たせてくれるように懇願したが、彼に与えられたのは刀だけだった。

戦後、第一四師団長の井上中将と、多田参謀長は、この襲撃隊の件については、極端に口が堅く、供述を避けているようであった。井上は襲撃作戦は、死者の名誉に関わることであるのをほのめかし「ペリリュー島から避難しようとして失敗した海軍将兵が、島に戻ろうとしたのではないか」と口を濁した。多田参謀長も「本官が安易に口にすると海軍を侮辱する結果となりかねない」と明言を避けた。彼らの沈黙に関わらず、襲撃隊が、元々ペリリュー島に配置されていた将兵から構成されていた部隊で、名誉ある死を命じられたのは明らかであった。

この襲撃事件から八ヵ月後、井上中将率いる日本軍のパラオ地区集団は、無条件降伏した。降伏時の兵力は、一万八四七三名の陸軍兵士、六四〇四名の海軍兵士に加え、九七五〇名の民間人と、五三五〇名の現地人が米軍の管理下に入った。

米軍は北上する際、パラオ諸島を通り過ごして攻撃したため、数千名の日本人がバベルダオブ島に取り残される結果となったが、最終的には、全員が日本に送還され、パラオに平和が訪れた。その頃には、一度は禿山と化したペリリュー島の尾根にも、鬱蒼としたジャングルが戻り始めていた。

ペリリュー島の対価は高かった。第一海兵師団は、最終的な死傷者数を六五二六名とし、そのうち戦死者が一二五二名で、負傷したものの生還できた者の数が五二七四名だった。第八一歩兵師団は、死傷者の総数が一三九三名で、そのうち二〇八名が戦死した。これ以外に、ペリリュー島より小さなアンガウル島の戦闘で、一三三四名が戦死し、八四三名が負傷した。

大まかな数値として、ペリリュー島では一名の日本兵の戦死者に対して、一名の米兵の死傷者が出た計算となっている。これは太平洋戦争全体の平均値である一名の連合軍の死傷者に対して、二・三名の日本兵の死者率からすると、ペリリュー島は、太平洋戦争全体を通じて最も激しい戦いであったと言える。

ある海兵隊の高位将校は、ペリリュー島と硫黄島の戦闘を比較して、規模は小さいが、激しさは同じであるとし「両者の違いは、硫黄島は島の広さが二倍の分、ジャップも多かった。それと、硫黄島は海兵隊が、三個師団いたが、こちらは一個師団だけだった」と語った。

実際、単純な比較は難しいが、硫黄島よりもペリリューのほうが戦闘は激しかった。戦後、井上中将の訊問によると、彼らは六ヵ月しか準備期間がなかったと語った。この訊問を行なった海兵隊の将校は「彼は、もし六ヵ月ではなく一年間の準備期間が与えられたなら、米軍を完全に撃退できたはずで、さらにコロール島とバベルダオブ島の準備は万端であり、攻撃を撃退する自信があった」と書き記している。

ペリリュー島での正確な日本軍の戦死者数は判らない。しかし、北部の島々へ逃げた若干名の日本兵の数を勘案すると、一万九〇〇名程度であったと推察される。

日本軍の極めて高い士気を物語る例として、作戦期間中の捕虜の数が挙げられる。十月二十日の時点で、ペリリュー島では三〇二名が捕虜となった。この中で日本人は三分の一を下回る九二名だけで、残りのほとんどは朝鮮人労働者だった。この内、陸軍の正規兵は七名だけで、さらに一二名の海軍要員を除くと、残りの七三名は軍属の労働者だった。そのため、日本軍守備隊の、正規の軍人について考えると、彼らは文字どおり、死ぬまで戦ったことになる。

しかし、悲しいことに結果論として、ペリリュー島は、海兵隊と陸軍の支払った対価に値する価値はなかった。マッカーサーのフィリピン攻略作戦の脅威としてのパラオの価値は、完全に張り子の虎の存在だった。制空権と制海権を有している中、パラオは事実上、無力だったのである。また、カロリン諸島攻撃と、フィリピン攻略の支援基地としての存在意義もほとんどなかった。フィリピンにおいては、攻撃の迅速化を図るためにミンダナオ島を飛び越して作戦を進めたため、当初予定していたパラオの作戦上の役割は薄れてしまっていた。アンガウル島は、その後、爆撃機の発進基地として整備されたが、フィリピン攻撃のために最初の爆撃機が離陸したのは、十一月十七日で、すでにフィリピン作戦が始まってから一ヵ月以上も経過した後のことであった。

ペリリュー島の飛行場は、主にフィリピン方面に向かう航空機の経由地や、対潜水艦の哨戒機の発進地、あるいはコロール、バベルダオブ、ヤップ島への爆撃任務といった目的で利用された。一九四四年十月から一九四五年六月までの間に、二八機の海兵隊の航空機が撃墜され、一六名のパイロットと、一二名の航空要員が戦死した。この中には、一九四五年三月四日に、コロール島の上空で対空砲火により撃墜され戦死したVMF―114飛行隊の、〝カウボーイ〟・スタウト少佐も含まれている。

一九四五年八月二日に、撃沈された重巡洋艦インディアナポリス号の数百名の生存者を発見したのも、ペリリュー島から発進した、VBP―152飛行隊所属のPV―1ベンチュラ機であった。この艦は、広島に投下した原子爆弾を、テニアン島の基地に輸送した帰りの七月二十九日に、日本軍潜水艦の魚雷攻撃で、わずか一二分で沈没し、ペリリュー島から発進したベンチュラ機が偶然発見するまでの、三日半もの間、生存者は波間を漂っていたのだ。乗組員一一九六名のうち、生存者は三一六名だけだった。このほとんどは、一〇〇〇床の規模を誇る、ペリリュー島の第二〇基地病院に運ばれ、ここで、さらに二人が死亡した。

皮肉な事に、ステイルメイト2作戦において、最も価値があったのは、第三二三連隊戦闘団が無血占拠したウルシー環礁であった。この停泊地は、フィリピン作戦の間、米軍の太平洋艦隊に計り知れない価値を提供し、後の沖縄侵攻作戦においても、水陸両用部隊にとって部隊編成の重要な停泊地となった。

ペリリュー作戦の当初から、この作戦に反対していたブル・ハルゼー提督は、結果的に、自らの判断が正しかったとし、「（パラオは）あまりに価値に見合わない対価を払わされたと考えている。手短に述べると、私は第二のタラワを恐れていた」と戦後、書き記している。

上陸作戦で、支援の艦砲射撃を実施した海軍のオルデンドルフ提督は、さらに辛辣である「もし、軍の指揮官（海軍も含む）が、後の同じ状況で判断を迫られるならば、パラオ攻略作戦は、疑問の余地なく実施されるべきではなかった」と書き記している。

加えて、ペリリュー作戦は長期化したため、米国本国では、この作戦は知名度が低いままとなっていた。ペリリュー上陸作戦と同じ日、ヨーロッパ戦線のオランダでは、大規模な空挺作戦であるマーケットガーデン作戦が開始されていた。また、新聞の一面は、フィリピン攻略作戦に奪われていた。加えて、ルパータス少将が事前に記者団に語った〝短い作戦〟の予想が、メディア各社に、さらなる詳細な取材の意欲を失わせていた。「激しく戦って、たくさんやられて、見返りが少ない。第一海兵師団では、いつもの事だよ」と、師団の戦史担当者は皮肉まじりに語っている。

陸軍も、島の制圧に当たって、功績の大部分を海兵隊に奪われたと反発していた。第八一歩兵師団の師団長、ミュラー少将は「パラオ作戦の期間中、私の師団と海兵隊との連携活動は、概ね満足できるレベルだったと考えている。海兵隊や海軍の上層部は、我々の功績を高く評価してくれていた」と、陸軍の将官らに語っていた。しかし、自分のワイルドキャット師団が、彼らと比べて、低い知名度に留まっている点を不満に感じている点を付け加えていた。

後に、この作戦に参加した多くの海兵隊や、陸軍の退役軍人は、あまりに無益な作戦で、多くの戦友を失った点について怨嗟の声を上げている。しかし、ウォルト・リッジの戦闘で、名誉勲章を受賞したエヴェレット・ポープ大尉の感想はもっと哲学的であった。戦後四三年経過して彼は「もし、太平洋戦争を全部やり直すことになって、この島の攻略を取り止めたとしたら、そして、我々がそれを聞かされたとしても、その時は、別の島の攻撃に回されただけだったはずだ。たぶん、今となってみれば、その対象が島Aであっても、Bであっても、大して変わりはなかったはずだよ」と語っている。

九月二十一日の戦闘で負傷して、後送されたトム・ボイル二等兵も同様に哲学的な感想を持っている。

「人生の締めくくりの今、振り返ってみると、それなりに、貴重な経験でもあったんだ。でも惨めな経験でもあった。ただ、あまり誰にでもお勧めではないよ。生き残るのが難しいからね」

（注一五／一）残念ながらルパータス少将は、ペリリュー作戦に関する個人的な回顧録を書き記すことなく、一九四五年三月二十六日に、心臓発作で亡くなった。

エピローグ

一九四七年（昭和二十二年）三月のある夜、二人の現地人の少年がペリリュー島の小さな海軍施設での仕事を終え、茂みの中の道を通って帰路についたところ、突然、周囲から銃撃を受けた。少年らは地面に飛び伏せて、無傷で逃げることができた。この何週間もの間、ペリリュー島の海兵隊と海軍の派遣部隊は、日本兵が活動している痕跡を摑んでいた。沼地では、盗まれた海兵隊の戦闘糧食が積まれた筏が浮いているのが発見されていた。この事件の後、海兵隊の歩哨が、捕獲した日本軍の銃火器を保管している倉庫に侵入しようとした、不審者に銃撃を加えたところ、小銃で応戦され、手榴弾の応酬となった。

すぐにグアム島から、二六名の火炎放射手と、六〇ミリ迫撃砲を装備した海兵隊員が駆けつけ、これで島の派遣部隊は、一〇〇名規模となった。彼らは昼間に尾根の間を注意深く警戒し、夜になると、警戒陣地を構築して、食料や衣服を盗みにくるゲリラへの待ち伏せを行なった。

四月三日になって、ジープでパトロール中の二人の海兵隊員の下に、一人の日本兵が投降してきた。彼は海軍の上等兵で、土田と名乗った。彼によるとウムロブロゴル山には、まだ三三名の日本兵が潜伏しており、内訳は二一名の陸軍兵士、七名の海軍兵士と、四名の沖縄出身の軍属で成っており、陸軍の山口永中尉が指揮官であると話した。この際の状況について「土田は、日本はすでに降伏しており、原子爆弾が投下されたことを聞き、ショックを受け投降した」と報道されている。また、彼は、三三名の生存者の中でも、事実の受け止め方について〝意見が真っ二つに割れている〟と語った。

また、土田の証言によれば、不穏な動きとして、日本兵の生存者は、ペリリュー島の飛行場周辺に点在する海軍施設と、海兵隊の主居住区に対して、最後の突撃を計画していると告げた。この情報はペリリュー派遣部隊の指揮官である海軍の、レオナルド・フォックス大尉に伝えられたため、大尉は一一〇名の海軍要員と、三五名の基地職員を滑走路の傍から、より安全な、尾根から遠い居住区へと移動させた。

この場所は、装甲車輌で防御され、屋根には機関銃が設置された。海兵隊の警備要員は倍増され、さらに前回配備された一〇〇名に加えて、二五名の追加要員がグアムから派遣された。

さらにグアムからは、戦争犯罪裁判の証人として収監されていた、元日本海軍の澄川道夫少将も、彼らを説得するために連れてこられた。

最終的に土田の努力で、さらなる流血の事態は避けられた。澄川の拡声器に依る説得に、何の応答もなかったため、土田が、日本兵の家族や、パラオの元日本軍上官からの手紙を携えて、尾根へと戻り、すでに戦争が終わったことと、彼らが祖国へと戻れることを説いたのだった。

四月二十一日、二六名の日本兵が米軍に対して正式に投降した。（残りの七名も、翌日に投降した）

山口中尉に率いられた日本兵の一団は、飢えている様子はなく、元日本軍の司令部ビルの前まで隊列を組んで行進してきた。完全武装した八〇名の海兵隊員が注目する中、山口中尉はお辞儀をすると、軍刀と軍旗をフォックス大尉へと差し出した。

個人の記憶を除いて、これで戦争は終わったのだった。

訳者解説——中川州男大佐と水戸歩兵第二連隊

猿渡青児

本書では、主に米国側からの視点で、ペリリューの戦いを描いているが、ここで読者の方々の理解を深めるために、日本軍側のペリリュー戦の前と、その後の動きについて重点的に補足しておきたい。

本文でも記述されているとおり、パラオ諸島の日本軍守備隊は、栃木県宇都宮に本営を置いていた歩兵第一四師団である。師団は三個連隊から成り、このうちペリリュー島へは、歩兵第二連隊の全部隊と、第一五連隊から一個大隊（後に一個大隊が逆上陸で増派）が派遣されていた。守備隊の中核である第二連隊が編成されたのは、茨城県の水戸市で、将兵の大半は茨城県出身者で占められていた。一方で、第一五連隊は、群馬県の高崎が編成地であり、こちらは群馬県の出身者が多かった。

明治七年春弥生
我が聯隊は生まれたり
日清日露シベリアに
なお満州の建設に
ああわが水戸の二聯隊
茨城健児のその名こそ
名は天地に輝かむ

これは、水戸歩兵第二連隊の隊歌の二節目である。この歌に唄われているとおり、明治七年に設立された第二連隊は日本陸軍の誇る歴史ある精鋭部隊であった。西南戦争、日清戦争に参加し、日露戦争では旅順攻略戦で戦い、第一次世界大戦では「シベリア出兵」に加わるなど、常に日本陸軍の先陣となる多彩な戦歴を誇っていた。昭和六年の満州事変と、引き続き起きた上海事変で、上海派遣軍に加わった連隊は、のちに満州に移動すると関東軍の隷下で戦線を転戦し、熱河作戦など五〇回以上もの戦闘を経験した後、昭和九年に水戸へと戻った。しかし、三年後の昭和十二年に発生した盧溝橋事件と、それに続く日中両軍の全面衝突で、連隊は、北支戦線に派遣された。保定会戦、山西作戦、徐州会戦など常に最前線に投入された後、昭和十四年、一旦、水戸の兵営に戻ったものの、開戦直前の昭和十五年に、今度は満州に永久駐留を命じられ、再び関東軍の隷下に入った。

それ以降、連隊は、広大な平野部での対ソビエト軍機甲部隊との戦闘を想定して、厳しい訓練を積み、砲兵や戦車などの最新装備、練度、豊富な実戦経験で、日本軍の中で群を抜いて優れた部隊となっていた。

連隊を率いていたのは中川州男大佐である。多くの記録や証言では、中川は「無口で、真面目で、地味で、体格も中庸」と、ペリリュー島で見せた非凡さとは裏腹に、これといって目立った所のない人物と評されていた。

中川州男は熊本県玉名市の出身で、父の文次郎は小学校の校長であったが、維新後の新政府に対して起こした士族による反乱劇である「神風連の乱」に参加し、西南戦争では薩摩軍側の熊本隊に参加するなどした血気盛んな人物であり、文字どおり文武両道の家庭に育った。中川州男は中学卒業後の大正四年（一九一五年）に陸軍士官学校（三〇期）へと進む。当時の陸軍士官学校は、現在の東大よりも入学が難しいとされ、小さな田舎町ではちょっとしたニュースでもあった。しかし、陸軍士官学校卒業後の中川の経歴は、凡庸であった。大正七年（一九一八年）に卒業すると、小倉の歩兵第一二師団で連隊参謀として、尉官時代を過ごした。当時、士官学校の成績が上位二割の卒業生は、二～三年を部隊勤務で過ごした後に、陸軍大学へと部隊長の推薦で進学し、その後は海外駐在武官や大本営の参謀を経て、将官へと進むのが陸軍士官のエリートへの典型であったが、彼はこのコースに乗ることはなかった。

時代は第一次世界大戦が終わった直後で、世界的に軍縮ムードが流れており、日本も例外ではなかった。不況で税収が落ち込み、加えて関東大震災などの復興費用を賄うために、国家予算の半分を占めていた軍事費に対しても大ナタがふるわれた。陸軍では四個師団の廃止を伴う、三万人の大幅な人員削減案を飲まされたため、結果的に陸軍将校のポストが大幅に減ったのだ。四〇〇〇名を越える将校が整理対象とされ、中川も、部下のいない工業高校の配属将校として飛ばされた。陸軍将校である中川にとっては、不遇の時代である。

彼が現役部隊に戻るのは四年後の昭和六年（一九三一年）である。この年、満州事変の勃発と共に再び軍備拡張の気運が高まり、中川は元隊である小倉の歩兵第一二師団で中隊長として復帰した。その後、少佐に昇進した彼は、日韓併合後のソウル近郊にある龍山に本営を置いていた歩兵第二〇師団隷下の第七九連隊に大隊長として赴任する。

中川の朝鮮半島赴任と時を同じくして、今度は、盧溝橋事件が発生し、事態は日中両軍の大規模な軍事衝突として一気に拡大していく。この時、第二〇師団に対して中国大陸の最前線への動員命令が下命され、ここで中川は軍人として初の実戦を経験する。開戦後、彼の所属する歩兵第二〇師団第七九連隊は、天津から、山西省の保定、太原へと前進し、その四ヵ月の間に、八〇回を越える激しい戦闘を蔣介石の国府軍と交えた。翌年の昭和十三年には、国府軍の大反撃により、数ヵ月に渡って包囲される事態にも陥ったが、大きな損害を出しつつも切り抜けた。

こうした戦闘で、中川州男が見せた野戦指揮官として、的確な判断と卓越した戦術の才能は、連隊長や師団長の目に留まることになった。そのため、翌年、遅ればせながら、四〇歳になって、師団長推薦を受けて陸軍大学の専科（本科と異なり専門分野だけを一年間の短期間で履修する）へ入学するよう命じられた。

陸大卒業後、中佐に昇進し昭和十四年から十六年にかけては宇都宮の独立混成第五旅団や、独立第六二歩兵団といった、陸軍の拡張に伴う急設部隊の参謀を務めると同時に、北支戦線での功績を認められ、金鵄勲章功四級が授与された。

太平洋戦争勃発後の、昭和十八年六月、大佐に昇進した中川は運命の第二連隊の連隊長として、満州の嫩江《ノンチャン》へと赴任した。ペリリュー戦が始まる一年三ヵ月前の事である。当時、ソ満国境に配置されていた多くの日本陸軍の部隊は、広い平原でソ連の戦車部隊との交戦を想定した装備と訓練が施されており、練度も士気も高かった。中川が赴任して最初に兵士らに出した通達が「ヘイヲアマリナグッテハナラヌ（兵を余り殴ってはならぬ）」であった。（当時、関東軍を含む陸軍では鉄拳制裁が日常的に行なわれていた）このエピソードからも、彼の控えめで優しい人物像が窺える。

昭和十九年二月、氷点下三〇度を下回る酷寒の満州で国境警備に就いていた第一四師団隷下の歩兵第二連隊、歩兵第一五連隊、歩兵第五九連隊の三個連隊の将兵の元に、冬季大演習参加のための移動命令が出た。この時、中川州男率いる歩兵第二連隊の兵士の多くは、昭和十六年から十八年に入隊した二〇歳から二三歳くらいの若者が多かった。移動に際しては、長期演習となる旨が説明され、貯金や身の回りの貴重品、爪や髪の毛などを内地の家族に送るように指示が出された。旧式の三八式歩兵銃は、新型の九九式歩兵銃へと取り替えられ、なぜか、演習用の刃の無い銃剣ではなく、実戦用の銃剣が支給された。

出発に際して、中川は自宅で妻に、夏服と冬服の両方を用意するように告げた。妻の三枝は思わず「どちらへ？」と尋ねたが、中川は「エイゴウ演習さ」とだけ答えた。妻は思わず「英語？

ですか」と聞き返したが、中川は無言のままだった。後年、妻は、このときの言葉が「永劫演習」ではなかったかと推察している。「永劫」すなわち二度と戻れない演習に向かうため、無口で堅物の中川にとっては精一杯の別れの言葉であったと思われている。

当時、満州や朝鮮半島から次々と部隊が引き抜かれて南方の戦場へと送られて行った。中川が北支戦線で苦楽を共にした龍山の第七九連隊の兵士らも前年にニューギニアに送られており、孤島の守備隊に派遣されたら、生きては還れないのは常識であった。

一方で、対ソビエト国境を睨んで、部隊の引き抜きは、決して相手に気づかれてはならない最高レベルの軍事機密でもあった。そのため、兵士は無論のこと、連隊長クラスでも正確な行き先は告げられていなかった。実際のところ、第一四師団の行き先は、二転三転していた。当初の派遣先はニューギニアであったが、出発後、すぐにマリアナ方面となり、さらに途中でパラオ方面に転用となった。南方での米軍の侵攻は大本営の予想を上回るスピードで進んでおり、作戦計画の立案が追いつかなかったのである。

三月十日、冬季軍装で着膨れした兵士らの部隊は、氷点下二〇度を下回る気温の中、チチハルの北の嫩江から無蓋貨車に詰め込まれると列車は一路南へとひた走った。しかし演習の目的地にはなかなか到着せず、兵士らは訝しんだ。

三月十四日、彼らが、ようやく到着したのは約一〇〇〇キロ南の旅順／大連地区である。ここで師団全体が集合すると、師団規模での演習が始まったが、その内容は、逆上陸戦闘、対潜水艦監視法、対空監視、船舶遭難対処など、これまでの大陸での訓練と全く異なるものであり、この時、多くの兵士らは自分たちが南方に送られる運命にあることを確信した。演習は一〇日間ほど続いたが、三月二十六日に、大連港に停泊していた三隻の輸送船（阿蘇丸、東山丸、能登丸）への装備、資材の積み込みが行なわれ、三月二十八日、船団は大連港を出発した。韓国の鎮海湾を経由して四月三日に横浜港に入港し、一週間も停泊したものの、部隊移動の軍事機密を守るために上陸および外出は一切禁止された。また、幹部将校に目的地がパラオであると告げられた。

四月六日に横浜から館山港に向かい、同じくニューギニアに向かう歩兵第三五師団の将兵を載せた船団と合流し、東松五号船団を編成した。翌四月七日早朝、三隻の駆逐艦の護衛を伴い、一四師団の将兵は南洋に向けて出発した。船倉に詰め込まれていた兵士たちは、代わる代わる甲板へ上がると、祖国の風景を目に焼き付けていった。多くの兵士にとっては、これが故郷の見納めとなった。

目的地となるパラオ諸島は、本書でも記述のあるとおり、第一次世界大戦で日英同盟により連合国側で参戦した日本が、敗戦国のドイツより奪い、大正八年（一九一九年）に手中に収めていた。その後、大正十一年（一九二二年）にはコロール島に南洋庁が設立され、現地人を上回る日本人を送り込むと同時に、島々に公立学校を設立し、現地人に日本語教育を始めた。昭和十九年の時点では二万五〇〇〇人を越える日本人が生活しており、南洋庁以外にも各種省庁の出先機関や商店街、さらには遊郭や料亭などの歓楽街まであった。

この頃、連合艦隊は、主要拠点のトラック諸島を爆撃で失い、パラオに主機能を移していたが、三月三十一日、山本五十六長官殉職後の司令長官である古賀峯一海軍大将と司令部要員を乗せてパラオからフィリピンに向かった二機の二式大艇機が行方不明となり、後に殉職が認定される事件が発生していた。(注:海軍乙事件)また、同時にパラオは米軍の空母艦隊による大空襲を受けて、航空機一四七機破壊、艦船一八隻沈没という大損害を受け、街も再起不能なほど破壊された。

出航三日目、一路、南に向かっていた東松五号船団は、硫黄島の沖合で急遽、北向きに反転し父島の二見港に入港した。米軍の機動部隊がパラオ方面に出現したとの情報が入ったための一時避難であった。

日本の連合艦隊は、すでにこの頃、制海権を急速に失っており、米軍の潜水艦の魚雷攻撃による輸送船の被害が後を断たなかったのである。船団は、この二見港で一週間に渡って足止めを喰らったものの、四月十八日夕刻に二見港を出港した。途中グアム島の沖合で米国の哨戒機と接触したが、四月二十四日、無事にパラオ諸島のコロール島にあるマラカル波止場に到着した。二月二十九日に酷寒の嫩江を出発して、実に二ヵ月が経過していた。

氷点下三〇度の満州と、摂氏三〇度のパラオでは気温差が六〇度もあり、将兵は通称、南洋ボケにかかりつつも、到着後、休む間もなく物資の揚陸作業を強行し、わずか二日間で完了させた。続く四月二十六日に、各部隊は早くも配備命令を受けて、第二連隊は、大発動艇に分乗して、さらに五〇キロ南に離れたペリリュー島へと向かった。中川大佐を含む兵士たちがペリリュー島の土を踏んだのは天長節である四月二十九日である。酷寒の満州から来た兵士たちは、その暑さに戸惑いつつも、上陸後すぐに陣地構築と訓練に取りかかった。

戦争さえなければパラオ諸島は南洋の楽園とも言える場所であったが、陣地を構築するには、あまりに険しい場所であった。島全体が珊瑚岩で出来ており、シャベルやツルハシでは、火花が飛び散るほど固かった。最大の飛行場を有するペリリュー島には、陣地構築資材は優先的に割当てられたが、それでも必要量にはほど遠い状況にあった。また、島はマラリアの心配はなかったが、蚊やブヨは多く、生死を脅かすほどではないもののデング熱などの風土病に罹る者は後を断たなかった。

到着した彼らは、作戦上の陣地名や、ペリリュー島の地形に、高崎湾や、水府山といった、故郷である茨城や群馬の名前をつけて呼んでいた。

防御陣地は当初は、当時の大本営の通達どおり水際撃滅と飛行場防衛を目指して、海岸線付近に重点的に構築されていた。第二連隊がペリリュー島に到着して一ヵ月半後の六月十五日、パラオから北東に一五〇〇キロのサイパン島に米軍が上陸した。この上陸日、第三一軍司令官の小畑中将は、ちょうどパラオを訪問しており、まさに日本軍の意表をつく奇襲上陸作戦であった。さらに続く七月二十一日には日本陸軍が万全の体制を整えていたグアム島に米軍が上陸し、続いて二十五日は、テニアン島にも上陸作戦が行なわれ、水際の日本軍陣地は組織的な抵抗を行なう前に、あっさりと激しい艦砲射撃と空爆で粉砕されてしまった。

この敗戦で、グアム／サイパンを難攻不落と公約していた東条内閣は退陣に追い込まれる結果となった。想像を上回る米軍の物量攻撃を目の当たりにした大本営は、八月に新たな「島嶼守備要綱」を示達し、これまでの水際撃滅作戦中心の作戦から、内陸部に兵力を温存する縦深防御戦法へと転換するように指示した。また、水際の陣地に関しても、より強固な構築方法が取られ、ペリリュー島でも守備隊の司令部は山岳部奥深くへと移動した。

この時点で、ペリリュー島の上陸作戦は秒読み段階と思われた。一方で、ペリリュー島の守備隊にも異例の人事が発動された。連隊の参謀長として、七月十六日、師団司令部より村井権治郎少将が派遣されてきたのだ。参謀長の階級が、連隊長よりも上になるのは極めて異例で、かつ村井少将は、陸軍士官学校の卒業年次でも中川大佐より上で、いわば大先輩であった。公式には、この人事は陣地構築指導のためとされているが、本書では米軍側に残されていた井上師団長の戦後の供述記録より、非協力を貫く海軍の伊藤司令官に対する対処人事であるとの新たな事実が示されている。

いずれにせよ、この頃には海軍の大部分の航空機はグアム／サイパン島の作戦に転用され、残った飛行機も地上で撃破されてしまったため、海軍の支援要員は全て陸軍の指揮下に入っていた。また、グアム島が陥落した八月十日以降は、ペリリュー島は激しい空爆の下、陣地構築と訓練を休みなく続けつつも、島全体が臨戦態勢に入った。

上陸直前から直後の日本軍側の直接証言は、その生存者の少なさもあり僅かである。しかし、昭和五十年に発行された『証言記録太平洋玉砕戦―ペリリュー島の死闘』平塚柾緒著（新人物往来社）の中に、その上陸当日の貴重な証言が残されているので、日本人の目から見た、当日の生々しい状況をお伝えする目的で、一部を引用させて頂く。本書は長らく絶版となっているため、再版が切望される。

歩兵第二連隊第二大隊小隊長、山口永少尉「敵の上陸一週間前からの爆撃は特に凄かった。その前から海岸線の陣地などは爆撃されていたが、このときは、敵の機動部隊がすでに島のまわりをぐるっと取り囲んでいて、艦砲射撃と爆撃は毎日でした。あの大ジャングルが一週間の攻撃で裸の山になってしまったんですから」

歩兵第二連隊第二大隊通信兵、森島通一等兵「最初の艦砲ではほとんど損害はなかったと思います。いくらか死者は出ましたが、みんな防空壕に入ってますからね。壕は山の下にあるから高い弾は頭上を通り過ぎる訳です。壕の入り口は直撃弾を食らうということはほとんどありませんから、ただドドーン、ドドーンという腹をえぐるような音さえ我慢していれば壕は絶対に崩れることはないですからね。壕の中には通信網がやられた場合に備えて軍用犬が何匹かずついた。艦砲射撃が始まると、この犬がなんとしても壕から出ない。そこで首輪に伝令を入れて首を持っていっしょに駆けてやり、尻をたたいてやったりして、やっと伝令に出したもんです。ところが耳がいいから艦砲の音がすると地面に伏せてしまう。爆弾などが落ちて来ると一番先に壕の奥にサッと入ってしまうのも犬でした。ところが無理に連絡に行かせた犬が米軍の砲撃をまともに食らって、首だけが吹っ飛んで木の枝にひっかかっているのを見たときはたまりませんでした」

上陸当日、オレンジビーチで配置についていた、茨城県鹿島郡出身の歩兵第一五連隊第三大隊の鬼沢広吉上等兵と、飯島栄一上等兵の証言も残っている。

飯島上等兵「前の日の十四日までは富山（ファイブ・シスターズの一つ）にいたが、米軍側の動きから上陸は間もないと思っていた。翌朝の六時頃が満潮だから敵はその時刻を狙ってくるだろうということで、陣地を作ってあった海岸線に行ったんです。敵が上陸してきた九月十五日の朝は、昨夜からの移動で疲れていたし、そのうえ食べるものもなしで、ただタコツボに入っておったです。そこへ艦砲射撃をされて、終わったなァと思ってタコツボから顔を上げたらアメリカ軍が目の前にきていたんだ。艦砲射撃に援護された上陸用舟艇が海岸に上がってきていたんです。われわれも撃ちに撃った。銃身なんか熱くてとてもさわれない。殺し合いだよ。そのとき米軍の艦砲射撃が止んだ。海岸では敵味方が入り乱れていたからですよ。このとき第五中隊は百五十名くらいいたが、うち三十名くらい殺られてしまった」

鬼沢上等兵「私は中隊本部付きだったですが、中隊長の中島正中尉は士官候補生あがりではりきっていた。そこで立って指揮していたんだが、名誉の戦死さ。撃ち合いだけじゃなく手榴弾の投げ合いですよ。小銃で撃ち合うほど離れちゃいないんだから。日本の手榴弾は安全ピンを抜いてたたかないと発火しないが、アメリカのは安全ピンを抜いておいて、それを離すとバーンといく。小高曹長という剣道二段の兵が斬り込みに行き、米兵の首を斬って殺し、『やった』と思った瞬間、バーンと逆にやられてしまった。米兵が握っていた手を離したからなんです」

飯島上等兵「私たちが海岸に向かって突撃するときに、鬼沢さんたちの中隊本部がきたんだ。その時のことがいちばん印象に残っているなァ。『五中隊！　現在位置！』という伝令の声が聞こえた。何万という敵兵の前で、わずか百五十名くらいで戦っていたんだから心細かったですよ。(中略)突撃するときは死ぬつもりですから小銃に銃剣をつけ、弾は五発だけつめてあとは水筒だけを持っていく。海岸線までは二十メートルから三十メートルぐらいなのだが、ずっと生い茂っていた椰子の木はすでに砲爆撃で全部倒されていたから、十メートルも突撃すればもう殺したり殺されたりの白兵戦です。ともかく、そうして進んでいったら倒れた椰子の木の向こうにバァーと蒸気のようなものが上がっていた。ひょいと見るとそれが戦車だった。私らは銃剣だけだから、どうしようもない。『飯島ァ！ もといたところの陣地に戦車をやっつける爆薬があるからもってきてくれ！』と分隊長が叫ぶ。で、取りに行ったら第七中隊が応援にきた」（以上）

上陸海岸では、日本軍は何度となく突撃を行ない、上陸した海兵隊員らと激しい白兵戦が演じられた。一方で海岸線に構築された速射砲の陣地は、基礎工事がしっかりと行なわれていなかったため、艦砲射撃などで位置が傾くなどしてしまい、いくつかの陣地では陣地内部から砲を引っぱりだして、海岸線に殺到する上陸用舟艇やアムトラックに向けて砲撃を加え、水陸両用車輌を次々と擱座させていった。

連日、南方諸島からは玉砕や敗戦の知らせが続く中、この、上陸第一陣に大打撃を与え、孤軍奮闘するペリリュー島守備隊のニュースは、日本の新聞の一面記事で大きく伝えられ、その後の戦況も日本国民全体が注視することとなった。大本営や南方軍司令官から続々と激励電報が送られ、加えて、天皇陛下からも異例の一一回に渡って御嘉賞の言葉が届けられた。これらの御嘉賞に対して、中川大佐も師団司令部に対して都度「優渥なる御言葉を拝し、守備隊長以下感奮勇起し、決死速に聖慮を安んし奉らんことを期しあり」などの返信を打電している。

これまで戦場からの暗号電文は敵の傍受を恐れて最低限の文章で送るのが常識であった。しかし、師団司令部は、その後予想されるパラオ本島への米軍上陸に備えて、中川大佐に対しては、可能な限り米軍の戦闘方法や兵器に関する報告を送るように命じていた。そのため、ペリリュー島からは、「砲兵陣地は一トン爆弾にも抗し得るなるを要す」特に自衛効果万全を要す」「いかなる陣地においても、必ず水源を確保しあるを要す」「洞窟の出入り口付近及びその近くの山嶺には必ず掩体を構築し、直接警戒を厳ならしむるを要す」「一ヵ月程度のコンクリート製構築物の強度は期待し得ず岩盤を掘抜くを最良とす」といった、陣地構築方法、米軍の戦法、対戦車戦闘のコツ、などの具体的かつ詳細な戦訓電文が日々刻々と打電されてきた。

これ以降の、戦闘の詳細な経緯については、本書や、他の書籍ですでに繰り返し記述されているので、この場での説明は割愛させていただく。興味のある方は文末に挙げる書籍をご一読いただきたい。

ペリリュー島の戦闘は、他の島よりは補給物資が豊富であったとはいえ、日本兵にとっては苦闘の七三日間であった。米兵は負傷しても、すぐに担架兵で後方の救護所に後送され、重傷の度合いに応じて、沖合の病院船やさらに、後方の野戦病院で緊急手術や、手厚い看護が受けられた。日本兵の置かれた状況は、それより程遠く、満足な治療が安心して受けられる場所はなかった。多くの兵士は、トーチカや洞窟内に集められ、運が良ければ応急処置が施されるが最後は自決を余儀なくされた。米軍側が制圧した陣地内から大量の日本兵の遺体がみつかるのはそのためである。戦闘後期に入ると水不足は深刻となり、一日スプーン一杯の水すら満足に飲めない日が続いた。そのため多くの兵士が米軍の待ち伏せする、水源へと接近して命を落として行った。

中川大佐と、村井少将の最期については、目撃者は生き残っていない。日本側の記録では切腹自殺を図ったとされているが、本書における米軍側の記録では拳銃自殺となっている。どちらが正確かを判断できる資料には今回は、辿り着くことができなかった。翌昭和二十年四月、中川大佐とアンガウル島守備隊長の後藤少佐は、二階級特進でそれぞれ中将と、少将に、村井少将も一階級特進で中将となった。

ペリリュー島の組織的戦闘が終わると、パラオ本島の第一四師団では次なる米軍の上陸に備え臨戦態勢に入ったが、米軍は遂に来なかった。パラオ本島には、陸海軍の将兵約二万五〇〇〇名と、民間人軍属が約一万名いたが、米軍はペリリューを攻略すると、フィリピン、硫黄島、沖縄と進み、パラオは棄て置かれてしまった。その後、日本本土からの補給が完全に途絶えた中、第一四師団の将兵と現地民間人は自給自足で昭和二十年八月十五日の停戦まで耐えしのいだが、食料不足やアメーバ赤痢の発生などで、二三〇〇名が病死した。戦後、捕虜収容所に収容された第一四師団参謀長の多田大佐は、中川大佐の闘魂の記録を日本に伝えようと、ペリリュー島との交信電文記録を隠し持ち続け、何度となく危機を乗り越えて日本へ持ち帰った。この電文記録は戦後出版されると同時に、ペリリュー戦を日本側から伝える研究のための貴重な記録となっている。

日本政府による遺骨収集が本格的に始まったのは、戦後二〇年以上経過した、昭和四十二年からである。これまでに七五〇〇柱以上が収容され、そのほとんどが東京の千鳥ケ淵戦没者墓苑に納骨されたが、未だ二六〇〇柱以上が、ペリリュー島に埋まっているものと推定されている。

以下に挙げる書籍は、本書の翻訳ならびに解説文の執筆に当たって参考にさせて頂いた書籍であり、一部は入手困難なものもあるが、ペリリューの戦いに興味を持たれた方は、日本側からの戦記もご一読をお勧めしたい。

『ペリリュー島玉砕戦－南海の小島七十日の血戦』船坂弘（著）光人社NF文庫
『秘話パラオ戦記－玉砕戦の孤島に大義はなかった』船坂弘（著）光人社NF文庫
『ペリリュー島玉砕　指揮官中川州男大佐』升本喜年（未発表原稿）
『ペリリュー・沖縄戦記』ユージン・スレッジ（著）伊藤真、曽田和子（訳）講談社
『証言記録太平洋玉砕戦－ペリリュー島の死闘』平塚柾緒（著）新人物往来社（昭和五十年：絶版中）
『中部太平洋陸軍作戦ペリリュー・アンガウル・硫黄島（戦史叢書）』朝雲新聞社（絶版中）
『玉砕－暗号電文で綴るパラオの死闘』船坂弘（著）読売新聞社（昭和四十三年：絶版中）

『天皇の島』児島襄　角川文庫（昭和四十八年：絶版中）
『指揮官』児島襄　文春文庫（昭和五十年：絶版中）
『歴史群像　ペリリュー島攻防戦』学研（二〇〇九年八月号）

訳者あとがき

米国のワシントンDC郊外、海兵隊幹部養成の地であるバージニア州クアンティコ基地に隣接して、二〇〇六年に国立海兵隊博物館がオープンした。一般に開放されている博物館ではあるが、海兵隊員の士官候補生も必ず訪れる場所でもある。館内には、海兵隊創設以来、米西戦争からイラク戦争に至る、年代順に有名な戦いの展示コーナーが設置されており、その中でもペリリュー戦の展示は、硫黄島やガダルカナルと並んで、大きな一角を占めている。彼ら海兵隊にとっては、ペリリューの戦いは、本書の中で述べられている「忘れられた戦い」ではなく「忘れてはならない戦い」なのだ。

しかし、ペリリュー戦を扱った出版物は、日米共に、その数は極めて少ない。その中で、本書の原書である「The Devil's Anvil」（悪魔の金床）は一九九四年に米国で出版された、数少ない一冊である。このタイトルは、上陸した海兵隊員が金床の上で押し潰されるように、消耗していく様を暗喩したもので、全編を通じて、まさに生の現場を経験した者でしか描写し得ない、迫真の内容で構成されている。また、本書の特筆すべき点としては、米側のみに偏らず、可能な限り日本側の動きも公平かつ丁寧に追っている点も挙げられる。著者の視点は純粋に軍事的な鋭い観察眼がベースとなっており、常に公平な視点で両軍を俯瞰している。そのため、現時点ではペリリュー戦を網羅的に扱った著作物の中では群を抜いて内容の濃い書籍である。

この本が出版された九〇年代前半は、太平洋戦争の実戦経験者が鬼籍に入っていく中で、これだけ多くの体験談を集めることができた最後のチャンスであったのかもしれない。多くの生の記憶が失われていく中で、集大成的な証言集の資料的な価値は高いと考える。

結果的に、ペリリューの戦いは、日米両軍にとって戦略的な価値は低いものとなってしまったが、太平洋戦史において軍事的な意味は大きい戦闘でもあった。上陸作戦時の第一海兵連隊における戦死傷率は、ノルマンディ上陸作戦のオマハビーチを越える激しさである。戦術面においても、日本軍は島嶼戦闘で初めて縦深陣地による持久戦法をとる一方で、それを攻略するために、米軍は火炎放射器や爆薬による洞窟掃討戦法や、地上支援による航空機誘導、ナパーム弾の運用など、様々な戦術を発展改良させる実験場となった。さらに、大量の戦闘疲労患者の発生とそれに対する組織的な対応も、ペリリュー戦を機会として顕著に認識されるようになっていった。(当時、米国以外の軍隊では、戦闘疲労患者は、戦闘忌避者として扱われ、軍法会議にかけられるのが一般的であった)

一方で、戦後六〇年以上経過して、太平洋戦争を再び問い直す動きが、日米で数多く見られている。日本では太平洋戦争を舞台としたテレビドラマや映画が立て続けに公開されている。一方で米国でも、二〇〇七年に硫黄島の戦いを日米双方から描いた「父親たちの星条旗」と「硫黄島からの手紙」が同時に製作された。さらに二〇一〇年にはS・スピルバーグと、トム・ハンクス共同製作による全一〇時間以上の超大作テレビシリーズの「ザ・パシフィック」の放映が予定されている。このシリーズではペリリュー戦が全三話に渡って描かれる予定になっている。

本書は、本来、アメリカ人向けに書かれていた著作である。文中には日本人に対する、侮蔑的・人種差別的な表現が多々登場するが、戦時中の日米双方に漂っていた激しい憎悪感を素直に表現する意味でも、あえて原文の雰囲気を損なわないように翻訳をしたつもりである。一方で、この島の多くの日本兵の方々が生還し得なかった点を考慮すると、本書は日本兵の行動とその最期を後世に伝え得る貴重な証言でもある。加えて日本軍部隊に関しては、解説文において補完させて頂くと同時に、さらに興味ある諸氏は、解説文末に紹介してある、日本側からの戦記もぜひ読んで頂きたいと考えている。

私は同じジェームス・ハラス氏が一九九七年に著した、やはり海兵隊の戦記で、沖縄戦における首里戦線の名もなき丘の攻防戦を描いた『沖縄シュガーローフの戦い』を三年前に翻訳し出版した。本書は私にとって二冊目の翻訳となる。こちらの原書は、本書の後に出版されたものであるが、日本では出版順序が逆となっている。こちらも、沖縄の首里西方で激戦を繰り広げた海兵隊員の証言を集めたもので、本書と併せて一読頂ければ幸いである。

今回の出版に当たっては、光人社の坂梨誠司氏と小野塚康弘氏に、大変お世話になった。また、佐藤泰正氏には、原稿全文を読んで頂き、逐次適切な助言を頂いた。英語の表現に関しては、上ノ畑淳一氏に、海兵隊用語、日本軍用語に関しては前作同様に足立哲郎氏と栗原洋一氏にアドバイスを頂いた。また兵器の記述に関して整合性を取るためのアドバイスを對馬琢章氏からいただいた。上記の皆様には感謝の念に堪えない。

さらに、本戦闘を理解する上で、中川州男大佐に関する貴重な未発表資料の拝読の機会を頂いた村井眞一氏には感謝申し上げたい。また、プロデューサー・作家の升本喜年氏にも感謝申し上げると共に、この中川州男大佐の貴重な原稿の早期の出版を願って止まない。

最後に、ペリリュー島の戦いは米国以上に、日本では忘れられた戦いとなっており、南海の孤島で、「太平洋の防波堤」として散華された多くの日本人のことを、今では知る人は数少ない。今の日本が、彼らの身をもって守ろうとした価値がある国となっているのか知る由もないが、本書が歴史的出来事を思い起こすきっかけとなっていただければ幸いである。

平成二十二年二月

猿渡青児

NF文庫

ペリリュー島戦記 新装版

二〇一九年八月二十三日 第一刷発行

著 者 ジェームス・H・ハラス

訳 者 猿渡青児

発行者 皆川豪志

発行所 株式会社 潮書房光人新社

〒100-8077 東京都千代田区大手町一-七-二

電話/〇三-六二八一-九八九一(代)

印刷・製本 凸版印刷株式会社

定価はカバーに表示してあります

乱丁・落丁のものはお取りかえ致します。本文は中性紙を使用

ISBN978-4-7698-3132-7 C0195

http://www.kojinsha.co.jp

NF文庫

刊行のことば

第二次世界大戦の戦火が熄《や》んで五〇年――その間、小社は夥しい数の戦争の記録を渉猟し、発掘し、常に公正なる立場を貫いて書誌とし、大方の絶讃を博して今日に及ぶが、その源は、散華された世代への熱き思い入れであり、同時に、その記録を誌して平和の礎とし、後世に伝えんとするにある。

小社の出版物は、戦記、伝記、文学、エッセイ、写真集、その他、すでに一、〇〇〇点を越え、加えて戦後五〇年になんなんとするを契機として、「光人社NF(ノンフィクション)文庫」を創刊して、読者諸賢の熱烈要望におこたえする次第である。人生のバイブルとして、心弱きときの活性の糧《かて》として、散華の世代からの感動の肉声に、あなたもぜひ、耳を傾けて下さい。

＊潮書房光人新社が贈る勇気と感動を伝える人生のバイブル＊

ＮＦ文庫

海軍フリート物語［激闘編］　連合艦隊ものしり軍制学
雨倉孝之

日本の技術力、工業力のすべてを傾注して建造され、時代のニーズによって変遷をかさねた戦時編成の連合艦隊の全容をつづる。

空母「飛鷹」海戦記　「飛鷹」副長の見たマリアナ沖決戦
志柿謙吉

艦長は傷つき、航海長、飛行長は斃れ、乗員二五〇名は艦と運命を共にした。艦長補佐の士官が精鋭艦の死闘を描く海空戦秘話。

恐るべき爆撃　ゲルニカから東京大空襲まで
大内建二

危険を承知で展開された爆撃行の事例や、これまで知られていなかった爆撃作戦の攻撃する側と被爆側の実態について紹介する。

原爆で死んだ米兵秘史　ヒロシマ被爆捕虜12人の運命
森　重昭

広島を訪れたオバマ大統領が敬意を表した執念の調査研究。呉沖で撃墜された米軍機の搭乗員たちが遭遇した過酷な運命の記録。

父、坂井三郎　「大空のサムライ」が娘に遺した生き方
坂井スマート道子

生きるためには「負けない」ことだ——常在戦場をつらぬいた伝説のパイロットが実の娘にさずけた日本人の心とサムライの覚悟。

写真　太平洋戦争　全10巻〈全巻完結〉
「丸」編集部編

日米の戦闘を綴る激動の写真昭和史——雑誌「丸」が四十数年にわたって収集した極秘フィルムで構築した太平洋戦争の全記録。

＊潮書房光人新社が贈る勇気と感動を伝える人生のバイブル＊

NF文庫

海軍フリート物語［黎明編］ 連合艦隊ものしり軍制学
雨倉孝之
日本人にとって、連合艦隊とはどのような存在だったのか――編成、訓練、平時の艦隊の在り方など、艦艇の発達とともに描く。

なぜ日本陸海軍は共に戦えなかったのか
藤井非三四
どうして陸海軍は対立し、対抗意識ばかりが強調されてしまったのか――日本の軍隊の成り立ちから、平易、明解に解き明かす。

フォッケウルフ戦闘機 ドイツ空軍の最強ファイター
鈴木五郎
ドイツ航空技術のトップに登りつめた反骨の名機Fw190の全てとともに異色の航空機会社フォッケウルフ社の苦難の道をたどる。

新人女性自衛官物語 陸上自衛隊に入隊した18歳の奮闘記
シロハト桜
一八歳の〝ちびっこ〟女子が放り込まれた想定外の別世界。タカラヅカも真っ青の男前班長の下、新人自衛官の猛訓練が始まる。

特攻隊長のアルバム B29に体当たりせよ「屠龍」制空隊の記録
白石　良
帝都防衛のために、生命をかけて戦い続けた若者たちの苛烈なる日々――一五〇点の写真と日記で綴る陸軍航空特攻隊員の記録。

戦場における小失敗の研究 勝ち残るための究極の教訓
三野正洋
敗者の側にこそ教訓は多く残っている――日々進化する軍事技術と、それを行使するための作戦が陥った失敗を厳しく分析する。